문학 더하기

― 문학의 조건과 변수 ―

저자 **장일구**

서강대학교 국어국문학과를 졸업하고 같은 대학원에서 현대 소설 이론을 전공하여 박사 학위를 받았다. 1996년 조선일보 신춘문예 문학평론 부문에 당선되어 등단하였다. 현재 전남대학교 국어국문학과 교수이다.

최명희의 소설『혼불』에 관심하여 저서『혼불읽기 문화읽기』,『혼불의 언어』,『서사+문화@혼불_*a*』 등을 냈으며, 서사 공간에 관심하여『경계와 이행의 서사 공간』,『서사 공간과 소설의 역학』 등의 저서와 다수의 논문을 냈다.

요즈음 공간에 대한 관심을 확장하여 차원·인지·뇌·신경에 관한 과학적 성과를 공부하는 데 힘을 쏟고 있다. 문학의 조건과 변수를 탐색한 '문학 더하기'는 그 과정의 한 소산이다. 이후 관련 워크북이나 문학 입문 교양서를 내려고 하는데, 어느 정도 진척된 상태다. 문학 플러스 인지 과학에 관한 책을 내고자 하는데 다소 원대한 꿈인 듯하다.

문학 더하기
— 문학의 조건과 변수 —

초판 1쇄 인쇄 2023년 4월 21일
초판 1쇄 발행 2023년 4월 28일

저　　　자 장일구
펴 낸 이 이대현

편　　　집 이태곤 권분옥 임애정 강윤경
디 자 인 안혜진 최선주 이경진
마 케 팅 박태훈

펴 낸 곳 도서출판 역락
주　　　소 서울시 서초구 동광로 46길 6-6(반포4동 문창빌딩 2F)
전　　　화 02-3409-2060(편집부), 2058(영업부)
팩　　　스 02-3409-2059
등　　　록 1999년 4월 19일 제303-2002-000014호
이 메 일 youkrack@hanmail.net
역락홈페이지 http://www.youkrackbooks.com

I S B N 979-11-6742-539-3 93810

이 저서는 2018년 대한민국 교육부와 한국연구재단의 지원을 받아 수행된 연구임
(NRF-2018S1A6A4A01028559)

문학 더하기
문학의 조건과 변수

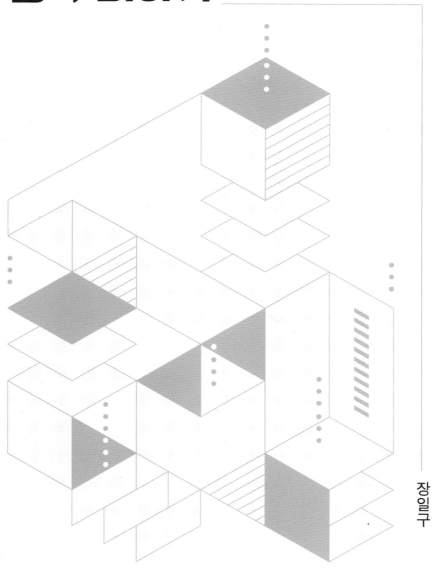

장일구

역락

차례

제2부 문학 더하기 베타

°문학 더하기_ 단서들

문학에 관여된 여러 조건 변수를 더할 경우, 문학을 둘러싼 현상을 이해하는 입장이 다변화될 수 있다. 문학 자체의 고유한 의미와 가치가 없을 수 없겠지만, 문학에 일정한 조건을 더할 때 문학에 대한 이해의 여지가 넓어질 수 있다. 이를테면 '문학+a'에서 a에 대입될 주요 항을 구심으로 문학의 위상과 현황을 통찰할 수 있는 이론적 성찰의 계보를 정리하는 한편, 오늘날 강력한 변수로 작용하는 디지털 네트워크 환경에 대응할 문학의 가능성을 전망해 봄 직하다. 문학이 인간 삶의 여러 영역에 관여되어 작동하는 기제를 해석하는 방법적 개념의 네트워크를 구축하여, 문학의 위상을 인문 현상의 구심에 세울 수 있는 지평을 모색하는 데, 문학에 관한 이해의 정향을 둘 여지가 있는 것이다.

변수로 대입할 첫 항은 '사회'이다. 문학과 사회의 관계에 대한 논의는 문학의 조건에 대한 논의의 시발점과도 같아 그 논의의 역사가 길고 축적된 논의의 지층도 두텁다. 텐느와 슈탈 부인 등이 제기한 초창기 '문학 사회학'의 관점에서부터 골드만이나 루카치의 '소설 사회학', 마르크스주의의 반영론 등과 같이 문학과 사회의 명시적 접점을 찾으려는 탐색이 '문학+사회'의 표층을 이룬다면, 공고해진 자본주의의 조건이 작용하여 빚어진 모더니즘 계열 문학의 다양한 국면에 주목하였던 프랑크푸르트 학파(Frankfurt Schule)의 입장이 이면을 이룬다는 데 주목할 만하다. 이로써 문학사회학 이론의 대립적 이념에 내재한 담론적 실천 양상을 분석하여 비판적 입론을 제시할 수 있을 것이다. 특히 디지털 네트워크 환경이 부른 사회적 조건의 변화에 대응하여 변모한 문학 현상의 국면들을 해석할 때 쓰일 방법적 개념의 진전된 지평을 탐색할 수 있을 것이다.

'문화'는 사회라는 조건과 밀접히 관련되어 있으면서도 문학의 조건으로서 주된 축을 이루는 항이다. 문학은 문화의 일부 영역을 점하면서 그 자체가 문화적 수행의 한 국면이다. 문화적 제재를 채용한 문학의 양상에 대한 논점을 '문학+문화'에서 제외할 수 없는 것은 당연하지만, 문학 자체나 문학적 활동의 문화적 자질을 탐색하는 것이 이 조건항을 대입할 때 세울 수 있는 최선의 산술식이다. 삶의 방편으로 세워진 문학의 문화적 자질을 온전히 논급하기 위해서는 인류학 분야에서 문학을 연구한 주요 사례를 살펴 논의의 단서를 얻음 직하다. 특히 문화와 문학의 관여성에 대한 이해를 축으로 그 해법의 단서를 얻을 수 있을 것이다.

문학이란 인간 활동의 일부인 만큼 사람이 처한 조건인 시간과 공간에 얽힐 수밖에 없다. 이 중 시간에 관해서는 '역사'라는 조건으로 환치하여 대입할 수 있다. 일견 문학에 상대되는 항이면서도 문학의 제재를 공급하는 주요 원천으로서 기여한 맥락을 염두에 두고 보자면 '문학+역사'에 대한 논의의 여지를 인정할 수 있다. 사실과 허구의 역학 관계에 대한 이해를 여러 면에서 모색함으로써, 사람들이 문학적 수행에 나서는 동인을 이해하고 오늘날 변모된 문학적 요구를 온당하게 이해할 수 있는 방법적 지향을 세우는 것도 좋을 것이다. 역사주의에서 신역사주의에 이르기까지, 역사에 대한 관점이 전향적으로 변화한 국면에도 주목하여 문학과 역사의 관계에 대한 통찰을 통해 문학 텍스트의 해석을 위한 너른 지평을 여러 방면으로 확인하는 것이 관건이다.

'문학+공간'은 각별한 화제이다. 공간에 대한 논점을 문학의 배경 정도로 단순하게 취급하지 않아야 하는데, 시간 예술로 분류되는 문학이 공간 자질을 지닌다는 제안은 문학에 대한 사유를 전향적으로 재고하는 입장을 전제로 요한다. 조셉 프랭크가 근대 문학의 변별 자질로 '공간 형식'을 제안한 데서 시작하여 인간 현존재의 공간 기획에 주목한 실존 철학에서 문학을 주요 논의 대상으로 삼은 점이나, 영역을 가로지르며 창발적 수행을 도모하는 인지 활동의 공간적 자질을 발견할 수 있는 점 등, 문학의 공간적 자질에 대한 확증의 여지는 드넓다. 디지털 네트워크를 통해 확장된 삶의 가상 영역을 고려하자면 문학에 공간을 대입하여 탐색할 수 있는 여지는 갈수록 커질 수밖에 없다. 더욱이 문학은 인간의 '마음 공간'의 기획에서 중요한 거점에 있는 만큼, 공간은 인문 현상으로서 문학의 자질을 묻는 중요한 구심이자 수렴점이기도 하다.

'문학+구조'는 문학 텍스트 분석의 기초 단서인 구조에 관한 이론과 방법적 사례의 계보를 추적하여 방법적 개념으로서의 의의를 새롭게 타진할 수 있는 산술항이다. 사유 방식의 구성적 자질에 대한 제안에서 시작된 구조주의 계보의 연원이 되는 소쉬르의 저술을 적확하게 이해하는 데서, 구조를 문학에 대입할 때 얻을 수 있는 본원적 의의를 되새길 수 있다. 구성적 사유의 가치를 돌이키는 한편 구조 개념이 문학의 의미를 정태적 양상으로 고립시키게 된 담론적 실천에 도사린 문제 지점을 들춤으로써 문학과 구조 조합의 진전된 지평을 탐색하는 것이 관건이다. 여기에는 레비스트로스를 중심으로 진전된 구조주의 인류학의 성과나 담론 분석의 방법적 정향을 새로 제시하여 포스트구조주의 방법론의 원천이 된 사유와 실천의 맥을 적확하게 짚는 일이 요구된다.

이와 같이 문학에 더해질 조건과 변수의 기저항으로 '사회, 문화, 역사, 공간, 구조'를 상정하여 거시적 문학 이론의 계보를 조망하고 정리한 결과로써 '문학+α'의 바탕을 지을 수 있다. 이 바탕에서 파생되는 각 계열체들의 개념항을 문학에 재대입하여 상대적으로 미시적인 조건과 변수를 이어서 조망하여 '문학+β'를 구성할 수 있다. 그 요목은 '언어, 미디어, 디지털, 인지, 감성, 창의, 가상실재' 등이다. 물론 이는 상대적인 설정이며 대입항의 위계와 계열은 조건 변수의 대입과 산출 회로에 따라 세분화되어 바뀔 여지가 열려 있다.

구조 항과 연관된 것이기도 하지만, 언어는 '언어 예술'이라는 문학의 변별적 표지로서 중요한 항이다. 구조주의 언어학에서 변형·생성 문법에 이르기까지 언어 본연의 내재적 자질을 탐색하는 이론에 대한 이해와 함께, 의미론과 담화론, 화행론 등 사회언어학적 관심을 촉발하는 언어 이론에 대한 이해를 통해 문학과 언어의 관계에 대한 생각을 정리하는 일이 요구된다. 나아가 인지 언어학의 제안을 수용하여 문학 언어와 일상 언어 사이의 관계를 재조명하는 한편, 레이코프 등이 제안한, 삶의 방편으로서 편재한 은유에 관한 아이디어를 경유하여 '문학+언어'에 관한 진전된 방법적 개념망을 짤 수 있다. 이는 문학 본연의 현상은 물론 문학에서 파생되거나 문학과 공분모 관계에 있는 미디어 현상에 대한 이해의 심도를 더하는 계기로 삼을 수 있다. '문학+미디어' 항을 설정하여 논의의 여지를 넓힐 수 있는 것이다.

미디어와 문학의 관계를 살피자면 문학과 영화의 관계에 대한 논의에서 시작하는 편이 수월한데, 그 관계의 계보를 추적하여 둘 사이 영향 관계의 수순에 대한 오해의 소지를 불식할 필요가 있다. 문학이 단순히 각색의 대상으로서가 아니라 영화의 예술적 차원을 진일보시킨 주역이라는 사실을 단서로, 문학의 외연이 확산될 수 있는 거점을 확인함으로써 다매체 환경에서 문학의 위상이 변화하는 정황을 냉철하게 이해할 만한 저변을 얻을 수 있다. 의사소통의 한 수단이라는 문학의 자질을 새삼 의식함으로써 다른 매체들과 비교하여 공통되고 변별되는 요소들을 계열화하여 문학의 외연이 확장될 수 있는 여지를 재조명할 수 있을 것이다.

이때 미디어 환경의 급격한 변화의 축을 이루는 '디지털'이라는 변수가 관심 범위에 든다. '문학+디지털'에 관한 논의는 단순히 디지털 미디어가 문학에 영향을 미치는 양상의 표층을 확인하는 데서 그칠 문제가 아니다. 이는 문학의 디지털 자질에 관한 심층적 사유와 탐색의 결실을 거두는 데서 가장 큰 의의가 생긴다. 사람들은 왜 문학을 요구하는가, 사람들은 문학을 통해 삶의 어떠한 국면을 개선하고자 하는가, 사람들의 문학적 사유와 수행은 어떤 양태로 진전되는가? 이와 같은 물음이 문학의 디지털 자질을 묻는 방향과 궤도를 같이한다. 이 물음에 대한 해답을 얻을 즈음에야 비로소 디지털 미디어를 통해 확산되고 진전되는 문학적 경험의 현황을 살필 적확한 맥락이 지어진다. 이 연산항은 오늘날 사람들에게 던져진 디지털 환경의 인문 현상에 대한 폭넓고 깊이 있는 통찰의 길을 열어 주는 원심이다.

이러한 항목들에 널리 그리고 깊이 관여되어 있는 항이 '인지'이다. '문학+인지'는 기본적으로 인지론 맥락에서 문학에 접근하는 논의의 계보를 추적하여 인지 문학론 또는 문학적 인지론 식으로 근래에 제기된 문학 방법론의 요체에 관여된다. 이를 바탕으로 인지적 창발에 크게 기여하는 것으로 꼽히는 문학적 수행의 여러 국면들을 예시하여 조건과 변수에 따라 변모된 문학의 현황을 해석하는 방법적 개념 계열을 구성할 수 있다. 이는 인간 삶의 장에 편재한 문학적 수행의 면면을 인지적 기제에 관여시켜 재조명할 요건에 대한 제안을 겸하는 것이다.

문학적 수행을 통한 인간의 인지 활동은 현실적 문제 상황에 대한 대응의 기제로서 작동되는 면이 크다. 사람들은 당면한 문제를 생활의 장에서 실로 맞서 해결하려는 의지를 발동하는 데 익숙하다. 그렇지만 모든 문제가 당장 해소될 수 있는 것은 아니며 되려 해결 불가능한 절망적 처지에 내몰리기도 한다. 문제 해결이 난망한 지경에서 사람들은 문학과 같은 인지적 대체 수단을 소환하여 마음을 바꿀 여지를 마련한다. 문학은 문제 상황 자체를 직접 해결해 주는 수단은 아니지만 '마음을 고쳐 먹게' 하여 새로운 해결을 모색하는 계기를 마련해 주는 인지 기제로서 작동한다. 이러한 생각은 일반적으로 널리 수긍되어 온 문학의 기능에 관한 생각과 맥이 닿는다. '문학+인지' 연산의 해법을 찾는 과정에서 이러한 문학의 자질과 기능을 구심으로 문학 이론의 새 지평을 모색한 결실을 적절히 제시할 수 있을지는 모르겠다.

사람들이 마음 먹기에 따라 의지와 행위의 향배를 달리하여 주어진 조건과 환경의 한계를 넘어서는 수행을 해내는 동력이 바로 인지적 창발 역량에 관여된다. 문학은 인지 능력의 진전에 전통적으로 크게 기여해 왔다. 오늘날 디지털 미디어와 네트워크의 도움으로 인지가 미치는 공간적 영역이 크게 확장된 것이 사실인데, 일견 문학을 통해 구현되었던 '마음 공간'의 범위 내에 한정되어 있는 것 또한 사실이다. 인간의 무한한 인지적 역량은 사유와 상상을 통해 구성 가능한 가상 세계의 외연을 가늠하기 어려울 정도로 확장한다. 디지털 단말과 네트워크를 활용하여 가상을 구상체로 변환할 수 있는 오늘날의 기술력 덕분에, 문학적 인지 공간에 형상을 부여함으로써 표상의 영역에 투사한 결실을 얻게 되었다. 아리스토텔레스가 설계한 대로 실재 세계는, 현상으로 드러난 실제 세계에 국한되는 것이 아니라, 현상에 내재해 있음 직한 가상 세계이다. 실재와 가상이라는 대립적 개념항이 서로를 설명하는 데 준거가 되는 개념적 아이러니가 더는 미심쩍지 않게 수긍될 수 있는 여지가 오늘날 열린 셈이다.

문학의 조건과 변수에 관한 개념항의 대단원에 '문학+가상실재'가 자리잡는 것은, 이 항이 문학에 대한 전통적인 사유의 거점이면서도 새로운 사유를 모색하는 거점이기 때문이다. 이는 실재에서 과정으로, 또는 실체에서 구성체로 방법적 입장을 전향할 것을 요하는 탈인본주의 문학 이론의 거점과 토대를 공유한다. 문학의 조건과 변수에 주목하여 문학 이론의 계보를 추적하고 새로운 모색의 지평을 개시하고자 하는 의중이 이에서 비롯한다.

제1부

문학 더하기 알파

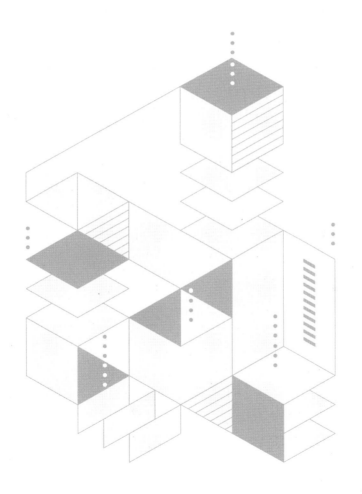

유 아 낫 얼로운(You are not alone).
당신은 혼자가 아니다, 외롭지 않다.

유명한 팝송의 제목이자 반복된 가사 구절이기도 한 이 말이, 인간의 삶을 진단하는 단서이다. 그 노랫말처럼 남녀 간의 사랑을 노래할 때 흔히 떠올릴 만한 말이기도 하지만 사람은 누구든 혼자서 살아갈 수 없으며 그리 살도록 세상이 쉬이 허용하지도 않는다는 사실에 직면하게 마련이다.

'인간(人間)'이라는 단어의 조합 자체가 보이듯이 누구나 사람들 사이에서 존립할 수 있다. '관계망(network)'에 부쳐지는 인간 삶의 조건인 '사회'에 대한 개념을 재삼 전제할 필요가 있는 것이다. 소위 '인간급' 역량의 발전소가 바로 사회인 까닭이다.

사회 개념의 문학적 재구성

사회는 사람들 사이에서 맺어진 관계를 통해 구성된다. 사회가 자명한 실체처럼 주어져서 사람들이 그 안에 소속된 채 생활을 이어간다는 생각이 그릇된 것은 아니지만, 사람들이 사회를 이루어 삶의 바탕으로 삼는 과정에 관한 구도에 비추어 보면 온당하다고만 할 수는 없다. 사회는 주어진 것이 아니라 지어지는 것, 구성되는 것이며, 그도 외연의 분명한 연장(extension)이 실로 있는 것이 아니라 인간 관계에서 파생된 개념에 상응하는 것이다. 사회는 구성적 개념이다.

따라서 사회는 자명한 고정불변의 실체가 아니다. 사회는 구성의 조건에 따라 변화할 가능성에 늘 노출되어 있는 것이다. 물론 그 조건 변수가 시시각각 바뀌는 것이 아닌 터라 그 변화의 양상이 급격할 수는 없다. 그만큼 당면한 사회가 변화의 측면보다 정태적 양상으로 보이는 측면이 두드러짐 직하기는 하지만, 그렇다고 사회를 자명한 체제로 전제하거나 그 변화 가능성 자체를 부정하는 것은 곤란하다. 특히 사회 체제를 공고히 유지하는 하향식(top-down, 톱다운) 구조를 전제로 성원들의 삶의 영역을 규제하는 방향으로 사회에 관여된 개념을 고정하는 것은 온당하지 않다. 이는 모종의 이념적 권력 관계가 잠재된 형태의 사회 개념을 중심으로 사회 현상을 환산하는 데 이론적 정향을 세우는 빌미로 쓰인다.

그러나 사람들 사이의 사회적 관계 자체가 구성적이다. 사람 존재 자체가 처음부터 예정된 채 태어나 정해진 대로 자라는 것이 아닐 뿐더러 이해(利害)에 따라 얽히고설켜 사회를 이룰 때 비로소 '인간'으로서의 정체성이 구성될 바탕을 얻을 수 있다. 물론 인간이라고 해서 그 정체성이 무엇이라고 규정지어지는 것은 아니다. 사람은 혼자서가 아니라 모여서라야 의미심장한 수행을 도모할 수 있고 힘과 지혜를 모아 위협에 대처하거나 더 나은 삶의 바탕을 얻을 수 있었다. 이러한 경과와 현황 등에서 인간으로서의 자질에 대한 생각을 여는 것이지, 처음부터 사람들 간의 관계에 관여된 삶의 방식과 사회적 과정 등에 관한 형이나 태가 결정되어 있는 것은 아니다. 고정적 형태를 구조 층위에서 산술할 수 없는 것은 아닌 만큼 그러한 구조를 추출하여 관계의 유형을 환산하는 데 대입하는 식으로 이해의 방편을 삼는 것이 타당하지 않은 것은 아니다. 그렇다고 해서 그 구성의 양태에 대해 자명하게 주어진 것으로 전제하는 것은 부당하다.

사회의 구조를 환산한 실체 개념으로써 사회에 대한 의미 요소들을 규정하려는 의중에서는, 대체로 개인의 요구와 열망을 사회적으로 제약할 수 있도록 공인하는 제도에 초점이 맞춰진다. 구조적으로 상위 층위에 공고하게 포진된 제도적 기제는 톱다운 식으로 개인들의 요구와 열망을 제어한다. 개인은 완고한 사회적 기제의 구조적 부속처럼 취급된다. 이러한 기제를 원활히 구동하기 위해서 이데올로기적 통제가 강력하게 작동한다. 개인의 자유로운 수행의 여지를 봉쇄함으로써 저러한 사회적 기제의 작용 효율을 최적화하려는 음모가 이데올로기의 강력한 자장(磁場) 아래 개개인 삶의 전역에 퍼진다. 개인은 사회의 제약 속에서 늘 '문제적 개인'일 수밖에 없다. 구조에 환원될 때라야 가치와 역할이 '부여되는 대상'으로 전제된 개인이 존재로서의 자질을 확보하기 수월찮을 것은 예상된 수순이다. 사회의 일원이라는 자격조차도 무색해질 공산이 크다.

톱다운 식으로 주어진 사회 구조는 사회는 사회고 개인은 개인일 뿐이라는 식의 프레임(frame, 대상을 이해하고 수용하는 틀거리)을 자명한 것으로 용인하게 한다. 사회가 개인의 온전한 존재적 자질을 담보하기는 무망한 일이 되어버린다. 개인은 사회의 구조적 존속을 위해 복무하는 개체에 불과한 것이니 일말의 자유 의지는 물론이거니와 사소한 욕망마저도 통제될 뿐이다. 공고한 구조에 조금이라도 균열이 가해져서는 체제의 붕괴를 초래할 정도로 위험한 만큼 사회의 변화 가능성마저 봉쇄되어야 한다. 사회는 완고하게 고정불변의 실체로서만 존속해야 하는 것이다. 구조에서 일탈할 위험 인자인 개인적 수행의 여지가 열려서는 안 되는 이유 또한 이에서 비롯한다. 모든 개인은 문제적 개인에 불과한 것이다.

그런데 이렇듯 변화의 가능성을 봉쇄하는 사회 구조는 존속 불가능한 당착에 빠질 수밖에 없는, 이념적 조작으로써만 가능한 추상이다. 사회는 구성체로서 환경 요인을 안고 진전을 거듭해 간다. 사람들의 욕구가 억압될 때에 폭발력 충만한 폭탄과도 같은 불만이 저변화될 테고 이를 적절히 다스리지 않고서는 이념적 조작 자체가 가능할 수 없는 지경에 빠질 수밖에 없는 까닭에 되려, 톱다운의 사회 구조는 변화의 빌미를 스스로 조성하게 되는 모순 상황이 조성되게 마련이다. 사람들의 자유에 대한 열망은 자유가 억압될 때에 더욱 큰 반작용의 에너지를 응축하는 것이 역사적 혁명기의 경험적 데이터에서 확인되는 바이며, 그리 거창하게 생각할 필요조차 없이 개인의 경험 범위 내에서도 수월하게 확인되는 바이다. 변화를 수용하는 과정에서 인간의 인지 역량이 발전할 최적의 바탕을 얻는다는 점도 생각해 볼 일이다.

실존을 대상화하여 존재로서의 자질을 인정하지 않는 하향적 사회 구조의 이념으로써만 사회에 대한 온당한 개념 계열을 지을 수 없는 노릇이다. 개인들을 단자화(單子化)하여, 서로 어우러질 수 있는 여지 자체를 봉쇄하여서는, 짐짓 사람 사이에서 벌어지는 여러 수행의 결실로 지어지는 인간급 사회의 진전 동력을 기대할 수 없는 법이다. '나'로서 존재의 주체가 되어 '또 하나의 나'인 '너'의 존재 자질을 인정할 수 있는 저변에서 '우리'로써 구성되는 사회 개념이 온당한 문맥을 얻는다. 실존 개개가 어울려 형성한 공동 수행의 토대에서 사회의 온당한 바탕이 꾸며질 수 있는 것이다. 사회는 상향식(bottom-up, 보텀업) 수행을 통한 구성태로서 발생하고 진전될 수 있다는 개념적 발상의 전환이 요구될 뿐이다.

보텀업 식의 사회 구성적 개념 도식은 사회의 변화 가능성에 대한 자명한 개념 등식을 산출한다. 인간 사회의 진전된 지평과 미래의 진전 가능성 등에 대해서도 이해 가능한 개념적 바탕을 제시한다. 구성체의 환경 요인은 물론, 특히 오늘날과 같은 디지털 네트워크를 통한 사회적 기제의 새로운 재편 국면에서라면 상향식 사회에 관한 개념 도식이 필히 요구된다. 사회의 변화와 재편을 통해 더해지는 보텀업 방식의 사회 구성 동력이 관심사로 급부상하는 것은 수순이다.

인간적 수행의 바탕을 이루는 사회적 관계는 고정불변의 실체가 아니라 변화 가능성에 노출되어 있는 구성체이다. 사회가 그러하니 인간적 수행의 국면 또한 구성적 자질이 원형질을 이룬다. 이러한 구성적 수행의 한 구심에 문학적 수행이 자리하고 있다는 데 주목하게 된다. 사회와 문학의 관여성에 대해서라면 더욱 그 구성적 자질을 전제로 함수 관계를 따져야 한다. 문학 플러스 사회의 구성적 함수는 둘의 단사적 관계에서가 아니라, 변화의 가능성에 부쳐지는 의미와 가치를 온당히 성찰할 수 있는 다층위와 다차원에 걸친 개념적 네트워크에서 파생된다. 문학과 사회의 경계와 그 경계를 가로지르는 이행의 국면들이 문학의 사회적 조건에 관한 관심의 구심을 이루는 것이다.

문학의 단서는 인간의 삶이다. 삶의 기반은 사회이다. 따라서 사회는 문학의 토대이자 제재의 원천이다. 나아가 문학적 수행의 경로(channel, 채널)이다. 문학을 경유한 수행의 면면들에서 사회적 문제 상황에 대한 대응 기제를 발견할 수 있다. 사회의 변화 가능성에 대한 진단과 처방 또한 문학의 사회적 조건과 변수에 관한 관심의 주요 구심항으로 제안된다. 문학과 인간 삶의 역학에 관한 여러 물음이 '문학+사회'의 산술에 수렴된다.

하향식 사회 구조에서는 개인의 열망이 사회적 제약 조건의 영향을 크게 받는다. 개인과 사회의 대립 구도는 물론 개인 간의 대립 구도가 자명하게 전제되고 갈등 국면이 사회적 관계의 본질인 것처럼 용인된다. 사회적 관계 속에서 문제적 개인만이 이슈로 부상할 수밖에 없는 구조적 도식이 지배적 이념을 산출하는 것은 수순이다. 삶의 장에서 확인되는 선연한 실상을 보건 대, 이념의 통제를 자명한 기제로 용인할 수밖에 없는 사회에 관한 개념 도식 이 장악하고 있는 현황에 직면하게 된다는 점에서, 사회와 개인의 관계에 관여된 문제 상황이 낙관적일 수 없는 것이 사실이다.

완고한 하향식 사회 구조에 대한 개념 도식이 고착된 정황에서 문제적 개인 취급을 받는 개개 실존의 존재적 자질은 정녕 내팽개쳐질 수밖에 없는 가. 이러한 문제에 맞닥뜨릴 즈음 문학이 이러한 문제 상황에 대응한 해법을 제시하는 기제로서 작동한다. 문학은 늘 사람들 편, 우리 편이다. 문제적 개인 이 처한 문제 상황은 개개인에게 부과된 업(業)과도 같은 것이라면서 사회 구조의 이념적 저의가 작동하는 것이지만, 문학은 그러한 담론적 실천 (discursive practice)에 도사린 이념적 기제를 들추어 폭로한다. 이 과정에서 개 인의 사회적 관계에서 갈등 국면에 대한 예단을 넘어서는 성찰의 지점을 제안함으로써 긍정적인 개념 도식을 구성하는 데 진력하는 식으로 진전의 구동력을 발전한다.

사회 구조에 관한 개념 도식에서는 사회는 사회고 '너는 너일 뿐'이라는 식으로 모든 사회적 단위들을 단자화하여 고립적인 요소들로 환산하는 식을 적용하여 톱다운 이념의 기제를 발동한다. 이에 대해 문학은 '나는 너에게 너'라는 의식을 바탕으로, 너와 나가 짓는 우리들의 수행적 가치와 그 공역의 진전된 동력을 최적화하는 식을 적용하여, 보텀업 식 담론의 의사소통 기제 를 발동한다. 문학은 '우리 편'의 의미와 가치를 제안함으로써, 문학적 수행 이 더하는 인간 관계의 긍정적 가치의 국면들을 활성화한다. 문학 더하기

사회의 산출치가 이러한 국면들을 뒷받침하는 데서 최적화되는 것이 온당해 보이는데, 문학과 사회의 관계에 대해 물어 온 생각의 계보와 생각의 지층은 어떠한가.

문학사회학의 틈

'사회'는 문학의 조건과 변수로서 먼저 떠올리기 십상인 항이다. 문학 고유의 미학적 요소나 내재적 자질을 강조하는 생각에 대응하여, 문학의 외적 조건에 따른 의의를 부각시키고자 할 때 문학과 사회의 관계를 묻는다. 이렇듯 문학과 사회의 관계 양상을 묻는 데서 문학의 의미나 가치를 찾으려는 방법론의 하나가 문학사회학(Literatursoziologie)이다. 이는 사회 현상의 일부로 문학을 다루어 그 위상이나 기능을 묻는 '문학의 사회학'과는 논의 방향이나 층위를 다르게 다루어야 한다는 관점에서 논의의 하위 항들을 조합한다.[1]

일반적으로 문학사회학은 문학 작품의 출판과 유통에 관한 사회학, 반영론에 기초를 둔 마르크스주의 문학론 또는 리얼리즘 문학론, 문학의 사회적 역할에 대한 급진적 해석에 기초를 둔 '부정 변증법'으로 대변되는 프랑크푸르트 학파의 문학론, 야우스(H. R. Jauß)의 전향적 관심에서 파생된 '수용 미학'과 이에 대한 행동주의적 환원에 해당하는 '독자 반응 비평' 등을 포괄한다. 문학 텍스트의 내적 구조나 자율적 체계의 의미망과 미학에 대한 탐색보다 문학에 관여된 사회적 조건에 대한 탐색이 논의의 축을 이루는 것이다.

이러한 문학사회학의 계보를 조망할 때의 관건은 문학과 사회의 관련성 여부를 두고 갑론을박을 벌이는 '순수·참여 논쟁'이나 문학과 사회의 관계를 자명한 것으로 전제하고서 문학을 사회의 모사적 허구체로 보는 '단선적 모방론'을 문학사회학과 등식 관계에 두어서는 곤란하다는 점을 의식하는 일이다. 문학이 사회적 문제와 무관한 독립된 실체라는 생각이나, 문학이 사회에 뿌리내리는 이상 그 사회상을 모방할 수밖에 없다는 순진한(naive) 모방론은, 문학을 둘러싼 사회적 조건과 문학적 수행에 참여하는 작가·독자의 사회적 환경을 탐색하는 경향과 무관하다. 문학사회학은 문학이 사회와 관계가 있느냐 여부를 따져 관계가 있다는 자명한 결론을 도출하는 데서 끝나는 것이 아니라, 그러한 관계의 다각적이고 다면적인 양상과 의미망을 추출하여 이론 층위에서 체계화하려는 의지에서 출발하고 또 그에 수렴되는 방법론적 입장에 상응하는 것이다. 문학사회학은 실체들 간의 자명한 관계를 실증하고 확인하는 환원주의(reductionism)에 당착하는 것이 아니라, 문학과 사회의 구성적 함수와 그 역학에 관한 물음을 던지고 해법을 모색하는 진전된 방법적 수행이다.

이런 맥락에서 문학사회학의 담론적 전제들을 검토하는 과정이 필요하다. '문학'과 '사회'가 실체로서 주어진 것이 아니라 상황과 조건의 역학에 따라 현상이 드러나는 구성체라면 이에 관여된 개념의 계열에 대해서도 구성적 개념 층위에서 검토할 필요가 있다. 게다가 두 항이 조합된 '문학사회학'을 둘러싸고 펼쳐지는 담론의 장에서 오가는 논점이나 쟁점 등에 대해 성찰할 여지가 있다. 가령, 근대 문학의 성립에 관여된 사회적 조건에 주목하여 제기되었던 문학사회학 테제의 지층을 시추하여, 디지털 단말과 네트워크를 통해 정보를 생성하고 전하는 의사소통의 방식에 조응한 문학의 양태를 온당하게 살필 방도를 모색할 수 있을 것이다. 마르크스주의에 바탕을 둔 문학사회학 입론과 프랑크푸르트 학파의 부르주아 철학에 바탕을 둔 문학사회학 입론에서 공히 중심 가치로 인정된 실재성(리얼리티)에 관여된 담론적 실천을 들추어 볼 때, 실재에 대한 관념이 해체된 차원들로 구성된 탈산업 사회에 조응한 문학사회학의 테제가 다층·중층을 이룰 수 있는 여지에 주목해 볼 수도 있을 것이다. 문학이 속한 영역으로 인정되는 '문화'가 상부 구조에 해당하는지 인간의 삶의 장에서 토대를 이루는지 근본적으로 묻는 문화유물론의 성찰에 주목하여, 근대 문학을 둘러싼 문학사회학 담론의 저층을 들추어 전제들의 타당성 여하를 따져 문학사회학 담론의 향배를 새로 전망할 가능성도 열어 둘 수 있다. 문학 향유층 또는 수용층의 교양과 정보 수준을 고려하여, '독자'에 관한 문학사회학 차원의 거점을 '슈퍼 독자(super reader)'에 둘 경우와 '정보(를 가진) 독자(informed reader)'에 둘 경우 달라질 수 있는 개념들의 네트워크를 조망할 방법론의 기획에도 관심해야 할 것이다. 사회 구성체의 차원이 달라진 정황을 산술에 대입하는 것이야말로 문학과 사회의 함수를 연산할 때 제일로 전제된다.

문학사회학에 대한 오해와 그릇된 개념적 전제는 문학과 사회의 관계를 자명한 것으로 세우고 그 역학 관계에 대한 논의의 여지를 봉쇄할 때 증폭된다. 일견 문학사회학의 이론적 수명이 다한 것처럼 보이거나 한물 지난 전시대의 이론으로서 문학 이론사의 지엽에서나 그 의의가 잔존한 것처럼 여겨지는 경향이 있는데 저러한 당찮은 정황이 이와 무관하지 않을 것이다. 그렇지만 문학사회학은 문학과 사회의 자명한 관계에 대해 판단하거나 단선적 반영 양상을 확증하여 위계적 가치 서열을 부과하는 체계를 세우는 데 지향하지 않는다. 문학과 사회의 관계망에 대한 논의의 향배는 두 현상을 둘러싼 다차원의 조건이 얽히고설켜 다각에서 관계가 형성되고 다층적인 의미망을 확산하는 계기라는 시각을 수립하는 데서 비롯되는 것이다.

'문학사회학'의 개념 조합을 이루는 '문학'과 '사회'의 구성적 개념 자질에 대한 성찰은 그러한 오해와 그릇된 개념적 전제에서 벗어날 수 있는 거점이자 문학사회학의 진전된 입론의 수렴점이다.

문학과 사회의 구성적 함수

그리스의 사회상과 세계관이 바탕을 이루어 서사시와 비극 장르가 탄생했듯이 근대 사회에 대응하여 소설 장르가 탄생하였다고 본 루카치(Georg Lukács)의 혜안[2]은 근사하다. 이를테면 장르의 사회학[3]에 상응하는 문학사회학적 사유의 방향은 사회의 정치·경제 구조와 세계관이 문학에 반영된다는 입론의 수렴점을 향한다. 그리스 시대의 고전주의적 총체성을 확신할 수 없는 세계에 직면한 근대인들이 새로 지은 서사 양식인 '소설(novel)'은 본연의 존재가 기대었을 실체적 세계에 대한 염원을 투사한 이야기의 결정체이다.[4] 서사적 주인공(hero)은 더 이상 영웅적 풍모를 지닌 존재일 수 없으며 이른바 '문제적 개인'[5]일 수밖에 없다. 개인의 문제 상황이 초(超)개인에 상응하는 집단의 문제 상황으로 환원되고 다시금 더 광대한 사회 구조적 문제 상황에 편입된다고 간주되는 까닭이다.

이러한 사유의 단서는, 근대 세계의 구조와 조응한 새로운 문학 장르의 탄생에 관한 생각으로 확산된다. 신의 은총을 더는 기다릴 수 없는, 과학적 합리성과 이성적 세계관이 지배하는 시대에 접어든 상황에 대응한 문학의 변모는 변화된 사회상의 반영 양태 그대로다. 문학과 사회의 '상동 구조'를 간파한 골드만(Lucien Goldmann)이 주목한 것은 소설의 탄생에 사상된 근대 자본주의 사회의 양태였다. 소설과 사회의 관계는 단선적인 반영의 관계에만 국한되지 않으며 상호 간의 구조적 포섭 관계를 통해 여러 차원에 걸쳐 얽히고설킨 구조적 상동성에 있다는 것이다. 부분과 전체 사이의 변증법적 관계에 대한 통찰을 통해 지어지는 문학사회학적 테제는 개인의 개성이나 사유 방식에 국한되지 않고 사회 구조에 포섭된 '세계관의 포명으로서 소설의 탄생'이라는 데 구심을 두고 확산된다.[6] 교환 가치가 절대적 힘의 우위를 가늠하는 물신적 지표가 된 시대에 직면한 서사의 향배가, 타락한 개인의 이야기를 부정적으로 상대화한 비극적 세계관을 널리 알리어 밝히는 식으로 진전되는 현황이 여실해지는 것이다. 19세기 초부터 경제 생활에서 개인이 본질적 기능을 유지해 온 자유 경제 체제가 탄생시킨 근대 소설이나, 19세기 말 20세기 초엽 자본주의의 질적 변화가 동인이 되어 합리성에 기반한 인간의 정체성에 부조리가 빚어진 정황을 극화한 카프카와 카뮈, 사르트르 등의 소설, 2차 세계대전 전후 사회의 경제 메커니즘의 변화에 직면한 로브 그리예 등의 소설을 통해, 사회 변동과 소설의 변모 사이에 놓인 구조적 상동성이 훌륭하게 입증되는데,[7] 이는 문학과 사회의 관계에 관해 시사하는 바 크다. 근대 소설의 탄생에 관여된 초창기 자본주의 사회에 비견된 문학적 상동 구조를, 사회의 구성적 국면이 변모한 상황에서도 여일하게 추론할 수 있으리라 전제해서는 곤란하다는 생각의 단서를 엿볼 수 있는 것이다.

이를테면 마르크스주의(Marxismus) 관점에서, 상부 구조의 문학·예술은 토대(하부 구조)의 반영체에 불과하기에, 인간의 경제적 조건과 정치적 위상의 불평등 관계 속에서 빚어진 현실의 문제 상황을 제대로 갈파하는 문학의 기능을 옹호하는 입장이 파생된다. 자본주의의 왜곡된 발달로 구조적 모순이 만연해진 사회상을 직면한 데서 이러한 입장이 비롯되었던 것이다. 문학·예술과 하부 구조의 관계가 일방향의 단선적인 반영에 국한되지 않고 양향에 걸친 여러 차원의 관계가 얽히고설켜 이루어지는 다면적이고 다층적인 가치를 투영한 문학·예술의 형상화 양태들이 다채롭게 나타난다고 보는 프랑크푸르트 학파의 입장이라도, 다양한 국면의 문학적 대응을 부르는 왜곡된 자본주의적 사회상을 조망한 데서 입론의 거점을 얻는다는 면에서는 마르크스주의와 공통점이 있다. 리얼리즘 경향의 문학이든 아방가르드 성향의 문학이든 당대 사회상에 대한 응전의 결실이라는 점을 고려할 때, 대척점에 있는 양단의 입론 저변에서 담론상 공분모가 감지되는 것이다.

이들의 경우, 문학이든 사회든 모두 대상화될 수 있는 실체 개념이며 둘이 어떤 식으로든 실질적인 관계를 맺고 있어서 그 관계 양상을 밝히는 데 논의의 지향점이 있다는 식 사유의 전제가 바탕을 이룬다. 이념적 입장에 따라 사회나 문학 가운데 어느 한 편을 중심에 두어 주종 관계로 환원하려는 태도 또한 담론상 공분모를 이룬다. 여하튼 마르크스주의나 프랑크푸르트 학파나 간에, 자본주의의 발달로 변모된 조건에 따라 조성된 사회·문화적, 정치·경제적 문제 상황이 만연해 간 사회에 조응된 문학의 위상과 양태를 분석의 축에 두었다는 점에서 의미심장한 시사점을 던진다. 불평등 구조의 고착으로 빚어진 사회적 모순에 적극 대응해야 한다는 입장이든, 부정한 현실의 언어를 넘어선 문학 고유의 언어적 활동을 통해 현실의 부정성을 비판하는 문학의 가치를 옹호하는 입장이든, 당대 사회상과 문학의 관계에 관여된 자명한 요소들을 인정한다는 면에서 공동의 담론이 구성되고 있다는 데 주목할 여지가 생긴 셈이다.

다만 문학과 사회의 관계가 일방향으로 지어지거나 단적인 차원으로 형성되는 것이 아니라 사회적 조건에 문학이 대응할 수 있다는 생각의 단말에서, 문학적 실천이 사회 변동과 문화 재편의 동력으로 작용할 수 있다는 사유의 편린이 감지되어 흥미롭다. 가령, 벤야민(Walter Benjamin)이 '아우라(Aura)가 소거된 근대 예술'의 형해(形骸)를 비장한 어조로 갈파한 것은 아케이드로 표상된 근대 도시의 새로운 환경에 직면한 터에서 비롯한다.[8] 그가 오늘날 사회·문화적 환경의 변화에 직면하였다면 문학 고유의 아우라에 대한 회의에 거점을 두고 있을 문학의 현황을 통찰하여 문학사회학적 사유의 밑그림을 달리 그렸을 법하다.

사회 구성체의 변동에 대한 성찰도 주목할 만하지만, 사회적 조건의 변동에 발맞추어 문학·예술의 자질이 변모되고 장르가 재편될 개연성을 통찰한 시각이 이목을 끈다. 요컨대 항구 불변한 문학·예술 고유의 본질을 상정해서는 곤란하다는 생각의 벼리는 시사하는 바 크다. 사회도 실체가 아니며 문학도 실체가 아니다. 따라서 둘 사이의 관계가 여일한 구도로 지속되리라는 생각은 당찮다. 사회의 구성적 양태가 변모하는 데 조응하여 문학·예술의 자질이 새로 구성될 여지는 늘 열려 있다. 어쩌면 반영론적 관점이 이러한 국면에서 액면대로 오롯이 적용되어야 할지 모른다. 이를테면 사회의 구성적 자질과 함께 문학의 구성적 자질이 반영 관계에 있다면, 실체를 거울에 비추듯 일정한 방향으로 이루어지는 반영 구도가 형성될 수 없다는 결론에 닿아야 하는 것이다. 게다가 반영된 사회상이 구조적 모순으로 빚어진 문제 상황에 국한될 소지만 있는 것은 아니다.

그렇다면 문학·예술이 세계의 리얼한 형상을 재현하는 매체로만 이해될 하등의 이유가 없다. 총체적 실재를 제시하는 문학·예술 양식이 유력한 경우가 물론 있을 테지만, 파편화된 '모던 사회'의 면면을 구현하기 위해서는 단방향의 재현 양식에만 기댈 수 없음을 간과해서 안 된다. 기실 산업 사회의 진전이 가속화되면서 사회의 구성체적 조건이 급격히 변모하였으며 이에 대응한 문학·예술의 양식 또한 급속히 다각화된 측면이 크다는 점을 염두에 두게 된다. 과연 '예술 작품의 유일성은 그것이 전통과 깊은 연관을 맺고 있다는 사실'[9]을 인정하는 동시에 '이 전통 자체는 완전히 생동적인 것이며, 대단히 유동적인 어떤 것'[10]이라는 점을 용인해야 한다. 따라서 한때는 제의적 분위기를 통해 예술적인 위의(威儀)를 자아내는 데 기여했던 예술적 아우라가 기술 복제 시대의 예술 작품에서는 소거될 수밖에 없게 되는 것이다.

나아가 아방가르드 경향의 문예 사조를 들추어 보건대, 문학·예술 작품의 유일성에서 풍기던 문예 미학 고유의 진가(Echtheit)[11]마저도 붕괴될 위기 상황이 도래한 정황이 포착된다. 문학·예술의 실체적 자질이 무색해지는 '반미학적' 진전이, 인간의 가치에 대한 회의를 부를 정도로 극심하게 변동된 산업사회의 사회적 조건에 회부되었던 정황도 엿보인다. 이러한 상황에서는 대중이 예술을 대하는 태도가 변화되는 조류가 가속화된다.[12] 가령 사진과 영화가 미술의 위기를 조장한 측면과 함께 대중의 요구가 미술의 변모를 촉발한 측면이 동시에 나타나는 것이다.[13] 급기야 다다이즘과 같은 초현실주의의 반원근법적 조류(Aperspektivismus)는 아우라의 파괴를 공공연하게 전면화하려는 전략의 원심을 이룬다고 할 수 있다.

벤야민의 진단대로 사회도 문학도 오롯한 실체로서 전제할 수 없으며 둘 사이의 관계 양상을 일정한 방향에 고정시킨 구도로 예단할 수 없다. 사회 구성체의 변화가 문학 체제의 변화를 이끌 수 있지만 그 변화의 양상이 어떠한지 예측할 수 있는 자명한 향배가 정해지지는 않는다. 그러므로 문학과 사회의 관계가 역학 구도에 부쳐질 것이라는 데 논의의 기점을 두는 편이 타당하다. 둘의 관계 역학에 따라 다기하게 분화될 문학사회학 테제를 추리고 입증할 논리적 디테일을 구성하는 일이 이어져야 할 것이다. 게다가 문학의 변화가 사회 구성의 기제에 작용할 수 있는 가능성에도 시각을 열어 두어야 한다. '문학사회학'을 구성하는 '문학, 사회, 학' 세 항의 단말 개념 자체가 구성적이며 이들이 조합을 이루어 운위되는 담론 양상이 구성적이라는 데 생각의 수렴항이 있는 셈이다.

이런 맥락에서, 디지털 노마드(digital nomad)의 네트워크 서핑(surfing), 이를 가능하게 하면서 동시에 이를 통해 창출되는 월드 와이드 웹(www.)의 신세계가 펼쳐지며 인공 지능의 진화적 정점을 향하는 오늘날의 사회적 환경에 대응하여 문학사회학 테제는 어떤 양태로 구성될지가 관심사로 부상한다. 디지털 네트워크를 통해 소환된 가상 공간(virtual spaces)이나 가상실재(virtual-real)의 세계가 디지털 노마드들에게는 엄연한 삶의 거점이 된 새로운 현실이다. 이러한 가상 공간의 네트워크 세계에서 구성될 사회적 조건과 문학의 관계는 이전의 반영적 관계나 부정성 원리 등으로 환원할 수 없는 구성적 관계망에 부쳐질 수밖에 없다. 문학사회학의 지형도를 다시 그리는 것은 수순이다. 일방적인 관계 구도나 일면적인 의미 함수로 온전히 설명할 수 없는 다양한 구심과 다층적 관계 층위를 구성하는 데 유용한 문학사회학 테제를 세우고 이에 걸맞은 실천적 담론과 해석의 방법론을 다시 모색해야 하는 것이다.

문학과 사회의 관계를 일방향의 연산 관계로 대입시켜 자명한 결론을 미리 세워둔 채 그 결론에 합당하게 환원하는 논리를 재생산하는 나이브한 (naive)[14] 입론들은 그 자체로 논리의 출발과 귀결이 모순된 당착에 처해 있다. 이는 문학과 사회의 반영적 관계를 인정하는 시각에서부터 둘 사이의 관계를 무연한 것으로 전제하려는 시각에 이르기까지 담론적 실천의 패턴 면에서는 여일하게 적용된다. 사회가 구성체라면, 문학사회학의 기본 전제를 따라, 그 사회적 조건에서 생산되고 유통되는 문학 또한 구성적 자질을 지닌 소산으로 전제되어야 온당하다. 문학을 사회의 반영물로 대상화된 실체 개념에 두는 시각에서 벗어난 바탕에서 개념 계열을 편성하고 담론의 장을 재편하는 편이 옳은데, 디지털 네트워크 환경에 직면해서는 더욱 그러하다.

아케이드 배회자에서 디지털 노마드로

근대의 아케이드(arcades, 파사젠Passagen)[15]가 선사한 생경하면서도 신기한 풍광이 주는 시각적 쾌감과 경이감은 기존의 고전주의나 낭만주의 식 미학의 고유 자질에 대한 근본적 재고를 촉구했을 법하다. 삶의 경관형상(landskip)이 급격히 바뀐 근대 산업 도시의 공간적 재편에 결부된 사회 변동에 직면한 작가·예술가들이 제시한 텍스트들은 벤야민적 사유의 단말이 파생되고 확산되는 구심을 이루었을 것이다. 문학·예술의 사회 참여에 관한 테제에 던진 전향적 시야는, 그것이 도시 공간을 어슬렁거리며 배회(Passage)하는 한량(Flaneur)[16]에 관한 입론이든, 의미 없는 편린들을 짜기워 근사한 의미체처럼 빚어내는 몽타주에 관한 입론이든, 새로운 시대에 걸맞게 변화된 사회상과 문학·예술의 조우를 통해 생성된 의미망을 다각적인 방향으로 확산시킨다. 문학·예술과 사회의 관계에 대한 일방적 선언으로 다 포괄할 수 없는 의미와 가치의 여지가 커진 까닭이다.

벤야민 식의 문학사회학적 성찰은 문학과 사회의 관계에 관여된 문화 층위에 대한 관심을 유발한다. 구조화된 실체로서 주어진 사회상의 반영에 국한되는 것이 아니라, 삶의 거점이자 삶의 다면적 가치와 다층에 걸친 생활의 방식이 수렴된 '문화'는 삶의 총체적 방식으로서 문학·예술의 구심점이면서 수렴점이다. 그 사유의 통찰을 읽어 관계적 역학에 대한 비평적 혜안에 주목하여야지, 당대 사회·문화적 조건에 대응한 미학적 변화의 디테일을 추상화한 사유의 결론에만 주목해서는 온당한 이론적 거점이나 논리적 토대를 얻을 수 없다는 데 유념해야 한다. 관건은 한 시대나 사회의 주도-모티프(Leit-Motiv)나 랜드마크(landmark)에 상응하는 담론적 표상의 구심체를 통찰의 도정(Passage)으로 이끄는 시야의 확보다. 아케이드를 따라 근대 도시의 도정을 주유(周遊)하며 보고 읽은 사회·문화의 표징들과 디테일을 통해 벤야민이 제시한 문학사회학적 테제를 통찰하는 데 주력해야 온당한 것이다.

아케이드로 표상되는 근대 산업 사회와 조응한 문학·예술의 양상과, 디지털 단말을 통해 촘촘히 구성된 네트워크로 표상되는 정보 사회와 조응한 문학·예술의 양상이 여일하지 않으리라 예측하기는 어렵지 않다. 이러한 예측은, 사회의 구성적 자질과 문학의 역동적 구성 양상이 조응할 것이라는 문학사회학의 대전제에 비추어 보면, 자명한 추론에 가깝다. 디지털 노마드들은 디지털 단말기를 통해 무한에 가까운 디지털 정보망에 접속하여 종횡무진 횡단하며 삶의 장에 참여하는 데 익숙하다. 이들에게 문학·예술의 위의나 모던 미학의 가치를 일방적으로 강요할 수는 없을 것이다. 전근대 문학·예술의 아우라나 근대 문학·예술의 '미학'마저 포괄할 수 있는 감각과 역량을 나누어 주고받을(up·down-load) 수 있는 여지가 열려 있다는 점에서, 그들이 접하는 문학·예술에 대한 관심과 수용의 거점은 일정한 준거점으로 환원하여 예단하기 곤란한 조건들을 통해 형성된다.

한편, '기술 복제'를 넘어선 디지털 재구성 및 재창조는 원본의 아우라를 재차 소거하는 과정을 거치므로 본래의 감흥을 살릴 길이 더욱 요원해지지만, 원본에서 맛볼 수 없는, 또는 현장감만으로 재현할 수 없는 차원 다른 미감을 구현함으로써 미적 감각의 국면을 새롭게 하는 효력을 발하기도 한다. 가령, 글렌 굴드(Glenn Gould)가 연주한 <바흐: 골드베르크 변주곡> 앨범 가운데 전설적 명반으로 꼽히는 1955년 연주를 모노 녹음 앨범으로밖에 감상할 수 없는데, 1981년 스테레오 앨범의 원숙함에 기대일 수 없는 '굴드 스타일' 덕에 모노라도 더한 미적 감흥을 느끼는 애호가들이 제법 두터운 층을 이루고 있다. 이에 부응하여 그의 타건과 연주 스타일을 '젠프(Zenph)'라는 컴퓨터 프로그램을 통해 분석하여 가상의 굴드로 하여금 연주케 하여 스테레오는 물론 멀티 채널로 녹음한 '젠프 리마스터링 앨범'이 등장하여, 원본의 충격과 감동을 넘어선 흥분과 감흥을 마니아들에게 선사했다. 심지어 바이노럴(binaural) 방식의 음원을 함께 제공하여 연주자가 연주하면서 스스로 들었을 음감을 가상으로 구현하여 감상의 재미를 더하기까지 한다. 물론 이 새로운 음반에서는 굴드 특유의 흥얼거림과 타건의 반향이 흔적조차 감지되지 않는다. 이를테면 저러한 연출을 통해 연주 현장의 실황에서 이중 삼중으로 상대화되고 가상화된 수용 상황을 빚음으로써 중층적으로 아우라가 소거된 텍스트가 제공된다. 이러한 사례는 단순한 복제나 재현을 넘어 새로운 국면으로 재구성되고 재창조된 작품을 제시할 수 있는 디지털 기술의 수월성을 입증한다. 이로써 문학·예술의 영역이 단적으로 확장되고 있는 정보 네트워크 환경에서 미학에 대해 전향적으로 사유할 수 있는 시야의 확보가 요구된다는 점을 돌이키게 한다.[17]

디지털 디바이스로 무장하고서 복잡다단하게 얽히고설킨 정보·통신(IT) 네트워크를 종횡으로 가로지르며 일하고 교유하는 디지털 노마드들이 펼치는 사회의 경관은 근대적 산업 사회의 경관과 사뭇 다르다. 이러한 사회상에 대응된 문학·예술의 양상과 기능의 변모는 물론 문예적 소통의 국면이 재편되는 정황이 뚜렷하다. 사진이나 영화와 같은 새로운 시각·영상 미디어의 등장이 부른 기술 복제 시대의 대중에게 부과된 '미학적' 난항과, 단순한 매체에 국한되지 않고 삶의 전역에 작용하는 디지털 네트워크의 저변화가 부른 정보·기술(IT) 시대의 '정보화된 대중'이 부르는 다층적 미의 가치와 다변화된 미적 범주의 판도는, 그 문제항의 격차가 사뭇 크다.

꿈에 불과하던 상상을 현실로 바꾸어 놓은 디지털 기술의 혁명은 문학·예술의 범주에 대해 전향적으로 사유하게 한다. 가령 디지털 기술에 힘입어 고전적 판타지나 과학적 판타지(SF) 세계를 표현하는 차원이 비약적으로 변모하였다. 실제 형상과 가상 형상의 경계를 가름하는 시도가 무색해질 만큼, 실사와 컴퓨터 그래픽(CG)의 차이를 구별하기 어려운 영상을 통해, 이전에는 글로써나 표현 가능한 관념이나 가상이 엄연한 실상으로 투사되기에 이른 것이다. 기실 인간이 꿈을 꾼다는 것 자체가 엄연한 현실 아니던가. 그러한 꿈이 더는 꿈이나 공상이 아닌 실사로 눈앞에 투사되는 현상이 벌어져, 꿈꾸던 세계가 실현되는 환영(幻影, Phantasmagorie)에 직면하게 되는 것이다. 무의식 저층의 실재를 들추어 의식 표면에 투사하는 집단 무의식인 신화는 가상의 허구이면서도 세계 전역에 편재한 보편적 실재라는 면에서 기묘한 아이러니가 생긴다는 점은 익히 알려진 바다. 이에 비견되게 상상 속에서나 가능한 판타지 세계의 실재가 컴퓨터 그래픽으로써 실로 구현되어 '가상·실재'를 이루는 엄연한 현실이 빚어진다. 신화적 형상과 과학적 실재 사이의 기묘한 등가 관계를 디지털 장에서 실로 조망하는 계기가 조성된 셈이다. 이즈음 실재 또는 실재성에 대한 개념적 이해가 요구된다.

리얼리티의 아이러니

주체적 개인의 발견이라는 근대의 테제는 문학이 현실에서 출발하여 현실에 귀결되어야 한다는 문학사회학적 주제의 구현을 가능하게 한 근거가 되었다. 문학은 더 이상, 인간의 이상이나 꿈을 가상으로나마 실현하도록 하여 현실의 문제 상황을 무연한 것으로 투사하는 판타지에 기대어서 안 되었던 것이다. 일상의 경험을 일상의 언어로 표현하고 소통에 부친다는 근대 문학의 테제가 소설의 탄생을 부르는 데서 한 정점을 이룬 것은 의미심장하다. 문학은 당면한 현실에 대한 반향이어야 하고 현실의 문제에 간여하여 문제 상황에 대해 어떤 식이든 해법을 제시할 수 있어야 인간 삶에 관여된 본연의 역할을 완수할 수 있다는 생각이, 문학 패러다임 이동의 축이 되었던 것이다.

그런데 개인이 직면한 근대 세계는 그 이념의 본질적 지향과 달리 정치·경제적 불평등 관계가 빚은 모순이 만연한 비극적 세계였다. 부조리한 세계에 대응하는 개인은 '문제적 개인'이며 그러한 비극적 세계에 대응하여 소설이 다루는 세계상은 인간 본연의 가치를 실현할 수 있는 실체적 리얼리티가 구현된 양상을 지향한다. 소설의 탄생과 리얼리즘 문학의 새 접점이 형성되는 국면은 이와 궤를 같이 하는데, 현상 너머 사상(事象) 본연의 변함 없는 본질적 가치를 추구하는 고전적 실재론의 개념적 전제가 문학에 본격 적용되어 근대 문학의 이념을 추동하는 중심 명제를 이룬다는 사실에 유념해야 한다.

요컨대 리얼리티에 대한 담론적 전제들과 이에 따른 문학사회학 테제의 다층 혹은 중층들에 주목할 여지가 생긴다. 따지고 보면 현실의 투사와 성찰을 통한 사유라는 점에서, 판타지 서사와 리얼리즘 계열 서사는 담론상 층위가 겹친다고 할 수 있다. 모순된 현실 너머 실재하는 본연의 세계상과 그 가치를 지향하는 인간적 염원을 담은 휴머니즘(humanism)은, 허구적 가상 세계에 대한 꿈이든, 부조리한 현실을 직시하고 문제 상황을 해소한 세계를 지향하는 의지와 이념이든, 실제(actual) 현상을 넘어선 실재(real) 형상에 관여된다. 실재는 사실이나 현상과 동의어가 아니며 오히려 이념이나 관념에 가까운 본체 또는 실체 개념이다. 리얼리즘 문학론에 바탕을 둔 문학사회학 입론은 문학과 사회의 실체적 관계를 전제로 할 때만 성립되고 그도 반영적 관계를 설정해야만 유효한 이론적 입장의 하나일 뿐, 문학사회학을 오롯이 대변하는 입론이 아니다. 오히려 사회와 문학의 구성적 자질과 역동적 변화의 도정에 노출될 가능성 등을 염두에 둘 경우, 저러한 입장에서는 유의미한 방법적 개념 계열을 효과적으로 제시하지 못할 공산마저 크다.

플라톤과 아리스토텔레스의 철학이 서구 철학의 모태이듯이, 문학을 실재론의 한 예시 정도로 설명하는 관점은 서구 미학사에 강하게 뿌리내리고 있다. 문학을 실재의 모방 양식으로 보고서, 문학에서 실재성을 근거로 하여 그 가치를 평가하려는 생각은 뿌리 깊다. 근대 철학의 서막을 열었다는 데카르트라고 해서 예외가 아니다. '나는 생각한다, 그러므로 존재한다(*cogito ergo sum*).'라는 테제는 인간이 스스로 사유함으로써 자신의 존재 근거를 성찰할 수 있으며 그로 주체적 존재가 되어 급기야 신의 존재마저도 '방법적 회의'와 합리적 성찰을 통해서 증명할 수 있다는 혁명적 사유에 가닿는다. 그런데 이러한 추론의 맥 역시 '존재론적 전통'을 잇고 있어서, 플라톤의 이데아나 아리스토텔레스의 실체와 동등한 함의를 지닌 '실재성' 개념에 수렴될 뿐이다. 불변의 객관성을 확보한 세계, 즉 실재의 세계 자체가 형이상학적 실체 개념이다. 물론 그 객관의 세계만 '진리'로 받아들여진다.[18]

이성으로 닿을 수 있는 진리에 합당한 문학만이 '진정한' 문학이라는 생각이 근대 문학의 지배적 이념을 산출했다. 특히 전대 낭만주의적 센티멘탈리즘에 식상한 이들에게는, 과학성과 합리성을 주창하는 근대 리얼리즘이 신선한 지적 충격이기도 했을 것이다. 문학적 근대성은 합리적으로 이해할 수 있는 객관 세계를 모방하여 기술하려는 리얼리티 의식이 저변을 이룬다. 리얼리티를 구현한 최적의 장르로서 '소설의 탄생'을 설명하는 것은 이 맥락과 연관된다.[19]

'리얼리티'는 현상들의 총체(integrated system)인 세계의 질서를 기술할 때 요구되는 포괄성과 합리성이다.[20] 문학은 그 실재 세계를 재현(representation)할 지시 대상(referent)을 제시함으로써 실재에 근사한 형상을 지어 실체의 공화국에 봉사해야 한다는 것이 리얼리즘 문학론의 본색이다. 이러한 입장에서는 인간이 이성적 활동을 통해 실재 세계를 인식하고 표현한 결과가 실재 세계를 지시할 수 있다고 전제한다. 그렇게 리얼리스트들은, 인간이 합리적이고 객관적으로 세계를 모방할 수 있는 문학적 모형을 제시할 수 있다고 '믿는다'. 이를테면 현실을 매우 그럴싸하게 기술한(verisimilitude) 작품을 통해 실재에 대한 환영(illusion)을 자아냄으로써 리얼리티에 근사한 세계의 형상을 제시할 수 있다는 것이다.

한편, 문학 내적인 질서를 절대적으로 옹호하면서 표면상 리얼리스트들과 양단의 대립 구도에 선 것처럼 간주되는 형식주의자들의 모색 또한 리얼리티 의식에서 자유롭지 않다. 그들이 앞세우는 문학 고유의 '자율적 체계'라는 개념 자체가 실재성의 단적인 자질을 안고 있다. 이를테면 문학은 현실 세계에 대한 지시체가 아니라 내적인 원리들로 구축된 일종의 '밀폐 체계(hermetic system)'[21]로 볼 수 있으며 텍스트의 외부에는 아무것도 없다는 것이다. 이처럼 문학의 의미를 텍스트 내적 질서에서 찾으려는 모색은 지시와 실재라는 강박에서 우리를 자유롭게 한 것은 사실이다. 문학이 당당한 독립적 기호 체계로서 존립할 수 있으며 문학의 가치를 진리 관념에서 자유롭게 할 여지가 이로써 조성된 정황도 엿보인다. 그런데도 '기호밖에 아무 것도 없다.'는 식의 전제가 잠재된 사유의 저변을 들추어 보자면, 지시 개념을 대치하였다는 약호(code) 관계가 또 다른 실재가 가정된 밀폐 체계에서 지시 관계의 표지로 쓰이는 것은 아닌지 의구심이 든다. 문학만의 독자적인 기호 체계 내에서 기표와 기의의 결합 관계가 아무리 자의적인 것이라고 하더라도, 그리고 그런 자의적인 결합이 제아무리 문학 체계 내에서만 이루어진다고 할지라도, 그 내적인 질서 자체를 상정한 것부터가 '문학적 실재'를 전제하고서만 성립되는 것이다. 따라서 기호 체계를 염두에 두고서는, 문학적 기호들이 문학 외적 세계의 실재를 지시하고 이를 모방하는 것이 아니라는 점을 새삼 환기하게 되지만, 형식주의 식대로 문학 내적 세계로 관점을 돌이켜볼라치면, 그 세계에 고유하게 존립하는 실재에 관여된 개념을 상정하여야 하는 당착에 봉착하는 아이러니 상황이 빚어진다. 문학 고유의 세계만을 이루는 원리나 법칙이나 이를 추동하는 동력원 같은 것이 있을 때만 그 내적 체계를 상정할 수 있을 텐데, 그런 것들이 있으려면 그 세계의 실재성 또한 전제해야 하기 때문이다. 결국 구조주의에서 기호론에 이르기까지 반리얼리티 의식을

단적으로 표방한 생각들 자체가 리얼리티 의식의 몽마(夢魔)를 끝내 떨쳐 내지는 못했던 것이다.[22]

'리얼리티'는 삶의 다층과 역동적 의미 함수를 온전히 반영할 수 없는 방법적 개념이다. 이를 근간으로 하는 '리얼리즘'은 문학과 사회의 구성적 양태와 역학 관계를 온전히 설명하거나 예측할 수 있는 방법론이 아니다. 문예 사조상 문학사회학 입론의 한 국면을 이루고 있어서 그 반영론적 테제나 문학적 참여에 관한 테제의 가치를 인정할 수 있으나, 이로써 문학사회학의 이론적 입장을 일거에 간파할 준거를 수립할 수 있는 것은 아니다. 삶의 장의 여러 단면을 횡단하여 성찰함으로써 구성적 자질들로 조합된 문학과 사회의 역학적 함수를 온전히 해석하기 위해서는, 피상적 실재에 관한 개념항보다 삶의 장에서 펼쳐지는 구체적 수행에 관한 개념항에 관심해야 할 것이다. 요컨대 '문화'를 문학과 사회의 관계를 묻는 매개항으로 설정할 필요가 생긴다.

문화라는 문학의 토대

'문화'는 삶의 총체적 방식[23]이다. 이는 생활의 장에서 펼쳐지는 삶의 여러 양태를 제어하는 방식들을 아우를 때 쓰는 개념으로 전제된다.[24] 이른바 '고급 문화, 문화 생활, 문화 산업' 등에서와 같이 상대화된 개념은 문화에 관한 편향된 시각을 낳는 문제를 다룰 때 쓰일 소외적 개념이어서, 이 맥락에서 전제로 쓸 만한 것이 아니다. 오히려 저렇듯 원 개념의 부정적 측면으로 소외된 말뜻을 적용하는 일은 문화에 관한 진지한 성찰을 가로막는 부작용을 유발하므로 염두에 두는 것 자체가 위험하다.

기실 문화에 대한 마르크스주의적 논의의 오류 또한 문화에 대한 개념항을 편향된 시각 편에 세워 두고 논의를 시발한 데서 비롯된다. 요컨대 문화를 경제적 토대(하부 구조)의 반영태인 상부 구조로 인식한 데 문제의 거점이 있다. 문화는 경제적 조건이나 물적 생산·교환 관계를 포괄하는 삶의 방식에 대한 성찰의 결실로서, 반영의 대상으로 상대화될 수 없는 총체에 관한 것이어서 하위의 구조 층위와 직접 비교할 수 있는 개념 층위가 아니다. 이는 관념이나 추상적 이념에 관여된 것이 아니기에 상부 구조에 속하는 것도 아니므로, 상부 구조가 하부 구조의 반영이라는 유물론적 전제를 받아들인다 해도, 문화가 물적 토대를 반영한 것이라는 생각은 용인될 수 없다. 오히려, 생산·교환 관계에 기초한 경제 활동이 인간의 문화적 수행의 주축이 되니, '문화'는 개념상 '토대'에 상응하는 면이 크다.

문화를 상부 구조로 편입시키는 전제로 인해 문학사회학에 '문화'를 매개 항으로 상정할 때 원론 수준에서 그릇된 입론이 파생될 수 있는 소지가 있었던 셈이다. 이는 유물론적 견해를 바탕으로 전개된 반영론의 오류를 지적하는 데 우선 적용되지만, 문화에 관한 항을 빌미로 문학·예술이 사회의 반영이 아니라 사회와 절연된 고유의 고급 체계를 이루는 인간 정신의 정수라는 식의 생각을 앞세운 프랑크푸르트 학파[25]의 오류를 갈파하는 데도 적용된다. 이들 모두 문학적 활동을 포괄하는 문화적 수행을 상부 구조의 최상위에 두고서, 아무나 범접할 수 없는 고위의 실체로 문학·예술의 지위와 가치를 몰아간 혐의가 있다. 그러나 인류학자들이 축적한 인간 문화에 관한 방대한 기술[HRAF; human relationship area files]에 비추어 보건대, 저들의 생각과 달리, 문화는 인간 삶의 전 영역에 걸쳐 가장 저변의 장을 이루어 인간의 물적·정신적 결실을 산출하는 구성적 토대임을 추론할 수 있다.

문화는 고정된 실체가 아니다. 인간이 요구하는 삶의 조건과 그가 처한 환경에 대응하여 조율된 삶의 방식이 수렴되는 토대이자 새로운 변화가 예비되는 구심이다. 이 맥락에서 문화 유물론(cultural materialism)에서 제시하는 문

학사회학 테제가 지평에 부상한다. 한 시대의 문화적 소산인 문학·예술 작품
은 당대에만 국한되지 않고 시대를 아우르는 문화적 지층을 구성하는 구심으
로 기능하면서 문학·예술과 사회의 관계를 다각으로 지을 때 최적화된 문화
적 기능을 수행한 것으로 판단된다. 한 작품의 가치는 여러 시대를 관류하여
다채로운 변이형을 산출함으로써 부가 가치를 높이는 방향으로 진전된다.
가령, 셰익스피어의 비극들은 당대의 극 양식만으로도 충분한 가치가 있지만
시대의 변화와 조우한 문화적 변용 요구에 적절히 대응하여 펼쳐지는 변이형
들을 통해 가치가 고양되고 인간 삶에 밀착할 수 있었던 것이다.[26] 따라서
원전의 가치만이 아니라 문화적 적층을 가능하게 한 동력과 수용자들의 요구
에 부응한 문화적 가치를 창출하는 경위를 해석함으로써 셰익스피어 비극의
의의를 빛낼 수 있는 구심들을 찾아낼 수 있는 것이다. 문학·예술과 사회의
관계에 대한 문학사회학은 이처럼 인간 삶의 변용에 관여된 문화적 토대의
변모 양상을 추적하기 위한 확장된 논의의 바탕을 얻음으로써 시야가 넓어지
고 구성적 자질을 전제한 테제의 전망을 밝힐 수 있다.

　문화는 단순히 사회의 일부 영역에 국한되는 대상이 아니라, 인간이 사회
적 관계를 맺음으로써 더 나은 삶을 영위하기 위해 서로의 지혜와 정보를
나누고 축적하게 하는 수행들이 수렴되는 거점항이다. 이는 사회와 분리된
실체가 아니라 사회적 과정에 작용하는 기제이며 사회적 수행의 장에 해당한
다. 그 기제가 활성화되고 문화의 장이 드넓어지는 데에는 구성원 상호 간의
의사소통 회로가 순조로이 구성되고 활발하게 작동하는 것이 관건인데, 인간
의 물적·정신적 소산이 축적되어 양질의 문화적 소산으로 이어지기까지 수
용 편의 회로가 온전히 구동되어야 한다. 요컨대 문학과 사회의 관계에 대한
연산에서 문화가 변수로 대입될 때 수용자 편인 독자 또한 변수로 대입되어
야 하는 것이다. 문학의 사회적 현상은 문학의 생산·창작으로만 주어지지

않고 유통과 해석을 통해 벌어진다는 데 거듭 유념해야 한다.

독자라는 문학사회학적 상수

'문예학의 도전으로서의 문학사'라는 선언적인 제목을 내건 야우스(Hans Robert Jauß)의 기념비적 논저는 문학 연구의 관심을 전향하도록 촉구하였다. 기존에 작가와 작품 중심으로 진행되던 연구의 향배를 돌려 그 거점을 독자에 두어야 한다는 생각은, 오늘날에는 별스럽지 않을 테지만, 당시에 대단한 충격파를 던진 것으로 보인다. 특히 문학의 사회적 조건이면서도 문학과 사회의 관계에 대한 논점으로조차 고려되지 않았던 문학 향유층 또는 문학 수용층에 대한 논의를 문학 연구의 수면에 부상하고자 한 야우스의 진중한 탐색은 단순한 선언에 그치지 않고 문학의 자질에 대한 미학적 성찰의 심연에 닿아 있다.

그 논의의 단서는, 한 편의 문학 작품이 고전 명작이 되기까지, 당대 독자의 기대 지평에 단층(斷層)을 형성하여 정작 작품이 출시된 때에는 반향을 부르지 못하거나 심지어 부정적 반응을 불러일으키는데, 이후 독자들의 문학에 대한 이해력이 신장하여 비로소 수용될 때 위대한 고전의 반열에 들게 되는 험로를 거치게 마련이라는 데서 포착된다. 고전 명작은 독자의 기대 지평을 확장하는 계기가 될 때 최적의 효력을 발하게 된다는 것이다. 이로써 문학의 사회적 조건은 작가가 활동하는 당대 사회상에 관여되기보다는 독자들의 반응이 활발해지는 시대의 사회상에 관여되는 편이 크다는 생각이 힘을 얻는다. 문학 현상이란 작가가 던진 실체인 작품만으로 형성되는 것이 아니라, 유통에 부쳐져 독자의 반응을 불러 소통이 활성화될 때 이루어진다는 점에 비추어 볼 때, 문학사회학은 과연 '독자의 사회학'에 회부되어 마땅하다고 해도 좋을 것이다.

이러한 야우스의 입론에서 지평 확장에 기여하는 '독자'는 일정 이상의 지적인 수준에 있는 독자에 국한된다. 그래서 독자 자체가 처한 사회적 조건에 따른 역학을 고려하지 않은 이상적 실재 개념에 가까운 터라,[27] 뜻밖의 문제 상황을 조장한 측면이 있다. 독자의 기대 지평이 확장되는 가운데는 당대 독자의 수준이 신장될 여지가 있다는 가능성을 고려하지 않고서, 문학 능력(literary competence)[28]에 정통한 독자에 대한 관념적 형상을 빚어 일반 독자들이 넘어서기는커녕 범접할 수 없는 영역에 독자의 위상을 세운 형국이다. 당대 대중들이 범접하기 어려운 만큼 독자의 전범이라 하기에도 석연찮은 구석이 있는 셈이다. 일견 슈퍼 독자(super reader)[29]라는 술어가 적절해 보이는 것은 일반적인 독자의 역량을 초월하기에 당대 현실에서 찾을 길 없는 가공의 형상에 근사하기 때문이다. 뒤늦게 독자의 수준이 높아져 후대에 작품의 가치가 인정받게 된다는 설명에서도, 독자들이 기대 지평을 배반당하는 당대에는 작품을 온전히 수용할 수 있는 독자가 이상적 존재에 불과하다는 점이 고지된 셈이기도 하다. 다만, 당대의 미학적 단층이 후대 독자들에 의해 채워질 수 있으며 그로써 기대 지평이 확장될 수 있다는 전망에서는 독자를 고정 불변의 실체로만 국한하지 않은 정황이 감지된다.[30]

피쉬(Stanley Fish)는 이처럼 독자의 지평이 역동하는 국면에 초점을 맞추어 독자의 층위와 개념을 전향적으로 재고한다. 그는 시대와 사회의 변화에 따라 독자가 처한 조건이 여일하지 않다는 데 주목한다. 기대 지평의 확장이라는 야우스 식 테제를 받아들인다면 더욱 그러하다. 대중의 교육 수준이 향상됨에 따라 문학에 대한 이해력이 신장되는가 하면 매체가 다변화되어 정보의 자장이 확산됨에 따라 대중의 교양 수준이 예와 달리 비약적으로 고양되는 현황에 유념하지 않을 수 없다. 오늘날 일반 독자라도 전시대의 소위 '고급 독자'의 수준에 육박하거나 그를 넘어선 정황도 여러 지점에서 포착된다. 문학에 대한 이해 지평 또한 문학 교육의 대중화와 문학적 경험의 저변화[31]를 통해 어느 때보다 큰 폭으로 확장되었다. 전문적인 비평가가 아니고서도 미학적 해득력을 지닌 독자들이 전시대의 슈퍼 독자에 상응하는 역량을 갖춘 경우도 적잖다. 이렇듯 '독자' 항이 변수로 관여된 여러 현상에서 포착되는 단서를 염두에 두고 보자면, 더 이상 슈퍼 독자라는 이상적 독자 층위를 상정할 필요가 없을 뿐만 아니라, 고급 독자를 일반 독자 또는 대중 독자에 상대되는 단항(端項)으로 상정하는 것이 무색하다는 데 수긍하지 않을 수 없다.

문학사회학적 조건으로 '독자'를 상정하는 일은 문학 향유층 또는 문학 수용층의 반응을 전제로 문학 현상의 역동적 국면을 살피는 데 수렴된다. 그러므로 '독자'는, 삶의 조건이 변모된 국면에서 새로 구성될 사회 구성원의 교양 수준과 정보 운용 수준을 고려하여 가늠할 수 있는, 기대 지평의 변수를 전제로 논급해야 할 개념항이다. 따라서 '슈퍼 독자'라는 준거 개념보다 '정보(를 가진) 독자(informed reader)'[32]라는 구성 개념을 상정하는 편이 온당하다. '고급 독자 대 대중 독자'라는 양단의 대척적 개념을 세워 이원화 양상을 논급하는 데에는, '고급 독자'라는 우성 인자만 논의의 중심에 있지 '대중 독자'라는 열성 인자는 논의 선상에 올릴 항조차도 아니라는 편견이 똬리 틀고 있다. 이러한 담론적 실천은, 고급 독자 아닌 독자들을 당초 '안락의자에 앉은 독자'로 폄하하는가 하면 심지어 '피와 살덩이만 있는 독자(reader with flesh and blood)'로 전락시켜 조롱거리로 만들며, 고급 문학과만 조우할 수 있는 미학에만 가치를 부여하는 비평적 이념을 조장하면서, 마르크스주의자들의 비판을 부른다.

그런데 '독자'를 앞세운 수용 미학이 부르주아 문학 이론에 편입될 빌미는 '독자'라는 변수 자체의 결함에서 비롯된 것이 아니라, '독자'를 항수로 전제하고 그마저도 오롯한 실체 개념처럼 지대한 가치를 부여하는 방법적 조작의 오류에서 빚어진 것이다. 이에 대한 비판적 입론이라도, '독자'의 양항을 전제하되 저와 다른 편 항의 가치를 편들고 있다는 점에서, 담론 면에서 동종 계열이다. 특히 사회 구성체의 변화에 부응하여 독자의 구성적 자질이 변화할 수 있는 가능성을 염두에 둔다면, 독자에 대한 양항 대립 구도를 전제로 진행된 문학사회학 논쟁의 양 진영에 대해 쟁점 자체의 무효화를 선언해도 좋을 것이다. 문학 전역에 걸쳐 전지전능한 슈퍼 독자를 입증할 수 없는 한, 문학 현상의 특정한 사안이나 일정한 영역 내에서만 유효한 해석 능력을 갖추고 최적의 정보를 얻은 독자들이 이루는 '해석 공동체들(interpretive communities)'[33]의 구성을 전제로 '독자의 사회학'에 관한 방법적 개념을 재정립하고 해석의 지평을 구성해야 한다. 독자야말로 문학사회학의 구성적 자질에 가장 직결된 항이기 때문이다.

현실을 반영하여 문학적으로 근사하게 형상화함으로써 독자의 확신과 신뢰(belief)를 부르는 전략에 관한 담론은 문학사회학 테제의 중요한 축을 이루어 왔다. 기정 사실을 온전히 기술하여 확신을 불러일으키기 위해서는 현실적 조건에 대응하여 발생한 문학의 상동 구조를 찾거나 주어진 사실 관계를 증명할 근거를 확인시키면 된다. 짐짓 문학의 발생과 소통을 아우르는 회로는 의외로 단순한 구조로 환원될 공산이 크다.

반면, 가상의 세계를 개연적인 세계로 환치하여 제시하기 위해서는 절묘하게 가장하는(make-believe) 전략이 요구된다. 있지도 않은 일을 있는 것처럼 꾸미거나 엄연한 사실을 왜곡하거나 미지의 세계를 꾸며낼 때일수록, 그럴싸한 배경을 앞세우고 부러 역사적인 인물과 사건으로 포장하여 인과 관계의 망을 정교하게 짜야 하므로 문학적 의사소통의 회로가 복잡해진다. 현실을 반영할 경우라도 독자의 흥미를 유발하고 특별한 재미와 감동으로 독자를 사로잡을 가외의 효과를 지을 요량이라면, 확신과 확증을 위한 목적에만 수렴되지 않을 문학적 시선과 효과 장치들이 부가될 것이므로 단순한 구조나 단순한 원리로 환원하기 어려운 양태가 산출될 수밖에 없다. 그러므로 이 맥락에서 문학과 사회의 관계를 논급하기 위해서 여러 층위와 차원에 걸친 개념항을 고안하여 다채로운 텍스트를 해석하는 데 적용할 여지가 다분하다.

특히 가상실재를 구현하기 위해 사실을 확증하는 데 적용되는 표지에 관심할 여지가 크다. 가령, 인간이 허구를 통해 어떠한 효과를 산출하고자 하며 또한 그러한 효과는 어떻게 창출되는가, 실감을 구현하여야 문학적 허구로서 기능할 수 있는 구성체를 안출할 수 있는데 이러한 허구의 실재 효과를 자아내는 회로는 어떠한가, 사실과 현실은 어떻게 문학적 허구의 회로에 편입되어 미적 효과를 내는 데 쓰이는가 등에 관해 물을 필요가 있는 것이다. 이렇듯 문학 현상에 작용하는 역학적 기제에 관심해야 하는 것은, 사실이나 현실에서 취한 제재 그대로를 문학에 직접 부칠 수 없기 때문이다.

문학적 수행의 관건은 의사소통 회로의 수용에 관한 편에 더 있다. 특히 현실이나 사실의 재현이나 인과적 재구성과 무연한 경우에는 문학적 반영의 실체처럼 주어지는 요소보다, 소통에 관여된 요소에 관심하는 긴밀한 방법이 요구된다. 매체가 다변화되어 의사소통의 장이 다각으로 분화된 디지털 네트워크 환경에서 문학의 다면과 다층을 섬세하게 이해하기 위해서는 문학 해석의 논항과 방법적 개념의 계열을 다변화하려는 노력이 절실하다. 특히 사실의 재현과 허구적 모의(simulation)의 경계가 모호한 문학 담론에 직면하여, 문학과 사회의 구성적 자질에 대한 이해를 전제로 둘의 관계에 대한 역학적 탐색과 전향적 성찰이 긴요하다. 가상실재 현상이나 가상 공간이 엄연한 현실로 투사된 상황에서, 과연 '문학적 사회'의 새로운 국면이 제기되고 문학사회학 테제 또한 이에 발맞춘 담론들에 이관되고 있는 것이다.

°주

1 Jürgen Link & Ursula Link-Heer, *Literatur-soziologisches Propädeutikum*, UTB 799, W. Fink, 1980, S. 14~15 참조. 김현, 『문학사회학』, 민음사, 1988, 17쪽 참조.

2 게오르그 루카치, 반성완 역, 『루카치 소설의 이론』, 심설당, 1998, 40~51쪽 참조.

3 김현, 앞의 책, 1987, 73쪽.

4 루카치, 앞의 책, 64쪽 참조.

5 위의 책, 84쪽.

6 김현, 앞의 책, 87~90쪽 참조.

7 위의 책, 93~94쪽.

8 발터 벤야민, 조형준 역, 『아케이드 프로젝트』, 새물결, 2005, 111~112쪽 / Walter Benjamin, Rolf Tiedemann (hrgb.), *Das Passagen-Werk*, Gesammelte Schriften V·1, Suhrkamp Verlag, 1989, S. 59 참조.

9 발터 벤야민, 「기술복제시대의 예술작품」, 차봉희 편역, 『현대사회와 예술』, 문학과지성사, 1980, 54쪽.

10 위의 책, 같은 쪽.

11 위의 책, 49쪽.

12 위의 책, 75쪽 참조.

13 위의 책, 75~77쪽 참조.

14 현상에 관여된 다각적이고 다층적인 조건과 이를 해석할 다양한 개념이 얽히고설킨 망을 온전히 고려하지 않고 단선적인 대입을 일삼는 일은 초보적이고 단순하며 때로 천박한 (naive) 행위에 불과하다. 리얼리즘의 단계에 대한 논의를 보건대, 정치·경제적 조건을 반영 관계에 대입시키지 않고 단순한 모사에 그치는 자연주의와 같은 경향은 '나이브 리얼리즘'에 머무른 것으로 간주된다.

15 벤야민, 앞의 책(『아케이드 프로젝트』), 91쪽 / 벤야민, 앞의 책(*Passagen-Werk*), 45쪽.

16 위의 책(*P-W*), 48, 524쪽 / 위의 책(아·프), 97, 963쪽('산책자'라 번역됨) 등.

17 인공 지능(artificial intelligence, AI) 기술이 비약적으로 발전하고 그 적용 영역이 단적으로 확장되는 환경은 아직 그 외연을 섣불리 가늠할 단계가 아닌 듯하다. 입력된 키워드를 적용하여 AI가 소설을 쓰거나 그림을 그리는 것은 단순히 경이로움과 두려움을 가져오는 현상에 국한될 수준은 아니다. 사람의 뇌를 모방하는 AI의 지능 수준이 공학적으로 아직 초보적이라는 과학·기술계의 진단에 비춘 얘기다. AI가 문학의 조건을 산출할 때에 변수로 대입하는 정도를 넘어 상수로 대입해야 할지도 모르는 상황에서, 또한 AI가 생산한 텍스트가 양질 면에서 충분하지 않은 현황에서, 이에 대한 논의에 섣부르게 나서거나 선언적인 테제를 앞세우는 것은 사뭇 위험한 일이다. 그 현황을 예의 주시하며 분석에 나설 방법적 채비를 단단히 하는 정도만으로도 현재로선 온당한 대응이다.

18 장일구, 「실재라는 허구, 그 기묘한 아이러니」, 『포에티카』 창간호, 민음사, 1997, 111~112쪽 참조.

19 위의 글, 112~113쪽.

20 Lilian R. Furst (ed.), *Realism*, Longman, 1992, p. 9.

21 위의 책, 10쪽.

22 장일구, 앞의 글, 123~124쪽.

23 Scott Wilson, *Cultural Materialism*, Blackwell, 1995, p. 24.

24 Roger M. Keesing, *Cultural Anthropology; A Contemporary Perspective*, Holt, 1981, pp. 67~70 참조. David E. Hunter & Phillip Whitten (ed.), *Encyclopedia of Anthropology*, Harper & Row, 1976, pp. 102~103 참조.

25 김현, 앞의 책, 100쪽 참조.

26 Jonathan Dollimore & Alan Sinfield (ed.), *Political Shakespeare*, Manchester UP., 1985, p. 10, pp. 130~133 참조.

27 H. R. 야우스, 장영태 역, 『도전으로서의 문학사』, 문학과지성사, 1986, 186~187쪽 참조.

28 Stanley Fish, *Is There a Text in This Class?; The Authority of Interpretive Communities*, Harvard UP., 1980, p. 48.

29 리파테르(Michael Riffaterre)는 서사적 소통의 회로에서 독자 항에 해당하는 개념으로 이를 상정하되 가치중립적인 형식적 표지를 부여하였으나, 기호론자들의 논의 저변의 담론적 실천에 비추어 보건대 '슈퍼 독자'는 일반 독자의 역량을 넘어선 문학 해독 능력을 갖춘 이상적 독자에 비견되는 개념으로 보아 마땅하다(위의 책, 63쪽 참조).

30 야우스, 앞의 책, 189~190쪽 참조.

31 발표되는 작품의 수는 물론 서적 유통망이 비약적으로 확대되어 문학 작품을 접할 수 있는 길이 크게 열려 있고 특히 디지털 미디어의 도움으로 책이 아니라도 문학적 활동을 체험할 있는 여지가 드넓어졌다.

32 피쉬, 앞의 책, 48쪽.

33 위의 책, 171쪽.

사회에 대한 얘기를 다시 돌이켜 보기로 하자. 사회는 인간 삶의 진전을 이루는 단서다. 사람들은 관계를 맺고 서로의 경험과 생각, 감정 등을 공유하며 관계의 네트워크를 구성하여, 개인 수준에서는 달성할 수 없는 삶의 진전을 이루는 바탕을 얻는다. 사회적 관계의 네트워크에서 파생되는 공유와 축적의 수행 방식이 '인간급'으로 진전에 진전을 거듭한 영장의 위상에 사람들이 오를 수 있게 한 구심이다. 개인의 역량이 모여 응집됨으로써만 이룰 수 있는 문명 창조 역량은 신급의 능력에 근사하다. 자연에서 부과된 환경의 제약을 딛고서 삶의 수월한 영역을 일굴 수 있는 것은 삶의 전역에 걸쳐 이루어지는 공유의 방식으로써 최적화된다. 신급에 육박하는 인간급 문명의 창조와 진화의 동력이 곧 문화이다.

문화 요소들의 문학적 해석

문화(culture)는 자연(nature) 조건의 제약을 넘어서서 개척하는(cultivate) 수행 방식이 집산된 양태로서 드러나는 구성적 현상이다. 이는 인류가 이룬 총체적 삶의 방식을 이해하는 데 소용되는 개념이지 자명하게 주어진 실체가 아니다. 사회적 과정을 살필 때에 비로소 그 면면을 볼 수 있는 현상으로서, 그 자체의 형태가 분명한 대상이 아니다. 사회도 그러하지만 문화야말로 구성적 개념으로서 전제하고 이에 관여된 현상에 접근해야 옳다. 특히 톱다운 방향이 아닌 보텀업 방향으로 이루어지는 문화에 관한 현상을 온전히 해석할 방법적 개념의 진용을 짤 필요가 있다. 이를 위해서는 우선 '문화'를 둘러싸고 통용되는 담론적 실천에 숨은 톱다운 식 개념 도식을 들추어 해체하지 않으면 안 된다.

정신 문화, 문화 생활, 문화 산업, 문화 강국……. 문화의 구성적 개념에 반하는 실체적 개념 도식이 적용된 담론적 실천의 대표적 사례들이다. 대체로 문화란 고상한 어떤 것, 수준 높은 어떤 것이라는 생각이 이들의 공분모를 이룬다. 특히 저급하다고 판정된 물질 문명으로 이룰 수 없는 정신적 활동과, 아무런 사람이나 다 누릴 수는 없는 차별화된 고급 생활 방식이 문화의 본질이라는 상식에 가까운 생각이 이를 지탱하고 있다. 물론 이러한 상식은 문화에 관한 하향식 개념에 바탕을 둔 이념의 작동에 의해 편재된 담론적 실천의 결과다. 이를테면 주어진 환경을 제 삶에 걸맞은 조건으로 변환하여 수월한 삶의 방식을 축적하는 과정과 그 잠정적 결실로서 총체화된 방식에 상응하는 상향식 문화에 관한 구성적 개념을 통해 해체할 담론 분석의 대상인 것이다.

문화는 정신 영역에 국한된 상부 구조의 정수를 이루는 인자가 아니다. 문화는 삶의 조건과 환경에 관여된 인간 수행의 전역에 걸친 토대이다. 이에 대해서는 정신의 영역과 물질의 영역을 이원화하여 대립쌍 구조로 환원하려는 존재론적 예단을 차단할 때 오롯이 이해할 수 있는 길이 열린다. 정신이라는 술어 자체가, 물질과 변별된 고차원의 관념을 절대 가치로 두려는 저의에서 빚어진 조작적 개념이다. 정신 활동을 지배하는 것으로 확인된 뇌신경의 작동 자체가 심신의 분별을 허용하지 않는다. 인간 뇌의 수행 공정에 관한 과학적 입증 사례들은 몸과 마음, 육체와 정신이 이원적 실체로 존립할 수 없다는 사실에 수렴된다. 문화가 설령 정신 영역에 관여된다손치더라도 신체적 활동이나 물질적 가치와 상충되는 모종의 것들에 관여된다고 전제하거나 결론지을 수 없는 셈이다.

문화는 인간 생활의 기본이 되는 낮은 층위의 수행을 통해 구성된 총체적 삶의 방식에 관한 개념 도식으로 제안된 술어이다. 인간 삶의 전역에 편재한 수행에 관한 현상을 해석할 때 호명되는 구성적 개념이요, 삶을 진전시키는 방식의 계열을 정돈할 때 동원되는 방법적 개념인 것이다. 따라서 문화는 수준 높은 차원에만 걸쳐 이루어지는 것일 수 없으며 고상한 생활상의 빛나는 면만을 형용하는 특화된 권한이 부여된 것일 수 없다. 문화는 인간 삶의 바탕에 관한 토대에 관여될 때만 유효한 값을 낼 수 있는 변항이다. 문화 논의는 관념론이나 존재론적인 관점에서가 아니라 유물론적인 관점에서 시발할 때 최적의 의미망을 짤 수 있다고 해도 좋을 것이다.

사람들은 삶의 진전을 가로막는 요인들을 극복하고, 온전한 삶을 위한 수행을 제한하는 조건들마저도 유리한 방향으로 돌려 생활의 방편들을 고안하는 계기로 삼을 줄 안다. 이렇듯 삶의 새로운 영역을 '개척'해 나아가는 인간급 수행의 동력이 바로 문화적 토대에서 발전한다. 그러니 문화가 고상한 수준이나 고차원의 좌표를 점유하고 있는 것은 아니며, 원시적이거나 저급한 수준의 문화와 사뭇 다른 길로 진화된 고등 문화나 고급 문화가 별도로 존립할 수 없다. 그런데도 문화를 둘러싼 담론적 실천들 가운데 '원시/고등, 하위/상위, 물질/정신, 대중/고급' 등과 같이 문화의 급을 구분하여 오른편에 포진된 급을 문화의 본질인 양 중심 개념으로 상정하는 생각이 편재해 있는데, 이는 문화에 관한 완고한 이념적 저의가 작동하고 있다는 점을 방증한다.

그만큼 문화에 관한 그릇된 개념 도식이 장악하고 있는 형세가 뚜렷한 만큼, 문화의 개념과 의미, 가치 등에 대해 논의할 채비를 할 때, 문화에 관한 개념 도식에 대한 정밀한 해체 과정이 선행되어야 한다. 보편적 삶의 방식을 계열화하여 문화의 구조를 제안할 수 있는 것도, 문화의 상대성을 전제로 문화의 자질을 추출할 수 있을 때에 가능하다. 이즈음 문화의 경계와 위계에 대한 담론적 실천들을 해체하고서 가능해지는 문화의 구조적 계열에 대한 입론에서 문화에 대한 이론적 진전이 급속하게 이루어질 수 있었던 인류학의 계보를 염두에 두어도 좋다.

문화는 인간 삶의 토대에 관한 개념 도식으로 채용될 때에 최적의 의미망을 짤 바탕이 이루어진다. 문학의 단서가 인간의 삶에 있다면 문학은 문화의 한 방식으로서 최적의 회로에 편입될 때에 그 의미와 가치의 최대치가 나올 수 있는 바탕이 이루어진다. 문화는 문학의 제재로 쓰이는 객체이자 문학 자체가 문화 객체(cultural object)의 일부이다. 특히 문학적 변용을 통해 생활의 장에서 펼쳐지는 형태 각각이고 양상 다기한 삶의 다면을 투영하여 문화적 적층의 중요한 계기를 얻을 수 있다. 문학적 낯설게하기의 방식을 통해서라면 일상에서 상투형으로 지나칠 국면들을 다른 시선으로 투시하여 의미와 가치의 새로운 차원을 투사할 수 있다는 점에서, 문학은 삶의 위상을 바꿈으로써 문화의 진전을 이루는 전기이기도 하다.

사람들은 생활의 지혜를 나누고 서로의 생각을 모으는 데 문학을 활용한다. 삶의 대소사를 문학에 투사하여 삶의 난항들을 헤쳐 나가는 예지를 발견하는 식으로, 문학은 문화적 적층과 문화적 진전을 가능하게 한 거점 방식으로 활용되면서 인류의 존립과 진화의 동력원이 되어 왔다. 숱한 현실적 제약 가운데 삶을 진전시키는 동력 기제로 기능하는 문학의 쓰임새에 주목하게 되는 만큼, 삶의 긍정적 가치를 계발하려는 문화적 예지와 문학적 수행의 친연성 면에서 문학과 문화의 접점이 크게 형성된다. 삶의 경험과 생각과 감성을 나누어 함께하는 문학의 담론 방식이 '문화적 적층'에 기여한다면, 삶을 낯설게 구성하여 새로운 의미와 가치를 창출하는 문학의 담론 방식이 창의적 수행의 구심으로서 '문화적 창생'에 기여한다. 문학으로써 더해지는 문화 가치의 긍정적 국면들에 특히 주목하는 것이 문학에 문화를 더하는 산술에서 최적의 값을 얻을 수 있는 정향이다. 나아가 문화는 문학적 수행의 채널(channel, 경로) 역할을 한다. 문학적 수행 또한 문화적 수행의 중요한 공정을 제안한다. 이런 식 선순환(善循環)의 회로를 문학과 문화의 관여적 인자들로써 구성할 수 있다는 점 또한 염두에 두어야 한다.

이때 문학이 정신 문화의 중심이자 정점이라는 식으로 전제하는 개념 도식을 해체하는 것이 관건이다. 인간의 본질을 정신에 두고 모든 것을 가능하게 하는 이성을 인간 실체의 중심에 두려는 자유 인본주의(liberal humanism)는 삶의 전역에 걸쳐 완고한 이념에 상응하는 정신의 절대 가치를 옹호한다. 이러한 실체적 이념에서 벗어나는 것이, 문학에 대해서나 문화에 대해서 온당한 담론의 장을 펼치는 데서 선결할 과제인 것이다. 문화의 수준을 나누는 것 자체가 부당하다는 점을 수긍한 터라면, 문학이 정신 문화의 영역에 있다는 전제를 세울 수 없다는 점을 의식하는 것이 수순이다.

이를테면 문학과 문화의 접점을 모색한다면서 흔히 제안되는 것이, 전통 문화의 복원에 초점을 맞춘 복고주의적 감성에 대한 노스탤지어를 부르는 콘텐츠의 발굴과 제작 같은 것이다. 그런데 이는 문화적 과정에 대한 무지가 빚은 문화에 대한 그릇된 개념 도식을 양산한 것으로밖에 볼 수 없다. 대체로 문학의 사회적 참여에 반하는 순수 문학을 주창하는 반동이 이와 제휴한다. 대중 문학이라는 영역을 조작적으로 상정하고 이 영역과 절연된 정통 문학 혹은 고급 문학의 영역을 설정함으로써 문학에 관한 자유 인본주의적 이념항을 문학 전역에 전파하는 편견과 관견이 이러한 데서 작동하고 세를 확장해 간다. 이들에 대적하여 대중(성)을 옹호하고 저러한 위계를 전복하려는 활동이 대체로 '문화 콘텐츠'에 편향된 담론적 실천들에 집중되는데, 이 또한 담론 패턴 면에서는 또 다른 중심에 스스로를 세우고자 하는 이념적 저의에 바탕을 두고 있어서 염려를 해소하기는커녕 담론적 위기감을 키울 뿐이다. 문화에 대해서나 문학에 대해서 실체적 개념을 조작하고 이를 의미와 가치의 중심에 두고서 진행되는 담론적 실천 거개에서 발견되는 난항들이 난맥으로 얽히고설킨 터라 이를 해체하는 일은 인지 도식의 격변을 수반할 수밖에 없다.

문학과 문화의 관계에 관한 담론적 실천을 해체하는 일이 수월할 수는 없다. 이는 기본적으로 문학이든 문화든 실체로서 전제하고 발전시킨 개념 도식의 계열체가 매우 공고하며, 그 자체로서 문화적 적층의 공정을 통해 삶의 전역에 편재한 문화적 코드에 준하는 인식 틀로 쓰이고 있다. 서로 상반된 입장이나 실천적 방법을 취한 담론에 동일한 프레임이 적용되고 있다는 점이 단순히 난센스라고 보아 넘길 수만은 없다. 전통 문화를 옹호하며 고루한 삶의 방식에 대한 향수를 돌이키고 아예 되지 않을 문화적 회귀를 꿈꾸는 이들이 생산하는 담론이나, 실용 문화 콘텐츠를 지어 새로운 문화적 진전을 모색하는 이들이 생산하는 담론이나, 문화를 모종의 실체로 전제하고 실생활의 방식에 상응하는 문화적 과정에 균열을 가함으로써 담론적 파급력을 높이려는 술책에서 작동하는 개념 도식의 이념형은 동일하다. 문학과 문화의 관계에 대해서도 단선적이면서도 완고한 중심 가치의 위계를 짓는 함정에 빠져 있다. 문화의 복원이든 문화의 창출이든 간에, 예 전제된 실체적 개념에 대한 암묵적 합의가 편재한 것이, 문학과 문화의 관계에 대한 담론장의 여실한 현황이다. 문화와 문학에 관여된 담론 패턴에 도사린 순수 객체에 관한 개념의 간계(奸計)는 생각보다 교묘하고 완강한 담론적 적폐 세력의 호위를 받고 있는 형국이다.

전통 문화의 복원을 중심으로 하는 경우라면 대체로 그러한 형국을 짐작하기 어렵지 않은데, 상대적으로 사뭇 진취적인 듯 보이는 문화 콘텐츠에 관한 담론적 실천이 그러하리라는 점은 선뜻 납득하기 어려운 면이 있다. 복고적이기는커녕 기존의 문화나 문학에 대한 개념 도식을 급진적으로 전복하는 입장에서 제시되는 실천적 면면들이 실은 급진적이지도 않을 뿐더러 조금이라도 나은 이론적 입장의 단서를 눈여겨 본 것도 아니라는 점에서 충격적이다. 가령 문화 콘텐츠에 관하여 최근 유행처럼 회자되는 '스토리텔링(storytelling)'에 관여된 실천적 사례들을 조금이라도 깊이 들여다 보면, 그 개념 술어가 요구되는 이론적 계보나 그 개념적 바탕에 대해 당최 무관심하거나 무지한 정황에 직면하게 된다. 그저 소설과 같이 고정된 텍스트, 그도 고전 소설이나 설화, 정전급이지만 교과서 수준으로 수월히 해득할 수 있는 서사 텍스트를 저본으로 디지털 기술(그도 대개는 일차 감각에 회부되는 시청각 매체)을 활용한 '결과물'을 짓고 이를 전시하거나 잘해야 '체험 가능한' 콘텐츠를 제시하는 것을 최선의 결실로 앞세우고 있다. 기획에서부터 결과에 이르기까지 어느 하나 실체로서 전제하지 않고서는 성립할 수 없는 '생산 공정'이 적용되고 있는 것이다.

기실 스토리텔링이 서사 현상을 이해하고 서사적 수행의 방법적 개념을 안출하는 데 쓰이는 바탕은 '같은 이야기라고 해서 다 같은 이야기가 아니다.'에 상응하는 서사에 관한 개념적 단서에서 파생된다. 이야깃거리만으로 이야기가 진전될 수 없으며 적절한 구성과 효과적인 담론으로써 구현될 때에 이야기가 빚어질 수 있는 법이다. 서사의 층위를 둘로 나누든 셋으로 나누든 혹은 좀더 미시적 자질 면에 주목하여 넷으로 나누든 간에, 서사가 현상으로서 드러나기 위해서는 각 층위의 변별을 전제로, 관념 층위의 이야깃거리에서 나아가 물리적 텍스트 층위에서 실로 드러난 서사체에 이르기까지 서사적 공정이 이어져야 한다. 이 과정에서 이야기를 지어 전하는 '이야기하기'의 전략이 중요한 조건 변수로 떠오르는 것이다. 항간에서처럼 스토리텔링이 단지 단말의 콘텐츠를 꾸미는 데 소용되는 기교나 기술 정도에 국한되어서는 곤란하다. 잘 지어 좋은 이야기를 특별한 의사소통의 장에 부치는 세심한 수행의 과정에 관한 최적의 개념 술어가 스토리텔링으로 대변된 것임을 염두에 두어야 한다. 서사가 문화적 과정에 부쳐짐으로써 수행 국면에 관여된 자질이 더욱 선연해지는 구성적 현상이라는 점을 수긍하는 인지적 전환이 필요하다. 물론 이는 서사적 수행에만 국한되지 않고 문학적 수행의 영역 전역에 걸쳐 유효하다.

'문학 플러스 문화'에 관한 방법적 개념 도식의 계열을 정비하기 위해서는 문화 객체의 구성적 자질에 대한 이해와 문학적 변주의 함수를 추산하는 작업이 긴히 요구된다. 삶의 경험과 생각과 감성의 문화적 구성과 소통의 국면이 문학적 수행을 통해 일정한 의미와 가치의 변주 공정을 거치는 동안 구동되는 동역학 도식의 발상과 작동에 주목할 필요가 있는 것이다. 공감과 공유의 가치에 대한 인식과 실천적 수행의 기법들에 대한 탐색이 이 산술의 상수에 상응하는 논항이다. 삶의 장에서 진전되는 수행의 조건과 맥락, 또는 상황과 환경이 변수로 대입될 때 의미와 가치의 여지가 달라질 수 있는데, 이러한 여지에서 생성될 여러 가치와 의미의 영역들을 가로지르는 창발적 진전의 구성적 자질이 산출될 수 있을 것이다. 삶의 진전을 기대하는 가능성의 지평을 확장하도록 돕는 방법적 단서들이 문학의 조건과 변수로 문화가 대입될 때에 산출될 최적의 값이다.

특히 디지털 네트워크 환경에서 문화와 문학의 위상 변이 양상이 선연해지는 국면에서 실체에 관여된 개념 도식에서 벗어나지 않으면 안 되는 이유가 뚜렷해진 터다. 실체는 기본적으로 아날로그 방식의 개념들을 통해 유지될 수 있다. 주어진 처음이 있고 처음에서부터 현황에 이르기까지의 궤적이 끊임없어야 하며 종단에 앞으로의 모습이 본체에서 벗어남 없이 유지되어야 하는 것이 실체 개념의 중핵을 이루는 자질이므로 기본적으로 아날로그 방식에 기대인 개념 도식의 요소들을 취해야 하는 것이다. 그런데 현상의 어느 면면들이 모두 하나의 줄기로 이어져 변화무상한 자태를 유지할 수 있을지 따지고 보면 세계에 대한 아날로그 개념 도식 체계가 도출되기 난망하다는 생각에 이를 수밖에 없다. 더욱이 세계를 인지하는 인간적 방식이 세계의 분절을 통해서만 이루어지고 있다는 사실과, 인지 공정을 이루는 신경망의 작동 원리가 병렬 처리 방식이라는 사실에 직면하게 된다. 인간적 수행의 방식은 기본적으로 아날로그 자연을 분절하여 디지털 방식으로 계열화한 개념 도식을 통해 이루어진다는 원리를 인식해야 하는 것이다. 문화가 '자연의 경작'[culture] 수행에 상응하는 만큼 문화는 곧 디지털 원리와 공정을 근간으로 한다고 해도 좋다.

디지털 수행이 가능할 때 삶의 진전을 이끌 수 있는 방법적 거점을 얻을 수 있다. 아날로그가 사람들의 수행 범위를 제약한다면 디지털은 그 제약에서 벗어날 수 있도록 돕는 자유를 부여한다. 아날로그가 선조적 진행 원리라면 디지털은 공간적 구성 원리다. 아날로그가 장소적 한정에 기반한다면 디지털은 공간적 여지에 기반한다. 아날로그가 사람들이 삶의 진전을 일방향으로 도모하는 방식을 제안하는 데 비해, 디지털은 삶의 다차원적 영역을 재편하여 삶의 가능성과 여지를 지향하는 방식을 제안한다. 아날로그 방식에서는 단계적 진행의 접점들이 순방향으로 이어져 직렬 회로 구조로 순조롭게 작동할 때라야 진전이 이루어질 수 있다. 이에 비해 디지털 방식으로는 여러 단계나 영역을 가로질러 연결하거나 이들을 병렬 구조의 네트워크로 구성하고 다기적인 회로를 구성하여 작동 공정을 다원화할 수 있다. 디지털 방식이 삶의 전역에 걸쳐 작용하는 유연성이 큰 셈이다. 그러므로 디지털은 삶의 진전, 그도 창발적 진전을 추진하는 데 적절한 방식이다. 사람들은 자연의 진행 원리인 아날로그에 만족하지 않고 인간 특유의 구성 원리라 할 수 있는 디지털 원리와 방법을 고안하고 혁신해 왔으며 그로써 인간급 문화를 창출할 수 있는 방법적 바탕을 굳건히 하고 넓힐 수 있었다. 인간은 과연 '호모 디지투스(Homo Digitus)'라 해도 좋을 것이다.

아날로그 자연을 디지털 세계로 재편하는 데 익숙한 인간의 문화적 수행은 인간의 종적(種的) 한계를 극복하여 더 강력한 인간으로 거듭나는 일을 진전시켜 왔다. 판타지를 현실로 바꾸는 재미가 진전의 큰 동력이다. 종적 자질에 비추어 자연에서 미미한 존재에 불과했을 인간종이 만물의 영장 지위에 오를 수 있다는 생각 자체가 판타지이다. 그런데 실로 이 판타지를 실현한 것이 어제 오늘의 일이 아니다. 신격을 부여받은 인간이 낙원에서 쫓겨났지만 되려 신격의 최고 자질인 이성을 얻어 창조의 능력을 갖게 되었다는 신화의 벼리는, 인간이 자연의 질서를 재편할 수 있는 역량을 갖추게 됨으로써 꿈 같은 일을 현실화하게 된 과정을 극화한 데서 지어진다. 판타지를 짓는 수행 자체도 디지털 방식의 수행이며 판타지를 실현할 수 있는 역량의 고양도 디지털 방식의 진전에 따른 것이다. 오늘날 문화장과 문학장에서 눈에 띄는 에스에프(SF) 장르의 진전 양상이 디지털 정보·통신(IT) 매체의 저변화에 직면한 문화적 환경에 직결되는 지점이 이 맥락과 접점을 이룬다. 디지털 네트워크의 바탕에서 삶의 전역에 걸쳐 문화의 양식이 재편되는 공정이 새로운 미디어와 미학의 접경을 온전히 이해할 수 있는 새로운 개념 도식의 계열을 요구하는 것은 수순이다.

문화적 변인이 문학의 조건과 변수로 작용할 때 특히 주목해야 할 것은 관계에 대한 성찰이 각별히 요구되는 디지털 네트워크 정보 시대의 명암이다. '다시, 우리에게 문학이란?'과 같은 슬로건을 소환하듯이, 삶의 면면에 대해 낯설게하기를 통해 시대적 문제 상황을 면밀히 성찰하고 그늘진 구석을 들춤으로써, 삶의 진전을 방해하는 인자들에 대해 문학적 처치 요법을 들이 댈 여지가 커진다. 나아가 이전과 급격히 다른 양상으로 재편된 새로운 문화적 환경에서 문학 특유의 창발적 동력과 창의성의 구심에 관여된 전략들을 짤 바탕을 마련해야 할 요구 또한 커진다. 문학에 담긴, 그리고 문학에 담길, 나아가 문학에 담겨야 할 문화 객체의 다면에 대한 분석적 통찰은 물론이거니와 문화 객체를 문학의 방식으로 변용하여 담론하는 다차원의 위상 변이에 대비해야 하는 것이다. 문학이 문화를 대면하는 방식 자체야 변함 없을지 모르지만, 삶의 장을 이어가고 경험과 생각을 나누어 쌓아 가는 문화적 과정을 돕는 매체의 양상은 변화할 가능성이 없지 않다. 디지털 네트워크 기술과 디지털 미디어 단말의 활용 등 문화적 수단의 급진적 변모에 대응하자면, 문학과 문화의 접점에 대한 개념 도식의 계열들이 재편되어야 하는 것이다. 이 맥락에서 삶의 지혜를 나누는 방식의 최적화된 양식·도구로서 문학의 방식을 돌이켜 생각해 볼 여지가 커지는 셈이다.

문학은 문화 객체의 맏이로서 문화적 선순환과 문화적 진전의 미더운 소임을 감당하는 한편, 문화적 수행의 수렴점이자 문화적 신생과 창신(創新)의 실험실과도 같은 전위적 영역을 구성한다. 피상적이고 일반적인 얘기로 귀결되는지 모르겠지만, 과연 인류 보편의 공생과 공존에 관여된 긍정적 가치를 창출하는 데서 문학의 역이 최적화된다. 삶의 문턱(*limen*)과 같은 상황에 대응한 사회 드라마(social drama)가 문화의 진전을 가능하게 한다는 빅터 터너(Victor Turner)의 진단처럼, 문학이 문화적 과정에서 소용되는 가장 큰 영향력은 문화 성원들 사이의 소통과 어우러짐을 활성화하여 의사소통 공동체인 코뮤니타스(Communitas)의 창생을 돕는 촉매 역할을 할 때 발생한다. 촉매에 상응하는 만큼, 문학 자체가 스스로의 위상을 뽐내며 다른 문화적 방식에 대해 우성의 위계적 위상을 점유하기보다는 문화적 소통을 활성화하는 문화적 과정의 구성체로서의 역할을 하면 그만이다. 나눔으로써 확산되는 인간급 가치에 관한 혜안에서 전해지는 전언을 문학의 문화적 위상에 관한 이해의 단서로 삼는 편이 온당하다.

문화 개념의 문학적 지층

사람들이 살아가는 데서 가장 기초적으로 요구되는 요건은 의식주(衣食住)에 관여된 것이다. 이는 생존의 기본 요건이라는 데서 중요성이 인정되면서도 인간의 욕망을 부르는 요인으로서 삶의 가치에 관여된 중요한 요건으로도 인정된다. 인간의 생존은 동시에 욕망의 발현과 실현을 위한 가치의 계열을 빚어 인간 특유의 삶의 차원을 고양하는 데 이어지는 것이다.

일견 생득적(生得的) 본능에 해당하는 의식주의 문제들을 사람들이 풀어 그 수단을 얻는 방식은 어떠한가? 사람들 개개인마다 스스로의 능력을 발휘하여 먹을 것 입을 것 살 자리를 마련하는 것은 인간의 일반적 능력으로 미루어 도전해 볼 만하며 충분히 가능한 일이다. 고립무원의 지경에서 생존에 성공한 일화들이 심심치 않게 수기로 쓰여지는 것을 보면 저러한 사실에 대한 방증이 만만치 않음을 알 수 있다. 인간의 생존 본능과 생존을 위한 역량은 그 어떤 생물종에 비할 바 없이 크다.

그렇지만 저처럼 특수한 상황에 내몰리지 않고서야 실로 혼자서 살 길을 도모하는 것은 용감한 도전이라 칭찬 받을 만한 일이기보다는 무모하며 멍청한 짓이라는 핀잔을 듣기 십상인 행위에 불과한 경우이다. 때로 자신만 살아남기 위해서라면 다른 이들의 생존 조건을 위협하거나 한정된 자원 가운데 필요 이상의 것을 독점함으로써 자기 영역 이외의 삶의 장에 위해를 가할 우려가 커질 수밖에 없다. 욕망이나 요구들이 서로 부딪칠 공산이 커지는 만큼 '동물의 왕국'보다 더한 약육강식의 생존 경쟁에 내몰리기 십상이다. 그러나 '인간급'의 문제 해결 능력을 갖춘 이들이라면 그리 무모한 모험이나 맹목적인 자원 점유에 나서지 않는다.

사람들은 거래를 통해 제 능력 밖의 소출을 얻을 수 있으며 이를 바탕으로 누구나가 다 생존하는 전략을 모색할 줄 안다. 사회적 관계망을 통해 얻은 공동의 문제 해결 방식에서 도움을 얻는 인간급의 인지 역량은, 생존 능력의 공유를 통해 더 큰 역량을 발전함으로써 삶의 공동 책략을 계발해 가는 데 이어진다. 공동체의 성원들은 경험을 나누어 불필요한 시행착오를 방지하도록 권면하고, 치우친 생각을 의사소통에 부치면서 오류의 소지를 극적으로 줄일 수 있다. 치밀어 오르는 욕망이나 감정 따위의 사적인 것이라도 공동의 관계망에 부침으로써 부당한 문제의 소지를 줄이는 한편 공적 통제 범위 내에서 온당하게 해소할 수 있는 예지를 발동할 수 있다. 이러한 공정이 거듭되면서 포괄적인 생존을 가능하게 하는 삶의 방식이 축적 집약되는 것이다. 이러한 총체적 삶의 방식이 바로 '문화'이다. 이는 인간 삶의 전역을 아우르는 공역에 상응하므로 '공유의 가치'가 원형질의 핵을 이룬다.

문화는 거래의 소산이다. 독점만으로는 문화가 발생할 수 없다. 문화가 이루어지는 과정 없이는 인간급의 삶이 생성될 수 없다. 문화는 삶의 장에서 펼쳐지는 감정과 경험, 생각 등을 서로 나누어 삶을 수월하게 하는 최적의 방식을 낳는 인간급 예지의 총화다. 그래서 문화는 일개 생물종이 명실상부 인간급으로 격상하는 계기이며 그 위상이 지속되는 토대이다. 사회적 관계가 인간급 삶의 조건과 가치에서 구심을 이룬다면 그 관계의 단서이자 거점이며 동력인 문화는 인간의 존립 기반이다. 인간적 가치의 실현에 대한 판정의 눈금자(scale)이면서 그 실현을 돕는 인도자가 자리를 잡는 거점이 문화이다.

문화는 가령 태초부터 주어진 자명한 실체 같은 것이 아니다. 각종 신화에 의거하더라도 신이 선물한 낙원에서 인간이 추방당한 순간부터 인간에게 부과된 생존의 조건은 '출산과 경작'이라는 막대한 고통이었을 뿐, 인간에게 주어진 것이라고는 만물의 영장으로서 누렸던 만유의 지배자로서의 권한이 박탈된 지경뿐이다. 사람이 겪는 고통 가운데 그 어디 비할 바 없다는 출산(procreation)의 고역이 제일 클 터이며, 거친 땅을 경작(cultivation)하고서야 겨우 먹을 것을 취할 수 있는 노역의 고난이 그에 못지않은 고통을 안기는 숙명과도 같은 인간사 문제 상황의 온상인 것이다. 실낙원의 수순인 '생산'의 노역에 소극적·부정적[negative] 대응으로만 일관하고서야 '주어진 조건'에 순응하여 잘해야 '제 몫'만 챙기며 만족하는 태도밖에 취할 수 없을 터, 제 문제만 해결할 수 있다면 남의 처지에 대한 염려는 물론 남의 고통 따위는 안중에 두지 않게 될 정황을 점치기 어렵지 않다. 이러한 상황이 '쌓임으로써' 종내 그 누구도 제 몫을 온전히 챙기지 못하는 부조리에 봉착하여 '사람들 사이'의 관계에 상응하는 '사회'는 그 존립은 물론이거니와 형성 자체의 단서조차 가늠할 수 없게 될 공산이 크다. 명실상부 '인간(人間)'이 성립할 수 없는 지경에 이르는 것이다. 사람들 사이에서 개인의 삶이 수월한 영역을 구성할 수 있는 인간급 삶의 방식이 요원해지는 것은 수순이다.

그러나 사람들은 그러한 무한정의 악순환(negative loops)에 빠지지 않는다. 인간급 예지는 제 삶에 위해를 가하는 '수순'에 들지 않으려는 '공간적 사유'에 근사하다. 무리를 지어 기후의 악조건을 헤쳐 나가는 저 남극의 펭귄들만도 못한 수준에 이르지 않기 위한 인간급 모색은 우리 한 사람 한 사람이

의식하지 못하는 가운데 문화적 유전자에 전승되고 있다고 할까, '문화적 방식'에 대한 현상적 방증들이 뚜렷하게 감지된다. 이에 대해 과학적으로 입증하는 예시들이 무엇보다 인간의 '기억'에 관한 신경 진화적 관점에서 최근 곧잘 제시되고 있다는 점을, '문과'의 한정된 시야에서 포착하지 못할 뿐이어서 이러한 얘기가 되려 비과학적인 것처럼 오해되고 있을 따름이다. 인간의 문화적 예지와 이를 뒷받침하고 이를 통해 진전되는 '인간급 인지의 진화'는 의외로 자명한 전제에 해당한다. 현재 기술의 한계가 있을지언정 '인지, 신경, 뇌'에 관여된 과학자들의 수행은 그러한 가설을 입증함으로써 문화적 예지에 관한 과학적 입론의 계열을 제시하는 편으로 진전되고 있다.

문화는 공유의 지혜를 통해 얻은 인간의 발명과도 같은 것이며 지혜를 축적하는 중요한 방편이자 그 결실이다. 고도의 문명과 과학 기술의 진보를 이룰 수 있게 한 인지적 진화의 강력한 동력을 발전시킨 필수 부가결 기제이기도 하다. 문화의 미덕은 '공유'에 있으며 공유를 위한 '소통'과 인적 물적 '네트워크'의 구성과 확장은 문화를 진전시키는 거점 기반이다.

이러한 문화적 진전에 언어를 통한 의사소통의 활성화가 중요하게 기여한다. 인간 고유의 언어 능력은 인간종이 여타 영장류 종들의 능력을 압도하여 소위 만물의 영장이 될 수 있게 한 종적 변별 자질의 으뜸으로 인정된다. 물론 종적 진화의 응축된 양태인 언어 능력(linguistic competence)은 추상적 수준의 것이므로 이 자체로서 인간의 압도적인 실제 역량이 대변되는 것이 아니다. 언어는 실로 의사소통의 장에 부쳐져 그 담론적 효력이 미치는 수행적 결실에 던져지고서야 명실상부 인간의 힘을 보이는 기제로 작동한다. 이렇듯 힘의 역학 구도 속에서 신체적 물리적 힘에 비할 바 없이 증폭된 힘을 사람들이 얻을 수 있게 되는 것은, 의사소통을 통해 경험과 생각을 공유하는 장을 널리 엶으로써 힘을 모을 수 있는 계기를 구성한 덕분이다. 삶에서 부딪히거나 부딪칠 수밖에 없는 문제 상황에서, 개인의 역량만으로 해소할 수 없는 문제를, 여러 사람들의 예지를 모아 해결할 수 있는 경우는 다반사이다. 그 예지를 축적하여, 실로 겪지 않고서도, 혹은 매번 사람들의 지혜를 모으지 않고서도 두루 쓸 수 있는 집적된 예지의 모형을 두어 전승하는 것도 빼놓을 수 없는 공유의 방식이다. 이러한 공정을 통해 문화가 형성된다. 인간의 언어 능력과 의사소통을 통한 언어 수행(linguistic performance)은 인간종 특유의 압도적인 문화 역량의 구심으로 크게 자리잡고 있는 것이다.

문화는 그 외연적 소산만이 관건은 아니다. 단순히 문명과 구별하여 문화를 이해하자는 얘기는 아니다. 경험 범위 내에서 눈부신 혁신을 통해 인간종의 진화적 가치를 명증하는 문명의 모습과 달리 문화는 정신과 관념의 범위에서 확인되는 비경험적이고 비문명적(심지어 반문명적)인 고차원의 영역에 속한 것이라는 식의 이해 방식 자체가 문화를 문명의 개념 도식에 가두어 상대적 실체로 전제하는 담론적 실천일 뿐이다. 문화는 비단 정신이나 관념의 영역에 속하는 것만이 아닐 뿐더러 더욱이 물질적이고 가시적인 문명과 대척점에 있는 실체적 항이 아니다. 물질적이든 정신적이든 축적된 삶의 양식으로서 인간 삶의 장에 수월히 채용되어 가치와 의미를 낳는 것이 문화다. 그 의미와 가치는 일정한 형식이나 규범적 척도에 갇히는 것이 아니라 삶의 여러 변항들에 대입되면서 변화의 공정에 회부되어 진전되고 혁신될 수 있는 가능성에 부쳐진다. 문화라는 거대한 실체가 있고 이에 부속된 하위 영역 요소들이 배치되는 식이 아니라 삶의 구체적인 국면들에서 파생된 삶의 양식들이 계열을 이루어 잠정적인 체계를 구성한다. 물론 이러한 체계는 계열체들의 구성 양상에 따라 변화의 여지에 가로놓인다. 문화는 실체가 아닌 구성적 개념인 것이다.

문화의 계열체들이 이루는 관계망에서 산술할 수 있는 의미와 가치의 전승, 변용 국면 등에 주목해야 하는 이유가 이러한 문화의 자질에 전제적 상수로서 내재해 있는 것이다. 따라서 문학에 더해지는 문화의 의미와 가치에 대한 이해 맥락이 문화의 문학적 변환 공정을 통해 산술되는 구성적이고 과정적인 혼성 공간에 대한 이해에 맞닿는다. 물론 이러한 산술로써 산출된 값이 다시금 문화장에 양성적 자질(positive features)을 더할 '문화적' 가치와 자질 등으로 수렴되어 삶의 총체적 양식으로서 문화의 적극적 기능(positive functions)을 구현할 수 있도록 환류 공정이 구동되어야 한다. 문화의 내용을 이루는 여러 계열체[문화 콘텐츠]가 산출되는 방식은 무에서 유가 생기는 식이기보다 하나의 원천에서 여러 소산이 파생되는 식, 혹은 하나의 재료를 가지고 여러 가지 양태를 만드는 식이기 십상이다. 익숙한 제재라도 여러 의미와 가치, 또는 기능 자질을 품은 각양의 콘텐츠가 산출되는 국면에 주목하는 것이 문화의 긍정적 자질에 대한 이해의 지평을 넓히는 방법적 입장인 셈이다.

문화의 콘텐츠는 원천(source, 소스)의 재구성과 재창출 등의 공정에 대한 방법적 개념을 필시 소환한다. 이때 원천의 재료가 중요한가 그 결과인 콘텐츠가 중요한가 하는 식의 우문은 실체적 개념에 관여된 부당한 프레임을 불러 불필요하거나 그릇된 논란을 조장하는 질문이다. 소위 '원 소스 멀티 유즈(OSMU)'는 단순히 대상적 실체가 어떠한 상업적 가치를 가져올 문화 상품에 대한 개념이 아니다. 문화는 기본적으로 원천 소스에서 파생된 다양한 삶의 방식과 삶의 현황 등에 관한 방법적 개념으로서 애초에 OSMU를 요한다. 산업 층위에서 유행하여 굳어진 문화의 통속적 개념이라도 이러한 문화의 기본 자질과 공정 면에서 특별할 것이 없다. 문화 콘텐츠의 경제적 가치나 우월한 상업성은 어디에서 비롯하는가? 이러한 질문 방식이라면, 문화적 과정에 주목하여 문화의 최전면에 부상한 산업적 양태로서의 문화에 대한 이해 맥락이 전향적으로 형성될 여지에 놓이는 까닭에, 온당하다고 할 것이다.

액면 그대로 문화 콘텐츠는 문화의 내적 원형질을 이루는 계열체들의 구성과 그 단말의 효과를 최적화하는 담론 방식에서 찾아야 한다. 말 그대로 문화적 수행과 문화적 과정에 관여된 의미와 가치 요소에서 그 개념과 방법의 단서를 찾아야 한다. 그렇다면 문화 콘텐츠로서 한 계열을 이루는 문학의 문화적 함수 관계에 대해서도 구성적 상수와 변수를 대입할 최적의 회로를 얻을 수 있을 것이다.

문학 더하기 문화의 상수와 변수

문학은 삶의 여러 변항에 관여된 구성적 현상이다. 문학의 조건과 변수로서 우선 생각할 수 있는 사회에 관여된 조건 변수들만 하더라도 우리들 삶의 여러 국면들을 아우른다. 문학은 그 자체로서 이미 인간 삶의 장에 조건 변수로 작용하여 더 나은 삶의 기획과 존재의 지평 확장을 돕는 순환 기제로 사람들에게 던져진다. 삶의 확장된 양태가 문화인 만큼 문학의 조건 변수로서 사회와 함께 문화가 대입되는 것은 수순이다.

문학과 문화의 관계에 접근할 때 둘을 모종의 실체로 전제하는 태도를 경계해야 한다. 되풀이되는 얘기이지만 그만큼 인지적 전환을 위해 중요하기에 거듭하는 얘기이다. 개념 도식의 상관성을 바탕으로 그 관여적 양상을 이해하는 편이 온당한 이해의 방편을 얻는 수월한 길이다. 각각의 실체적 국면에 상응하는 대상이 없는 것은 아니지만 그 전역을 아우를 수 있는 수준의 실체는 없다. 문학의 경우라면 문학 작품이 가장 객관적이고 직시적인 대상이겠으나 이만으로 문학의 전역이 설명되지는 않는다. 가령 작품에 직접 관여되는 요소인 작가에 대해서나 문학이 발생하는 외적 조건과 문학을 향유하여 문학 현상이 완료되는 데 요구되는 카운터 파트너 격인 독자에 얽힌 해석의 변수에 대해 해명해야 할 부분이 남는 식이다. 문화의 경우는 더욱 그러하다.

문화는, 앞서 언급한 것처럼, 변화의 가능성에 늘 노출되어 있다. 어떠한 경우에도 삶의 방식이 고정불변인 채 대대로 이어지는 법은 없다. 그 변동의 진폭이 크거나 변화의 주기가 짧지는 않지만 삶의 방식의 총체인 문화는 실체로서 주어지지 않고 환경 변수에 따라 구성되는 태로 전제된다. 그러므로 문화를 온전히 이해하기 위해서 구성적 개념으로 현상을 파악하는 방법을 모색하는 편이 타당하다는 생각은 문화에 관한 요소나 자질 등을 대입할 때 기본적으로 전제해야 할 생각이다. 이는 비단 문화에 국한된 이해 방식만은 아니지만 대체로 문화 현상처럼 조건 변수가 적용되어야 그 면면을 살필수 있는 경우에 온전히 쓰이는 방식이니 그러하다.

문화는 성원들의 수행을 통해 구성되고 변모의 공정에 회부되게 마련이다. 문화적 실체가 있어서 성원들이 이에 참여하는 식이라고 이해하기보다 성원들의 다면적 생활의 양상들이 집산되어 문화의 모형이 그려지는 식이라고 이해해야 하는 것이다. 삶의 과정에서 빚어지는 문화의 여러 요소 가운데 문학의 위상이 세워지는 것은 이러한 이해의 식을 적용할 때 파생되는 수순이다. 문학과 문화의 접점을 모색할 때의 단서들에 대한 깊은 고민의 여지가 이 지점에서 지어진다. 문학이 문화적 수행 방식의 하나이면서 문화 성원들의 소통과 지혜의 공분모를 이룰 수 있게 하는 동력원으로서 작용하는 만큼, 특히 양자 모두 실체 국면을 전제할 경우 일종의 순환 논증에 봉착할 우려가 있기 때문이다. 이러한 난항에 직면하지 않기 위해서라도 문화와 문학 양항 모두 구성적 개념으로 전제하고 둘의 함수를 풀 방편을 모색하는 편이 온당하다.

문학과 문화의 접점을 찾으면서 처음 문화적 제재의 변환에 관심하게 되기 십상인데, 이 과정에서 자명한 지시적 반영 관계를 설정하여 낭패를 보는 경우를 각별히 경계해야 한다. 문화의 장에서 취한 제재를 가공하여 문학적 의미의 여지를 짓는 과정에서 단순히 문화의 정보만을 전하는 것이 아니라 일정한 의미망에 수렴시키는 공정이 구동되어야 온당한 결과를 낼 수 있을 것이라는 점을 고려해야 하기 때문이다. 설사 제재 층위의 문화 정보가 실체적 국면에 있다손치더라도 이를 문학적으로 변용하는 공정에서는 천상 구성적 자질을 안은 상태로 처리할 수밖에 없다. 문학적 방식을 통해 여러모로 재편될 문화 객체의 가능성을 염두에 두어야 하는 것이다. 객체란 단순한 대상의 연장을 가리키는 것이 아니라 객관적으로 드러나서 확인하고 분석할 수 있는 현상과 표지, 지표 등을 아우르는 개념이다. 문화에 관여된 여러 국면과 양상을 방법적 개념으로 한정한 문화 객체는 문학에 더해진 문화에 대한 이해의 지평을 넓히는 원리적 전제로서도 유효한 값을 지닌다.

의사소통의 여지를 마련하는 장이라는 면에서 문학은 그 자체로서 이미 문화장의 한 국면으로 전제된다. 이러한 전제를 통해 문학의 문화적 국면에 부쳐지는 구성적 자질에 더욱 밀착된 개념항들을 도출할 수 있을 터이며, 문학이 사람들 사이에서 유통되어 가치를 부르며 유효한 역할을 하는 맥락 또한 이해할 수 있는 여지가 커진다. 문학이 문화 성원들 서로를 어우러지게 하는 여지를 짓는 수월한 수단이라는 점에 주목할 수 있는 것이다. 이는 곧 문학과 문화의 친연성이 극대화된 양상을 가늠할 수 있는 지점이다.

문학과 문화의 함수에 대한 산술, 곧 문학의 문화적 자질에 대한 논의는 '인간 커뮤니케이션'의 관점에서 접근해야 최적의 의미망을 도출할 수 있다. 문학은 사람들 사이의 의사소통을 활성화하기 위해 고안된, 또한 수월하고 순조로운 삶의 장의 진전에 최적화된 수단이자 수행 방식이다. 일상의 의사소통 방식만으로 도달하거나 성취하기 쉽지 않은 감정이나 생각, 경험 등을 에둘러 전하여 나눔으로써 되려 의미의 진폭을 증진하고 가치의 여지를 열어 둘 수 있는 법이다. 이러한 식의 삶의 책략이 한 정점에 수렴된 양태가 문학에 관여된 현상의 계열을 이룬다.

문학은 특히 인간의 창발적 기획을 돕는 수월한 삶의 방식이자 소통의 수단이며 매체이다. 문화는 삶의 지평을 확장하면서 진전되는 만큼 문학은 문화적 기획의 직접적 도구로 기능한다. 또한 다른 문화적 도구·방식에 직간접적으로 도움을 주는 인지적 창발을 추동하는 거점의 전역에 문학적 방식이 편재해 있다. 제 감정이나 경험은 물론 관념이나 이념적 태도조차도 남들과 견주어 가며 다각적이고 다층적인 삶의 전략을 모색하여 순조롭고 화평한 삶의 여정을 누리고자 하는 인간적 열망을 가장 수월하게 투사할 수 있도록 돕는 것이 문학이다. 이렇듯 문학은 공유의 가치를 손쉽게 얻는 방법적 콘텐츠로서 기획되고 누대에 걸쳐 범상할 정도로 익숙하게 적용되어 문화장에서 진전을 거듭해 왔다. 이 과정에서 그 특유의 창의적 자질이 구성되고 문화장에 환류되는 순환 공정을 통해 인간의 인지적 창발에 기여하였다. 문학은 문화의 계열체 가운데 가장 유력한 창발·창의의 기제이다.

삶의 경험을 두루 나누어 더 나은 생활을 위한 예지로 환산할 수 있도록 성원들 사이의 활발한 소통을 도모하는 과정에서, 경험의 재료는 날것 그대로의 일차원적 구성 국면에 한정될 수 없다. 이는 필시 분할과 확산의 공정을 통해 차원이 더해진 다면의 구성체로 위상이 전이되게 마련이다. 경험이 의식에 투영되어 인지 공정에 산입되어 여러 국면에 투사되고 새로운 경험의 여지를 엶으로써 문화적 적층의 가능성이 생기는 것이다. 성원들 사이의 교류를 통해 삶의 예지가 다층으로 축적된 총체적 삶의 양식이 조성됨으로써 문화가 조형될 수 있다는 점은 누차 언급하였다. 문화는 실체로 주어진 것이 아니라 사람들의 문화적 수행 과정에서 구성되는 현상이라는 점은 문학과 문화의 관계 함수를 따질 때 기본적으로 대입될 상수이다.

문학도 자명한 실체가 아니라 이에 관여된 여러 인자들의 작용을 통해 역동하는 구성적 현상이다. 문화와 문학의 관계가 실체적 조합일 수 없으며 지시적 반영에 부쳐질 수 없으니 둘의 상호적 관계의 역학을 살피는 것이 관건이다. 문화적 수행 또는 문화적 과정의 한 양태로서 문학적 수행의 의미와 가치에 접근해야 하며 문학에 관여된 현상과 수행 양상이 문화적 과정의 일부로 편입되어 있는 국면에 주목하는 편이 타당하다. 문학이 사람들의 삶의 영역 내에서만 유효하다는 것과 사람들이 문학을 삶의 방편으로 운용하고 있다는 것만이 자명한 사실인 까닭이다. 삶의 방편이자 문화적 조건으로서 문학의 위상을 전제하는 생각에서 벗어나는 것은 위험천만한 일이라는 점을 염두에 두어야 한다.

문화를 실체적 결과물로만 전제한 채 이를 도구나 재료로 활용하여 또 다른 수준의 실체적 결과로 전형(轉形)하려는 생각이나 태도, 실천 등은, 그 자체로서 문화적 수행의 한 양상이 아니라고 할 수는 없을지 모르지만, 이를 문화에 대한 오롯한 수행이라고 용납하기는 어렵다. 특히 문화의 장에서 발견하여 취한 제재에 관해서 이해할 때에 방심하기 십상인데 어느 경우에라도 단선적·지시적 대응 관계를 전제로 둘 일이 아니다. 문화장에서 취한 현상적 정보를 문학적 제재 층위에서 어떻게 변주하는지를 우선 생각해야 하며, 변주된 제재를 구성 층위에 이관하여 구성적 진전을 이루게 하는 동역학 도식에 주목해야 한다. 일상적 삶의 진전과는 다른 차원들로 구성하고 일상의 경험을 문학적 개념 도식들을 통해 변주하여 경험의 지평을 확장할 수 있도록 돕는 문학의 동력이 문화장의 위상 전이를 추동하는 영역 횡단적 실천에 주목하여야 하는 것이다.

문화와 문학의 관계는 제재의 원천과 구성적 변주에 관여된 단사 함수가 아니다. 경험의 의미와 가치를 해석하고 그 결과치를 다시금 삶의 경험에 부치는 해석학적 순환(hermeneutischer Zirkel)의 고리와 분기점을 발견하고 새로운 지평을 여는 기획의 거점으로 변환하는 데서, 최적의 대응 가치를 산출하는 함수를 연산할 방도를 얻을 수 있다. 그 함수 연산의 배열 양상은 문화가 문학에 반영되어 드러나는 식이 아니라 문학이 정의역(domain)을 이루고 문화가 공역(codomain)을 이루어 대응되는 관계를 바탕으로 디자인된다. 물론 문화의 전역이 문학에 대응될 수는 없는 법이다. 그런 만큼, 문화에서 문학의 함수적 대응의 표적이 되기 십상인 항들이 이루는 치역을 일정한 영역으로 한정하는 것은 사실상 불가능하다. 그렇다고 문화의 전역을 아우르는 문학적 사상의 여지를 무한정 인정하는 것도 무의미한 관계 설정인 만큼, 문학을 정의역에 상정하는 편이 온당하다. 둘 사이의 함수가 전사 함수일 수도 없을 것이다.

물론 둘의 관계를 함수 연산에만 국한하여 산술할 수는 없다. 왜냐하면 문학이 문화와 맺은 함수 자체가 문화의 변수를 추가하는 식이 될 것이므로, 마치 관찰자의 개입이 그 자체로서 운동의 변수가 되어 불확정성을 유발하는 것처럼, 문학과 문화의 관계를 산술적인 함수로만 전제할 수는 없기 때문이다. '문학 플러스 문화'에서 문학 자체가 문화의 변항으로 작용하는 한, 둘이 맺는 관계는 역동적인 불확정 영역을 낳을 수밖에 없는 것이라는 데 유의해야 하는 것이다.

따라서 문화라는 조건 변수에 신중하게 접근할 방법적 개념 도식을 마련하는 데 힘을 기울일 필요가 있다. 문학 또한 문화적 진전에 직간접 작용하는 변인이므로 둘 사이의 관계 함수에 대한 단적인 접근을 지양할 필요가 있다. 그런데도 문화 콘텐츠, 스토리텔링 등을 운운하면서 문학과 문화의 관계에 주목하는 생각이나 활동 등을 보면 문화는 물론 문학을 자명하게 주어진 대상으로 전제하는 개념 도식이 도사리고 있어서 사뭇 염려스럽다. 실체 간의 반영적·지시적 관계에 대한 개념 도식에 괄호를 치거나 이 항에 영을 곱하여 값을 제한 다음 둘이 더해져 파생될 여러 산술식을 타진하는 것이 이 작업의 관건이라는 점을 의식해야 하는데, 그렇지 못한 담론적 실천들이 도처에 산포되어 있어서 그렇다.

문학이 문화를 소환하는 방식

문학이든 문화든 이를 실체로 전제하고 둘 사이의 지시적 관계 양상을 살피는 것이 불가능하거나 부당한 입장은 아니다. 특히 어떤 대상이나 현상의 외연이 분명히 드러난 듯한 경우 일정한 영역 내에서 범주를 한정하여 실체적 개념 범위에 산입하여 이해의 거점을 쉬이 상정할 수 있다. 추상적 실체가 구체적 '객체'에 투사되어 현상에 모습을 드러낸 경우에 대해 그리 개념적 범주화를 전제로 '객관적 설명'에다 방법적 거점을 둘 수 있는 것이다.

문학이라면 개개 작품이라는 객체가 있고, 작품에 관여된 작가의 삶의 궤적과 이를 통해 확인된다고 여겨지는 창작의 의도가 있으며, 그 의도를 파악하여 작품의 주제 의식을 제 삶의 세계에 대입하여 수용하는 독자라는 엄연한 존재의 모습을 실증할 수 있다고 생각할 수 있는데, 이러한 심산이 부당한 면은 없다. 문화 또한 개개 문화의 장에서 실로 펼쳐지는 숱한 수행의 결과가 있고 삶의 현장에서 확인할 수 있는 실제 삶의 방식이 문화적 객체의 범위에 든다. 상업적·산업적 측면에서 산출된 소위 문화 콘텐츠나 문화 상품 같은 경우를 두고서는 아예, 문화에 관해 흔히 떠올리게 되는 정신 영역의 실체에 관한 범상한 생각의 벼리조차 무색해진다.

문학과 문화 두 항 모두 실체적 국면을 상정하고 지시 관계를 바탕으로 실증적 논의를 펴는 것이 부당한 것은 아니다. 가령 이광수가 『무정』을 썼다는 사실을 엄연히 확증할 수 있으며 여러 신소설과 대비하여 당시 새로운 문학의 요건으로 지목된 바를 더 잘 구현했다는 점을 여실히 확인할 수 있다. 1970년대 문학의 특징을 요약할 수 있으며 이를 1930년대 문학의 특징과 비교하는 것 또한 가능하며 그 결과를 설명한 바를 여러 방면에서 얻어 볼 수 있다. 1990년대 이후 달라진 문학의 경향에 대해서, 탈산업 시대 문학의 경향과 관련지어 얘기할 수 있으며, 이를 객관적이라고 여겨지는 지표들을 통해 설명하는 것도 가능하다. 한편, 주거 문화에 관하여 캄보디아 톤레사프 호수의 수상 가옥에서 사는 이들의 문화와, 우리 강원도 정선의 산간 마을에서 사는 이들의 문화를 두고, 직시적인 변별 요소를 찾을 수 있는 것은 문화에 실체적 혹은 대상적 국면이 있다는 사실을 확인시킨다. 영국 왕실의 문화와 일반 시민들의 문화가 차이 나는 지점도 가늠할 수 있으며, 고려 시대의 복식 문화와 조선 시대의 복식 문화의 차이를 변별할 수 있는 표지를 찾을 수 있으며, 1970년대에 젊은이들 사이에서 유행한 문화와 2020년대 이후 젊은이들 사이에서 유행하는 문화의 간극을 알아차릴 수 있는 요소를 발견할 수 있다. 이러한 면면들 또한 마찬가지 맥락에서 문화의 대상성 혹은 실체성을 수긍해야 하는 이유가 된다. 물론 이럴 때라도 문화는 삶의 개별적 국면들에서 추산하여 모종의 구조적 양태로 환산하여 산출할 수 있다는 면에서 실체적 개념으로 전제되는 것이지 개체적 대상 하나마다 문화적 자질이 부여되는 것은 아니라는 데 유념해야 한다. 따라서 문화에서 실체성을 찾을 수 있다고 하더라도 일종의 구성적 개념으로 환산하여서만 이해 선상에 올릴 수 있다는 점을 전제해야 하는 것이다.

이렇게 개념으로 환산된 문화라도, 삶의 여러 계기로 지어지는 분기점들에서 파생되는 변항으로 말미암아, 고정불변의 실체로까지 상정할 수는 없다. 문화를 이루는 여러 삶의 도식이 적용되는 문화장에서 펼쳐지는 다양한 수행의 변이형들에 주목할 수밖에 없는 것이다. 그러므로 문학의 제재를 문화에서 취한 경우라도 그 제재를 구조적 모티프에 국한하여 논의를 진전시키기에 석연치 않은 구석들이 생길 수밖에 없다. 더욱이 문학이 제재만으로 이루어지는 것이 아니라 구성과 담론 층위의 수행적 활동을 통해서 일단락되고 진전의 계기를 얻는지라, 단순히 문화적 대상을 제재에 올린다고 해서 문학과 문화의 적절한 함숫값을 산술할 수는 없다. 문학을 거점으로 이루어지는 여러 활동과 이로써 모습이 드러나는 현상의 면면이 곧 문화적 수행의 주요 국면으로 편입된다는 점 또한 염두에 두고 보면, 문학과 문화를 더한 함수의 위상값이 단순한 덧셈값만은 아닐 것이라는 점을 금세 예측할 수 있다.

　문학은 문화적 수행의 구심을 이룬다. 문화가 통시적으로나 공시적으로 여러 삶의 결과 층이 쌓여서 이루어지는 '적층성'을 안고 있음은 주지의 사실이다. 문학 또한 여러 세대와 여러 층에 걸쳐 그 양태나 자질이 적층되면서 변모를 거듭한 소산이다. 문화든 문학이든 구성적 개념임은 이로써 더욱 분명해진다. 문학과 문화의 함수를 연산할 때 그 객체적 대상의 관계를 관련지어 제재 층위의 함숫값을 묻기에 잘못은 없으며 그러한 논의 방향이 부당할 리 없다. 그런데 방법적 시각과 입장을 전향하여, 두 상대항을 고정된 실체로 전제하지 않고, 정황과 과정적 조건 변수에 따라 그 외연 형태와 내포된 의미 연관이 형성된다고 보아 구성적 개념 회로에 대입하여 보자면, 그리 단순한 환원 구도로 회부하기에 석연찮은 면면이 드러난다. 두 항에서 공히 인간 삶의 과정에 가로놓인 다기적 변항으로 빚어져 파생되는 수행의 여러 국면들이 수렴되는 점을 발견할 수 있는 것이다.

삶의 전역에서 작동하는 생활 방식은 삶의 과정에 작용하는 구성적 기제로 전제될 수 있다. 그러므로 문화장에서 펼쳐지는 다양한 수행의 항들과 각각의 세목을 온전히 살필 수 있는 방법적 거점은 문화를 과정적 구성 개념으로 전제하는 편을 택하여 의미망의 확산을 꾀하는 유리한 방편을 얻는 데 있다. 문학도 마찬가지이다. 문학은 사람들이 제 감정이나 생각, 경험 등을 나누어 공유하는 데 동원하는 손쉬운 방법인데, 이로써 모인 문학적 제재의 편린들을 정리하여 구조적 도식을 얻을 수 있지만, 그것만으로 문학의 전모를 오롯이 포괄하지는 못한다. 사람들은 온전히 고정된 텍스트라도 의사소통에 부쳐 그 의미의 여지를 삶의 장에 투사함으로써 삶의 여러 국면으로 의미망을 확산하고 이를 진전된 문학적 정보원(source)으로 삼는다. 문학은 이렇듯 '텍스트 수행'을 통해 진행하는 인간적 수행을 이해하는 방법적 개념이기도 하다. 제재나 구성 층위에 국한되지 않는 의사소통 전역의 효과에 상응하는 담론(discourse) 층위를 통해, 상당한 문화적 수행이 문학을 경로로 이루어지고 있다는 점을 재삼 상기해 볼 수 있다. 문학이 인간의 의사소통을 특별한 국면에서 활성화하고 문화장에서 펼쳐지는 특수한 방식의 거래 방편으로 쓰이고 있다는 점에 주목할 수 있는 것이다. 문학적 수행이 문화적 동력으로 작용한다는 점이 강조되는 정황이 여러 국면에서 드러나는 것이다.

문학과 문화의 함수를 풀고자 할 때, 두 항을 인간적 수행 과정에서 외연과 의미망이 변하는 구성적 가능태로 대해야 그 면면을 살필 최적의 시야가 열린다. 문화장에서 제재를 취하여 텍스트를 구성하고 지어 소통에 부치는 과정에서, 문화장의 면면을 세밀하게 기술하여 문학적 실감과 감동을 더한다고 하여, 지시적 유연성(有緣性)만 강조하는 것만으로 문학의 문화적 가치를 온전히 구현할 수는 없다. 일상에 비해 다소간 특수한 양식으로 문화 성원들 사이 소통의 여지를 드넓힐 수 있는 경로를 트는 문학의 문화적 가능태를 해석하는 데 주안점을 둘 필요가 있는 것이다.

문화와 문학의 관계는 자명한 것으로 주어지지 않고 문화에서 취한 제재를 문학 텍스트로 변환하는 과정에 작용하는 기법적 역학 관계에서 추론할 수 있는 것이다. 또한 문학이 소통되는 과정에서 작용하는 기제의 역학 관계에서 추론할 수 있는 것이다. 그러므로 '문학+문화' 범주를 수행 차원에서 구획하고 텍스트를 해석하거나 창출할 때, 그 대상을 특정한 문화적 수행의 결과물에만 국한해서는 안 된다. 이를테면 문화에 관심할 때 그 영역을 잊혀지거나 복원되어야 할 문화에 한정한 채 채록하여 보관하거나 일정한 데이터 형태로 저장할 수 있는 대상으로 환산하는 데 국한함으로써, 문화를 실체의 범주에 환원하는 데 관심하는 것으로 일반화하는 경향이 없지 않다. 이는 부당하다고 할 수는 없지만 온당하지 않은 편벽된 생각이다. 특히 의사소통의 매체가 다변화된 오늘날의 문화장에서 거래되는 여러 문화적 수행의 결실들을 정리하여 데이터베이스를 구축하거나 디지털 미디어 콘텐츠로 각색하고 변환하여 새로운 문화적 결구를 낳는 작업이 문학적 방식을 요하는 만큼, 문화와 문학의 함수를 논할 때 긴요한 현상적 거점이지만, 이에만 한정하여 그 함수의 전역을 확정하는 우를 범해서는 곤란한 것이다. 거듭 강조하지만, 문화란 삶에 작용하는 지표이면서도 성원들의 삶의 체험이 총화된 지층이기도 하다. 그러므로 의사소통 공동체의 형성을 활성화하는 문학적 수행의 과정과 잠정적 결과로 주어지는 텍스트들의 심층적 의미와 가치 요소를 발굴하는 데서, 문학과 문화의 함수를 풀 중요한 단서를 얻을 수 있다는 데 유념해야 한다.

문학과 문화의 관계에 대한 논의에서 파생된 '상호텍스트성(intertextuality)'만 하더라도 단순한 제재적 호환성만을 따져 이해할 개념이 아니다. 문학적 거래에서 적용되는 문화적 상호텍스트성은 문화적 대상을 시나 소설의 제재로 채용하는 지시적 관계에 국한된 개념으로서 유효한 것이 아니다. 문화장에서 성원들이 의사소통을 활성화함으로써 문화적 공유의 거점을 마련하고 그 거점에서 문화적 적층이 이루어진다. 이러한 원리에 근사하게, 문학을 통한 의사소통의 장이 형성될 여지가 조성될 때 문학이 문화와 텍스트적 자질 면에서 서로 공통된 차원을 공유한다는 점에서 상호텍스트성 개념이 비롯한다. 문화와 문학의 텍스트적 상호성은 직시적 표지를 통해 관여적 자질이 드러나기보다 상징이나 기호적 표지를 통해 맺어진다. 그래서 더욱, 대상적 실체를 전제한 제재 간의 호환성을 단서로 삼기보다 텍스트적 상호성을 가늠할 수 있는 자질 요소에 주목하는 것이다.

문화와 문학의 함수는 제재 차원의 직시적 지시 관계로써가 아니라 상호텍스트성이 산출되는 역학으로써 구성된다. 따라서 문학의 제재를 긷는 원천과도 같은 삶의 장에 편재한 여러 문화적 표징에 대한 이해를, 문학적 구성과 문학적 담론 수행의 과정에 대한 이해로 이을 접점을 발견하는 작업이 필요하다. 문화장에서의 경험과 생각과 느낌 등을 구성지게 지어 나눔으로써 다시금 문화장에 환류하는 과정 과정에서 투사되는 마음이 문학과 문화의 함숫값이 일차 수렴되는 지점일 것이다. 이러한 문화장의 구심에 대한 적절한 이해의 방편을 궁리하고, 문학적 담론의 효과를 최적화하는 텍스트의 자질을 구할 최선의 방법적 개념을 고안하는 한편, 모델이 될 만한 최적의 결실들을 발굴할 길을 닦아야 한다. 문학을 통한 문화적 수행이 최적의 값을 내기 위해 동원하는 매체의 활용과 최적의 매체를 통해 활성화되는 의사소통의 메커니즘에 대한 이해 등을 포섭할 수 있는 폭넓은 시야를 확보하고 촘촘한 의미망을 짜야 하는 것이다. 이를 통해 '문학+문화' 연산에 상수와 변수를 대입하여 도출할 수 있는 결과치를 바탕으로 그 가치를 추산할 수 있을 것이다.

문학은 문화적 수행의 주요 구심이며 문화의 가치가 창출되는 거점항이다. 이러한 문학의 문화적 자질을 여러모로 측량할 수 있는 텍스트를 발굴하는 것은 문학에 관심할 때 제일선에 주어진 과제이다. 다양한 문화 객체를 채용하고 다각적인 양태로 재구성하여 제재 층위에서 활용하는 양상이 우선 눈에 띌 것이다. 이때 문화 객체는 실제 문화 현장에서 벌어지는 사태나 성원들의 문화적 행위의 면면을 옮겨 적은 실체적 대상 같은 것을 지시하지 않는다는 데 재삼 유의해야 한다. 문화 현상은 그 자체로서 자명한 의미가 주어질 수 없고 성원들 사이의 의사소통과 해석에 부쳐져 의미망이 구성되게 마련인데, 문학은 그러한 구성의 과정에서 효과적으로 동원되는 수단이다. 이렇듯 문화 현상의 의미를 해석하고 그 의미를 의사소통에 부칠 수 있도록 도울 문학의 차원들에 이관하여 이미지 도식(image schema)들을 구성할 수 있는데, 문화 현상에 최적의 형상으로 수렴시켜 얻은 이미지 도식의 계열체에 상응하는 것을 문화 객체로 범주화할 수 있다. 문화 객체는 그 자체로서 문화적 수행의 과정에서 얻어진 소산인지라, 실체로서 주어지지 않고 과정에 부쳐지는 만큼 다양한 변이형이 파생할 수 있는 구심들이 지어질 여지를 연다. 그리고 그리 열린 해석의 지평에서 대입될 변수에 따라 연산 가치가 달라질 수 있는 가능성에 노출되어 있다. 다시금 강조하거니와 문화는 고정불변의 실체가 아니라 변화의 과정에 부쳐져 태가 바뀌는 구성체이다. 문학이 산출한 문화적 가치의 표층에는 문화적 수행의 결실로 축적되고 전승되어 온 문화 객체의 여러 양태가 직시적 표지로 제시되어 있다. 삶에 유용한 단말의 도구 장치, 구술이나 문헌을 통해 전해진 여러 양태의 문서, 실생활과 의례의 장을 통해 실연되는 인간적 수행의 면면들을 수렴한 장대한 규모의 문화장에서 얻을 문화 객체는 문학 텍스트의 훌륭한 제재가 될 수 있는 것이다.[1]

　　문학 텍스트의 생산자는 소소한 생활 수단이나 삶의 방식 낱낱에 담긴 소상한 의미를 들추어 문화장을 탐색할 관찰경(scope)을 구비하여 적극 활용할 줄 아는 문화-과학자(cultural scientist)로서의 자격을 얻는다. 삶의 장에서 문화 객체를 발굴하고 문화장의 지층을 탐사하는 일은 흡사 문화-지질학자를, 문화 객체 이면의 의미를 묻고 문화 성원들 사이의 또는 문화 영역 간의 역학 관계와 문화를 추인하는 동력의 원리를 궁리하는 일은 흡사 문화-물리학자를, 문화 객체들의 융해를 통해 새로운 문화 객체가 발생하는 공정을 살피고 문화 객체들 간의 문학적 반응을 모의하여 그 의미를 확산시키는 공정을 가해 새로운 의미체에 상응하는 이차적 문화 객체를 산출하는 일은 흡사 문화-화학자를, 문화 객체를 통해 형성된 문화 우주(universe)를 탐색하여 창발적 의미망의 수렴을 도모하는 일은 흡사 문화-천문학자를 연상시킨다. 삶의 후미진 곳이라도 삶의 방편이 되고 삶을 이롭게 하는 작용을 하는 것이라면 문화 객체로서 의미를 안고 있는데, 소소한 것 하나라도 허투루 두지 않고 세심하게 들여다 볼 줄 아는 마음과 실천이 문화-과학자로서의 위상에 선 작가의 자격을 확증하게 하는 것이다.[2]

　이러한 위상에 선 성실하고 유능한 문화-과학자라면 문학의 문화적 가치와 의미의 지평을 진전시켜 새로운 여지를 열어 보임으로써 문학 일반의 패러다임 이동(paradigm shift)을 촉진하는 의제(agenda)를 제안하여야 한다. 그 자체로서 새 차원의 문학장을 문화장에 투기(投企)하는 데 기여도 높은 텍스트들을 생산하여 거래를 활성화할 수 있어야 한다. 활발한 문화적 거래를 통해 문학적 수행의 가치가 고양됨으로써 삶의 장과 생활 방식을 공유하는 문화 성원들 사이에서 유효한 소통의 심층 코드를 확인하고, 삶에 편재한 문화 객체의 구성 기제와 가치 산출의 공정을 엿볼 계기가 마련될 수 있는 것이다.[3]

　문학은 문화적 공정을 통해 구성되어 담론의 장에 부쳐짐으로써 그 자체로서 문화 객체의 주요 국면이 되는 구심적 수행이다. 이는 문화장의 문화 객체들을 질료로 포괄함으로써 문화에 잠재한 의미의 자장을 넓히는 매개가 되어, 이를 또 다른 한 궤도의 문화적 소통 회로와 문화적 적층의 장에 환류함으로써 위상이 세워진다. 이러한 식으로 문학은 해석학적 순환 구도에 드는 문화 현상이 되는데, 문학의 문화적 위상을 여실히 확인할 수 있을 때 문학의 문화적 가치가 커질 터, 이를 가늠하기 위해서는 제법 단위가 세분화된 다층적이고 다각적인 척도(scale)를 활용하여 분석할 수 있는 여건을 갖추어야 할 것이다.[4]

문화 객체는 문학에 문화를 더하여 그 자질 간의 함수를 탐색할 때 텍스트의 최상 층위에서 확인할 수 있는 직시적 표지에 해당한다. 문화장에서 채용된 문학적 모티프를 논급할 때 우선 대입할 항인 것이다. 그러나 주의할 점은 문화의 실체가 없으니 그 지시적 적용 관계를 따지는 것이 당찮은 만큼, 문화객체에 관여된 개념 도식 층위에서 자질적 함수에 관심하는 것이 우선이라는 점이다. 문화장의 여러 계열들에서 취한 문화 객체들에 적용된 개념 도식들은 문학적 개념 도식들로 변주하여 응축한 의미망을 직조할 수 있다. 이러한 문학적 구성 공정에서 읽을 수 있는 문화 가치의 양상을 해석하는 것이 다음에 이어질 방법적 공정이다. 물론 문화의 가치가 선험적으로 주어진 실체가 아닌 까닭에, 문화 객체의 채용과 변주, 그리고 그 결실을 문화장에 되돌리는 문학적 변환과 환류 공정을 고찰할 고배율의 현미경 같은 방법적 도구가 필요하다. '문학 더하기 문화' 해법에 적용할 척도는 문학적 제재와 문화객체의 관계에만 국한되는 것은 아니다. '거래(transaction)'에 관여된 효과적인 담론 수행의 국면들을 포착하여 문학에 더해진 문화의 조건과 변수에 대한 이해의 폭을 넓힐 방편과 시야가 필요하다. 문학의 문화적 가치를 명증하는 텍스트를 발굴하고 그 문화적 자장을 더 궁리할 여지를 이로써 더할 수 있다.

문화적 과정의 문학적 회로

문화는 전승과 창의의 과정이다. 문화적 적층은 단순히 기성의 것을 답습하는 일이 아니다. 더 나은 삶의 진전을 도모하는 인간적 수행이 문화에 수렴된다면 문화적 과정은 창발적 생각과 이를 거점으로 파생된 창의적 수행의 결실을 바탕으로 이루어지는 삶의 새로운 진전이며 새로운 삶의 양식을 확산하는 구심에 상응한다고 할 것이다. 이는 문학적 수행의 방식과 근사하다. 아니 문화적 수행의 방식을 응축하여 단적으로 적용한 것이 문학적 수행의 방식이라 하는 편이 더 적절하다. 문학과 문화의 접점에는 이런 해석학적 순환의 회로와도 같은 것이 공분모로 전제된다.

문학은 문화의 구성 인자이면서도 문화의 진전을 가능하게 하는 창의적 수행 방식의 모형을 제시함으로써 그 자체 진전의 동력을 취할 수 있다. 문학과 문화의 관계는 일방의 범주적 주종 관계나 집합적 포함 관계로 환산할 수 없는 호혜적이고 상호적이며 순환적인 네트워크를 전제로 한 구성적 관계이다. 이러한 네트워크의 다차원적인 구성 양태를 개념적 수렴점으로 하여 현상을 파악하는 온당한 시야를 확보하는 것이 관건이다.

문화는 성원들 공동의 수행이 수렴된 결실이다. 문학 또한 공동체의 인지적 수행의 결실이 수렴된 구성체일 때 최적의 의미와 가치를 일으킬 수 있다. 문학은 개개인의 개성이나 재능에서 비롯한 소산이기보다 문학 전통이 이어지는 과정에서 창발되고 축적된 결실이라는 식으로 진단한 엘리어트(T. S. Eliot)의 시대를 앞선 통찰은 적확하다. 개개인의 창의적 역량이라도 문학이라는 문화적 구성물의 영향에 힘입는 바, 개인의 인지적 창발이 문학적 창의에 편입되는 과정 또한 문화적 공정 내에서 다른 이들의 숱한 창의적 소산들과 조율되어 변조(modulation) 회로가 가동될 때 의미심장한 텍스트로 주어져 성원들 간 소통의 장에 던져질 수 있는 것이다.

문학은 해석에 던져질 때 비로소 의미 있는 구성체로서의 일면이 갖추어진다. 물론 해석의 여지가 다양할 가능성이 있는 만큼 창의·표현과 이해·해석 사이의 의사소통적 거래가 일거에 완수되는 법은 없다. 혹 단번에 문학적 의사소통의 거래가 완결되는 경우가 있다손치더라도 그 거래는 싱겁기 그지 없으며 이러한 식의 단발적인 거래를 문학장에서 누군가 기대할 리 만무하다. 문학적 거래는 창발적 사고의 발동을 통해 성원들의 창의적 역량을 진전시키는 데서 최적의 동력이 발생한다. 문학은 문화적 공정에 부쳐질 때 최적화된다.

문화는 성원들 사이의 원활한 의사소통을 바탕으로 이루어지고 진전의 동력이 생긴다. 문학은 이러한 의사소통을 활성화하는 데 기여하는 유력한 방식이자 문화 성원들로 하여금 의사소통의 역량을 기르게 하는 한편 의사소통의 장을 확장하고 공고히 하는 데 수월하게 쓰이는 유력한 수단이다. 사람들은 문학을 통해 경험을 확장하고 생각의 여지를 키우며 감성을 교류할 수 있는 장을 널리 열 수 있다. 개인적 수행의 소산들은, 개개인의 영역들 간에 공역이 형성됨으로써 공동의 영역에 투사되어 성원들 사이에 일반화된 코드로 해석 가능한 태로 변환될 때, 문화적으로 의미 있는 가치를 획득하게 된다. 이렇게 문화적으로 공유된 삶의 영역은 문학적 투사를 통해 그 여지가 확장되어 더 나은 삶의 진전을 이끄는 문화적 과정이 일단락된다. 이렇듯 문화적 과정을 통해 의의가 적중되고 가치가 고양되는 국면들은 문학적 수행을 경유하여 삶의 장에 편재하게 된다.

실존의 한계에 갇히지 않고 삶의 지평을 확장하기 위한 인간의 수행 국면이 문학적 투사를 통한 삶의 기획 국면에서 문화적 진전을 위한 동력원이 된다는 해석학의 진단은 옳다. 일상의 경험이 해석의 지평이 되고 세계를 이해함으로써 그 지평에서 나아가 세계를 기획하여 삶의 여지를 더함으로써, 진전된 삶의 의미를 던지는[투기(投企), Entwurf] 실존적 수행이 문화적 진전을 꾀하는 책략으로 비근하게 쓰이는 것이다. 익숙한 삶의 방식으로 수월한 삶을 이어가면서도 일상을 짐짓 낯설게 하여 새로운 삶을 체험하고자 도모하는 아이러니가 사람들의 심산에 작용한다. 사람들이 문학에 관심하는 동인이 이와 같다. 문학이란 무엇인가 하고 물을 때, 문화를 낯설게 하는 방편이자 문화의 진전을 이루게 하는 주요 거점이 문학이라고 해도 좋을 것이다.

이러한 문학의 자질이, 비단 문학의 장르로 분류되는 텍스트를 통해서가 아니라도, 삶의 방식으로서 두루 채용되고 있는 현황에도 주목할 여지가 생긴다. 이를테면 일상의 장에서는 물론이거니와 놀이나 의례와 같은 특수한 생활의 방편이 적용되는 비일상의 장에서라면 더욱 은유나 상징을 적용한 표상적 수행이 활발히 이루어지는 면면을 명징하게 확인할 수 있다. 실로 문학의 영역이 아닌 장에서 문학 특유의 담론 방식이 쓰이고 있다는 방증이 적지 않은 것이다.

놀이의 원리와 과정을 떠올려 보자. 놀이는 일상을 구성하는 차원들을 달리 구성하여 얻은 룰을 바탕으로 진행된다. 이로써 단조롭고 반복적인 일상의 안정과 나타, 그리고 기대만큼 진전 없는 삶에 대한 염증과 무망한 삶에서오는 회의감을 돌이켜 줄 전기가 되는 장을 마련하도록 돕는다. 문화적 수행의 특수한 양태로서 일상을 낯설게 하는 책략이 놀이의 방식과 효과를 이루는 구심점이다. 물론 놀이 상황에 몰입하게 하는 것이 능사는 아니다. 몰입은 맹목을 낳는다. 맹목은 삶의 예지를 통찰하는 혜안을 눈멀게 한다. 이를테면 맹목적인 '놀이'는 '노름'에 이어진다. 놀이와 노름의 경계는 백지 한 장 차이도 되지 않는다. 일상에서 일탈하도록 돕는 놀이이지만 이를 마친 다음 다시금 일상에 복귀하여 삶을 이어갈 여력을 더할 때 문화적 과정으로서 의미와 가치가 부가될 수 있다. 일상에 복귀하지 못하고 일탈한 상황에서 헤어나지 못하게 하는 노름을 두고 문화적 과정의 수행이라고 할 수는 없다. 놀이와 노름의 경계에 대한 이해와 함께, 노름으로 넘어가지 않는 놀이의 문화적 위상에 대한 온당한 이해가 필요한 것이다. 문화적 차원에서 놀이의 장을 조성하는 혜안은 문학에 대한 진전된 이해와, 문학적 수행과 체험의 다기적이고 다층적인 가치에 대한 생각을 돌이키게 한다. 문화적 공감대에 대한 중요한 변수로서 문학과 놀이의 함숫값을 산술할 필요가 있는 셈이다.

의례에 대해서도 마찬가지로 생각해 보자. 의례는 일상의 차원들을 재편하여 비상한 수행의 장을 제시함으로써 특수한 체험을 통해 일상의 압박이나 아픔에서 벗어나는 치유의 장에 사람들이 참여할 수 있도록 돕는다. 문화 성원들 서로 특별한 의사소통을 통해 어우러질 수 있는 장을 형성함으로써 삶의 새로운 질서를 궁리할 수 있는 여지를 짓는다. 실존의 해석적 기획을 통해 삶의 지평을 확장할 계기를 마련하는 것이다. 터너 식 의사소통 공동체 '코뮤니타스'의 표징들이 사회 드라마에 상응하는 의례의 장에서 구성된다고 해도 좋다. 문화적 어우러짐의 미적 가치와 문학적 공분모가 의례를 통해 가시화되는 국면들인 만큼 의례는 문화의 문학적 차원들에 관해 명증한다고 할 수 있다.

일견 문학은 놀이나 의례의 원리를 좀더 생활에 밀착된 매체를 활용하여 비일상적 수행의 가치·기능을 수월하게 체험할 수 있게 하는 기제이다. 문화는 일상을 벗어나는 놀이나 의례와 같은 수행을 거점으로 진전의 계기를 얻게 마련, 인류의 문화가 역동적인 진전의 가능성에 던져질 수 있는 것은 비일상적 열망과 이를 기획할 만한 혜안과 수행의 동력을 바탕으로 하는데, 그 거점에 문학이 있다. 사람들의 인지적 창발을 통해 문화적 동력이 생기는 법, 일상의 틀을 해체하여 재편하는 비일상적 수행을 통해 문화의 적층이 가능해지는 만큼, 문학의 원리·방법과 계열체를 이루는 문화적 수행의 방식이 보편적인 가치를 얻는 것은 온당한 귀결이다.

이러한 직시적 표지로 가시화되는 하위 범주의 문화종에서만 문화의 문학적 회로를 찾을 수 있는 것은 아니다. 문화장에서 작동하는 문학적 인지 회로의 환류 공정에 주목하고 보면, 은유적 개념 사상의 원리와 실제 사례들이 시야에 든다. 삶의 장에 편재한 커뮤니케이션의 전략으로서 은유의 보편적 혹은 일반적 국면들은 이미 입증된 바 있다. 일상적 언어 수행에 편재한 은유의 양상에 주목하여, 은유가 비단 문학적 언어 능력에 국한된 것이 아니라는 점은 이제 이론의 여지가 없는 편이다.[5] 다만 문학적 공정에 회부될 때 디테일에 변화가 일어 위상 전이 국면을 엿보아야 하는 경우들에 주목해야 하는 과제는 남는다.

삶의 경험, 개인의 내밀한 감정과 느낌, 디테일한 감성의 수행들, 여러 방면으로 확산되는 생각의 여지들. 이러한 삶의 방식을 확장하는 방편으로 활용되는 문학적 방법들이 은유적 개념 사상의 방편들을 파생시켰을 것이며, 이러한 방편들이 삶에 편재함으로써 일상적 문화장에서 문학적 수행의 면면들이 작용하고 있다는 점을 의식하는 편에 이해의 지향을 두어야 한다. 문학의 문화적 위상 변이에 작용하는 동역학 도식의 경로와 지향에 관심할 필요가 있는 것이다. 문화 객체를 문학적으로 변용하는 데 작용하는 동력은 물론, 문화 감성과 문화 관념을 변용하는 동력에 주목하여야 하는 것이다. 문화를 구성하는 차원들로써 진전되는 인지 공정에 문학적 수행이 기여하는 맥락은 어떠한지 등에 대한 이해에 수렴될, 문학 더하기 문화 산술식의 해법을 모색할 수 있는 길이 이 맥락에서 열린다고도 할 수 있다. 그래서 더욱 문학과 문화의 함수는 실체적 지시 관계를 투사하는 식일 수 없다. 문학에 문화 항이 더해질 때 문학이든 문화든, 그 구성적 위상이 뚜렷해진다.

°주

1   장일구, 『서사+문화@혼불_a』, 전남대학교 출판문화원, 2017, 16~17쪽 참조.
2   위의 책, 43쪽 참조.
3   위의 책, 43~44쪽 참조.
4   위의 책, 44쪽 참조.
5   은유에 대해서는 공간, 언어, 인지 등과 관련하여 논의를 더 할 것이다.

사실에 관한 사실을 확인해 보기로 하자.

이를테면 하루 일을 사실 그대로 기록하는 것 어떨까? 사실대로 기록하는 만큼 디테일의 정보량이 관건이다. 같은 사실적 정보라도 낱낱을 순차적으로 기술하는 것도 중요한 관건이다. 경험한 일의 세목에 잘 부합한 기록이라면 어느 정도 선에서 사실의 기록이라고 납득할 수 있을 것이다. 다만 실제 벌어진 일의 추이 그대로 정보의 디테일을 얼마나 확증할 수 있는지, 확증된다손 치더라도 과연 사실의 진행 과정을 온전히 '레코딩'한 결과인지 아니면 '기억'에 부쳐지는지 여하에 따라 사실로 판정할 수 있는 기준이 달라질 것이다. 과연 하루 일을 사실 그대로 기록할 수 있을까.

사실을 기록하였다면 실화(nonfiction)라고 할 텐데, 실화는 진짜 사실을 기록한 짐짓 실화인가? 이와 유사한 계열의 전기나 자서전 따위는 어떠한가? 더하여 '실록'은 실제 일어난 일을 확인하고 기록한 것이겠지? 실록에 바탕을 둔 '역사'라면 사실을 기록한 가장 빼어난 방식의 결실일 테니 사실의 기록에 관한 의문을 일소해 주겠지? 역사가 사실의 기록이라는 데 의문의 여지가 있겠는가.

사실에 관여된 의문의 여지는 대체로 이 정도 선에서 봉쇄되게 마련이다. 역사라는데 무에 더 토를 달 여지가 있겠는가 하는 심산이다. 그런데 과연 역사는 사실의 기록인가, 사실의 기록이라는 사실을 어떻게 확증할 수 있는가, 확증의 전제 같은 것은 없는가, 전제 없는 액면 그대로 사실의 기록이라는 점을 또 어찌 증명할 수 있는가. 사실에 관한 사실을 정작 확인하자고 나서면 꼬리에 꼬리를 무는 의문이 지속된다. 역사는 사실의 기록이라는 단언이 성립 가능한지 하는 의문에 봉착하는 것이 불필요한 논쟁의 무한 루프를 예고하는 것일까.

역사의 방식과 문학의 방식

역사의 요건은 이를테면 사실의 기록일 것, 객관적 기록일 것, 실증할 수 있을 것 등이다. 실증 가능한 기록이 객관적 사실로 인증될 수 있으며 객관적 인증을 통해서 기록은 역사적 사실의 재료로 인정될 수 있다. 좀 어려운 생각을 더하자면 반증했을 때라도 객관적 증거를 부정할 수 없음이 입증되어야 하는데, 반증 가능성이 실증의 지표가 된다. 객관적 사실로 인증된 경우라도 피상적인 기록에 불과하다면 사실 관계를 입증할 맥락 요건을 온전히 얻을 수 없는 까닭에 구체적으로 기술된 서사적 자질을 요한다. 물론 어떤 상황에서라도 '어쨌든 사실'일 것이 입증되어야 한다. 통상 역사로 수용되는 기록이 대체로 이러한 다단계의 요건들에 부합함으로써 인정된다.

역사에 부치는 물음은 사실에 관한 물음과 직결된다. 사실이 실제 벌어진 일이라는 점에서 사실의 기록이라는 역사에 관해서도 '역사란 무엇인가?'라는 식의 실체에 관한 물음이 제기되는 것이 어색하지 않은 셈이다. 그런데 역사란 과연 있는 것일까? 그 실체를 입증할 수 있는지 하는 의문을 품을 여지가 생긴다. 기실 사실이라는 것도 그 현장을 경험하지 못하였거나 경험한 경우라도 그 전모를 파악하지 못한 터라면 이에 대해 진술하거나 기술한 결과를 온전히 객관적인 사실로 입증할 수 있는지 의문의 여지가 없지 않다. 하물며 지난 시대의 일, 지나도 한참 지나 그러한 시대가 있었는지 호기심 가득한 의문을 품어도 괜찮을 때의 일을 기록한 결과를 두고 사실의 기록이라고 선뜻 수용해야 하는지 의구심을 표하는 것이 불필요한 어깃장을 놓으려는 심산은 아니다. 역사는 실체인가?

역사가 실체에 관여된 것이라면 역사를 감각할 수 있는 것이어야 한다는 가장 극단의 물음에 대해 그렇다고 단언할 수 있어야 한다. 물론 기록과 유물·유적 등으로써 실증한 역사를 감각의 대상으로까지 상정하는 것은 당찮다. 그렇게까지 몰아세우지 않더라도 적어도 역사를 증명할 수 있는지 물음을 던지는 것까지 당찮다고 할 수는 없을 것이다. 역사가 사실이라는 것이 자명한 공리이기 때문에 이에 대해 묻는 것이 논리적으로 타당하지 않을지언정 그 물음의 여지까지 봉쇄하는 것은 부당하다. 역사를 증명할 수 있는가?

역사를 둘러싼 담론의 이면에 부치는 궁금증이 없을 수 없다. 역사의 실증은 어떻게 성취할 수 있는지, 유물·유적의 복원과 재구는 어떻게 달성할 수 있는지, 역사의 근거는 어디에서 비롯하는지 궁금해 하는 것을 숫제 부당하다거나 뭘 모르는 이들의 생각이라고 치부할 수 없다. 역사의 전모와 진실은 어찌 밝힐 수 있는지 밝혀서 무엇에 쓰는지 궁금해 하는 이들이 있는 것도 엄연한 '사실'이다. 좀더 심각하게 생각해 보면 역사적 사실에 관여된 담론적 실천들을 장악한 이념적 저의가 궁금해지기도 한다. 역사는 우리를 자유케 하는지 우리 삶의 진전을 돕는지 궁금하다고 한다면 시쳇말로 너무 오버하는 것일까.

기실 역사는 사실의 기록이라는 전제가 순환 논증에 빠지는 터라 이 전제의 타당성을 '참'으로 입증하기 난망할 뿐이다. 왜냐하면 역사가 사실이라는 증거인 '기록'이 이를 입증할 실체적 증거에 상응하는 유물이나 유적 등을 실증한 결과를 바탕으로 하기 때문이다. 유물이나 유적이 역사적 사실과 관여된다는 증거를 기록에서 찾을 수밖에 없는 터라 역사는 사실의 기록이라는 명제는 순환 논증에 회부될 수밖에 없는 것이다. 실증의 공정이 늘 그러하듯이 어느 정도 수준에서 공리를 세워 전제를 구성하지 않으면 안 된다. 그러니 역사는 실체에 관한 술어가 아니라 개념적 구성에 관한 술어이다. 그러므로 역사에 관여된 현상과 관념 등에 대한 이해에 필요한 단서들을 들춰 볼 필요가 있다.

대체로 역사(history)는 이야기(story) 양식으로 전해진다. 지난 일을 기록하는 방식인데 사건의 추이를 기술하는 식일 테니 기본적으로 이야기로 전하는 방식을 활용하게 마련이다. 역사의 어근[history; Geschichte; 歷史]이 과거의 이야기에 관여되어 있음은 시사적이다. 이때 이야기의 원리는 사실이건 허구이건 간에 사실인 양 지어 그럴싸하게 모의하는 데 근간이 있다. 그래서 이야기는 늘 실재적 환영(illusion)을 부르며 역사 또한 이에서 크게 벗어나지 않는다. 역사를 수용하는 이들로서는 그 일을 직접 경험하거나 현장에 직접 임하지 않았으니 실체로 접한 것이라고는 역사의 기록이라고 주어진 '문자 텍스트' 뿐이다. 글자를 보고서, 벌어진 일을 구상하여야 하는 절차가 요구되는 셈이다. 따라서 역사는 텍스트를 통해 구성된 담론적 현상으로 전제되어야 한다. 역사는 실체가 아니라 텍스트를 통해 얻어진 정보로써 구성된 이미지나 관념 층위에서 빚어진 어떠한 형태인 것이다. 인지 공정상 애초에 실체인 것이라도 실체 형태 그대로 신경망에 회부되는 것이 아니라 개념이나 이미지 형태로 인지 도식의 계열에 부쳐져 최종 인지 결과가 산출된다. 하물며 역사는 실체로서 주어지지 않고 기록에 바탕을 둔 텍스트로서만 산입되는 터라 역사를 사실로 수용하는 것은 기본적으로 실재라는 환영 형태로서만 가능한 것이다.

역사적 실재(real)는 피상적 관념이다. 그러니 역사에서 삶의 구체를 찾을 수는 없다. 역사는 시대적 표상에 상응하는 '역사적 사건'만을 기록하는 만큼 시대를 살아 가는 사람들이 겪은 삶의 디테일을 삭제하게 마련이다. 역사는 거대 서사(grand narrative)이며 시대를 지배하는 담론의 결정체에 해당한다. 그러므로 때때로 역사는 억압 기제로 작용할 가능성에 노출되어 있다. 시대적 연속성에 관한 개념 도식을 기조로 하는 역사는 시간의 굴레를 조장하기도 하므로 개개인의 공간적 자유를 억압하기 십상인 것이다. 그러므로 역사를 온전히 이해하기 위해서는 역사라는 미명의 표층 아래 가려진 이면적 삶의 면면에 대한 이해를 온전히 할 수 없다는 점, 역사가 되려 사실의 반대항에 관여된 개념들로 구성된 실체를 가장한 모의에 불과하다는 점을 돌이킬 여지가 파생된다.

이리 단적으로 몰지 않더라도 최소한 역사에 대해 담론할 때 사실과 허구의 역학에 대해서만큼은 따져 보아야 한다. 역사 기록에서 삶의 진실을 발견할 수 없는 난항에 대해서는 반드시 염두에 두고 역사에 관여된 담론적 실천의 의미와 가치를 산술해 보아야 하는 것이다. 역사 기록의 행간을 채우는 서사적 구성의 방식과 전략에 대해서나, 역사의 피상에 구체적 형상을 입히는 허구의 방식을 역사에 관한 산술에 대입할 궁리를 해야 한다. 역사와 문학의 관계에 대한 물음이 단순히 역사의 공백을 문학이 채운다거나 역사에 미치지 못하는 문학에 역사를 대입하여 그 허구적 한계를 보정하는 해법을 찾는 식으로 흘러서는 곤란하다. 되려 역사에 재미와 감동을 더하는 문학적 공정의 긍정적 측면을 눈여겨 볼 필요가 있다. 나아가 역사적 억압 기제를 해체하는 문학적 전략에도 주목할 일이다. 시간의 굴레에 갇힌 역사의 한계를 푸는 열쇠가 문학장에 편재한다. 역사라는 표층에 가려진 삶의 이면과 심층을 복원하고 그 의미와 가치의 네트워크를 진전시키는 혜안이 역사를 응시하는 문학적 시선에 가득하다.

역사 기록에서 삶의 진실을 찾았는지 사람들이 묻는 데서 문학 더하기 역사의 산술이 촉발된다. 역사는 거대한 조류를 이루어 흘러갔지만 역사의 현장에서 삶의 자리를 지킨 사람들의 면면을 우리는 어디에서 읽을 수 있는지 묻는 데서 역사에 더하는 문학의 온당한 가치가 산출되기 시작한다. 역사는 우리를 자유케 하는가, 역사가 우리에게 무엇을 주는가 하는 식으로 삶의 주역인 사람들에게 역사의 가치가 무엇인지 묻는 것은 매우 중대한 인지적 전환을 요하는 문제항인 것이다.

이러한 인지적 전환은 수월찮은 일이다. 사실과 허구의 경계를 넘을 수 없는 강고한 벽 차원이 아니라 영역 간을 가로지를 수 있게 한 문턱(limen) 차원으로 설정하는 인지 도식을 구성하는 한편, 둘 사이의 경계를 횡단할 수 있는 이행의 여지를 여는 개념 계열의 경위(經緯)를 짜는 작업을 요하기 때문이다. 사실 중심의 세계관에서 파생된 역사에 관한 편향된 이념항은 해체적 사유의 방식이 제안되기 전까지는 비판적 담론의 장을 허용하지 않았다고 해도 과언이 아닌데, 담론적 실천을 해체하는 방법이 제안되고 역사 담론의 분석이 제법 진전된 가운데도 여전히 그 맹위가 사그라들지 않은 터다. 그만큼 '사실'이라는 담론적 실천들을 장악한 이데올로기의 힘은 누대를 거쳐 축적되고 다져진 강고한 기반을 완강히 지탱하고 있다. 이러한 사실이 채운 억압의 자물쇠를 푸는 자유의 열쇠가 문학이라는 생각의 벼리가 해체적 사유의 바탕에서 힘을 얻을 수 있었던 것이 오래지 않은 상황이다.

역사의 균열을 문학이 시멘트가 되어 메우고 문학 스스로가 양생(養生)한다. 역사의 아픔을 치유할 길을 문학이 열어 주곤 한다. 문학의 이러한 역할이 어제 오늘의 일이 아닌데 최근에야 나타난 일처럼 새삼스럽게 회자되며 긍정적이든 부정적이든 오해의 빌미가 보이는 것은, 역사의 뒤안길에 내몰린 문학의 저평가된 위상을 반증하는 것이기도 하다. 역사가 중심의 가치를 이루고 문학은 주변에서 그 가치를 보조하는 역할을 한다는 식의 단정이 역사와 문학 사이의 관계에 대한 물음의 정답인 듯 보인다면, 역사 중심의 이념항에 노출되고 피폭된 인지 도식을 의심해 보아도 좋다. 그런 인지 도식을 해체하지 않고서는 문학 플러스 역사의 산술치를 온전히 도출할 수 없다.

이런 정황에서 비로소 문학에게 역사란 어떤 의미와 가치로 관여되는지 물을 여지가 생긴다. 가령 문학의 배경·제재의 원천으로서 역사의 의의에 대한 질문이 가능해진다. 물론 이러한 물음의 유형은 문학과 역사의 관계에 대한 논의를 시작할 때 으레 제기되는 것이어서 새롭거나 낯설지 않다. 아니 너무 식상하고 초보적인 수준의 질문처럼 여겨질 지경으로 이러한 물음이 둘 사이의 실체적 관계를 증명하는 방식으로 쓰여 온 것이 사실이다. 그러나 역사와 문학의 구성적 자질에 대한 성찰을 맥락으로 이에 관해 궁리할 때는 그 방법적 개념의 지향이 사뭇 다르다. 이를테면 역사를 보면 문학의 소재가 보이게 마련이고 문학을 통해 역사적 사건의 면면을 볼 수 있는 여지가 커지는 것이, 둘 사이의 구성적 함수를 전제로 그 의미값을 산술해야 한다는 점을 방증하기도 한다. 다만 이러한 진단의 방식이 양날의 검과도 같아서 자칫 역사와 문학 모두 실체적 관계가 자명하게 주어진다는 오판에 귀결될 우려를 낳는다는 점은 유념해야 한다. 관건은 역사가 사실의 기록으로서 문학에 비해 우월한 양식이라는 편견을 전제로 세우지 않는 데 있으며, 문학적으로 바꾸었고 바꿀 역사적 제재의 면면에 주목하고, 문학적으로 바꾸어야 할 역사적 사실의 양면에 대한 전망에 주목하는 데서 함수의 해법을 궁리해야 한다. 역사를 문학의 방식으로 변주하는 다차원의 전략과 문학의 새 위상을 모색해야 하는 것이다.

　문학이 역사를 대면하는 방식은 기본적으로 역사를 돌이켜 그 다면을 투사하는 최적의 양식·도구로서 작동하는 방식이다. 사실에 가탁한 역사의 암부에 기생하는 이념을 들추는 미더운 매체로서, 그리고 그 자체로서 역사의 카운터 파트너로서 역사가 담보하지 못하는 삶의 디테일에 스민 상대적 의미와 가치를 구성하는 담론으로서 활약한다. 문학이 이룬 역사적 수행에 관여된 결실들은 인류의 신생 가치와 진전의 계기가 되어 왔다. 역사 너머 삶의 진전된 긍정적 가치의 창출 기제로서, 그리고 사실의 한계에 갇힌 역사의 비극과 이념적·굴레에 대한 반성적 기제로서 문학이 적극적 역할을 수행해 왔다. 역사적 위기 상황을 모면하거나 극복하는 공간적 자유의 여지를 열어 젖힘으로써 사람들의 온당한 삶에 기여해 왔던 것이다. 역사 의식의 창출과 확산에 기여하는 소통과 공유 수단의 수월성이 문학의 중요한 자질로 인정된다.

　역사가 안긴 고통의 병반을 들추어 가시화함으로써 치유의 전기를 마련하는 것이 문학적 수행의 앞선 기제이다. 문학의 위안이 역사와 문학의 함수값을 산술하는 데서 상수로 대입된다. 비극적 역사의 현장에 임한 이들에게 부과된 삶의 불안정한 바탕을 이룬 역사적 사건의 경험과 기억을 돌이키는 것은 정작 역사의 기록이 아니다. 문학이 그 힘든 역을 감당하게 된 것을 두고서 사실을 변주한 문학의 부정적 자질이나 소극적 포즈를 문제 삼는 것은 당찮다. 악몽과도 같은 경험은 기억 아래 잠재된 채 부정적 에너지를 응축한 양태로 무의식의 저층을 장악한다. 떠올리는 것 자체가 극심한 고통을 수반하는 터라 기록은커녕 기억 층위에조차 떠오르지 아니한다. 무의식의 역동을 통해 그 응축된 부정적 에너지가 의식 겉으로 분출할 때면 현실의 경험이었을 과거의 기억은 꿈과도 같지만 꿈의 판타지가 아닌 괴력을 지닌다. 저 가상의 몽마가 가하는 강렬한 타격의 파장은 사뭇 크다. 외상 후 스트레스 장애(PTSD)는 비단 정신 수준만이 아니라 심신(somatic) 수준에서 극심한 고통을 야기하는 증후군이다. 문학은 심신의 회복을 돕는 치유의 수단으로 활용되어 왔다. 경계를 나눌 수 없는 몸과 마음의 동시적 병렬 공정을 작동시키는 주요 동력원이었던 것이다. 문학이 선사하는 재미와 감동을 체감하는 정황으로 미루어, 부적응의 비상 상황에서 일상으로 삶의 장을 회복하는 지혜로운 수행의 방식을 가늠할 수 있다.

이러한 회복과 치유의 방식은 경험과 거리를 두는 문학적 낯설게하기의 방식과 직결된다. 삶의 안전판과도 같다는 문학의 기능과 의미, 가치 등을 재삼 떠올려도 좋을 것이다. 극심한 스트레스로 응축된 부정적 에너지가 폭발하지 않도록 숨통을 틔우는 문학적 거리 두기의 상대적이고 긍정적인 반작용을 통해 잠재의식의 폭발력은 적어도 완화된다. 나아가 가능한 한 폭발의 뇌관을 소거함으로써 심신이 이완되고 치유될 여지를 키울 수 있다. 문학이 온전한 단독의 치유책으로 실로 활용될 수는 없지만, 마음의 병증을 발견하고 직면하게 하여 처방을 내리는 경로는 다양하게 제시되고 있으며 몸과 별개가 아닌 마음의 치유를 도모하는 치유 공정에서 문학적 수행의 공정이 활용되고 있는 현황도 엄연하다. 떠올리는 것만으로도 극한의 고통을 유발하는 기억을 들추어 직면하게 하는 한편 말문을 틔우는 문학적 담론의 공정이 정신 의학적 처치에 적용되고 있는 것이다. 말문을 틔우는 문학의 역사 치유기라고 할까, 아픈 병반인 역사 너머에 구성한 문학이라는 처치가 유효한 회복을 돕는 것이다.

거시적인 연대기 역사에 대응한 미시사(micro-history)의 방책도 문학적 담론의 양상과 마주친다. 왕조 중심의 연대기적 역사의 전면에 부상하는 것은 늘 지배적 권력 관계에서 승리한 이들의 이념적 도식이 적용된 기록의 표층이다. 이에 비해 문학은 역사적 격동 가운데 삶의 자리를 지키며 인간적 수행이 진전을 거듭한 역사의 주역이 된 이들의 정서와 생각, 여러 경험이 얽히고 설킨 사연을 기술하여 삶의 이면에서 작동하는 심층의 의미와 가치를 제시해 왔다.

역사는 사실 세계의 기술에 불과하지만 문학은 사실만으로 도달할 수 없는 당위의 세계를 기술한다는 식의 아리스토텔레스적 통찰을 꼭 들이댈 필요도 없이, 역사와 문학의 담론적 초점 영역의 경계가 어떠한지 알아차리기는 수월하다. 물론 앞서 얘기한 것처럼 둘 사이의 경계는 넘을 수 없는 벽으로 가로막힌 것이 아니라 넘나들면서 가로지를 수 있는 문턱과도 같은 수준이다. 다만 역사가 문학의 담론 방식을 취하거나 문학에 근사한 수행을 할 수는 없는 노릇이며 대체로 두 영역을 횡단하는 담론적 수행은 문학이 담당하게 마련이다. 역사는 중심의 가치를 지어 제 영역을 다른 주변적 가치들이 범접할 수 없는 성역처럼 전제하는 경우가 대체를 이룸으로써 로고스 중심주의의 이념이 발상한 거점이었음은 부정할 수 없다. 상대적으로 중심의 역사에 대해 주변적 가치의 부정항 일순위로 꼽혔던 문학이 중심의 이념 도식을 해체하는 실천적 방법을 제안해 왔던 것이 다행이라면 다행한 일이다. 문학은 여러 가치와 의미의 구심들을 오가거나 구심들 사이를 엮어 다양한 의미와 가치의 네트워크를 생성할 수 있는 여건을 제시하여 왔던 것이다. 이러한 문학의 수행 방식을 통해 비로소 문학 플러스 역사에 관여된 산술이 가능해진 것이기도 하다.

삶의 자리 곳곳에서 발생하였던 인간적 수행의 여러 면들을 투시하고 조망함으로써 삶의 진전에 관한 생각의 벼리로써 역사에 관한 개념 도식을 전향적으로 구성할 수 있다. 변화와 생성, 이를 통해 진전되는 인간 수행의 역학적 위상에 대한 투시와 조망이 짐짓 '역사'의 원형질이자 그 현상의 진면

일 수 있다는 미시사의 관점과 방법이 문학적 담론의 방식과 근사한 것이 엉뚱하거나 낯선 국면은 아닌 셈이다. 문학이 역사에 긍정적이고 적극적인 의미와 가치 요소를 더함[+; positive]으로써 사실 중심의 이념에 장악된 역사 개념의 부정적이고 역행적 변수를 소거[-; negative]하여, 역사 개념의 정향을 세계의 진전 방향에 설정할 바탕을 지을 수 있다. 문학이 더하는 인간급 문명의 진보와 문화의 진전 동력을 발전하여, 역사와 융합되어 그 경계가 해체된 '역사 문학'을 구성할 여지가 생긴다. 역사 중심의 개념 도식으로 풀 길 없던 여러 문제항들이 문학을 매개로 하여 문화의 넓은 범위에서 해법을 모색할 수 있는 여지가 생기는 것이다. 공생과 공유의 예지를 발동하게 하고 개개인의 총합이 아닌 구성원 공동의 역량이 어우러질 때의 창발적인 동력을 발전하는 문화 층위의 수행이 '문학 플러스 역사' 항의 산출치 가운데 으뜸이라 해도 좋다.

역사의 이면에 드리운 비극적 사건들과 그 희생양이 된 이들의 그늘진 삶의 자리는 다분히 과도적 혼돈을 유발한다. 이러한 혼돈 상황은 짐짓 카오스와도 같이 질서가 와해된 지경에 육박함으로써 사람들의 삶의 장에 심대한 위기 상황을 조장한다. 합리적으로 대응할 수 없는 무질서와 고통을 짊어져야 하는 현실적 여건이, 현실에서 출구를 찾거나 해법을 모색할 수 없는 막다른 데로 사람들을 몰아 세운다. 비극적 역사는 지나간 과거의 일로서 잊혀지거나 아니면 기억되는 정도에 그치지 않고 시간이 흐르고서 오히려 몽마와도 같이 되살아나고 힘을 더한 채 사람들의 삶의 장에 위해를 가함으로써 사람들을 무력하게 만든다. 그 몽마의 힘은 실체를 가늠할 수 없기에 더 위력적이다. 이가 바로 사람들의 자유 의지를 억압함으로써 힘을 유지하는 이데올로기이다. 소위 국가 폭력과 합세하여 위력을 극대화하는 이데올로기는 삶의 자리 곳곳에 스며 사람들이 그 실체를 의식하지 못하는 사이에 사람들의 인지 도식에 파고드는 식으로 삶의 전역에서 작동하기에 그 장악력이 무섭다.

이면과 무의식의 저층에서 도사리고서 작동하기에 이데올로기를 조종하는 역사의 지배자는 보이지 않는 세계에서 사람들을 장악한 '빅 브라더'와도 같은 세력이다. 지표 아래의 세계, 곧 '언더그라운드'의 알레고리를 극화한 영화 <언더그라운드>(에밀 쿠스트리차 연출)를 이 맥락에서 떠올려도 좋을 것이다. 그릇된 욕망과 이념이 빚은 전쟁의 아이러니를 조소하는 허구적 각색을 통해 역사에 박진하면서도 역사와 거리를 두는 극적인 장을 연출한다. 역사의 폭력에 대응하는 우의적 판타지를 역사에 대입함으로써, 실로 이룰 수는 없더라도 자유와 독립을 향한 열망의 공간을 극적으로 구성하여 나타낸 것이다. 역사의 희화는 곧 시간의 유예를 바탕으로 하는 것인 만큼 이는 곧 신화적 스케일에서 빚은 공간 창생의 서사에 이어질 수 있다. 카오스와도 같은 난장에 펼친 연행(演行)과도 같은 시퀀스들을 병렬하여, 역사의 그늘에서 숨죽일 수밖에 없는 실존들이 가상이고 허구이며 시간을 유예한 판타지의 공간이나마 서로의 열망을 나누고 어우러질 수 있는 공간을 얻을 수 있는 것은 다행한 일이다. 문학에 구심을 둔 여러 장르의 실천적 담론들 덕분에 사람들은 늘 삶의 위안을 얻고 서로의 안위를 염려할 수 있는 여지를 확보한다.

역사라는 거대 서사에 가린 삶의 이면과 역사가 낳은 이데올로기의 힘에 장악된 실존의 비극은 환멸의 기억을 양산한다. 사람들이 기억을 거슬러 잘못된 원점으로 회귀하여 거기에서 온당한 지향으로 삶을 되돌릴 수 있다면 어떨지 하는 판타지가 문학적 메커니즘을 구동한다. 문학적 서사에서 수월하게 쓰이는 플래쉬-백(flash-back)이 의미심장한 서사적 도구가 될 수 있는 것은 이렇듯 역사를 되돌려서라도 문제적 상황의 원천지를 개간하여 삶에 유용한 방향으로 적용하겠다는 심산과 맞닿는다. 역사는 과거와 현재의 대화라는 카아(E. H. Carr)의 언설이 유력해진 것은 이 맥락에서다. "나 돌아갈래!"라는 대사는 영화 <박하사탕>(이창동 연출)의 트레이드 마크와도 같은 표지로서 유명하지만, 이는 그 영화에서만 쓸 수 있는 것이 아니라, 서사적 담론의 기본 전략을 대변하는 언설로서 수용되어야 옳다. 모든 역사는 돌이켜 보아야 온당한 담론으로서 의미와 가치를 평가할 수 있는 장에 부쳐질 수 있는 법이다. 서사는 이러한 '역사 거스르기'에 최적화된 장르라 해도 좋을 것이다.

기실 역사는 없다. 적확히 말하자면 역사라는 실체는 없다. 역사는 개념적 구성의 소산이며 심지어 이념적 저의에 의해 조작된 도식이다. 역사는 사실의 실체적 기록이라는 인지 도식이 자명한 전제로 앞세워져 있어서 개인의 발달·성장 과정에서 다른 개념적 가능성을 지운 채 완고한 인지 도식으로 굳어진 것이다. 그러니 역사의 실체를 해체하려는 개념의 계열을 직면하는 것조차도 인지적 혼선에 빠지는 고역을 감내하게 한다. 그렇지만 역사를 둘러싼 담론적 실천의 세목들을 들여다 보면 볼수록 버젓한 사실의 조합인 것처럼 실체화된 역사의 아이러니에 의구심을 표할 여지가 커진다. 물론 비극적 사태를 수반한 과거 일들의 실체를 부정하자는 얘기는 아니며 그 실체 자체를 부정할 수도 없을 뿐더러 그러한 과거의 실체 자체가 없어지는 것은 아니다. 다만 그 실체적 현실은 시간 속에서 지난 경험으로 환산되어 기억에 관여된 인지 회로에 회부되는 개념으로서만 실로 드러난다는 엄연한 현황을 놓쳐서는 안 된다.

역사는 기록으로 남아 해석에 이관된 텍스트로서만 실로 주어진다. 따라서 역사에 관여된 모든 인지적 수행은 역사를 구성하는 개념 도식으로 환산된 값을 대입하여 이루어진다. 이때 산술에 적용될 '계산식'과 상수와 변수의 선별이나 대입 방식 등이 관건이다. 같은 데이터를 두고서도 더할 때와 뺄 때, 곱할 때와 나눌 때 그 결과치가 달라지는 것을 단순히 생각해 보아도 좋다. 물론 역사에 관여된 산술이 기본적인 사칙 연산에 부쳐질 만큼 단순한 값들을 두고 진행되는 것은 아니므로 복잡 다단하게 얽히고설킨 계산식을 다각으로 적용해야 할 것이다. 때로 결과치를 미리 정해 두고서 이를 역산하여 그에 부합한 식을 세울 수도 있다. 계산(reasoning)은 늘 객관적이고 합리적인 방식으로 이루어져야 '옳지만' 계산 방식에 따라 그 산출값이 달라지게 할 수 있다는 점을 염두에 두어야 하는 것이다. 계산적 수행은 이성의 별스러운 능력이라고 해서 한동안 고평되었을지 모르지만, 이는 인지 수행의 한 양상에 불과하다는 점이 인지 과학의 여러 예증을 통해 입증되고 있다. 인지에 부쳐진 데이터는 뇌신경의 공정상 개념 도식의 계열에 대입되고 인출된 결과가 최종 산출값으로 인증된다. 따라서 객관적이고 합리적인 계산이라도 구성된 개념 도식의 계열 내에서만 객관성이나 합리성이 인정될 뿐이다. 객관이나 합리에 관한 개념조차도 그 개념 도식의 계열 내에서만 참값을 지닌다. 이성에 관여된 여러 개념 계열들이란 이성을 중심의 가치로 두는 인지 도식에 대응될 때에만 유효한 것이다. 그런데 이성의 주변에 내몰려서 개념적 가치 자체가 부여되지 않았던 감성에 관해서는, 이성과 감성의 구분이 인지 공정상 유의미한 변별치를 내지 못한다는 것이 대체로 밝혀진 바이다. 둘을 구분하고 특히 이성을 중심에 둠으로써 이외의 수행에 관여된 현상에 대해서는 값을 전혀 부여하지 않는 산술 방식은 그저 이성 중심주의로 대변되는, 한 시대를 주도한 인지 도식을 승인할 경우에 한해서 유효하게 인증되는 것이다. 그러나 계산은 계산일 뿐이다. '주판알 튕기다.'는 식의 담론 유형에 주목하고 보면 계산이 반드시 합리적이고 객관적으로 공정한 결과를 얻는 방식은 아니라는 점을 알아채기 어렵지 않다. '객관', '합리', '이성' 등은 각 표제에 관여된 개념 도식의 계열에서만 유효한 값을 얻을 수 있는데, 각각이 서로 방계를 형성하여 관여되어 있기도 하다. '실체'에 관여된 개념 도식의 계열이 이 방계의 도식 연합체의 일원이다.

역사 기록에서 간과한 것은 삶의 구체이다. '역사적으로' 부상한 '역사적 인물'은 사람으로서 됨됨이나 수행 면의 디테일이 제거된 채 영웅적 인물형에 근사한 형상으로 제시되며, 역사 기록의 하이라이트 격인 '역사적 사건'은 영웅적 인물을 주인공으로 한 쾌도난마의 서사로 귀결되게 마련이다. 물론 모든 역사 기록이 이러한 서사로 이루어지지는 않지만, '역사적 계기'를 이루는 경우 거개가 그러하다. 구체가 소거된 경우 사실에서 멀어진다. 삶의 구체를 소거한 역사의 기록은 사실의 기록에서 멀어지는 아이러니가 빚어지는 셈이다. 과연 역사는 없다. 사투리와 비속어의 유쾌한 상대성을 앞세워 흥행 포인트를 세운 듯한 영화 <황산벌>(이준익 연출)은 '거시기'로 대변되는, 역사 기록에서 소거되었지만 정작 역사의 현장에서 주역이었던 무명의 사람들이 잊혀져 버린 역사에 던지는 조소와도 같다. 지배자들의 역사에서 소거된 이들의 삶의 구체는 어떻게 기억되는가, 역사에 관여된 개념 도식의 계열을 새로 구성해야 한다는 절박한 요구는 문학적 수행의 도움을 부르는 데 수렴될 밖에 달리 방도를 찾기 수월찮을 것이다.

실체로 위장된 역사의 이면에 가리운 사람들의 소외된 삶의 면면을 돌이켜 재구하기 위해서는 역사에 대한 도식의 전환적 사유가 긴요하다. 가령 근대화·산업화 시대 눈부신 성장의 동력을 앞세워 유럽의 장대한 근대화 역사를 단기간의 역사로 환산하였다고 자찬하는 우리 현대사의 이면은 노동 소외와 도시 빈민의 양산으로 점철되어 있다. 이러한 소외된 이들의 삶의 고통과 역사에 가리운 사회의 구조적 모순은 『노동의 새벽』(박노해 작)이나 『난장이가 쏘아 올린 작은 공』(조세희 작)과 같은 문학적 수행의 소산을 통해 들춰지고 담론의 장에 부쳐지며 사람들이 생각과 감정을 모으는 가상의 공간을 구성한다. 문학적 수행을 통해 구성된 이러한 공간이 실로 그 모순의 현실에 저항하는 구체적 장소가 되는 것일 수는 없지만 그 공간에서 공유된 의식이 저항의 장을 실로 형성하게 하는 동력을 발전하는 발전소가 될 수 있는 것이다.

지배자에 장악된 역사는 국가 폭력을 용인하고 심지어 정당화하여 더한 폭력을 작동하게 하는 근거지 노릇을 해 왔다. 희생자들은 물론 그 주변의 사람들에게 안긴 상흔은 아픔을 안고서도 숨죽여야만 하는 고통을 더하게 마련이었다. 이들은 물론 당사자가 아닌 이들의 삶의 안위마저도 위협해 왔다. 가령 한국 전쟁의 역사가 그러했고 4·3의 역사가 그러했고 5·18의 역사가 그러했다. 국가 폭력의 역사 계열을 옹립하는 공식 역사의 '반공'이라는 개념 도식이 얼마나 장악력이 강한지는, 그 역사와 무관한 듯 보이는 오늘날 우리가 부지불식간에 그러한 말을 접할 때 뇌리에 떠오르는 생각을 진단해 보면 알 일이다. 그 국가 폭력의 담론적 실천 가운데 가리운 역사의 실상과 그에 대응한 저항적 개념 도식들의 계열이 구성될 수 있었던 데에 문학의 역할이 지대했던 것은 주지의 사실이다. 문학이 더해짐으로써 역사가 온전히 삶의 긍정적 의미소로 적용될 수 있는 여지가 생긴다는 면에서 문학 플러스 역사의 의미망을 가늠할 수 있는 눈금자(scale)가 구성된다.

역사적 시간은 문학적 공간을 통해 해체되고 새로운 의미와 가치에 투사된 의미망이 구성된다. 삶은 시간의 연속이며 시간은 역사의 상투적 조건이다. 이러한 상투형 가운데 실존의 권태와 고통, 불안이 양산된다. 시간이 빚은 삶의 비극이 가장 거대한 실체적 개념으로 환산된 형태가 사실의 기록이라는 도식으로 환원된 '역사'이다. 그러므로 역사는 가장 거대한 세력과 강력한 힘으로 사람들을 장악한 이념적 실체와 제휴하였던 것이며, 사람들은 이러한 역사의 이면에서 고통받은 채 숨죽이며 연명할 수밖에 없었던 것이다. 이러한 역사의 시간에서 일탈하고자 하는 인간적 열망이 역사와 다른 개념의 계열들로써 구성된 양태인 문학을 세운다. 일상의 상투형을 낯설게 함으로써 현상의 다른 면과 표층 이면의 심층을 투사하는 방식을 기조로 한 문학의 기능과 의미와 가치가 이 맥락에서 커진다. 문학이 여는 공간이 실체 개념에 속박된 역사를 해체하여 구성적 개념의 계열에 투사할 수 있는 여지를 제공한다. 역사가 중심에 있는 것도 문학이 중심에 있는 것도 아니다. 문학 더하기 역사에 관한 산술식은 정황과 맥락에 따른 다양한 의미와 가치를 산출하는 방식으로 적용되어야 옳다.

역사와 문학이 이루는 각

문학이 허구에 바탕을 둔다는 점을 굳이 부인할 이유도 그리할 근거도 없다. 확증할 수 없는 감성의 교류를 자질로 하는 서정 장르야 말할 나위 없으며, 일상의 일을 다루어 현실에 밀착한다는 '새로운 장르[novel]' 소설이라도 허구의 혐의를 부인할 수 없다. 인물 간의 갈등이 얽힌 사건을 이야기하는 바가 소설의 요체인데, 이때 사건은 아무래도 실제 사건 그대로와는 다르다. 간혹 신문에 실린 사건 기사를 보고서 '소설 같은 이야기다.'라는 식으로 말하는 것은, 그 사건이 사실 같지 않아서 믿기지 않는다는 투이다. 그렇게 은연중에도 우리는 소설의 허구성을 깨닫고 말한다. 이 허구성이란 아무래도 실제 세계에서 경험할 수 없는 것을 전하는 이야기의 속성을 일컫는 것인데, 이런 허구성 때문에 우리는 소설을 통해 현실 세계와 다른 어떤 세계를 체험할 수 있다. 이 맥락에서라면 문학적 체험은 일상의 체험과 궤를 달리하는 것이 옳다.

그런데도 우리가 문학의 실재성을 얘기하는 것은 무엇 때문일까. 그것은 '허구' 개념 자체가 '사실'을 전제로 하기 때문일 것이다. 이를테면, 거짓말은 사실이 아닌 것을 사실인 양 그럴싸하게 꾸며댄 것인데, 그 꾸밈의 본보기는 다름 아닌 실제 사실이며, 그런 꾸며댐이 허무맹랑한 것으로 보이지 않으려면, 거짓말은 역설적이게도 고도로 사실적이어야 한다. 허구는 이렇듯 사실에 근사한 거짓을 일정한 구조 속에 얽어 내놓은 소산인데, 그 안에 구성되어 있는 세계가 실제 세계와 어느 정도 들어맞느냐 하는 문제를 따질 때 흔히 실재성에 관여된 개념을 염두에 둔다. 말하자면 허구 세계가 현실 세계를 충실하게 모방한다고 판단되는 이야기를 가리켜 실재성이 있다고 얘기하는 것이다. 혹 그 함의를 넓혀 현실 세계의 문제를 충실히 반영하고 이를 비판적 안목으로 검토하는 것까지 실재성 개념으로 보기도 한다.

그런데 사실을 본따서 그럴싸하게 꾸민 허구 말고, 실제로는 경험조차 할 수 없는 세계를 담은 진짜 허구가 있다. 이런 허구의 세계는 실재하는 세계와 정합성이 전혀 없는 경우도 있다. 이 경우 현실의 실재성이 전혀 고려되지 않거나, 일부러 현실을 모방·반영하지 않으면서 실재성을 거부하기도 한다. 그럴 때 구축된 허구 세계는 현실에 대해 자율성을 지닌다. 그리고 본질적으로 허구인 문학은 이런 자율성을 근거로 그 아이덴티티를 보장받는다고 한다. 말하자면 실제 사건을 서술한 기사와 허구적 사건을 서술한 소설의 차이는 이런 자율성 여부로 판명할 수 있다는 말이다. 그러나 상식적으로 보건대, 말하자면 통상 접할 수 있는 소설에 관한 개념 도식을 두고 보건대, 그 허구 세계가 경험 세계와 일말의 관련도 없는 경우를 거의 상정하기 어렵다. 반영의 정도 차이나 그 의도의 차이는 있을지언정, 경험 세계가 전혀 드러나지 않는 경우를 찾아보기 거의 어렵다는 말이다. 문학의 주요 매체인 언어가 경험 세계의 소산이며 그 세계의 표현 매체로 적용되는 까닭에 언어에는 태생적으로 경험 세계가 반영되어 있다. 따라서 경험 세계와 단절된 문학은 있을 수 없다 해야 옳다. 문제는 허구인 문학에 실재성이 있느냐 없느냐 하는 존재론적 질문보다는, 실재성 정도가 얼마인지 그래서 문학에 구현된 세계가 경험 세계에 더 밀착해 있는지 아니면 허구 세계에 더 가까이 있는지 하는 구성론적 질문이 온당하다.

이를테면 경험 세계와 허구 세계 사이의 간극은 경험 세계를 기본 축으로 하여 허구 세계 축이 이루는 거리에 따라 각이 이루어진다. 이를 '미메시스 각(angle of mimesis)'이라 부르는데, 그 각이 작을수록 사실의 기술에 가까워져 더 모방적인 서술이 되고 클수록 허구적 기술에 가까워져 더 자율적인 문학 텍스트가 된다고 할 수 있다. 문학적 구성의 허구성과 사실성이 이루는 각이 영도(0°)에 가까운지 직각에 가까운지를 분석하여 한 텍스트가 지향하는 경향성을 가늠할 수는 있을 것이다. 염두에 둘 것은, 분석의 방향이 그 각의 크기를 실제로 측량하는 데 있는 것이 아니라, 허구와 사실의 관계를 상대적으로 이해할 단서를 얻는 데 있다는 점이다. 이는 문학의 구성 원리를 논급하는 데 중요한 단서이다.

가령 지난 일을 사실대로 기록하는 과제를 수행한다고 치자. 으레 기억을 떠올려 사실을 기술하려 도모할 것이다. 그렇지만 기억에는 한계가 있는 법, 아무리 애를 써도 일의 세밀한 구석을 온전히 기록하기 무척 어렵다. 기록은 예의 피상적인 수준으로 흐르기 십상이다. 혹여 구체적으로 기록할라치면 모종의 허구가 개입되기 쉽다. 기록 대상인 일의 시간 범위가 커질수록 그런 여지는 커지게 마련이다. 요컨대 개인사의 기록으로 꼽힐 자서전의 양상은 대개 피상과 허구가 적절히 조화된 이야기 양태로 드러날 법하다. 그 양상과 양태가 사실과 허구가 이루는 각을 다각화할 것이다. 여기에 경험 당시의 감정 상태나 상호작용 과정에서 이는 정서적 교류 등과 같이 감성에 관여된 요소들을 기록의 대상으로 둔다면 서술의 난항은 예측할 수 없을 정도로 커짐 직하다.

개인사의 기록에 비해 그 규모가 장대하고 경험의 지점을 확증하기 사실상 불가능한 역사 층위의 기록 양상은 어떠할지 가늠하는 것 자체가 당찮은 일처럼 보인다. 기록자 스스로 직접 체험한 일을 기록하는 것도 아니며, 기억을 구체적으로 떠올릴 수 있을 만큼 단기간의 일을 기록하는 것도 아니며, 한두 가지 사건을 기록하는 것도 아니다. 역사 기록자에게 주어진 자료 자체부터 이미 누군가 사실을 재구성하여 이야기한 형태일 것이다. 그러한 '이야기'를 바탕으로 사서(史書)의 요건에 맞게 다시금 기술하는 것인 만큼, 그 결과물은 최소한 두 차원 이상 사실에서 동떨어진 것이라 할 수 있다. 게다가 원천 자료의 신빙성에 의문이 제기될 여지도 다분하니, 역사를 사실(事實)에 근사한 것으로 여기는 태도를 문제삼을 소지 또한 다분하다. 이러니 처음 예상과는 달리 미메시스 각을 가늠할 눈금자를 여일하게 댈 수는 없는 상황이 빚어지기 십상인 모양새다. 양단의 개념항을 상대적 척도에 적용하여 방법적 개념으로 적용하는 것이 수월치 않았던 셈이다. 사실과 허구에 관한 양항 대립 구도를 세우는 순간 상대치를 산술할 수 없게 되었다고 해도 좋다.

기실 무엇인가를 글로 쓸 때면, 대상이 아무리 사실이라도 순전히 객관적인 내용만을 엮어 낼 수 없다. 언어 자체가 의식이 반영되는 매체인 까닭에, 정도 차이가 있을지언정, 표현 결과는 주관적인 양상을 띨 수밖에 없다. 특히 이야기를 할 양이면, 사실을 빼거나 보태는 일이 은연중이라도 곧잘 벌어진다. 흔히 접할 수 있는 사료(史料)의 양태가 이야기 성향을 띠는 만큼, 역사 기술에 허구가 더해지는 것은 상사나 다름없다.

『삼국사기』에 비해 정사(正史) 성격이 덜하다지만 여전히 사료로서 중요한 입지에 있는 『삼국유사』에 실린 '고조선' 편을 보자. 흔히 '단군신화'로 알려져 있으면서도 역사적 실증의 대상이 되곤 하는 이 편은 여러모로 이야기 성격을 많이 띠고 있어 문제작임에 틀림없다. 설화로 전승되던 것을 역사적 기록으로 변환한 것이라는 사실을 십분 염두에 두고 보더라도 기록된 역사의 사실성에 대해 드는 의구심이 한두 가지가 아니다.

『위서(魏書)』에 이런 말이 있다. 지금으로부터 2천 년 전에 단군왕검(檀君王儉)이 계셔 아사달(阿斯達)—경(經)에는 무엽산(無葉山)이라 했고, 또는 백악(白岳)이라고도 했는데, 백주(白州)에 있다. 혹 개성(開城) 동쪽에 있다고도 하는데 지금의 백악궁(白岳宮)이 바로 이것이다—에 도읍을 정하고 새로 나라를 세워 조선이라 불렀는데 요(堯)와 같은 때였다고 한다.

『고기(古記)』에 이런 말이 있다. (…중략…)

왕검은 요임금이 왕위에 오른 지 50년인 경인년—요임금의 즉위 원년은 무진이니 50년은 정사이지 경인은 아니다. 아마 그것은 사실이 아닌 것 같다—에 평양성—지금의 서경—에 도읍을 정하고 비로소 조선(朝鮮)이라 불렀다. 또다시 도읍을 백악산 아사달에 옮겼다. 그곳을 또는 궁홀산(弓—혹은 方자로도 되어 있다—忽山) 또는 금미달(今彌達)이라 한다. 그는 1천5백 년 동안 여기서 나라를 다스렸다. 주나라 武王이 왕위에 오른 기묘년에 무왕이 기자(箕子)를 조선에 봉(封)하니, 단군은 이에 장당경(藏唐京)으로 나아갔다가 후에 돌아와 아사달에 숨어서 산신이 되었는데, 나이가 일천구백여덟 살이었다고 한다. (이재호 역)

기록되어서건 구전되어서건 이야기된 것의 신빙성을 덧붙이는 요소는 통상 시간과 공간에 관한 배경이다. 아이러니하게도 미덥지 못한 이야기일수록 배경을 그럴싸하게 꾸미게 마련이기는 하지만, 사실을 기술한 것이라면 일이 벌어진 시간이나 공간에 대해 정확히 언급했을 것으로 여겨진다. 이를테면 사실을 기록하였을 사료라면 두 배경 요소가 신뢰할 수 있을 만큼 구체적으로 명기되었어야 마땅하다.

그런데 고조선과 단군왕검의 실체를 언급하는 데 중요한 사료인 위 기록은, 시간이나 공간 배경이 제법 근사하게 기록되어 있는 듯해 보이면서도, 실상 그러하지 않다. 우선 현전하는 『위서』에는 단군에 관한 기록이 없다고 알려진 만큼, 출전이 불분명하여 이 기록을 원천적으로 불신할 여지마저 있다. 그 기록이 실린 『위서』가 현재까지 전해지지 않았을 뿐이라 치더라도, 고조선이 세워진 때와 장소에 관한 기록만큼은 분명하지 않다. 기록자인 일연 선사 스스로도 주를 붙여 자신이 참조한 기록의 사실성에 의구심을 표할 정도다. 단군의 수명에 관해서야 고조선의 역사에 상응하는 것으로 간주하거나 설화적 성격을 염두에 두고 이해할 만하지만, 배경에 대한 기록이 미덥지 못하여 그 사실성 여부를 판단하는 데에 심각한 난항이 빚어진 것이다.

물론 오래 전의 일을 짧은 기록에 의존하여 한 개인이 재구성하여 쓴 것인 까닭에 그러한 난항은 워낙에 예상되었던 것이다. 허나 별 의구심 없이 고조선과 단군의 실체를 믿게 되는 데에는, 이 기록이 허구 아닌 사실을 기술했을 것이라 여겨지는 '역사' 기록이라고 간주하는 태도가 개재되어 있다. 그만큼 역사 곧 사실이라는 전제가 상식이다.

그렇지만 그런 상식적 판단을 잠시라도 유보하고, 역사는 사실(事實)아닌 사실(史實)로 전제해 마땅하다는 견해에 비추어 본다면, 역사 기술은 그 과정에 역사가의 이데올로기나 사상적 태도가 더해질 수밖에 없어, 객관적 실증의 대상이 아닐 공산이 크다. 오히려 허구적으로 각색된 이야기를 역사라는 이름 아래 사실로 믿고 있는 것은 아닌지 하는 의구심을 품어도 좋을 것이다. 역사의 사실 여부에 대한 판단은 믿음에 상응하는 셈이다. 그 믿음은 대개 이데올로기에 이어져 있는 만큼, 태도 여하에 따라 역사는 허구나 조작으로까지 여겨질 개연성이 없지 않다. 그렇다면 역사는 실증의 대상이라기보다는 해석의 대상인데, 짐짓 문학적 대상이 된다고 할 수 있는 것이다. 비교적 실증하기 수월한 근세의 역사에 대해서도 사정은 크게 달라지지 않는다. 실제 사실이라도 기술 상황에 놓일 때에는 서술자의 의식과 태도에 따라 여러 모로 해석된 채 서술되기 때문에, 그 결과물의 액면은 사실에서 일정 정도 거리가 있을 수밖에 없다. 일반적으로 그 정도 차에 따라 역사적 기술에 가깝게 보거나 문학적 기술에 가깝게 보거나 하는 것은 타당한데, 그 우위를 따져, 사실을 기록한 역사를 우월한 것으로 간주하는 태도는 난센스다.

이런 맥락에서, 이규보가 쓴 「동명왕편」 서문에 다음과 같은 대목이 있어 눈길을 끈다.

> 지난 계축년 4월에 「구삼국사(舊三國史)」를 얻어 동명왕본기(東明王本紀)를 보니 그 신이(神異)한 사적이 세상에서 얘기하는 것보다 더 했다. 그러나 처음에는 믿지 못하고 귀(鬼)나 환(幻)으로만 생각하였는데, 세 번 반복하여 읽어서 점점 그 근원에 들어가니, 환(幻)이 아니고 성(聖)이며, 귀(鬼)가 아니고 신(神)이었다. 하물며 국사(國史)는 사실 그대로 쓴 글이니 어찌 허탄한 것을 전하였으랴. 김공 부식(金公富軾)이 국사를 중찬할 때에 자못 그 일을 생략하였으니, 공은 국사는 세상을 바로잡는 글이니 크게 이상한 일은 후세에 보일 것이 아니라고 생각하여 생략한 것이 아닌가?
> 당현종본기와 양귀비전에는 방사가 하늘에 오르고 땅에 들어갔다는 일이 없는데, 오직 시인 백낙천이 그 일이 인멸될 것을 두려워하여 노래를 지어 기록하였다. 저것은 실로 황당하고 음란하고 기괴하고 허탄한 일인데도 오히려 읊어서 후세에 보였거든, 더구나 동명왕의 일은 변화의 신이한 것으로 여러 사람의 눈을 현혹한 것이 아니고 실로 나라를 창시한 신기한 사적이니 이것을 기술하지 않으면 후인들이 장차 어떻게 볼 것인가? 그러므로 시를 지어 기록하여 우리 나라가 본래 성인의 나라라는 것을 천하에 알리고자 하는 것이다. (한국고전번역원 역)

사실적인 사적만을 기록의 대상으로 삼으려는 관점의 편협함을 들어 얘기한 것은 의미심장하다. 황당하고 기괴해 보이는 이야기라도 해석 여하에 따라서는 허탄한 가공의 것이 아닐 수 있으며, 사실의 기록만으로 이를 수 없을 성신(聖神)의 지경을 보이는 데 효용될 수 있다는 점을 적시한 것 또한 그러하다. 세상을 바로 잡을 요량으로 『삼국사기』를 펴낼 때 사실만을 추려 적었다는 얘기는, 모종의 이데올로기가 역사 기술에 작용할 수 있어 사실이 구체적인 그대로일 수 없다는 점도 시사한다. 그로써 역사서에 사적을 온전히 기술할 수 없다는 점이 분명해진다. 역사는 사실(事實)이 아니며 사실(史實)로 전제되어야 타당한 것이다.

이런 역사 기술의 난항을 염두에 두었던지, 이규보는, 사실을 전한다는 미명하에 버린 대목을, '시를 지어 기록'함으로써 세상에 알리고자 「동명왕편」을 지었다 한다. 이를테면 역사와 문학의 역할을 의식하였음이 드러나는데, 사실이 아니라는 이유만으로 기록되지 않는, 역사 이면의 이야기에 담긴, 사료 이상의 가치를 적극 대변한 점은 곱씹어 볼 만하다. 더하여 문학 장르의 유연성을 염두에 두고 보아, 역사가 문학과 차원을 달리하거나 심지어 문학보다 우위에 있는 무엇이라는 생각에 의구심을 품어 볼 만하다.

역사의 문제 문학의 해법

아리스토텔레스에 의하면, 역사가 사실을 기술하는 서술 양식이라면, 문학은 사실 너머 당위를 기술하는 서술 양식이라고 한다. 물론 역사가 비단 사실의 기록에 국한되지 않으며 일견 문학적 양식을 빌려 기술되는 경우가 많다고 전제하면 그의 언명에서 문제의 소지를 엿볼 수는 있겠지만, 두 양식 간에 변별되는 점을 잘 언명한 것으로 보인다. 직설하지는 않았지만, 윤리학 등을 통해 당위의 세계를 탐색하는 데 주의를 기울였던 그에게는, 역사보다 문학이 더 바람직한 서술 양식으로 비쳐졌을 법하다. 역사 자체만 하더라도 독립적인 실체가 아니라 인간사에 관여된 이상, 현상과 사실 너머의 세계를 열어 보임으로써 삶에 영향을 끼치게 마련이다. 그렇다면 사상(事象)을 간추려 가며 피상적으로 기술하는 식인 역사 서술의 양식에는 한계가 있을 수밖에 없으며, 상대적으로 삶의 구체를 기술하는 데 최적화된 문학 서술의 양식이, 인간사를 기록하는 주요 방식으로 자리잡게 될 만하다.

특히 리얼리즘 문학의 명제는 문학 서술의 그러한 특징을 잘 드러낸다. 사실을 있는 그대로 그려서는 문학이 아무런 역할을 할 수 없다는 것이 리얼리즘에서 가장 기본적인 전제이다. 문학에 인간사를 반영하여 리얼리티를 구현해야 한다는 생각이, 현상의 실제를 고스란히 옮겨 기술한다는 자연주의적 발상은 아니다. 오히려 리얼리티의 구현은 자연주의적 모사(模寫)와 대척된다. 본질에서 벗어나 모순된 현실이건, 당위에 위배되게 진행되는 역사이건 간에, 존재의 형상에서 소외된 실존이 처한 상황을 그대로만 기술해서는 아무런 삶의 전망을 드러낼 수 없다. 여러모로 본질적인 가치를 구현할 전형을 창출함으로써만, 현상 너머의 리얼리티를 기술할 수 있는 것이다. 문학이 당위의 세계를 그리는 데 초점을 맞춘다는, 아리스토텔레스의 생각이 리얼리즘의 중요한 단서가 된다는 점은 시사적이다. 사실의 실증을 전제로 한 역사 기술 과정에서 배제될 수밖에 없는 가치의 형상을, 문학을 통해 그릴 수 있다는 점은 문학과 역사의 역학을 논급하는 데 중요한 단서가 된다.

일견 문학의 매력은 역사적으로 피상화된 삶을 재구성하거나 뒤집어 허구화할 수 있다는 데도 있다. 전체화된 역사로는 드러나지 않을 삶의 리얼리티를 문학을 통해 기술할 수 있는 것이다. 개인의 일상에서 출발한 문제라도 전형적인 삶의 문제로 이음으로써 구체적인 형상을 창출할 수 있는 것이 문학적 서술이다. 가령 박노해 시인의 「노동의 새벽」이 공감을 불러일으키는가 하면 의식적 각성을 하게끔 효력을 발휘하는 것은 그런 서술의 효과를 통해서일 것이다.

> 탈출할 수만 있다면,
> 진이 빠져, 허깨비 같은
> 스물아홉의 내 운명을 날아 빠질 수만 있다면
> 아 그러나 어쩔 수 없지 어쩔 수 없지
> 죽음이 아니라면 어쩔 수 없지
> 이 질긴 목숨을,
> 가난의 멍에를,
> 이 운명을 어쩔 수 없지

한 실존은 노동에서 소외되고 모순된 삶의 현실 앞에 절망하며 운명을 탓할 수밖에 없는 지경에 처해 있다. 죽음으로써나 그 멍에를 벗고 고통스런 삶에서 탈출해 보련만, 목숨조차 질긴 것을, 그 운명을 어찌할 수 없다는 심산이다. '전쟁 같은'이라 형용된 야간 작업 끝에 쓰라린 가슴은 '차거운 소주'로써만 달랠 뿐, 가학에 가까운 그 행위에 삶의 출구가 있을 리 만무하다는 사실을 그 스스로도 잘 알고 있는 모양이다. 절망과 체념의 극에 다다랐을 터, 개인으로서 그 극단을 넘어서는 것은 언감생심이다. 삶의 절망을 체감해 본 이라면 그런 정황을 목도하고서 공감할 만하다.

그러나 그이는 예 머무르지 않으려 한다.

> 늘어쳐진 육신에
> 또다시 다가올 내일의 노동을 위하여

새벽 쓰린 가슴 위로
차거운 소주를 붓는다.

어쩌면 소외감과 절망감을 심화할 것만 같은 '내일의 노동'이 앞에서와
같은 체념의 어조로만 들리지 않는 것은 이때부터다. '소주'는 그보다 더
독한 '분노와 슬픔'으로 환언되는가 싶더니, 곧이은 연에서 희망의 단서로
이미지가 전환된다.

어쩔 수 없는 이 절망의 벽을
기어코 깨뜨려 솟구칠
거치른 땀방울, 피눈물 속에
새근새근 숨쉬며 자라는
우리들의 사랑
우리들의 분노
우리들의 희망과 단결을 위해
새벽 쓰린 가슴 위로
차거운 소주잔을
돌리며 돌리며 붓는다
노동자의 햇새벽이
솟아오를 때까지

어찌보면 지극히 낭만적인 세계를 꿈꾸는 듯이 보이지만, 그것이 '나의
꿈' 아닌 '우리들의 희망과 단결'로 기술되어 있는 만큼, 꼭 그렇지만은 않다.
이미, 개인이 겪은 절망의 체험은 우리들의 절망으로 의식되었고, 현실 속에
강하게 버티고 선 '절망의 벽'으로 인식된 다음이다. 다분히 거대한 사회

역사적 문제 상황으로 전이된 것이다. 그런데 그 상황을 인식하고 이를 기술하는 데 역사적 서술 아닌 문학적 서술이 적용되어, 언감생심이던 희망을 노래할 수 있게 되었다. 한 실존의 꿈이 아니라, 서로 어울려 그 현실에 대항하는 터라, '노동자의 햇새벽'이 요원한 것은 아니라는 의지를 북돋우게끔 되어 있다. 역사 속에 묻혀 버렸을 개인의 절망과 분노는 이처럼 문학적 형상을 통해 당위적 가치로 비약할 수 있는 것이다.

역사는 실상이 삶의 억압 기제이다. '역사 의식'을 갖는다 함은 역사라는 거대한 실체가 삶의 자리에서 발하는 이데올로기적 힘을 직시하고 구체적인 대항 의식을 갖춘다는 데 상응한다. 물론 그 의식은 삶의 정황을 역사적 사실로 환원하거나 여분의 것을 재단함으로써 추상화하는 태도에 비판적 통찰력을 발휘하는 방향으로 이어져야 한다. 그 결과 상대적인 '대항 담론'을 표출할 여지가 생기는데, 이 시의 경우에서 보듯이, 문학적 담론은 그런 면에서 유력하다.

『태백산맥』과 같은 역사 소설의 미덕 또한 이런 맥락에서 고평할 수 있다. 지배 이데올로기에 강박된 역사와 그 역사에 재차 옭매인 70·80년대의 현실을 고려해 볼 때, 역사 속에 왜곡된 채 묻혀 버렸을 빨치산 이야기는 『태백산맥』을 통해 온전히 부활하였다고 할 수 있다. 그 소설이 미친 파급 효과가 큰 것은, 역사에서 전해지지 못하였거나 전해졌더라도 왜곡된 채 전해졌을 일들을, 이야기 형식을 빌려 구체적 형상으로써 제시했기 때문일 것이다.

해방 후 좌우익 간의 이념 갈등, 그리고 한국전쟁으로 표출된 양대 이데올로기 진영의 극단적인 대결 양상으로 점철된 현대사의 난장, 거기에서 파생된 반공 의식은 구체적인 삶의 장에 작용하여 개개인의 삶에 크나큰 장애가 되었다. 빨치산의 저항 활동과 그에 대한 토벌 과정에 관여된 이들의 삶은 역사의 그늘에 묻혀 진실이 왜곡된 채 전해져 왔다. 그 역사의 장막을 거두고 삶의 진실을 드러냄으로써, 『태백산맥』 같은 역사 소설이 긍정적인 효력을 발휘하였던 것이다.

비단 역사를 제재로 한 경우가 아니라도, 소설은 역사에서 소외된 삶의 단면을 드러내 이야기하고 비판하는 담론으로서 기능하는 예가 많다. 단적으로 「난장이가 쏘아올린 작은 공」에서 그런 징후를 확인할 수 있다.

특히 이 소설의 배경이 되는 시간과 공간에 주목할 필요가 있다. 매우 사실적인 듯하면서도 허구적인 요소를 극적으로 내비치고 있다. 그럴싸한 문서가 둘 제시되어, 이야기의 실감을 제법 자아내는데, '철거 계고장'과 '철거 확인원'에 기록된 날짜와 주소 때문에 그러하다.

주택: 444,1─   197×. 9. 10
수신: 서울특별시 낙원구 행복동 46번지의 1839 김불이 귀하
제목: 재개발 사업 구역 및 고지대 건물 철거 지시

철거 계고장에 쓰여 있는 이 대목을 보자면, 시기와 주소가 매우 세밀하게 기술되어 있어 사실성을 드높이는 듯하다. 하지만 정작 연대까지만 기술되었을 뿐 실상 몇 년인지는 명기되지 않았다. 주소 또한 번지에 호수까지 쓰였지만 구와 동이 실재하지 않는다. 계고장이나 확인원 같은 것도 실재한 것이 아니었다는 '사실'에 비추어 보면, 이 소설의 허구성은 한층 더 뚜렷하다고 할 수 있다. 그런데도 이런 이야기를 통해, 당시 철거민들이 겪었을 삶의 고통을 이해하고 그 모순된 현실을 비판하는 의식을 다질 만하다.

철거 지역의 현실은 특정 년도나 특정 지역에 국한된 것이 아니라, 70~80년대에 서울 전역에 걸친 문제였음을 의식할 필요가 있다. 시간과 공간 배경이 온전히 구체적으로 기술되지 않은 까닭에 오히려, 철거 문제가 포괄적인

기간과 광범위한 지역에 관여된 사회 문제의 전형으로 전제될 여지가 생긴다고 할 수 있다. 난장이 김불이를 통해 대유적으로 표상된 철거민들의 소외된 형상은 당대 모순을 응축한 것으로 여겨지는 것이다. 역사 기술을 통해서는 몇 줄로 표현되어 사실의 기록이라 전제되었을 것을, 철거민들의 삶의 현장을 구체적으로 기술하면서도 사회 구조적 문제 차원으로 확장되도록 기술하였다고 할 수 있다.

한편 그 서술 양상에서 엿보이는 알레고리와 상징의 면모는 역사 기록에서 구사할 수 없는, 리얼리티 구현 기제로 이해되어 마땅하다. 우화를 통해, 인간사에 요구되는 당위적인 가치를 깨닫게 되는 정황을 염두에 둘 일이다. 리얼리티 구현의 단서는 사실에서보다 가치나 진실에서 비롯되는 것임을 같이 유념할 만하다. 인물들이 꿈꾸는 세계라든지, 당대 현실에서 실현될 수 없었던 일이 이루어진다든지 하는 것이 리얼리티를 상쇄하는 요인이 아니다. 김불이의 죽음으로써 결말이 비극적으로 맺어진 만큼, 실상과 다르거나 이상적인 상황을 이야기한 것은 되려 비극적 현실에서 모색하는 전망에 상응하는 것으로 이해할 수 있다. 현실의 모순 너머 본질적 가치를 시사함으로써 리얼리티를 구현한 것이다.

이런 식으로 소설은 사실에는 덜 박진하지만 진실에는 더 핍진하여, 역사에 비해 비판적 인식과 역사 의식을 고취하는 데서 훨씬 유력하다. 그 다면적인 삶의 이야기에는 핍박 속에서도 지난하게 삶의 자리를 지키며 본질을 회복하려고 의지를 다지며 몸부림치는 민중의 면면이 형상될 것이기에, 소설은 그 자체가 역사 의식의 발현이라고 해도 좋다. 일견, 소설이 허구라 함은, 모순된 사실 세계에서라면 추구할 수 없을, 사태의 진실된 면을 드러내는 방편이어야 한다는 얘기로도 이해된다. 그 진실은 사실을 에둘러 말하거나 때로 반어하거나 우의하여 이야기함으로써도 구현할 수 있으니, 서사 양식을 통하여 매우 유연한 담론의 자유로움을 만끽할 수 있다고 해도 좋다.

돌이켜보건대 삶은 고정된 실체가 아니지만, 그 삶을 추상한 역사는 실체를 가장한다. 삶의 자리를 지키던 주체적 개인의 면모는 대개 역사적 사건이라는 거대한 서사에 묻히고 만다. 통념과 달리, 역사는 구체적인 사실이 아니라 추상화된 이야기인 것이다. 거듭 언급하지만, 그것은 객관적인 사실(事實)을 기록한 것이 아니라 관점에 따라 재구성된 사실(史實)을 기술한 것이다. 특히 기술의 관점이 지배 세력에 장악되기 십상인 공식 역사에서 그런 혐의는 더욱 짙다. 역사 기술의 방법론과 관점의 전환을 역설하는 예가 없지 않으나, 추상화된 역사의 이면에서 사라져 버릴 '삶의 기록'은 문학 양식, 특히 서사 양식이 담당할 수밖에 없다. 그래서 더욱 소설은 삶의 기록이어야 한다.

인간이 사라진 역사, 그것이 역사 기술물의 실체다. 그러나 소설에서는 역사에서 소외된 인간 존재의 면면에 서사의 초점을 둘 수 있어, 역사의 역동적인 면을 드러낼 전략을 세울 수도 있다. 미시적(微視的) 역사를 기술하려는 움직임은 이러한 점을 의식한 데서 비롯되었을 법하다. 가령 『혼불』은 격동기의 역사를 제재로 삼아 대하 규모의 방대한 이야기를 담고 있지만, 거대한 역사적 사건에 초점이 두어지지 않았다. 대신 시대를 살아가는 주역으로서 면면히 삶을 이어가며 짐짓 역사의 주인이었을 법한 이들의 이야기를 펼쳐, 추상으로써 구체적인 삶의 면모를 가리는 우를 범하지 않는다. 분명 역사 소설이지만 여느 역사 소설처럼 보이지 않는 것은, '역사적 사건'을 앞세워 장대한 서사를 도모하지 않고, 역사를 추동하는 삶의 장을 세심하게 구상화함으로써 이를테면 미시사 같은 서사를 기술하였기 때문이다.

전체적이고 구조적인 역사의 이면에 가리운 개개 성원들의 삶에서 구석진 면면을 조명하는 그 서사에서는, 일제 강점기를 다룬 소설이라면 으레 전경(前景)으로 삼던 항일 투쟁에 관한 이야기가 배경 정도로 암시될 뿐이다. 주제

가운데 하나인 반상 간의 대립 양상 또한 격렬한 계급적 갈등 양상으로 그려지지 않았다. 격동기를 거치며 다가오는 새로운 시대를 맞이하는 민중의 혁명적 의식이 여러 부분에서 담론의 핵심으로 부각되는가 싶지만, 이 또한 추상적인 이념 수준에서 언급되지 아니하고, 여러 양상의 구체적인 담론 상황을 거쳐서 언명된다. 예를 들어, 민촌인 '거멍굴'을 대표하는 인물로서 전형성을 갖춘 '춘복'의 의식은 다음과 같은 이야기 대목들을 통해 전해진다.

> "변동천하요?"
> 춘복이의 눈이 번뜩 불빛을 받는다. (…중략…)
> "그렇게 그 괘 속이 묘헌 거이라고. 내 손에 뽑아 들고 앉었어도 그 속을 못 읽으먼 헛거이그던. 변동천하를 읽을 줄 알어야여, 긍게. 그런디, 사명당맹이로 유명헌 큰시님도 못 읽는 변동천하를 우리 같은 상것들이 무신 재주로 읽어 내그냐, 안 그러냐, 춘복아."
> 그러나 춘복이는 아무 대답도 하지 않았다.
> 그리고 웃지도 않았다.
> 뻣뻣한 눈썹 터럭이 솟구쳐 일어선 그의 눈빛은 새파랗게 빛났다.
> 그것은 등잔 불빛을 받아 벌겋게 이글거리는 것처럼도 보였다.
> 그는 어금니를 지그시 물고는 몸을 부르르 떨었다.

'변동천하 설화'는 그 자체가 역사적 인물인 사명당과 원효 대사에 얽힌 이야기로 사실 여부를 확인할 길 요원한 서사로 읽히는데 그 여부가 이 이야기 대목을 이해하는 데 큰 관건이 아닌 것으로 보인다. 다만 그 이야기가 주는 교훈에 귀기울여야 할 인물이 '변동천하'라는 표제적 진술에만 관심을 보인다는 설정을 위해 적용된다는 점이 주목을 끈다. '춘복'이 그 이야기에서 전해지는 생활의 이치를 진중하게 궁리하기보다 자신이 품은 야심에 맥락

없이 끌어 들여 아전인수하는 상황이 주는 서사적 긴장이 흥미를 끄는 것이다. 이야기로 전해지는 변동천하의 이치란 표면적 의미 밑에 숨은 의미를 해석하고 그 저변을 이해해야 세상사를 올바로 볼 수 있다는 뜻일진대, 춘복이 이를 제대로 이해하지 못했든 일부러 그 뜻을 돌려 의식했든 간에, 의미의 단층을 조장하여 뒤에 전개될 사건에 대한 호기심을 증폭하는 기능소로 작용한다.

단편적 대목 하나만 예로 들었지만, 『혼불』에는 삶의 장에서 펼쳐지는 무진한 이야기를 극화함으로써 구체적인 문화적 담론 성격을 띠면서도, 동시에 특정 시대를 넘어선 역사적 조망을 하게끔 상징을 기술하는 등, 전형을 창출하는 데도 소홀하지 않은 것으로 해석된다. 사실을 피상적으로 기록할 수밖에 없는 실증적 역사 기술의 대안으로 제기되는 미시사로서 역사 담론의 면모를 이 소설을 통해 확인할 수 있는 것이다. 이는 비단 이 소설의 의의를 언급하는 데만 국한된 얘기가 아니며, 역사적 서사체가 지향해야 할 일반적 의의에 관여된다고 할 수 있다.

역사에서 부각되는 것은 대개 정치적 격동기나 사회적 위기를 야기하는 사건들이다. 현실이 비극이라면 현실의 연속이라 할 역사는 비극의 연쇄라 할 것이라서, 역사는 성원들의 삶에 무관심한 데 그치지 않고 그들의 실존적 위기 상황까지 조장하는 수가 있다. 특히 역사적 격동기에 연루된 사건들에 대해 이데올로기적 판단을 가할 때면 삶의 장에 심대한 위해를 끼칠 소지가 커진다. 한국전쟁 전후에 조성되고 공고화된 극단적인 반공 이데올로기가 군사 정권의 도그마를 합리화하는 빌미로 쓰이면서 민중의 삶에 심각한 장해가 되었다는 사실은 단적인 사례다. 그 이데올로기는 다른 이념이나 사상의 가능성 편차를 인정하지 않음으로써 또 다른 역사적 비극을 양산했다. 좌경 세력 색출이라는 미명하에 자행된 민주 세력에 대한 탄압 속에 많은 이들이 피해를 입은 것은 말할 나위 없으며, 80년 광주의 비극을 야기하기에 이르렀을 정도다.

엘리아데(M. Eliade)에 의하면, 역사적 위기 상황에서 떠올리는 것이 신화라고 한다. 거대한 공식 역사의 그늘에서 삶의 고통이 배가될 때 개개인은 허구의 극단이며 낭만적인 세계관으로 지어진 신화를 통해 잠정적이나마 그 그늘에서 벗어나고자 도모한다는 얘기인데, 이는 역사와 문학, 사실과 허구 간의 역학 관계를 단적으로 시사한다. 물론 근대 이후 서사를 주도하는 장르인 소설에서야 비극적 세계관에 입각하여 이야기의 결말이 지어지긴 하지만, 사실의 기록만으로 드러낼 수 없는 이데올로기의 허위를 폭로함으로써, 역사적 위기를 돌파할 단서를 찾을 여지가 조성될 수 있는 것은 사실이다.

문학은 역사와 대척점에 위치하여 일정한 장력을 조성하고 유지함으로써 의미심장한 역할을 수행한다고 할 수 있다. 역사 기술의 영역이 실증적 사실에 국한되는 한, 문학은 사실 너머의 세계를 형상화함으로써 삶의 전망을 기획하는 기제로 작용해야 하는 것이다. 사실의 기록만이 능사는 아니며 실증적 역사 기술만이 우월한 담론 양식은 아니다.

다음 사진들을 보자.

우선 왼쪽에 있는 사진에 대한 물음이다. 여기는 어디인가? 특정한 지역 어디인가? 이 지역의 이름은 무엇인가? 그 이름은 무엇을 지시하나? 그 지시

대상은 또 무엇인가? 대체 무엇이란 무엇인가? 여기인가, 저기인가, 거기인가? 아니면 이곳인가, 저곳인가, 그곳인가? 과연 저 사진에서 보이는 장소는 어디인가? 과연 특정 장소가 맞긴 한 것인가? 그곳이 사진에 찍힌 곳과 일치하는가?

이번에는 오른쪽 위에 있는 사진을 주목하라. 여기에서 보이는 곳은 어디인가? 앞서 본 사진상의 장소와 같은 곳인가, 다른 곳인가? 같다면 어떤 조건과 맥락으로 그리 판단할 수 있는지 다르다면 어떤 조건과 맥락에서 그렇다는 것인가? 각 판단의 조건과 맥락은 여일한가 아니면 다른 여지가 있는가? 그러한 판단을 내릴 때 경험의 정도는 어떻게 적용되는가? 오른쪽 아래 사진의 경우에는 또 어떠한가?

공간의 인문적 개념 계열

기실 사진상의 저곳에 가 보지 않고서도 그곳이 어디인지 맞힐 수 있는 것은 예사롭다. 그러니 저리 꼬리를 무는 물음을 던지는 의중이 어떠한지 의구심을 품음 직하다. 단순하고 거의 직관적으로 알아챌 수 있는 것을 캐묻는 저의가 궁금할 수 있는 것이다. 그만큼 어떤 곳에 대한 인지 공정은 반드시 경험 데이터를 필요로 하는 것만이 아니며 경험에 의한다고 해서 그곳에 관한 텍스트를 이해할 수 있는 것은 아니다. 동일한 지역 영역을 어디까지 한정할 수 있는지도 자명하게 정해지지 않은 터라 저처럼 전혀 다른 곳을 찍은 사진을 주고서 동일한 곳이라는 답을 유도할 수만은 없는 노릇이다. 장소에 관한 혹은 공간에 관한 이해의 방식에 대해 여러 문제항을 도출할 수 있는 것은 이런 맥락에서 유효한 이유가 빚어진다.

장소나 공간에 관해서는 여러 학문 영역에서 다루어 온 바 있는데, 지리학은 소위 인문학 분야에서 이에 대해 전면적으로 다루는 영역이다. 대체로 근·현대 지리학에서는 구체적인 장소에 관한 데이터를 추상적 데이터로 환산하여 공간 논점에 회부하는 것을 방법적 근간으로 하였다. 이를테면 지리학적 개념 도식의 발산점이자 수렴점이라 할 수 있는 '지도'를 떠올려 보면 지리학의 방법적 정향을 가늠할 수 있다. 곳곳의 개별적인 현상과 이를 조사하여 얻은 데이터 각각을 분석하고 계열화함으로써 유효한 논항들에 대입 가능한 값으로 환산하는 처리 공정을 거치는 것이다. 인지 절차를 최적화하기 위해 구체적 장소 데이터를 지리적 도식으로 구조화하는 것은 여러모로 과학적인 방법이다. 현상을 개념 도식으로 계열화하는 것은 인지 수행의 근간이 되는 기초적 방식이다. 구체적인 장소에 관여된 현상을 추상적인 공간 개념들로 환산함으로써 지리학은 공간에 관한 가장 유력한 학문 영역을 구획할 수 있었던 것이다.

이러한 공간의 학문 지리학의 방법적 정향에 대해 근본적으로 문제를 제기하여 지리학이 인간의 경험에 직결된 장소에 주목해야 한다는 시각이 제안된다. 공간에서 장소로 지리 연구의 기본 정향을 되돌리고자 한 이들이 스스로 앞세운 지칭이 '인문 지리학'이라는 점에서 이를테면 과학적 분석과 계열화에 바탕을 둔 공간의 지리학을 본질적으로 수정하여 인간의 삶에 밀착한 장소의 지리학을 제안한 것이다. 인문 지리학의 여정이 시작된 데에는 공간의 대항마 장소의 부상이 전략적 중심을 이룬다.

인문 지리학의 터를 연 이푸 투안(Yi-Fu Tuan)은 공간의 개념을 텅빈 공간, 황량하고 불안정한 공간, 추상적 공간 등과 같은 개념 자질들로 한정하여 부정적 의미와 가치를 부여하는 한편, 장소의 개념을 경험적 장소, 삶의 장소, 안정된 보호의 장소 등과 같은 개념 자질들을 입혀 대체로 긍정적 의미와 가치를 부여한다. 관념적이고 추상적이며 무한정적인 공간에 비해 구체적이고 경험적이며 한정적이어서 예측 가능한 장소에 대한 탐색으로 지리 연구의 방향을 돌이켜야 한다는 제안은 신선했으며, '사회 과학'에 수렴된 지리학을 온당한 지향으로 돌리려는 시도는 유효 적절한 반향을 부르기에 손색이 없었다. 사람들의 삶에 밀착한 가치와 의미를 도출할 수 있는 인문적 자질을 바탕으로 땅의 이치를 탐색할 필요가 있다는 데 대한 공론을 부르기에 적절한 제안이었던 것으로 인정된다. '내 삶'의 영역 내에서 자기 경험에 밀착한 자질들로 환산된 '장소'가 주는 안정적 저변에 대한 심상이 유효한 의미와 가치를 파생시킬 수 있는 것이다. 공간의 지리학에서 장소의 지리학으로 전환을 모색한 이들의 혜안과 연구 수행의 결실을 통해 공간에 대한 인문적 탐색의 시야를 넓힌 인문 지리학자들의 공은 충분히 인정되어 마땅하다.

과연 인간은 정주(定住) 본능을 타고났다. 수렵 생활의 불안정한 삶의 조건을 농경 생활의 안정된 삶의 조건으로 돌림으로써 인류 문명이 비약할 수 있는 길이 열린 것은 주지의 사실이다. 안정된 삶의 지속 가능한 영역에 안주하려는 인간적 욕구가 더욱 증대되고 영역의 안정적 기반을 강화하려는 노력이 문명을 더 창대하게 진전시키는 계기가 되는 식으로 정주 본능이 사람들의 초인적 역량을 증진시키는 동력이 된다. 개인들로서도 경험 가능하고 예측 가능한 영역 내에서 안정된 삶을 유지할 수 있을 때 다른 역량을 계발하고 발산하여 인간적 수행의 여지를 더할 수 있는 바탕을 얻게 되니 사람들로서는 정주 가능한 '장소'에 애착하게 되는 것이다. 이른바 '장소애(topophilia)'는 인문 지리학자들이 가장 사랑하는 개념 술어이기도 하다. 인류 역사는 인간이 장소애를 거점으로 장대한 문명을 지을 수 있는 바탕을 마련하고 확장해왔다고 해도 과언이 아니다.

일견 이러한 인간 본능이 무한으로 확장될 가능성이 전쟁의 역사가 시작된 비극적 수순을 예비한 것 또한 사실이다. 모든 전쟁은 영역 확장의 욕망이 발산된 결과이며 전쟁으로 인해 삶의 안정적 저변이 헤쳐지는 모순적 악순환이 인류 역사의 선순환적 진전을 가로막은 것 또한 사실이다. 자신들의 안정된 영역을 확보하는 일이 다른 이들의 안정된 영역을 빼앗는 모순이 발생할 수밖에 없는 것이다. 인간의 본능적 욕망이 무한으로 확장될 수 있다는 우려가 있는 만큼 장소에 대한 애착이 무한 확장될 우려가 실로 드러났던 것이 어쩌면 정복과 지배로 얼룩진 인류 역사의 실상이다. 그리 거창한 역사 층위로 비약하지 않더라도 사람들 사이의 관계망에서 갈등의 주요 동인이며 사회 구조적 모순과 계급 혹은 계층 간의 격차를 유발하는 가장 큰 요인이, 한정된 장소를 두고서 서로 차지하려는 경쟁이라는 점 주목하지 않을 수 없다. 소위 '부동산'이라고 하여 장소를 자본적 가치로 환산하게 되는 순간, 삶의 안정을 보증하는 장소의 자질이 퇴색하고 사람들이 장소를 사랑하게 된 그 본연의 가치와 의미 자질이 소거된다. 사람들은 존재를 보호할 안정된 장소를 상실하게 되며 장소는 더 이상 장소로서가 아닌 무장소(placelessness)로 던져지게 되는 당찮은 상황이 펼쳐지는 것이다. 장소에 관한 개념 계열의 부정적이고 소극적인 의미 자질들이 엄연히 부상하고 있는 데 유의하지 않고 단선적으로 장소 개념을 옹호할 수만은 없는 셈이다.

　사람들이 경험적 영역에서 벗어날 때의 위기감이나 혼돈 상황에 빠질 때의 불안감도 관건이지만, 한정된 영역 내에 삶의 전역을 가둔 채 일정 한도 너머의 수행을 기획할 수 없을 때의 답답한 마음이나 나아가 억압받는다는 생각이 발동할 수 있는 여지에 대해서도 짚고 넘어가야 한다. 삶의 영역에 국한된 질서가 주는 안정감은 상대적으로 새로운 질서로 구성된 세계로 나아가려는 인간적 열망의 또 한 면을 돌이킨다. 장소가 삶을 가두는 기제가 될 수 있는 아이러니를 직시하여야 하는 것이다. 자기 영역의 경계에 대한 경계심과 함께 무한한 영역에 대한 욕망이 발동하는 것은 특히 변화와 성장의 도정에 들어선 이들에게는 별스럽지 않은 일이다. 그런데 안정되고 안락한 삶은 필히 그 상황에 안주하면서 어떠한 진전도 바라지 않는 소극적 삶의 방식을 굳게 하니 문제다. 장소에 관여된 본능과 욕망이 낳는 부작용을 염려하지 않을 수 없는 셈이다.

기실 장소에 관한 담론적 실천의 이면들에 주목하지 않고서 장소애를 중심으로 한 인간적 수행의 국면을 무한정 용인할 경우 당착하게 되는 부조리한 면면을 돌이키지 않으면 안 된다. 비단 장소 고유의 가치에 한정될 수 없는 장소의 이념이 작동하여 확산된 인간적 갈등의 국면들이 실로 인류역사의 비극적 장면들을 연출하였기 때문이다. 인문 지리학자 그룹에서 무장소 혹은 장소 상실에 관한 음수 개념항들을 재빨리 상정한 것은 유효 적절한 대응이라 할 수 있다. 다만 장소의 부정적 국면들에 대해 주목하는 경우라도 기본적인 개념 도식은 장소를 양수항으로 두고 장소 회복에 관한 삼차 개념을 제안하는 식으로, 최초 장소 개념의 도식을 고수한 채 장소를 중심의 의미와 가치 항으로 두는 입장이 완고한 만큼 담론상 위험 요인을 여전히 안고 있다.

인문 지리학에서 제안된 장소 중심의 담론적 실천들은 공간 개념의 계열을 바탕으로 해체에 부쳐질 필요가 있다. 이푸 투안 스스로도 장소의 음수 자질을 의식하였으며 공간의 양수 자질 또한 의식한 것으로 보이는데, 연구의 방법적 개념들을 적용할 때에는 이분법적 도식을 세워 장소 개념 계열을 중심에 두고 공간 개념에 관여된 자질들에 대해서는 부정항을 대입하고 긍정항을 배제하는 방식으로 단순한 환원주의의 우를 범하고 있다. 기존의 추상적 지리학에 대항하는 새로운 지리학의 방법론을 관철하기 위해 부러 대립각을 더 세우는 것일 테지만 인문 중심 장소 중심으로 또 하나의 중심 이데올로기를 조장한 혐의는 벗을 수 없을 것이다. 구체적 실상이나 밀착된 경험만이 인간 삶의 전역을 조망하는 스케일(척도)이 아니라는 점을 염두에 두어야 방법적 개념들의 네트워크를 온당하게 구성할 수 있다는 점에서 방법적 거점을 새로이 할 때에 신중해야 한다.

장소에 비해 추상적인 개념이며 인간 삶에 직결되기보다 되려 허황한 관념이나 허망한 전망을 제시하는 데 그칠 것으로 진단된 '공간'의 긍정적 의미망을 적극 도입하는 자세가 긴요하다. 지리학 분야의 방법적 논쟁과 무연한 지평에서 장소와 공간에 관한 논의의 계보를 이해해야 옳다. 장소와 공간의 개념을 타진할 때, 현존재의 실존적 조건과 환경에 대해 전향적 지평을 열어 보인 하이데거의 현존재의 공간성에 대한 논의와 이를 바탕으로 공간 개념의 계열을 정돈하고 해석의 실례를 통해 체계화한 『인간과 공간』의 저자 볼노의 입론에 주목할 여지가 다분하다. 사실 렐프와 같은 인문 지리학자들이 철학적 근거로 이들의 입론을 원용한다. 다만 그 적용의 범위나 통찰의 층위가 단편적이고 단순한 표층적 적용의 층위에 있을 뿐인 것이 아쉽다면 아쉬운 점이다. 방법적 개념의 계열을 정돈한다기보다는 일정한 논의의 방향에 환원된 개념을 도구적 방편으로 삼아 단순 원용하는 데 그치고 만다고 평가할 밖에 없는 것이다.

현존재의 실존에 관여된 개념을 구심으로 한 공간 논의의 거점은 사람들이 일정하게 구획된 장소(Platz, Ort)에 한정되지 않고 세계 이해의 지평을 확장하고 존재의 여지를 더하는 기획을 통해 공간(Raum)을 창출한다는 데 있다. 세계에 내던져져 자기 영역의 한계에 갇힌 채 존재의 기획에 나서지 않는 이들은 사물적 대상과 같은 존재자(seiende)로 전락할 뿐이다. 이러한 상황을 모면하기 위해 사람들은 자신이 처한 세계에 대한 이해(Verstehen)를 도모하고 이해의 지평을 확장함으로써 존재(Sein)로 나아가는 세계 기획(Entwurf von Welt)을 모색한다. 존재의 여지를 더한 공간이 이로써 열린다. 삶의 진전을 위한 존재의 여지의 확장은 탈주와 자유의 본능에 근사한 수행이다. 한정된 삶의 영역에 갇히지 않으려는 실존적 기획이야말로 공간을 창출하여 삶의 진전을 꾀하는 인간 존재의 본성에 육박하는 것이다. 기실 사람들은 경험적 영역에 국한될 때의 의구심과 긴장감을 안는다. 자기 영역에 안착하였다는 안도감과 함께 제자리에 머무르는 데 대한 위기 의식을 안게 마련이다. 사람들 대개는 삶의 지평을 넓혀 얻는 진전된 코스모스의 신세계에 대한 여망이 크다. 삶의 자유로운 수행을 가로막고 존재를 가두는 장소에서 해방된 공간으로 진전하고자 하는 마음이 곧 공간 기획의 동인이다.

자기 영역의 경계를 넘어선 자유의 세계에 대한 공간 기획은 장소 개념에 편벽된 담론적 실천을 해체한 공간 개념의 패러다임을 우선 요한다. 공간은 텅 비어 있지만, 비어서 채울 수 있는 가능성이 공간의 구심적 자질이다. 텅빈 공간이 선물하는 '삶의 여지'에 대한 통찰이 사람들의 '마음'을 연다. 이렇게 '열린 마음'이 곧 공간이기도 하다. '마음 공간'은 마음의 공간이자, 공간을 떠올리는 마음이자, '마음 곧 공간'이라는 개념 도식에 상응하는 술어다. 공간은 텅 비어 있기에 실체를 감각할 수 없지만 뇌신경의 작용으로 빚어지는 사람의 '마음'이 공간의 개념 계열을 구성하기에 실로 드러나는 현상적 기제이다. 경험의 한계를 넘어설 수 있는 '인간급' 역량이 창발되는 바탕이 공간이다. 공간은 인간 수행의 동력을 발전하는 거점 발전소와도 같다.

문학과 공간의 개념적 함수들

진전된 삶의 가치를 더하는 공간의 의미와 가치가 엮이는 네트워크에 대한 통찰이 긴요하다. 일상에 여지를 더하는 공간적 수행의 긍정적 효력에 대한 깊이 있는 통찰이 문학적 수행을 통한 삶의 가치의 확산 국면과 공역을 이루는 데 주목하게 되는 것은 이와 궤를 같이한다. 문학에 공간이 더해지는 산술의 최적화된 값은 문학적 수행의 여지와 공간적 수행의 여지의 단순 합산을 넘어서는 시너지 값이다. 장소적 제약에서 탈주할 추진력을 더하는 공간 역학이 문학적 낯설게하기를 통해 얻을 수 있는 확장된 삶의 역동적이자 진전된 국면과 공역을 이룬다. 자기 영역의 한계를 넘어 서서 드넓게 확장된 세계로 이행하는 존재적 투기(投企)가 최적의 의미와 가치의 네트워크를 구성하는 것이 문학과 공간의 수행 공정상 공분모를 이룬다. 삶의 진전을 이루려는 인간 보편의 열망을 장소에 가두는 이념적 저의를 해체하는 공간 전략이 문학의 전략과 제휴한다. 비움으로써 채울 여지를 더하는 삶의 예지에 대한 전망이 문학 더하기 공간 산술의 결과치가 수렴되는 위상 도식(phase schema)의 한 면이다. 나아가 선험적 실체 개념에 부치는 구성적 개념의 적극적 전언이 문학과 공간을 아우르는 담론 패턴에 작용한다고 할 것이다. 조건·변수에 따라 구성되는 세계에 더한 동역학 도식이 '문학+공간'의 함수적 위상을 옹립하는 주요 분기점이 될 것이다.

그런데 문학에 대해서도, 공간에 대해서도, 실체 개념을 덧씌워 고정 불변의 의미와 가치가 주어진 것처럼 위장하는 그릇된 전제가 몽마처럼 활약하여 둘 사이의 관계에 대한 오해를 부르는 한편 함수를 풀 길 없게 하거나 아예 함수적 관계 자체를 성립할 수 없는 것으로 만들어서 고질적인 난제를 빚는다. 유난히 문학의 공간에 대해서 실체적 이념의 간계가 집요한 모양새다. 이를테면 '공간적 배경'이라는 문학적 신화소가 이러한 정황을 선연히 대변한다. 어디에서 사건이 벌어졌는지 혹은 어느 장소의 대상이 제재로 채용되었는지 등에 대한 일차적 반영 양상에 대해서는 물론이거니와, 배경이나 제재 층위에서 읽히는 공간 표지의 상징적 의미 패턴에 주목하는 데에 이른 경우라도, 기본적으로 공간 개념을 장소에서 확인되는 대상적 실체로 전제하고 문학적 반영 또한 실체의 모사 수준에 국한시킨다는 점에서 공간에 대한 구성적 개념을 상정하지 못한 것으로 판정된다. 인물의 활동 무대 혹은 미장 센 층위에서 보이는 실감을 구현하여 대상과 흡사한 형상을 반영한 양상에 주목함으로써 문학적 음수 표지를 부각시키는 경우도 마찬가지다. 장소의 자질과 무장소의 자질을 비교하여 도출된 의미와 가치를 전제로 현대인이 처한 장소 상실의 상황에 대응된 감성적·의식적 반향에 관여된 주제를 제시 하는 데 적용된 의미소를 추출할 경우라면, 현대 사회의 구조적 문제를 진중 히 다루는 것으로 보여 의미심장하게 납득할 만은 하지만, 여전히 공간과 문학의 구성적 함수 변인을 읽지 못하여 환원주의적 오류의 소지를 없앴다고 하기는 어렵다. 문학에 관해서도 공간에 관해서도 흥미진진한 논의의 역동성 을 발하지 못한 채 으레 그러한 상투형을 양산하기에 담론적 실천을 분석하 는 입장에서는 우려할 수밖에 없는 정황이 빚어지는 것이다.

사람들은 상투형에 안주하기보다 현실의 제약과 구조적 억압에서 탈주를 꿈꾸는 열망의 투사체를 요구한다. 그 스스로가 그러한 꿈을 실현할 수 없는 한계에 봉착할 때라면 더욱, 뒤틀린 상황을 투사할 상대적 구성체를 요한다. 공간이 그러하고 문학이 그러한 투사체로서 역을 다해 왔다. 마음으로써 공 간을 창출하고 문학적 소통의 여지를 실로 구성할 수 있기에 사람들은 삶의 진전된 지평에 가닿을 수 있었던 것이다. 공간적 여지를 이룸으로써 성원들 서로 그 공간을 넘나들고 서로의 영역을 오가며 감정을 나누고 경험을 공유 하며 생각을 교류함으로써 공생의 가치와 의미를 창출할 수 있다. 공유와 공생의 네트워크를 통해 이루는 삶의 진전이 더 드넓은 세계를 구성할 수 있도록 돕는데, 이러한 기획의 지평을 여는 공간적 수행이 인류 문화사의 주요 동인이다. 문학적 수행의 문화적 가치에 관한 위상을 전망할 수 있는 바탕이 곧 현존재의 공간 기획으로 형성되는 것이 이와 궤를 같이한다.

문학에서 공간에 관한 논의가 제법 오래 진행되어 온 듯한 인상이 있는데 이는 공간을 실체적 개념으로 전제한 데서 비롯한 일차원적 논점에 머무른 경향과 이어진다. 그래서 문학의 공간에 대해 논의할라치면 일견 식상한 얘기를 새삼 들추는 것처럼 여겨질지 모른다. 이를테면 작품의 배경이 되는 공간이 사건의 실감과 개연성을 높이는 설정 요소이니 문학의 기본 요소로 으레 논할 것이라고 여기거나, 그런 만큼 굳이 묻지 않아도 될 만한 논점으로 여긴 흔적이 짙다. 일견 '공간적 배경'이 공간과 문학의 관계 항에서 선뜻 떠오르는 것은, 문학과 공간의 자질과 현상의 의미망에 대한 오해를 부르기 십상이다. 이러한 오해는 공간에 관한 소박한 개념을 전제로 논의의 본령에 온전히 접근하지 못한 한계가 뿌리 깊다는 점을 반증한다. 과연 공간 항은 문학의 요소 가운데 최일선에 등장하는 항이면서도 이에 대한 논의의 중요도나 심도 면에서 괄목할 만한 성취가 있었는지는 따지고 볼 일이다. 이러한 정황에 대한 반항에서 이 장의 원심력이 발생한다. '문학+공간' 산술로 파생되는 논항의 계열을 정리하기 위해 그 계보를 조망해 보자.

조셉 프랭크(Joseph Frank)는 근대 문학의 가장 돋보이는 특징으로 '공간 형식(spatial form)'을 제기한다.[1] 레싱(G. E. Lessing)이 『라오콘(Laokoon)』에서 문학을 시간 예술로 규정한 이래로 문학에서 공간 요소를 특이한 것으로 여기는 것이 상식에 가깝게 여겨졌는데, 문학에서, 그도 시에 비해 시간 예술의 자질이 더 짙은 것으로 간주되는 소설에서, 시간 순차적인 구성을 재편하는 양상이 나타난 경향은 이목을 끌기에 충분한 문학의 혁명에 상응했다. 이러한 경향성에서 근대 문학의 주요 자질을 찾은 프랭크는 이러한 경향을 공간 형식 개념에 수렴시킨 것이다.

근대의 혁명은 일상을 지탱하던 순조로운 질서에 기생하는 상투형에 대한 저항에서 비롯된 일련의 기획들로 촉발되었다. 일정한 수순으로 자명하게 수용되는 순리에 대한 인지적 반역이 근대적 사유를 추동하는 동력원이었다고 할 수 있다. 이성적인 인간의 사유는 '자연스러운' 흐름으로 이어지는 자연 현상의 순리에 대응한 '방법적 회의'를 바탕으로 한 '성찰'이라는 인지적 전환을 요구한다. 생각하는 존재를 인정하지 않는 전근대적 상황에서야 자연 현상 자체가 자명한 실체로 전제되고 실체적 결과만이 용납되었겠지만, 사유와 인식의 주체로서의 입지를 정립하려는 존재의 기획은 자명한 순리에 대한 의식적 반향과 성찰의 공정을 구동하는 데서 동력을 얻는다. "나는 생각한다. 고로 존재한다(*cogito ergo sum*)."로 대변되는 데카르트(R. Descartes)의 의식 혁명은, 자명하게 여겨지고 자연스럽게 용인되는 세계의 질서에 대한 인지적 여과가 새로운 근대적 가치의 구심에 있음을 명변하는 테제이다. 인간이 몸담은 우주의 이치는 더 이상 자연의 직관적 '순리'가 아닌, 인간의 이성적 수행을 통해 얻어지는 사유의 과정과 결과에 합당한 합리적 '논리'만 인정된다. 자연의 순리라도 이성적 추론을 통한 논리에 부합할 때에만 유효한 값으로 용납된다. 과학이 고도의 체계를 갖추어 자연의 이치를 설명하는 타당한 방편이 된 것은 이러한 인지적 전환의 결정적 방증이다.

이성적 합리성에 바탕을 둔 근대적 인지의 지향은, 현상을 분석하고 이를 조직적으로 구조화함으로써 최적화한 인지 회로를 통해 세계를 미니멀한 구도에 환원하는 데 있다. 이러한 구도에서 파생된 문학적 인지 공정에서라면 가령, 감정을 일으켜 증폭시키는 과정을 선형적 순차 방식에 따라 표현함으로써 넘쳐 흐른 감정을 고스란히 제시한 텍스트의 생산으로 이어지는 수순이 이루어질 수 없다. 대신 범람하는 감정을 추슬러 인지적 수용체에 환류하여 저장한 연후에 돌이킨 감성을 의미 구성 회로에 산입하고 그 결과치를 객관화할 수 있는 표현 기제를 작동하는 식의 공정이 진행된다. 이 공정에서는 '감정의 범람'을 단박에 제시할 즉자적인 표현 방식 대신, '객관적 상관물'

에 투사하여 감정을 재편하고 그 의미의 여지를 파생시킨 문학적 결구를 짓는 방식이 유효하게 적용된다. 이러한 근대적 문학 공정은 시간 순차 공정이 아닌 공간 구성 공정에 따른 인지적 전환의 주요 사례이다.

정서의 표출에 관해서만이 아니라 서사의 제시 국면에서도 인지적 전환인 것은 말할 나위 없다. 영웅형 인물을 주인공으로 세워 벌어지는 모험과 탐색의 서사는 '일대기' 형식으로 사건의 추이를 전하는 구성이 온당하다. 그런데 근대적 서사는 자기 발견이라는 계몽주의 테제를 구현하는 이야기를 전하는 데 정향을 둔 까닭에, 이상향과 모순된 현실의 고통에 내몰린 '문제적 개인'이 직면한 상황적 아이러니에 관한 서사가 지향점을 이룬다. 목표를 향해 전진하며 문제 상황들을 쾌도난마할 수 있는 능력이 허황한 판타지임을 아는 근대적 주체로서는 모순된 현실 상황에 대한 성찰을 통해 문제를 해결해 나갈 방도를 모색하는 태도가 절실하다. 자신의 처지를 돌아보고 앞날을 전망해야 하는 이들에 관한 이야기라면 시간 순차적 구도로 진전되는 양상을 띨 수만은 없어서 시간대가 역전되거나 교차되는 양상이 되기 십상이다. 근대 소설의 구성이 공간 형식을 띨 수밖에 없는 연유를 이런 맥락에서 수긍할 만하다.

근대 문학이 공간 형식을 취하게 된 것은 인지의 근대적 전환에 따른 수순이다. 감정의 범람을 차단하고 합리적 방식으로 감정을 조율하여 개념화하는 데서 이른바 모더니즘 문학 중핵의 전략을 찾을 수 있는 것은 이와 연관된다. 감정을 이미지로 전환하여 형상화하는 것은 물론 경험이나 생각과 같은 인간 수행의 모든 국면을 개념화하여 이미지에 사상(寫像, mapping)함으로써 형상을 제시하는 데서 공간 형식이 적용되는 것이다. 문학이, 시간 순차에 기반한 예술 장르가 아니라, 공간화된 위상을 염두에 두고 살펴야 하는 예술 장르에 편입될 여지가 생긴 셈이어서, 근대 문학의 공간 형식을 문학과 공간의 조합

항에 대한 논의의 벼리로 삼을 만하다.

한국 문학의 경우도 저러한 수순과 크게 다르지 않은 전환의 도정을 밟는다. 서구적 근대의 이념이 일제강점기의 불균형한 역학 구도 속에서 급격히 이입된 터라 그 정황들에 대해 더 미시적인 성찰을 더할 여지가 없지 않지만, 근대 문학으로의 전환 국면에서 서구 문학의 전환 국면에 비견되는 양상을 엿볼 수 있는 것이다.

가령 신소설을 필두로 진전된 근대 소설 형성 과정의 대표적 소설 여러 편에서, 서사적 미장센(*mise-en-scène* ≒ 설정)과 구성의 새로운 양상을 통해 드러난 공간에 대한 관심과 공간 형식의 흔적을 어렵지 않게 엿볼 수 있다.

> 해가 인왕산 마루턱에 걸렸다. 종로 전선대 그림자가 길게 가로누웠다. 종현 천주당 뾰족탑의 유리창이 석양을 반사하여 불길같이 번적거린다. 두부 장수의 "두부나 비지드렁" 하는 소리도 이제는 아니 들리게 되고 집집에는 앞뒷문을 활짝 열어 놓고 한 손으로 땀을 씻어가며 저녁밥을 먹는다. 북악의 황토가 가로쏘는 햇볕을 받아 빨간빛을 발하고 경복궁 어원 늙은 나무 수풀에서는 저녁 까치 소리가 시끄럽게 들린다.[2]

위는 이광수의 『무정』 한 대목인데 새로운 서사 시퀀스가 시작되는 부분이다. 본 이야기를 곧바로 시작하지 않고 이야기의 무대가 될 공간의 형상 요소들로써 제법 실감을 자아내는 장면이 제시되어 있다. 이는 전대 서사체의 모두(冒頭)와 사뭇 변별되는 양상이다. 전쟁 후 평양성 안의 모습을 기술하며 시작하였던 「혈의 누」와 같은 신소설의 모두와도 그 형상의 구체성과 실감 양상이 사뭇 격차가 있다. 한여름 저녁 녘 도시의 풍광을 구상적 대상물을 앞세워 감각적 표현을 통해 구현함으로써 실상에 근사한 이야기 무대가 설정되고 있는 것이다. 특히 시간의 경과 양상을, 두부 장수의 호객 소리가 들리지 않게 되고 집집이 저녁 식사를 하고 있다고 하여, 공간 지표로 환언하여 서술한 점이 이채롭다. 감각의 전이 양상이 시간의 공간화 양상에 이어지면서 공간 형식의 한 국면이 이처럼도 지어진다.

시간의 흐름을 공간 이미지에 대입하여 서사를 진전시킨 국면이 단편적인 몇 문장 수준에 적용되는 데 그치지 않고, 신문 연재 한 회 분의 반 가량 되는 분량에 달하는 것만으로도 서사의 공간 형식 국면을 여실히 입증한다고 할 수 있다. 그 실감의 정도 면에서도 단지 실제 지명이 거명되었다거나 하는 수준에 그치지 않는다. 인물이 공간을 지각하는 감각에 관여되는 인지적 표지에 투사된 공간 형상이 실제 상황에 근사한 느낌을 자아내는 수준이다. 이렇듯 서사적 미장센의 구성이 서사의 진전에 기여함으로써 전시대의 서사체에서 찾기 힘든 공간 형식의 국면이 나타나는 것이다.

이러한 면모가 김동인의 소설에서 더욱 두드러진다. 가령 「감자」의 모두에서 "싸움, 간통, 살인, 도둑, 구걸, 징역, 이 세상의 모든 비극과 활극의 근원지인 칠성문 밖 빈민굴"이 무대로 설정되는데, 기자묘 솔밭에서 복녀가 송충이 잡는 일을 하는 장면과 중국인의 채마밭에서 감자를 도둑질하다 왕서방에게 붙들려 사건의 반전이 조성되는 장면에 이르기까지, 이야기 진전의 마디마다 공간의 전환이 결부되어 있다. 특히 '평양성 안, 칠성문 밖, 기자묘 솔밭, 왕서방의 집'이 대조적 형상으로 그려져 각 공간이 단순한 배경에 그치지 않고 사건의 의미망에 모종의 작용을 하는 설정 요소로서 기능하고 있다.

이를테면, 평양성 안에서 근근이 생활하던 복녀네가 칠성문 밖으로 밀려나 연명조차 어려운 처지가 되었는데, 기자묘 솔밭에서 일을 시작하면서 사정이 호전된다. 기자묘 솔밭에서도 송충이 잡는 일을 하는 '나무 위'와 일하지 않고도 품삯을 받고 빈둥댈 수 있는 '나무 아래'가 공간적 대조를 이루는 데, 복녀도 나무 위에서 내려와 감독이 부르는 대로 "저 편"으로 따라간 후에 "일 안 하고 품삯 많이 받는 인부"가 된다. 그 곳에 이른 다음 일 년이 지난 후, 복녀 부부는 더 이상 곤궁하게 생활하지 않아도 되는 것이다. 그러던 것이 왕서방네 채마밭에 감자 도둑질을 가 왕서방에게 붙들리게 되고 왕서방의 집에 들어갔다 나온 후에는 "빈민굴의 한 부자"로 생활하기에 이르른다. "복녀의 도덕관 내지 인생관"이 벌써 솔밭 나무 아래에서부터 변한 만큼, 경제적 형편이 호전되는 대신 도덕적으로 나락에 떨어지고 만다는 서사적 전언이 이러한 공간의 대조 양상에 투영되어 있는 것이다. 급기야 경제적 풍요를 보장한 공간인 왕서방네 집에서 복녀는 최후를 맞고 마는 반전이 빚어진다. 삶의 행복 지표가 상승하여 최고조에 달한 정점에서 죽음으로 급전 강하한다는 구성이 서사적 공간 형식의 한 양태로 기억될 만한 것이다.

비슷한 맥락에서 현진건의 「운수좋은 날」도 눈길을 끄는 사례다. "오래간만에도 닥친 운수 좋은 날"이 공간의 이동에 따라 펼쳐지되 운수가 점층된 형상으로 나타나면서 고조된 감각을 부르지만, 그 좋은 운수의 극점에 가장 불길한 운수가 자리잡고 있었다는 종국의 설정에서 드러나는 아이러니 구성이 흥미롭기 때문이다. 모두와 결말 사이에 형성된 아이러니 구도 자체가 구성상 공간 형식의 위상을 명증한다. 행운이 고조되는 상승 곡선에 불행의 상승 곡선이 겹쳐진 채 극점에 다다랐음을 깨닫는 순간, 개인의 비극이 아니라 구조적 모순에 빠진 현실의 비극을 극화하고자 한 서사적 지향을 확인할 수 있는 것 또한 공간 형식의 작용이다.

조선의 당대 현실을 '공동묘지'에 빗대면서 냉소와 자조가 극에 달한 의식을 드러내는 염상섭의 「만세전」과 같은 사례도 주목할 만하다. 부조리한 현실에 담대히 대항하지 못한 채 그 일그러진 형상을 일그러진 의식에 투사하여 냉소적 언설로 표현함으로써 당대 지식인의 처지를 이야기하는 가운데,

현실의 모습을 대유적 공간 형상으로 드러내어 우의적으로 비판하고자 하는
의도가 드러나는 것이다.

> 젊은 사람들의 얼굴까지 시든 배춧잎 같고 주눅이 들어서 멀거니 앉았
> 거나, 그렇지 않으면 빌붙는 듯한 천한 웃음이나 '헤에' 하고 싱겁게 웃는
> 그 표정을 보면 가엾기도 하고, 분이 치밀어 올라와서 소리라도 버럭
> 질렀으면 시원할 것 같다.
> '이게 산다는 꼴인가? 모두 뒈져 버려라!'
> 찻간 안으로 들어오며 나는 혼자 속으로 외쳤다.
> '무덤이다! 구더기가 끓는 무덤이다!'
> 나는 모자를 벗어서 앉았던 자리 위에 던지고 난로 앞으로 가서 몸을
> 녹이며 섰었다. 난로는 꽤 달았다. 뱀의 혀 같은 빨간 불길이 난로 문
> 틈으로 날름날름 내다보인다. 찻간 안의 공기는 담배연기와 석탄재의
> 먼지로 흐릿하면서도 쌀쌀하다. 우중충한 남폿불은 웅크리고 자는 사람
> 들의 머리 위를 지키는 것 같으나 묵직하고도 고요한 압력으로 지그시
> 내리누르는 것 같다. 나는 한번 휙 돌려다보며,
> '공동묘지다!' 공동묘지 속에서 살면서 죽어서 공동묘지에 갈까 봐 하
> 고 혼자 코웃음을 쳤다.[3]

자학에 가까운 이런 언설에 공간 지각에 관여된 이미지가 빗대어져 있는
서술은 적어도 당시로선 이채로운 것이다. 자의식에 투영된 현실의 모습이
공간 형상을 띠는데, 그 형상이 무기력한 처지나 죽음에 관여된 관념을 떠올
리게 하는 이미지들인지라, 종내 이런 현실을 두고 '공동묘지'라 하는 '나의
상념'이 부당하지만은 않은 것으로 용인된다. 눈에 띄지 않는 내면 의식을
가시적 공간 표지에 사상하여 드러내는 서술의 양상이 공간 형식의 또 한

국면을 이룬다.

심리를 서술하여 서사에 산입하는 양상은 이전 서사체에서 보기 힘든 공간 형식의 단적인 징후이다. 이상의 소설은 그 시대에 이러한 징후를 가장 짙게 내비친 예시들로 가득하다. 가령 「날개」에서는, 자의식에 비친 세계의 면모를 공간 표상들로 변환하여 제시하거니와 기성의 세계와 다른 자질로 구성된 새로운 공간을 기획하려는 의식 또한 극명하게 내비친 국면을 여실히 확인할 수 있다.

> '박제(剝製)가 되어버린 천재'를 아시오? 나는 유쾌하오. 이런 때 연애까지가 유쾌하오.
> 육신이 흐느적흐느적하도록 피곤했을 때만 정신이 은화(銀貨)처럼 맑소. 니코틴이 내 횟배 앓는 뱃속으로 스미면 머릿속에 으레 백지가 준비되는 법이오. 그 위에다 나는 위트와 파라독스를 바둑 포석처럼 늘어놓소. 가증할 상식의 병이오.[4]

존재의 자유로운 비상이 가로막혀 억압되고 심지어 죽음에 이를 지경인 실존의 처지를 '박제'에 비유하여 제시함으로써 자의식에 비친 세계상을 공간 표상으로 환언하여 이야기의 모두로 삼는 방식은 분명 낯선 양태다. '정신 : 은화', '머릿속 : 백지', '위트·파라독스 : 바둑 포석' 식으로 비정형의 개념이나 대상이 공간 이미지를 안은 정형의 대상과 은유적 사상 관계로 형상화된 점도 범상치 않은 진전이다. 이런 구도를 전제로 서술된 '나'의 의식마저도, "연애까지가 유쾌하오" 하거나, "육신이 흐느적흐느적하도록 피곤했을 때만 정신이 은화처럼 맑소" 하는 식으로 일상적 상념의 흐름대로 진전되지 않으며, 종내 상식을 '가증할 병'이라고 규정하는 식으로 심상치 않은 의식의 편린을 엿보게 한다. 그만큼 상식만 용인되는 억압적 현실에서 일탈하여 상식에 얽매이지 않을 열린 공간으로 탈출을 도모하는 심산이 언술의 외연을 입어 '구현'되고 있다고 할 수 있다.

과연 이상의 소설은 물론 시편들 거개가, 순조로이 진행되는 상념을 기술하는 대신 단속(斷續)이 거듭되어 의미 연관을 순차적 일선에 배열하기 힘든 언술들로 이루어져 있다. 문자의 편린들을 조립하여 도상(icon) 형태를 빚어 제시한 경우도 있다. 자의식은 물론 저변의 무의식 층위에서 역동한 듯 뜻을 헤아릴 길 없는 무의미체들로 조성된 텍스트도 눈에 띈다. 그러니 이를 수용하는 인지 공정이 시간 순차적인 회로대로 진행될 수 없는 노릇이다. 최소한의 이해를 도모하기 위해서 텍스트의 곳곳을 파상적으로 오가는 공간적 수행에 기댈 수밖에 없는 셈이다. 기실 근대 문학 특유의 징후라는 공간 형식은 이러한 국면에 적용될 여지가 가장 큰 개념항이다.

장소 : 공간 ∷ 실체 : 구성체

공간 형식 논의에서 파생된 착안점 하나는 문학과 공간의 접점이 단순히 소재나 제재 차원에서 도출되지 않는다는 점이다. 주지하는 바와 같이, 문학은 자명한 실체로 주어진 것이 아니라 제재와 구성은 물론 소통의 담론과 매체의 최적화된 조합이 이루어져 드러나는 '현상'이다. 문학에서 공간에 대해 논의하는 거점은 이러한 구성적 현상으로서 문학의 자질과 위상에 관심하는 데서 비롯된다.

공간(Raum) 개념 자체가 일정한 구획과 연장을 지닌 실체 개념이 아니다. 공간은 장소와 달리 영역의 경계를 넘어선 여지의 확장[Ein-räumen]에 관여된 개념이다.[5] 가시적인 물리적 차원의 연장을 측량하여 산술할 수 있는 대상은 장소 개념에 대응되며, 감각·경험·사유 등과 같은 비가시적 차원이 더해져 의미 연관이 지어진 구성체가 공간 개념에 대응된다. 공간은 텅 비어 있는 태일 수도 의미 충만한 태일 수도 있는 가능태이다. 물리적 세계에서 발견되는 직시적 대상이라기보다 인간의 마음에 투사되어 차원이 구성되는 현상이라 할 수 있다.

따라서 공간은 문학과 같이 인간의 정신적 활동에 관여된 소산과 의미 연관을 맺기 쉽다. 인간의 의식적 또는 관념적 수행은 일정하게 구획된 영역에 한정되지 않고 경계를 넘나들며 영역을 가로지르는 횡단적 사유를 통해 구축되는 공간 수행의 국면에 부쳐진다.[6] 인지의 공간 위상을 바탕으로 인간의 문학적 요구와 문학적 창발의 가능성이 확증되고 확장된다는 데 주목할 여지가 있는 것이다. 문학은 공간적 심성의 진전된 양상을 수렴하기에 적당한 수용체(container)이다.

문학은 태생적으로 공간적 수행의 빛나는 사례이다. 인간의 사유와 감성이 자연이나 대상, 인문적 현상에 투사되어 모종의 의미 연관이 형성되는 과정 자체가 공간적인데, 문학적 수행은 그러한 공간적 인지 회로의 구동이 중층화된 양상을 띠는 만큼 고도의 공간 기획 역량을 방증하는 인간 활동의 정수라고 할 수 있다. 문학은 현상에 대한 즉자적 이해와 단선적 반응의 회로에 부치는 수행이 아니라, 현상을 경험과 사유, 감각 등에 비추어 인지 더미로 전형한 후 그 의미를 환산하는 회로를 구동하여 얻은 의미 더미에 다시금 미적 차원을 더하는 표현의 최적화 공정에 환류하여 텍스트를 산출하는 수행이다. 그만큼 문학은 인간의 공간적 인지 수행을 가장 적극적으로 명변한다고 할 수 있다.

세계에 대한 문학적 사상(寫像)을 통해 세계를 재편·재구성할 수 있는 역량은 인간의 창발적(emergent) 사유와 공간횡단 사상(cross-space mapping)[7]형 인지를 통한 창조적 수행의 가능성을 확장하는 힘이다. 마음 공간(mental space)[8]의 창출과 확장 기제가 이로써 동력을 얻는다. 인간의 마음이 무한한 창조력을 안고 있어 그 자체로서 무한히 확장 가능한 잠재력을 지닌 것은 마음이 공간에 상응하는 구성적 개념일 개연성과 무관하지 않다. 상이한 영역의 것을 사상하여 등식 관계에 둘 수 있는 여지는 새로운 개념 사상(寫像)의 원천을 깊고 넓게 하는 밑바탕인데, 이가 마음의 중요한 기제를 이루게 하는 요건이라면, 우리가 '공간'을 상정할 수 있는 온당한 저변 자체가 마음 공간의 설정 가능성에 결부되어 있는 것이다.

같은 일이나 대상이라도 다른 의미망에 부쳐 새로운 가치를 지을 수 있는 창의 능력의 발현이 인간 문명의 고도화를 부추긴 것은 여러 경로를 통해 입증된 바다. 인간의 마음이 공간 자질을 안고 있거나 마음이 곧 공간 개념의 경로이며 공간에 관여된 개념들이 마음에 투사되어 의미 자질을 획득할 수 있다는 점 등을 통해, 마음 공간과 창의적 수행 사이의 관여성을 어렵지 않게 수긍할 수 있다. 창의적 수행의 단말에서 긴요한 역할을 하는 문학적 수행의 결실들이 마음 공간의 확장 가능성을 드높이는 데 크게 기여해 온 만큼, 공간의 문학적 사유의 지평은 꽤나 뚜렷한 편이다. 문학은 창의적 기획의 표나는 기제로서 마음 공간의 중요한 구심을 점하고 있다.

주지하다시피 문학은 현실 조건의 한계 속에 억눌린 인간의 마음을 자유롭게 하는 기능을 하는 유력한 매체이기도 하다. 환언하자면, 문학은 시간의 굴레에 묶인 인간적 수행의 한계를 넘어서서 새로운 영역으로 도약하게 하여 생활과 사유의 영역을 정신적 차원에서 확장할 수 있게 한다. 이런 맥락에서도 문학은 공간 수행의 중요한 거점으로서 원심력을 발휘하게 하는 동력원이다. 시간적 조건에 매인 인간 실존을 억압하는 현실적 장소에서 벗어나 마음을 자유롭게 하는 공간 기제로서 문학의 역할이 인류 문화사의 상당 기간

동안 이어져 왔던 것이다.

인간적 열망이 투사된 판타지는 저러한 문학의 기능에 비추어 볼 때 문학의 원형질을 이루는 요소라 할 수 있다. 마음먹은 대로 진전되지 않는 현실의 한계에 봉착한 이들로서 자신의 이상을 향한 도약을 가로막는 벽을 넘어서려는 열망과 의지를 발동하는 것이 부당할 리 없다. 현실과 이상의 경계를 넘어서 새로운 세계로 이행하고자 하는 마음은 삶의 진전을 가능하게 하는 의지를 더한다. 판타지 자체가 실상은 아니지만, 이상에 다가서려는 사람들의 의지에 힘을 보탤 여지는 다분하다. '경계와 이행'에 관여된 공간 수행은 실락원(*paradise lost*) 처지의 인간 누구에게나 부과된 과업이다. 판타지 없이는 삶의 진전을 도모할 수 없다. 인간 열망의 투사체로서 문학의 역할은 현실 너머의 자유롭고 드넓은 마음의 공간으로 사람들을 이행할 수 있게 돕는 데서 최적화된다.

근대의 리얼리즘 문학이라고 해서 그 입장이 다르지는 않다. 리얼리즘이 문학적 판타지의 기능을 부정한다고 생각한다면 이는 오산이다. 리얼리즘 문학에서 전제된 모티프의 거점이 현실에 있다는 점에서 이가 전대의 판타지 장르와 궤를 달리한다는 생각에 이론의 여지는 없다. 그런데 인간이 직면한 현실이란 인간 본연의 가치가 실현될 수 있는 세계가 아니라는 점에서 모순 투성이다. 이러한 문제 상황을 용인하지 않고 본연의 가치에 대한 전망을 제시하는 것이 문학이 할 역할이다. 문학에서 구현할 실재 세계(real world)는 부조리한 실제 세계(actual world)가 아니다. 현실의 모순이 해소된 세계가 실현된다면 바랄 나위 없지만, 적어도 그런 실재 세계의 형상을 보아 의식할 수 있다면 현실의 문제를 바로잡을 전망을 세울 수 있는 법이다. 문학은 그러한 전망을 세울 수 있도록 돕는 긴요한 매체이다. 현실의 직시적 형상을 투영한 카메라 렌즈의 반대편에 역상으로 그려진 이상향의 형상이 인간적 열망을 실현할 수 있도록 돕는다. 이런 맥락에서 문학은 공간 기제이다.

이처럼 문학의 공간적 사유의 한 국면에서 판타지 문학과 리얼리즘 문학의 함수 관계를 확인하여, 실체적 대립 구도를 세워 불필요한 논쟁에 휘말리게 하는 담론적 실천의 부정적 징후들을 들출 수 있다. 사실과 허구, 현실과 이상의 양단을 상정하고 허황한 실체를 전제로 중심의 가치를 상정한 뒤 이를 편들게 하는 인지 틀(frame)을 해체하는 일은 수순이다. 현실과 문학의 관계에 대해서는 관련성 여부를 따지는 일이 아니라도, 가령 전통과 근대의 경계, 농촌과 도시의 경계, 산업 사회와 정보 사회의 경계, 기성세대와 신세대의 경계, 현실과 이상의 경계, 삶과 이념의 경계, 의식과 감성의 경계 등등, 과도적 이행에 관여된 문학적 주제를 구심으로 성립할 논항이 수다하다.

물론 이러한 국면들의 사례를 낱낱이 살피는 것은 규모가 큰 논의의 여지를 남기는데, 중요한 관건은 문학에서 실체 개념을 거두고 구성적 개념 계열을 펼쳐 사유하는 것이다. 문학의 공간적 사유는 과정적·구성적·인지적 개념으로 문학 현상을 이해하는 퍼스펙티브에 수렴된다는 점을 분명히 해 둘 필요가 있다. 정서적·의식적 굴곡을 형상으로 투사하여 드러나는 이미지의 향연이 문학의 남다른 외연이라면, 경계를 넘어 영역 사이를 가로지르며 자유롭고자 하는 인간적 열망을 투사한 공간의 기획이 문학의 남다른 함의다. 문학의 공간적 사유의 또 한 국면은 이와 같은 탈주의 공간 기획에 관한 항이다.

스토리 : 디스코스 :: 사실 : 가상실재

구성적 공간 기획 국면과 관련하여 서사적 수행에 집중하여 논의를 진전시켜 보자. 같은 이야깃거리라도 같은 식으로 이야기하지 않으려는 마음에서 서사적 수행의 전략들이 파생된다. 서사란 단순히 제재 층위의 스토리만을 일컫는 것이 아니라 이야기의 구성과 서술, 이해에 걸친 소통과 매체 활용 등에 관여된 개념 술어이다. 이는 자명한 실체를 가리키는 용어가 아니므로, 서사가 있다·없다, 서사가 약하다 등과 같은 시쳇말에 기댈 수 없다. 같은 이야기라고 다 같은 수준의 이야기 효과를 내거나 자명한 가치가 주어지는 것은 아니기 때문이다.

이야기의 제재는 그것이 실제로 벌어진 일이든 사실처럼 꾸며낸 이야깃거리든 실로 벌어진 사건으로 전제해야 이야기를 시작할 수 있다. 그 사건은 일련의 수순과 인과 관계로 나열할 수 있는 더미로서 그 자체로서는 시간적 순차 구성에 부합하는 흐름을 지닌다. 모든 사건은 시간 개념으로 환산할 수 있는 객체로 전제된다.

그런데 이러한 사건을 서사적 제재로 환언하여 서사적 구성에 부쳐 재편할라치면 시간적 개념이 무색해지게 마련이다. 구성(constitution)은 말 그대로 일련의 대상이나 현상을 공통의 항에 대입하여 공시태로 환원하고서 다음 절차를 예비하는 공정이다. 시간 순서에 따르든 인과적 배열을 따르든 시간 개념이 부여된 통시적 사건이 구성 공정을 거쳐 공간 개념으로 환치되는 것이다. 최종 서사체가 산출되기까지 구동되는 서사 공정은 기본적으로 공간화 기제가 작동하여 이루어질 수 있다.

구성을 텍스트로 변환하여 단말의 서사체를 산출하는 담론 공정은 더욱 정밀한 공간화 기제를 적용하여 이루어진다. 제 아무리 좋은 구성이라도 뼈대만 앙상한 이야기 그대로이거나 온전히 형체를 입히지 못하고 단장하지 못하여 속이 훤히 드러나는 이야기라면 온당한 호응을 부를 수 없는 법, 문체 효과를 드높이고 이야기의 진면을 최적화하여 원활히 소통할 수 있도록 하는 담론 공정은 서사 텍스트의 가치를 제고하기 위한 최상의 장치를 작동시켜 진전된다. 좋은 서사의 관건은 제재나 구성 면에서도 찾을 수 있지만 결정적으로는 담론 면에서 찾을 수 있다. 소통을 활성화하여 의미의 여지를 더하는 것이 담론의 관건인 만큼, 문자 텍스트로 유통되지만 소통의 장에 부쳐지는 것마냥 가상의 담론 장이 열리는 정황을 모의할 수 있다. 일방적인 이야기가 아닌 대화적 상황에 회부된 이야기가 될 수 있도록 하는 가상실재(virtual-real) 상황이 문자 매체를 통해서 구현될 수 있도록 서사적 소통 회로에 유념하여 다각의 담론 전략을 지을 수 있는 것이다. '문체(style)'는 그 중요한 국면이며 이는 계열적(paradigmatic) 선택과 통합적(syntagmatic) 배열의 좌표에 귀결되는 것인 만큼 공간화 국면에 관여된다.[9] 독자의 반응에 관련된 차원이 대입될 때에는 평면이 아닌 다차원의 공간에 관한 입론으로 생각의 여지를 넓혀야 하는 정황이 조성되기도 한다.

이처럼 서사 공정은 시간적 서사 제재의 공간적 재구성과 재편으로써 일차 진전되고, 그리 산출된 서사체를 텍스트와 독자 사이의 서사적 거래에 부치는 과정에서 이차 진전된다. 그러므로 서사는 자명하게 주어진 실체가 아니며 과정적 구성 개념으로서 공간 현상이다. 하나의 이야깃거리가 다양한 양상으로 구성되고 그보다 더 다양한 담론 양상으로 산출된 텍스트들이 수용과 반응에 회부되어 단말에서 다양한 의미체로 드러나기까지, 서사는 그 공간 위상이 거듭 공고해진다.

물론 이러한 정황은 서사에만 국한되는 것이 아니다. 서정이나 극 장르의 경우라도 제재에서 단말의 텍스트에 이르기까지의 공정에서 드러나는 공간 현상은 뚜렷하다. 사람의 정서와 감각에 관여된 서정적 제재의 경우는 그 자체로서 공간 국면에 근사하며, 극적 상연 상황을 염두에 두자면 극 장르는 서정이나 서사와 달리 애초에 공간 예술로 분류된 터라는 점을 고려해도 좋다. 다만 어떠한 문학, 나아가 어떠한 예술 텍스트라도 제재만으로 즉시 드러나는 실체가 아니며 구성과 담론 공정을 통해 그 모습이 드러나는 현상이라는 점을 염두에 두어 개념화할 여지가 있어서 이렇듯 부언해 두는 것이다. 문학은 공간 현상이다.

이 맥락에서 스토리텔링(storytelling)이라는 항에 대한 관심이 새삼스럽다. 이야깃거리를 적절히 구성하여 종내 소통에 부칠 수 있는 텍스트로 변환하기까지, '이야기를 이야기한다'는 개념이 중언부언은 아니다. 스토리를 텔링하는, 곧 이야기를 이야기하는 수행은 기본적으로 이야기의 장이 형성되어야 이야기가 이루어질 수 있는 국면과 연결된다. 이야기는 나누어야 성립할 수 있으므로 그 대화적 자질을 서사 장르의 본질로 설정하여 소설에 대한 논의의 구심으로 삼았던 미하일 바흐친(Mikhail Bakhtin)의 입론을 떠올려도 좋을 것이다. 그렇다면 이는 문학의 공간적 사유의 한 국면을 설명하는 개념이며 이야기의 장이 삶에 편재하므로 공간적 사유의 방편이 편재함을 확증하는 지점이기도 하다.

그러므로 서사 구성에 관한 개념어인 공간 형식에서 나아가 서사 담론에 관여된 개념을 바탕으로 공간 현상과 서사 현상 단말의 접점을 찾을 여지가 생긴다. 스토리에서 담론으로 서사론의 관심이 이행함에 따라 서사 제시[*-lepsis]에 관한 술어를 재편할 가능성을 점칠 수 있는 맥락이 형성된다. '어떻게 이야기하는가?'에서 나아가 '왜 그렇게 이야기하는가?' 또는 '어떻게 하면 효과적으로 이야기할 수 있지?' 하는 등의 물음에 결부된 서사 담론의 공간 접점에 대해 궁리할 필요가 있는 것이다.

서사 행위는 워낙에 이미 벌어진 일을 떠올려 이야기하는 것인지라 사후에 제시하는 방식이 기본이다. 모든 이야기는 이미 벌어진 사태를 정리하여 조리 있게 구성한 것을 바탕으로 전해질 수밖에 없다. 일어나지도 않은 일을 추정하여 이야기할 수 없으며 일이 벌어지고 있는 상황을 실시간으로 이야기할 수는 없는 노릇이다. 일이 벌어진 상황을 거슬러 간 시점에서 일의 추이를 이르는 것이 이야기 방식의 본색이다. 다만 이야기를 전해 이해를 부르는 서사적 소통 과정에서 제시 방식을 달리 모의할 수 있다. 이를테면 사건의 전모는 이미 정리되어 있는 만큼 사건의 추이에 맞춰 순차대로 이야기하지 않고 시간 순서에 구애됨 없이, 회고하듯이 제시하거나 미래를 미리 예견하듯이 제시하는 방식을 적용하여 서사 전개의 방향 구도를 짤 수 있는 것이다. 때로는 마치 실시간으로 진행되는 사건의 현장을 극화하듯이 제시할 수도 있어, 서사적 시간의 배열 방식을 반드시 사건의 순차적 추이에 맞춰야 하는 것은 아니다.

서사 제시 방식의 양축은 '사후제시(analepsis)'와 '사전제시(prolepsis)'가 이룬다. 일이 벌어진 이후에 이야기하는 방식은 사실에 부합한 이야기를 펼치는 데 적합하며, 일어날 일을 미리 예견하여 이야기하는 방식은 허구적 이야기의 정황을 조성하기에 적합하다. 서사는 사실과 허구를 양단으로 한 스펙트럼 내에서 이루어지므로 대체로 사후제시와 사전제시를 잘 조율하여 적절한 효과를 낳는다. 온전히 사실 그대로만 이야기할 수는 없으며 허구일수록 사실인 양 이야기하려 든다는 점 등을 고려하자면, 서사 제시의 양상은 통상의 서사 공정에서 어느 한 방식이 단선적으로 적용되거나 양단의 어느 편에 일방적으로 치우치는 법 없이 채용되게 마련이다.

그렇다면 일반적인 서사 제시 방식은 어떤 경우라도 공간 자질을 안을 수밖에 없다고 할 수 있다. 특히 사실과 허구의 임계에서 드러나는 가상실재(virtual-real)의 제시를 위한 메타제시(metalepsis)의 방식에서 서사의 공간 자질은 극대화된다. 시간 개념에 구애되지 않는 상념의 차원들은 사실 편에도 허구 편에도 편입되지 않으므로 이를 공간 개념을 바탕으로 기획하려는 의중에서 최적화한 서사의 양상이 드러난다. 가상이지만 실재에 근사하며 실재와 흡사하지만 가상일 수밖에 없는 서사의 본색을 명증하는 서사 제시의 방식을 상정해야 하는 이유가 이러한 정황 맥락에서 제기된다. 역사를 서사로 재편하는 경우나 판타지에 역사의 외연을 입혀 개연성을 더하는 경우 모두가, 사실과 허구 사이의 장력을 조율하려는 수행이 공간적 사유의 역학에 놓여 있다는 점을 방증한다. 역사라는 시간 개념이 부르는 일련의 순차적 관념을 공간화하는 서사적 형상 창출의 회로와 기제에 대한 사유가 가상실재적 서사의 향연이 펼쳐지는 디지털 문화장에서 특별히 요구되는 정황 조건과 변수에 대한 이해의 여지가 이러한 지평에서 부상한다. 메타제시는 디지털 네트워크 환경에 대응한 서사의 위상 변이를 온당하게 명변한다.

　기실 사후제시로 사실성을 확보하기에 적당하고 인과성과 개연성을 살리기에는 역사적 사건만 한 제재가 없다. 그런데 역사적 제재라고 해서 꼭 사실에 근사한 구성을 짓고 실감 넘치는 담론 방식으로 제시하는 것만은 아니다. 역사적 사건을 다루었는데 사실에 부합하니 역사를 왜곡했니 하는 식의 논쟁을 벌이는 일은, 서사를 제재 층위에 한정하여 실체로 전제하는 완고한 이념 틀에서 파생된다. 담론적 효력을 낳기 위해 구성과 서술, 매체의 활용 면에서 다각적인 창안을 모색하고, 다 아는 이야기지만 재미와 감동, 혹은 남다른 의미를 찾으려 하는 수용의 역학이 서사적 거래(narrative transaction)[10]의 동력원이다. 그 누구라도 같은 이야깃거리를 다룬다고 해서 여일한 결과가 있을 것이라고는 당최 기대하지 않는다. 실감만이 감동의 전부는 아니며 흥미진진한 긴장감만이 재미의 전부는 아니다. 그 누군가는 진지한 사유의 장에 던져지길 바랄 수 있으며 그 누군가는 같은 사건이지만 다른 시각의 해석을 엿보고 싶어 할 수 있다. 재미의 양상도 규정할 수 없고 아름다움의 가치도 어느 한편에서만 판단할 수 없다. 서사적 거래는 역동적 국면에 부쳐지게 마련이다. 그래서 더욱 메타제시를 통한 가상실재의 서사적 구현이 의미심장한 서사 전략으로 채용된다.

역사의 왜곡과 서사적 재편 사이의 경계에 대한 섬세한 가치 판정이 요구되는 때에, 메타제시로 수렴되는 서사의 가상실재 자질과 그 역능에 대한 이해가 특별히 긴요하다. 이들의 연원은 역사적 시간의 서사적 시간화 곧 서사 공간의 창출에 있다. 서사 공간은 사실·역사와 허구·문학의 양단을 나누고 어느 한편의 가치를 옹호하려는, 특히 사실·역사의 편에 중심을 두려는 담론적 실천과 궤를 달리한다. 사실이든 허구든 서사 텍스트로 변환되는 과정에서는 둘 가운데 어느 하나의 편으로 가치나 의미가 온전히 몰릴 수 없다. 사실이라도 서술 과정에서 사실 전역이 오롯이 반영되어 사실만 기술된 서사체로 변환될 수는 없다. 허구일수록 실감을 모의하여 서사적 개연성을 드높이려 하며 설사 그렇지 않더라도 서술 매체인 '언어'를 통한 소통의 여지를 염두에 두고 보면 전면적으로 허구인 서사체가 산출될 리도 없다. 서사가 의사소통의 한 방편으로서 존립하는 한, 사실과 허구 어느 양단에 선 서사체는 허망하고 무색한 관념적 실체에 불과하다. 서사는 삶의 장에 투사된 현상으로서 드러나며 삶의 과정에서 두루 쓰여 의미가 지어지는 구성체로서 그 가치가 집산된다. 삶의 다단하고 복잡한 국면들을 의미화하는 공간 기제로서 인간 수행의 중요한 거점인 것이다.

이처럼 서사를 통한 공간 기획은 메타제시를 통한 가상실재의 구현에서 최적화된다. 기실, 매체의 여과를 거쳐 산출된 서사 텍스트는 그 자체로서 가상실재 텍스트에 상응한다. 실제 세계의 대상이나 현상과 유연적 관계가 없는 기호나 아날로그·디지털 신호의 조합을 통해 그 대상이나 현상에 근사한 이미지를 마음에 부름으로써, 실상과 엄연히 관계 없지만 실상이 사상된 개념을 불러일으키는 가상실재 형상이 구현되는 것이다. 이러한 가상실재적 개념 사상은 서사의 공간 형식이나 현실 세계의 차원을 재구성한 서사 공간 기획의 구심이면서 동시에 또 다른 차원들로 구성될 가상실재 텍스트를 파생시키는 원심이다. 현실 세계의 시간적 질서와 다른 공간 위상이 서사 공정을 통해 정립되는 것이다.

이러한 서사의 공간 기제를 통해 디지털 서사의 가능성과 서사에 내재한 디지털 자질의 본색을 밝히 볼 지평에 이를 수 있다. 완연한 실화나 완연한 판타지로서 닿을 수 없는 인간사의 디지털 국면들이 그것이다. 오늘날 다양한 고성능 디지털 단말기를 통해 차원 다른 수준에서 문학적 체험이 이루어질 수 있는 것은, 인간의 서사적 수행 자체가, 시간적 순차를 본색으로 하는 아날로그 세계를 디지털 텍스트로 재편할 때 구현되는 공간 기획에 수렴되기 때문에 가능한 것이다. 특히 디지털 매체를 활용하여 지어지고 디지털 단말을 통해 소통되는 서사 텍스트가 가상실재의 구현을 근간으로 한다는 점에서 서사적 메타제시로 구현한 가상실재의 세계와 서사 공간 기획의 접점에 대한 사유의 여지를 드넓힐 수 있다.

이러한 메타제시의 국면들을 잘 보여 주는 예시는 이승우의 소설에서 적잖이 찾을 수 있다. 「미궁에 대한 추측」을 비롯하여, 사실과 허구 어느 편으로 환원될 수 없는 가상실재 효과를 창출하는 메타제시의 국면을 여실히 보이는 서사적 결구들이 그의 소설에 편재한다. 그의 이름을 인상적으로 알린 『에리직톤의 초상』은 교황 저격 사건에 착안하여 사실과 허구의 경계가 모호한 이야기를 전하는 만큼 얼른 떠올릴 수 있는 텍스트다. 여러 나라에 번역 출간되어 작품성을 꽤 인정받은 『생의 이면』의 경우, 자전적 소설로 정평이 나 있는 만큼 작가의 원체험이 제재를 이루는 것으로 보이는데, 기실은 사실인 양 꾸며진 이야깃거리가 상당 부분 삽입되어 있다. 그런데도 제재 층위에서 실화인 듯한 인상을 주는 것은 허구라도 개연성을 더하는 구성의 묘를 잘 살린 면에서 비롯된다고 할 수 있다. 무엇보다 서사 세계의 메타 층위에서 당해 서사에 대해 진술하는 메타제시를 통해, 가상이면서도 짐짓 실상인 듯 모의하는 언술의 작용 효과가 더해진다고 할 수 있다. 서사 내부의 인물과 내적 서사에 관여하는 서술자, 서사 내외 경계의 메타 층위에서 서사에 대한 서사에 관여하는 서술자 등, 서사 대리자들(narrative agents) 사이의 경계가 모호한 서술-공간(Erzählraum)의 역학 구도가 이런 국면에서 빚어진 가상실재의 효력을 보조하고 있다.

가장 크게 흥미를 끄는 『끝없이 두 갈래로 갈라지는 길』은 가상실재 양상들을 빚어내는 '담론의 허구(fictions of dicourse)'[11] 전략이 적중되는 서사적 모의에 주목할 더 큰 여지를 짓는다. 이 소설은 다음과 같이 허구와 사실의 양단으로 향해 수렴점 없이 갈라진 길에 관한 메타제시로 시작된다.

> 사람들은 믿지 않을 테지만, 왜냐하면 나도 믿지 않았으니까, 광화문 한복판에 땅굴이 있다는 것은 사실이다.[12]

실체가 불분명한 땅굴에 대한 풍문을 대뜸 꺼내며 이야기를 시작하는 만큼 모두(冒頭)에서부터 독자의 인지 회로에는 혼선이 빚어진다. 인물이면서 서술자 역이 겹친 '나' 자신이 불신을 표하는 얘기이며 다수의 사람들 또한 믿지 않을 것이라 추정하면서도 그 풍문이 사실이라고 하는 언설을 앞세우는 통에 진실 공방을 촉발하듯 담론의 진위에 대한 인지적 혼선을 조장한 것이다. 그만큼 모두의 첫 문장부터 서사 내적 사건에 귀속되는 서술이 아닌 서사에 대한 서사적 진술로서 메타제시에 상응한다고 할 수밖에 없다.

이 문장이 매 장마다 처음에 반복 변주되어 제시된다. 이 때문에 서사가 일정한 방향을 향해 진전되는 식이 아니라 소용돌이치듯 맴도는 형국을 띤다. 서사 진전에 연루된 서사 시퀀스의 계층들이 무색해지면서 공간 형식이 극대화된 식이다. 다음과 같은 언설이 반복 변주되어 서사를 나선형으로 조형하는 것이다.

> 사실이지만 진실은 아니다. 몇 개의 사실이 포함되어 있지만, 그 몇 개의 사실들은 진실을 포섭하지 못한다. 때때로 우리는 진실을 감추기 위해 여러 개의 사실들을 늘어놓는다. 사실들을 나열함으로써 진실을 엄호하는 것이다. 그러나 진실은 다른 사실 속에 내장되어 있다. (15쪽)

위 인용 대목에 현시된 진술은 사실이 환상으로 환치되어 진실에 관여된 상념의 역학 구도가 전도된 경우가 빚어진다는 생각이 요체다. 가상실재에 대한 상념이 주제화된 이 진술은 메타제시의 전형적 예시로서 손색 없다. 이러한 서술 상황에서 서사는 단선을 따라 진전되는 시간 순차에 따르지 않고, 다기한 국면에서 서사의 선이 분기되고 다양한 의미항에 수렴되며 서사의 전모가 조형되는 식으로 공간 자질이 두드러진 위상을 얻는다. 메타제시는 메타-픽션 같은 실험적 서사체의 표층에서 드러나는 자기지시적 (self-reflexive) 서사의 형식적 표지에 국한되는 것이 아니라, 서사 공간의 기획을 고양하여 가상실재의 창출이라는 서사 본연의 기능에 한층 더 밀착된 결실을 산출하는 원동력이다. 능청스러운 메타제시의 담론 패턴과 도큐먼트와 픽션 사이의 장력을 통해 서사적 효력을 자아낸 가상실재의 서사 담론 양태는 이러한 국면에 명징한 방증을 더한다. 그 동력에 힘입어 오늘날 서사가 다양한 매체의 차이나 경계조차도 해체하는 지형이 빚어질 수 있는 것이다.

가령 크리스토퍼 놀란(Christoper Nolan) 감독이 연출한 일련의 영화가 이러한 지형의 형성에 일조하는 매체적 횡단의 국면을 가늠하게 하는 훌륭한 예이다. 가령 <덩케르크>는 이런 맥락에서 신선한 충격을 안긴다. 역사적 사건을 서사 공간의 공정에 산입하여 산출한 의미심장한 서사 텍스트로서 기억할 만하다. 놀란은 출세작인 <메멘토>에서 서사 시간을 능수능란한 솜씨로 구성한 역동적 몽타주를 제시하여 그 연출력을 인정받은 바 있다. 다차원으로 얽히고설킨 시공의 아이러니에 대한 기막힌 서사 형상을 보였던 <인터스텔라>에서 보여 준 시간의 공간화 공정의 정수를 '체감'하게 하여 그 서사장으로 관객을 던져 넣어 찬사를 이끌어 내기도 하였다. 그러한 두 국면의 서사 담론 전략이 수렴된 영화가 <덩케르크>이다. '이것은 전쟁 영화가 아니다.'를 앞세우고서 전장의 실감을 재현하는 것이 아니라고 하였지만, 정작 관객들로 하여금 전장에 함께하는 듯한 극한의 긴장과 공포를 체감하게 한 연출이 인상적이다. 시청각의 감관에 밀착된 감성을 인상적으로 구현함으로써, 역사적 사실의 여실한 재현에서가 아니라 그 현장의 감각과 의미를 밀도 있게 투사한 스크린과 객석으로 구성된 자리에 역사적 장을 모의하여 의식과 감성을 조율할 만한 가상실재 공간을 조성한 면이 그러하다. 놀란이 연출한 영화는 서사 공간의 창출을 통해 매체의 경계가 해체되면서 서사 장르의 새로운 위상 도식을 가늠하게 하는 소중한 단서들이다.

아날로그 : 디지털 :: 인과 : 사상

　인간의 사고는 분절적 조작을 바탕으로 이루어진다. 자연 세계는 그 대상이나 현상이 끊임없이 이어진 채 시간의 흐름에 내맡겨져 진행되는 아날로그 체계이다. 사람들은 이 세계의 조건과 환경, 이치와 원리 등을 따르며 삶을 이어갈 수밖에 없다. 다만 사람들이 자연 세계의 변화무상한 현상을 인지할 때에는 분절적 조작을 통해 디지털 방식의 부호로 변환하는 공정이 구동된다. 분절적 인지 방식의 단적인 발현 기제가 언어 매체이다.

언어는 사상(事象)에 대한 분절적 계열체들을 연결한 통사를 통해 자연스러운 흐름, 곧 시간 순차에 기반을 둔 자연 현상의 본질에 근사한 전개(development)를 모의함으로써 이루어진다. 언어는 자연을 인위적으로 모의하는 최적의 수단이다. 영상과 같은 비언어적 매체라도 대상이나 현상을 인지에 회부하는 매체라면 종내 사유의 회로를 이용하는 만큼 언어적 기호 공정을 기반으로 하지 않는 경우가 없다. 사람들은 언어를 통해 사유하고 사유한 만큼 분절적으로 현상을 인지한다. 이러한 언어적 수행은 인간의 인지가 디지털 자질을 안고 있을 수밖에 없는 정황에 대한 중요한 방증이다. 자연적 요건으로 따지면 열성 인자를 많이 안은 인간이 고도의 지적 체계와 문명, 문화를 이루어 세계를 재편할 수 있는 공간 능력에 대한 최일선의 표징이기도 하다.

언어의 분절적 조작을 통해 이루어지는 공간적 인지는 인간의 창발적 수행(emergent performance)의 거점이다. 인간은 주어진 자연 조건대로 대상과 현상을 일방적으로 수용하지 않고 이해의 맥락과 인지의 조건에 따라 해체 재구성하여 의미 연관을 지음으로써 제게 이로운 환경으로 돌릴 줄 안다. 이로써 사람들은 자연 조건에 얽매이지 않은 새로운 영역으로 존재의 여지를 확장하여 새로운 차원의 공간을 창출하면서 진전한다. 이러한 인지의 공간적 디지털 자질이 원형질을 이룬 언어 수행의 정점에서 '은유'가 파생된다.

은유는 서로 다른 범주·영역의 대상이나 개념 등을 동질적 수준에 배열하고 정합 관계에 놓인 쌍으로 대응시킴으로써 새로운 의미 연관을 짓는 표현 방식이자 창발적 인지 기제 중 요긴한 하나다. 인간의 창발적 수행을 가능하게 하는 영역횡단(cross-domain)적 사유와 인지의 공간 공정이 은유에서 최적으로 적용된다. 자연적인 유연 관계가 전무한 대상이나 개념, 감각끼리라도 은유적 사상(寫像)을 통해 의미 관계가 맺어짐으로써 동일하거나 유사한 범주 층위에 포괄되어 새로운 질서가 빚어지는 것이다. 그 질서는 순차적 혹은 논리적 연관성을 바탕으로 이루어지는 것이 아니라 이미지 도식(image schema)의 함수 관계를 바탕으로 이루어지는 공간적 질서이다. 문학은 이러한 은유적 사상을 가장 적극적으로 활용하므로, 문학이 공간 자질을 본색으로 한다는 점이 이로써도 방증된다.

은유적 사상 공정은 그 자체로서 문학과 공간 조합으로 이루어질 수 있는 항들의 창발 가능성을 제고하는 거점인 만큼, 인간의 공간적 수행에서 중핵을 점한다. 물론 매체들을 가로지르는 일 또한 영역횡단적 수행의 가시적인 국면이므로 은유 공정을 문학에만 특화된 고유의 기제라고 실체화하는 우를 범할 이유는 없다. 오히려 매체 간의 횡단적 사상을 도모하는 전략적 거점항으로서도 은유는 기특한 계기이다. 문학적 인지 창발의 보조 기제로서 긴요한 역할을 다하는 은유가 다른 매체와 문학 간의 사상을 가능하게 하는 것이다. 신경계의 뉴런이 고립된 터라면 순조로운 인지 작용이 일 수 없는 만큼, 인지에 관여된 공정 기제들이 이루는 인지 체계에서 이들이 고립되어 작동하는 것은 무의미하거나 불가능하기까지 하다. 인지의 사회적 네트워크 맥락까지 고려하자면, 인간의 창발적 인지 기제는 독립된 실체로서 상정되어서는 아무런 의미 함수를 엮을 수 없기에 무색한 것일 뿐이다.

이렇듯 은유로 엮이는 문학의 장르 네트워크는 공간 사유의 중요한 국면을 방증하는 것으로 은유가 삶의 방편으로서 편재한다는 사실[13]과도 궤를 같이하면서 공간 기획의 지평을 확장하는 데 크게 기여한다. 그런 가운데 은유 공정을 최적의 수단으로 적용하여 인간 정신의 영역을 확장하는 데 가장 큰 역할을 담당한 구심적 매체가 문학인 것은 기본적으로 전제해야 할 점이다. 공간에 대한 문학적 사유의 정점에 은유적 사유가 있음을 부정할 수 없다. 은유는 공간의 문학적 공정 방식의 으뜸이다. 다음을 보자.

> 땅에 떨어진 것은 무엇이든지 썩는다.
> 땅이 무엇을 거부하는 것은 본 일이 없다. 사람이나 짐승이 내버린
> 똥·오줌도 땅에 스며들면 거름이 되고, 독이 올라 욕을 하며 내뱉은 침도
> 땅에 떨어지면 삭아서 물이 된다.
> 땅은 천한 것일수록 귀하게 받아들여 새롭게 만들어 준다. 땅에서는
> 무엇이든지 썩어야 한다. 썩은 것은 거름이 되어 곡식도 기름지게 하고
> 풀도 무성하게 하고 나무도 단단하게 키운다.
> 썩혀서 비로소 다른 생명으로 물오르게 한다.[14]

통상 '자연스럽다'고 하거니와, 자연 현상은 순리에 따라 어긋남 없이 진행
된다고 여겨진다. 그런데 사람들이 보기에는 뜻밖에 이치에 어긋나고 논리적
으로도 납득할 수 없는 일에 직면할 수 있는데 이런 경우를 두고 부조리하다
거나 모순된다거나 역설적이라고 한다. 인간의 경험 범위 밖이거나 인식이
미칠 수 없는 미지의 현상이 대체로 그리 이해되곤 한다. 이를테면 사전이나
사후의 일을 경험할 수 없기에 그 전모를 인지할 수 없는 생명의 탄생과
죽음에 연관된 현상이 대체로 역설적 표상으로 제시되어 최선의 문학적 효과
를 드러내는 것으로 인정된다. 위에 인용한 예시는 이런 정황을 잘 보인다.
씨앗은 썩어서 그 형체와 본색이 온전히 사라져야만 새로운 싹을 움트게
할 수 있다. 꽃이 시들어 지고서야 비로소 열매가 열린다. 알의 원형질이
곯아서 삭아 없어져야만 생명체가 부화할 수 있다. 이렇듯 생명의 탄생은
생명의 죽음을 전제로 성립할 수 있다는 사실이 자연의 순리이다. 그렇지만
논리적으로는 이를 모순으로밖에 설명할 수 없다. '죽음은 생명이다.'는 모순
관계의 어휘를 등식 관계에 두었으므로 논리로는 위값[F]이 부여된다. 자연의

이치에 따르면 진리치[T]가 부여될 현상이 논리적으로 타당하지 않으니 이 난항을 어떻게 풀어야 할까.

은유는 그 난항을 해소할 수 있는 길을 열어 준다. 서로 모순된 개념항의 등식을 세워 새로운 의미를 산출할 수 있는 은유 회로에 '생명 | 죽음' 대립쌍이 대입되면 자연의 순리를 온전히 이해할 수 있는 새 차원의 논리 맥락이 구성되며 '죽음은 생명이다.'와 같이 역설적 관념이 타당하게 용인된 개념 도식이 산출된다. 단순한 수사적 표현 기교로서의 역설이 은유적 개념 사상의 공정을 거쳐 제법 일반적인 범위의 언중 사이에서 엄연히 용인되는 약호(code)를 획득하여 문화적 차원의 명제로 전환되었다고 해도 좋다. 이는 삶의 예지를 차원 높여 시사한 것이어서 성원들의 수긍을 부를 여지가 큰데, 땅에 버려져 썩은 모든 것이 생명의 원천이 된다는 자연의 순리가 문화의 논리로 수용되는 양상을 명증한다.

나아가 위 대목에서 담론한 것처럼, 썩은 씨앗에서 새 생명이 움트는 현상에만 그치지 않고, 유사한 계열의 여러 대상이 그 본연의 속성마저 급전하는 양상을 통해 역설적 관념의 개념적 전환 국면이 심장하다는 점이 부각된다. 요컨대 더럽고 쓸모없는 배설물조차도 땅의 순화 과정을 거쳐 사람에게 더없이 유용한 농작물을 키우는 데 쓰이는 거름으로 전환되며, 독이 오른 침도 땅에서 정화되어 물로 변환된다는 얘기는 역설에 역설이 중층을 이룬 은유적 사상의 회로에서 진행되고 있으며, 종내 땅의 소중함을 일깨우는 삶의 예지를 알려 주는 문화적 담론의 기제가 구동된다. 삶에 산재한 은유적 표현이 문학적 표현에 최적화되어 활용됨으로써 인지적 수용을 수월하게 하는 점이 돋보인다. 그리하여 상투적 표현과 상념을 뛰어넘은 거창한 사유의 응축태라는 은유의 자질을 명증함으로써 삶과 은유의 역동적 관계에 대해서 다각도로 논급할 수 있는 여지를 넓히는 사례로 인정할 만한 것이다.[15]

이처럼 은유는 서로 다른 영역의 무연한 대상이나 개념, 또는 감각 등에 함수 관계를 부여함으로써 의미를 산출하여, 새로운 계열체로 구성된 창발적 구조(emergent structure)를 생성하는 데 크게 기여한다. 나아가 영역횡단 사상을 통한 인간의 인지적 혁신을 추동하는 동력원으로서 중대한 위상을 점한다. 문학이 이러한 은유를 최적으로 구동하여 남다른 가치를 기획하는 영역인 만큼 저렇듯 영역을 가로지르는 사상 활동의 제일 거점이기도 하다. 문학의 공간적 사유는 이러한 은유적 사상의 적극적 채용을 통해 진면이 더욱 부각된다. 문학의 공간적 위상이 더욱 선해지는 것이다.

공간은 자명하게 주어진 실체가 아니다. 문학도 모종의 외연과 질료에 일정한 내용이 담긴 형상 분명한 실체가 아니다. 그러므로 공간에 대한 문학적 사유가 실체를 전제한 제재 수준의 모사 관계를 묻는 데서 출발하거나 그 정도 선에 그칠 수는 없다. 가령 개연성을 위한 공간적 배경이나 현장감을 살리는 무대 설정 등과 관련하여 공간에 대해 논의하는 정도는 '문학+공간' 항의 극히 지엽적인 국면에 편입된다고 하거나, 아예 그 논항의 계보학에 비추어 본색과 배치되는 생각이라고 잘라 말할 수도 있다. 문학이나 공간 양항 공히 구성적 개념에 부쳐질 현상인 만큼 공간에 대한 문학적 사유, 혹은 역으로 문학에 대한 공간적 사유의 거점은 그 실체를 묻지 않고 구성 역학의 기제를 묻는 데 두어져야 한다.

공간 형식에 대한 근대 문학의 전유 국면, 구성과 담론에 대한 관심을 통해 확산된 문학적 인지 공정의 디지털 양상, 메타제시의 적용을 통해 구현되는 가상실재의 공간 위상, 공간·영역횡단 사상의 유력한 방식인 은유를 통해 적중되는 문학적 창발 등, 인간적 수행의 여러 장에서 조망할 수 있는 '문학+공간'의 너른 지평을 확인할 수 있다. 우리의 문학장에서 각각의 국면들에 대응되는 문학의 공간적 사유의 실천 양상들을 여럿 확인한 바, 그 세세한 진면의 지층을 발굴하여 상응하는 개념항의 계열을 체계화할 계기와 바탕을 얻은 셈이다. 문학이 사람들의 창발적 사유의 동력원이 될 때 삶의 장에서 최선의 기능을 완수할 수 있다고 한다면, 문학과 공간의 접점에 대한 탐색은 문학적 인지 공정을 탐색하는 긴요한 지평이자 그러한 탐색이 수렴되는 구심적 논항이라고 할 수 있을 것이다.

문학은 왜 공간을 사유하는가. 또한 공간적 사유는 왜 문학을 부르는가. 창발적 횡단을 가능하게 하는 인지의 본색에 비추어 탐색할 여지가 넓은 물음이다.

°주

1 Joseph Frank, 'Spatial Form in Modern Literature', *The Widening Gyre*, Rutgers UP., 1963. 저본은 1945년에 발표됨.
2 이광수, 『무정』, 한국소설문학대계 2, 두산동아, 1995, 240~241쪽.
3 염상섭, 「만세전」, 『삼대 외』, 한국소설문학대계 5, 두산동아, 1995, 640~641쪽.
4 이상, 「날개」, 이상·김유정, 『날개/동백꽃 외』, 한국소설문학대계 18, 두산동아, 1995, 55쪽.
5 Martin Heidegger, *Sein und Zeit*, Max Niemeyer Verlag, 1972, S. 111 참조. 마르틴 하이데거, 이기상 외 공역, 「건축함 거주함 사유함」, 『강연과 논문』, 이학사, 2008, 198쪽 참조. Yi-Fu Tuan, *Space and Place*, University of Minnesota Press, 1977, pp. 51~52 참조.
6 Gilles Fauconnier & Mark Turner, *The Way We Think*, Basic Books, 2002, p. 49 참조.
7 위의 책, 41쪽 참조.
8 위의 책, 102~130쪽 참조.
9 이를테면 작가들은 하나의 문장이라도 서사 담론의 효과를 최적화하기 위해 서술 층위에서 선택과 배열의 공정에 심혈을 기울이게 마련이며 그 결실이 문체의 차이를 자아낸다.
10 Patrick O'neill, *Fictions of Discourse: Reading Narrative Theory*, Toronto UP., 1994, p. 77.
11 위의 책 6~8쪽 참조.

12 이승우, 『끝없이 두 갈래로 갈라지는 길』, 창해, 2005, 11쪽.

13 George Lakoff & Mark Johnson, *Metaphors We Live By*, Chicago UP., 1980, p. 6.

14 최명희, 『혼불 3』, 한길사, 1996, 14~15쪽.

15 장일구, 『문화+서사@혼불_α』, 전남대학교 출판문화원, 2017, 128~129쪽 참조.

창밖에 보이는 나무를 보고 나무가 있다고 여기는 까닭은 무엇인가? 나무가 거기 서 있어서 그리 생각하는 것인가? 혹 나무가 서 있다고 생각하여 거기 나무가 있다고 의식하는 것은 아닌가?

일견 말장난처럼 들릴지 모르지만 나무에 대한 개념을 먼저 떠올리지 않고서는 나무의 실존을 확인할 길이 없는 것이 사실이다. 나무를 전에 본 적이 없는데도 나무를 보고서 나무라고 판정하는 경우도 생각해 볼 수 있다. 나무가 있지 않은데 나무를 의식할 수 없다고 당연한 반문이 제기되겠지만 실체가 없이도 개념을 떠올리는 예는 허다하다.

사람들 개개인의 면면을 보고서 떠올리는 '인간'은 구체적인 낱낱의 모습에 관한 것이 아니라 추상화된 형상에 관여된 것이다. '인간성'이라 할 때처럼 관념의 영역에 해당하는 말이라면 더욱 실체 없는 개념의 층위로 이관하여 의미를 파악할 수 있다. 귀신이나 유령 등과 같이 실체가 확인되지 않은 채 구상을 떠올리게 하는 개념 도식이 자명하게 형성된 사례들 또한 적잖다.

숱한 대상과 자연 현상 낱낱을 이해하는 경우는 또 어떠한가. 소나무든 잣나무든 사과나무든 동일한 나무 개념으로 우선 수용하는 것이 그 한 사례이다. 같은 소나무라도 개체 낱낱은 그 모습이나 특성을 하나하나 따지고 보면 천차만별일 수 있는데도 소나무로 받아들인다. 가령 불을 만지고서 뜨거움을 느끼고 함부로 만져서는 해를 입을 수 있음을 깨닫고서는 다시금 같은 우를 되풀이하지 않는 것도 비슷한 사례라 할 수 있다. 구체적 경험을 개념의 계열에 이관하여 시행착오를 줄이는 수행의 단적인 경우인 것이다.

구조적 개념화의 방법적 전략

우리는 개념을 통해 사상(事象)을 지각한다. 이는 주어진 대상이나 현상에 의미를 부여하여 수용할 수 있다고 말하는 정도가 아니다. 의미를 산출하는 일련의 개념들이 계열을 이루는 일정한 도식(圖式, schema)의 체계가 없이 사상을 지각할 수 없다는 말이다. '장미꽃이 아름답다.'라고 의식하는 과정을 따져 보자. 이러한 의식이 성립하기 위해서는 우선 지각 대상인 '장미꽃'을 '꽃'이라고 여기기 위한 개념 도식이 필요하다. 다른 종류의 꽃에 대해 '장미'의 아름다움을 대비 관계에 비추어 이해하거나 꽃 일반의 아름다움에 대한 개념을 이해할 필요가 있다. 장미꽃이 아름답다고 여길 수 있게 하는 아름다움에 대한 개념 도식이 이어서 요구된다. 더러 장미꽃이 아닌 다른 꽃 가운데 아름답지 않은 꽃은 없는지 변별하는 것도 관건이다. 가령 '호박꽃도 꽃이다.'라는 생각을 용인할 수 있는지 여하에 대한 판정이 필요할 수 있다. 꽃이 아닌 다른 대상을 변별할 수 있는 개념 도식과 아름답지 않은 것에 관한 느낌이나 관념 따위를 변별할 수 있는 개념 도식이 거의 실시간으로 동원되어야 저처럼 단순한 문장으로 환산된 생각을 확증할 수 있는 맥락을 마련할 수 있다. 무심코 떠올리는 단편적인 생각이나 순식간에 빚어지는 느낌과 정서적 반응이라도 개념 도식의 개입 없이 일지 않는다. 모든 대상이나 현상은 개념에 수렴된 연후라야 지각과 의식에 부쳐질 수 있는 것이다. 그러므로 개념을 통해 사상(事象)을 수용한다는 얘기가 통념과 다른 관점으로의 전향을 전제로 한다고 잘라 말할 수 없다.

짐짓 현상을 응시하거나 대상을 대할 때 실체적 개념을 전제하고 접근하기 십상이다. 눈에 보이는 것에 대한 지각적 반응이 수월하므로 보이는 것이 자명하게 주어진 것처럼 의식하기 쉽다. 이 과정에서 지각의 주제로서 대상이나 현상의 실체적 국면이 부상하는 식이다. 지각의 대상 면이 실체로 주어져 있으므로 이를 보고 느끼고 생각할 수 있는 수월한 여건이 마련된 듯 여길 만하기도 하다.

그런데 지각의 회로에 대한 과학적 설명은 이와 다르다. 현상이나 대상의 세부와 세목 낱낱의 정보가 지각에 부쳐지지는 않는다. 지각 기관에 포섭되는 데이터는 지각 세포를 통해 신경망에 이관되는데 이 상향(bottom-up) 과정에서 실상 그대로의 정보를 순차적으로 처리하여야 한다면 순식각에 벌어지는 지각의 공정이 완결될 길이 없다. 물론 이 정보를 처리하여 지각된 바에 대한 판단을 내리는 하향(top-down) 과정에서라면 낱낱의 정보마다 지각적 판단을 내려 줄 수가 더더욱 없다. 만약 그리해야만 한다면 시간적 소요가 클 수밖에 없어서 '지각'이라는 표현이 무색할 지경이 될 것이다. 그러나 다행히도 지각에 관여하는 신경망은 시간의 소요를 거의 요하지 않을 정도로 빠른 병렬 처리 공정을 구동하여 지각 수행을 완수한다. 이때 필요한 것이 실상의 데이터를 처리하는 데 표본이 되는 '개념 도식'의 계열체들이다.

지각에 관여된 뇌신경의 정보 처리 공정은 상향과 하향의 회로가 거의 동시에 이루어진다. 단말의 감각 기관을 통해 들어온 데이터는 실상 그대로 수용되지 않고 신경 세포에 산입될 만한 단위의 정보 요소로 분할되어 뇌신경 중추에 보내진다. 뇌 기관에서 각각의 단위 정보를 취합하여 이에 대한 지각적 판단을 내리는 과정에서 정보 데이터가 개념 도식에 사상(寫像)되어 의미와 가치가 인출된다. 반향 작용을 단말의 기관에 하달하는 공정이 더해져야 한다면 이는 거의 동시에 근사한 병렬 처리를 통해야 유효한 값을 산출하게 되는 것이니, 지각에 관여된 뇌 신경망의 작동 방식은 순차적으로 산술하기 곤란한 수준으로 방대한 정보량을 처리하여 지각 반응을 삽시간에 불러일으킬 수 있는 것이다. 이러한 정보의 병렬 처리 공정에서 개념 도식의 계열이 수립되어 있어야 하는 것은 필수적이다. 필연적으로 요구되는 개념 도식의 계열들이 이루는 추상적 관념 체계가 바로 뇌신경 작용의 코어 프로세서에 구성되어 있는 것이다. 지각은 물론 인식에 관여되는 인지 공정은 개념 도식에 기반하여 구성적으로 현현된다고 할 수 있다.

문학적 수행에 관여되는 인지 활동이라면 더욱 그러하다. 문학적 수행은 일정 정도 일상적 수행과 차이 나는 개념 도식의 조합을 전제로 진전된다. 문학은 그 자질 자체가 '낯설게하기'의 효과를 극화하는 기제로 삶의 장에 채용된다. 자동화된 개념 도식의 적용에서 벗어난 생각과 수행의 지향을 통해 문학적 수행의 최초 동인이 발생하며 그 귀결 또한 일상적 루틴을 낯선 경로로 돌림으로써 새로운 삶의 정향을 짓는 데 이어진다. 삶의 경험은 물론 정서와 생각의 방향 또한 새로운 지향에 수렴되도록 돕는 데서 문학의 유효한 값이 생기는 것이다. 개념 도식들의 새로운 조합이나 새로운 산술식을 세우는 데서 문학이 더하는 가치를 가늠할 거점이 생긴다. 삶의 긍정적 진전을 돕는 문학적 수행에 관여된 인지 활동은, 대상이나 현상에 대한 구성적 개념화의 회로가 활성화되고 각 회로들의 조합과 재편을 통해 정보의 병렬 처리 공정이 다층위로 이루어진다. 이러한 맥락에서도 문학이 구성적 현상으로서 삶의 장에 긍정적 가치를 더하는 동력으로 작용하는 국면에 방증이 더해진다.

문학은 기본적으로 구성적 현상이다. 앞선 여러 장의 논의를 통해 거듭 강조한 바처럼, 문학이라는 실체 자체가 세상 어디에 있는 것이 아니다. 문학은 그 현상과 수행에 관여된 행위자(agent)들의 협업을 통해 생산되고 거래된다. 고정불변의 실체로서 자명하게 주어지는 것이 아니며, 상황적 조건과 맥락, 환경 등의 영향에 따라 다변화될 가능성을 안은 구성체인 것이다. 통상의 의사소통 수행 과정에서는, 의미와 가치가 산출될 수 있는 무한의 가능태를 일정한 의미와 가치의 계열로 환산할 수 있게 하여, 잉여적 산술의 오류를 줄일 수 있도록 도식적 구조를 상정하는 절차가 요구된다. 문학적 수행 또한 이러한 통상적인 의사소통의 공정을 바탕으로 진행되지만, 도식적 구조의 일반적인 적용 방식과 다른 식을 세움으로써 창발적 진전을 부르는 데서 특유의 동력을 얻는다. 문학적 의사소통의 방식이 일상적인 의사소통의 방식과 다르다는 점은, 자명하게 주어진 실체적 변별에 의한 것이 아니지만, 그렇다고 그 변별적 자질 자체를 단서에서부터 의문시할 수는 없는 것은 그러한 변별을 가늠할 만한 표지가 금세 알아챌 수 있을 만큼 편재한 까닭이다.

　　문학적 의사소통을 통해 의미의 창발적 변용에서 지어진 특수한 값을 인출할 수 있다. 일상적 혹은 통상적 개념 사상 관계를 낯설게 하여 산출한 의미 변수가 문학적 수행의 변별적 구심을 이룬다. 개념 도식의 변용된 위상이 '문학적'이라고 한정할 수 있는 의사소통 영역의 계열을 상정할 수 있는 여지를 연다. 물론 이러한 위상이 문학 고유의 영역에 국한될 수 없는 것은 실체를 전제로 한 단자(單子)에 관여된 것이 아닌 까닭이다. '문학적' 의사소통의 창발이 이루어질 수 있는 조건이 형성될 수 있다면, 경계는 두더라도 문학의 계열에 포괄할 수 있는 여지를 열어 두어야 하는 것이다. 문학의 계열이라고 해서 별도의 체계를 주축으로 하위의 계열체들이 유형으로 환원되는 하향식(top-down)이 아니라, 계열체들의 공분모를 이루는 개념적 자질들을 바탕으로 상위의 체계가 이루어지는 상향식(bottom-up)으로 구성된다는 데 유의해야 한다. 구조는 선험적으로 주어진 실체가 아니라는 점을 의식하여야 한다는 얘기다.

'구조'는 방법적 개념으로서 조작적인 방식으로 얻어진 술어이다. 구성의 방식에 걸맞은 뼈대를 세우는 일을 염두에 두고 보면 쉬이 수긍할 수 있는 것을, 어렵사리 생각을 돌려 가며 부득불 잘못된 정향에 이해의 방향을 두는 것은 문제다. 구조는 대상이나 현상 따위를 구성하는 원소에 상응하는 요소의 조합 양태를 이해하는 데 쓰이는 것인지라 자못 실체적으로 주어진 것이라 여김 직한데, 대상이나 현상이 지어져 드러나는 공정을 염두에 두고 이해의 정향을 잡는다면 사뭇 상반되는 개념적 양상에 직면하게 된다. 처음부터 구조가 주어진 것이 아니라 개념 형성의 과정에서 설계되고 계열화되는 식으로 구성되는 것이다. 자명한 구조를 전제로 현상의 잉여적인 부분을 축소하는 환원의 방식으로 구조주의 방법의 방향을 설정하는 경우가 빈번한데, 이는 구조에 관한 방법적 개념에 대한 오해 또는 무지에서 비롯한 것으로 밖에 생각할 수 없다. 구조는 자명하게 주어진 실체에 관한 방법을 확정하는 데 적용할 개념 도식이 아니라, 대상이나 현상의 맥락과 조건 등에 관여된 구성적 양상에 관한 분석의 거점을 마련하는 데 쓰이는 개념 도식이라는 사실에 재삼 유의해야 한다.

실체적 개념을 전제로 현상에 접근하는 방법에서는, 대상이나 현상을 완결된 형태로 전제하는 것이 우선인 만큼, 구조와 디테일의 분리 자체가 용납될 수 없는 조작으로 간주되어야 옳다. 조작을 가할 수 없는 천의무봉의 실체라야 논의선상에 오를 수 있는 까닭이다. 이러한 실체적 대상이나 현상은 직관 같은 비조작적 인식의 방식을 통해 접근 방향을 궁리해야 한다. 그런데 구조라는 방법적 개념을 세우는 순간 그 대상이나 현상은 조작적 방식을 통해 분석되고 분석의 결과를 바탕으로 의미와 가치 따위를 구성하는 방향으로 방법을 구상하게 된다. 구조는 조작과 구성에 관한 개념으로 이루어지는 방법적 단서라는 점만이 명징하다. 구조에 관여된 개념적 단서는 인간의 인지 수행의 방식을 이해하는 데서 구심을 이룬다.

인지 공정상 개념적 구조화는 인간급 역량을 발전시키는 거점 전략과도 같다. 감각 기관이나 운동 기관을 통해 획득된 실시간 정보를 짐짓 실시간으로 처리하는 공정을 상정할 수 없는 것은 아니지만 막대한 정보량을 온전히 실시간으로 신속하게 처리하는 것은 불가능에 가깝다. 아무리 빠르다고 하지만 뇌의 정보 처리 속도가 실시간 정보량을 따라잡기에는 역부족일 수밖에 없는 것이다. 따라서 뇌의 정보 처리 공정에서 개념의 계열을 바탕으로 부호로 환산하는 절차가 진행되고 부호에 사상된 개념을 해독하여 의미로 환원하여 인지 절차를 완료하는 수순이 펼쳐진다. 이러한 공정에서 구조로써 추산하는 회로의 작동이 관건이다. 이러한 공정이 순차적 직렬 회로에 부쳐지지 않고 병렬 처리되는 회로 또한 관건이다. 실시간으로 처리되는 듯 보이는 정보 처리 공정이 실은 이러한 인지적 병렬 처리를 통해 구현될 수 있는 것이다. 개념적 구조화를 바탕으로 하지 않고서는 결코 달성될 수 없는 공정이다.

문학은 개념적 구조화의 한 방식이되 다소 특수한 방식이다. 개념의 지시적 사상에 국한되지 않고 상이한 계열의 개념을 사상함으로써 의미의 창발을 부르는 식의 구조화 양상이 다른 경우에서와 차이가 있다. 지시적인 개념 사상만으로 인지적 진전이나 창발을 달성할 수는 없다. 대상이나 현상의 단면만 응시하거나 의미의 표층만을 살펴서는 새로운 사상(寫像)을 통한 창발을 이룰 길 난망하다. 사상(事象)의 이면과 의미의 심층을 들추어 여러 시각에서 다양한 양상과 위상을 직시하는 한편, 새로운 의미 함수를 이리저리 사상하는 산술을 통해 의미의 여지를 더하고 의미의 가능성을 확산하는 계기를 얻는 데서, 인간급 역량의 정수인 '창의적 인지'의 진전이 이루어질 수 있는 법이다. 문학은 이러한 창의적 인지를 발동하는 주요 동력원이 되어 왔다. 발전된 창의적 인지가 선순환하여 문학에 관여된 인지적 수행이 진전을 거듭하면서 인류의 인지 역량 전반을 증폭하는 동력으로 작용해 왔다.

문학이 인지 과학의 중요한 단서로 쓰이는 것은 무엇보다 창의적 인지에 관여되는 요소와 회로, 공정 등을 추산하는 데 쓰이는 창발적 구조의 계열체를 이루기 때문이다. 그렇다고 문학만이 이러한 계열체를 이룬다거나 문학만의 고유한 계열적 자질이 선험적으로 주어진다는 것으로 오해되어서는 곤란하다. 인지적 창발에 관여된 여러 수행의 과정이나 수행의 방식 등과 관련하여 '문학적'이라고 한정하여 이해할 현상이 구성되기에 다만 '이름'을 통해 한정된 자질과 기능을 바탕으로 구조적 도식의 계열을 추산할 수 있을 뿐이다. 이를테면 '문학'이라는 이름으로 한정할 수 있을 만한 언어 놀이 (linguistische Spielen)로 범주화하여 그 개념 범위를 추산할 수 있는 인지 도식의 한 계열을 제안할 수 있는 것이다. 문학적 개념 도식의 계열들에 주목하여 그 도식들의 체계를 구성하고 이를 바탕으로 인간의 인지적 창발의 회로를 추산하는 일이 인지 과학에 관여된 탐색의 주안점 가운데 중요한 하나이다.

다만 저러한 추산 자체가 이미 '문학'에 관여된 개념 도식의 계열을 전제로 한다는 점에서 처음부터 난항이 빚어진다는 점을 염두에 두어야 한다. 이름을 붙임으로써만 수행의 단서가 형성될 수 있는 인지 공정에 상수로 대입되는 이러한 선이해적 인지 도식이 인지의 복잡한 환원 회로를 설계할 수밖에 없게 한다. 문학이라는 놀이에 적용되는 규칙을 일정한 선에 통합적으로 배열하여 단번에 알아차릴 수 있는 문장 형태로 확정하는 것부터가 가능하지 않은 터라, 문학과 같은 언어 놀이의 계열을 아우를 수 있는 개념 도식을,

그도 창발적 인지 공정에 관여된 개념 도식을 쉬이 도출할 수 있으리라 기대하는 것은 당찮다.

다만 문학을 통해 달성할 수 있는 창의적 인지의 특수한 국면이 빚어지는 일정한 조건이나 변수에 주목하여 그 구성적 면면을 일정한 도식적 계열에 조작적으로 환원하여 난항을 비켜가는 식으로 대응할 수 있다. '구조적 환원'이 이 과정에서 긴히 요청된다. 놀이를 수행할 때에 그 지표가 되는 규칙이 매 수행의 디테일마다 세워져서는 곤란하다. 놀이가 진전되는 과정에서 염두에 둘 만한, 규칙 전반에 대한 시야에서 수행의 도식적 정향의 구심들에 적절하게 매칭된 규칙을 구조화한 편람(manual) 같은 것이 필히 요구된다. 문학을 언어 놀이의 인지 더미로 환산할 때 구조(구조화)의 방법이 긴요한 것은 이러한 맥락에서다. 유념할 점은 그리 환원적 개념으로 마련된 구조가 문학이라는 언어 놀이에 국한되어 구성되고 적용되어야지 그 자체로서 모종의 고정된 개념적 틀로 전제되어서는 안 된다는 것이다. 구조는 구성적 개념의 임시적인 형태로서 인정되는 방법적 조작이라는 점, 구성의 조건과 변수가 바뀔 가능성에 노출되어 있으며 그러한 변화가 일 때 그 기능은 물론 외연이 변할 수 있는 잠정적 형태라는 점을 잊어서는 안 된다. 구조는 고정된 형식에 관한 실체적 개념이 아니라는 점, 구조를 둘러싸고 벌어졌고 벌어지는 담론적 실천에서 호도된 그릇된 입장, 심지어 상반된 입장들에 대한 냉철한 판단이 요구된다. 그저 오해라며 강변하면서 곡해의 저의를 흐리는 그릇된 생각의 저변을 들추어 해체하는 전술의 거점에 구조 전략을 수렴시킬 만하다.

'문학 플러스 구조'는 형식에 관해 산술하는 연산이 아니다.

구조·탈구조의 개념적 지층

 '구조'는 단순히 형식에 관한, 심지어 형식의 위계에 관한 술어가 아니다. 세계의 사상(事象)에 대한 인지의 과정에서 사람들이 흔히 채용하여 늘상 쓰는 방법적 개념이 '구조'이다. 무한에 가까운 사물과 현상을 낱낱이 지각하고 그 의미와 가치를 산술하는 일은 충분히 가능하다. 그런데 시시각각 감각 기관을 통해 수용되는 사상을 촌음의 실시간으로 처리하여 인지 공정을 완수하기에 처리할 데이터가 양질 양면에 걸쳐 너무 크다. 가령 '구름 한점 없는 파란 하늘'을 보고 '그 청명함'을 감각하기까지 걸리는 시간에 비해 인지 공정에 회부되어 처리되는 정보의 규모는 상당하다.

 우선 일차적으로 색채에 관여될 듯한 '파랗다'라는 감각의 더미는 '붉다'라는 대조적 감각을 환기함으로써 인지 선상에 부상할 수 있을 테다. 이조차도 단언할 수 없는 것은 어떤 이는 '희다'라는 감각을 대조 지점으로 삼을 수 있으며, 아예 대비되는 색을 상정하지 않고 '파랗다'에 관여된 색채 정보를 감각할 수도 있다. 심지어 보색 계열이 아닌 유사 색상의 계열을 대조의 지점으로 삼는 경우도 있을 것이다. 이를테면 '바다가 파랗다'가 아니라 '하늘이 파랗다'고 여기는 식이다. 이처럼 색채 감각에 관한 단말의 지각이라도 그 정보의 처리 공정이 직접적으로나 단선적으로 이루어지지 않고, 해당 감각에 관여된 정보 서고(라이브러리, library)의 계열에서 취택한 표지를 이리저리 대응시켜 가며 최적의 정보 더미로 환산하는 과정을 거치게 마련이다. 그 과정에서는 선뜻 이렇다 하고 선정하기 난망한 대비 절차 등이 진전된 다음에야 일정한 '이름'을 붙여 감각 표지로 환산한 결과를 내놓을 수 있는 것이다. 이렇게 산출된 '파랗다'라는 감각 표지는 다시금 '하늘'을 한정하여 낳을 수 있는 감각으로 변환되는 회로에 산입된다. 그 '파란 하늘'이 '구름 한 점 없다'

는 배경 정보와 문맥을 이룸으로써 좀 더 디테일한 감각 정보를 낳는 식으로 인지적 연산에 더욱 복잡한 식이 동원되면서 정보의 의미값에 다른 식의 산출치와 변별되는 가치가 더해진다. 여기에 '구름 한 점 없는 파란 하늘'이라는 표지를 둘러싼 맥락적 정보까지 인지적 연산에 산입되는 상황인지라 인지 공정상 적지 않은 양을 처리해야 하는 지경이다.

그런데 저 언표에 대한 실제 인지 과정은 그리 오래지 않은 시간 경과를 요하는 경우가 다반사다. 저러한 장면을 실로 보는 상황이라면 말할 나위 없을 테며, 저 말을 듣고 이해하는 상황이라도 언표를 수용하는 순간 감각적 소여가 즉각 발생하기 십상이다. 말하자면 감각의 인지 과정을 분석하자면 순차적 시간의 경과와 인과적 판정의 경로를 제법 요하는 것으로 판정되지만, 실제 감각의 인지 공정이 요하는 시간은 삽시간이다. 그렇다면 인지 공정은 순차 공정으로 진행되지 않는다고 할 수밖에 없는데, 인지 과학계에서 내놓는 여러 증명에 의하면, 인간의 인지는 과연 '병렬 공정'으로 진전된다.

이러한 병렬 공정은 구조·구조화를 전제하지 않고서 이루어질 수 없다. 사상에 대한 개념을 구조로 환산하여 계열의 책장에 축적하여 둔 인지 서고 야말로 인간의 병렬적 인지 공정을 최적화할 수 있는 중추 설비이다. 단순한 감각적 인지 공정이 저러할진대 복잡한 사유를 바탕으로 한 여러 국면의 인지 공정은 말할 나위 없다. 사상(事象)의 구조를 짓고 사상을 구조에 환원하는 방식을 진전시킴으로써, 실시간의 수다하고 변화무상한 정보를 처리하여 인지적 산출을 얻는 '인간급' 인지 역량 또한 창발적 진전의 바탕을 얻을 수 있었던 것이다.

구조는 사상 단말의 형식에 관여된 술어가 아니라 인지 전역에 걸쳐 작용하는 구성적 개념이다. 이를 단순히 기호의 문제로 환원하여 그 개념 범주와 적용의 영역을 한정하는 것은 심각한 우려를 낳는다. '기호'로 따지자면 세계의 사상을 기표(signifiant)와 기의(signifie)의 조합인 기호(sign)라는 조작적이고 방법적인 개념으로 보자는 생각에서 시발하고 그러한 생각의 방면에서 분석 작업을 수행하자는 것이다. '세상의 모든 것은 기호다.'라는 식의 실체적 명제를 선언하고 이를 증명할 과업을 완수하기까지 모든 것을 기호에 환원하는 작업을 하자는 것은 기호에 관한 입장에 반한다. 언제부턴가 소위 '구조주의 기호학'이라는 이름을 붙여 마치 어떤 학적인 영역이 자명하게 획정되어 있는 것처럼 망상을 지은 것이 사단이라면 사단이었을지 모르겠지만, 구조도 기호도 구성적 개념으로 창안된 방법의 단서라는 점이 논의의 지층에서 묻혀 버린 채 토대와 무관한 지향으로 논의가 갈려 나간 혐의가 크다. 구조든 기호든 이를 제안한 단서적 논의인 소쉬르(Ferdinand de Saussure)의 생각을 돌이켜 볼 이유가 있는 셈이다. 콘크리트와도 같은 구조주의·기호학이라는 거대한 이론적 이념의 포장에 덮여 짐짓 고고학적 지층에 저변화된 구조 개념의 계보를 발굴하는 일이 유효한 값을 낼 수 있는 적기를 맞은 셈이다. 데리다(Jacques Derrida)를 위시한 포스트구조주의의 입장의 단서는 무엇보다 구조 개념의 원천으로 돌아가자는 자기 반성적 모색에서 나타난다.

언어가 세계를 반영하는 것이 아니라, 세계가 언어를 통해 구성된다. 역설이거나 모순된 말장난이거나 어깃장을 놓듯 불필요한 논쟁을 유발하는 듯한 이 생각이 구조 개념의 벼리이다. 나무의 실체를 경험하고서 이를 '나무'라는 언어 표지에 대응시켜 형식을 짓고 이를 표현의 수단으로 활용한다는 입장은 언뜻 아무런 문제가 없는 듯 수월한 수긍을 부른다. 이러한 실체와 반영 표지의 관계에 대해 의구심을 품기 쉽지 않으며 그리 수긍하는 편이 실은 편하다. 그런데 같은 일상의 경험 범위 내에서 찾을 때, 나무를 본 적 없는데도 '나무'라는 표지에 대해 나무의 형상이나 기능 따위를 떠올리는가 하면, 전에 본 나무와 상당히 다른 종인데도 그 나무를 나무라고 인식하는 경우가 있음을 다시 떠올려 보자. 같은 종의 나무라도 개개 나무마다 모양이 다른데도 '소나무'라거나 '메타세콰이어 나무'라고 아울러 부르는데도 이의를 달지 않고 무심히 지나치기 일쑤다. 되려 '이 소나무와 저 나무가 크기도 다르고 잎 모양도 다른데 왜 같은 소나무라고 부르나?' 하고 되묻기라도 할라치면 좀 이상한 사람 취급을 받을지도 모른다.

이처럼 우리는 경험 범위를 벗어나서 '나무'에 관여된 언어를 활용하고 있는 것이다. 나무가 있어서 '나무'를 말하는 것이 아니라, 되려 '나무'가 있어서 나무를 인식할 수 있다고 하는 편이 더 많은 경험이나 더 많은 경우를 대변하는 만큼, 언어가 경험을 규정한다고 해도 과언이 아닌 셈이다. 그렇다면 과연 언어가 세계를 구성하는 것이지 언어에 세계가 반영되는 것이 아니라는 생각에 동의할 여지가 크게 있는 것 아닌가?

이때 언어는 실체가 아닌 만큼 세계를 구성하는 매체 수단(media) 격이다. 구성의 매체인 언어는 세계의 실상을 전하는 것이 아니라 구조적 개념을 매개함으로써만 미디어로서 역할을 한다. 언어는 구조를 전하는 기능을 하는 것이다. 혹 '언어는 구조'라는 식의 표현은 이러한 정황 맥락을 제하고서 선언적 언명을 앞세우려는 이들이 범한 오류라고 해도 좋겠지만, 일견 언어 자체가 구조 개념으로 환산되지 않고서는 성립할 수 없는 만큼 전혀 맞지 않는 허풍이라고만 할 수는 없는 셈이다. 언어는 구조 매체이다.

언어가 기호라는 얘기 또한 마찬가지 맥락에서 수긍함 직하다. 기호란 의사소통 과정에서 기호의 표지(시니피앙, signifiant)로써 기호의 의미(시니피에, signifie)를 매개하는 것이니, '기호류'는 의미를 소통하는 데 쓰이는 매체 수단을 아우르는데 언어가 가장 유력한 인간급 '기호종'이다. 언어야말로 고도로 구조화된 기호의 종인 것이다. 따라서 언어가 기호라고 한다 해서 둘의 실체가 서로 대응을 이루어 등식 관계에 놓이는 것으로 이해되어서는 곤란하며,

기호에 관여된 방법적 개념으로 언어 현상을 이해할 때 어떠어떠하다는 식의 논의가 이루어져야 적절하다. 언어도 기호도 실체가 아니다. 둘 다 구성적 현상에 대한 최적의 방법적 개념을 안출하는 데 소용될 만한 국면에 적용할 방편이 되는 술어이자 그 자체로서 방법적 개념에 국한된다는 데 재삼 유념해야 한다.

구조주의나 기호론을 둘러싼 오해, 혹은 이를 넘어선 몰이해를 빚은 거개의 담론적 실천에는 실체에 기댄 이념의 자장에 휩쓸린 실책이 숱하게 편재해 있다. 구조나 기호, 언어 등 관련 술어를 실체 개념으로 선점하도록 손놓고 있었거나 아예 그 구성적 개념의 계보에 대해 알지 못한 채 단말이나 표층의 통속적 용례에서 한걸음도 나아가지 못한 데서 비롯한 실책이 분명하다. '구조'가 조작적이고 환원적 방법을 낳는 유력한 개념인 것은 사실이지만 그렇다고 이 술어 자체를 고정된 틀에 가두어 두고서 적용을 모의하는 것은 당찮은 일이다. 물론 구조적 환원의 방법론이 봉착할 수밖에 없는 한계를 숫제 무시하거나 덮어 두고서 방법적 우월성을 강변하는 태도는 더욱 납득할 수 없다. 거개의 방법적 개념들이 그러하듯이 적절한 전제를 바탕으로 조건과 변수에 따라 달라질 수 있는 논의의 정향과 수렴점 등에 대한 냉철한 통찰과 냉엄한 전제가 방법론적 타당성을 드높일 수 있는 길이다. 구조를 구조주의나 기호론의 틀에 가두는 것은 짐짓 그러한 타당성을 봉쇄하는 길에 접어드는 꼴일 수밖에 없다는 데 대한 성찰이 포스트구조주의의 거점인지 모른다.

포스트구조주의는 구조의 구성적 개념에 더욱 밀착된 방법들을 안출하는 데 방법론적 정향이 있다고 해도 좋다. 세계는 언어로써 구성된 소산이므로 구조적 인식이야말로 세계를 이해하는 적절한 방식이라 할 수 있다. 그 구조는 완고하게 굳어져 변할 수 없는 형태를 지지하는 안정된 뼈대와 같은 것이 아니라, 디테일을 붙여 가면서 형태를 이루어 가는 과정에서 기능이나 자질의 개선 여하에 따라 변형 가능한 설계(design)와 같은 것이다. 심지어 해체하여 재구성할 수 있는 여지에마저 노출된 '레고 블럭' 같은 것이다. 변형 불가한 구조물은 기능이나 자질을 고려하여 설계를 변경해야 할 경우 아예 부숴버려야 하지만, 해체 재구성 가능한 구조 모듈은 부술 필요까지 없다. 해체주의로도 환언되는 포스트구조주의에서 앞세우는 언명처럼, 파괴(destruction)와 해체(deconstruction)는 다르다. 파괴는 구조 자체를 없애는 행위[de-structure]이지만 해체는 구조의 구성을 없애는 행위[de-con-structure]인 것이다. 파괴와 해체의 과정과 결과가 사뭇 다르다는 것은 레고 블럭으로 지은 장난감 집을 파괴할 때와 해체할 때의 상황을 머릿속에 모의해 보면 금세 알 일이다. 해체는 파괴가 아니며, 구조는 완고한 구조물로 구축된 것을 가리키는 술어가 아니다.

구조 자체가 안정된 형태로 주어진 것이 아니기도 하지만, 사상을 구조에 환원하여 의미 관계를 짓는 과정에서 생길 수 있는 실책은 물론 잘못까지 아니더라도, 서로 대응될 개념 구조의 계열이 서로 정확히 일치하지 않아서 생기는 의미의 '미끄러짐'을 고려하면 구조적 환원의 과정이나 결과가 완결적이거나 안정된 공정으로 진전될 수만은 없다는 사실에 직면하게 된다. 여기에 의사소통의 공정에서 수용자 층위에서 진행될 구조적 이해의 과정에서도 비슷한 일이 벌어질 변수까지 산입한다면 '구조'로써 사상을 구성한다는 관점에서 파생될 방법들에 대해 포스트구조주의적 진단이 적중할 여지는 커진다. 그래서 더욱 '구조'에 '해체'를 더해서 방법적 개념의 단서를 재편해야 할 이유 또한 커지는 것이다.

구조는 해체의 가능성에 던져질 때에 그 개념적 파급력이 증폭된다. '하나의 구조는 더 큰 구조로 편입된다.'는 구조의 자질에 대한 선언적 명언을 이 맥락에서 떠올려도 좋다. 흔한 오해와 달리, 구조는 완고한 틀로 자리 잡아서 그 자질을 완성하는 것이 아니라 다른 구조나 다른 틀을 향해 열릴 때에 그 자질이 채워질 수 있는 유연한(flexible) 구성체이다. 물론 다른 구조에 열려 해체된 구조는 또 다른 새로운 구조를 예비하는 가능태일 때 유의미하다. 해체는 구조의 상대어가 아니라 동전의 양면과도 같이 동시에 제시되어야 하는 개념적 일체이다. 구조에 대한 완고하지만 그릇된 개념의 흔적을 거두어야 구조의 방법적 가능성이 파생된다.

문학 플러스 구조, 계보

문학에서 구조에 관한 논의는 구조주의 언어학을 문학 연구의 방법론으로 채용하면서 시작되었다. 기실 문학 연구의 방법론 또는 문학 이론이라 이름 붙이기 민망할 정도로 이전에는 문학을 연구한다는 생각부터가 낯선 것이었을지 모른다. 물론 작가의 생애와 문학적 활동을 실증하는 연구 방법이 활발했으며 작품의 의미와 가치를 평가하는 연구의 성향이 없지 않았으나 이론이나 비평이라는 말로 한정할 수 있는 수준의 연구가 본격적으로 시도되었다고 하기는 어렵다.[1]

문학 이론 혹은 문학 방법론 수준의 연구는 '구조주의'의 등장과 함께 시작되었다고 할 수 있다. 문학을 언어 예술이라고 한정할 수 있다면 예술적 효과를 자아내는 '언어'에 문학 특유의 자질이 응축되어 있다고 할 것이다. 예술에 대해서라면 난항이 첩첩이지만 언어에 대해서라면 이른바 과학적 연구의 방법론을 들이댈 여지가 조금은 더 열린다. 언어학 영역에서 언어의 역사를 중심으로 논의를 진행하는 기존의 비과학적 연구를 그치게 할 대안으로 '공시적 언어 연구'의 방법이 제안되었다. 바로 '구조' 개념을 바탕으로 언어의 체계를 기술할 수 있는 구조주의 언어학이 진전에 진전을 거듭했던 것이다. 이러한 데 힘입어 '언어 예술' 문학의 언어에 대한 연구가 과학적 이론의 세례를 받을 수 있게 된 것이다.

언어의 구조를 분석하는 방법의 단서는 구조를 이루는 요소를 분석하는 일이다. 언어적 최소 단위의 관여적 변별 자질의 분석이 위계상 상위 요소들을 분석하는 일에 선행해야 한다. 음소(음운)의 분석이 언어 구조의 연구 과정에서 최우선시되는 이유는 이와 연관된다. 이러한 분석의 절차적 방법을 문학 연구에 도입하여 소위 '시의 문법' '서사 문법' 등과 같이 문학에서 언어 요소를 논점으로 삼았음을 뽐내기라도 하듯 표제에 내세운 방법이 제안되었던 것이다.

그런데 문학 연구에 구조주의 언어학의 방법이 적용된 초기의 방법적 사례이지만 뜻밖에 잘 알려지지 않은 영역이 신화 분석이다. 문학의 원천에 대한 탐색 정도로 알려져 있는 신화 분석이 실은 문학이라는 체계의 구조적 원형으로 또는 문학적 최소 단위 요소로 신화를 상정하였다는 점에서 문학의 구조를 밝히는 방법적 모색의 벼리에 상응한다고 할 수 있다. 문학의 최소 단위 요소인 '모티프'의 최원천으로서 문학적 제재의 원소에 상응한다고 하여 신화 분석을 문학의 구조를 연구하는 과정에서 최우선 과제로 다루었던 셈이다. 과제를 모티프와 소재 전승의 계보에 대한 탐색으로 확장함으로써 원형과 변주에 관한 구조주의적 탐색의 기틀을 마련할 수 있었던 것이다. 이는 마치 음악에서 최소 음계에 상응하는 모티프(라이트-모티프, Leit-motiv)의 반복과 변주로써 곡 한편이 구성된다는 분석의 방법적 개념을 차용하여 문학의 언어적 구조 개념에 사상(mapping)한 것이다. 나중에 문학 텍스트가 아닌 문화적 또는 정치적 텍스트에서도 '신화소(mytheme)'를 분석하여 신화에 근사한 이데올로기적 영향력이 미치는 텍스트 저변의 의미망을 추적하려던 바르트 식의 텍스트 방법론에 자장이 미치고 있다는 점을 기억해도 좋을 것이다.

이렇듯 문학적 모티프의 원형과 그 원형의 변주에 상응하는 소재 전승의 계보를 추적하는 일은 구조적 최소 단위에 대한 분석과 구조적 위계 개념에 바탕을 둔 장르상 종적 분화의 구조적 양상에 대한 탐색이라는 면에서 '문학적 구조주의'라 할 만한 방법론의 범주를 설정할 수 있게 한다. 문학도 과학적 분석과 분류의 대상으로 상정될 수 있는 계기가 마련된 셈이니 그 의의가 제법 창성하다고 해도 과찬이 아니다. 문학이 비로소 학문의 대상이 되고 문학 연구가 인문 과학(정신 과학, Geisteswissenschaft)의 반열에 당당히 오를 수 있게 되었으니 저 정도 과찬이 성에 차지 않을 정도라 해도 좋다. '문학 연구, 문학 이론, 문학 비평'처럼 오늘날 심상하기 짝이 없는 말이 비로소 생겨날 수 있었던 것은 구조주의 언어학의 진전 덕이 크다.

그러한 덕이 가장 크게 미쳐 얻어진 변화는 무엇보다 문학 텍스트의 내적 구조를 집요하게 추적할 수 있는 방법적 개념들을 얻었다는 점일 것이다. 실로 구조주의 문학 이론에 묶을 수 있는 연구의 관점과 방법적 실제 거개는 문학 텍스트(작품 아닌)의 구조적 완결성을 전제로 이를 가능케 한 구성 요소들의 내적 정합성과 기능적 연결성 등을 증명하는 데 수렴된다. 그래서 구조주의 문학 이론이라 하면 형식주의와 같은 것이라고 일축하는 선입견의 빌미가 빚어지기도 한다. 물론 형식주의 문학론(정확히는 러시아 형식주의)이 구조주의의 주요 개념과 언어 분석 방법을 적용하여 문학을 연구하는 빼어난 이론적 계열을 이룬 것이 사실이지만 구조주의를 형식주의에 국한시키는 태도가 온전히 온당치는 않다. 더욱이 형식주의의 '형식'을 내용에 대립되는 요소라고 오해하는 것은 부당하기까지 하니 주의를 요한다. 어쨌든 구조는 형식에 국한된 개념이 아니라는 점 앞서 강조하였지만, 이 맥락에서도 그러한 구조 개념은 지극히 유효하다. 구조주의는 형식에(만) 연구의 주안점을 둔 방법적 이론이 아니다.

그렇다 해도 구조주의 문학 연구의 방향이 구조에 관여된(실은 구조를 빙자한) 형식 요소의 표층적 분석에 지향한 경우가 많아 저러한 오해를 자초한 측면이 없지 않다. 과학적 연구라는 미명 아래 그리 했는지는 모르겠지만, 세계에 대한 구성적 개념으로서 상정된 구조의 분석이라는 구조주의의 기치가 무색하리 만치, 텍스트에 명시적으로 표출된 언어 단위들에 대해 기능적 의미 이상의 의미 요소를 해석하는 데 나아가지 않는다. 아니 그런 해석은 과학적 연구 방안의 제일선에 제시된 객관성과 가치중립성을 해칠 공산이 크다는 이유로 해서는 안 되는 것으로 치부한 터다. 최소한의 기능적 의미 이외의 정성적 의미 요소 따위를 정형하고 난 구조적 '형해(形骸)'를 추출함으로써 과학적 방법론인 구조주의의 목표를 달성할 수 있다고 여긴 것이니 그 맥락에서는 뭐라 이견을 덧붙일 여지는 없다. 다만 과연 구조주의의 방법적 지향이 그러한지에 대해 원리적으로 따지고 보면 뼈대를 추린 결과를 두고 구조적 환원을 완수했노라 하는 것이 당찮은 것만은 사실이다. 단언컨대 구조주의 문학 이론의 큰 맹점이 이 맥락에서 생겼다.

이러한 맹점은 기호에 대한 오해가 부른 난센스 논의들로 일파만파 번졌다고 할 만하다. 세상의 모든 것을 기호로 환언해야 한다는 기호학의 제국이 건설될 빌미가 저로써 생겼기 때문이다. 세상에 '기호학'이라니……(기호의 개념적 계보를 떠올리자면 말을 이을 수 없다).

이 세상 어디에도 기호는 없다. 이는 소위 기호학 제국주의자들의 기본 입장과 정반대되는 언명이다. 그들은 '이 세상 모든 것이 기호다.'라고 천연덕스럽게 그리고 호기롭게 외친다. 이 외침으로써 자신들의 제국이 세계 전역을 장악할 수 있다는 점을 강변하는 것이다. 이 세상 모든 것이 기호인데 그 기호를 다루는 이들이니 얼마나 강력한 힘을 지녔겠는가? 과연 기호가 있다면 그러할 터, 그렇다면 기호가 어디에 있는가? 내 앞에 보이는 저 랩톱 컴퓨터의 액정 표시 방식 모니터가 기호인가? 아니면 그 화면에 뿌려져 시지각 범위에 든 워드프로세서 프로그램의 프레임이 기호인가? 아니 그 프레임 안에서 지금 깜빡거리는 커서 프롬프트가 기호인가? 짐짓 저 화면을 채운 글자들이 기호인가? 대체 내 앞의 무엇이 기호란 말인가? 내 앞에는 그저 랩톱 컴퓨터(아니 노트북 컴퓨터? 아니 노트 PC? 아니 포터블 컴퓨터? 아니 맥북 프로?……?)만이 대상체로 자명하게 주어져 있을 뿐이다(사실 저것이 실로 있다고 증명할 수 있는 길은 대체 무엇인지 단언할 방법을 솔직히 나는 알지 못한다). 여하튼 있는 것은 분명하다고 치고, 대체 이것이 어떻게 기호란 말인가?

랩톱 컴퓨터라는 물건 자체가 기호인가, 아니면 그리 이름 붙인 표지가 기호인가? 둘 중 하나가 기호라면 '맥북 프로'라는 표지는 또 무엇인가? 이는 기호가 아닌가? 기호는 이름인가 실체인가 아니면 다른 어떤 '것'인가?

기호학 제국의 호위무사들은 저처럼 따지고 묻는 것 자체를 달가워하지 않을 듯도 하다. 세상 모든 것이 기호라는데 대체 기호가 무엇이며 기호 아닌 것이 무에냐 묻는 것이 당찮게 보일 테니 말이다. 그런데 정말 궁금한데 상대적으로 물어, 세상 어떤 것이 기호인지 모르겠는데 대체 기호가 무엇이냐고 묻는 것도 당찮은 것일까?

구조주의 원리에 걸맞은 기호의 위상에 비견하자면, 기호학 제국의 국시(國是)처럼 세상의 모든 것이 기호라고 할 것이 아니라, 세상의 모든 것을 '기호로 볼 수' 있다고 해야 옳다. 기호는 실체에 관한 술어가 아니라 방법적 개념으로 고안된 이름이기 때문이다. 내 앞의 랩톱 컴퓨터라는 물건을 나는 실체로 볼 때와 기호로 볼 때에 이해의 방향이 다르다. 보통 실체로 보기에 애지중지 아끼면서 흠집 하나 날새라 조심스레 여닫거나 무리한 힘을 가하길

꺼리는가 하면 사용한 후에는 특수 직물로 만든 카메라 렌즈용 클리너로 화면에 묻은 먼지나 얼룩, 지문 자국 따위를 닦곤 한다. 얼마나 소중한 물건이겠는가! 이것은 '컴퓨터'가 아니다! 기호가 아니다.

그런데 실상 이 물건을 '사용'할라치면 화면에 묻은 얼룩 같은 것은 보이지 않고 보이더라도 의식하지 않는다. 해상도 높고 색 재현 성능이 좋은 화면의 아름다움이 관건일 수 없다. 그저 해야 할 일을 수행하는 데 최적화된 응용 프로그램을 잘 구동시켜 일하는 데 어려움이 없도록 역할을 잘 해 주면 그보다 흡족할 수 없다. 외관이 아름답고 성능을 가늠할 기기 사양이 높다고 한들 정작 맥락과 상황에 필요한 기능을 온전히 수행하지 못한다면 이 '컴퓨터'는 이름 값을 못하는 것이다. 얼마나 필요한 기능이겠는가! 이것은 컴퓨터가 아니다! 실체적 대상이 아니다.

기호에 관여된 연구는 기호에 '대한' 연구가 아니라 기호로 '보는' 연구에 수렴되어 마땅하다. 언어가 대상을 반영한다는 실체적 개념에 의문을 제기하며 언어로써 대상이 구성된다는 구성적 개념을 제안하여 언어 연구의 혁신을 이끌었던 구조주의의 제언을 돌이켜 보노라면, 실체를 소환하는 기호학의 당착은 실로 당혹스럽다. 어떻게 세상 모든 것이 기호라는 언명을 거의 정언 명법에 가까운 투로 제시할 수 있는가? '기호'를 독점하겠노라는 기호학 제국의 만행밖에는 눈에 띄지 않는다. 세계의 모든 사상을 기호로 환원하는 것도 모자라서 뒤늦게 기호에 대한 특허권을 독점하겠다는 것, 그런 난센스도 없다.

세계의 사상 모두를 기호로 볼 수도 있지만 전혀 그렇게 하지 않을 수도 있는 법이다. 실체를 전제하고 이를 다루는 방면에서 거둔 성과가 만만치 않은 것도 사실이다. 게다가 그러한 방식이 더 통속적이며 자명한 방식인 것처럼 여겨지고 있으니 기호에 관한 개념을 내밀어 방법적 전향을 도모하는 일이 조심스러우며 매우 진중해야 하는 것도 사실이다. 물론 호기롭게 선언적인 언명을 앞세워 관심을 촉발하고 신선한 충격을 가하는 것도 매우 유효 적절한 전술이기는 하다. 그렇다고 가장 저변의 바탕을 이루는 입장과 상충되는 생각을 선뜻 앞세우는 것은 상식적으로도 피해야 할 일 아닌가? 기호에 대한 관심을 촉발하는 한편 문학 연구자들의 관심을 단번에 기호에 관해 다루는 쪽으로 선회시키려는 섣부른 판단이 부르는 파장이 표면화되지 않은 터라 다행이라고만 여길 것인가? 일견 기호학 제국에 처음부터 일원이 된 이들만이 스스로들 문학 연구 세계를 평정했다는 오판에 빠져 있는 것은 아닌가? 여러 정황들을 돌이켜 볼 일이다.

　여하튼 기호는 사상을 실체로 보지 말고 구성적 개념으로 보자는 입장을 가장 극적으로 제안한 유력한 방법적 표지이다. 기호학 제국의 이념에 오염되지 않은 기호 개념을 통찰하고 이를 바탕으로 구성적 맥락에서 언어 현상의 확장태 가운데 하나인 문학 텍스트를 기호적 자질을 방편 삼아 분석하고자 하였던 혜안을 되살릴 필요가 있는 셈이다. 일견 구구절절 장황한 독설로써 논파하는 수고를 기울이지 않았어도 될 상황이 펼쳐져 좀더 진전된 방법적 모색의 지평을 넓힐 수 있었을 것이라는 아쉬움을 표하지 않을 수 없는 것은 이러한 고고학적 지층에서 뜻밖의 난관에 봉착한 터라 그러하다. 기호학의 오판과 오도는 생각 이상으로 그 부작용이 크기 때문이다. 구조에 관여된 심각한 오해와 그 오해에서 파생된 불필요한 논쟁의 여지를 재삼 떠올리고 보면 그 심각성이 이만저만한 수준이 아닌 것이다. 대체 기호학이니까 분석의 결과를 기호(그도 난해한 수학·과학 기호를 흉내낸)로 도시해야 한다는 발상은 어디에서 비롯한 것일까? 아직도 끝내 풀지 못한 난센스 문제다.

　기호는 그 기호가 아니다. 기호는 사상의 의미를 표현하여 소통에 부칠 때 생기는 여러 문제항을 연산하기 위해 동원된 방법적 개념이라는 점은 누누히 얘기해 온 바다. 중언부언하듯 얘기를 계속하는 것은 기호를 둘러싼, 그리고 이에 결부된 구조를 둘러싼 오해나 오판의 범위가, 불식하기에 너무 방만한 터라 그러하다. 구조주의·기호학은 이러이러한 것이야, 이미 시효가 지난 것이니 굳이 알아둘 필요가 없어, 하는 식의 담론적 실천들에 배인 이념화된 오해·오판을 떠올리면 더욱 그러하다. 이러한 지경을 지은 주범이 기호나 구조에 반대하는 이들이 아니라 되려 이를 옹호하는 이들이라니 결코 녹록치 않은 아이러니 정황이 펼쳐진 셈이다. 과한 비유이겠지만 맞서 싸울 상대가 적군이 아닌 아군이라니, 그 아군은 우리편인가 적인가, 딜레마도 이런 딜레마가 있을까.

'기호'와 '구조'를 저 제국의 굴레에서 이끌어 내야 하는 터이다. 아니 그 개념들은 이미 오염될 대로 오염된 상태이니 이를 구할 이유는 없다. 어차피 이들은 실체가 아니니 그들만이 기호이고 구조인 것은 아니니 되려 다행이다. 소쉬르가 제안한 '구조'와 '기호'로 돌아가서 이를 소환하면 그뿐이다. 앞에서 언급한 것처럼, 데리다를 비롯한 포스트구조주의자들이 모범을 보인 바 있기에 우리가 그리 하기는 수월한 편이어서 또 다행이다. 구조에 관여된, 또는 구조에서 파생된 개념들은 사상을 구성적 조건과 변수들로 해석하려는 의중이 배어 있다는 점을 재삼 의식하는 관점을 지속적으로 적용하는 것이 관건일 뿐이다.

우리는 너무나 오랜 동안 엉뚱한 길로 안내되어 왔고 그 안내를 믿고 따라 오도된 지향을 향해 먼길을 걸은 셈이다. 이제라도 왔던 길을 돌려 출발점으로 복귀해야 할 터이다. 애초에 구성적 개념으로서 착안한 구조에 관여된 술어를 바탕으로 문학에 관여된 현상에 대해 탐색할 정향을 다시금 설정해야 한다. 특히 문학의 매체인 언어에 관해서 구성적 개념으로 지은 방법을 바탕으로, 그 조건과 변수의 작용으로 의미와 가치 등을 진전시키는 역동적인 기제의 작동 양상을 해석하는 데에 논의의 거점과 함께 논의의 수렴점을 설정해야 한다. 이와 궤를 같이하여, 의미의 구성적 국면 또는 해체적 국면, 문학적 표상의 구조적 불확정성, 문학 장르의 구조적 확장, 문학적 수행을 통한 창발적 구조의 생성 등, 구조·해체에 관여된 구심적 논항들이 의미심장하게 부상할 수 있다. 오늘날 문학의 조건과 변수에 관한 주요 논항이 이들이다.

문학 플러스 구조, 정향과 지평

문학이 구성적 개념으로 전제되고 구조가 구성적 개념의 주요 거점항이니 둘의 조합으로 이루어진 '문학+구조'야말로 구성적 개념을 바탕으로 그 논의의 방법적 정향을 설정해야 할 산술항이라 하는 편이 옳다. 구성 개념을 최적화하는 구조의 방법들에 대한 고민이 깊어질 수밖에 없는 것이다. 문학의 구조에 관한 논의의 방향이 그릇 설정되어 빚어졌던 과오를 반면교사 삼아 발산과 수렴 양향에 걸쳐 구성적 자질이 유지되는 방법적 개념의 채용에 유의해야 하는 셈이다.

구조주의 언어학의 바탕을 이루는 명제와도 같은 생각은 '언어가 세계를 구성한다.'는 것이다. 이는 의미가 선험적으로나 실체적으로 주어지지 않고 개념의 네트워크를 통해 의미가 구성된다는 생각을 안고 있다. 이를테면 '산'과 '들'이라는 표지로 환기되는 의미는 자연적으로 주어진 실체를 지시하여 제시될 수 없다. 우선 산과 들을 가르는 표지를 자연에서 찾을 수 없다. 그러니 둘의 의미를 가를 조건 자체가 자연에서는 성립하지 않는 것이다. 그런데도 둘을 '나누어' 의미를 수용하는 상황은 어찌 설명되는가? 의미를 가르는 개념을 먼저 상정하고서 자연의 대상에 임의로 표지를 붙여 나누어 보는 것이라 하면 금세 수긍함 직하다. 태생의 선후 질서를 따지자면야 산과 들에 상응하는 자연의 대상이 먼저 있고 이를 이르는 표지가 나중에 있었을 것은 자명하다. 그렇지만 우리가 산과 들을 의식하거나 '산', '들'이라는 글자나 이를 발음한 바를 수용할 때에는 자연 속 수다한 산과 들을 낱낱이 떠올리지 않으며 그 개념을 떠올려 표지에 대응시켜 인지한다. 사실 자연 속의 산과 들은 구분이 될 수 없는 대상이니 아무리 대상의 낱낱을 떠올린다 하더라도 이는 자연의 대상을 떠올린다고 할 수 없으니 뜻밖의 난항이다. 어떤 경우에도 우리는 자연의 대상을 인지하는 것이 아니라 이를 개념화한 표지가 매개한 개념을 인지한다. 대상이 그래도 실제 있는 경우에는 개념을 투사하여 지은 '이미지'를 떠올려 인지 절차를 일차 일단락 짓는다.

이러한 과정에서 '구조'를 짓고 이를 활용하는 활동이 부지불식간에 진전된다. 천의무봉의 자연을 '분절하여' 표지를 붙이는 것부터 자연의 사상(事象)을 구조로 환원하는 일이다. 형태가 균일하지 않고 경계가 불분명하며 토양의 자질 등이 균질하지 않은 대상을 두고서, '산', '들'을 규준으로 나누어 한편에 편입시키는 것이 구조로 환원하는 기본 방식인데, 언어가 이를 가능하게 하는 필수 조건이다. 아니 언어가 인지적 구조화를 위한 인간급 '발명품'이라 하는 편이 더 적절하다. 정보량이 무한에 가까운 자연의 디테일을 낱낱이 이해하는 것이 불가능한 만큼, 구조에 환원하여 무한의 양을 인지 가능한 용량으로 유의미하게 변환할 수 있는 것은 과연 '신의 한 수'와도 같은 것이리라. 신만이 가질 수 있었고 신만 가져야 하는 세계에 대한 통찰력을 인간이 훔쳤다는 실락원의 신화가 생긴 배경이 이 놀라운 인간의 능력을 실로는 믿을 수 없다는 심산에서 비롯했을지도 모를 일이다. '구조'는 미약하기 그지 없는 인간을 자연의 위협에서 '구조'한 강력한 수단이라고 하면 지나친 퍼닝일까.

우리는 '산', '들'이라는 표지를 통해 환기되는 개념을 인지 서고에 두고 있는 덕에 저 푸른 초원과 우뚝 솟아 장엄한 산의 위엄을 체감할 수 있다. 어디서부터 산행을 시작할 수 있는지 또 어디서부터 취사 행위가 금지되는지 의식할 수도 있다. '들판에서 곡식이 익을 때'를 가늠할 수 있고 그 때의 정취를 떠올리며 사색에 잠길 수 있다. 심지어 들을 본 적이 없더라도 산에 오른 적이 없더라도, 넓게 펼쳐진 들의 풍경을 찍은 사진을 보고 피사체가 들이라는 것을 알 수 있고, 자신의 체력으로는 북한산 정상 백운대에 오를 수 없다는 사실을 인정할 줄 안다. 강과 바다를 구분할 줄 알고, 1교시 수업에 늦지 않게 갈 수 있으며, 소위 '칼퇴근'하는 법을 터득하게 된다. 이처럼 언어 표지를 통한 분절 가능성은 인간이 세계의 무한한 사상을 인지에 돌릴 수 있는 획기적 방법을 가능하게 한 최선의 자질이다. 언어가 세계를 구성한다는 명제가 이로써 중요한 확증을 얻는다.

세계의 분절을 통해 의미를 구성한다는 점은 곧 분절의 경계를 어떻게 설정하느냐에 따라 의미가 달리 구성될 수 있다는 점을 안고 있다. 또한 분절의 대상 범위나 분절하여 대응시킬 상대적 표지에 따라서도 의미의 디테일이 달라질 여건이 조성된다는 데 유의해야 한다. 의미의 구성적 국면이란 곧 의미의 해체적 국면에 관한 함의와 상통하는 것이다.

가령 '들'은 '산'과 변별될 때와 '벌'과 변별될 때에 그 의미의 여지가 달라질 수 있다. '산'과 변별될 때에는 '벌'과 의미가 크게 변별되지 않을 수 있다면 '벌'과 변별될 때에는 그 의미의 여지가 한정될 필요가 있는 것이다. '들'을 단지 '편평하고 넓게 트인 땅'이라고 해서는 '들'과 '벌'이 변별되지 않는다. 그런데 둘을 변별해야 할 경우라면 '논이나 밭으로 되어 있는 넓은 땅' 정도로 의미를 한정할 필요가 있는 것이다. 물론 두 표지를 '산'에 대해 변별할 요량으로 쓸라치면 두 표지의 의미를 동일한 수준에서 유지할 필요가 있다.

이런 식으로, 분절의 조건이나 맥락에 따라 의미의 색인을 달리 검색하여 적확한 의미값을 인출해야(retrieve) 한다. 이런 양상으로 의미는 구성적·해체적 국면에 부쳐질 가능성에 늘 노출되어 있는 불확정적 양태다.

이처럼 매우 단순한 의미 관계가 형성될 것 같은 단적인 사례에서조차 의미 함수의 양상은 단사 함수에만 국한되지 않는다. 하물며 문학적 표상의 경우에서야 어떠랴. 표상적 사상(寫像)을 통해 상당한 의미가 구성되는 문학 텍스트의 경우 그 함수 양상이 어떠할지 대체를 가늠하기는 더 수월찮다. 지시적 의미 관계의 흔적이 남은 일반적 언어 기호에 비해 표상적 언어 기호는 표지와 의미 사이의 간극이 지시적 사상으로써 가늠할 수 없는 경우가 거개이니 그러하다. 표상이 아니라도 문학은 사상(事象)을 낯설게 함으로써 최적의 효과를 거두려는 데 수행적 지향점이 있으므로 언어 운용 또한 낯선 방식의 기제로써 진전될 공산이 크다. 따라서 문학 텍스트의 의미 연산은 어떤 경우라도 일반적인 기호적 의미 함수의 양상보다 복잡한 양상을 띨 것으로 점쳐지며 실로 그러한 양상이 펼쳐진 사례를 어렵지 않게 찾을 수 있다.

문학 텍스트에서 구조적 요소를 추출하여 이를 통사축(syntagma)에 투사하여 안정된 의미를 자아내는 최소 요소를 제시하는 것이 어려운 일은 아니다. 이를 텍스트 수준으로 확장하여 텍스트 전체의 안정적 의미 구조를 지탱하는 문법 요소를 찾기 위해 미시적 분석을 거치는 일도, 품은 들지언정 불가능한 일이 아니다. 롤랑 바르트(Ronland Barthes)가 유명한 『S/Z』에서 훌륭하게 실연해 보이지 않았던가. '구조주의 문학론'에서 보인 크고 작은 숱한 예시들을 통해 문학 텍스트의 공고한 구조 요소를 분석하는 것이 가능하다는 점과 함께 미시적 독법(close reading)의 중요성을 재삼 돌이키게 된다. 또한 이러한 독서의 결과들을 바탕으로 일정한 기준에 따라 분류하여 문학의 체계를 세우는 데 기여할 데이터를 축적할 가능성도 전망할 수 있게 된다. 문학의 단일한 체계라니 놀랍고 흥분되지 않는가.

일견 구조 개념을 통해 나아갈 수 있는 최종의 성과는 단일한 '원리'나 '체계'를 세우는 것일 수 있다. 개별자와 디테일을 환원하는 수렴항이 '구조'이니 환원에 환원을 거듭한 최종 결실이 단일한 체계에 집중될 수 있는 것이다. 이러한 방법적 지향이 놀랄 일이거나 우려할 일은 아니다. 다만 구조(화) 작업을 거듭할 때 직면할 수밖에 없는 '잉여 자질'에 대한 처리를 어떻게 할 것인지에 따라 방법적 진전의 성패를 가늠할 눈금자(scale)를 달리 적용하게 되는 것이다. '구조주의자들'은 관여 자질(relevant features)만을 구조의 자질로 인정하고 잉여 자질은 버린다. 이들은 미시적 눈금자를 대어 잉여 자질을 섬세하게 도려낼 방법에 익숙해지기 위해 수련에 수련을 거듭한다. 꼼꼼히 읽기에 능한 것이 이들에게 미덕이다. 텍스트의 이면이나 심층에서 의미를 지탱하는 안정된 구조의 기반을 추출하여 보임으로써 의미를 확정할 때 이들은 환호한다. 과연 그러한 작업이 불가능한 임무가 아님을 여실히 증명하는 데 진력하였고 그 증명에 성공하였음은 여러 면에서 사실이다.

그런데도 의구심이 남을 수밖에 없는 것은 '잉여 자질'에 대한 처리 공정이다. 구조적 안정성을 잣대로 보자면 쓸데없거나 정밀한 측량을 방해하는 성가신 요소들이어서 무시하거나 아예 도려내 버려야 할 것들이겠지만, 그로써 의미의 다른 여지가 조성된 터라면 이를 어찌 처리해야 할 것인지 고심하지 않으면 안 된다는 생각을 부를 수 있는 것이다. 특히 문학 텍스트의 경우 의미 요소로서 기능하지 않아서 잉여 자질을 안고 있다고 판정될 단말의 언어 단위라도 정서나 표상에 관여된 기능을 하여 일견 빼놓고서 그 텍스트를 온전히 해석할 수 없는 수가 있다는 데 관심을 돌이킬 만한 것이다. 기호적 의미 사상이 정합적으로 이루어지지 않을 경우도 관여 자질을 측량하는 스케일만 들이댈 수는 없을 터, 잉여 자질을 함부로 도려내는 데 제동을 걸어야 한다는 방법적 요구가 도처에서 제기되고 있다면 어찌할 것인가. 구조적 환원이라는 방편이 과정적 수단이라는 엄연한 '개념적 사실'을 재삼 돌이킬 여지가 짙어지는 정황이 '문학 세계'의 현황이 되었던 것이다. '구조'의 원천에서 이 방법적 개념의 활용을 모색할 필요가 생겼던 셈이다.

문학 텍스트의 구조적 불확정성에 주목한 해체주의적 방법이 바로 이러한 문학 세계의 엄연한 현황에 대응하여 제안된다. 이는 새로운 방법적 선언이라기보다 구조 개념을 활용한 방법적 단서를 그 원리 층위에서 발굴하려는 심산에서 온 것이다. 의미의 안정된 기반으로서 구조 개념을 동원하기보다 사상(事象)의 의미를 구성하는 방법적 기제로서 구조 개념을 동원하는 편을 '선택'한 것이다. 새로운 방법의 계열을 세운 것이 아니라 방법적 계열(paradigme)의 계보를 거슬러 올라 원천지로 이동(shift)한 것이다. 포스트구조주의 혹은 해체주의는 구조적 안정성에 대한 입론에서 구조적 불확정성에 대한 입론으로 이행하여 구성한 방법적 계열체(methodologic paradigma)이다.

구조주의자들이 문학을 구조주의의 과학적 방법의 대상으로 힘겹게 편입시킨 것은 획기적 이행이었지만, 이는 과학의 대상으로 삼을 수 없는 문학의 자질이 상당했다는 점을 상대적으로 반증한다고도 볼 수 있다. 사실 구조적 환원을 통해, 문학 텍스트의 전체를 이루는 상당 부분이 잉여 자질을 안은 것으로 판정되어 분석을 위한 텍스트에서 삭제된다. 그런데 구조에 걸맞은 환원의 요소로 간택되지 않은 단위 요소들이 짐짓 무시해도 좋을 만큼 부수적인지는 쉬이 단정할 수 없다. 과학 '본진'에서도 실험적 조건을 위해 잉여 현상이나 잡음(노이즈, noise)으로 판정되어 산술 과정에서 생략된 요소들을 실험 조건에 다시금 산입하여 실험을 재설계하는 식의 수행이 크게 진전된 터이기도 하다. '자연 현상'의 비과학적인 국면들에 대한 관심은 일견 그만큼 과학 세계의 수행 역량이 크게 진전되어 왔음을 반증하는 것이기도 하다. 문학 세계의 수행 역량도 구조주의의 진전에 힘입어 크게 진전되어 왔던 만큼 설계의 시야가 넓어졌고 통찰력과 수행력이 커진 만큼 이전에 애써 무시하였던 잉여 자질에 당당히 맞설 수 있는 힘을 갖춘 것으로도 인정된다. 구조는 더 이상 환원의 조작적 방법이 아니라, 환원 불가능한 요소들의 작용 기제와 그 효과 등에 대해 온당히 판단할 수 있는 역학적 방법으로서 그 계열을 이루어 진전해 간다.

이를테면 양항 대립의 쌍으로 엮여 '차이'를 낳는 변별 자질로써 획득된 의미를 분석하는 식이 유효한 값을 내기 어려운 모티프 층위의 모호한 의미 경계 같은 것이 논의선상에 부상하는 식이다. '죽음'이 모티프라면 그 의미의 네트워크는 대립쌍인 '삶' 또는 '생명' 같은 표지로써 한정되는 의미 자질들과 변별되는 차이의 의미소를 바탕으로 해야 한다. 그런데 '죽음'의 의미값은 '생물의 생명이 없어지는 현상'이라는 지시적 의미 내에서 유효치를 얻을 수 있다. 그렇다면 '죽음'은 '생명'이라는 표지로 한정될 의미소를 전제로만 값을 산술할 수 있을 뿐이다. '생명'에 관한 개념을 전제하지 않는 한 '죽음'이라는 개념이 성립할 수 없는 것이다. 의미의 네트워크는 양항 대립의 쌍을 차이의 좌표에 투사한다고 구성되는 것은 아니라는 얘기다. 차이는 연관을 전제로만 성립할 수 있다는 엄연한 상식이 구조적 변별에 관한 실험을 진행하는 공정에서 배제된 셈이다. 의미의 구조를 '차연'의 함수로 고쳐 말한 데리다의 통찰은 유효적절하다.

일상의 지시적 의미가 저러할진대 문학적 표상으로 모티프 층위에 채용된 '죽음'이라면 어떠할지 그 디테일은 몰라도 거개는 충분히 짐작할 만할 것이다. 실로 문학적 모티프로 채용될 때 죽음의 표상은 생명의 끝이나 소멸에 관한 개념에보다 자연의 원리에 비추어 본 생명의 순환이나 신화적 원형에 비추어 본 새로운 생명의 시작이라는 개념과 이미지로 환산된 양태가 텍스트의 결(texture)에 투사된다. 차연 정도가 아니라 아예 모순 등가(ambivalence)의 의미 구조로 그 의미망이 해체 재편되는 것이다. 이런 국면에서 의미의 구조적 안정성은 아예 성립조차 하지 않으므로 구조에 관한 방법적 개념의 활용 면에서 지향을 달리 설정해야 하는 것이다. 의미의 불확정성이 불확정적 구조 연관을 짓는다.

문학은 이러한 불확정적 의미 연관을 놀잇감 삼기 일쑤다. 새로운 의미의 계열을 구성해 나갈 때 문학적 언어 놀이의 동력이 최적의 추진력을 발동한다. 문학은 언어 놀이를 통해 사상(事象)을 낯설게 하여 세계를 새로운 구조로 재편하는 데서 최적의 기능을 달성한다고 해도 좋다. 문학이 인간급 문화적 수행의 중요한 계열을 이루고 있다는 것은 주지의 사실인데, 이러한 위상에 설 수 있게 된 동력원이 '구조 놀이'인 셈이다.

문학 구조의 해체적 국면들은 그 상위 구조에 해당하는 문화와의 관계에 대한 관심을 부름으로써 진전된다. 문학과 문화의 함수에 대해서는 '플러스 문화' 장에서 살핀 대로 그 구성적 계열에서 파생되는 의미 네트워크의 접점을 확인할 수 있다. 다분히 이러한 관계를 설정하여 논의에 부칠 수 있는 조건이 구조에 관한 방법적 개념을 공히 적용할 수 있는 덕이라 할 것이다. 문학의 문화적 확장 가능성에 대한 타진이 곧 문학 장르의 구조적 확장 가능성, 장르 층위에서 '미디어'를 매개로 한 문학의 확장 가능성 국면에 연결된다. 문학의 조건과 변수에 대해 관심함으로써 문학과 문학적 수행이 미치는 문화적 범위를 넓히는 기획이 구조와 해체에 관여된 방법적 개념의 도움이 없이는 그 타당성을 증명할 길을 찾을 수 없는 것이다.

'문학 플러스 구조'는 고루한, 그리고 길을 잘못 들어섰던 구조주의 문학론이나 기호학을 주장하는 이들이 점령한 제국에서 독점할, 아니 이미 독점하였다고 치부할 산술항이 결코 아니다. 문학에 가치를 더할 '구조'라면 구성적 개념의 구심으로서 안출되었던 기저의 원리와 계보의 바탕에 대한 통찰에서 비롯한 탈구조·해체의 방법적 개념으로서 재편된 개념적 계열에 투사되어야 하는 것이다. '구조'를 더 이상 이상하고 수상한 저의 깃든 이념의 나락에 던져 둔 채 손 놓고 있어서는 안 된다.

문학 세계에서 구조에 관심을 지속해야 하는 것은 인지 공정에서 발휘되는 구조 전략들이 문학적 수행과 직간접적으로 관여되어 있는 면이 큰 까닭이다. 앞서도 언급한 바 있지만, 인간급 인지 공정에서 가장 빛나는 점은 인지 도식의 구조적 계열화를 통해 정보를 병렬 처리할 수 있는 길을 터놓은 것이다. 정보 처리의 속도는 물론이거니와 서로 다른 범주의 개념들을 사상할 수 있으므로 창발적 구조를 생성하는 모듈 회로를 구동할 수 있게 되는 것이다. 이러한 창발적 구조의 생성에 관여된 인지 회로가 문학적 인지 공정에서 가장 잘 구동되고 더 복합적인 회로를 증편하는 데 문학적 알고리즘이 크게 참조된다. 문학은 인간급 인지 역량을 진전시킨 가장 오래되고 가장 강력한 동력원이다.

° **주**

1   피터 베리는 『문학 이론 입문』에서 이론 이전의 문학 연구를 '자유 인본주의' 경향이라고 정리한다. 본격적인 문학 이론이 시작되는(*beginning theory*) 거점을 '구조주의 비평'에서 찾는데, 매우 적절하고 타당한 생각이다.

제2부

문학 더하기 베타

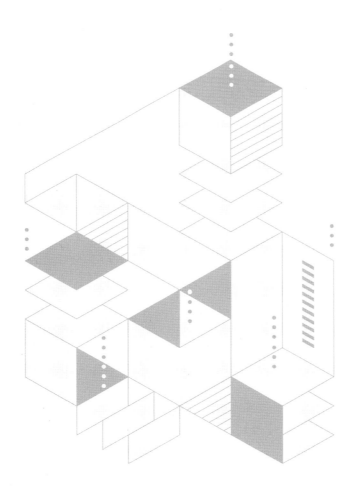

다음을 보자.

이 사진에서 무엇을 볼 수 있는가? 나무인가?

그렇다면 이 사진에서 무엇을 볼 수 있는가? 이도 나무인가? 앞서 본 나무와 제법 다르지 않은가? 그래도 나무인가? 녹색 피사체와 분홍색 피사체가 서로 다른 듯한데(흑백 인쇄본에서는 구분이 안 되겠지만) 같은 나무인가? 아니면 하나는 나무이고 다른 하나는 나무가 아닌가?

대체 저 두 사진에서 보이는 나무를 본 적은 있는가? 혹 본 적이 없는데도 나무라고 하지 않는가?

다시 묻자. 저 피사체들이 나무인가? 각 사진에서 나무가 보이는가? 보고 있는 것이 나무 맞는가? 정녕 나무라고 확신하는가? 다 같은 나무인가? 아닌가? 그런데도 나무라고 하는 이유는 대체 무엇인가?

혹시 그저 나무 사진 아닌가? 아니 사진 말고 무엇이 있나? 저 사진이 실제 나무를 피사체로 찍었다고 확신하는가? 그렇다고 치고 '나무'라고 부르는 이유는 대체 무엇인가? "응? 무슨 x소리냐고...?"

언어의 구성적 자질

우리는 어떤 대상을 찍은 사진을 보고서, 심지어 대상을 직접 보지 않고서도 대상을 떠올릴 수 있는데, 언어를 통해 환기된 개념이나 이미지가 상을 지어 실로 지각하는 듯한 감각을 낳는 공정을 진행할 수 있는 덕이다. 위에서 본 사진 속 피사체가 나무라는 데 이의를 달 이유는 전혀 없다. 그렇지만 실제 나무를 대하지도 않은 상황인데 나무라고 답을 하기 십상인 것은 우리의 인지 서고에 '나무'에 관한 개념 계열이 구성되어 있어서 가능한 것이다. 물론 그리 답한 것에 대해 굳이 따져 물을 수 있는 것도 '나무'에 관한 개념이 전제될 때 가능하다. 묻는 이나 답하는 이 모두 보는 것은 사진뿐인데 서로 간에 '나무'에 관한 개념 도식을 공유하지 않은 터라면 저러한 문답 자체가 가능하지 않다.

그렇다면 사진에 찍힌 피사체인 나무의 실체 여부가 의사소통 과정에서 관건이 되는 것이 아니라 이를 인지하는 데 쓰이는 매체 수단인 언어 표지가 제일 관건이다. 언어는 대상의 실체를 반영하여 지시하는 표지에 국한되지 않는다. 언어를 통해 대상을 인식하고 심지어 대상을 무엇이라고 규정한다고 하는 편이 온당하다. '나무'에 관한 언어 표지나 언어 수행이 없이는 나무를 나무라고 인지할 수 없는 것이다. 서로 다른 종류의 나무조차도 '나무'라고 하고 같은 종류라도 형태가 다른데도 같은 '나무'라고 하는 등, 언어가 대상을 규정하는 것은 상당한 경우에 유효한 값을 낸다.

사람들이 의사소통을 하는 데 동원하는 수단이 언어 말고도 여럿 있지만 단연 으뜸인 수단은 언어이다.

언어는 기호의 일종이다. 이렇게 말은 했지만 기호가 어떠한 실체적 대상을 지시할 수 있는 개념이 아닌 까닭에 엄밀한 맥락에서는 그리 말해서는 곤란하다. 굳이 부연하자면 언어는 기호 작용을 통해 의사소통을 가능하게 하는 수단이라고 하는 편이 덜 간결하지만 더 온당한 말일 것이다.

기호란 형식과 내용의 개념 조합으로 이루어진 개념적 구성체이다. 언어도 이러한 '기호'의 개념 범주에 둘 수 있는데 언어의 기호 형식(기표)과 기호 내용(기의)의 관계가 자의적으로 이루어진다는 점에서 도상(icon)과 같은 유연적 기호와 다른 자질을 지닌다. '나무'를 'tree'라 하거나 'Baum'이라 하거나 '木'자로 표현하거나 간에 그 의미가 바뀌지 않는다. 물론 이러한 기표의 차이는 언어 공동체에 따라 빚어지는 것으로, 기호의 자의적 관계가 말 그대로 임의적으로 지어지는 것이 아니고, 언어 공동체의 사회적 약속으로 이루어진다는 데 유의해야 한다. 그러니까 '나무'라는 표현이 마음에 들지 않는다고 '너무'라고 한다면 의사소통 과정에서 혼선이 빚어질 수밖에 없는 것이다. 물론 사회적 약속이 바뀔 가능성이 있다는 점에서 기호적 자의성에서 파생된 언어의 구성적 자질이 강화되는 면이 있다. 소위 기호의 '역사성'이라 지칭되는 이 자질은 언어 공동체 자체의 구성적 자질에 비추어, 구성원들 사이에서 언어적 규약이 변화 가능성에 놓일 수밖에 없다는 논리적 수순에서, 언어를 기호 범주에 둘 때의 구성적 자질을 수긍하게 한다.

한편 언어는 세계의 사상을 분절하는 수단이다. 기호로서 언어의 구성적 자질은, 끊임없이 이어진 세계를 언어를 통해 분절할 수 있다는 지점에서 증폭된다. '내'와 '강'은 자연에서 경계를 찾을 수 없다. 그런데 두 개의 기표로써 분별한다. 저러한 기표를 쓰면서 우리는 짐짓 내와 강이 구분된다고 심상히 여긴다. 그러나 자연 현상에서 둘은 변별되지 않는다. 강과 바다의 경계도 분명하지 않지만 우리는 '강'과 '바다'를 분명히 구분하여 인지한다. '하구언' 공사를 하지 않는 한 강과 바다가 나뉜다는 명승지를 찾아 그 경계를 구분할 수 있는 사람은 아무도 없다. 그런데도 끝내 강줄기가 끝을 맺고 새로이 바다의 조류가 시작되는 지점을 '설정'하려고 도모하기 일쑤다. 물론 경계 지역이 아니라면 강과 바다가 다르다는 점은 분명하다.

'내'와 관련하여서만도 '시내, 개울, 개천'처럼 관련 있는 기표가 여럿이다. 대응되는 맥락에 따라 각 기표마다 기의에 차이가 있을 수도 없을 수도 있는데, 적어도 자연에서는 그 경계를 지을 수 있는 변별적 징표가 있는 것이 아니니, 기호적 분절 작업이 자연에 부합하는 필연적인 절차는 아닌 것이다. '넓은 벌 동쪽 끝으로……실개천이 휘돌아 나가고'라는 식의 표현이 가능한 것을 보라. '벌'은 '산' 따위와 분절될 때 의미가 성립하게 되며, '동쪽' 또한 '서쪽'과 대를 이루어 '남쪽·북쪽'과 차이가 있을 때 의미가 부여된다. 아예 방위를 나눌 때부터 기호 작용이 일어났다. 둥근 지구에 끝이 있을 수 없기에 방위의 '끝'을 상정할 때에도 마찬가지로 기호적 기제의 조건이 붙는다. '실개천'은 '개천'과 분절되어야 하니 매우 객관적인 대상과 장면을 지시적으로 기술한 것으로 보이지만 분절적 구성을 통해 얻어진 구절이라고 할 수 있는 것이다.

더욱이 여기에 '시구 한 대목'이라는 맥락이 붙으면 그 의미를 수용하는 조건이 다시금 달라진다. 실개천이라는 무정물이 매우 적극적이고 활발한 동작의 주체로 설정되어 있다는 것은 자연 현상에서는 용납될 수 없다. 그런데 시구라는 조건이 부여되면서 '은유적 사상(metaphoric mapping)'을 통한 분절적 인식이 가능해진 터이다. 생략된 부분에서 '옛이야기 지줄대는 (실개천)'이라고 한정되어 있는 터라 은유적 개념 사상을 통한 기호적 분절의 양상은 중층을 이룬 모양새다. 이렇듯 언어 기호의 분절적 자질이야말로 언어를 통해 세계를 구성한다는 명제적 언설을 최적으로 증명한다. 우리가 앞서 나무를 찍은 사진을 보면서 나무가 보인다고 인지할 때, '나무'로써 분절되는 개념의 범위에 대한 이해와 함께, '사진'이 피사체를 중심에 두고 포착한 것이라 이를 보고서 배경을 주제로 보아서는 곤란하다는 식으로 사진을 보는 방식에 대한 이해를 더하여 보았던 것이다. 언어 표지에 담긴 의미는 일차원적으로 구성된 지시적 의미만이 아니라 그 표지로 한정된 바에 관여된 기능적 의미나 실질적 의미가 구성되는 맥락에 따른 화용적 의미 등을 포괄하는 것이다. 그래서 더욱 언어의 구성적 자질이 부각된다.

문학의 언어에 관한 난항

그렇다면 문학의 언어는 어떠한가.

항간에 '그것은 문학적 표현이다.'라는 말이 이슈가 된 적이 있다. 소위 '자서전'이라는 책에서, 자신의 죄과를 덮을 요량으로 한 사람의 역사적 증언을 두고 거짓말이라 하고 그 사람을 거짓말쟁이·사기꾼이라는 식으로 폄훼한 기록을 남긴 자가 '명예훼손죄'로 기소되어 재판에 넘겨졌는데, 공판 과정에서 이를 '문학적 표현'이라며 혐의를 부인하는 근거로 진술했다는 사실이 알려지면서 많은 이들의 공분을 산 것이다. 이때 '문학적 표현'이 어떤 의미를 지시한 것인지는 부연되지 않은 터라 이를 확정할 수 없지만, 대체로 직설적인 표현이 아니므로 가부 판단의 대상이 아니라는 식이거나 실제 생각과 다른 허구를 표현한 것이니 아예 사실 관계를 적시하지 않았다는 식으로 책임을 회피하려는 의중에서 비롯한 것으로 보인다. 그렇다면 문학 텍스트에서 표현한 언어는 과연 그런 식인가?

문학 텍스트에 쓰인 언어라고 해서 일상에서 쓰는 언어와 다를 바 없고 다를 수도 없다. 아무리 난해한 아방가르드 경향의 텍스트라도 거개는 일상에서 쓰는 언어 표지에서 벗어난 표현을 찾기 힘들다.[1] 적어도 의사소통의 절차에 들어설 수 있는 텍스트라면 일상의 언어를 일차 매체로 삼아야 하기 때문이다. 기호 표지 층위에서 일상적 표현과 변별되는 문학적 표현이란 없으며, '일상어'와 변별되는 '문학어'라는 별개의 실체군이 있지도 않고 있을 수도 없다. 언어의 문학적 활용의 사례가 있을 뿐이다. 언어도 문학도 구성적 개념이기 때문이다.

세상 어디에도 '문학적 표현'은 없다. 언어 표지의 문학적 쓰임이나 문학적 효과 따위가 가능하지 언어 표지의 실체적 국면을 상정할 수 없다. '문학'이든 '표현'이든 대상적 실체가 없으니 이는 기호적 분절의 대상도 아니다. 문학적 수행이 일상적 수행과 변별되는 자질을 가릴 수는 있으니 그저 언어의 일상적 쓰임과 문학적 쓰임을 분절하고 개념을 입혀서 이해의 편의를 도모할 수 있는 정도다. 수행의 조건과 변수에 따라 '문학적 언어'의 효과가 드러나는 국면들을 구성적 맥락에서 가늠하는 식이다. 그러니 '일상어'에 상대되는 표지로 '문학어'라 하는 것은 좋은데 이를 언어의 특수한 형식이 아닌 언어의 특수한 쓰임이라는 맥락에서 이해하는 편이 옳다.

'문학어'라거나 '문학적 표현'이라는 말을 섞어 벌이는 담론적 실천 속에서는 은연중에 문학이 어떤 특수한 형태의 실체라는 생각과 함께, 언어가 종류별로 품격이나 가치의 위계가 나뉘는데 문학의 언어는 그런 중에 최상의 위치에 있다는 식의 생각이 바탕에 자리 잡고 있다. 소위 언어 예술이라는 문학이니까 거기 쓰인 언어가 남다를 것이라는 생각을 하는 것까지는 좋지만 적어도 품계를 매기는 것은 부당하다. 의사소통의 매체인 언어라면 담화가 벌어지는 상황에 걸맞은 맥락적 효과를 최적화하는 데서 그 기능이 최상으로 적중되는 법이다.

그러니 문학어가 어느 때 어느 자리에서나 최상의 품격을 발하며 최적의 기능을 다하리라고 예단하는 것은 당찮은 일이다. 문학어가 효력이 있는 담론의 장이 있고 일상어가 효력이 있는 담론의 장이 있을 테니 말이다. 때로 표준적 일상어에 비해 품과 격이 떨어진다고 치부되기 십상인 비속어에 최적화된 담론의 장도 펼칠 수 있다. 관건은 언어의 종류를 구분하는 것부터가 구성적 개념인 언어에 대한 이해의 정향을 오도할 수 있다는 점에 유의하는 것이다. 당초 언어의 종류보다 언어 수행의 맥락에 대한 고려를 바탕으로 하여 최적의 수행 효과를 얻을 수 있는 구성적 개념 도식을 계열화하는 편이 적절하다.

이때 '은유'라는 언어 운용의 방식이 단서로 부상한다. 은유는 'A는 B(B=∀) 이다.'라는 등식을 제시하는 통사 구조로 기술된다. 등식에 부쳐진 항들이 개념 범주상 상이한 영역에 있는 까닭에 표층의 의미 함수가 성립할 수 없는 거짓(F) 명제이거나 논리적 모순항이다. 문학 세계에서나 '역설'이라 하는 식으로 그 가치를 인정받을 수 있지만 모순 개념의 등식이라는 태생적 한계는 순조로운 의사소통을 방해한다. 그래서 은유는 기호적 함수의 낯선 형태로 받아들여진다.

이러한 맥락에서 시사되는 바이지만, 은유는 단순한 표현 층위의 언어 운용 방식이 아니라 개념 층위에서 벌어지는 언어의 구성적 함수를 조작하는 방식이다. 계열이 상이한 개념의 등식 관계를 지어 새로운 의미의 네트워크를 구성하는 방식인 것이다. 그래서 은유는 원천 개념 간의 사상보다는 개념을 변환한 이미지의 사상을 즐겨 쓴다. 사상(事象) 낱낱의 사상(寫像)이 아니라 사상의 구조적 도식(schema)의 사상인 것은 말할 나위 없다. 그래서 은유는 언어의 구성적 자질을 여실히 보이는 최일선의 사례일 것이다. 은유적 개념·이미지 사상을 통해 언어로 세계의 '낯선 면'을 다각적이고 다면적이며 다층적으로 투시할 수 있는 여지가 크게 열린다. 문학에서 은유를 가장 적극적으로 채용하는 현황이 대수롭지 않은 셈이다.

문학의 언어는 은유적 사상의 결과를 잘 가져다 쓴다. 이는 은유가 문학의 언어에 특화된 특수한 언어 운용 방식이 아니라는 얘기이기도 하다. 뜻밖에 일상에 편재한 은유들에 맞닥뜨리고서 놀랄 일이 아닌 것이다. 우리의 일상적 언어 수행의 장은 은유적 개념 도식들로 가득하다. 삶의 방편으로서 은유를 사용하고 있다고까지 얘기된다.[2] 삶의 도처에서 벌어지는 담론의 장에서 '생동하는 은유'[3]가 새로운 삶의 장을 여는 인지적 동력원이 된다는 점도 의미심장하다. 게다가 낯선 개념 도식을 매핑하려는 사람들의 언어 무의식에 관한 생각까지 더하고 보면, 언어 수행의 과정에서 작동하는 은유 방식의 힘이 자못 강력한 자장을 삶에 두르고 있음을 의식하게 된다.

은유는 문학 언어의 방식이 아니라 언어의 한 방식이다. 개념들을 여러 방면에서 사상하여 새로운 의미 네트워크를 구성하고 이를 바탕으로 삶의 진전을 도모하는 인간적 수행의 한 방식으로 은유를 고안하고 채용하고 정교하게 다듬어 활용하기 용이하게 해 가는 것이다. 그런 과정에서 유난한 담론 영역이 문학의 주요 미디어 언어인 것만큼은 인정할 수 있다. 그리고 문학에서 구사되는 은유의 방식은 '은유를 은유'하는 방식이라 해도 좋을 만큼 특화된 은유의 방식이 안출되고 있다는 점도 인정할 수 있다. 다만 그럴 경우라도 의사소통을 활성화하는 매체로서 언어 수행에 관여된 기본 요건에서 벗어나는 예, 가령 지나친 수사에 치중하여 은유 방식 본연의 기능에서 멀어지는 예까지 온당한 가치를 부여할 이유는 없을 것이다. 은유는 표현의 층위에 관한 방식이 아니라 개념의 층위에 관한 방식이라는 점 반드시 유념해야 한다.

은유를 지나치게 과용하는 경우도 경계할 여지가 크다. 과유불급의 지혜가 들어맞는다고 할까, 의미의 창신(創新)이 유효한 값을 거두기 위한 적절한 정황 조건과 변수가 있을 것이라는 점을 의식해야 하는 것이다. 새로운 의미를 지은 은유라도 '익숙해지면' 자동화된 의미 반응을 부르며 더 이상 살아 있지 못하고 죽은 은유가 되고 만다는 점을 떠올려도 좋다. 그래서 더욱 은유적 표현만으로 그 기능을 다할 것이라는 잠정적 생각에 파문을 일으켜야 하는 것이다. 은유는 표현이 관건이 아니라 개념이 관건이라는 점은 몇 번을 강조해도 지나치지 않다.

물론 살아 있는 은유를 통한 의미의 창신이 매번 가치 있는 결과를 산출할 것이라고 할 수는 없으며 의미의 창신만이 미덕이라고 할 수도 없다. 죽은 은유라고 해서 의미의 여지가 소거된다고 할 근거가 없으며 자동화된 의미 반응의 가치를 단번에 깎아내리는 것도 함부로 해서는 곤란하다. 우리의 일상은 자동화된 의미 반응을 일으키는 상식에 의거해서 진행되는 영역이 더 크기 때문이다. 되려 은유 방식으로써 창안되었던 개념이 삶의 지혜로 굳어져 부지불식간에 삶의 여러 자리에서 자동화되어 있지만 여전히 은유의 자질을 발하는 경우도 많기 때문이다. 살아 있는 창신의 은유만 소중한 것이 아니라 삶의 방편으로서 편재한 은유가 어쩌면 더 소중한 삶의 가치를 생성하고 있는지도 모른다. 여하튼 어느 경우라도 은유가 새로운 의미 함수를 지음으로써 삶의 진전에 기여한다는 점만큼은 공히 유효하다.

은유는 인지적 창발의 유효한 도구이다. 낯익은 개념들을 낯선 사상의 회로에 산입하여 새로운 개념을 창안함으로써 은유는 의미의 창신을 통해 창의적 사고를 촉발할 때 그 기능이 최적화된다. 이러한 은유를 채용한 문학은 그 자체가 은유의 한 방식이다. 특히 문학적 은유(문학에서 채용한 은유 방식)는 자동화된 세계를 낯설게 하기 위한 개념들을 빚어 이를 바탕으로 더욱 낯선 개념을 창안하는 식으로 은유적 사상의 회로를 돌린다. 낯선 개념들의 낯선 사상 회로들에 상응하는 '문학적 은유'라는 중층적 개념이 다소 혼선을 자아내어 문학과 은유 양항 모두에 대한 오해를 부를 우려가 있는데 그런 우려가 실로 드러났던 셈이다. 그렇지만 표현의 묘미나 수사적 조탁(彫琢)의 수준을 넘어서는 문학적 은유의 방식은 개념 사상의 혁신을 통해 의미를 창신하는 기본 원리에서 비켜서지 않는다. 소위 좋은 문체란 잘 꾸며 쓴 표현의 결실이 아니라는 점을 이 맥락에서 돌이켜도 좋을 것이다. 문학적 수행을 통해 부르는 인지적 창발과 창의적 역량의 고양은 은유가 한 구심을 이루는 문학 언어가 여는 창의적 세계의 의미와 가치의 네트워크를 구성할 필요성을 다시금 제안한다.

매 순간 언어의 자질을 기억하라! 문학은 의사소통의 한 매체로서 기능할 때 최적의 목적을 이룬다. 문학적 소통의 긍정적 의미망에 대한 요청은 문학이 언어 예술이라는 바탕에서 비롯한 요구이다. '문학 언어'라도 의사소통의 수단 이상을 넘보아선 안 된다. 문학을 통해 더할 수 있는 특별한 소통의 가치에 대한 요구를 더할지언정 문학의 언어에 본말이 전도된 무리한 요구를 청해서는 안 되는 것이다. 의사소통을 하는 이유를 생각해 보는 자세를 재삼 가다듬을 여지가 이와 함께 조성된다. 의사소통을 활성화하기 위한 노력을 떠올려 봐도 좋을 것이다. 그럴 때 문학이 우리 삶에 어떻게 의미심장한 가치를 디밀며 부상하는지 성찰할 수 있는 계기가 마련된다. 긍정적 의사소통의 가치를 부각하는 문학의 역할은 문학이 언어를 매체로 한다는 점을 단서로 물을 필요가 있는 것이다.

문학을 통해 사람들을 어우러지게 하여 의미심장한 삶의 경험을 함께하고 서로를 배려하는 마음을 나누며 공동의 가치를 공유함으로써 열리는 '우리'의 함의가 문학의 언어에 담겨야 하는 것이다. 문학을 구심으로 확산되는 인간적 소통의 가치들이 '문학 플러스 언어'의 수렴점이어야 하는 것이다. 문학이 아름다운 이유, 나아가 아름다워야 하는 이유를 의사소통을 활성화하는 문학 언어의 자질에서 찾을 수 있을 것이다.

과연 문학은 언어 예술이다. 예술은 아름다움의 가치를 선물하는 인간 수행의 한 영역이다. 문학이 아름다운 이유는 무엇일지 떠올려 보자. 문학이니 언어를 통해 아름다움이 드러나야 할 텐데, 다른 예술 영역에서 매체로 쓰이는 조형이나 음계에 비해 언어가 아름다움을 직시적으로 드러낼 수 있는 형태가 마땅찮다. 대체 언어 자체로서 아름다움을 나타낼 수 있는 구석은 전혀 없다고 해도 과언이 아니다. 혹여 타이포그래피나 서예 작품 등을 떠올릴 이들이 있을지 모르겠지만, 이들이 문학 텍스트는 아니지 않은가. 문학의 매체인 언어는 시쳇말로 '자체 발광' 요소를 갖추고 있지 않다. 그러면 문학의 아름다움은, 언어로써 지어진 문학의 아름다움은 어디에서 비롯하며 어떤 양상인가?

"다시, 낯설게하기를 기억하라!" 문학은 대상의 표면이 아닌 이면에 가리운 면면을 들추어 보인다. 현상의 표층이 아닌 심층의 구조나 지층에 감추어진 저변을 파헤쳐 드러낸다. 세계의 단면을 비추는 데 그치지 않고 드러난 여러 면들은 물론 드러나지 않은 면들을 밝혀 입체적으로 조명한다. 자동화된 세계 이해의 방식에 익숙한 이들에게 신선한 충격을 안김으로써 '새로운 감각과 체험, 인식'의 계기를 조성함으로써 즐거움이나 재미, 감동이나 깨달음을 선사한다. 이러한 새로운 세계에 대한 경이로움이 곧 문학의 미적 국면을 구성한다. 아름다움은 감각에 비추어진 일차적 소여만으로 이루어지지 않으며, 사유에 돌려진 감각의 여과 공정을 거쳐서 인지적 판단을 요하는 구성적 가치의 계열이다. 미적 가치의 공정이 진이나 선의 가치가 거치는 인지 공정과 다를 이유는 없으며, 다른 공정을 구동할 인지 기관이 따로 마련되어 있는 것도 아니다. 모든 가치 판단의 공정은 일반적인 관념의 인지 공정을 공유한다. 최종 판정을 내릴 때 참조하는 인지 서고의 계열이 다를 뿐이다. 때로 계열들이 공유되어 같은 대상이나 현상을 두고 진·선·미의 가치를 두세 개 동시에 판단하는 경우도 있는 예를 떠올려 보아도 좋다. 아름다움은 감각의 인지가 아니라 관념과 사유의 인지 양상이 분명하다.

　문학적 아름다움을 판정할 경우 이러한 양상이 여실히 증명된다고 해도 좋을 것이다. 세계를 낯설게 하는 언어의 운용 방식에 따라 문학적 미감이 등락을 거듭할 것이다. 문학적 언어의 아름다움은 잘 꾸며 쓴 수사적 표현에서 비롯하기보다는 잘 지어 쓴 개념적 사상에서 비롯할 가능성이 더 크다. 그래서 은유의 방식이 문학 언어의 아름다움을 구현할 선도자 후보군에서 가장 유력해 보인다.

문학의 언어, 그 아름다움

　문학 언어의 아름다움은 어떻게 드러나는가? 다음 시를 보자.

　　아침 산책길 돌멩이 하나 문득 발길에 차인다 또르르 산비탈 아래 굴러 떨어진다 저런저런…내 발길이 그만 세상을 바꾸다니!
　　달팽이 한 마리 제 집 등에 지고 엉금엉금 기어가는 풀섶 근처……이슬 방울마다 황홀한 비명. 하얗게 열리고 있다.
　　　　　　　　　　　　　　　　　°이은봉, 「돌멩이 하나」

　이은봉이 노래한 「돌멩이 하나」이다. 이 시에서 어려운 단어나 이해하기 난망한 표현은 없을 것이다. 일상에서 쓰이는 언어로 지어진 텍스트이다. 그런데 이 시에서 드러나는 아름다움의 자질은 어디에서 비롯하는 것일까? 일단 미적 요소가 구성되어 있다고 인정하고서 그 자질을 추적해 보자는 얘기다.

　'나'는 심상한 일상의 루틴을 수행하는 듯하다. 으레 아침이면 벌이는 산책이 이 시의 이벤트이다. 별스럽지 않은 '아침 산책길'에서 벌어지는 일이 이 시의 모티프인 것이다. 이 날 산책에 나선 일도 일견 대수롭지 않게 지나칠 일일뿐이다. 그런데 '나'는 저 심상한 일을 대수로이 여겨 뜻밖에 섬세한 시선으로 주목하여 찬찬히 관찰한 모양이다.

산책길에 '돌멩이 하나' 발에 채이는 것은 의식조차 안 되는 사소한 중에도 사소한 일이다. '일'이라고 하기조차 민망할 만큼 아무것도 아닌 일을 의식 선상에 올린 셈이다. 그리 보니 자그마한 돌 하나가 구르는 소리의 디테일을 감지하여 음성 상징어로써 표현할 길이 열리는 것이고 '산비탈'을 구르는 동안 주시하면서 드는 느낌을 돌이켜 표현하기에 이를 수 있는 것이다. '저런 저런' 하여 안타까움을 독백투로 표한 끝에 말을 줄이고서 생각을 비약하는 과정이 드러난다. 부지불식간의 행위가 '세상을 바꾸'는 계기가 되었다는 놀라움을 표하는 인지적 창발이 새삼스러운 사유와 감성의 변환을 부른다. 물론 저렇게까지 비약할 여지에 대해 공감하지 못하거나 일견 대수롭지 않은 일을 과장하여 억지로 꾸민 수사에 불과하다는 비아냥을 부를 수는 있는 정황이다. 그렇지만 인지적 창발의 긍정적 측면을 용인하자면 일상의 루틴을 새로운 개념 계열에 투사하여 전에 없는 의미 요소를 짓고 상투적 개념의 대응형을 해체하여 새로운 개념 함수를 지어 의미의 여지를 여는 '언어 공정'에 주목할 수밖에 없다. 언어를 통해 예술적 효과를 짓는 공정이란 화려한 수사나 잘 쓰이지 않는 어휘를 채굴하여 제시하는 식이 아니라, 범상한 언어라도 새로운 개념을 낳을 수 있는 조건과 맥락에 부쳐 낯설게하기의 효력을 최적화하는 식으로 진전된다.

이러한 공정은 2연의 시상으로 전환되고 진전된다. 1연에서와 달리 2연에서 인지의 양상은 시선을 부러 집중하고서 세심하게 관찰하는 식이다. '풀섶 근처'를 느리게 기어가는 '달팽이'를 발견하고서 찬찬히 응시하는 것이 예삿 일은 아니다. 물론 그러한 만큼 늘상 하는 일이 아니며 풀섶 근처를 달팽이가 지나가든 말든 관심거리조차도 아니다. 평소에 무심히 지나치는 광경에 새삼 주목하는 것이니 일상의 습관을 낯설게하여 얻은 시상이다. 그리 주목하고 보니 풀잎에 맺힌 '이슬 방울'을 목도할 수 있는 것이고 그 방울에 비친 모종의 형상들을 보고서 찬탄을 금치 못하는 심산이 발동하게 되는 것이다. '황홀한 비명'이 열린다는 표현이 그저 멋지게 꾸며 쓴 수사에 그치지 않는 것은 이러한 인지적 창발을 거친 다음에 응집된 시상이 그럴싸한 의미를 낳는 까닭이다. 늘 쓰는 말이나 글은 아니지만 그래도 전문적 수준이나 특수한 맥락을 요하지 않는 언어 용례를 활용하여 범상치 않은 의미를 지음으로써 감성을 나누고 생각을 나누어 공유와 공생에 관여된 삶의 이치를 제안하여 특별한 가치를 산출하고 있는 것이다. 이처럼 「돌멩이 하나」는 소품과도 같은 짤막한 시이지만, 언어를 매체로 한 예술적 수행의 구심적 국면을 엿보기에 손색 없는 텍스트이다.

시 한 편을 더 보자.

> 고추밭을 걷어내다가
> 그늘에서 늙은 호박 하나를 발견했다
> 뜻밖의 수확을 들어올리는데
> 흙 속에 처박힌 달디단 그녀의 젖을
> 온갖 벌레들이 오글오글 빨고 있는 게 아닌가
> 소신공양을 위해
> 타닥타닥 타고 있는 불꽃 같기도 했다
> 그 은밀한 의식을 훔쳐보다가
> 나는 말라가는 고춧대를 덮어주고 돌아왔다

가을갈이를 하려고 밭에 다시 가보니
호박은 온데간데 없다
불꽃도 흙 속에 잦아든 지 오래다
자세히 들여다보니
그녀는 젖을 다 비우고
잘 마른 종잇장처럼 땅에 엎드려 있는 게 아닌가
스스로의 죽음을 덮고 있는
관뚜껑을 나는 조심스럽게 들어올렸다

한 움큼 남아 있는 둥근 사리들!

°나희덕, 「어떤 출토」

나희덕 시인의 「어떤 출토」이다. 표제인 '출토'의 대상은 '둥근 사리들'이다. 마지막 연이자 마지막 행을 두고 보자면 그러한데, 주제가 무엇인지 따지는 급한 마음에, 시상이 수렴되었을 것이 분명한 결구인 이 대목을 먼저 보고서 생각하자면, 몹시 숭고한 종교적 가치에 관한 시상이 전개되었을 것으로 추산할 만하며 실제 시상이 '소신공양'에 수렴되고 있다. 다만 이러한 숭고한 수행을 하는 주역이 경지 높은 수도승이 아닐뿐더러 사람이 아닌 '늙은 호박'이라는 점이 상념을 뒤집는다. '고추밭을 걷어내'는 과정에서 발견한 '늙은 호박'이라면 '뜻밖의 수확'이라서 이목을 모을 만한 대상이다. 그런데 그 호박의 상태가 썩은 터라 효용될 가치가 전혀 없을 뿐만 아니라 눈쌀을 찌푸리게 하는 역겨운 대상일 게 뻔하다. 상투적인 반응이 이러할진대 '나'의 시각과 행위는 이러한 상투형에서 벗어난다.

무엇인가가 부패하는 현상은 사람의 시각에서 생명체나 사람에게 이로운 양식이 상하고 썩어 문드러져 종내 형체가 사라진다고 판정되는 것이다. 그런데 자연의 원리에 비추어 보자면 이는 벌레나 균과 같은 다른 생명체가 숙주를 자양분으로 하여 생명을 더하는 현상이다. 한 생명체에게 죽음이란 다른 생명체의 탄생이라는 모순 등가적 개념이 가능한 것은 이러한 자연의 섭리에 관여적인 자질을 바탕으로 한다. 죽음과 생명에 관한 역설이 단순한 수사적 형용이 아니라 개념의 위상 변환에 상응하는 은유 공정에서 산출된다. 불가(佛家)의 거창한 철리(哲理)인 윤회 개념에서 파생된 '소신공양'이 부르는 개념적 사상(寫像)이, 호박이 썩어 가는 장면을 두고서 '은밀한 의식'이라 여기고서 그 자리를 원래대로 덮는 수행을 이어가는 '나'의 인지적 전환을 추동한다.

이러한 인지적 전환을 계기로, 썩어 가던 호박에 대한 의미 부여의 여지가 지어진다. 종내 '종잇장처럼' 말라서 본디 형체를 찾을 길 없게 된 뒤라도 그 호박에 덧붙인 차원 높은 의미와 가치를 잘라 말해도 어색할 것 없는 맥락이 형성된 것이다. 제 몸을 희생하여 숱한 생명의 자양이 된 숭고한 '존재'로서의 자격이 부여된 '그녀'의 '죽음'의 결실이 '한 웅큼'이나 되는 '둥근 사리들'인 만큼, 한낱 호박 한덩어리가, 그도 쓸모없이 썩어 가던 호박 하나가 범부(凡夫)의 사람들보다 더 높은 위상의 반열로 승격하는 비약이 이루어지는 것이다. 일상의 시선으로는 포착할 수 없었을 저 미시적 세계의 숭고한 섭리를 문학적 낯설게하기로써 형상화한, 언어의 예술적 운용이 빛나는 결실을 낸 것이다.

문학 언어의 아름다움은 문학어라는 모종의 고차원적 언어의 실체가 있어서 이를 채용하여 얻어지는 것이 아니다. 언어에 문학어 따로 일상어 따로 존립하는 것이 아니며 따로 있을 수도 없다. 언어는 의사소통의 매체로서 쓰이는 공정에 따라 일정한 조건과 변수에 따라 산출되는 모종의 담론적 효과와 의미와 가치가 드러난다. 처음부터 어떤 영역에서 고유하게 적용되는 전문 언어가 있는 것이 아니다. 언어를 매체로 하여 드러나는 예술적 자질과 그 효과 등을 가늠하여 언어의 문학적 쓰임에 대해 논급할 수 있을 뿐이다. 길지 않은 위 시에서 이러한 언어의 아름다움이 빚어지는 공정을 엿볼 수 있는 식이다.

시에 쓰인 언어라면 일반적인 산문과 다르게 짧게 응축한 표현을 통해 으레 문맥상 난해한 부호를 제시한다고 여기게 마련이다. 이러한 심산이 전혀 틀린 것은 아니지만 시에 채용된 언어라고 해서 꼭 언어 일반과 상이한 형태를 쓰는 경우가 흔치 않다. 문법에 어긋나게 쓰는 방식을 적용하는 것이 시작법상으로도 특수한 기법이나 특이한 전위적 경향으로 분류되는 데 유의해야 한다. 아방가르드 경향의 시편들이 직관적인 아름다움을 거부하는 태도에서 비롯되었음을 염두에 두어도 좋다. 시적 언어라고 하더라도 일상에서 쓰이는 언어의 형태와 달라서 시적 아름다움을 낳는 것이 아니라 새로운 개념적 사상의 여지를 지음으로써 인지적 창발을 불러 미적 경험을 유도한다. 그래도 시적 언어의 양상이 산문의 양상과 다른 만큼 직관적으로 낯선 형태로 유발되는 미적 자질이 없지 않다.

그렇다면 산문으로 기술된 소설과 같은 경우에는 언어의 아름다움이 어떠할까. 최명희 작 소설 『혼불』의 맨 처음 부분을 보자.

그다지 쾌청한 날씨는 아니었다.
거기다가 대숲에서는 제법 바람 소리까지 일었다.
하기야 대숲에서 바람 소리가 일고 있는 것이 굳이 날씨 때문이랄 수는 없었다.
청명하고 볕발이 고른 날에도 대숲에서는 늘 그렇게 소소(蕭蕭)한 바람이 술렁이었다.

그것은 사르락 사르락 댓잎을 갈며 들릴 듯 말 듯 사운거리다가도, 쏴아 한쪽으로 몰리면서 물 소리를 내기도 하고, 잔잔해졌는가 하면 푸른 잎의 날을 세워 우우우 누구를 부르는 것 같기도 하였다.

그러나 오늘은 아무도 그 대바람 소리에 마음을 쓰는 사람은 없었다. 마을에 큰일이 있기 때문이다.

그런 마을의 동쪽 서래봉(瑞來峰)과 칼바위 쪽에 두툼하게 엉키어 있는 회색의 구름은, 그러나 중천에 이르르는 엷은 안개처럼 희부옇게 풀려 둥근 해의 모양을 드러내 보여 주었다. 아무래도 구름에 가려진 햇발이라 온기가 느껴지지는 않았지만, 그런대로 이만한 날씨라면 큰일 치르기에 그다지 애석한 것은 아니었다.

° 최명희, 『혼불』 1권, 11쪽

그냥 쑥 읽어 내려갈 수도 있지만 실은 첫 문장의 의미가 예사롭지 않다. '날씨'가 화제인데 그 양상이 어떠하다는지 모호하다. 쾌청하지 않다고 하기에는 '그다지'로 한정된 의미가 확정되지 않는다. 앞선 문맥이 없이 쓰인 부사어이니 뒤에서라도 어느 정도의 양상을 한정하는 것인지 가늠할 수 있는 문맥이 형성되어 있어야 하는데 이어지는 문장에서도 어느 정도 쾌청하지 않았다는 것인지 알 수 없게 되어 있는 것이다. 기실 이보다는 주어인 '날씨'가 단순한 주격 조사로써 제시되지 않고 비교의 의미를 안은 보조사 '-는'으로써 제약되어 있는 터라 비교의 문맥이 필요하다. 그런데 이 역시도 그 양상을 가늠하게 할 전후 문맥이 형성되지 않은 까닭에 이 문장이 '날씨가 쾌청하지 않다.'를 의미한다고 단언할 수 없다. 쾌청하지만 기대에 미칠 만큼 쾌청한 정도가 아니라는 뜻인지 쾌청하지는 않지만 그래도 어느 정도 납득할 만한 정도라는 뜻인지 해석의 여지가 남는 것이다.

이를테면 두 번째 문장으로 미루어 보아 쾌청하지 않은 날씨 탓에 과히

좋지 않은 기분이 대숲에 이는 '바람 소리'로써 증폭된다고 하니 의미를 이해할 수 있는 문맥이 생기는 듯도 하다. 쾌청하지 않아서 무엔지 기대에 미치지 못한다는 심산이 감지되는 셈인데, 이도 세 번째 문장에 와서는 무색해지는 모양새다. 바람 소리와 날씨를 상관시킬 수 없다고 하니 첫 문장의 문맥으로 두 번째 문장을 바로 대입할 수 없는 꼴이 되는 것이다. 되려 세 번째 문장 탓에 화제가 날씨에만 집중되지 않을 수 있는 정황이 형성된다. 다음 문장에서는 아예 청명한 날씨와 대숲에 이는 바람 소리 사이의 관계가 부정되기에 이르면서 길지 않은 문장 네 개가 이어진 문맥상 의미 요소를 온전히 확정하기 어려운 형세가 지어진다. 별스럽지 않은 산문 문장 넷이 어울려 벌이는 수수께끼와도 같은 의미의 난맥이 형성된 꼴이다. 날씨에 대해서도 그러하고 대숲에 이는 바람 소리에 대해서도 무엇을 뜻하는지 궁금해지는 것이다. 이러한 궁금증을 푸는 과정이 『혼불』 첫 장을 읽는 일이다.

날씨와 바람 소리에 관한 언설에서 이 소설의 벼리가 구성된 것은 이 장의 화제인 '큰일'에 연루된 징후 탓이다. 그런데 정작 마을의 큰일을 앞두고서 신경을 쓰지 않는다는 얘기가 미심쩍다. 그 일은 이 소설의 주인공인 효원과 강모 두 사람이 초례를 치르는 것이니 사위스러운 징후가 불거져서는 곤란한 상황이다. 일견 사람들이 날씨에든 대숲 바람 소리에든 마음을 쓰지 않는 것은 '그다지 쾌청한' 징후는 아닌 탓이 큰지도 모른다. '이만한' 정도라면 '애석한' 상황은 아니라는 심산을 애써 하는 이들의 마음이 이야기되는 데 와서 그러한 심증이 커질 법하다. 일견 큰일을 치르는 날이니 더 마음을 써야 하는 것 아닌지, 과연 저 큰일에 연루된 여러 이야깃거리들이 어떻게 전개될지 궁금증과 함께 사뭇 큰 긴장감을 유발하고 있다고 할 것이다.

산문 문장의 연쇄라면 의미를 해석할 문맥을 형성해 가는 것이 일반적인 산문의 흐름이다. 그런데 이 대목에서 문장이 이어지면서 의미가 확정되는 방향보다는 의미의 난맥을 지어 문장 하나 하나를 읽는 데 집중하게 하는 효력이 생긴다고 할 만하다. 일반적인 산문 배열의 방식에서 벗어난 방식을 취함으로써 문학적 낯설게하기의 효과가 배인다고 해도 좋을 것이다. 한 문장 한 문장을 읽을 때 '행간'에 조성된 의미 해석의 여지가, 이와 같이 산문을 적용한 문학적 수행의 공정에서 미적 자질을 증폭한다. 문맥을 구성하는 배열 방식의 '낯설게하기'를 통해 언어 예술의 효력을 낳는다고 해도 좋을 것이다. 갈등과 반전으로 자아내는 사건 전개의 긴장감에 필적할 만한 담론상 긴장감을 유발하는 자질이 언어 층위에서 빚어지기도 한다. 글을 읽는 데 몰입하게 하여 서사 구성상의 흥미로움이 증폭되는 한편, 한 문장 한 문장의 미감이 문장과 문장이 엮이면서 진전되는 식으로 『혼불』 특유의 문체 자질이 형성된다. 이는 단순히 표현의 표층에서 도드라지는 수사적 차원에서 비롯하는 것이 아니라 읽는 이들의 수용 공정에서 감성적 영향(affection)을 부르는 담론적 소통의 차원에서 비롯한다. 서사를 매개로 하여 거둘 수 있는 언어의 미적 자질의 주요 구심이 문체적 영향에 관여된 계열에 있다.

문학은 언어로 즐기는 놀이(game)라 할 수 있다. 놀이는 일상의 경험을 낯설게 하는 가장 익숙한 방식이다. 놀이의 장에서는 일상의 지루한 루틴에서 벗어나 색다른 룰에 따라 진전되는 수행의 국면을 경험할 수 있다. 놀이의 재미는 곧 새로운 감성과 새로운 경험, 새로운 생각이 용인되는 '낯선 세계'에서 펼칠 수 있는 분방한 자유로움을 돌이킨다. 일상을 벗어난 새로운 세계가 여는 공간의 자유가 '아름다움'에 관한 마음의 위상 도식을 추동한다. 놀이의 장은 아름다움에 관한 개념의 계열을 구성하는데, 문학이 이러한 계열의 주요 좌표를 점한다. 문학이 자아내는 예술적 자질이란 놀이의 장에서 만끽하는 마음의 자유로움에 수렴된다.

우리는 삶에서 문학적 언어 운용 방식을 어느 정도 활용하는가. 문학적 방식으로 엮고 푸는 생각의 재미를 체감하는가. 문학에 언어가 조건 변수로 더해질 때 상수로 붙는 예술 항과 그 주요 자질인 아름다움에 관해서 이 두 가지 정도의 물음을 산술하게 마련이다. 어느 경우라도 문학에 쓰이는 언어는 그 자체로서 고유의 형태가 별도로 주어지는 것이 아니며 일상에서 쓰이는 언어의 형태는 물론 운용의 기본 규칙의 범주를 벗어날 수 없다는 점을 염두에 두어야 한다. 그런 가운데도 담론 층위에서 드러나는 문학 언어에 특화된 효력이 발생하는 공정이 작동하는 것이다. 문학의 언어는 일상의 언어와 어떤 담론적 역학에 놓이는지, 문학적 담론으로써 최적화된 효력이 발생하는 회로는 어떠한지, 문학적 언어라고 승인할 수 있는 '스타일'은 어떻게 구성되고 작용하는지 등에 대한 심화된 탐색이 이어질 여지가 생긴다.

문학의 언어와 일상적 언어의 함수

문학에서 언어는 중요한 요소이다. 기본적으로 말과 글을 통해 의사소통을 활성화하려는 인간 활동의 중요한 국면을 문학이 이루고 있는 까닭이다. 삶의 경험은 물론 제 감정과 생각을 말과 글로 지어 소통에 부치는 언어 수행의 한 변이 양태가 문학 양식이다. 현실적인 영역에 국한되지 않고 가상의 영역이나 미지의 영역에 대한 상상을 가능하게 하는 언어의 기능을 최적으로 활용함으로써 인지적 가능성의 여지를 더하는 데 문학이 크게 기여한다. 문학은 언어의 효용성을 더하는 한편 특수한 운용의 방식을 통해 언어 수행은 물론 언어 능력 층위에서도 진전을 이룰 수 있게 해 왔다. 문학은 언어 공정에서 중요한 구심을 이루는 매체로서 위상을 점한다.

문학에서 무엇을 노래하고 무슨 이야기를 하는지도 중요하지만, 같은 제재라도 어떻게 전하여 최적의 효과를 산출하는지가 더 큰 관건이다. 사람들이 직면하는 삶의 경험 영역이나 생각과 상상이 미치는 범위에서 큰 차이가 없다는 사실을 전제로 보면, 제재 층위에서 문학적 창안의 여지가 지어질 가능성은 크지 않다. 같은 경험이나 생각, 감정이라도 어떻게 하여 더 잘 전하여 상대인 독자의 적절한 반응을 부를 수 있을지, 그 최적의 담론적 전략을 세우고 이를 구현함으로써 문학적 의사소통이 활성화될 때 문학이 사람들에게 유용한 매체로 던져질 수 있는 것이다. 따라서 문학 더하기 언어에 관한 산술에서 담론적 수용에 관여된 항이 상수로 대입된다.

기실 문학의 언어가 일상의 언어와 그 형태나 기능 면에서 다를 것은 없다. 소설에 채용된 언어의 양상이 일상어와 다를 바 없는 것은 두루 알려진 바대로이며, 시에 쓰인 언어라도 특수한 기교나 경향성을 띠는 경우가 아니고서는 대체로 일반적으로 쓰이는 언어와 비교하여 그 형태는 물론 의미의 외연이 크게 다르지 않다. 그래서 문학의 언어를 일상의 언어와 변별하여 어떤 고유의 영역을 점하고 있다고 여기거나 특수한 자질이 본원적으로 주어져 있다고 전제하는 것은 대체로 언어와 문학의 구성성에 대해 그릇 이해하여 문학에 관한 완고한 이념형을 지은 소치에 불과하다고 해도 좋다. 문학 현상에 관여되는 언어라도 언어 일반의 기본적인 자질에서 벗어날 수 없다.

주지하다시피 일상에서 두루 쓰이는 언어는 수행적 국면에 관여된 구성적 매체이다. 일정한 조형틀에 굳혀진 언어적 실체보다, 조건과 변수에 회부된 역동적 상황 맥락에서 여러 변이 가능한 국면에 노출되는 것이다. 이러한 언어의 수행적 국면에 맞닿은 언어 양상의 한 국면에서 문학적 언어 수행이 파생된다. 문학은 짐짓 일상적으로 자동화된 언어를 낯설게 변이함으로써 특유의 담론적 효과를 내는 언어 수행의 한 양태인 것이다. 언어는 가령 '형상'이나 '운율'과 같이 순수 예술(fine arts) 영역의 매체와 달리 일상에서 흔히 쓰이는 '낯익은' 매체이다. 이를 매개로 '예술적 효과'를 내야 하는 터라 문학에 특화된 '문학어'를 실체로 상정하려는 움직임이 거센 경향이 있다. 언어 자체의 예술적 자질이 희박하니 예술성을 전제로 지은 특수 개념을 앞세워야 했던 고육지책을 숫제 부당하다고 할 수는 없다. 그렇지만 언어의 담론적 효과가 나는 공정이 그러하듯이, 문학에 채용된 언어가 예술적 효과를 내는 양상 또한 과정적이고 구성적인 공정에 부치지 않을 수 없을 것이다. 기실 '문학어'에 대해 이를 개념화한 선험적 자질과 그 연원이나 구현의 면면을 확증하기 어렵다. 문학이 그러하므로 문학의 언어도 의사소통의 매체로서 관여되어 담론 층위에서 벌어지는 현상으로서만 드러나는 까닭이다. 언어는 형식과 의미의 자의적 조합인 기호적 현상이다. 개인이 임의로 그 조합을 바꾼다고 해서 언어의 새로운 양태가 빚어질 수는 없는 법이지만, 사회적 관계 속에서 그 조합 관계를 잇는 약호(code)의 변화 가능성은 늘 있다. 특정한 조건 맥락을 전제로 이 가능성을 '임시로' 구현한 국면 가운데 문학적 수행이 있다고 해도 좋다. 문학은 일상어의 기호 조합을 낯설게 함으로써 어떠한 효과를 노리는 수행의 결실로서 드러나는 것이다.

문학을 언어에 대입시킬 때의 관건은, 문학을 통해 거래되는 사회·문화적 약호에 기반을 둔 언어 수행 과정에서 빚어지는 성원들 상호 간의 호혜적 작용을 주시하는 데 있다. 삶의 경험과 개인적 감정과 생각은 물론 사회적 차원의 제도와 이념 등에 대한 상념을 문학적 방식으로 표현하면, 누군가가 적절한 반응을 통해 수용하여 온전한 의사소통의 공정이 진행될 때 문학 현상이 일단락될 수 있다. 아무리 훌륭한 생각이나 감성이라도 표현되지 못한 채 추상적 관념이나 제재 층위에 되돌려져서는 문학 현상으로 수용될 수 없다. 이러한 정황에서는 그 가치를 판정할 공적인 텍스트를 얻지 못하는 난관에 봉착할 수밖에 없다. 문학적 제재에 해당하는 층위의 것들은 텍스트 차원의 형태를 입을 때라야 성립될 수 있는 언어 현상의 일종이라는 점을 넘겨보아서 안 된다. 물론 그럴싸한 수사로써 성장(盛粧)한 매혹적인 텍스트라도 의사소통에 부쳐지지 못한 채 단자에 그쳐서는 담론적 효력이 구성될 조건이 형성될 수 없으므로 텍스트로서만 문학 현상이 성립할 수도 없다.

문학의 제재는 관념 영역에 형성되며 이는 언어 수행을 통해 구현되어 의미의 여지가 열리는 텍스트로서 의사소통 공정에 부쳐진다. 문학 텍스트를 경유하는 의사소통이라도 활성화를 위해서는 그 언어가 일반적인 언어의 용례에서 크게 벗어나지 않아야 한다. 언중(言衆)의 반응이 활발할수록 담론의 장이 성황을 이루게 마련, 이를 위해서 의사소통의 '수단'인 언어가 문학적 거래의 활성화를 막을 이유는 없을 것이다. 일상어를 낯설게 하여 예술적 효과를 거두는 과정이라고 해서 언어의 기호 형태 자체를 생경하게 하여 불필요한 반응의 소지를 남길 필요는 없다. 문학적 언어의 낯설게하기 국면은 언어 기호의 의미 연관을 달리 구성함으로써 창출되는 까닭이다.

허구적 판타지를 제재로 삼은 경우라도 이상을 품거나 꿈을 꾸는 이들의 일상을 투사한 것이므로, 문학적 거래에 부쳐질 때 일상적 언어 수행의 범위를 넘어서서는 의사소통을 활성화기 어려워질 수밖에 없다. 허구일수록 실제 벌어진 것처럼 개연성을 살리다 보면 일상의 언어 수행에 더 밀착된 텍스트를 제시하기 십상이다. 문학이 일정한 의미와 가치를 창출하여 삶의 진전을 돕고 사회·문화적 층위에서 제도적 기제로서의 위상을 정립할 수 있었다면, 이는 관념이나 상상 층위의 제재가 텍스트로 변환되어 사람들 사이에서 담론적 효력을 발하여 삶의 장에 영향을 끼쳤다는 얘기다. 문학의 언어는 의사소통 공정에서 유효한 의미가 산출되는 일상의 언어를 바탕으로 하여 동력을 발전할 수 있었던 것이다.

일견 시는 소설에 비해 그 언어의 양상이 일상어와 다르게 나타나는데, 이 경우에도 정서적 교감을 부르는 서정성의 최적화를 위해 일상적 의사소통의 궤도에서 크게 벗어나지 않아야 옳다. 형식 면에서 생경함을 극화하여 낯설게 보이도록 조작한 언어가 문학적 낯설게하기의 효력을 적중시키는 것은 아니다. 일상적으로 통용되는 감정을 직접 발산하여 이를 수 있는 감정의 과잉 상태에서 벗어나기 위해, 감정을 나누어 소통의 장에 객관화함으로써 새로운 차원의 정서를 지어 나누는 서정 장르의 효력과 가치를 최적화할 때 시적 낯설게하기의 국면이 이루어질 수 있다. 이를 위해 시가 일상적 담론의 공정에서 크게 벗어나지 않아야 온당한 것이다. 하물며 일상어를 기조로 서사적 효과를 자아내는 소설의 경우에는 말할 나위 없다. 문학의 언어와 일상의 언어 사이의 본질적 변별 자질은 없다.

그렇다고 일상에서 두루 쓰는 언어와 문학의 언어 사이에 경계를 두지 않을 수는 없으며, 문학 텍스트에 특화된 언어의 양태를 부정할 수 없다. 그렇다고 일상의 언어와 문학의 언어 사이에 두어진 경계가 서로 넘나들 수 없게 가로막은 벽과 같은 것은 아니다. 그 경계는 앞서 여러 맥락에서 언급했듯이 서로의 영역을 가로지를 때 넘나들 수 있는 문턱과 같은 것이라 할 수 있는데, 그 문턱의 명시적 표지가 있는 것도 아니다. 그만큼 문학의 언어에 특화된 양태라고 하더라도 일상어의 양태와 사뭇 다른 꼴을 띠는 것이 아니다. 다만 문학의 언어는 실제 일상에서 벌어지는 의사소통의 장에서 쓰이는 언어의 일회적 면면이나 특정한 상황에 한정된 양상에 국한되지 않는다. 문학은 일상어를 채용하여 쓰되 개연성 있는 언어 현상의 다면적이고 다층적인 면면을 구조적 층위로 환산하여 도식화함으로써 텍스트 단편 내에서 최적의 의미를 낼 수 있도록 특유의 담론 회로를 구동한다. 그래서 언중에서 통용되어 낯익은 언어이면서도 문학에 채용된 언어의 양상이 일견 다른 형태나 문법이 적용된 듯한 인상을 부르는 면이 있으며, 문학어 고유의 문체가 돋보이는 듯한 감각을 환기하는 면이 있는 듯 보여 누구나 함부로 넘볼 수 있는 영역의 언어가 아닌 것처럼 오인할 소지를 남긴다. 그런데 이는 단편의 텍스트에 언어의 담론적 효과를 극화함으로써 현상의 다른 면면을 조명하려는 문학적 낯설게하기의 한 책략과 관련하여, 언어 수행의 응축된 양상에 관여된다. 작가들이 같은 제재라도 어떻게 하면 더 나은 담론적 효력을 낳을 수 있을지 궁리하고 그 역량을 기르려 한다는 점을 이 맥락에서 떠올려 보아도 좋을 것이다.

  문학의 언어는 이를테면 사회방언(sociolect)의 일종이다. 작가로 분류되는 전문적 직업군에 특화된 것으로 여겨지는 언어 수행 양상이 특정 언어 계층(class)의 사회방언을 형성한다. 물론 작가 사회의 방언이 특수 집단에서만 사용하는 한정된 어휘나 문법을 환산할 수 있을 만큼 대단한 것으로 구획할 척도(scale)가 있는 것은 아니다. 더욱이 작가라는 언어 계층에서는 공통된 언어 용례보다 개개 작가에게 특화된 언어 용례가 돋보인다. 소위 작가 고유의 '문체(style)'가 문학 언어의 주요 자질로 자주 거론되는 만큼 작가 사회의 방언이 일률적인 유형으로 환원할 수 있을 만한 더미를 이루고 있는 것이 아니다. 되려 작가군 사회방언은 생활에서 발굴하거나 상상하여 지은 문학적 제재를 효과적으로 재편하여 '남다른' 담론 효과를 거둠으로써 표나는 텍스트를 제시하고자 하는 문학 공정을 활성화하는 데 기여할 만한 자기만의 '특색'이 관건이다. 그만큼 문학적 사회방언은 일정 범주의 실체적 목록을 작성하거나 유형에 환산된 도식을 한눈에 가시화할 수 없다. 일견 순도 높은 개인방언(idiolect)에 근사한 양태를 띤다고 할 수 있어, 그 이해의 거점을 실체나 표준을 전제한 문법이나 언어 능력에서가 아니라 화행 상황이나 화용적 조건을 전제로 한 언어 수행의 구성적 개념에서 설정해야 한다.

언어적 낯설게하기의 문학 공정

언어는 대상에 대한 지시적 의미 관계를 짓는 용례에만 한정되지 않는다. 기표와 기의 간의 지시적 외연으로 환원하기 곤란한 내포적 함의를 의사소통에 부치는 언어 수행이 특정한 상황이나 활동 영역에 국한된 현상은 아니다. 이를테면 문학적 의미 관계의 구성에 특화된 것인 양 오해되기 십상인 은유나 표상 등에 관여된 언어 수행이 일상적 의사소통의 장에서와 무연하게 벌어지는 문학 고유의 언어 현상이 아니라는 얘기다. 논리적으로 문학어가 일상어와 변별되는 독립적 자질로써 그 자체의 실체가 전제되어야만 특수한 문학적 표현 기교에 관한 개념의 계열이 성립할 수 있겠지만, 문학에 쓰이는 언어가 언어 일반의 양태와 다른 실체로서 군림하고 있지 않으니 은유나 표상 등의 표지로써 문학어의 범주를 규정할 수 없다. 게다가 일상에서 쓰이는 언어의 기교에 관여된 양상 또한 일정한 범주에 국한하여 규정할 수 없다. 오히려 일상에서 은유적 개념 사상이나 대상에 대한 표상적 표현을 쓰는 경우가 적지 않다는 점을 고려하고 보면, 문학 특유의 표현 기교나 기법 등에 대해 실체적 자질을 부여할 수 없는 현황에 직면하게 된다. 언어의 구성적 자질을 전제로 삼는 한 어떤 경우에도 일상어와 문학어를 온전히 가를 수 있는 변별 자질을 용인할 수 없다.

요컨대 은유는 문학에 국한된 표현 기교로만 드러나는 것이 아니라, 일상적 언어 수행의 장에 편재한 개념 사상(mapping)의 한 방편이라는 데 주목할 여지가 크다. 은유는 일상적으로 자동화된 삶을 여러 의미의 여지에 대응시켜 다른 시선으로 응시하여 성찰하고 이해하는 과정에서 의미와 가치의 새로운 국면에서 삶을 진전시키는 데 동원되는 인지 방식의 일환이다. 은유는 지시적인 개념 관계를 해체하고 새로운 개념 함수를 사상함으로써 개념의 계열을 확장하는 방식으로, 실체적 도식에 한정될 수 있는 생각과 경험과 정서에서 파생된 의미를 새로운 개념 도식에 투사함으로써 삶의 진전과 창의적 인지 수행을 돕는 동력이 된다. 기성의 개념을 이해하되 이를 낯설게 조명하여 차원 다른 개념에 대응시켜 새로운 의미망을 엶으로써 경험이나 감성, 생각의 새로운 지평에 환류하는 해석학적 기획의 주요 거점에서 은유가 작동한다. 이러한 은유적 개념이 통용되다 보면 자동화된 의미 관계로 저변화되는 만큼 일상에 편재한 은유가 짐짓 은유가 아닌 듯 보이는 면이 있을 뿐이다.

이때 문학은 이를테면 '죽은 은유'라 통칭되는 자동화된 은유에 생기를 불어넣어 '살아 있는 은유'로 재구성하여 새로 창안한 이미지 도식을 제안하기에, 그 언어 수행적 자유도가 보장된 텍스트 수행 방식이라는 점이 은유 수행의 위상을 돋보이게 하는 면이 있다. 문장 단위에서 은유의 결과가 통용되는 일상적 담론의 장에서와 달리, 문학적 담론의 장에서는 시퀀스 단위 이상의 디테일 공정을 통해 은유적 개념 사상이 진전되는 만큼 개념에 구체적 문맥을 더하여 개념 사상 관계를 낯설게 할 수 있는 진폭을 크게 할 수 있는 것이다. 삶에 편재한 은유적 개념 도식을 문학적 변환 공정에 채용하여 새로운 개념 사상에 재차 부침으로써 의미를 창안한 바탕을 더 다질 수 있는 셈이다. 은유를 통해 텍스트화된 삶의 예지를 해석하여 문학 텍스트의 일면에 수용함으로써 그 의미의 여지를 키울 수 있을 때에 삶의 동력으로 문학을 활용하는 이들의 수행이 탄력을 얻게 될 테다. 이런 공정을 통해 은유의 생명력을 되살릴 수 있는 것은 인간의 문화적 수행의 미덕이자 인지적 진전의 주요 거점이다.

삶의 경험을 공유하여 삶을 헤쳐 나갈 예지를 모으고 이로써 삶의 장을 넓혀 가는 문화 공정의 동력으로서 문학이 주효하다는 점은, 적어도 이 책의 문맥에서, 주지의 사실이다. 언어가 문화적 공유와 적층의 결정적 수단이라는 점을 더해서 정리하자면, 문학의 언어가 문화의 상수로 대입되어 문학의 의미 자장이 커진다는 데 생각이 이른다. 문학과 언어를 조합한 산술항은 문화 공정을 탐색하는 벼리이다. 문학은 언어 수행을 통해 그 텍스트를 얻을 수 있고 언어의 용례에 국한된 범위에서 의미를 얻는데, 상대적으로 문학적 수행을 통해 드러나는 문학 언어는 언어 일반의 용례를 확산하여 삶의 의미와 가치를 새로운 개념들의 계열에서 문화의 장에 환류하는 공정의 구심을 이루는 수단이라 해도 좋은 것이다.

'아름다운' 문학어라도 의사소통 회로를 통해 성립하고 그 효력이 입증되는 구성적 현상이다. 언어 일반의 기호적 자질이 의사소통 회로의 의미 작용을 통해서 관철되는 점은 미적 효과를 내는 언어 텍스트의 경우에도 적용된다. 언어의 바탕인 일상어가 고스란히 쓰인 경우는 말할 나위 없겠지만, 은유나 표상적 언어, 소위 작가 특유의 문체 감각이 배인 언어의 경우에도, 표현 층위만으로 문학 언어에 관여된 현상이 완결될 수 없다. 수신 층위에 관여된 이해와 반응을 거쳐 의사소통의 회로가 일단락될 때 문학 언어에 관여된 현상이 비로소 모습을 갖추게 되는 것이다. 언어로써 미적 자질을 구현하여야 하는 경우라면 더욱, 그러한 미적 감각을 자아내고 이를 아름다움으로 수용하는 담론 공정에 대한 적확한 분석이 필요하다. 문학 텍스트를 수용하는 독자의 정서적 교감을 부르는 언어의 운용이나, 생각과 감정과 경험을 공유하는 마음에 작용하는 담론적 효과에 대한 분석이 요구되는 것이다. 때로 문학 텍스트를 두고 독자들 사이에서 공유되는 미적 자질을 구현하는 언어의 양상과 이로써 가늠할 수 있는 문학의 위상에 대해서 해석할 여지를 여는 것도 중요한 일이다. 일상적 언어의 효과와 다른 미감을 창출하는 담론의 장이 구성되는 공정과 이러한 구성 공정에서 작동하는 문학 언어의 메커니즘을 추론할 논리적 바탕을 얻을 수 있을 것이다.

이러한 메커니즘은 단편적인 어휘나 문맥적 효과에 밀착되지 못한 수사적 문장 등을 통해 구성되지 않으며, 담론 층위의 상호적 의사소통 상황이 지속되는 언어 수행을 통해 구성된다는 데 유의해야 한다. 잘 형상한 이미지나 감각적 표현이 어우러진 수사적 표현 기교만으로 성취할 수 없는 문학 언어의 미감은, 텍스트 전역에서 그 의미의 확산이나 정서적 교감이 활성화될 수 있는 여지가 조성될 때 가치를 낼 수 있다. 특히 단편적인 감각이나 관념이 은유적 사상을 통해 구체적 형상들에 투사됨으로써 산출되는 문학 언어의 미적 국면들을 추인할 만한 여지가 넓어진다.

아름다움이 실체가 아니며 언어 또한 의사소통에 관여된 수행을 통해 구성되는 현상인 만큼, 문학 언어의 아름다움은 실재하지 않는다. 문학 언어의 미적 가치는 의사소통의 효력을 일으키는 담론적 공정에 부쳐져 모종의 미적 감각이나 미적 관념을 자아낼 때 발생한다. 언어 수행을 통해 문학 언어의 미적 자질들이 구성되므로 문학 언어의 미적 가치를 드러내는 주요 구심인 문체 효과에 대해서는 의사소통에 관여된 수행의 공정을 단서로 이해의 요건을 최적화할 필요가 있는 것이다. 문학의 언어는 일상의 언어와 달리 쓰이는 일탈적 양태로 단순화될 수 없다. 문학적 의사소통의 공정을 통해 담론의 효력과 미적 가치를 구현하는 언어적 이형태가 문학의 언어이다. 굳이 특화된 문학 언어의 면면을 찾아야 한다면 최적의 문체 효과를 통해 독자의 반응을 활성화할 수 있는 교감(sympathy)의 언어를 앞세울 만은 할 것이다. 물론 이조차도 문학 언어 고유의 미적 가치에 관여되는 것이 아니라 언어 수행을 통해 구성되는 미적 자질에 관여된다는 전제는 유지해야 논리적으로 타당할 수 있는 생각이다.

언어는 문학이 의사소통의 한 방편이라는 점에서 문학에 관한 산술항에 주요 상수로 대입된다. 또한 문학이 미적 가치를 창출하는 예술의 한 장르라는 점에서 하나의 변수로 대입된다. 과연 문학은 '언어 플러스 예술'이다.

°주

1 일부 급진적인 아나키스트 성향의 아방가르드 텍스트는 현실의 질서를 송두리째 부정하는 것을 모토로 하는 까닭에 표지 층위에서부터 해독 불가한 텍스트를 내놓기도 한다. 이런 경우는 '문학'에 관여된 인지 도식의 계열에서 그 해석의 단서를 얻을 수 없으므로 문학 텍스트의 계열에 세울 수 없으며 다른 계열을 생성해야 한다.

2 레이코프 일가의 '삶의 방편으로서 은유(*metaphor we live by*)'에 관한 일련의 논의 결과는 이러한 점을 명증한다.

3 리쾨르의 '살아 있는 은유(lively metaphor)'에 관한 일련의 논의를 통해 그 일단을 수긍할 수 있다.

미디어에 대한 관심이 뜨겁다. 그만큼 '미디어(media)'를 둘러싸고 이러쿵 저러쿵 말들이 많다. 한번 정리할 겸 논의의 단서도 얻을 겸 따져 보자.

미디어를 둘러싼 말말말

"영화는 소설과 같은 문학의 위기를 초래할 것이니 경계하라!"

저 유명한 포스터(E. M. Forster)가 던진 말이다. 소설가로서도 유명하며 『소설의 양상』의 저자로서 소설 이론의 초석을 놓은 것으로 잘 알려진 그가 '소설의 양상' 강연을 하면서 던진 긴장감 넘치는 예언이다. 막강한 영상 미디어를 앞세운 영화가 문학의 지위를 위협하게 될 것이라며, 약 한 세기 전에 벌써 염려하였던 것이다. 오늘날 문학의 위기를 예언하는 이들이 염려하는 지점과 딱 일치하다니 놀랍지 않은가. 이러한 염려에 생각을 함께하는 이들이 보기에 문학이 취하는 언어라는 미디어는 태생적으로 영상 미디어에 비해 취약한 점이 한두 구석이 아닌 모양이다. 포스터 시대의 영화에 비해 오늘날 영화가 취하는 미디어는 기술의 임계점에 다다랐다는 얘기가 나올 정도로 극한의 발전을 거듭한 형국이니 짐짓 문학의 위기라면 그만한 위기도 없겠다 싶다.

그런데 영화가 문학의 위기를 초래할 것이라는 예언이 적중했는지는 그 예언이 나온 때부터 한 세기 정도 되는 시간이 흘렀는데도 같은 담론 방식으로 되풀이되고 있다는 점에서 석연치 않은 구석이 있지 않은가 싶다. 과연 영화는 문학을 위기로 내몰았고 문학의 종언을 끝내 보았던가 하면 그렇지 않기 때문이다. 아무리 문학사의 진전이 더디다고는 하지만 한 세기 가까이 위기 상황만 지속되고 있다면 그도 좀 어색하지 않은가 하는 얘기다. 짐짓 문학이 영화 탓에 위기에 봉착했고 정말 위기 상황에 내몰렸던가, 냉철히 돌이켜 볼 문제항이다.

"영화가 위기다!"

영화가 위기에 봉착했단다. 최근의 얘기가 아니다. 반 세기 훨씬 전에 회자되던 얘기다. 영화를 위기로 내몬 주범은 바로 텔레비전[TV]이다. 같은 영상 미디어를 활용한 단말의 장르이지만 영화가 TV에 밀리는 형국이 연출되었던 것이다. 급기야 "TV가 따를 수 없는 영화만의 전략을 수립하라!"라는 정언 명령이 영화계에 떨어진다. 영화는 생존이 위협받는 위기에 실로 내몰렸고 활로를 찾기 위해 TV와 차별되는 영화만의 미디어 방식을 제시했다. '와이드 스크린'의 스펙타클을 보이는 것이 그 전략의 핵심이었다. 당시 TV 기술로서는 감히 흉내낼 꿈조차 꿀 수 없는 '16:9' 비율의 '대화면'을 영화에 도입함으로써 영화는 간신히 위기를 모면했다고 전해진다. 나중에는 선제적으로 '2.35:1' 비율의 시네마스코프 화면을 TV에 대항할 무기처럼 제시하는 등, 영화는 영화대로 봉착한 위기를 타개하는 방편을 미디어의 차별화를 전제로 마련했던 것이다. 여기서 잠깐, 영화의 재미를 위해 문학적 서사 기법을 도입하여 위기 타개의 책략으로 활용했던 사실은 비화에 가까울 만큼 잘 알려지지 않았음을 일단 언급해 둔다.

"Video kills the radio star!"

비디오, 즉 영상 미디어가 라디오 스타를 죽인다. 섬뜩한 비유까지 동원하여 영상 미디어 탓에 위기에 봉착한 위기감을 인상적으로 표현한 말이다. 아니 실은 노래 제목이자 그 노래의 핵심 노랫말이다. 음성 미디어를 최적으로 활용한 라디오가 영상 미디어를 활용한 단말의 매체, 특히 TV의 영향으로 사라질 운명에 봉착했다는 얘기다. 그런데 라디오가 정말 소멸했는지는 오늘날 빤히 확인할 수 있는 터라 위기감에 대한 우려가 과장되었거나 너무 설레발친 것은 아닌지 의심스럽다. TV의 영역이 공고한 만큼 라디오의 영역 또한 공고하다. 아침 출근길에 특히 운전하는 사람들이 라디오를 들을 줄 누가 짐작했겠는가? 새로운 미디어가 출시되어 승승장구한다고 해서 기존의 미디어가 제 역할을 못하고 제 몫을 송두리째 빼앗길 것이라는 단언은 어떤 근거에서 오는지 여하튼 의문투성이다.

"우리나라에도 바야흐로 컬러 텔레비전의 시대가 도래했습니다!"

40여 년 전의 얘기다. '총천연색' 영화가 상영되면서 영화 매체의 발전이 가속되었던 것처럼, TV 매체도 발전에 발전을 거듭하여 컬러 TV 시대가 열리면서 그 파급력이 의미심장하게 진전되었다. 물론 역사적으로 비극적인 시기, 정치적으로 암울한 시기를 보내야 했던 당시, 지배 이데올로그의 간계에서 나온 우민화 정책의 일환이었다는 그늘진 면을 두고 판단할 때 그 의의는 달라진다. 그런 판단의 여지에서 보더라도 컬러 TV가 영상 미디어에 대한 대중의 요구 수준을 업그레이드한 것은 사실이다.

"우리집에는 TV가 없어요, 바보상자잖아요!"

컬러 TV의 시대가 도래한 첨단의 미디어 시대에 TV 보기를, 아니 보이기를 거부하는 이들의 목소리가 크게 울렸다. TV를 가리켜 '바보상자'라고 비아냥거리는 것이 짐짓 의식 있는 이들의 자세라고까지 받아들여졌을 정도로 TV 매체의 영향을 낮잡아 보는 생각들이 제법 위력적이었다. '바보상자'가 『표준국어대사전』에 표제어로까지 오른 것으로 미루어, '바보상자'라는 말이 상당히 광범위하게 쓰였고 TV의 악영향 또는 부작용에 대해 우려하는 생각이 편재했음을 알 수 있다. TV는 사람을 바보로 만드는 기계인 것이다. '그런데 TV를 보고 자란 이들이 다들 바보가 되었나요?' 'TV를 끊고 자란 이들은 다들 천재가 되었나요?' '요즈음도 같은 이유로 TV를 들이지 않은 가정이 있다는 사실이 좀 놀랍기도 하군요.' '휴대 전화도 스마트폰 아닌 소위 투지폰(2G 폰)을 쓰는 이들이 있다는군요.' 이런 말들이 들리기도 한다.

"요즘 아이들은 책 읽기를 싫어해요, 어떡하면 좋아요?"

특히, 이 말을 들으니 문학을 공부하는 입장에서 참 걱정스럽군요, 하는 이들이 있을 것이다. 책 읽기를 싫어한다고 하면 선뜻 드는 생각이 '책=문학' 등식을 세워 하는 생각인 경우가 많은 모양이다. 실제 어린 아이들에게 책을 읽힌다고 하면 대체로 그 책이 문학 작품 계열인 경우가 다반사이니 그리 생각하는 것이 난센스는 아니다. 여하튼 책을 읽기 싫어하는 분위기가 고조되면 제일 타격을 받는 영역이 문학인 것도 사실이다. 책 읽기 싫어하는 아이들을 걱정하는 말이니 책을 읽는다는 것은 이를테면 영상 미디어를 활용한 단말의 매체에 몰입하는 것보다 더 가치 있는 소산을 얻을 수 있는 수행이라는 생각이 바탕을 이루고 있다고 해도 좋다. 정말 요즘 아이들은 책 읽기를 싫어하는 모양이다. 걱정스럽다.

그런데 요즘 아이들만 책 읽기를 싫어하던가? 그 아이들의 엄마, 아빠, 할머니, 할아버지는 책 읽기를 싫어하지 않았던가? 아예 영상 미디어가 발명되지 않았던 옛날 사람들은 책 읽기를 좋아했을까? 시덥지 않은 질문 같지만 반드시 해명되어야 할 의문이다. 그래야 책 읽기를 싫어하는 요즈음 세태를 염려하는 마음이 더욱 공감을 부르게 될 테니 말이다.

"유튜버가 꿈이라는데 그러라고 해야 할지 고민이에요..."

군사 방위 목적으로 개발된 인터넷은 월드 와이드 웹(world wide web; WWW)에 힘입어 대중적인 정보 소통을 급속히 진화시킨 주역이 된다. 근거리 통신망(LAN; Local Area Network)으로 개발되었던 네트워크 기술은 근거리 내 지역을 그물망으로 묶는 데서 나아가 지역 간을 연결하여 원거리에 있는 영역조차도 근거리 내의 영역인 양 바꾸어 놓음으로써 단일한 소통의 체계를 적용할 수 있게 하였다. 특히 단말의 클라이언트 디지털 기기들 또한 네트워크 환경에 최적화된 방향으로 진화하여 '손안에 두고' '손쉽게' 이용할 수 있게 되어 접근성이나 활용성 면에서 혁신에 혁신을 거듭하여 디지털 네트워크 '시대'를 여는 데 중요한 계기가 된다.

이에 발맞추어 미디어의 조건 변수로 유례없이 크게 달라진 값이 대입된다. 영상 미디어라도 기존의 제작·배급·시청의 시스템과 달라진 것이 크다. 소위 '일인 미디어'가 가능해진 터라 거대한 시스템을 요하던 기존의 영화나 TV와 달리 제작과 배급, 시청에 요구되는 플랫폼이 크게 바뀐 것이다. 영상을 찍어 편집하고 마스터링하여 텍스트화하기까지는 물론, 제작한 결과를 클라우드 서버에 업로드하여 실시간으로 시청할 수 있게 준비하기까지, 모든 공정을 손안의 단말기로 완수할 수 있다는 것은 참으로 놀라운 혁신이다. 취미삼아 영상물을 제작하고 재미 삼아 남들에게 보여 주며 솜씨를 뽐내 보기에 참 좋은 플랫폼인 셈이다.

그런데 '유튜브(YouTube)'가 일반 명사가 된 듯한 이러한 미디어 플랫폼이 개인의 취미거리나 '소통'하는 채널 이상의 역할을 하는 것으로 기능이 확장된다. 이로써 더 이상은 일인 미디어의 결과라고 할 수 없을 것들이 '유통'되기 시작한다. 소위 콘텐츠에 광고가 붙어 그 수익의 일부를 업로더가 취할 수 있게 되고 심지어 자발적 후원금 성격이라 하지만 실상은 '시청료'에 가까운 비용을 지불할 수 있게 플랫폼이 '업그레이드'된 것이다. 콘텐츠에 광고가 붙는 것보다 콘텐츠 자체를 광고하는 경우가 잦아지면서 대세를 이루는가 하면, 인기 콘텐츠의 순위 확보를 위한 치열한 경쟁이 펼쳐진다. 순위를 조작하는 일도 빈번한 모양이다. 시청을 유도하기 위해 콘텐츠의 질을 향상시키는 편보다는 단번에 유저들의 '눈길'을 사로잡는 선정성을 더하는 편을 택한 것들이 상당하다. 소통의 미디어에서 유통의 미디어로 전환된 현황이 선명하다.

'유튜버'가 희망 직업 1순위가 될 만하다. 산업 사회에서라면 부모 앞에서 말도 꺼내지 못했을 터이지만, 디지털 네트워크 사회에서는 부모들이 고민은 할지언정 저러한 꿈을 가로막는 일은 없을 터이다. 어쩌면 단말의 시스템을 업그레이드해 주면서 응원하고 지원을 아끼지 않을지도 모른다. 가치에 대한 편견과 가치를 산정하는 기준의 편중이 심한 때이니 소위 '돈 되는 일'을 꿈꾸는 것이 당찮을 리 없다.

그런데 이러한 현황은 미디어에 관여된 상황이 아닐지 모른다는 생각에 이르게 된다. 저 상황에서 미디어는 말 그대로 촉매와도 같아서 반응이 끝난 후 사라지는 것이 아니라 종내 최종단에서도 영향을 크게 미치고 있는 실체와도 같은 것이 된 형국이다. 미디어가 중간 단계의 중개자 역할을 하는 데서 끝나지 않고 그 자체가 최종단의 목적이 된 듯하다는 얘기다. 그래서 미디어를 통해서 얻은 콘텐츠의 의미나 가치 따위는 안중에서 사라지고 미디어 표현 효과 자체가 전면에 부각되어 결과물의 가치 요소가 되어 버린 것이다. 이를 두고 난센스라 하기에는 그 현황이 너무나 버젓하다. '소통'의 매체가 '유통'의 매체가 되고 매체 자체가 유통될 상품이 된 셈이다.

"자막 없는 영상은 보기 불편하던데..."

유튜브에서는 짧은 영상이 대체로 인기다. 10시간짜리 휴식용 영상 콘텐츠가 상당하고 이들 가운데 구독자 수 상당한 인기 콘텐츠가 있는 것도 사실이지만 이는 특수한 경우이다. 그 10시간짜리를 줄여서 1시간이나 30분 분량으로 재편집한 것이 있다는 사실도 의미심장하다. 여하튼 유튜브에서는 수분 내외의 영상 콘텐츠가 인기이고 그런 분량 정도의 콘텐츠가 유통량의 대다수를 점한다.

이러한 영향인지, 아니면 이에 영향을 끼친 요인인지, 영화나 드라마의 전편을 보기보다 소위 '쇼츠'라고 해서 주요 대목을 요약하여 편집한 것을 보거나 아예 화제가 되는 장면만을 잘라 낸 것을 보는 식이 유행이다. 이런 식을 즐기는 이들이 러닝 타임 두 시간을 넘겨 세 시간 이상 이어지는 영화는 어떻게 받아들일지, 롱테이크 장면 가득한 타르코프스키 식 영화는 보려고나 할지, 긴 호흡으로 진전될 연속극 형태의 드라마는 어떻게 볼지, 궁금하다. 물론 일률적으로 성향을 한편에 몰아 세워 판정할 수는 없을 것이라는 점을 전제로 품은 궁금증이지만, 이러한 궁금증이 나만의 것은 아닐 듯하다. 영상 미디어에 익숙한 이들이라고 하기에도 이제는 시의가 적절하지 않을 듯, 이제는 포괄적으로 디지털 미디어에 익숙한 이들이라고 해야 하는 상황이 펼쳐진 셈이다. 더 이상 '영상'이 미디어의 중심이 아닌 것이다.

이들은 자막이 없으면 영상을 보기가 불편하다고 불평하는 이들이다. 그러고 보면 TV 프로그램에서도 자막을 쓰는 경우가 전에 비해 크게 늘었다. 소위 예능 프로그램에서는 전편에 걸쳐 자막이 쓰이는 듯하다. 자막을 통해 출연자의 '토크'를 그럴싸하게 수사해 주는 것은 물론 시청자들의 이해 방향을 지시해 주기까지 한다. 그렇게 보니 시청을 돕는 친절함을 넘어선 시청을 조종당하는 서스펜스가 느껴지기도 하는 셈이다. 여하튼 자막 없는 영상을 보기 어렵게 되었다. 시청을 방해하는 요소에서 시청을 주도하는 요소로 자막의 기능이 뒤바뀐 것이다. 영상 위주의 방식에서 글이 부각되는 방식으로 재편된 것이라 해도 좋을 것이다. 심지어 TV 프로그램이면서도 네트워크상에서 실시간으로 시청자들과 상호작용하는 상황을 연출하여 차별화를 꾀한 사례들이 점차 늘고도 있다.

과연 유튜브에서는 영상이 재생되는 화면 옆 채팅 창에 댓글이 달려야 제맛이다. 시쳇말처럼 '악플보다 무서운 것이 무플'이다. 특히 유튜브에서의 유저들의 반응 양상은 수치로 환산되어 상업적 절차에 이관되는 기초 데이터이므로, 일견 주 화면 창보다 부가적 채팅 창을 화면 디자인상 초점을 맞추어 구성해야 하는지도 모른다. '유튜브로 돈을 많이 벌 수 있다던데'라며 스스로 '잘 나가는' 유튜버를 꿈꾸는 이들의 시선이 향하는 '창'이 어느 편일지는 굳이 언급하지 않아도 될 듯하다. '대댓글'의 파급력을 알고 있는 터라서 더욱 그러하다.

이런 정황에서 의사소통의 지향을 더 충실하게 실현하는 것은 영상 콘텐츠에 소용된 미디어가 아니라 채팅에 동원된 글이다. 물론 채팅만이 유튜브 콘텐츠의 전역을 장악하는 것이 아니며 주 콘텐츠인 영상물의 의미와 가치에 대한 평가가 앞서게 마련일 것이다. 그렇지만 적어도 영상 요소만으로 '대세' 미디어의 기능과 가치 전역을 판정할 수 없다는 점만큼은 분명하다. '글'의 미디어적 기능과 가치에 대해 돌이켜 관심하게 된 정황이 이채롭기도 하지만, 어쩌면 사람들이 감정이나 경험, 생각 따위를 나누어 소통하는 데 거간 수단으로 동원하는 미디어 방식이 '언어'를 전제하지 않고서는 성립할 수 없다는 원리적인 생각을 돌이켜 보면 별스럽게 보이지는 않는다. 인간이 '언어'로써 세계를 구성하니, 모든 콘텐츠는 미디어를 거쳐 종내는 언어 요소로 변환되어야 인지에 부쳐질 수 있는 것이다.

디지털 네트워크 조건 문학의 대응

'미디어'를 소환 조사해 보자. 이 말은 '거간꾼, 중매, 중개인, 촉매제⋯⋯' 등의 의미를 갖는 표지로 사용된다. 우리말로 '매재' 또는 '매체' 정도로 번역할 수 있는데 외래어로 쓰는 편이 수월한 말 가운데 하나다. 여하튼 미디어는 '수단, 방법, 방편, 방식' 등과 개념 계열이 겹치는 부분이 크며, '기능, 역할, 효과, 효력' 등과 같은 개념항들과 어울려 의미가 지어져 담론의 장에 투사된다. 어느 맥락이라도 미디어는 공정이나 연산의 '중간항'이지 입력항이나 출력항일 수 없다.

의사소통 과정에서 미디어의 역할이라도 마찬가지다. 의사소통은 상호적 공동의 수행을 요건으로 한다. 상호 간의 소통을 중개하는 미디어의 조건이 이로부터 파생된다. 의사소통을 활성화하는 수단인 만큼 이에 걸맞은 최적화 요건이 미디어의 의의와 기능을 이해하고 그 값을 산술하는 데 상수로 대입된다. 미디어란 중개자 또는 촉매 역할을 하는 방편적 개념이지 그 자체가 외연과 연장을 가진 모종의 실체는 아닌 것이다. 더욱이 의사소통의 과정에 작용하여 최적의 효과가 난 뒤라면 흔적조차 남지 않는 편이 촉매로서의 역할을 가장 훌륭하게 수행한 터이니 미디어는 그 모습이 부각되지 않을수록 좋다.

달을 가리키는 손을 보는 자 누구인가? 미디어의 외피에 주목하노라고 이가 매개하는 메시지의 함의나 그 담론적 효과를 놓친다면 의사소통 수행을 온전히 달성하였다고 할 수 없으며, 혹 상대 편의 담론적 계략에 넘어간 것은 아닌지 의심조차 해야 하는 상황에 처하게 된다. 달을 보는 경로에 이를 가리켜 안내하는 손을 유심히 볼 수도 있지만 거기 시선을 멈추고서 그만을 보거나 그 손에 가리운 달의 일면만을 보아서는 곤란한 지경이다. 미디어를 잘 볼 수 있는 법을 터득할 필요가 있는 것이다.

커뮤니케이션의 회로는 대체로 아래와 같이 도시할 수 있다.

발신자 ⇌ (미디어) ⇌ 수신자
메시지 ⇌ (미디어) ⇌ 이해/피드백
피드백/메시지 ⇌ (미디어) ⇌ 이해/메시지

의사소통 공정이 시작되면 발신자와 수신자 사이에서 끊임없이 교신이 오간다. 직접적인 발화의 표지가 보이지 않아도 둘 사이의 '신경전'과도 같은 층위의 교신이 이루어지는 것이다. 이 교신을 중개하는 수단이 미디어이다. 상황·맥락에 따라 혹은 그 상황·맥락의 변화에 따라 미디어의 선택은 가변적이다. 하나의 미디어 방식만 아니라 여러 미디어가 함께 동원될 수도 있다. 이른바 멀티미디어(multimedia)란 단지 여러 미디어를 혼합하여 만든 특정 미디어 수단을 가리키는 말이 아니라 의사소통 상황에 최적화된 여러 미디어의 동원 상황을 가리키는 말이다. 의사소통 목표의 완수를 위해서 미디어는 수단으로 동원되는 것이니 맥락과 상황에 대응한 선택에 부쳐진 가변적 개념인 것이다. 그래서 미디어는 인간 커뮤니케이션의 구성적 자질을 표층에서 명증

하는 요소이기도 하다.

　발신된 메시지는 미디어를 매개로 수신자의 이해에 부쳐져 반응을 부른다. 이해 편의 반응은 피드백되어 발신자에게 전해진다. 물론 피드백 절차 또한 미디어의 중개를 거쳐야 이루어진다. 피드백에 부쳐진 메시지가 미디어를 거쳐 이해를 부른다. 이러한 커뮤니케이션의 전역에 걸쳐 미디어가 적절히 작동하여야 그 공정이 순조로이 진전될 수 있다. 미디어는 이를테면 '보이지 않는 손'과 같으며 그래야 최적의 미디어 기능이 완수된다. 그 손이 보일 때 생길 문제 상황의 파장은 온전한 의사소통의 장을 혼란에 빠트릴 지경까지 야기할 수 있을 만큼 때로 강력하다. 미디어는 마치 천의무봉의 장인이 지은 옷에서처럼 한 땀이라도 눈에 띄지 않아야 옳다. 달을 가리키는 손에 주목하지 않도록 할수록 바르다.

　미디어는 중개의 수단이므로 중개해야 할 전언의 계열과 양태에 따라 그 방식과 책략을 바꾸어 가며 채용할 필요가 다분하다. 어느 한 시대를 풍미하며 유행하는 미디어의 종류가 따로 있는 것이 아니며, 어떤 한 미디어가 위세 등등하다고 해서 다른 미디어가 맥락 없이 맥을 못추거나 대뜸 사라지는 일은 없다. 대중적 관심사에 따른 전언을 소통하기에 유력한 미디어가 주를 이루는 경우를 두고 미디어의 위계나 서열을 매기는 것은 부당하다.

　가령 편지를 써서 의사를 전하려 할 때 미디어는 편지지에 쓴 글일 것이다. 기왕 쓰는 편지라면 편지지도 멋스러운 것을 고르고 글씨를 멋지게 정서하여 받는 이가 보기 좋게 쓰는 편이 좋다. 글씨나 편지지 자체가 의사에 직결되는 것은 아니지만 이를 전하는 수단이라도 상대방의 마음을 움직일 수 있는 여지가 있는 것이다. 그렇다고 편지 내용은 보잘것없는데 고급 편지지에 글씨 잘 쓰는 이에게 대필을 시켜 멋지게 꾸며 쓴다고 해서 상대방을 설득할 수 있을지는 누구에게 물어도 답은 뻔하다. 미디어가 의사소통을 원활하게 하는 데 어느 정도 역할을 할 수는 있지만 본말이 전도될 정도의 역할을 할 수 없으며 그래서는 안 되는 것이다. 무엇보다 '이메일'이 아닌 '편지'를 써서 전할 수 있는 최적의 메시지가 있을 것도 염두에 두고 볼 일이다.

서술형 시험을 볼 때를 모의하여 생각해 보자. 주어진 문제에 응답하여 답을 전할 중개 수단은 '답안지'이다. 훌륭한 답안을 또박또박 바른 글씨로 써서 답안지를 작성하는 것이 관건이다. 만점짜리 답안이라도 알아보기 힘들게 휘갈겨 쓴 답안지를 제출하면 온전한 점수를 얻지 못할 공산이 크다. 글씨를 해독할 수 없는데 그 생각을 알아차릴 수는 없는 법이다. 이 경우에도 해당 의사소통 상황에 걸맞은 미디어의 기능이 전언의 효과에 어느 정도 영향을 미친다는 점이 방증을 얻는다. 그렇다고 글씨만 잘 써서 좋은 점수를 얻으리라 기대해서는 곤란하다는 점 또한 예증되기는 마찬가지다. 온라인 시험이나 워드 프로세서를 활용하여 답안지를 작성하여 제출하는 시험이 아니고서야, 고루하게도 답안지에 정서해야 하는 시험 방식이 여전히 유효하니 첨단의 디지털 미디어 시대에도 글씨를 쓰는 수고를 들여야 하는 고전적 미디어가 맹위를 떨치는 영역이 여전하다는 방증 또한 더해진 셈이다.

리포트를 제출하는 상황을 모의해 보면 정황이 사뭇 달라진다. 어깃장이라도 놓듯 손으로 써서 리포트를 제출하라는 명령이 떨어지는 경우가 없지 않겠지만, 일반적으로 리포트를 제출하라고 하면 워드 프로세서 프로그램을 이용하여 입력·편집한 결과를 인쇄하여 제출하거나 아예 해당 문서 파일을 제출하면 된다. 어느 경우든 이 의사소통 상황의 미디어는 디지털 파일이다. 리포트를 쓸 때에는 글씨를 잘 쓸 수 있는지 여부는 고려할 사항이 전혀 아니다. 편집 과정에서 어떤 글꼴을 선택할 것인지 정도 고민할 필요가 있을 뿐이다. 표지를 예쁘게 꾸미고 조판의 묘를 살릴 요량으로 여러 템플리트를 두고 선택의 벽에 부딪히는 경우는 있을지언정 글씨 연습을 할 일은 없는 것이다. 물론 표지나 조판의 미감이 리포트의 점수에 미치는 영향은 없다고 보아도 틀림없다. 가독성 좋은 글꼴을 선택하고 읽기에 편한 글꼴 크기와 자간, 행간 등을 선택하는 것 정도는 리포트의 내용을 가능하면 잘 전할 방식을 선정하는 과정이니 필수는 아니지만 될 수 있으면 할 일이다. 그런데 일반적으로 기본 적용되는 설정값(default)만 따라도 대체로 가독성은 보장되는 문서를 작성할 수 있으니 웬만하면 별도로 손댈 일 없다. 때로 지나치게 멋들어지게 치장한 문서에 눈살이 찌푸려지는 경우도 있으니 되려 문서를 꾸밀 때 주의할 점이 배가되니 조금은 아이러니다. 디지털 파일 형태로 제출할 경우 '내용'을 알차게 채우는 데 더욱 진력해야 하는 셈이다. 사람이 신경써서 해야 했던 일 상당 부분이 미디어 내부 공정을 통해 처리되는 만큼 표층에 부각되는 미디어 자체의 현란한 면들이 상대적으로 적어 보이는 정황이 연출되었다고 해도 좋다. 디지털 기술에 힘입은 미디어야말로 짐짓 '보이지 않는 손'에 가까운 위상에 온 듯도 하다.

이처럼 미디어는 의사소통의 상황 맥락과 조건 변수 등에 따라 역학적으로 채용되고 변환 가능성에 늘 노출되어 있는 역동적 구성체이다. 각 미디어마다 최적의 효과를 낼 수 있는 영역이 있으며 그 영역조차도 구체적인 맥락이 지어지는 면면에 따라 최적의 미디어 효과가 역동할 가능성이 있다는데 유념해야 하는 것이다. 미디어가 실체가 아니니 그 위계 관계나 서열을 따지거나 맥락 없는 생멸을 얘기할 수는 없는 것이다.

전화가 발명되었을 때의 센세이션은 직접 경험하지 않더라도 충분히 짐작할 수 있을 터이다. 상대방을 대면하지 않고 대화를 나누다니, 멀리 떨어져 목소리가 들릴 턱이 없는데 생생한(초기에는 다분히 또렷한 정도가 아니었겠지만 신문물을 처음 접하는 이들의 경우가 되어 모의해 보라) 목소리를 들을 수 있다니, 아니 나와 상대방 사이는 전선으로 이어져 있을 뿐인데 어떻게 목소리가 그 사이를 오갈 수 있는 것이지, 하는 식의 의문 또는 호기심과 함께 경이로움이 터져 나왔을 법하다. 그러한 전화가 이제 거의 고대의 유물처럼 여겨지며 '퇴출'되고 있다는 생각을 선뜻 할 정도로 올드 미디어 가운데서도 가장 올드한 것으로 취급되고 있다.

오죽 명석한 기능을 구현했으면 '스마트폰'이라고 했을까 싶지만, 전화 기능을 바탕으로 하면서도 전화보다 컴퓨터에 근사한 기능을 구현한 이 디지털 미디어가 기존의 전화를 완전히 대체하고 있다. 멀리서도 목소리를 들을 수 있는 경이로운 기능을 자랑했던 전화의 역할은 아예 수면 밑에 있는 모양새다. '전화 말고 톡'으로 대변되는 의사소통 미디어의 이행의 주축에 똑똑한 스마트폰이 중심 자리를 점하고 있는 것이다. 그리고 보면 스마트폰은 간결하고 단순한 수준이지만 음성 미디어로서보다 '문자' 미디어로서 기능하는 면이 강조되고 있는 셈이다. 굳이 스마트폰 쓰면서 전화는 해서 왜 번거롭게 하느냐는 식의 푸념도 들리는 것을 보면, 기존의 전화가 따를 수 없는 스마트폰 특유의 성능을 잘 활용하면서 미디어의 계열이 이행한 듯하다. '메모리'에 관여된 기능을 구현한 미디어 애플리케이션을 통해 기억과 기록이 가능한 형태의 미디어인 '문자'에 관심하는 것은 디지털 단말의 한 지향점이기도 하다. 물론 구구절절 톡 말고 이모티콘을 활용하는 현황도 주목을 끄는데, 어느 한 편의 미디어 방식에 편중되기보다는 상황 맥락에 유효적절한 방식을 적용하는 식이 대세를 이룬다.

가령, '톡보다 보이스 톡'(음성 전화 기능)으로 얘기하자거나, 아예 '얼굴 보고 직접' 얘기하자는 경우가 상황에 따라 돌발하는 것도 예사롭지 않은 것이다. 화제에 따라, 혹은 사안의 경중에 따라 소통의 방식, 미디어의 적용 맥락이 달라져야 한다는 것을 의식하고 있음을 보이는 경우라 할 수 있다. 이러니 어느 미디어가 더 좋냐는 질문은 그 자체로서 중개 수단인 미디어의 자질에 대해 전혀 모르고 하는 질문이기 십상인 것이다. 이러한 디지털 미디어 시대에 문학이 온전히 살아 남을 것인가 하는 식의 섬뜩한 질문도 마찬가지이다. 미디어는 커뮤니케이션 공정에서 구성적 기능을 하는 보이지 않는 손이라는 점 재삼 염두에 두어 나쁘지 않다.

아예 자신의 아이덴티티를 시사하고 자신의 모습을 중계하는 가상의 대리자(agent)를 세움으로써 네트워크상에서 가상의 일상을 구성하여 의사소통을 원활하게 돕는 미디어 기법이 적용되고도 있다. 프로필(profile)을 '꾸미고' 아바타(avatar)를 성형함으로써 '나'를 대신해서 의사소통에 나설 가상의 존재를 짓는 것이다. 가상의 공간에서 만나고 소통하고 일을 보는 네트워크 세계에서 이들 '존재'는 가장 미더운 '미디어' 기능을 수행한다. 기술적 미디어를 넘어선 존재적 미디어가 지은 초세계(Urwelt)가 구성되고 있는 것이다.

이 초세계에서는 '프로필 사진'[프사]이나 프로필 '상태 메시지'[상메]가 근황을 알려 의사소통상 불필요한 메시징을 줄이고 군이 대화에 나서지 않고서도 일정한 의사를 발신하고 수신하는 수로 쓰인다. 이때 프사와 함께 덧붙인 이름이나 짧은 글귀는 대개 언어적 표상에 부쳐진 텍스트이다. 상메는 그 자체로서 표상 차원이나 직설 차원에서 쓰인 언어 텍스트이다. 뜻밖에 초세계의 유력한 미디어가 언어 층위의 커뮤니케이션을 바탕으로 하고 있는 것이다. 그도 표상적 수행에 관여된 언어 현상이라면 문학에 직간접 연결된 의미망을 구성하는 인자가 되는 것이다.

미디어를 이해하는 데서 관건은 미디어가 의사소통 공정에서 어떻게 작동하여 어떠한 효과를 내는지에 있다. 미디어가 작동하는 데서 조건과 변수에 따른 변화의 진폭은 어떠한지도 중요하다. 커뮤니케이션을 효과적으로 완수하기 위해 구사하려는 미디어 전략에 대해 살피는 것이 그 바탕을 이룬다. 미디어 전략은 미디어 롤(role)과 짝을 이루는 상대적 개념이므로 둘이 동일한 의미망에 포괄된다. 이를 살펴보자.

미디어 전략·롤의 두 국면은 몰입(immersion)과 상호작용(interaction)이다.

일반적으로 미디어의 효력이 극대화될 때 수용자의 몰입을 이끌어 낼 수 있다고 여겨 몰입을 미디어 전략의 기준으로 삼는다. 특히 대중을 상대로 할 경우 미디어 전략은 몰입을 극대화하는 데 집중된다. 대중의 마음을 사로잡는 매스 미디어의 롤에 비추어 보면 몰입을 유도할 필요가 다분하다. 대중들과의 지속적 거래를 위해서는 전언에 사로잡힌 수신자들 공히 발신 층위에서 벌어지는 일의 전역에 걸쳐 신뢰를 보내게끔 해야 하는 것이다. 몰입 전략은 대중적 미디어를 기획하는 이들이라면 누구나 모색해야 하는 전략적 상수와도 같다.

상대적으로 '상호작용'은 발신 편만이 아니라 수신 편에서도 의사를 표하는 작용을 한다는 전제를 앞세운다. 몰입이 수신 편의 절대적 효력을 전제로 한 일방향의 작용이므로 일견 상호적이어야 하는 커뮤니케이션의 원리에 위배되는 전략이라서 우려되는 점이 있는 것이 사실이다. 이에 비해 상호작용의 전략은 수신 편에서 진행되는 수행의 효력을 발신 편의 효력과 동등한 수준에서 관심함으로써 양방향으로 진전되는 커뮤니케이션 원리를 따른다. 오늘날 디지털 미디어 단말의 전략적 거점이기도 하여 부상한 미디어 전략인데, 대중적 관심을 수렴한 미디어를 사이에 둔 발신 편과 수신 편 사이의 아슬한 '밀당'[밀고 당기기]을 적절하게 이해할 수 있는 개념적 구심이기도 하다. '몰입'이 기존 미디어의 전략적 상수였다면, '상호작용'은 '네오-뉴미디어'라 해도 좋을 디지털 네트워크 미디어의 전략적 상수라 할 수 있다.

미디어 전략·롤이라면 몰입 효과를 당연시하는 선입견에 제동을 걸 이유가 예 있다. 미디어는 대중의 관심과 의사를 일방향에 몰아 단선적인 반응을 이끎으로써 그들을 거래 관계의 호구처럼 사로잡아 두는 수단이 아니다. 수용자를 몰입하게 하는 미디어 전략을 구사할 때 당착하게 되는 반미디어적 반면(反面)을 경계하지 않으면 안 된다. 영상 미디어가 문자 미디어를 대체할 것이라며 그래서 문자 미디어에 '기반한' 문학 같은 것이 사라질 것이라며 호들갑스럽게 예언하고 나중에는 여실한 상황이 된 것처럼 단언하던 이들의 담론적 실천의 저의에 짙은 의구심을 보낼 수밖에 없었던 이유가 있는 셈이다. 영상 미디어라고 해서 몰입만이 태생적 전략·롤이 아니라는 엄연한 '개념적 사실'의 단서만이라도 알아챈 이라면 생각의 벼리에도 올리지 못했을 무지한 단언이 어쨌든 대세를 이루어 상식으로 굳어진 터라, 저들이 벌인 사태의 심각성은 실로 크다. 저들의 말만 믿고서, 이리저리 다른 면들을 보아 가며 진중하게 모색하지 않은 채, 문학의 위기를 모면할 요량으로 문학을 영상처럼 지어야 한다면서 설레발이 요란스러웠던 문학 세계의 단면도 한철에 불과했다고 치부할 수만은 없다. 미디어에 대한 몽매가 부른 피폭의 상흔이, 눈에 띄는 것보다 얼마나 넓고 깊은지 모르기 때문에 그렇다.

여하튼 문학은 저렇듯 운위된 수차례 위기를 극복해 오면서 체급을 키운 셈이다. 문학의 미디어적 가치는 그 어느 때보다 높게 매겨지고 있는 모양새다. 미디어의 가치가 그 어느 때보다 높이 평가되고 있는 현황과 맞물려 있는 셈이다. 디지털 미디어에 관여된 여러 방면에서 문학을 청하고 있다. 여러 영역에서 콘텐츠의 제작에 문학을 재료로 가져다 쓰고, 기법적 효과를 최적화하는 데 문학의 기법을 응용하며, 최종 산물의 텍스트적 완성도를 위해 문학을 닮으려 하는 식이다. 몰입만이 다가 아니라는 생각이 공분모를 이루는지 자연스러운 상호작용을 유도하는 방식을 문학에서 배울 요량을 하는 모양새다.

문학적 미디어는 기본적으로 모의(simulation)의 방식이다. 이 모의 방식의 두 축은 '모방'과 '낯설게하기'이다. 미디어 전략·롤의 '몰입'과 '상호작용'에 각각 대응되는 것이라 할 수 있다. 다만 문학적 '모방'은 일방향의 모사가 아니라는 점에서 '몰입'에 온전히 대응되지는 않는다. 모방은 거울에 비추는 행위가 대상의 외연을 투영하는 것 다음에 이어지는 '성찰'까지 포괄하는 개념이므로 몰입 효과만 낳는 미디어 작용에 관한 것이 아니라는 얘기다. '낯설게하기'의 경우는 아예 몰입과 대척에 있을 계열에 구성되는 개념이니, 문학의 미디어 전략은 기본적으로 '상호작용'에서 파생된다고 할 수 있는 것이다.

문학적 상호작용은 세계를 낯설게 함으로써 자동화된 세계의 이면과 심층을 볼 수 있는 혜안을 얻는 바탕을 마련해 준다는 문학의 자질을 구현하는 전략적 거점이다. 이는 나아가 현실의 제약과 일상의 억압에서 벗어나려는 모색과 투사의 장을 마련하려는 인간적 여망을 독자 층위에서 요구한다는 면에서 상호작용 전략의 의의를 확장·확산하는 데 이어진다. 현실을 비판하고 문학적 전망을 내리는 담론 공정에서 판타지를 소환하거나 현실 너머의 세계를 지어 이야기하는 방식이 쓰이는 면에서도 상호작용의 미디어 전략이 문학을 참조하는 콘텐츠들 간의 담론적 교집합을 이루기도 한다. 가상 현실 (VR) 미디어의 모사와 감각적 몰입과는 다른, 가상실재(virtual-real) 세계의 구성과 횡단적 수행의 '초시대적' 정경이 상호작용의 미디어 전략·롤을 명변한다. 디지털 네트워크에 기반을 둔 오늘날 미디어를 둘러싼 현황이 문학의 변화된 위상을 온당하게 이해할 맥락을 제공하고 있는 셈이기도 하다.

이즈음 다른 미디어와 비교하는 것을 유예하고 문학의 주 미디어인 언어의 미디어 전략·롤에 대해 논의할 필요가 생긴다. 미디어의 위계를 전제로 문학 미디어의 열등한 면을 극복할 수 있도록 우성의 미디어에 쓰이는 전략을 배울 필요가 있다는 견지에서 시발하였던 관심인 만큼, 미디어의 우성과 열성을 가를 기준이 모호할 뿐만 아니라 아예 그런 우열을 다툴 실체적 가치를 설정하는 것 자체가 부당하다는 점이 밝혀진 터라면, 위계적 차이를 전제로 한 비교 논의는 당찮은 것으로 판정되기 때문이다. 미디어 간의 차이보다 차연에 주목할 때 미디어 계열 간을 가로질러 중층적으로 이해할 수 있는 지평을 열 수 있을 테니 더욱 그러하다.

문학 플러스 미디어 전략

문학의 미디어인 언어의 기본 자질과 문학의 조건과 변수로 작용할 때 언어에 관여된 산술항 등에 대해서는 전장에서 살핀 바 있으니 되풀이할 이유는 없다. 다만 의사소통을 활성화할 수 있도록 중간에서 거간하는 언어의 구성적 자질에 대해서는 생각을 돌이켜 둘 일이다. 또한 언어 예술이라는 문학의 원리적 자질에 관한 이해의 단서를 꺼내 둘 필요가 있다. 상위 계열인 예술 활동의 미디어인 문학, 미적 가치를 창출하는 예술의 장르로서 문학적 인지 수행의 제일 미디어인 언어, 창의적 인지 수행을 돕는 미디어인 문학적 언어, 이와 같이 미디어로서 문학의 언어에 대한 관심을 촉발하여 문학의 미디어 전략·롤에 대한 생각을 진전시켜 보자는 것이다.

저 앞에서 운을 뗀 바, 어떠한 미디어를 거친 소여라도 언어적 변환을 거치고서야 인지적 결실로 남아 기억에 회부될 수 있다. 경험과 지각의 의식 회로는 종내 생각의 회로에 귀결된다. 물론 생각도 생각의 회로에 부쳐진다. 그리고 생각의 회로의 단말에는 기억의 회로가 이어진다. 기억의 양상이 여일하지는 않지만 기억으로 저장된다는 것은 인지 공정이 일단락된다는 징표다. 기억에 실패하더라도 음수값이 피드백될지언정 여하튼 인지 공정의 일단락은 지어진다. 이러한 생각의 회로는 언어적 절차가 주를 이루는 것으로 알려져 있다. 최초 구조주의의 발상의 벼리가 된 언어의 구성적 과정이 최신 뇌 과학을 중심으로 진전되고 있는 인지 과학의 여러 실험을 통해 입증되고 있는 터다. 언어로써 지각하고 언어로써 경험하며 언어로써 사유한다는 생각이 피상적 관념에 불과한 것은 아니었던 것이다. 인지적 소여가 인지적 결실로 변환되기까지 어떠한 미디어의 중개를 거친 경우라도 최종 단계에서 언어적 미디어의 중개를 거친 것으로 판명되는 것이다.

경험을 생각하고, 감정을 생각하며, 생각을 생각한다는 것이 불필요한 절차를 부가하여 사상의 분석을 복잡하게 한다고 치부해서는 안 된다. 상식적 세계에서도 곰곰이 따지다 보면, 일상의 숱한 일을 겪으면서 느끼고 판단하고 기억하여 얻은 정보들은 모두 생각으로 귀결되는데 그 생각을 언어로써가 아니면 할 수 없다는 엄연한 상황에 직면한다. 기억하지 못하면 아는 것이 아니라는 얘기가 항간의 상식처럼 통용되는 것을 떠올려도 좋겠다. 인지 수행의 귀결은 기억이고 기억은 생각의 저장 양태이며 생각은 언어 수행의 한 단락이다.

기억된 경험, 기억된 느낌, 기억된 생각, 이들이 인간의 인지 수행의 역량을 진전시키는 동력원들이다. 인간은 '기억의 달인'으로서 이른바 '인간급' 문명과 문화를 이루고 진전에 진전을 거듭할 수 있었다. 이러한 기억을 강화하는 데 최고 수준의 인지 역량을 결집하여 인지 역량의 급진전을 도모해 온 것이 인류 문명사의 구심이다. 언어의 발명, 그 중 '문자'의 발명이 이룬 역사 시대의 서막이 그 구심 가운데 중요한 전기를 이룬다. 산업 혁명의 아이콘인 '증기 기관'의 발명은 다른 무엇보다 인쇄술의 획기적 진전을 이끌었다는 면에서 가히 산업 혁명을 넘어선 인지 혁명의 도구가 되었다. 그리고 '미디어'라 할 때 이미지 도식처럼 누구나 떠올리게 마련인 레코딩(녹화·녹음) 미디어의 발명은 오늘날 디지털 네트워크 시대의 초석이 된 인류 문명사에서 가장 우뚝 솟은 표석(랜드마크)과도 같다. 이처럼 인간은 기억을 최고 단계에까지 올릴 수 있도록 혁신에 혁신을 거듭해 오고 있는 것이다.

눈치 있는 이라면 이러한 기억의 발명품이 미디어의 계열을 이루는 것을 알아차렸을 것이다. 의사소통의 중개자인 미디어는 기억의 거간꾼 역할을 하는 수단이나 진배없는 것이다. 실제 의사소통 과정에서 제법 상당한 부분이 기억을 돌이키고 기억을 확인하고 기억을 참조하는 데 할애된다. 일단락된 의사소통의 결과가 기억으로 남지 않으면 이어질 커뮤니케이션 절차에서 문제가 생기게 마련이다. 커뮤니케이션은 기억의 커뮤니케이션이라고 좁혀 말해도 틀림없다. 언어가 커뮤니케이션의 주된 미디어로 채용되고 있는 것은 이와 맥을 같이 한다고 해도 좋을 것이다. 기억의 격차를 좁히는 일이 인간 커뮤니케이션의 관건이라 할 수 있다면 언어의 격차를 좁히는 일이 마찬가지 맥락에서 관건일 수 있는 셈이다. '말이 통해야' 이어질 소통의 수행이 가능해지는 것을 실로 경험하지 않는가 말이다.

기억에 관여된 인지적 수행을 중개하는 언어의 역할에 주목하고 보면, 문학을 '기억을 기억'하는 데 쓰이는 미디어라고 해도 좋을 것이다. 심상하고 하찮게 보이는 일상의 일이라도 기억에 회부하고 그 기억을 돌이켜 성찰하여, 표층이나 표면에 가리운 이면이나 심층을 들추어 다면적·다층적 의미와 가치를 드러내 보일 수 있는 여지가 열린다. 그 여지에서 문학이 발흥하는 것이다. 사상을 낯설게 함으로써 상호작용의 조건과 변수를 짓는 문학적 수행의 공정이 '기억을 기억'하는 중간 공정 없이 이루어질 수는 없는 법이다. 문학은 기억의 기억 공정을 구동할 때 그 미디어 전략이 적중될 가능성이 커진다고 할 수 있다.

문학의 방식은 기억의 방식이다. 역사가 기억을 기록하는 것이라면 문학은 기억을 기억하는 것이다. 기억을 기억하라는 말은 무의미한 동어반복이나 중언부언이 아니다. 기억을 돌이켜 다시금 기억의 회로에 되돌려 산입하여 얻은 값은 일차 연산의 결과 값과 다를 수밖에 없다. 단순히 사실의 기록이 아니라 이를 다시금 생각에 돌리는 것이니 사실의 겉에 드러나지 않은 면면을 기술할 수 있는 여지가 생긴다. 사실의 전모를 기억하는 이는 아무도 없다. 사건에 연루된 당사자라도 그 일의 전역에 걸쳐 낱낱의 정보를 꿰뚫어 알지 못한다. 여러 증언과 현장의 증거와 정황 등을 정리하여 보는 이라고 해서 그 전모를 안다고 자신할 수 없다. 사실의 기록은 사실 전역의 기록일 수 없는 것이다. 사실의 기록이라는 미명 아래 혹 사실과 달리 기록한 결과라면 어떨까 염려스러운 구석도 없지 않다. 기억의 기록(모든 기록은 기억의 기록일 뿐이다)이 가리키는 단면이나 겉모습만이 참됨을 증명할 수 있는 것은 아닌 터라면, 기억의 기억을 통해 그 다층의 면면이나 숨겨진 모습을 들추어 기술한다면 이는 진위 여부를 떠난 다른 준거에 따라 그 값을 산술해도 좋은 것이다. 문학은 기억을 기억하는 특수 미디어로서 인정되어 왔고 이점에서 그 기능을 인정받아 왔다.

문학은 기억의 방식으로서 최적화되어 왔다고 해도 과언이 아니다. 대표적인 문학의 기법인 '플래시백(flashback)'은, 다른 미디어 장르에서 탐내어 응용하여 쓸 만큼, 기억을 기억하는 제시 방식의 모범을 보인다. 벌어진 일을 순차적으로 배열하지 않고 인과적 관계를 제시하거나 구성상 묘미를 살리거나 하는 식의 구성적 전략에 따라 그 조건과 변수를 달리 대입하여 시간 순서를 해체·재구성하는 기법이 플래시백이다. 항간에는 영화 기법인 플래시백을 문학에서 차용하여 열성 미디어의 흠을 보완하려 하였다는 당찮은 오해가 퍼져 있는 듯한데, 이는 오해도 아니고 그저 무지한 생각에 불과하다. 영화사를 잠깐만 보아도, 영화의 위기를 극복할 요량으로 장편이면서도 재미를 줄 수 있는 영화의 기법으로 도입한 것이 소설의 플래시백 기법이었다. 영화를 필름 롤 그대로 상영하지 않고 편집하여 모종의 서사적 효과를 넘으로써 영화를 보고서 소설을 읽는 듯한 재미를 선사하려 했던 것이다. 러닝타임을 길게 해도 흥미를 떨어뜨리지 않기 위해 영화는 소설이 되어야 했던 것이다. 특히 동시에 진행되는 장면을 표현할 길 막막했는데 디킨즈의 소설에서처럼 장면을 병렬적으로 배열함으로써 흡사 동시 진행되는 듯한 '서사적 환영(illusion)'을 불러일으킴으로써 실감나는 재미를 구현할 수 있는 길을 찾았던 것이다. 영화도 '기억의 기억' 방식을 비로소 구사할 수 있게 된 셈이다.

영화가 문학을 닮는 데 성공한 단서 표지가 플래시백의 구현이었다. 이를 계기로 혁신에 성공한 영화가 시대를 풍미하는 미디어 장르로 거듭날 수 있었던 것이다. 활동사진(motion pictures)에서 극-영화를 지나 서사-영화로, 또 서정-영화로 그 장르종을 넓힐 수 있었던 것이 영화가 예술의 반열에까지(영화계만의 판단이지만) 오를 수 있었던 비결이다. 영화는 그저 단말의 미디어 기술에만 의존하는 단순 장르가 아니라 시스템 차원의 장르라는 점 굳이 사족처럼 첨언해 둔다.

여럿을 참조하여 정리하자면, 오늘날 미디어에 대한 이해에서 구심은 미디어의 경계를 가로지르는 디지털 전략을 이해하는 데 있다. 거듭 말하지만 미디어는 실체로서 고정되어 종별로 우성과 열성이 있는 것이 아니며 특정한 시대적 계기에 따라 생멸하는 활물적 대상이 아니다. 최적의 중개 역할을 다할 수 있는 전략·롤에 관여되어 특정 맥락에서 적용의 국면이 달라질 여지에 있는 구성적 수단인 것이다. 더욱이 한 방식의 미디어 자체로 커뮤니케이션을 완수하기 힘들어 복합적인 미디어 방식을 요하는 경우가 느는 시점에서는 미디어의 선택보다 미디어 전략의 수립에 관심할 여지가 더 커진다. '디지털 전략'은 이런 맥락에서 제안할 수 있는 방법적 개념이다.

'손가락(digit)으로 짚어서 보다.' 디지털 전략을 압축할 만한 말이다. 디지털의 어근이 그러하기에 쓰는 은유이기도 하지만 이를테면 환유에 가까운 말로 이해해도 틀림없다. 세계는 끊임이 없이 이어져 있는 아날로그이지만 사람들이 이러한 세계를 분절하여 표지를 붙여 짚어 보는 식을 취하고 있으므로 인간의 인지 방식은 '디지털'이 바탕을 이룬다고 할 수 있는 것이다. 인위적 행위의 단서가 인간종만이 가졌다는 기관인 '손가락', 특히 엄지손가락이다. 이 손가락의 힘으로 도구를 사용할 수 있게 된 것은 주지의 사실인데, 손가락으로 짚듯이 세계의 사상을 짚어 볼 줄 아는 것도 인간종만의 손꼽히는 역량이다.

아날로그 세계는 디지털 방식으로만 인지 회로에 산입될 수 있다. 앞선 장들에서 얘기한 바와 같이, 인지는 구조적 개념 도식의 서고 목록에 대응되는 도식이 있을 때 이에 사상된 의미를 인출하여 일단락된다. 단말의 기관을 통해 수용되는 대용량의 정보들은 병렬 처리 공정을 통해서라야 실시간으로 처리될 수 있는데 이 공정이 디지털 방식이다. 디지털 방식이 아닌 순차적 처리 공정을 통해서는 이러한 정보 처리가 불가능에 가깝다. 인지 활동은 개념화를 위한 수행인데 개념을 산출하는 개념 회로가 디지털 공정에서 작동하는 것이다. 따라서 단말의 미디어가 디지털 기술을 응용한 것이든 아니든 간에 미디어는 기본적으로 디지털 방식의 인지 공정에 기여하는 방향으로 작동해야 한다. 세계의 사상을 분절하는 데서 시발하는 언어 공정이 디지털 방식의 전범에 해당한다고 해서 의아해 한다면 이는 디지털 개념의 단면만 이해했거나 잘못 이해하고 있는 탓이다. 언어는 디지털 미디어이다.

언어가 디지털 미디어라면 이를 주 미디어로 활용하는 문학이 디지털 미디어 장르일 것은 수순이다. 이러한 판단은 옳다. 디지털 미디어 언어를 써서도 그러하지만, 문학의 인터페이스 방식인 '상호작용'이나 세계를 낯설게 하여 거리를 두고 보는 방법적 자질 면을 고려해서도 그리 얘기할 수 있다.

'세상, 문학으로 짚어 보다.' 일상은 흐름의 연속이다. 이 자동화된 흐름을 문학으로 낯설게하기가 가능하다. 그 낯섦은 연속을 끊어 대상화한 데서 비롯한다. 이러한 대상화가 디지털 전략이다. 이어진 사상을 분절하여 어느 편을 가리켜 인지의 대상으로 부각하는 일이니 그러하다. 문학적 수행의 의의와 가치를 이해하는 단서 하나로 삶의 디지털 전략을 꼽을 수 있는 것이다. 다만 이는 단순히 디지털 미디어 단말의 형식으로 변환한 문학 텍스트의 형태를 일컫는 것이 아니니 주의를 요한다.

세계의 시간적 아날로그에 대해 디지털 전략은 문학이 여는 공간적 자유에 관한 심상을 환기하여 그 값을 더할 여지를 키운다. 우리가 흔히 묻는 '마음에 담을 만한 문학의 가치'에 대한 답을 이러한 맥락에서 찾은 문학의 위상에 견주어 가며 찾아도 좋으리라. 문학적 수행의 디지털 공정에 부쳐질 삶의 면면이 변화되어 산출될 값이, 문학이라는 미디어가 디지털 네트워크 시대에서 점할 위상에 관여되어 있다고 할 것이다. 문학은 디지털 기술이 생기기 전부터 쓰여 온 오리지널 디지털 미디어이다.

디지털 미디어의 문학 전술

문학은 디지털 미디어 장르다. 이는 놀이·게임과 원리적 계열이 동위에 있다. 문학이 디지털 방식이라는 것은 현실 세계를 움직이는 제도나 규범의 적용 범위에 있지 않다는 전제적 공리가 필요하다는 얘기다. 몰입을 위한 모방의 방식이 아니라 상호작용을 위한 낯섦의 모의 방식을 취한다면 더욱 그러하다. 게임에 현실의 제도적 원리를 들이대서는 곤란하듯이 문학의 경우도 그러한 것이다. 물론 상대적으로 게임의 룰을 현실에 이어서는 안 될 일인 것처럼, 문학의 룰을 현실의 룰과 동일시하여 몰입해서는 안 될 일이다. 상호작용의 미디어 방식이 각별히 요구된다고 한다면 이 맥락을 염두에 둔 것이다.

게임을 통해 얻는 고양된 감성이나 흥미, 재미 등은 간접의 대리 체험에 국한된다. 문학을 통해서도 마찬가지다. 이때 놀이와 노름이 한 끗 차이의 경계 상황(liminality)에 놓여 있다는 데 주의할 필요가 있다. '놀다'를 어근으로 하여 파생된 말이면서도 둘의 의미는 지시적으로나 내포적으로나 사뭇 다르다. 어쩌면 정 반대되는 파급 효과가 날지 모르는 적대적 의미 관계에 놓여 있는지도 모른다. 놀이의 끝과 노름의 끝이 어떻게 다를지는 곰곰이 따질 필요조차 없이 선명하다. 명절에 친지들끼리 재미 삼아 벌인 고스톱 판이 놀이로 훈훈한 분위기 속에 끝날 때와 노름판으로 변질되어 파국에 이를 때를 상상해 보면 금세 그 차이를 알 것이다. 노름까지는 아니라도, 머리 식힐 겸 시작한 게임에 푹 빠져 날을 새거나 심지어 식음을 폐하고 게임에서 헤어나지 못하는 경우 이는 게임을 즐기는 것이 아니라는 점 또한 금세 알 만하다.

놀이는 상호작용을 바탕으로 일상에서 잠시 벗어나 재미를 얻고 일상으로 복귀할 힘을 돋우는 수단이다. 이에 몰입하여 그로부터 거리를 두는 데 실패할 경우 이는 더 이상 놀이가 아니며 삶에 긍정적 영향 대신 부작용만 잔뜩 안길 공산이 크다. 삶의 문제 상황을 지나치게 실감 있게 구현하여 게임 세계에서조차 일상의 다난함을 체감하는 상황이 지속되는 경우도 게임 상황을 온전히 중개하는 것이 아닌데, 이 또한 몰입의 일면이다. 몰입하게 되는 것은 순간일 경우가 다반사다. 상호작용에 바탕을 둔 미디어의 순기능에 관심해야 하는 이유다.

이런 맥락에서 가상 현실(VR; virtual reality)의 모의와 가상실재(virtual-real)의

모의를 변별할 여지가 생긴다.

단말 기기의 도움을 얻어 현실과 흡사한 대상이나 상황을 가상의 삼차원 (3D) 영상을 통해 구현하는 것이 가상 현실이다. 이때 최종-사용자(end-user)가 경험하는 것은 현실과 흡사하지만 명백한 환상이다. 유저는 그것이 가상인지 알고 있으며 가상인데도 실상과 흡사하다는 생각에 신기함을 느낀다. 그리고 그 가상 세계의 주역이 된 듯한 기분에 들떠 종횡무진 가상의 임무를 수행하거나 볼거리를 즐기며 실감 있는 환상을 경험한다.

이에 비해 가상실재는 투사된 가상의 환영을 실상처럼 느끼게 하는 실제 경험을 일컫는 것이 아니라 가상과 실재가 혼재되어 있는 양상을 일컫는 개념이다. 가상과 실재가 혼재되어 있다고 했는데 실은 둘 사이의 경계가 없지 않지만 모호하거나 가상이지만 실재하고 실재하지만 실상의 연장을 측량할 수 없어 둘 중 어느 한편이라고 단언하기 곤란한 지경에 상응한다. 가령 디지털 네트워크로 연결된 세계가 이에 걸맞은 사례다. 네트워크 세계는 그 실상을 가늠할 수 없지만, 우리는 그 세계에 접속하여 일상적 의사소통을 하고 업무를 보고 쇼핑을 하고 여가를 즐기는 등 일상의 일 거개를 할 수 있다. 사이버 세계라고 치부할 수 없을 만큼, 이 네트워크 세계는 실재하는 세계다. 실상이 없어 가상이라 해야 할 테지만 일상생활을 이어갈 수 있는 세계이니 가상 세계라고 할 수 없는 것이다. 되려 네트워크 세계에서 벗어나서 삶을 온전히 이어갈 수 있을지 염려하게 되는 본말이 전도된 듯한 인상조차 든다. 그만큼 오늘날 디지털 네트워크 세계는 '가상실재' 개념을 제시한 바탕이기도 하지만 그 자체로서 이 개념의 의미망을 명증하는 재귀적(self-referential) 사례인 셈이다.

현실을 부풀린 가상 체험과 자유로운 시공의 가상 체험은 그 지향과 방식 면에서 크게 다르다.

가상 현실의 체험은 단말 기기의 성능을 높이고 애플리케이션의 기능을 최적화하며 업그레이드하면 할수록 그 효과가 커지게 마련이다. 그렇다고 사용자의 현실적 경험의 폭과 깊이가 더해지는 것은 아니다. 호기심과 신기함이 컸던 만큼 더 현실에 박진한 실감을 구현할 것을 요구하다가 되려 현실에서조차 경험하기 어려운 경험까지 탐내며 헤어나지 못하게 될 공산도 없지 않다. 현실의 한계 너머로 진전하기는커녕 완고한 벽으로 둘러싸인 현실을 용인하는 꼴이 나기도 쉽다. 어떠한 수행을 완수하였는데도 존재를 다시금 현실의 벽 안에 가두는 미디어 작용을 두고서 그 의의와 가치를 고평하기는 어려울 것이다. 이런 경우라면 한두 번 재미 삼아 즐기는 유희 도구로 쓰이는 편이 그나마 나을 듯하다.

상대적으로 가상실재는 현실의 제약에서 벗어나는 모색과 투사의 이중항에 걸쳐 존재의 기획을 돕는다. 문학적 모의를 통한 낯설게하기의 효력을 염두에 둔 이라면 이러한 진전된 기획의 가치를 수긍할 것이다. 가상과 실재의 경계가 모호하거나 뒤섞여 구분할 수 없는 혼돈의 상황(chaos)이지만 이는 새로운 질서(cosmos)를 예비하는 신화적 세계의 현현에 가까운 기획이다. 오늘날 눈앞에 여실히 현현된 촘촘한 네트워크 세계를 누가 감히 상상이나 했겠는가. 공상 수준에서 펼쳤던 그 어떤 SF에서도 오늘날 네트워크 세계의 디테일을 예시하지 못했다. 추상의 층위에서 구상의 층위로 투사된 네트워크 세계의 가상실재는 현황만으로도 충분히 신화적 스케일을 준비해야만 온전히 측량할 수 있는 정도의 규모를 양질 양면에 걸쳐 자랑한다.

문학적 모의를 통한 낯설게하기의 미디어 전략이 이러한 규모에 알맞은 스케일을 갖추고 있다고 할 수 있다. 사실이냐 허구냐 하는 식으로 양단의 가치를 선택하라는 우문은 이제는 문학에 어울리지 않는다. 허구적 장르라는 낙인에 가까운 개념적 표제도 문학을 규정하지 못한다. 일견 그런 식으로 문학을 한정하려는 담론적 실천에서는 그 저의가 어떤 이데올로기적 바탕에서 파생되었는지 반드시 따져 물어서 몽마와도 같은 허구와의 질긴 악연을 끊어 마땅하다. 문학은 더 이상 허구가 아니다. 사실에 근사한 모방과 재현으로써 허구 아닌 척 위장 술책을 고도로 써야 할 이유가 없다. 문학이라는 미디어는 그런 방면의 소통을 위해 봉사하는 수단이 아니기 때문이다. 애초부터 그러했지만 각설하고, 적어도 오늘날 문학 미디어의 위상이 그런 데 구성될 이유는 물론 그리할 명분조차도 없다. 디지털 네트워크 시대 문학의 위상 변환이 감지된 지 오래인 터다.

미디어와 문학의 함수에 관해서 얘기할 때 단골손님처럼 불려 나오곤 하는 것이 문화 콘텐츠다. 이는 잘 알려진 제재를 새로운 콘텐츠로 가공해서 객체로서 드러나게 하는 미디어의 다면과 다층에 대한 관심을 부른다. 특히 문학을 원자재 삼아 문화적 가공 공정을 거치는 데서 작용하는 미디어의 기능과 가치 등에 대한 관심이 문화 콘텐츠 이해의 핵심을 이룬다. 미디어의 조건·변수에 따라 구성되는 콘텐츠의 역학적 기제를 살필 수 있는 중요한 논점이라는 면에서 '문학 플러스 미디어' 계열에서도 관심거리가 아닐 수 없다. 그런데 구체적인 하위 주제의 설정 경로나 논의의 방법적 개념의 적용 국면에서 썩 설득력 있는 성과를 찾을 수 있는지는 의문이다.

요컨대 콘텐츠에 대한 관심인가 미디어 기법에 대한 관심인가 하는 의구심이 드는 면면을 엿볼 수 있는 식이다. 미디어 기술에 갇힌 콘텐츠는 형식에 갇힌 내용의 현란하지만 공허한 모습과도 같다. 미디어에 갇혀 확산하지 못하는 문화의 의미와 가치 등도 공허함을 더하여 큰 염려를 낳는다. 가령 문화를 복고풍에 가두어 문화적 진전과 정반대 방향의 퇴행을 야기하는 사례들이 한둘이 아니어서 염려를 넘어선 위기감마저 키운다. 최근 유행을 타고 곳곳에 조성된 소위 '근대 문화 거리'는 심지어 일제 강점기에 강요된 식민지 문화에 대한 찬사를 전제로 한 담론적 실천의 사례다. 한정된 문화적 향유층을 타깃으로 하는 것도 문제다. '정통 트로트'를 표방하며 이를 콘텐츠의 주제로 상정하여 제작되는 방송 프로그램과 이와 제휴한 파생 프로그램이나 광고 등도 최근 유행하는 콘텐츠 유형인데 이들 또한 복고적 퇴행의 우려를 낳는다. 특정 세대를 타깃으로 하여 그 세대가 젊은 시절에 향유한 문화의 일면에 대한 향수를 불러 감성을 자극하는데 그 전파의 동력이 상당하다. 이면적으로는 그 세대를 장악했던 이데올로기적 바탕을 환기하는 거간꾼 역할을 하는 것으로 읽히기도 하여 좀더 면밀한 담론 분석의 대상으로 부상하기도 한다.

대체로 문화의 의미와 가치 등에 대한 원리적 단서에 주목하지 못한 경우들이 보여 성찰이 요구된다. 문화를 실체적 대상으로 전제하고서 거기에서 눈에 띄는 제재를 가져다 미디어 기술을 적용하여 새로운 외피를 입혀서 눈에 띄는 실체적 대상을 '제작'하고 '전시'하는 것으로 문화 콘텐츠 '사업'을 일단락하는 것이 대체적인 현황이다. 소위 '체험형 콘텐츠'라고 해서 달라진 것은 별로 없다. 무엇인가 실체적인 대상이나 조형물, 또는 단말의 기계 장치 등을 통해 실물로 현현된 것을 콘텐츠라고 여기는 모양샌데, 이는 미디어에 대응될 것이지 콘텐츠에 대응될 것이 아니다. 미디어에 대응시켜 이해한다손 치더라도 중개 수단으로서 미디어의 전략·롤에 관한 관심과 이를 최적으로 적용하여 효과를 거둘 수 있는 방안을 고심해야 하는데, 미디어 자체가 콘텐츠가 된 듯이 볼거리 즐길거리가 미디어 기술과 미디어 단말기로 한정되고 마니 위기감이 든다는 얘기가 과장일 수 없다.

이런 상황에서 문화 콘텐츠의 위상을 돌이켜 유념할 필요가 있다. 특히 문화가 구성적 개념이며 인간 삶의 진전에 기여하는 생활 방식을 총체적으로 조망하는 개념이라는 점을 돌이켜야 한다. 그러한 개념망 내에서 하나의 문화 객체로서 안출된 하나의 구성체로서 '문화 콘텐츠'를 한정하는 전제 같은 것이 필요한 것이다. 이 지점에서 문학이라는 미디어이자 콘텐츠인 인자가 대입되어야 공정이 순조롭다. 처음부터 문화 콘텐츠의 재료로 문학의 실체적 국면에 주목하여서는 위에서 언급한 문제 상황이 반복되고 만다. 문화도 콘텐츠도 문학도 구성적 개념이라는 점, 그리고 콘텐츠를 중개하는 미디어도 구성적 개념이라는 점, 미디어는 그 기능과 효과에 주목한 미디어 전략·롤이 관건이라는 점 등을 재삼 인식하고 이를 실천적 수행에 반영해야 한다. 문화 콘텐츠는 문화적 확산과 전승에 관여된 문학적 수행의 예지와 전망을 통해 그 외연이 넓어지고 그 가치가 확산될 수 있다. 디지털 네트워크 환경에서 더욱 그러하다.

문화 콘텐츠의 방법적 개념으로 절찬 중인 '스토리텔링'의 전략적 거점에 대해서도 진중하게 살펴야 한다.

항간에서는 '소설 쓰고 있네!', 소설 쓰지 마라!', '기자가 소설가는 아니잖니?' 등과 같이 스토리텔링에 관여된 담론이 제법 쓰이고 있다. 소위 '막장 드라마'라도 레벨이 서로 다르지 않던가 하고 생각해 본 이라면 바로 스토리텔링의 개념을 은연중에 의식하고 있는 사람이다. '로미오와 줄리엣' 같은 이야기인데 이 소설은 뭔가 좀 다르네 하고 느꼈다면 스토리텔링의 가치 요소에 대해 답할 채비가 된 것이다.

같은 이야기라고 해서 다 같은 이야기가 아니다. 같은 이야기라도 이야기하기 나름으로 전혀 다른 효과가 난다. 그 효과는 재미일 수도 감동일 수도 교훈일 수도 있다. 재미라도 긴장감 넘치는 반전이 거듭된 사건에서 오는 재미일 수도 있고, 밀고 당기는 '사랑의 줄다리기'를 보며 실감하는 재미일 수도 있고, 비극적인 운명에 연민을 보내며 느끼는 재미일 수도 있고, 알지 못하던 세계를 발견한 경이로움이 변환된 재미일 수도 있고, 진지한 철학적 진리를 하나하나 터득해 가는 재미일 수도 있다. 감동이나 교훈도 마찬가지로 다양한 양상이니, 이야기가 주는 효과가 여일하지는 않은 것이다. 이처럼 이야기는 어떻게 하여야 제맛인지 따져 보게 되는데, '스토리(의) 텔링'이 이를 일컫는 말이다.

말하자면 '문학 삼합' 같은 말을 제안할 수 있다. '제재의 가치+구성의 묘미+담론적 효력'이 문학 삼합 조합이다. 아무리 좋은 제재라도 적절히 구성하여 효과적으로 담론하지 않으면 좋은 반응을 부를 수 없다. 이러한 삼합을 서비스하기 위해 스토리텔링을 잘할 필요가 생긴다. 문화 객체를 문학의 방식으로 변용하는 다차원의 위상을 고려할 때 문화적 과정으로서 스토리텔링의 중요성은 말할 나위 없다.

문학에 담겨 있고 담길 것이며 마땅히 담겨야 할 인간 삶의 다층과 다면에 걸친 의미와 가치는 문화 층위의 콘텐츠에서도 구현되어야 한다. 일상에 여지를 더하는 문학적 담론의 긍정적 효력 또한 문화 콘텐츠에서 실현되어야 옳다. 잘 찾고 잘 짓고 잘 말하는 과정에서 드러나는 문학의 전망은 문화 콘텐츠의 전망과도 계열상 일치한다. 스토리텔링은 스토리 층위 아닌 텔링 층위의 개념적 전략으로서 문학만 아니라 문화 층위의 콘텐츠 구성의 전략으로서 늘 유효하였다. 디지털 네트워크 환경과 미디어 전략이 조건·변수로 더해진 오늘날 그 전략의 결(texture)이 달라 보일지언정 그 바탕이 달라진 것은 아니라는 데 유의할 필요가 있을 뿐이다.

손가락으로 세상을 혁신하다! 중언이지만, 손가락은 인간의 문화적 전략의 상징과도 같다. 손가락의 힘으로 도구를 운용하여 문명을 창출하고 이를 바탕으로 문화적 적층의 미디어를 혁신해 올 수 있었다. 엄지는 대뇌 신경에 직결된 만큼 도구를 사용하면 할수록 뇌의 기능이 계발되고 급격한 진화의 동인이 된다. 손가락의 힘은 인간급 인지 능력을 이끈 최고 동력이다. 손가락으로 짚는 기술 '디지털'은 인류 진화의 단서이자 수렴점인 것이다.

끊임없이 이어진 세계를 나누고 새로 엮어 직조한 세계는 인간의 삶이 진전되고 있다는 디지털 징표와도 같다. 세상을 디지털 부호로 바꿀 수 있는 인간만의 능력은 순차적 시간의 제약 속에 이루어진 세계의 한계를 넘어설 수 있는 비약의 동력이다. 자기 영역의 제한을 넘어 진전된 세계로 나아갈 디지털 동력은 자동화된 일상에 던지는 낯선 시선과 남다른 수행의 여지를 구성한다. 그리고 종내 인간의 창발적 수행과 인지적 디지털 공정이 만나는 공간이 그 여지에서 열린다. 디지털 미디어와 문학의 함수가 이를 여는 산술항이다.

°플러스 디지털

이른바 디지털 시대, 디지털 네트워크를 기반으로 한 사회·문화적 조건에 대응한 문학의 위상 변환 양상이 흥미롭다. 흔히 아날로그 시대의 산물로 간주되는 문학이 디지털 환경에 발맞추어 변모해야 한다는 얘기는 이미 상투형이 된 지 오랜 인상이며, 변모 양상이 실로 나타나고 있는 상황도 오래 진전되어 온 것이 사실이다. 그런데도 문학의 대응이 더딘 듯 보이거나 한 편에서는 문학장의 급격한 변화에 우려를 표하는 목소리가 커지는 듯도 하여 다소 혼란스럽기도 하다. 일견 문학을 실체로 전제할 것인지 구성적 현상으로 전제할 것인지에 관한 관점의 문제항이 이에 걸쳐 있는 듯하여 '문학 플러스 디지털'에 관해 찬찬히 산술해 봄 직한 여지가 커진 셈이다.

디지털 네트워크에 참여하도록 돕는 정보·통신(IT) 도구와 멀티미디어 사용자 경험(UX), 그리고 사회적 관계망 서비스(SNS) 등이 저변화되면서 변화된 미디어 환경 속에서 특히 서사 장르의 변모 양상이 사뭇 뚜렷하다. 대체로 디지털 시대의 문화적 풍경을 이야깃거리로 채용하는 것은 물론, 다른 매체의 이야기 저본을 제공하는 역할을 하는 양태로 서사의 몸이 변신을 꾀한다. 나아가 디지털 매체의 기법이나 인터페이스를 본따서 이야기를 구성하고 담론할 요량으로, 기성의 소설과 같은 서사 양식과 사뭇 다른 형태를 창안하여 제안한 경우도 적지 않다. 월드 와이드 웹(흔히 인터넷이라 통칭되는)으로 대변되는 디지털 네트워크의 게시 기능을 활용하여 지어진 소위 웹 소설이나 웹툰까지 감안한다면, 디지털 시대 문학적 서사의 변모 사례는 어지러울 정도로 편재해 있다. 인상이나 기호(嗜好)에 기댄 채 호불호를 가리거나 변화된 현상을 옹호하든가 아니면 숫제 비판하는 단선적 태도에서 벗어나, 무릇 디지털 시대의 서사, 혹은 디지털 서사의 본색과 자질을 섬세하게 논의할 수 있는 이론적 통찰이 요구되는 때이며, 그런 요구에 부응한 연구의 결실들이 제법 가시권에 들 만큼 몸집을 부풀리고 있다.

그런데 단지 디지털 문학을 규정하여 범주화하고 그 실체적 본질을 묻는 데서 논의의 향방을 찾을라치면 연구 성과가 온당한 수준에 이르렀는지 쉬이 장담할 수는 없어 보인다. 장르종 차원의 표층적 구조나 형식을 전제로 디지털 문학의 범위를 구획하여 그 대상을 획정하고, 이미 잠정적으로 규정된 특징을 논의 전제로 삼아 재귀적으로 확인하는 패턴을 여러 연구 결과에서 읽을 수 있기에 하는 얘기다. 가령 소설을 두고 디지털 서사 논의를 펴는 경우, '디지털화된 서사' 유형에 속할 대상을 두고 매체의 전이에서 비롯되는 대비적 특질을 실증하는 경우, '디지털 매체로 표현된 서사' 유형에 속할 대상을 두고 이른바 '스토리텔링' 기법이나 '문화 콘텐츠' 변용 양상을 논급하는 경우, 아예 태생이 디지털 매체를 통해 생산된 웹 문서나 영상물, 비디오 게임 등으로 논의 대상을 급진적으로 바꾸어서 논급하거나 하는 경우 등이 거개다. 그로써 빚어지는 환원주의적 오류는 유형론이나 구조적 대비 논의의 한계에서 이미 예견된 바이다.

특히 디지털 매체를 통해 유통되는 서사물을 대상으로 할 때에는 그 대상의 형식에만 주목하여 심각한 환원주의에 봉착할 가능성이 우려된다. 가령,

아케이드 형태의 비디오 게임의 경우 디지털 매체 장르에 편입시킬 수 있을 지는 의심스럽다. 디지털 자질 가운데 가장 중요한 '상호작용성(interactivity)' 을 결여한 게임은 디지털 장르로 분류할 수 없기 때문이다. 가령 게임 장르의 변별 기준을 세운 고전적 게임을 보자. 같은 슈팅 게임이라도 '버추어 캅'과 '메달 오브 아너'는 그 인터페이스나 게임 진행 방식, 효과 등의 면에서 매우 다르다. 오늘날 네트워크를 통해 여러 사용자들이 파티를 형성하여 공동의 미션을 수행하는 일인칭 슈팅 게임(FPS)에 이르기까지 디지털 자질을 최적으 로 구현하거나 디지털 방식을 최선으로 활용하여 마니아 층이 대중화되는 다소 아이러니한 흥미로운 상황을 보자면, 단순히 단말의 디지털 디바이스를 이용한다고 해서 곧 디지털 서사의 자질을 획득하는 것은 아니라는 점을 납득할 수 있을 것이다. 레이싱 게임의 고전인 '아웃런'이나 '니드 포 스피드' 의 게임성과 '나스카 레이싱'이나 'F1' 프렌차이즈 게임 시리즈의 게임성이 다른 데도 유의하고 보면, 각 장르별로 디지털 자질의 여하나 양상이 다르다 는 사실에 직면하게 된다. 롤 플레잉 게임(RPG)의 명작인 '파이널 판타지' 시리즈와 '폴아웃' 시리즈의 차원이 다른 것도 마찬가지 맥락의 예지를 일깨 운다.[1] 그만큼 '디지털+서사'는 그 자질의 면면을 해석함으로써 논급할 산술 항이지, 단순히 비슷한 형태(장르든 유형이든)를 띤다고 해서, 또한 디지털 매체 를 통해 유통된다고 해서 모두 다 같은 장르류에 귀속시켜서 일괄 계산할 문제가 아닌 것이다. 하물며 매체를 달리하여 유통되는 서사물을 두고 '디지 털'이라는 공분모를 전제로 같은 자질을 지닐 것이라고 일방으로 환원하는 데서 빚어지는 문제가 없을 수 있겠는가.

디지털 인터페이스의 서사적 자질

오늘날 디지털 공학 기술과 이에 기반한 디지털 네트워크는 삶의 세계를 에워 싼 개개 생활 방식의 환경은 물론 생활 방식의 총체에 상응하는 문화적 진전의 바탕을 새롭게 구성하였다. 특히 산업 시대와 사뭇 다른 커뮤니케이션의 방식과 이를 매개하는 미디어의 재편에 따른 공생과 공유의 가치를 문화장의 최전선에 떠오르게 하였다. 이렇듯 격변하는 문화적 수행의 장에서 서로의 정서와 경험, 생각 등을 나누고 양질의 정보를 거래함으로써 짐짓 네트워크의 긍정적 기능을 최적으로 누리려는 모색이 서사적 수행에 대한 관심에 수렴되고 또한 서사적 수행에서 파생되는 문화적 진전의 동력을 발전하는 계기로 이어진다.

상호작용(interaction), 하이퍼텍스트(hypertext), 멀티미디어(multi-media)로 요약할 수 있는, 디지털 미디어를 통한 의사소통의 요건은 서사 영역을 경유하여 이루어지는 커뮤니케이션의 장에서 유효 적절하게 적용된다. 가령 소설에 디지털 시대의 풍속이 투영되는 것은 별스럽지 않은 일이 되었으며, 소설의 형식이나 기법, 주제 구현의 양상에 이르기까지 디지털 커뮤니케이션의 방식이 채용되고 서사의 디지털 자질이 적중되고 있는데 이는 표층에 불과하다. '디지털화된 소설'이라 할 수 있는 웹 소설이 세를 키우는 정황이나, '디지털 소설'이라고 할 수 있는 '하이퍼 픽션' 형태의 외연을 띤 텍스트가 이채로와 보이지 않게 된 현황에서 그 단적인 사례를 엿볼 수 있다.[2]

그런데 이러한 양상이나 사례들이 이 시대의 문화적 환경이나 조건, 혹은 필요에 종속되는 것만은 아니라는 데 유의해야 한다. 디지털 네트워크가 오늘날 직면한 환경인 만큼 디지털화된 소설은 최근의 문화적 소산일 수밖에 없겠지만, 디지털 서사에 근사한 소설의 사례와 거기 내재한 서사 기법의 원리를 설명하는 입론마저 완전히 새로운 것은 아니다. 가령 '서사 공간'은 소설의 디지털 자질을 추론하는 방법적 개념의 계열에 비견된다. 온당한 이해의 관건은 겉으로 드러난 인터페이스나 양식 표층의 유사성을 확인하여 자명한 것으로 전제하는 시각에서 벗어나서, 그 대비적 자질(features)이 수렴되는 개념적 계열의 좌표를 수립하고 의미망을 구성하는 방법적 단서를 찾는 데 관심하는 것이다. 이를테면 서사의 '디지털 자질'은 무엇인지, 그리고 매체의 디지털 자질은 무엇인지 궁리한 결과를 통찰함으로써만 서사와 디지털을 조응시킬 단서를 얻을 수 있을 것이다. 그럴 때면, 시간의 궤적을 따라 벌어지는 사건(스토리 층위)을 대상화하여 분석하고 허구적 조작을 통해 구성하여 서술한 서사체(플롯이나 디스코스 층위)는 아날로그 세계를 디지털 형태로 변환한 소산으로 전제할 수 있어서 통념을 넘어선 논의 지평이 열린다. 연속적인 사상(事象)을 분절함으로써 인지에 부치는 데 매개적 기호인 언어가 디지털 매체로서의 자질을 안고 있다는 엄연한 사실도 그 지평에 맞닿아 있기에, 문학의 디지털 함수의 해법을 궁리하는 거점에서 서사 공간 항에 관여된 뜻밖의 단서를 발견할 수 있다.

서사 공간은 서사형상 공간(erzählter Raum, 이야기된 공간)에 관한 것이든 서사역학 공간(Erzählraum, 이야기하는 공간)에 관한 것이든, 실제 세계의 시간적 선조성을 공간적 구성성으로 변주하여 서사가 창출된다는 원리에 수렴된다.[3] 이는 곧 시간적 연속성을 전제한 아날로그 자질과 공간적 병렬성을 전제한 디지털 자질을 대비하는 데 대응시켜 이해의 지평을 확장할 수 있다. 가령 상호작용과 하이퍼텍스트에 기반한 디지털 인터페이스는 시간의 순차에 따른 선조적 구조에 환원될 수 없어서 공간적 구성에 포섭될 때라야 개연성을 획득한다는 점에 비추어, 서사의 디지털 자질에 근사한 공간 형식(spatial form)을 대응시키게 되는 식이다. 하이퍼텍스트와 멀티미디어 환경에 기반한 네트워크 서사체의 구성이나, 제재 하나를 다양한 미디어를 통해 변용하여 활용하는 원리와 방법(원 소스 멀티 유스, OSMU)은 요컨대 서사의 상호텍스트성(intertextuality)에 비견되는데, 이 또한 상호작용을 통한 공유를 전제로 하는 서사적 의사소통의 공간 자질과 조응한다. 표현 축보다 이해 축이 의사소통의 좌표 선상의 관건으로 부각될수록 서사의 공간 자질이 심장해지는 면을 떠올려도 좋을 것이다. 표층의 인터페이스 방식에 관심을 고정하는 데 그치지 않고, 그 인터페이스의 국면을 부각하는 서사의 본색과 자질을 추론하는 데 관심할 때, 디지털 플러스 서사, 나아가 디지털 문학에 관한 논점들은 더욱 서사 공간 논점에 근사해진다.

물론 기술 텍스트인 소설과 같은 텍스트 일반을 그러한 디지털 자질의 표지에 직시적으로 대응시켜 분석할 요량을 해도 좋다는 얘기는 아니다. 다만 소설 텍스트의 형태가 디지털 자질을 안은 형태로 바뀌었을 때 관련 자질의 구현 원리와 방식 등에 대한 이해가 전제되어야 그 최적의 의의를 해석할 길이 열리는 법이다. 이런 맥락에서 라이언(Marie-Laure Ryan)이 고전 서사물에 대비되는 디지털 서사물의 자질을 추론하여 정리한 것[4]을 중요한 단서로 활용함 직한데, 그 자질들이 대체로 서사적 공간의 자질에 상응한다.

이를테면 서사적 재현이 대상과의 시간적이고 인과적인 연속성에 기반한다면, 모의(시뮬레이션, simulation)를 통한 가상화는 대상과의 공간적 병렬성에 기반한다. 미리 짜여 기술된 대본에 따라 전개되는 구성에 비해, 창발적으로 드러나는 형태의 구성이 공간 형식에 근사할 것은 물론이다. 수용자의 태도 또한 단선적으로 수용하는 데 머무르지 않고 의미 형성에 적극 참여하는 양태를 띨 터이니 의사소통의 공간 자질이 더해진다. 회상에서 비롯된 이야기가 시간성에 기반한다면, 동시적 사건의 병치가 공간 형식에 기반하는 식이어서, 디지털 서사의 자질이 서사 공간의 자질에 비견되는 양상은 더욱 뚜렷해진다. 물론 문자로 기술된 텍스트 형태에서 그런 자질은 외연이 표층에 드러날 수 없고 내포된 양태일 수밖에 없지만, 독자가 서사의 여러 요소들을 연결하고 배열하여 의미체를 구성하는 공정을 통해 표상되는 디지털 서사의 공간 자질은 사뭇 여실하다.[5] 서사의 공간적 재구성과 해석 공간의 창출로 수렴되는 서사의 '공간 형식'에 서사의 디지털 자질이 수렴된다.

기실 디지털 인터페이스의 구심인 상호작용성[6]은 '매체나 기술적 지원에 의해 구축되기도 하지만, 작품 자체의 고유 자질로서 내재해 있기도 하다'[7]는 점을 염두에 두어야 한다. 이때 상호작용성에 기반한 서사는 모두 적절한 상호작용 매체가 요구되지만, 그 역은 성립하지 않는다는 데도 유의해야 한다. 가령 텔레비전은 채널을 조작하는 데 반응하지만, 채널을 돌리는 행위 뒤에 이어진 프로그램은 상호작용과 무관한 결과물이 나타나는 식이다. 인터넷도 상호작용의 인터페이스로 탐색 가능하지만, 그 웹 문서는 표준적인 선형 텍스트들이 거개이다.[8] 단말 도구를 이용하여 선택할 수 있다고 해서 상호작용성을 기저로 한 디지털 자질이 자명하게 주어지는 것은 아니며, 구성과 해석상 비선형적인 서사의 양상이 빚어질 때라야 디지털 자질이 산출되는 것이다. 그렇다면, 문자 매체를 이용한 서사물이라도 공간 형식에 걸맞은 경우, 비선형성과 다중매체성에 기반한 상호작용 자질을 근간으로 하는 디지털 서사[9]에 상응한다고 할 수 있다.

디지털 서사나 서사의 디지털 자질은 디지털 매체의 활용 여하에 관여된 실체적 특징을 일컫는 것이 아니다. '서사+디지털' 조합은 서사 자체의 구성적 자질을 일컫는 구성적 개념으로 전제되어야 타당하게 성립할 산술항이다. '디지털 서사'는 매체의 자질을 일컫기도 하지만, 서사의 디지털 자질을 일컫는 술어로 쓰일 수 있는 것이다.[10] 표층에 드러난 직시적 표지나 지표만으로 그 외연과 내포를 온전히 측량할 스케일을 구축하지 못한다.

서사의 디지털 자질과 위상 변환

 이러한 점을 고려하여, 디지털 네트워크 조건에 직면하여 최근 소설에서 감지되는 변모의 양상을 추적하여 서사 공간 논점으로 수렴시킴으로써 그 의의와 한계를 검토할 수 있다. 서사의 표현과 이해의 과정에 작용하는 서사적 공간 형식을 단서로, 서사적 의사소통 자체의 디지털 속성을 추론하고, 이를 통해 소설과 디지털 미디어 콘텐츠가 제휴를 모색할 만한 타당한 거점을 제안할 수 있는 것이다. 이로써, 요즈음 소설의 변모된 양상이 단순히 기법 층위에서 실험을 도모하는 수준으로 흐르지는 않는지 검토하거나 그런 수준으로 나락하지 않아야 한다는 중의를 모으는 계기를 제시할 수 있을 것이다. 현상의 겉면에서 포착되는 실증적 관계항에 주목하기보다는, 그 이면을 관류하는 속성이나 원리를 통찰하는 비평적 단서를 앞세우는 것이 관건이다. 이를 위해 우선 ‘디지털화된 서사’와 ‘디지털 서사’의 차이를 전제해야 한다.

 인쇄 매체를 통한 ‘게재’ 방식에서 네트워크 미디어를 통한 ‘게시’ 방식으로 전환된 ‘웹 소설’은 이를테면 ‘디지털화된 서사’의 단적인 양태이다. 전자책(e-book)이나, 멀티미디어를 덧입혀 재구성한 하이퍼텍스트 유형의 ‘게시물’도 마찬가지다. 상식과 달리, 이러한 유형의 텍스트를 소설의 디지털 자질에 대한 논의 대상으로 삼을 수 있는지부터가 논란거리다. 미디어와 인터페이스의 변모에 따라 달라지는 의사소통의 역학에 서사 공간의 속성이 내재하는지 여하를 밝히는 일이 선행되어야 온당하기 때문이다.

 디지털화된 서사물은 표현 면에서 즉자적인 양상이 짙고 매체 자체의 기능과 효과에 의존하는 정도가 크다. 의사소통의 방식 면에서 디지털 미디어의 인터페이스를 직시적으로 활용하는 양상이 선한 만큼, 문자 매체를 채용한 소설과 같은 기존의 서사체와는 다른 기제가 의사소통 공정에 작용한다. 구술 상황의 담론 국면에서 피드백이 진행되는 회로도 그 공정의 변수이다. 제재와 구성이 의외로 단순한 형태인 만큼 사람들의 호응을 손쉽게 부르며 실제 독자층이 대중화되는 양상이 빚어지기도 한다. 인터페이스 자체만 하더라도 상호작용과 몰입(immersion)의 상충을 온전히 극복하지 못하고, 몰입과 호응을 위해 상호작용성의 본색을 퇴색시키는 방향으로 절충을 시도한 양태다.

'게시판'을 이용한 소통 방식만 하더라도 상호작용을 통해 텍스트와 독자 사이에 구성되는 역동적 의사소통 공정을 구동하여 의미의 다면적·다층적 여지를 조성함으로써 서사의 디지털 자질을 고양하는 식과는 거리가 멀다. 디지털 미디어를 활용하는 국면에서도 단순하고 소극적인 차용에 그친 혐의가 드러난다. 게시판을 통한 피드백 기제가 상호작용을 통해 의미를 증폭해가도록 돕는 역학을 온전히 보조했다고 보기 힘들게 된 셈이다. 네트워크를 통해 유통된다는 특유의 담론 상황도 그리 설득력 있게 구현되지는 않은 것으로 보인다. 이를테면 인쇄 형태의 출판물이나 다름없는 게시물은 문자 텍스트가 종이 대신 단말의 디스플레이 도구에 '쓰여진 형태'로 재유통됨으로써 독자들에게 전해지는 경로가 활성화되었을 뿐인 것이다. 이러한 당찮은 아이러니는 네트워크 게시판을 통해 디지털화된 서사물의 형태가 디지털 자질을 본색으로 취하지 못하는 난항을 반증한다고 할 것이다.

일견 상호작용성이 고양된 양태에서 빚어지는 디지털 서사 자질이 대중성과는 모순항이 될지도 모르는데, 하이퍼텍스트 픽션의 경우라도 현재로선 사정이 크게 다르지 않아 보인다. 하이퍼링크는 독서의 흐름을 방해하는 요인이다. 본문과는 글꼴이나 꾸밈새(스타일)가 다른 형태로 도드라져 보이는 것만으로도 독자의 시선을 사로잡는 만큼, 인지의 진전에 거슬리는 요인으로 작용한다. 멀티미디어 클립이 연결된 링크라면 더욱 그러하다. 이야기 흐름에 몰입하는 의식의 진행이 방해받았을 때의 반응이 여일하지는 않겠지만, 사건의 선조적 구성에 초점을 맞추는 이라면 일정한 구성 원리를 해치는 요인으로 간주하는 반응을 비치기 십상이다. 상대적으로, 이러한 하이퍼링크야말로 이야기가 소용돌이치듯 선회하며 파장을 드넓히는[widening gyre] 작용을 여러 구심에서 이룰 것인데, 이는 곧 서사의 공간 형식이 창출되는 거점의 형성으로 이어진다. 이야기는 단선적인 일방향으로 전달되어 수용되는 이차원의 산물이 아니며, 분기점(node)의 선택 여하에 따라 형과 태를 달리하여 구성되고 해석의 여지와 효과의 양상이 다양하게 빚어지는 삼차원적 공간 형식의 소산이라는 하이퍼텍스트의 원리에 방증이 덧붙는 것이다. 네트워크에 연결된 단말의 조작에 다각으로 반응하는 알고리즘(algorithm)이 정교하다면 하이퍼텍스트를 통해 창출되는 서사체가 양질 면에서 풍성한 결실을 맺을 것이라 낙관할 수도 있을 터이다. 그렇지만 현실이 그리 이상에 근사하지는 않다.

유통과 수익 구조에 내맡겨진 하이퍼픽션의 경우 접속 경로에서부터 난항이 생기며, 단말의 디스플레이를 통해 구현된 텍스트의 가독성이나 시인성 면에서 난항의 여지는 계속 커진다. 다수 독자층의 반응을 수용할 수 있는 알고리즘이 짜인 텍스트라 하더라도, 이해 역량이 불특정한 이들의 지각과 의식을 수렴하여 의미체를 구성할 수 있는 여지가 얼마쯤 열릴지도 의문이다. 그나마 최적화된 알고리즘과 최적의 네트워크 환경(단말기의 조건을 포함하여)을 전제했을 때는 사정이 낫다손치더라도, 대개는 문자 텍스트보다 더 일정한 구조와 단순한 이야기 방식으로 환원하는 선에서 지어지는 한계에 부딪치기 십상이라 문제는 사뭇 본질적인 데 잠재해 있다.[11]

요컨대 디지털 미디어를 활용하여 구축되지만 디지털 자질을 구현하였다고 할 수 없는 당찮은 상황에 주목해야 한다. 이른바 웹 소설(월드 와이드 웹을 통해 유통되거나 디지털 미디어에 걸맞은 콘텐츠 형식으로 전환된 소설)은 디지털 네트워크 환경에서 표면화된 한 현상 정도로 보는 편이 적절하다. 이를 디지털 서사 차원에서 논급할 여지는 없다고 해도 과언이 아닐 정도이며, 되려 관련 논의의 혼란만 가중시킬 공산이 크다. 대신 디지털 인터페이스를 이용한 소설에서 디지털 서사의 자질을 찾아야 하는데, 현황은 그 길을 녹록히 열어주지 않는 듯 보인다. 상호작용을 유도하는 하이퍼텍스트의 용도가 원체 무엇인지 생각하고 보면, 하이퍼텍스트 픽션의 양상이 지나치게 기술적인 실험 수준에 머물렀을 가능성은 커진다. 서사에서 하이퍼텍스트성(hypertextuality)이 가령 공간 형식으로 빚어진 서사에 관여되는 정보와 이해의 역학에 관한 것으로 볼 여지가 큰데, 디지털의 무차원 혹은 사차원의 공간 자질에 대한 고려가 전혀 없어 보이는 하이퍼픽션의 한계는 태생부터 예견되어 있다. 하이퍼텍스트의 본색 그대로 의사소통의 활성화에 기여하기보다는, 상업적 콘텐츠를 생산하기에 급급한 현황이 오늘날 디지털 네트워크 조건에 관여된 서사적 모색의 현황이라면, 이러한 정황은 디지털 서사는 물론 아예 서사의 기본적인 자질과 무연한 실책의 결과라고 여기는 편이 타당한 성찰이다.

'디지털'은 실체적 대상으로서가 아니라 상태[12]와 작용에서 비롯되는 효과와 수용의 공정을 통해 구성되는 표상이 관건이다. 오늘날 디지털 네트워크를 통해 유통되기 수월하게 된 정황에 비추어, 실체를 전제할 수 없는 디지털 서사 텍스트의 자질은 더욱 뚜렷해진다. 표현 결과에 주목할 때 서사체가 시간 장르로 분류될 것이라면, 의사소통의 공정과 그 효과 등에 주목할 때라면 서사체의 공간 자질이 원형질로 여겨진다.

일반적으로 디지털 서사체의 속성으로 논급되는 '공간적 구성, 중층적 텍스트 구조, 구조적 유동성'은 매체적 변별성에 해당한다기보다는 서사의 디지털 자질에 해당하는 것으로 이해되어야 한다.[13] 그것은 디지털 미디어 단말을 통해 산출된 서사체의 자질만을 일컫는 것으로 오해되어서는 곤란하며, 서사 자체의 공간 자질과 관여된 것으로 이해되어야 옳다. 물론 소설과 같은 기술 텍스트에서 디지털 자질을 자명한 표지를 통해 읽기는 수월찮다. 문자 매체 자체가 차원을 지니기 때문에, 차원이 없거나 차원을 초월한 비트(bits)로 이루어진 디지털 코드와 문자 코드의 함수 관계를 자명한 것으로 전제할 수 없기 때문이다. 그렇지만 무의미한 문자를 얽어 지어낸 글이 차원을 넘어선 의미망을 형성하고 의사소통에 부쳐지는 까닭에 일정한 차원으로 환원할 수 없다는 점을 고려하고 보면, 의미를 해석할 수 있는 코드가 공유된 서사 텍스트에 디지털 자질이 내재해 있음을 추론할 수 있다. 그 자체로서 차원을 점하지 않아 실체도 없고 의미도 없는 비트의 조합으로 이루어진 프로그램 코드가 작동하여 의미체를 빚는 원리가 그에 비견된다.

이런 맥락을 고려해 보더라도, 디지털 미디어를 통해 소통에 부쳐지는 서사나 디지털화된 서사와 같은 방편적 유형을 따지는 것이 관건이 아니라, '디지털 서사'를 통해 서사의 디지털 자질을 이해하려는 방편을 궁리하는 것이 관건인 것이다. 서사가 아날로그 산물이라는 생각, 서사가 시간 장르라는 생각을 중지할 때, 디지털 서사의 자질과 표상을 온전히 이해할 수 있는 맥락에 이를 수 있다. 쌍방으로 진행되는 의사소통의 역학이나, 이야기 구성의 다양한 분기점과 의미망의 다기적 가능성 등이 디지털 서사의 관건이라면, 그가 서사 공간에 관여된 자질이라는 점을 함께 의식하는 태도가 필요한 것이다. 하이퍼텍스트의 경우도 디지털 기술을 적용하여 미디어의 기능 면이나 감각적 외형을 근사하게 구현하는 것이 관건이 아니라, 이를테면 디지털 미디어를 활용하여 독서의 역학을 활성화하도록 돕는 인터페이스의 창출이 관건이다. 이에 관여된 여러 요소나 국면이 서사 공간의 자질에 부응할 때 디지털 미디어에 관한 항을 서사에 대한 이해의 함수에 대입할 수 있다. 서사 구성의 해체적 양상과 이야기를 통한 의사소통 공정의 역동적인 국면이 서사의 디지털 자질과 조응하는 국면을 추론하는 것이 적절한 것이다. 이때 구성에 관여된 개념 계열은 극적 구성을 지칭하는 '플롯'으로 포괄할 수 없다.

이야기의 순차적 구조를 해체함으로써 공간적 구성 양상을 띠는 소설이라야 짐짓 디지털 서사의 양태에 수렴시킬 수 있다. 하나의 결말을 향하여 치닫는 '발전적 구조'가 아니라 결말이 없거나(absent *telos*)[14] 결말이 여럿인 (multi-ending) 서사 구성도 그러한 양태에 상응한다. 이야기의 분기(nodes)가 여러 방향과 여러 층위로 구성되는 만큼, 하나의 줄기로 이어지는 이야기 (story-line)로 환원할 수 없는 다차원의 공간이 구성되는 것이다. 양방향 소통을 전제로 한 공간 구성은 의미 해석의 다각적인 여지를 조성함으로써 하이퍼텍스트의 속성과 자연스레 조우한다. 하이퍼텍스트의 형식을 지면에 구현한 소설까지 등장하고 있는 상황을 두고 보면, 이와 관련하여 가능성과 한계등을 논급할 여지가 많은데, 이 또한 서사 공간의 위상에 수렴된다. 때마침 '기술된 하이퍼텍스트'라고 해도 좋을 소설을 쓰는 작가가 나타나서 주목을 끄는데, 조하형이 그이다.

가령 『키메라의 아침』은 디지털 미디어 단말에 어설프게 기대어 쓴 하이퍼픽션보다 더 의미심장한 디지털 자질을 구현한 서사 텍스트이다. '장편소설'이라는 장르 표지에 걸맞지 않을 만치, 이야기 편린들을 조합해 놓듯 제시한 결과는, 구조적 완결성에 기대인 구성의 묘라고는 찾아볼 수 없다는 혹평을 감수할 수밖에 없는 '텍스트'이다. 짐짓 하이퍼텍스트를 지면에 옮겨 놓는 무모한 감행이 성공하였을지 의문이 들 만큼, 편린을 기운 바늘땀조차도 듬성듬성하거나 때로 끊어져 보인다. 하이퍼링크에 상응하는 표지를 따라간들 이야기의 맥이나 정보를 온전히 얻을 수 없고, 텍스트 전반을 종횡무진 오가야 하는 상황에 직면할 따름이다. 친절하게 '일러두기'에서 링크를 따라가는 방법을 설명하고 있으며 "읽는 방법은 많으며, 링크와 상관없이 순서대로 읽는 것도 가능하다."라고도 알려준다. 짐짓 하이퍼텍스트 '픽션'을 이루려 한 셈이다.

이는 말하자면 자기-지시(self-reference)적 텍스트로서 공간 형식의 재귀 구성에 걸맞은 양식이다. 장면과 이야기의 단편들이 단속을 거듭하는가 하면, 문장과 문장 사이의 단속도 적잖다. 그만큼 의미의 틈새를 메우기 위한 독서가 요구되며, 안정된 의미망의 구축보다는 이미지의 연상 작용을 통해 이해하는 식으로 읽을 여지가 조성된다. 그렇다고 이미지를 연결시키기 수월한 것도 아니다. 가령 모두(冒頭)에서부터 시공을 넘나드는 듯한 상념의 간극만큼 괴리가 큰 문장과 이미지의 나열에 직면하게 된다.

> 아침은 어떻게 오는가?
> 태양은 환하고, 동그랗고, 조용했다. 태양플레어가 우주공간을 달려오고 있었다. 지구에 사는 김철수는, 아내와 손자의 발목에 족쇄를 채우고 있었다. 하늘은, 맑았다. 대기는, 고요했다. 복개천이 악취 나는 안개를 토해낼 무렵, **불법경로당 옥상에서는 복개천-영산회상(靈山會相)이 울려 퍼졌다.**(☞14-2) 노인촌 상공에 빗소리와 바람 소리가 가득 찼다. 웅장한 거문고 소리가 울려 퍼지는 순간, 노인촌의 라디오와 텔레비전이 노이즈로 직직거렸다. // (☞4-3)[15]

해가 뜨는 장면을 저처럼 이질적인 문장을 병치하여 기술한 예는 찾기 힘들다. 지극히 즉자적인 감각을 단순하게 직서한 문장의 뒤를 과학 용어로써 기술한 문장이 잇는다. 그리고서 곧장 굳이 '지구에 사는'이라고 부연된 인물의 행위가 이야기된다. 그러나 그 행위의 기술은 더 이어지지 않고,

맑고 고요한 아침의 정경을 단언한 문장이 이어질 뿐이다. 그 분위기의 감각과 상치된 이미지로써 극한 대조를 이루는 '불법경로당 옥상'에서 '복개천-영산회상'이 연주되고 있다는 식으로 뜻 모를 소리가 제시되고, '빗소리와 바람 소리'와 '웅장한 거문고 소리'의 조응이 빚어지며, 이로써 전파 수신에 장애가 생겼다는 식으로 인과 없는 상념의 편린들이 병치된 형국이 펼쳐진다. 그러니 의미의 맥을 좀체 가늠할 수 없다.

링크를 따라 해당 대목을 펼쳐 본 연후라면, 무관하거나 심지어 상충된 이미지의 나열이나마 그 연결 고리(link)를 발견할 수 있다. '복개천-영산회상'이란 바로 폭우가 몰아칠 때 퍼지는 "빗소리와 바람 소리가 뒤섞인" 음향이 기묘하게 어우러져 감흥을 자아낸 '음악적 콜라주'를 일컬은 것이라니, 첫 대목의 이미지들을 조합하여 문장 간의 의미 관계를 지을 여지가 조성된다. 물론 이야기의 선과 맥을 따라 자연스럽게 이해되는 것이 아니며, 링크의 지시를 통해 얻은 이야기 단편도 자연스런 맥락이 조성되지 않은 까닭에, 온전한 의미망을 섣불리 재구할 수는 없다. 링크들이 연결 고리 역할을 하는 것만도 아니어서, 링크 표지가 되려 이야기의 난맥상을 부추기는 요인도 된다.

그런 식으로라도 빚어진 이야기 단편들이 서로 어울릴 여지가 조성되었다면 이야기의 전모로 수렴될 것이지만, 편린들이 병치된 채 흐트러져 있는 텍스트라고 보는 편이 더 타당하다. 알레고리로 읽히는 이야기의 줄기를 추릴 여지가 없지 않으나, 그 줄기를 빗겨 간 이야기 단편들과 상념의 곁가지(nodes)가 번밀(繁密)하기에, 그리 추린대야 무의미하다. 말하자면 공간 형식이 단적인 양상으로 펼쳐진 결과라고 얘기해야 할 텐데, 그리 말하는 것이 꼭 타당하지는 않아 보인다. 링크 간의 관계를 통해 의미망을 구성한 양태일 경우라야 공간 형식이라 할 수 있을 터인데, 이 소설의 경우는 그렇게 환원하기 수월찮은 난맥상이 여실한 탓이다. 의미를 재구성하기 곤란한 경우인 까닭에 겉만 보고 대뜸 디지털 서사 자질로 수렴시키기에 곤란한 지경이 연출되었다고 해도 좋다. 경계를 넘나드는 노마드적 상상력과 강약과 장단을 조율한 문장의 리듬감, 역사와 현실의 경계를 해체하려는 듯 분방하게 펼쳐진 의식의 흐름에 걸맞게 구성된 이야기가 사뭇 흥미롭고, 지적 허영심을 감추지 않는 사유를 같이할 요량이 없지 않지만, 해체와 재구성의 장력을 조율하지 못하여 공간 형식의 창출에 실패한 결과물이 남았을 뿐이라는 생각을 감출 수 없게 한다.

매체의 착종에서 빚어진 기교의 과잉이, 다양한 의미의 여지를 조성하는 공간 형식의 창출이라는 디지털 서사의 자질을 온전히 구현하지 못하게 한 셈이다. 낯선 듯 낯익은 형식 실험의 잔해만 앙상하게 남았다고 해도 좋을 만큼, 이 소설은 디지털 서사의 해체 자질과는 무관한 아방가르드 식 형식 파괴의 한 사례로 기억되면 그나마 다행일 것이다. 이를 두고서 일견, 디지털 인터페이스는 의미를 창출하는 단말의 능동적 작용에 구심이 있지, 의미 창출의 여지를 없애는 데 있지 않다는 점을 의식함 직하다.[16]

분명, 디지털 텍스트는 존재로서가 아니라 상태와 작용[17]에서 비롯되는 효과와 수용의 공정을 통해 구성되는 표상이 관건이다. 단순히 소재 수준에서 디지털 문화를 수용하는 것으로 디지털 네트워크 환경에 에워싸인 소설의 역할이 한정되는 것은 아니다. 혹은 기법 실험 수준에서 하이퍼텍스트의 양식을 지면에 구현하거나 인터페이스의 겉면만 꾸민 하이퍼픽션만으로 디지털 서사 자질에 근사한 결과를 낼 수 있는 것은 아니다.[18]

디지털 공간과 서사 공간의 함수

디지털 미디어는 차원을 점하지 않거나 차원을 넘어서 있다. 그것은 존재가 아니라 상태와 작용으로서 파악된다. 따라서 실체의 양태를 실증하는 것이 관건이 아니며, 기능과 의미를 산출하는 알고리즘을 읽는 것이 관건이다. 그 알고리즘은 인과적이고 시간적인 순차 공정으로 이루어질 수 없으며 숱한 이진 연산을 지령하는 프로그램 모듈의 호출과 병합 공정을 거쳐 이루어지는 식으로 공간 자질을 안고 있다. 이는 무의미한 자모의 조합으로 구성된 음절의 배열을 통해 얻은 단어와 문장 모듈을 선택하여 통합하는 언어 공정의 원리를 무차원의 양태로 급격히 환원한 프로그래밍 '언어'의 원리에서 비롯된다. 물론 '고급'(고차원) 프로그래밍 언어는 기계어를 자연어로 환산하여 처리하는 회로를 내장하여 디지털 기호를 아날로그에 근사한 기호로 바꿈으로써 그 차원의 단적인 차이를 보정하는 길을 열어 두지만, 그런 언어라도 자연어의 차원에 비할 바는 아니다. 물론 자연어라도 실제 세계(아날로그)의 분절을 통해 환산하는 원리로 이루어지는 까닭에, 그 자체로서 이미 디지털 기호의 자질을 안고 있다. 삼차원의 세계를 이차원이나 일차원의 기호로 바꾸는 원리에 더해 디지털 기호는 아예 지각 범위 내의 차원을 드러내지 않는 식일 뿐, 아날로그 세계를 의식하도록 돕는 기호의 원리 면에서 디지털 자질이 공통된다는 점을 염두에 둠 직하다.[19]

여기서 주목할 점은 디지털 기호의 차원이다. 현실 세계의 연속성을 분절하는 기호의 기능과 방식을 단적으로 적용함으로써 종내 대상의 차원이 무화되어, 지시 관계를 따져서는 무의미한 기호들로 빚어진 것이 디지털 텍스트이다. 그런 텍스트가 컴파일되어 프로그램으로서 구동될 때에 비로소 의미를 산출하며 인지적 가치를 획득하게 된다. 지시성이 없는 기호들의 조합이 가령 실사에 근사한 가상의 형상을 투사하는 등 새로운 세계를 창출하는 기제로 작동하는 것이다. 흔히 디지털 세계를 가상 현실의 세계로 환원하여 생각하는 것을 보면, 디지털 조작의 효과는 사이버 공간(cyber space)의 창출에 가장 크게 기여하는 것으로 여겨진다. 아날로그의 지표가 리얼리티라면, 디지털의 지표는 버추얼 리얼리티(virtual reality)인 것이다.

이때 디지털 텍스트의 구성은 재현(representation)의 원리와 무관하지만, 버추얼 리얼리티의 단말 효과는 실감의 재현이라는 모순항이 파생된다. 반(反)재현 텍스트라 해도 과언이 아닌 디지털 텍스트의 효과가 버추얼 리얼리티이니, 그로써 열리는 세계가 현실 세계와는 모순을 이루면서도 투사 관계에 있는 기묘한 아이러니가 생기는 것이다. 이는 상호작용(interaction)과 몰입(immersion)의 모순항에 연관된 아이러니다.

실제 세계에 근사한 실감을 경험하게 하는 것이 버추얼 리얼리티의 목적이지만 그 텍스트 자체의 구성은 디지털 기호의 프로그램에 불과한 '매트릭스(matrix)'[20] 같은 것이다. 불연속적 기호와 모듈의 병치를 통해서 구현되는 버추얼 리얼리티의 원리는, 디지털로 구현되는 새로운 리얼리티의 아이러니를 예비하였던 터다. 재현을 통해 실상에 근사한 이미지를 창출하려던 리얼리티의 아이러니가 결국 버추얼 리얼리티의 아이러니로도 전가된 셈이다. 다만 리얼리티 원리가 대상 세계의 진지한 재현과 비판 등 이성적 공정을 통해 극화된다면, 버추얼 리얼리티 원리는 즐거움과 감성 위주의 문화 욕구[21]를 충족시키는 공정에서 구체적 산물이 빚어진다. 리얼리티가 세계와의 시간적이고 인과적인 연속성을 전제로 한 재현 원리를 통하여 구현되는 데 반해, 버추얼 리얼리티는 가상 공간에서 실감이나 실상을 체험하도록 돕는 투사(projection) 원리를 통하여 구현된다. 현실의 시간이 정지된 상태에 준하는 가상 세계는 곧 공간 원리로 기획된 것이다. 따라서 버추얼 리얼리티는 시간 의식에 연관된 통합 작용을 통해서가 아니라 공간 의식에 준하는 표상 작용[22]을 통해서 창출된다.

말하자면 디지털 기호는 세계의 재현이 아니라 세계의 생성에 상응하는 기제에서 작용한다. 따라서 기호가 리얼리티의 담지체로서 간주되던 시대와 달리, 디지털 네트워크 환경의 서사는 허구 세계의 창출을 전면화하려고 도모하는 양상을 실로 띤다. 버추얼 리얼리티에 근사한 판타지 세계를 무대로 펼쳐지는 이야기가 형과 태를 달리하면서 빈발하는가 하면, 이야기의 담론이 진행되는 과정에서 허구가 실상처럼 전도되는 형국이 곧잘 빚어진다. 이를테면 '세계로서의 텍스트에서 게임으로서의 텍스트로'[23] 전화(轉化)되는 국면이 펼쳐지는 셈이다.

디지털 네트워크 미디어의 주요 지표 중 하나인 게임[24]은 세계 질서의 지배에서 벗어난 고유의 룰에 따라 진행되는 텍스트성이 바탕이다. '가족 유사성(family resemblance)'에 근사한 그 자질은, 유사성의 네트워크와 관계에 의해 구성되는 가족이라는 게임 원리에 내재한다. 안정된 핵심적 공통 자질이 없는 게임의 속성[25]에 비추어 보면, 재현의 함수나 견고한 구조 등을 상정할 수 없음은 물론이다. 특히 게이머의 참여를 통해서만 게임이 이루어질 수 있으니, 게임 세계는 참여와 진행을 통해서만 창출될 수 있으며 그 과정 동안만 유효하다. 따라서 게임으로서의 텍스트에 주목하는 관점은 세계의 반영이나 재현 등의 고전적 기호 개념과 다른 차원의 기호 개념을 창안할 여지를 요구한다.

느슨한 룰에 기반하여 창출되는 게임 세계는 기호의 코드가 불연속적인 허구 세계와, 은유적으로도 환유적으로도 또는 축자적으로도[26] 조응하는 세계이다. 게임으로서 서사 텍스트라면, 가령, 서사 구조라든가 서사적 재현이라든가, 전개와 발전의 극적 구성에 관여된 서사적 시간성이라든가 하는 자질이 무색한 것으로 비쳐진다. 이러한 게임성이 곧 세계와의 시간적 연속성을 전제한 서사의 자질과 대조를 이루는 공간 자질을 뒷받침한다고 할 수 있다. 게임 세계의 공간 자질이 서사 공간 자질의 구심을 이루는 것은 수순이다.

라이언이 '세계로서의 텍스트'와 '게임으로서의 텍스트'의 자질을 대비[27]한 항목을 살피다 보면, 특히 공간 개념의 변모 양상을 지적한 데 주목하게 된다. 세계의 공간이 텍스트에 의해 재현된 공간, 곧 환경이나 경관, 지형 지리 등 시간과 장소 개념에 근사한 것이라면, 게임 공간은 텍스트에 의해 점유된 공간, 곧 인물 형상, 페이지상의 배열, 구성 단위(유닛, unit)들 사이의 관계에 접근하도록 돕는 네트워크 등 서사 공간 개념에 근사한 것이다.[28] 세계는 일상생활을 영위하는 데 소용되는 일반적 언어 역량과 문화적 수행력을 요구하지만, 게임은 전문화된 문학 능력을 요구한다[29]는 추론도, 디지털 텍스트의 게임 속성이 세계의 장소적 자질보다 서사 공간 자질을 구심으로 파생되었음을 추정할 수 있게 한다. 서사 공간은 세계의 장소적 요소를 재현하는 데 그치지 않고, 서사 세계의 장을 창출하는 원리가 지배적이라는 점을 떠올리게 하는 것이다.

그렇다면 게임 자질이 여실한 디지털 서사는 대중적이기보다 전문적인 역량을 통해 이해될(바르트 식으로 환언하여 작가적으로 읽을, *writerly* text) 수 있을 것이다. 이는 몰입에 의존하여 독자를 끌어들이는 서사가 아니라, 상호작용을 통해 독자가 능동적으로 참여하여 의미를 창출하는 서사라는, 디지털 서사의 공간 자질에 부합한다. 물론 라이언의 전망대로라면, 상호작용을 바탕으로 한 몰입이 가능할 때, 곧 독자가 적극적 참여를 전제로 서사 세계와 합일에 이를 때 버추얼 리얼리티의 자질이 온전히 구현[30]된 디지털 서사의 공간이 창출될 수 있을 것이다.

선조적(linear) 구성을 취한 서사의 경우에는 몰입함으로써만 서사 세계에 참여할 길이 열리므로, 수용자가 그 세계에 거리를 유지하면서 적극적인 피드백을 수행하기 힘들다. 거리감은 몰입을 방해하는 요소로 여겨지며, 실제 세계와의 지시적 관계를 전제로 한 실감의 재현 원리에 비추어 보더라도 걸림돌이 되는 요인으로 여겨진다. 그에 비해 서사적 공간 형식을 취한 서사에 참여하기 위해서는 해체된 구성을 수렴시킬 구심을 재구성하기 위해 텍스트를 가로지르며 의미망을 창출하는 상호작용 기제를 작동시켜야 한다. '참여자(로서의) 독자'는 텍스트에 주어진 의미를 수동적으로 수용하는 데 그치지 않고, 구성 내에 병치되었거나 편재한 의미의 단서를 연결하여 서사 세계의 내적 질서를 구축할 길을 모색한다. 대체로 현실 세계의 기제에 대응하여 구성된 그 내적 질서가 서사 공간의 기획에 상응하는 표상으로 드러난다.

상대적으로 서사 공간은 반성적 공간(reflexive space)으로서 기능한다. 디지털 미디어를 통해 구현된 세계는, 아날로그 세계의 대상이나 현상을 재현한 결과물로서 주어지는 것이 아니라, 대상 세계와 다른 코드 체계를 통해 창출된 소산으로 나타난다. 그러한 소산이 세계의 실제 국면에 대응되거나 때로 박진한 효과를 내는 데서 디지털 미디어의 반성적 자질이 적중된다. 세계에 대한 반성적 공간으로서 기능하는 서사 공간을 통해 저러한 자질이 여실히 구현되는 것이 특이하거나 뜻밖의 현상은 아니다. 현실과 거리를 유지하는 디지털 자질을 승화한 서사 공간의 역학이 관건일 따름이다.

시간의 진행에 기반한 아날로그 세계를 분절함으로써 구성되는 디지털 세계와 서사 공간이 조우할 때, 장소의 차원을 공간의 차원으로 변이하려는 디지털 서사의 전략이 파생된다. 비트가 공간 개념이며, 버추얼 리얼리티도 공간 개념에 상응한다는 점에 비추어 볼 때, 서사적 공간 기획의 노마드(nomad)적 상상력[31]이 디지털 서사의 공간 자질로 승화된 양태를 예측할 수 있는 것이다. 경계와 구획을 넘나드는 '서사적 자유'의 체험을 도모하는 서사 공간의 기획이 버추얼 리얼리티의 창출 공정과 조응하는 것은 이와 맥을 같이 한다.[32] 이러한 서사적 공간 기획의 표상이, 디지털 네트워크에 기반한 문화적 환경과 조우한 소설의 양질적 전환에 직결된다. 이는 상대적으로,

디지털 미디어의 표면적 형식을 단순히 차용하여 지어졌다고 해서 디지털 서사의 범주에서 논급할 수 있는 것은 아니라는 점을 재삼 의식하게 한다.

가령, '영화 같은 소설'이라 하여 주목을 끌었던 천명관의 『고래』는 영화의 기법과 관련된 구성이나 문장 층위의 담화 양상과 관련하여서보다는, 영화적 판타지의 창출과 관련하여 관심할 때 디지털 서사의 논점에 부칠 만한 텍스트로 부각될 수 있다. 짧은 문장의 구사와 디테일을 제거한 문장의 배열 등에서 비롯된 이야기의 속도감, 장면과 장면을 병치함으로써 빚어진 병렬적·연상적 몽타주에 견주어 봄 직한 이야기 구성의 공간 형식 등은, 그 자체로서도 서사 공간의 기제에 대응되지만, 그러한 기제를 통해 종내는 실감의 환영(illusion)을 제거함으로써 버추얼 리얼리티 효과를 창출하였기에 서사 공간의 기획에 견줄 만한 소산을 낸 것으로 평가할 만하다. 다채로운 이야기의 인유와 변주를 통해서도, 텍스트의 경계를 가로지르고 시간의 격차를 넘나듦으로써 펼쳐지는 버추얼 리얼리티가 구현된다. 주어진 실체를 반영하여 얻어지는 것이 아니라, 허구적 서사 세계를 반영하여 재구성한 허구의 허구에 상응하는 이야기가 지어진 것이다. 무성 영화의 변사와 흡사한 서술 대리자(agent)를 내세우거나 독자의 반응을 직접 묻는 식으로 대화 상황을 모의하여 의사소통 국면 또한 가상을 지음으로써도 서사 세계의 버추얼 리얼리티 자질이 배가된다.

그 이야기의 편린들을 가로지르며 읽으면서도 서사에 몰입할 여지가 조성되어 있어 디지털 서사의 자질이 제법 배어 있다고 할 수 있다. 물론 '몰입'은 실제 독자의 인지와 반응 양상에 관여된 것이기에, 이를 추론하기는 수월찮으며 독자 반응의 역동적 경향을 염두에 두고 보면 객관적으로 논증하기에 불가능한 논항일지도 모른다. 일반적인 가상 현실 단말기(VR device)를 통해서는 박진감 있는 지각 요소가 몰입을 불러일으킬 여지가 크겠지만, 서사에서 박진감이나 서스펜션이 몰입을 불러일으킬지는, 수용자가 처한 상황에 따라 달라질 가능성이 크기에, 단언할 수 없다.

『고래』의 경우 사건이나 배경의 실감과는 무관하게, 서술 층위의 서스펜션이 느껴진다고 할까, 단편적인 이야기 대목들이 발휘하는 흡인력이 관건이다. 의미망을 구성하자면 몰입을 방해하는 상호작용에 근사한 독법을 적용하겠지만, 정작 읽는 과정에서 의미를 염두에 두지 않고서 이야기에 이끌리는 식이 되기 십상이다. 능란하게 이야기를 펼쳐 청중을 압도하는 이야기꾼을 상기시키는 서술자 층위의 대리자가 구사하는 서술상황의 역동적 편성과 이야기 편린의 편집 기술(몽타주) 덕에, 소설 전체 의미망의 재구보다 이야기 읽기 자체에 몰입할 개연성이 빚어진 것이다.[33] 이 소설을 읽는 동안 현실 세계와 단절된 서사 공간에 참여하게 되는 가상 체험을 하게 된다고 해도 좋을 것이다. 서사를 통해 구현할 수 있는 버추얼 리얼리티 세계, 곧 서사 공간의 기획 수준에서 매체의 경계를 가로지른 결실로서 디지털 서사의 자질, 혹은 서사의 디지털 자질을 구현한 소설의 면모를 가늠하게 하는 드문 사례라 할 만하다.

한편, 상호작용적 몰입과 서사 공간 기획의 국면에 연관되는 버추얼 리얼리티를 구현하기 위한 요건으로서, 사실 세계를 반성하는 허구적 서사의 양상과 담화의 허구를 구현하는 서술 층위의 자질이 어우러질 것이 요구된다. 이런 맥락에서 이승우와 김종광의 소설이 주목을 끈다. 그들은 사실과 허구의 역학을 잘 조율하고 사실 중심의 가치를 해체함으로써 구성된 서사 공간의 기획 양상을 여실히 보인다. 이야기를 진행하는 과정에서 사실과 허구의 관계가 돌연 전도되어 몰입과 상호작용의 장력이 잘 조율된 서사적 결구를 빚은 사례로서 거론함 직하다. 역사의 실체를 해체한 구심에 버추얼 리얼리티를 구현함으로써 서사 공간의 창출을 도모한 김탁환, 박민규, 최제훈 등의 소설에서 엿보이는 가능성에 기대를 걸 만하다.

이러한 가능성은 포스트모더니즘에 대해 디지털 네트워크 환경과의 접점을 전제로 논급할 때에 타당성이 더해지고 논의의 지평이 드넓어진다. 탈구조와 해체를 구심적 전략으로 삼는 포스트모더니즘 계열의 서사는 해체적 구성이 표면화된 양태를 이룬다. 플롯으로 환원할 수 없는 구성의 역동성이 단연 서사 공간의 자질에 수렴됨은 물론이다.[34] 구성의 해체는 단일한 의미(주제)를 지향하는 완결된 구조 대신에 다양한 의미의 가능성을 낳는 역동적 구성을 창안하는 데 이어진다. 이로써 '서사는 스토리와 플롯의 조합'이라는 등식이 더 이상 유지되기 힘들다. 구성의 기제인 서사 기법 또한 규범과 창의의 변증법적 역학으로 작용한다. 서사 기법은 형식적 수사를 위한 기교에 국한되지 않으며 규범적 기술 이상의 것이다. 이는 이야기의 표현과 이해의 역동적 관계에 작용하는 서사 담론의 층위에 걸쳐 있는 것이며, 종내 '저자의 죽음'에 상응하는 독자 층위의 해석 역학으로 이관되는 서사의 공간 자질에 관여되는 것이다.

물론 포스트모던 시대는 정보화가 고도로 진행된 사회 문화를 기반으로 한다. 이는 지식과 기술 영역에 국한되지 않고 문학 예술 영역에도 해당되는 얘기다. 이를테면 문학 정보의 파급 범위가 넓으며 그 정보의 질도 저급한 수준이 아니다. 이런 상황에서 이 시대의 대중 독자의 수준이 전대의 대중 독자의 수준과 흡사할 것이라 전제할 수 없다. 문학 예술의 고급 영역과 대중 영역 사이의 경계가 불분명해지는 까닭에 포스트모던 시대의 대중성은 단순한 상업성에 정합되지 않는다. 아울러 대중의 취향이나 성향 등을 쉬이 예측하기 힘든 상황이 펼쳐지는 것은 간과할 수 없는 현상이다. 정보 통신 기술의 발전에 발맞추어 확산된 디지털 미디어가 삶의 양태를 바꾼 데 대응하여, 서사의 제재나 구성의 양상은 물론 서사적 의사소통의 경로가 다변화한 현황도 주목해 마땅하다. 서사에 변화된 문화적 동력이 작용함으로써 서사는 구조적 정태에 한정되지 않고 여러 기제의 역학으로 빚어지는 구성체로 드러나는데, 이 점이 서사의 대중적 수용 양태를 보는 전향적 시야를 요구한다. 전대의 문학 장르에 비해 형식과 내용 양면에 걸쳐 정형에 얽매이지 않고 매우 유연한 가능성을 엿보였던 소설이 새로운 이행기에 직면한 서사의 문화적 동력을 수용할 수 있는 여지는 크다. 이를 상호작용과 몰입의 융해를 통해 빚어지는 서사 공간의 디지털 자질에 관한 논항으로 이관시켜 이해할 때 최적의 산술값을 인출할 여지가 커진다.

기실 디지털 네트워크 환경에서는 정보의 저변이 확대됨으로써 성원들이 이야기의 제재를 공유하기 수월해진 까닭에, 친숙한 이야깃거리가 소통에 부쳐질 가능성이 커진다. '더 이상 쓸거리가 없다'는 식의 푸념이 심심찮게 들리는 것은 이런 상황에서 일견 수긍이 간다. 전문적 작가가 아니라도, 익숙한 이야깃거리를 이용하여 적절히 재구성하여 씀으로써 창작의 영역에 발을 들이는 경우가 적잖다. 다각적·다기적·다층적인 인증 절차를 통해 이야기를 장에 내놓는 식으로, 공적 영역에 있던 창작이 대중의 사적 영역으로 이관되는 현상이 나타나는 것이다.

이런 조건에서 빚어진 '미학적 대중주의'를 염두에 둘 수밖에 없다. 물론 문학의 가치는 제재 면에서만 산출되지 않는 까닭에, 제재의 한계를 문학의 한계로 이해해서는 곤란하다. 미학적 대중주의는 대중성을 일정한 잣대로 규정하거나 잠정적으로 그 속성을 확정할 수 없다는 얘기이므로, 가령 서사 기제를 다각으로 작동시키려고 모색하여 지은 소설이 대중적 반향을 불러일으킬 가능성이 있는 것이다. 다만 디지털 네트워크에 기반한 문화 환경과 단말의 디지털 미디어 도구를 익숙하게 활용하는 대중에게 언어적 서사만을 강요하기 곤란한 실상에 유념해야 한다. 서사의 영역이 소설에 국한되지 않고 다른 매체를 통해 재구성되고 유통되는 현황을 직시하지 않을 수 없는 것이다. 그래서 더욱 소설과 같이 공인된 문학 양식은 문화적 차원에서 유의미한 값을 산출하는 담론이어야 하기에, 서사 공간의 창출이 디지털 네트워크 조건에 대응하여 요구되는 문학의 덕목으로 부각된다고 할 것이다. 그러한 정황을 적확하게 해석하기 위해서라도 디지털 문학의 자질이나 문학의 디지털 자질에 대한 이해가 선행되어야 하는 것이다. '디지털'은 오늘날 급격히 부상한 문학의 조건과 변수로서보다 어쩌면 상수로 문학의 함수에 대입되어야 할 항이라고 해도 좋을 것이다.

°주

1   나는 전자들의 경우 아날로그 자질, 후자들의 경우 디지털 자질을 안고 있다고 본다. 변별 자질을 선연히 강조하기 위해 고전 게임을 예로 들었지만, 최신 게임들에서도 각 장르마다 아날로그/디지털 자질을 구분할 수 있는 사례들은 제법 있다. 다만 오늘날 게임에 동원된 기술이 고도화된 상황이라 둘 사이를 선명하게 구분할 수 있기보다는 둘의 경계를 가로지르며 적절한 게임성과 대중성을 확보하려는 노력이 엿보인다. 여하튼 디지털 매체를 통해 개발되고 소비된다고 해서 일률적으로 아날로그 게임 아닌 디지털 게임이라고 단언할 수 없는 것이다. 문학의 경우도 마찬가지다.

2   디지털 미디어의 기법을 차용하거나 문화 콘텐츠로서의 외연을 넓힌 소설이 지어지는 것도, 디지털 시대 소설의 지형도를 재구성할 필요성을 역설한다.

3   문학은 기본적으로 시간적 순차나 인과적 구조를 통해 기술되는데, 레싱(G. E. Lessing)의 논급 이래 '시간성'에 기반한 장르로 꼽혔다. 그런데 '플러스 공간' 장에서 상론했듯이, 조셉 프랭크가 현대 문학의 단속(斷續)적인 구성 양상에 주목하여 공간 형식(spatial form)에 관한 입론을 펼친 이후, 공간성이 현대 문학의 본질적 자질로 간주된다. 이러한 서사적 공간(성)이 특히 디지털 시대 문학의 자질을 가늠하는 단서로 수렴되는 것이다. 이를테면 사뭇 새롭고 생경한 듯 보이는 요즘 문학 텍스트들의 특질이 실은 문학의 공간(성)을 기저로 한 변이형일 가능성을 점칠 수 있는 셈이다.

4   고전 서사물이 재현적(representative)이고 대본화되어 있으며(scripted), 수용적(receptive)이고 회고적(retrospective)인 데 반해, 디지털 서사물은 모의적(simulative)이고 창발적(emergent)이며 참여적(participatory)이고 동시적(simultaneous)인 자질을 띤다는 것이

다. Marie-Laure Ryan, *Avatars of Story*, Minnesota UP., 2006, p. xxi, pp. 12~15 참조.

5   위의 책, 110쪽 참조.

6   위의 책, 99쪽.

7   Marie-Laure Ryan, *Narrative as Virtual Reality*, Johns Hopkins UP., 2001, p. 205.

8   위의 책, 같은 쪽.

9   유현주, 『하이퍼 텍스트』, 연세대출판부, 2003, 37~49쪽 참조.

10 디지털 매체를 활용한 서사물이라고 해서 다 디지털 자질을 보인다고 자명하게 전제하는 태도는 부당하다. 단단한 이야기 구조를 멀티미디어 요소로 꾸미고 인터페이스를 화려하게 꾸민 게임이나 하이퍼 픽션이라면 디지털 서사물로보다는 고전적 서사물로 보는 것이 타당할 것이다. 정도와 양상의 차이가 없지 않겠지만, 각본에 따라 미리 주어진 몇 가지 결말을 향해 전개되는 이차원적 이야기는 디지털 자질을 적극 구현한 것으로 볼 수 없는 것이다.

11 이런 한계는 대규모로 진행되는 멀티유저(온라인) 게임의 경우도 예외가 아니다. 네트워크를 이용하여 시공을 초월하여 유저들이 협력하거나 적대 관계를 형성하면서 게임에 임할 수 있다는 것은 분명 디지털 문명의 축복과도 같다. 그렇지만 그들의 커뮤니티를 통해 펼쳐지는 게임의 양상이 디지털 자질에 근사한지는 의문이다. 아날로그 세계에서의 갈등과 투쟁 양상을 극화한 형태일 뿐, 그 가상 세계에서 펼쳐지는 이야기와 유저들 사이의 작용 양상은 아날로그 세계의 복잡다단한 정도에도 미치지 못할 수 있다. 실로 경험할 수 없는 판타지를 가상으로 체험할 수 있다는 정도의 의미는 산출되는데, 이는 디지털 인터페이스를 통하지 않고서도 할 수 있는 체험이다. 네트워크로 즐기는 비디오 게임과 다를 바 무엇일지 고민할 여지가 있는 것이다. 판타지 체험으로 따지자면 가장 오래된 서사 장르를 통해서도 충분히 할 수 있는 만큼, 이는 디지털 매체의 자질에보다는 디지털 자질의 다른 국면에 관여될 가능성이 사뭇 크다. 인기 게임 대부분이 판타지를 구현하고 있다는 데 주목하고 보면, 이를 디지털 시대 서사의 한 자질로 논급할 여지는 생기는 것이다.

12 박동숙·전경란, 『디지털/미디어/문화』, 한나래, 2005, 27쪽 참조.

13 위의 책, 56~65쪽 참조. 그 대목의 논지는 디지털 서사의 자질을 정리하여 이해하는 데 지표로 삼아도 좋을 만큼 명쾌하며 요연하다. 그렇지만, '공간'이나 '시점' 등 서사론의 술어와 관련하여서는 진전된 이론을 참조하지 않은 한계가 고스란히 변별 논지의 한계로 이어진 면이 엿보인다. 가령, 아케이드 게임에서 스테이지와 레벨 상승에 따른 배경의 변화를 공간 이동으로 보아 공간 구성 논의를 한 것은 술어의 착종을 일으킨다. 기술 텍스트에서 이미 시점의 역동적 구성이 돋보이는 면이 있다는 점을 간과하여, 이를 디지털 서사의 변별 자질로 본 것도 마찬가지이다. 디지털 매체를 디지털 장르로 환원하여 전제한 데서 비롯된 오류를 은연중 범하고 있는 것이다. 서사의 디지털 자질을 논항의 구심으로 삼았다면 좀더 타당하고 설득력 있는 지표를 제시했으리라 사료된다.

14 Carl Darryl Malmgren, *Fictional Space in the Modernist and Postmodernist American Novel*, Associated UP., 1985, p. 57.

15 조하형, 『키메라의 아침』, 열림원, 2004, 9쪽. 굵은 글씨체는 링크를 표시한 것으로 원문

에서는 붉은 색으로 표시되어 있다. 사선 표시는 원문에서 단락이 바뀐 부분을 대신한 표시임.

16 영상 매체와 소설의 조응도 주목을 요한다. 이른바 영상 세대를 자처하는 작가들이 영화와 소설의 제휴를 모색한 결과물을 내고 있다. 영화 기법을 소설 기법으로 변용하여 채용하는 사례는 낯설지 않다. 영상적 이미지를 구현하려 하거나 카메라를 들이대듯이 실감나는 장면을 지으려는 사례가 엿보인다. 카메라 앵글의 변이나 장면의 몽타주와 같은 기법이 드러나기도 한다. 물론 영화 기법과 소설 기법은 애초에 서사 기법 면에서 같은 거점에서 비롯된 것이 사실이지만, 디지털 시대의 소설에서 그런 경향이 뚜렷한 것도 사실이다. 다만 기법이 단순한 기교나 형식 실험에 한정되지 않도록 유의하지 않으면, 언어를 매재로 한 소설 특유의 서사적 소통의 여지가 희석되어, 장르 간의 호환 관계가 아니라 지배 구조가 형성될 개연성마저 점칠 수 있다. 각색의 가능성과 함께 소설의 영역이 확장되는 환경에 대응하는 방안을 모색해야 할 것이다. 이야기를 필요로 하는데 좋은 이야기를 제공하는 역할을 담당해야 하리라는 전망을 세우고 주도적 위상을 빼앗기지 않도록 길을 모색해야 할 것이다. 매체와 문화적 환경 여하와 상관없이, 소설은 좋은 이야기를 기술하는 데 있다는 사실은 변함 없다. 디지털 시대의 소설에 대한 이해 또한 이런 맥락에서 수행해야 할 것이다. 시류에 편승하여 기교를 부리는 것보다, 서사의 저변을 이룰 정신을 통찰할 수 있는 역량이 요구된다.

17 박동숙·전경란, 앞의 책, 27쪽.

18 그렇지만, 공간 형식이 천연스레 지어지고 있다는 점만으로도 디지털 시대 소설의 가능성을 엿볼 수 있는 것은 사실이다.

19 그렇다면, 서사의 창출 원리 또한 그런 기호 자질을 안고 있으니, 일반적인 생각과 달리, 서사를 디지털 장르로서 인정할 여지가 다분하다.

20 영화 <매트릭스>에서 비롯된 비유적 술어로서, 현실 세계와 프로그램 세계의 전도된 관계를 연상시키는 버추얼 리얼리티의 아이러니를 표상한다.

21 유승호, 『디지털 시대의 영상과 문화』, 미술문화, 2006, 16쪽 참조.

22 위의 책, 19쪽 참조 유승호는 디지털 문화와 공간 의식의 상관성을 전제로 스토리텔링의 양상을 대비하여 논급하는 데로 나아간다. 그런데 시간의 스토리텔링을 필연성 위주로 공간의 스토리텔링을 우연성 위주로 변별하여 대응시킨 것은 재고의 여지가 크다. 이는 서사의 구성에 관한 앞선 이론을 고려하지 않은 까닭에 비롯된 문제를 안고 있기 때문이다. 그가 기댄 구성 논의가 포스터 식의 이원론에 국한되는 한, 그러한 문제의 소지는 지속되며 다른 문제를 파생시킬 것이다. 디지털 서사의 자질 가운데 크게 부각되는 구성에 관해 논급할 때, 낡은 개념항이며 극적 구성에 국한된 '플롯'을 준거로 삼는 것은 난센스다.

23 라이언(2001), 앞의 책, 175쪽.

24 위의 책, 176쪽. 이때 '게임'이 비디오 게임이나 머그 게임 등을 특칭하는 것이 아님에 유의해야 한다.

25 위의 책, 177쪽.

26 위의 책, 179쪽 참조.

27 위의 책, 192쪽 참조.

28 위의 책, 192, 195쪽 참조.

29 위의 책, 같은 쪽 참조.

30 위의 책, 355쪽 참조.

31 위의 책, 123쪽 참조.

32 여기서 버추얼 리얼리티(VR)의 당착이 빚어지는지도 모른다. VR이 리얼리티(R)를 전제하여 실현하려는 욕망을 역동시킨 결과로 제시되는 경우가 현재로선 다반사다. 가상과 실상의 경계를 허물고자 하는 전략에서 출발하지만, 종내 그 경계를 공고히 할 뿐만 아니라, 스스로 R을 본뜨거나 R에 근사한 효과를 발휘함으로써 기능하려는 당착이 빚어진 것은 아닌지 의구심이 빚어질 여지가 크다. VR과 디지털 자질에 대해 인문학적 성찰을 도모해야 한다는 관심이 이 맥락에서도 촉발된다.

33 영화 장면을 전제한 비유를 짓거나 카메라 기법을 흉내내듯 객관적 시점을 조작하는 정도로 영화와 소설의 관계를 맺으려는 시도와는 수준이 다르다.

34 물론 해체(deconstruction)는 단순한 파괴(destruction)가 아니므로, 기교의 과잉에서 빚어진 형식 실험으로 치달은 아방가르드적 모더니즘 서사의 양상과는 자질이 다르다.

　이른바 착시 현상에 관한 사례들이 있다. 시각에 따라, 초점을 맞추는 방향에 따라 대상이 달리 보이는 그림을 얼른 떠올려 볼 수 있을 것이다. 오리로 보이기도 하고 토끼로 보이기도 하는 그림, 잔으로 보이기도 하고 얼굴을 마주하고 있는 두 사람으로 보이기도 하는 그림, 자로 재 보면 길이가 같지만 화살표 끝 촉의 방향에 따라 길이가 달리 보이는 그림 등이 그러한 사례이다. 이를 두고 본디 객관적 연장의 진위와 다른 주관적 착오나 착각으로 보아 '착시'라고 규정하는데, 백이면 백 모든 이들이 그리 보는 만큼 이를 잘못된 지각이라고 보는 것이 되려 잘못일 수 있다. 이러한 난센스가 이는 이유는 기본적으로 사람들의 지각과 인식을 통한 현상의 수용 과정을 '주관'이라 하여 세계 본연의 실체를 오롯이 파악하지 못하는 주관의 오류 가능성을 전제로 하는 데서 비롯한다. 그렇다면 사람들의 지각과 인식에 관여된 수행은 근원적으로 그릇된 바탕에서 진행될 수밖에 없기에, 주관과 객관을 구분하는 개념적 설정 자체가 그릇될 수밖에 없다는 당착이 빚어질 뿐이어서 당찮다.

인지와 문학의 구성적 함수

이러한 딜레마에서 벗어날 길은 저와 같은 현상을 수용하는 과정에 대해 물리적 연장을 분석적으로 수용하여 조합하는 절차로 전제하지 않을 새로운 개념 계열을 세우는 데서 찾을 수 있다. '게슈탈트(Gestalt, 형태)'가 그 해결의 실마리로 제안된 개념이다. 대상의 실체가 있어서 그 연장의 내외를 분석하고 그 요소들을 다시 조합하여 이해하는 방식이 아니라, 그 총체를 수용하여 어떠한 개념의 도식에 대입하여 지각과 인식의 형상을 판단하는 구성적 개념의 도입이 요구되었던 것이다. 실체적 대상이라면 그 형식과 내용을 분석적으로 수용하는 것이 적절하지만, 적어도 저러한 착시 현상의 경우들이라면 그리 수용될 수 없는 형태라는 것이다. 이는 형식과 내용의 경계를 미리 상정하고 조합할 수 없으며 지각과 인식의 공정에서 형식과 내용의 의미 연관이 이루어지는 구성적 개념으로써 수월하게 납득할 수 있는 현상이기 때문이다. '인지(cognition)'는 이러한 현상에 대한 구성적 수용을 바탕으로 인간 수행의 면면을 탐색할 수 있는 시야에 이끄는 구심적 개념 술어이다.

인지는 세계와 나, 곧 대상과 주체 사이의 관계에 대한 성찰이다. 나는 세계를 어떻게 '수용'하는가? 인간의 의식에 관여된 지각적 수행은 물론 몸을 움직이는 운동 수행 전역에 걸쳐 인지 활동이 간여한다. 현상의 외연과 그 내재적 의미·가치 등을 판단할 때에 인지적 선택을 경유한 개념적 변환을 통한 수용 과정이 진행된다. 대상에서 뇌신경으로 인입되는 상향식(bottom-up) 공정과 뇌신경에서 운동 신경을 거쳐 단말의 운동 기관의 행동으로 산출되는 하향식(top-down) 공정은 직렬적 수순에 의한 위계적 절차에 따라 별개로 이루어지지 않고 병렬적·동시적으로 작동한다. 이러한 병렬 처리에 바탕을 둔 인지 공정이 인간급 수행의 진전의 중요한 바탕을 이룬다.

인지에 관여된 현상과 수행은 인지 대상과 인지 주체 사이의 이원적 대립을 무색하게 한다. 인지는 현상과 수용 사이의 상호작용에 상응하는 활동이어서 객관과 주관 사이의 명확한 경계를 세우는 개념항 대신 이를테면 상호주관성(Intersubjektivität)에 상응하는 개념항을 전제로 그 면면을 이해하는 데 적용되는 개념들의 계열을 구성할 수 있다. 현상의 의미 연관을 지어 수용하는 과정이 기조인 지각과 의식에 관여된 인간적 수행의 바탕은 구성적 개념 도식의 계열이다. 세계가 자명한 실체로서 주어져 있다는 입장을 끝내 고수한다손치더라도, 세계의 사상을 인지 공정에 회부함으로써 지각적 소여(所與)나 의식적 관념으로 변환하여 의미와 가치를 해석하고 수용하는 과정에서, 실체라도 구성적 요소로 분할하고 개념 도식으로 환산하여 병합하는 행동역학(motor-drive) 기관을 경유한 뇌신경 회로의 변조 공정을 거쳐 산출되기까지, 구성적 공정에 회부되게 마련이다. 인지 수행의 어떠한 대입값도, 또한 어떠한 산출값도 실체적으로 예비된 바는 있을 수 없다. 관념이나 의식의 중앙처리 장치(core processing unit; CPU)에 상응하는 완고한 도식 체계나 인지 능력의 집약체에 상응하는 기관 같은 것이 아직 발견되지 않았을 가능성이 열려 있지만, 사람들이 실로 경험하는 행동 범위 내에서 확인되는 것은 인지 수행에 관한 역동적 양상의 공정과 이를 구동하는 기제들이다.

이러한 인지적 구성의 개념적 근거와 지각의 구성적 자질은 언어적 환산의 회로를 모형으로 가늠할 수 있다. 이를테면 언어는 인지 수행의 주된 수단이자 그 자체로서 인지 활동의 주요 사례이다. 언어 능력과 언어 수행 두 국면에 관여된 언어에 관한 입론을 염두에 두면 될 것이다. 언어 능력에 관여된 현상적 모형으로 대표되는 '문법'의 체계를 상정하고 언어를 쓰는 수행 과정의 데이터를 대응시켜 정오나 적절성 등을 판정하는 레퍼런스(reference, 준거)를 설정할 수 있다. 언어 수행의 양상이 레퍼런스에 온전히 대응되지만은 않기에 언어 능력이 언어 수행에 온전히 반영되지는 않는다. 언어에 관여된 두 국면 사이에서 빚어지는 현상적 역학이 인지 능력과 인지 수행 역학의 대표적 사례인 것이다.

인지의 레퍼런스를 상정할 수 있지만 이는 인지 데이터가 상향적 공정을 통해 대입될 때 인지 결과치를 인출할 수 있도록 대응될 때에만 그 면모가 드러나는 만큼, 그 실체적 정위 여부와 무관하게 인지의 레퍼런스의 전모를 확인할 길은 없다. 때로 인지 수행의 과정에서 레퍼런스의 대응 관계가 달리 맺어지는 경우도 염두에 두고 보자면 특히 인지적 창발에 관여된 양상에서 인지는 수행적 국면에 이해의 포커스를 맞추어야 하는 면면이 선연해진다.

인지는 구성적 특징이 선연한 현상이다. 인지의 회로와 공정은 대상 세계의 데이터와 이를 부호로 분절하여 처리하는 뇌신경 사이의 상호작용을 통해 의미를 구성하는 병렬 처리 프로세스를 바탕으로 작동한다. 가령 시지각은 별스러운 의식 작용 없이 수용되는 직관적인 감각으로 간주되기 십상이다. 그런데 이에 대한 인지 과학적 판정은 시지각이 해석의 소산이라는 점, 외부 세계의 자질이 아니라 뇌의 자질(property)에 상응하는 것이라는 점, 따라서 구성적 개념으로 전제하고서 이에 관여된 현상을 응시하는 태도가 요구된다는 점을 강조한다. 이는 감각 기관을 통해서나 운동 기관을 통해서 수용되는 모든 외부 자극과 대상에 대한 반응과 판단과 활동에 대해서 공히 적용된다. 이로써 언어와 대상의 관계에 대한 구조주의적 시각의 타당성이 과학적으로 의미심장한 것임이 입증된다고 해도 좋을 것이다. 이는 나아가 '경험 — 선이해 — 해석 — 지평 확장 — 선이해 — 경험'으로 이어지는 해석학적 순환에 관한 사유가 단순히 관념적인 논리에 그치지 않고 적확한 과학적 거점을 얻게 되는 진전된 바탕이다.[1]

인지적 수용과 판단은 상향적 감각 지각과 하향적 인지 정보 제어의 협업을 통해 이루어진다. 이러한 인지 회로가 열리는 방식에 대한 구성적 개념 도식의 적용이 관건이다. 자명하게 주어진 실체에서 발산된 데이터를 이미 정신 영역에 형성된 판정 도식에 일대일 대응시켜 감각이나 의식의 결과를 지시적으로 확인한다면, 뇌신경의 부하는 상상조차 못할 만큼 커질 것이며, 실체적 개념으로는 정신 영역에 해당한다는 활동을 온전히 이어가기에 신체적 한계에 금세 직면하게 될 것이다. 그러나 다행스럽게도 뇌신경에서 이루어지는 공정은 구조적이고 구성적이다. 기관을 통해 수용된 데이터를 부호로 처리하고 이 부호를 해독에 관여되는 개념 도식의 계열에 이관하여 의미와 가치 등을 구성한 결과치를 산출한다. 이러한 회로가 병렬 처리 공정으로 진행되는 만큼 순간에 포착된 숱한 지각 데이터라도 삽시간에 처리할 수 있는 것이다. 반복되는 일상적 인지야 말할 나위 없으며, 창발적(emergent)으로 발동하고 진전되는 인지가 가능한 것도 이러한 인지 공정이 병렬 처리를 기반으로 한 덕분이다. 일상(routine, 루틴)과 창의(novelty, 노벨티)를 담당하는 대뇌피질의 상호작용이 해석학적 순환의 원리와 사상되는 국면이 있다는 설이 힘을 얻을 수 있는 것도 이와 관련된다.[2]

이러한 인지 공정상, 개념 도식(쉐마, Schema)의 구성이 구심을 이룬다. 개개인의 경험은 그 한계가 뚜렷하며 심지어 위험성을 안고 있다. 특히 지난한 사유의 과정에 회부되기 힘든 감각적 경험이나 단발(單發)의 이채로운 경험은 오관을 부르기 십상이며 그릇된 개념을 고착시킬 우려가 크다. 단자적인 경험이 부르는 대사회적 갈등의 소지도 염려스럽다. 따라서 개개(혹은 개인의) 경험은 다른(혹은 다른 이들의) 경험들에 비추어 성찰되어야 하며 그 의미와 가치 등이 기억에 이관되어 개념으로 환산되어야 한다. 경험을 환산한 개념들이 일정한 계열을 이루어 단말의 경험적 데이터를 처리할 때 쉐마로 활용된다. 원활하고 수월한 인지 수행을 위해 '학습'이 필요한 셈이다.

학습을 통해 인지 도식의 계열을 구성하는 시간을 단축하는 것은 매우 긴요하다. 인간은 학습 활동을 돕는 교육을 제도화함으로써 탁월한 인지적 진화를 거듭해 왔다. 인간급 문화와 문명을 획기적으로 달성할 수 있는 저변이 이를 통해 지어질 수 있었던 것이다. 이러한 인지 혁명의 수단이 인간만이 구사할 수 있는 '언어'이다. 다른 종들이 언어에 상응하는 어떠한 의사소통의 방식을 구사할 수 있다손치더라도 인간의 언어에 비할 바 없다. 인간은 언어를 통해 감정과 경험과 생각을 나누어 소통하고 기억에 부쳐 체계화함으로써 인지적 진전을 이룰 수 있었던 것이다. 언어를 더욱 잘 구사할 수 있는 방안을 개발하고 의사소통의 장에 적용함으로써 다양하게 분화되고 진전된 미디어 환경을 이룰 수 있었다. 이러한 미디어 발달의 저변은 인간 커뮤니케이션의 기저 수단인 언어의 활용을 수월하게 하려는 인지적 모색이다. 문학은 언어의 루틴에 변화를 주어 창의적 수행을 가능하게 하는 미디어로서 기능해 왔다.

인간의 발달 단계에서 감성의 계발과 이해력·사고력의 증진을 위한 노력은 매우 중요하다. 어려서부터 노래를 배우고 이야기를 나누어 가며 사람들과의 상호작용을 활발하게 하고 교유를 통해 사회적 문화적 차원의 생활 방식과 삶의 예지를 학습하는 과정을 거친다. 사회의 성원으로서 필요한 자질을 습득하는 데 문학적 수행의 방식을 수월히 쓰는 셈이다. 이처럼 인간 발달 단계에서 주요 전기를 이루는 인지적 진전을 가능하게 하는, 감성과 이해, 지각과 의식 차원의 '비약'을 이루는 데 문학의 영향력은 사뭇 크다. 문학을 통해 세계에 대한 안목을 넓히고 직접 경험하지 않고서도 숱한 쉐마를 습득할 수 있다. 문학의 교육적 역할은 특히 정식 제도 교육에 편입되기 이전 아동들에게 긴요하다.

물론 문학이 일상의 문화와 사회 관계, 규범 등을 학습하도록 돕는 데 기본 역할이 국한되는 것은 아니다. 오히려 문학은 '낯설게하기 기제'로서 나를 둘러싼 생활 세계(Umwelt, 움벨트)를 성찰하는 중요한 방식으로 쓰일 때 최적의 의미와 가치를 낳는다. 문학은 몰입하게 하는 맹목이 아닌, 상호작용을 도모하는 이해에 관여된 사용자 경험(UX)에 최적화된 양식이다. 삶의 체험을 표현하여 텍스트로 변환하고 이해에 부침으로써 자기화하는 해석의 공정이 문학적 수행에서 최적화된다. 세계에 대한 해석을 통해 삶의 지평을 드넓히는 기획을 통해 자기를 새로운 삶의 영역에 투사하여 진전된 삶의 계기가 될 의미와 가치를 담은 텍스트를 창안하는 해석학적 순환의 공정이 문학적 수행 과정에서 가동된다. 선이해의 주요 인자인 학습과 기억의 중요성에 대한 뇌 과학의 증빙이, 삶의 진전을 이루는 기획에 수렴되는 문학적 수행의 타당한 저변을 비호한다.

기억은 작업 기억(working memory)과 장기 기억(long-term memory) 사이의 역동적인 상호작용을 통해 활성화된다. 기억의 회로는 데이터의 인입과 인출에 관여하는 여러 조건 변수에 따라 인지 가능성을 조율하면서 작동한다. 기억에 회부된 인지 데이터를 휘발되지 않도록 하여 잠재력을 강화하는 이행·변환(transaction) 작용이 요구되는데, 경험의 즉자성 혹은 순간성을 극복할 수 있도록 경험을 장기 기억의 강화(LTP; longterm memory potential)로 돌리기 위한 인지 훈련이 발달 과정에서 크게 요구된다. 문학은 경험의 엘티피(LTP) 기제로서 유망한 방식이며 수월하게 활용할 수 있는 실용적 방식이다.

가령 이야기가 왜 필요하며 어떤 기능을 하는지, 이야기를 잘 할 수 있는 전략을 모색하는 지향은 어디에 두는지 등에 관한 인지적 거점을 탐색할 여지가 이와 관련 있다. 말할 나위 없이 이야기는 일회적 경험이나 감정, 생각 따위가 휘발되지 않도록 기억에 회부하여 남기는 중요한 인지 수단이다. 이야기를 나누어 서로의 경험을 공유하고 정서적 공감대를 형성하는가

하면 생각을 나누어 공론함으로써 주관적인 판단이나 이념적 도그마에 머무르지 않는 드넓은 개념의 계열을 구성할 수 있다. 일상의 담론 장에서 펼쳐지는 이야기의 위상을 문학적 장르로 재편함으로써 인지적 역량을 기르는 방법적 체계를 얻은 것이 인간급 문화의 진전을 가능하게 한 바탕임은 문학의 문화적 위상 변이에 관한 방증들과 동일 궤도에서 호환된다. 이야기로써 삶을 엮고 푸는 서사적 수행은 인지적 엘티피의 중요한 동력원인 것이다. 특히 같은 이야기라도 더 그럴싸하게 구성하여 다채로운 이야기 편들을 짓고 하나의 구성을 다양한 양태의 담론 방식과 채널을 통해 효과를 달리하려는 노력으로 확산되는 서사적 위상 변이의 국면들이 기억에 관여된 인간급 인지 능력의 창발을 추동하였음을 '기억'해야 옳다. 소위 스토리텔링은 단순한 표층적 테크닉보다는 그 힘이 이러한 인지적 진전을 이루는 동력이라는 면에서 의의가 자못 크다는 점 재삼 환기시켜 둔다.

기억에 관여된 서사적 처치의 중요한 사례로 근래 들어 비상한 관심 영역이 '외상(Trauma, 트라우마)'에 관한 것이다. 불필요한 오해를 피할 요량으로 굳이 '정신적'이라 한정하기도 하는 외상은 기억의 양상들과 전환의 기전적 비약으로 빚어지는 증후군에 두루 적용되는 개념 술어이다. 대개 외상 후 스트레스 장애(post traumatic stress disorder; PTSD)에 관련된 병증을 통해 현상으로 드러난다. 쉽게 말하자면 기억의 부작용이라 할 수 있는데, 떠올리고 싶지 않은 기억과 기억의 소거 가능성 사이의 부조화나 단층 양상이 일상의 질서에 상응하는 인지·행동 상태에서 일탈한 증후를 발현시킨다. 표층의 기억에서는 소거되었지만 잠재 의식에 각인된 형태의 기억인 만큼 작업 기억에서 장기 기억으로 이관된 형국도 띠는지라, 기억의 일반적인 변환 공정을 벗어난 것이라서 부적응 행동을 유발할 가능성이 커진다. 극심한 심리적 불안정 상태에서, 잠재되었던 기억이 의식 겉으로 역동할 때에 부적응 행동이나 장애 증상을 유발하게 되는 것이다.

이러한 증후군에 대한 처방과 처치를 위한 의학적 노력이 진전에 진전을 거듭하고 있다. 기억의 자멸 사례가 발견되고 이에 작용하는 기전이 일부 밝혀지고 있으며 약리적 기전을 적용한 처방과 치료 방법이 진전되고 있는 식이다. 그렇지만 이러한 약리적 처치의 한계 또한 녹록치 않게 드러나고 있어서, 여전히 정신 분석과 상담 요법을 효과적으로 적용할 수 있는 가능성이 진전될 여지 또한 커진다. 이때 기억을 담론화하는 체계적 방식으로 으뜸인 문학이 PTSD에 대한 처방의 기전으로 쓰임 직하며 실로 그러한 시도와 성과가 제시되고 있다. 기실 PTSD의 정신 요법(psycho therapy)과 서사 요법(narrative therapy)의 밀착도는 사뭇 크다. 말문 트기를 통한 기억의 '직면'에 초점을 맞춘 요법이 기저를 이루는데, 기억의 '재응고화'[3] 기전에 착안한 극적인 반전의 책략이 서사 요법의 바탕이다. 특히 문학적 낯설게하기의 전략적 확장이, 직면한 기억을 치유의 동력으로 변환함으로써 인지적 재편에 이관하는 정신 요법에 수렴된다. 무의식의 역동을 예방하는 안전판으로서 문학의 기능도 이와 맞물려 있다. 불안, 우울, 양극성 장애 등에 대한 처방으로서 문학이 유효한 값을 내는 사례들이 보고되고 있다. 이를테면 환자들이 자신의 이야기를 말하는 과정 중에 기억을 재활성화할 수 있을 것인지에 관해, 안전한 환경 속에서 기억이 부정적 영향을 많이 받지 않으면서 재응고화(reconsolidation)될 수 있다[4]는 식이다. 이러한 정황에서 서사 요법 또는 문학 요법의 의의와 가능성이 커지는 것이다.

문학 요법을 처방할 때 관건은 거리두기를 통해 치유의 가능성을 높이는 텍스트와 몰입을 통해 상처를 덧나게 하는 텍스트를 구분하는 것이다. 문학은 거리두기를 통한 상호작용의 가능성을 높이는 데서 최적의 효력이 발휘되는 법, 기억 표층에 떠올리고 싶지 않아서 잠재 의식에 숨은 아픈 기억을 후비듯 집요하게 파헤치는 방식은 부작용을 유발하거나 병증 자체를 악화시킨다는 데 유념해야 한다. 놀이가 노름으로 반전되는 것은 순식간이다. 문학적 낯설게하기의 효과는 기억을 직면하되 심리적 거리두기를 통한 전략이 치유의 효력을 드높이는 방식으로 적용될 때에 최적화된다. 무의식의 역동을 컨트롤할 수 있는 문학적 담론의 방식이 요긴할 뿐, 역동한 무의식이 분출되어 마구 뛰놀도록 판을 내놓는 난장을 경계할 일이다. 의사나 상담자가 환자나 내담자에게 적절한 거리를 유지하는 것이 정신·심리 치료 과정에서 가장 유념해야 하는 점이라는 데 상응하게, 문학적 치유를 도모하는 책략이 문학적 거리두기 또는 낯설게하기의 전략적 선상에서 일탈하지 않아야 한다는 점을 최우선 전제해야 하는 것이다.

문학을 통해 얻는 '감동' 또한 문학 플러스 인지 산술식의 값이 양수가 되도록 하는 입력 요소이다. 감동에 관해서는 정서적 국면은 물론 의식적 국면에서 수용될 자극에 대한 여러 처리 공정들이 다각적으로 작동할 여지를 고려해야 한다. 특정한 자극에 대한 반응과 행동, 수행 양상들에 얽힌 다차원적 인지 양상이 감동의 다면적 구성 양태를 조형할 것이다. 이를테면 같은 자극이라도 불쾌감에 반사적으로 표정을 일그러뜨리는 등의 반응을 표출하며 수용을 거부할 수도 있고, 긍정적 감정이 일어 호의적으로나 적극적으로 수용하여 정서적 공감을 표할 수 있음은 주지의 사실이다. 정서적 반응의 긍정적·적극적(positive) 국면에서 이는 감동은 삶의 경험과 이를 저장한 기억을 돌이키되 긍정적인 정서적 반응을 산출할 수 있도록 그 의미와 가치를 변환하는 데서 발생하고 진전된다. 이러한 정서적 역동에 작용하는 기전들에 주목할 여지가 생기는데, 관계 속에서 타인의 감각, 정서, 감성 등에 대한 적절한 '교류'의 여지를 여는 것이 감동의 인지 공정에서 중요한 관건으로 부상한다. 이러한 맥락에서 문학의 인지적 기능이 조명되는데, 문학적 수행을 활성화하는 훈련의 필요성과 함께 문학이 인지적 진전에서 요구되는 전략적 거점에 대한 모색의 필요성이 제기된다. 감동은 감정에 몰입하는 것이 아니라 오히려 감정의 낯설게하기 국면에 있을 때 최적의 인지적 효력을 발휘한다는 점에 주목할 여지도 커진다.

기본적으로 치유는 자기 수행이다. 진단과 처방, 그리고 처치는 의료인이 진행하기에 그 상대이지만 궁극적으로 치유의 주체는 자기이다. 특히 마음의 상처를 안은 증후를 치유하는 과정에서 처방에 대한 응답은 자기로부터 나와서 자기로 귀결되는 구도에 부쳐진다. 표층에서 처치를 진행하는 테라피스트(therapist)는 조력자 역을 할 뿐, 결국 치유의 진전 과정에서 자기 문제 해결에 부쳐지는 치유의 귀속성에 유의해야 한다. 병반을 야기한 기억을 들추어 직면하고 이를 온전히 이해하고 수용함으로써 기억을 재응고화하는 공정에서, 상흔을 봉합하고 새살을 돋게 하듯이 기억의 부정항을 긍정항으로 치환하는 절차를 진전시켜야 하는 것이다. 이 과정에서 자기 경험을 이해하고 이야기함으로써 대상화하는 서사적 수행의 자기 치유적 기능에 주목하게 된다. 이해는 어떠한 기대 지평에 다다르는 것인데, 자기를 이해함으로써 기대를 충족하고서 기대치를 확장하는 과정에서 치유의 단서가 촉발되고 치유의 바탕이 마련될 수 있는 것이다.

이해와 표현의 해석학적 순환 원리에 비추어 '문학과 나(의 삶)'의 함수에 대한 모색의 여지가 열린다. 무엇인가에 대한 의미와 가치를 부여할 때 발생하는 인지적 창발의 힘이 문학적 방식의 원동력이라면, 기억의 발견과 기억으로 빚어진 문제를 해결하는 과정에서 진전되는 자기 이해와 치유의 인지적 공정이 문학에 연결된다는 것은 짐짓 토톨로지(tautology, 동어 반복)인지도 모른다. 그만큼 문학과 치유의 인지적 함수가 긴밀한 셈이다. 문학이 더하는 가치의 회로는 인간 삶의 전역에 걸친 인지적 수행의 긍정적 의미망의 여지를 확산하는 분기점에 연결된다. 마음의 치유에 긍정적인 역할을 하는 문학의 인지 공정에 주목할 여지가 더 생기는 것이다.

감동이든 교훈이든 재미든, 문학의 미적 자질이나 요소 따위는 어디에서 비롯하는가? 삶의 위안과 마음의 안정된 기반을 문학이 보장할 때 이는 어떤 원리에 의하는가? 의미와 가치를 모른 채 목표를 이루기 위해 치닫는 행위는 맹목일 뿐 진전된 가치를 낳을 수 없다. 모든 인지 수행의 주역은 '자기'라는 데서 상향식 진단과 치유의 문학적 과정에서 구성되는 가치의 진전 국면에 주목하는 것이 옳다. 경험을 재구성하는 기억, 그 기억을 재구성하여 기억을 기억하는 문학적 전략의 차원들이 현실의 비극적 경험을 재편하여 삶의 동력으로 승화하는 '마음 공간'(mind space)을 이루어 왔던 것이다. 삶의 문제를 알아차림으로써 자기를 돌보는 혜안을 얻고, 자신을 봄[觀]으로써 자기 경험은 물론 세계에 대한 인식의 재편 수순에 돌입하는 인지 공정이 문학적 자기 수행의 공정과 밀착되어 있던 덕이다. 문학이 개인 삶의 진전은 물론 공동체 문화의 진전에 기여한 거점 수단이라는 사실이 이를 통해서도 드러나는 것이기도 하여, 사람들이 생활 세계의 전역에서 이룬 인간급 진전의 바탕에 문학이 있어 왔다는 점을 기억해 두어도 좋을 것이다.

문학적 소통의 인지적 자질

문학은 일방향의 아날로그적 전언이 아니라 의사소통 회로에 부쳐지는 언어 공정(linguistic processing)을 통해 산출되는 다중 방향의 디지털적 담화 현상이다. 문학은 다중적 공정으로 진행되는 공간 횡단적 수행의 구심으로서 문화 현상의 한 거점을 이룬다. 그래서 문학은 기본적으로 인간의 인지 작용에 의한 활동을 기반으로 한 현상이라고 할 수 있다.

특히 사실 세계를 넘어선 가상의 세계까지 화제로 올리는 문학의 장에서는 양방향의 의사소통 회로에서 작동하는 인지 공정이 활성화되기 십상이다. 문학적 수행을 통해 삶의 경험을 공유하고 마음을 나누어 이해의 폭과 깊이를 더하고자 하는 인지적 수행의 본연이 문학 현상에 적중된다고 해도 좋을 것이다. 이때 특히 활성화되는 것이 감성에 관여된 공정들이다.

문학은 일반적인 의사소통 매체와 마찬가지로 이성적 활동에 근간을 둔 소통의 방편이지만 이성적 활동만으로 닿기 어려운 감성 영역에 걸친 소통의 중요한 방편으로 기획된 것이다.[5] 감성은 응집된 심리적 기능을 가진 마음 상태로서 기본적으로 상호 소통적인[6] 기제에 해당하며 문학과 인지가 만나는 주요 지점이다.[7] 문학은 그러한 마음 상태를 의사소통에 부칠 수 있는 기제의 총화로서 감성에 접근할 통로 역할을 담당하는 셈이다. 곧 문학이란 감성의 의사소통적 국면을 최적화한 인지 공정을 통해 산출된 인문 현상의 구심이라 해도 좋은 것이다.

문학적 이해(literary comprehension)가 감성적 공정에 특화된 현상이다.[8] 문학적 수행은 그 자체가 차원 다른 경험의 한 축에서 이루어진다. 이는 이를테면 '독서는 여행이다(READING IS A JOURNEY).'와 같은 교통 은유[9]와 개념적 공분모를 갖는 것으로서, 삶의 경험을 새로운 차원으로 구성하고 이를 나누어 세계를 공유하여 공감대를 형성하려는 마음과 조응한다. 이러한 맥락에서 감성을 통해 확산되는 문학적 수행의 소통적·인지적 국면에 대한 이해의 거점을 삶에 편재한 문화적 은유[10]에 대한 탐색에서 얻을 수 있을 것이라 기대된다.

그렇다면 문학을 매개로 이루어지는 소통과 인지 공정에 관한 논의의 축은 문화적 수행에 관여된 단서를 찾는 데 놓이는 편이 타당하다. 문학 텍스트를 통해 삶의 경험을 공유하고 정서를 교감하며 생각을 나누는 문화적 과정이 문학적 소통에 관한 이해의 주요 구심을 이루기 때문이다. 의사소통에 관여된 약호(code)의 부여와 해석에 관한 수행이 문화에 직결된다는 점을 염두에 두고 보면 문학을 통한 의사소통의 장에서 문화적으로 구성되는 약호수행(coding)의 국면을 탐색하는 것은 매우 유효할 것이다. 인간의 인지 공정이 약호수행을 거점으로 작동된다는 면에서 문학적 소통에 작용하는 인지 양상을 문화적 과정에서 풍성히 탐색할 수 있는 여지를 예측할 수 있는 것이다.

재삼 강조하거니와, 문학은 의사소통의 회로에 부쳐진 담론의 양태로서 던져질 때 비로소 일단락된 모습이 드러나는 과정적 구성체이다. 제 아무리 좋은 감정이나 이야깃거리라도 누군가에게 전해져서 이해와 반응을 불러일으키지 않는다면 현상으로서 드러나지 못한다. 순간적 느낌이나 순식간의 사건이 문학거리로 취해져 변환되고 그것이 다시금 일정한 방식에 따라 가공되어 단말의 문학적 결과물로 전해진다는 점은, 이에 대한 반향을 통해 의미가 부여되어 의사소통이 일단락되는 회로에 회부된다는 점에 조응되는 것이다. 이로써 문학은 사람들 사이에서 모습이 드러난 현상으로서 인정될 수 있는 것이다. 현상으로 드러나지 않은 정서나 경험이나 생각은 이를테면 한 사람의 관념이나 상상 속에 있을 뿐이어서 사람들에게 어떠한 영향을 미치거나 효력을 발하지 못하는 허황한 피상에 불과한 것이다.

실로 사람들이 노래하거나 이야기를 지어내는 데 그치지 않고 어떻게든 잘 노래하고 잘 이야기하여 다른 사람들의 열화와 같은 반응을 부르고자 하는 노력은 다양하고 다면적이며 다층적이기도 한 문학적 경험과 문학적 감성 또는 문학적 관념 등의 축적을 가능하게 하는 동력이다. 같은 감성이나 경험, 생각이라도 남다르게 표출하지 않으려고 다각적인 구성을 궁리하고 다채로운 방식을 모색하는 한편 좀더 효과적인 매체를 창안하려는, 인간의 문학적 욕구가 문학을 문화적 수행의 주요 거점으로 세운 것이다. 그 거점의 구심에 문학적 표현에 관한 항 못지 않게 문학적 이해에 관한 항이 중요한 동력원으로 자리잡고 있다는 데 유념해야 한다.

같은 감정이라도 즉자적이거나 심상하게 전하여도, 혹은 이야기를 똑같은 식으로 이야기하여도 사람들이 지루해하지 않고 그냥 수용하기만 한다면, 굳이 힘들여 노래나 이야기를 달리 지어 잘하려고 수고할 리 만무하다. 정서의 원천인 감정이나 이야기의 원천인 사건의 요체를 파악하는 데만 관심을 쏟는 경우라면, 이리저리 돌려 하는 이야기나 감정을 에둘러 표출한 수사(修辭)에 되려 조바심만 더하여 짜증을 내기 십상이다. 그럴 경우에는 감정을 직설적으로 표하거나 사건의 대강을 짤막하게 말하는 방식이 더 효과적일 것이다. 물론 어떻게 하면 더 효과적으로 요체를 명징하게 전할 것인지 여하에 따라 그마저도 문학적 방식을 여러 가능한 방향으로 모색해야 할 것이다. 그런데 상대의 정서 상태가 어떠한지, 혹은 상대가 처한 상황이나 그가 겪은 경험적 사건이 어떻게 된 것인지 알고서도 누군가의 마음을 심려하고 그의 이야기에 귀를 기울이며 또 다른 사연은 없는지 기웃거리는 경우가 있을 뿐 아니라 흔하기까지 하다. 그만큼 감정이나 사연을 이해하는 쪽의 요구에 대응하여 정서를 전하거나 이야기하는 편의 일이 바빠지는 셈이다. 이런 까닭에 문학적 소통에 관해 논의할라치면 고려해야 할 요소들이 많아지고 그 요소들 간에 구성된 의미의 망에 대해 생각할 여지가 커지는 것이다.

문학의 이해에 관한 항에 대해 논의할 거리가 복잡한 양상을 띠는 것은 표현에 비해 직시적인 표지가 선명하지 않기 때문이다. 적어도 표현항에는 언어적 표지가 분명한 텍스트가 주어져 있다. 그런데 이해항에는 반응에 관한 선명한 표지가 없다. 혹 반응을 글이나 말로 표현한 텍스트가 있다손치더라도 그가 객관적인 지표로 환산된 일정한 반응의 소산이라고 할 만한 경우는 거의 없다. 이렇듯 문학의 이해에 관한 항이 불분명한 표지들로 구성된 까닭에 이에 관한 탐색을 위해서는 양방향으로 소통되는 문학의 공정에 결부된 인지 요소를 분석할 방법적 개념들의 네트워크가 요구되는 것이다. 삶에 편재한 문학거리는 물론이거니와 실체가 없거나 실체로 드러나지 않는 정신 현상이나 가상 세계의 제재를 구성하여 지은 숱한 이형들(versions)이 소통되는 국면에서는, 인간의 인지 활동이 최고조에 달할 정도로 활성화될 여지가 크다. 문학 자체의 소통 국면도 그러하지만 문학 텍스트를 통해 나누어지는 감동이나 재미와 같은 인간의 '마음'에 관여된 소통 국면을 보건댄 문학적 소통의 인지 회로가 복잡하게 구성될 수밖에 없음을 깨닫게 된다.

이렇듯 복잡하게 얽히고설켰을 인지 회로가 작동하여 다양한 양태로 펼쳐질 문학의 가능성은, 그가 일정한 현상으로 드러나 인간 삶의 장에 부쳐지면서 많이 희석될 수밖에 없다. 특히 실제 소통이 진행되면서 복잡한 인지 회로를 거쳐 산출된 문학 텍스트가 수용될 때에는 구체적인 사실이나 이미지들이 도식들로 환산되는 공정을 통해 유형이나 구조로 환원되는 일이 벌어진다. 인지 공정의 아이러니라 해도 좋을 인지 회로와 인지 도식(cognitive schema) 사이의 관계에 주목하고 보면, 문학적 소통의 복잡한 과정이라도 일정하게 유형화된 문학적 인지 도식으로 환산하여 탐구할 수 있는 길이 열리는 셈이다. 이미지 도식들이 예술에 형식을 부여¹¹하듯이, 문학 도식(literary schema)들이 문학거리에 형식을 부여하여, 의사소통 공정에 부쳐질 수 있게끔 변환된 인지 대상으로서의 문학 텍스트를 빚어낼 수 있는 것이다.

문학은 그 자체의 외연이 가시적 실체로 존재하는 대상물이 아니다. 문학의 최저 수준 재료로서 문학의 물리적 자질에 가장 근사한 문학거리라도 실제 그 그릇(container)이 물리적인 대상으로 주어져 있는 것이 아니라서 정신적인 어떤 것에 기대어 취할 수밖에 없다. 문학 도식은 추상이나 관념 차원의 이야기에 형태를 부여하여 실로 드러난 실체와 같은 형상을 창출하는 한편,

복잡한 수용 회로를 통해 얻어질 의미의 조합을 계열화하여 이해를 명료하게 하는 데 크게 기여한다. 어떤 문학 텍스트의 의미망을 조회할 수 있는 문학 도식을 찾아서 그 계열 요소를 기술하는 것은 문학적 소통의 인지 구조를 밝히는 데서 가장 중요한 구심을 형성하는 일이다.

물론 문학 도식이 문학 텍스트에서 일정한 표지를 통해 명시적으로 드러나 있는 것은 아니다. 이는 또 한두 차원의 인지적 여과를 거쳐, 추론 가능한 추상적 표지로 환산될 수 있는 정신적 표상에 회부된다. 이를테면 회화의 이미지 도식에 적용되어 그림에다 의미를 부여하는 은유[12]와 같은 기제가 문학 도식의 의미 부여 과정에서도 작동된다고 할 수 있다. 이 맥락에서 문학적 소통의 인지 공정을 이해하기 위해 문학적 은유의 구성과 해석 원리와 전략에 주목할 여지가 생긴다.

삶에 편재한 은유는 그 원리나 용례를 고려할 때 문학의 장에서 가장 활발하게 작동한다고 할 수 있다. 삶의 경험과 감정, 생각 따위를 노래나 이야기로 나누는 장에서는 그 효과를 드높이기 위해 에둘러 말하거나 빗대어 말하는 방식이 활발하게 '거래'(transaction)된다. 은유는 문학적 거래에서 그 효력이 인정된 핵심 전략으로 문학의 유통 과정에서 활발히 채용되어, 유사한 문학거리라도 사뭇 다른 노래나 이야기인 양 효과적인 텍스트를 생산하여 다채로운 문학 거래의 장을 여는 데 크게 기여하는 것이다.

정서의 교감을 목표로 하는 서정적 은유나, 삶에 편재한 일상적 상념을 새로운 서사 구도로 재구성하는 서사적 은유의 원리가 문학적 거래의 역동적 장에서 작용하면서 그 효력이 극대화된다. 기발한 착상이나 잘 꾸민 수사를 통해 위의를 풍기거나 우아한 멋을 드러내는 고도의 비유법에 국한되지 않고, 범상한 표현이라도 무릎을 치게 하는 기지가 배인 말주변이 뜻밖의 문학적 창의의 동인이 될 수 있는 것이다. 의미를 잔뜩 숨겨 응축한 표현 자체의 미적 감각이 문학의 장에 부쳐졌을 때, 이해와 수용을 통해 거래가 맺어질 수 있도록 하는 독자의 반응을 부르기 힘들어지는 경우를 염두에 두고 보면, 그저 혼잣말이나 자기 만족에 겨운 기막힌 표현에 머무르지 않고 문학적 거래를 통해 마음을 나누는 최적의 의사소통 효력을 내는 계기가 될 미적 자질이 온전히 실릴 가능성을 점쳐 볼 만한 것이다. 서정적 은유를 통해 거창한 철리(哲理)를 최적화된 형식에 응축하여 표현의 아름다움을 극대화하려는 미학적 장치를 완비하는가 하면 서사적 은유를 통해 독자 사이에 약호가 공유된 수월한 표현으로써 삶의 예지를 나누려는 전략을 의사소통 상황에 부응하여 모색하는 수행이, 최적의 조합을 통해 최적의 효력을 발할 수 있는 여건이 요긴할 것이다. 삶의 곳곳에서 수행되는 문학적 담화들 가운데 편재한 은유의 유형(pattern)과, 은유를 통한 소통 회로에서 작동되는 약호수행(coding)의 양단을 이루는 약호부여(encoding)와 약호해석(decoding)의 역동적 관계에 주목하는 것은 이와 궤를 같이 한다.

약호수행은 문학적 소통이 문화적 수행에 관여된다는 결정적 단서이다. 발신과 수신 양단 간의 가교로서 표현과 이해의 접점을 제공하여 의사소통의 맥락을 형성하는 데 결정적으로 적용되는 약호는 발신자와 수신자 서로가 공유하는 문화적 정보를 요체로 하며 서로에게 공통된 문화적 환경을 터로 삼는다. 무한에 가까운 삶의 경험과 감정, 그리고 이들로부터 산출된 생각의 다기한 조합으로 빚어지는 마음에 관여된 현상은 그 경우의 수를 헤아릴 수 없을 정도이다. 무한대에 가깝게 구성될 현상을 의사소통에 부칠 유용한 정보로 가공하기 위한 공정에 약호수행이 작용함으로써, 헤아릴 수 없는 인간의 마음이라도 단순화·유형화된 양태로 변환한 텍스트가 산출될 수 있다. 약호수행이라는 문화적 기제가 없다면 인간의 의사소통이 매우 번잡한 구도를 띨 수밖에 없을 테고 아예 소통이 불가능한 상황마저 빈발할 것이다. 의사소통을 통한 정보의 공유가 불가능하거나 가능하더라도 효율성이 극히 떨어질 터, 정보의 축적을 통해 형성되는 인간의 문화는 원체 생길 수조차 없는 지경에 이를지 모른다.

이렇듯 약호와 문화 구성 사이의 관계가 긴밀한 만큼, 약호수행이 관건인 인지 공정이 문화적 수행이나 문화적 환경에 관여되는 접점이 많은 것은 수순이다. 문화적 환경에 노출된 문학적 소통과 문학적 거래에서 인지 공정과 약호수행이 결정적 관건일 수밖에 없는 것도 논리적 수순일 뿐만 아니라 실제 문학의 장에서 유효한 현상으로 드러나 방증이 붙는다. 발신과 수신, 표현과 이해 사이의 호혜적인 관계로 직조되는 문학의 의미망에서, 문화적 약호는 문학의 인지 자질과 관련하여 가장 중요한 단서를 담은 그릇인 셈이다. 무한에 가까운 문학거리는 물론 서정적·서사적 방식의 요소들이 제한된 수량의 그릇에 융해되어 표지가 붙음으로써, 무한정의 노래와 이야기를 한정된 문학적 인지 도식으로 환치해서 인지 공정을 간소하게 하여 의사소통의 가능성을 드높이는 방향으로 문학의 장이 진전될 여건이 마련되는 것이다.

표지가 붙은 '그릇'(container, 수용체)에 상응하는 '은유'는 약호수행을 매개로 한 상징 능력(symbolic competence)을 추동하는 주요 계기이다. 상징 능력을 쉽게 획득할 수 있는 역량은 새로운 지시대상항(referent)들의 새로운 조합으로써 상징들을 생산적으로 운용하도록 하는가 하면, 이러한 새로운 조합들을 수월하게 풀어서 해독할 수 있게 하는데,[13] 이는 인간에게 고유한 역량이다. 인간의 창발적 역량(emergent capacity)[14]을 가장 극적으로 방증하는 것이 상징 능력인 것이다.

상징 능력이 창발적 역량에 관여된다고는 하지만, 상징의 지시 관계를 발견하는 데서 관건인 해석 작업을 무시하고 단순한 자의적 관계만 상정해서는 곤란하다.[15] 상징의 해석은 광범위한 학습과 경험을 요하는[16] 문화적 공정을 거쳐야 유효한 값을 얻을 수 있다. 상징은 의미를 자아내는 기표와 기의 사이의 관계가 일반적인 기호 관계의 해독만으로 밝혀지지 않는 의미 영역이 있어서 유효한 값을 산출하기 위한 공정이 일반적인 경우보다 복잡한 소통 회로를 요하게 마련이다. 상대적으로, 그러한 복잡한 회로를 거쳐 산출될 의미망은 인간 삶의 범위를 벗어나지 않는 것이므로 그 공정에 관여될 인지 도식들은 추상화의 수준이 배가된 양태로 구성될 것이다. 상징의 해석을 어렵게 하는 것은 기호적 자의성이 아니라 지시의 간접적 형태를 활용하는 데 요구되는 해석 능력 탓이므로, 복잡한 관계 도식을 쉽게 다룰 수 있는 연상기호 기관(mnemonic facility)을 얻는 것이 관건이다.[17] 지시 관계의 간접적 형태는 복잡한 관계 도식을 쉽게 배우고 부릴 수 있는 연상기호 기관을 통해 해독이 용이해지는데, 그 도식은 비교와 시행착오를 통해 획득된다.[18] 이때 계열적(paradigmatic) 관계망이 곧 결합적(syntagmatic) 관계망이 되므로 가능한 조합의 영역은 거대할 수 있다.[19] 그러니 이들을 분류하여 최적의 체계 내적 대응을 산출하는 것은 매우 큰 과제이다.[20] 이러한 분류에 관한 문제는 단순한 상징 체계마저도 난해하게 만드는 결정적 난관을 짓지만, 작업 기억 (working memory)의 증진이 이러한 공정을 개선하는 데 기여한다.

문학은 작업 기억의 증진을 위한 단서가 될 수 있다. 특히 이야기는 장기 기억의 지층에 축적된 경험과 생각을 단기적 작업 기억의 표층에 들추어 활성화하는 매체로서 활용 폭이 넓다. 공시적 계열(paradigme)에 배열되어 있는 기억의 편린들 가운데 들추어 선택한 단편을 통시적 결합축에 투사하여, 의미 있는 문장을 짓듯, 의미 있는 정서적 편린이나 이야기 편을 구성하고 소통에 부치는 문학 공정은 인간의 상징 능력을 문화의 장에 가시화하는 주요 공정이다. 이로써 상징의 해석은 문화적 과정에 깊이 관여되며 상징은 문학적 담론의 장을 풍성하게 한다.

문학적 혼성 공간

인간의 인지는 현상의 다면적인 세부를 최적의 도식들로 환산하여 최선의 이해를 도모하는 과정이다. 세상의 구석구석에 숨은 삶의 면면들을 추려 이야깃거리나 정서의 편린들을 짓고 이를 그럴싸한 이야기와 시편으로 구성하고 나누어 세계를 공유하는 문학적 소통의 과정이 이에 견주어진다. 제재를 유형화하고, 구성의 요소와 장르상 문법이나 담론의 패턴을 짓는 일이 문학적 소통에서 작동되는 인지 공정을 방증한다.

인지 공정은 추상화를 통해 수용의 최적화된 채널을 구성하고자 도모하는 도식화 과정이 주를 이룬다. 문학적 인지 공정은 삶의 수다한 경험과 일방으로 환원할 수 없는 감정, 숱한 생각의 편린들을 구조화하여 일정한 방향성을 지닌, 예측 가능한 정보 더미로 환산함으로써 의사소통의 공분모를 확보하는 것이 관건이다. 그렇다면 언어라는 매체 자체가 그러한 인지 공정을 활성화하기 위한 방편이어서 문학을 통해 세계의 다면이 응축된 양태로 원활한 소통에 부쳐진다는 점에 주목할 여지가 생긴다. 은유를 통해 그러한 도식화가 활성화되는 것도 문학적 소통의 인지 공정을 여실히 보여준다는 점에서 주목하게 된다.

평범한 공통 은유들(common metaphors)이 이미지 도식과 동역학 도식을 적용하면서 형상에 의미를 부여할 수[21] 있는 것처럼, 삶에 편재한 공통의 은유들에 적용된 도식들은 문학적 결구의 의미를 낳아 소통에 부쳐지게 한다. 이러한 도식들은 구체적 이미지나 행위가 아니며 숱한 가시적 장면과 사건을 최적화하여 얻은 인지 구조들이다.[22] 물리적 용기(container)가 없더라도 마음에 지은 그릇을 상정할 수 있으며,[23] 이로써 도식들이 문학거리에 형태를 부여하여 소통 가능한 의미체의 단말을 형성한다. 인지 현상의 기본 요건인 의미의 구성에 관여된 인지 요소들 가운데 기저를 이루는 인지소(cog)에 대응되는 문학적 인지소가 문학적 소통에 작용하고 있을 것은 충분히 예측 가능한 수순이다.

인지소(cog)는 위상 구조(phase structure), 이미지 도식(image schema), 행동역학 도식(motor-dynamic schema) 등의 양상 도식(aspect schema)들을 포괄한다. 이는 지각-운동신경 시스템의 일부이기에 구체가 구현되며, 디테일을 포함하지 않기에 추상적이다.[24] 인지소는 문화에 구조를 부여하며 개념 은유들은 인지에 실체적 의미를 부여한다. 은유가 추상적 예술의 해석에 인지 구조를 적용하게 하며, 인지소는 추상적 예술 형식의 구체화된 이해를 가능하게 한다.[25]

이러한 인지소는 일종의 신경 회로로서, 지각-운동신경 관찰, 행위, 모의(simulation) 등을 위한 일반 구조를 제공한다. 이러한 일반 구조에 대한 특정 세부들은 뇌의 다른 영역에 신경들이 연결됨으로써 채워진다. 인지소 회로는 자연스럽고 평범하며 이음새 없는 지각-운동신경 체계의 부분이다. 인지소는 특정 세부들에 대한 연결이 억제될 때조차도 신경 산술을 수행한다. 이는 추상적 개념들의 구조를 특징화하는 데 활용될 수 있으며, 그 연산은 '논리'를 특징화하고 추론하는 데 활용될 수도 있다. 인지소는 언어에서 문법적 구성이나 문법적 형태소의 의미로 기능할 수 있는데, 이로써 문법적 구성의 의미론을 특징화하는 신경 구조가 인지소라는 인지소 가설이 성립될 수 있다.[26] 이미지 도식과 동역학 도식은 일차 지각-운동신경을 사용하고 특정 세부들에 연결되어 일반적인 터라 인지소 후보가 될 수 있다.[27]

이러한 인지소 일반의 구조에 조응될 문학적 인지소의 구조는 문학 담론의 문법 요소에 상응하는 교점을 추출하고 이에 대응되는 논리 회로를 추론하여 얻을 수 있을 것이다. 대체로 문학의 기저를 이루는 제재 요소와 구성의 통사적 구조의 차원들이 이에 수렴될 것이다. 인지 과정에서 가장 기본적인 공정인 범주화(categorization)는 숱한 문학 텍스트의 편린들에서 공통된 유형의 요소들을 가려서 일정한 범주에 포괄함으로써 이해를 위한 추상화의 서막을 연다. 시간적으로 연속된 단위들의 연쇄를 이해하기 위해서는 공유된 자질들을 바탕으로 각 사건들 간의 연결 관계를 도시하는 절차가 긴요하다.[28]

그 범주는 문학 일반을 대상으로 추출한 것일 수도 있으나, 장르종에 따라 특유의 요소를 대상으로 추출한 것 또는 개별 텍스트나 작가를 대상으로 추출한 것이 유효할 수 있다. 대상이나 현상이 일반에서 개별로 갈수록 범주가 많아져 인지소 일반의 구조를 추출하는 추상화의 방향과 거리가 멀어지면서 인지 공정이 복잡해지지만, 그만큼 범주화 결과를 의미 해석에 연결 짓는 교점의 거리는 짧아지므로 인지의 적중도는 높아진다. 인지 공정은 그러한 두 가능성 사이에서 최적화된 지점을 찾는 데 집중될 텐데, 텍스트가 일반 구조에서 멀어져 소위 작품성이 높게 평가되는 경우에 저러한 공정 조율이 활성화되게 마련이다. 범주화를 적용할 수 있는 여지를 통해 상대적으로 텍스트의 미적 가치를 가늠할 수 있는 척도를 얻을 가능성을 점칠 수 있다. 예컨대 단순히 이야깃거리에 담긴 정보의 인지만이 아니라, 같은 이야기라도 미적 효과와 미적 감각을 드높여 꾸민 이야기가 소통될 때의 변수가 인지 공정에 미칠 영향을 고려해야 하는 셈이다.

그러한 미적 차원의 변수는 일반 구조에 환원시키는 범주의 영역 안에서는 발생할 수 없다. 그 변수의 인지소에 관여될 요소들은 범주 영역 사이를 넘나들며 사상(寫像)되는 양태[cross-space mapping]이다. 이로써 문학은 단순한 시간 순차적 구조로 환원될 수 없는 양상을 띠면서 마음-공간 현상(mental-space phenomena)이 된다. 특히 상이한 영역의 것을 사상하여 새로운 개념을 창의하는 개념 모형은 더 넓은 맥락을 요하면서 문화적 국면에 접어든 인지 공정을 방증한다.[29] 정서를 교감하고 이야기를 지어 나누면서 소통하는 과정에서 여러 문화 맥락의 혼성(blend)이 빈번하게 이루어져 구성되는 문학적 변이형들은 마음-공간의 창발적 구조(emergent structure)[30]에 관여된 인지 공정을 돌이킨다.

기저의 문학거리들이 문학 공정에 산입되는 입력 공간(input space)들은 서로 간의 사상을 통해 형성된 혼성 공간(blended space)에 대응될 수 있는데, 이 혼성 공간에서는 입력항에 있지 않던 구조가 돌연 출연하여 발전하는 경우가 생긴다.[31] 이렇게 생성된 창발적 구조는 입력항 요소들의 조직(composition)과, 낯익은 구조를 혼성 공간에 채용하는 완성(completion) 절차를 통해 달성된다. 이 지점에서 혼성항이 온전한 양태를 띠게 되며, 이를 정교화(eleboration)함으로써 창발적 의미가 산출된다.[32]

같은 문학거리를 다른 결을 입은 텍스트들로 파생시켜 소통에 부치는 것도 이러한 창발적 의미 창출의 공정에 비견된다. 문학적 구성을 안출할 때 제재를 취하여 다루는 방식은 잘 알려진 문학거리라도 조합을 달리하여 구성함으로써 새삼스러운 것인 양 꾸며대는 책략이다. 전혀 다른 듯하지만 실은 익숙한 제재라는 점에서 입력항에 없던 창발적 이야기 구성이 창안된 셈이다. 문학거리 자체가 새로운 데서 창의가 빚어진 것이 아니라, 문학의 구성과 담론적 요소들을 조직하여 완성하고 정교화하는 과정에서 새로이 혼성된 공간에 문학 텍스트가 지어지는 데서 창의가 빚어지는 것이다. 여기에 문학의 개념적 투사와 사상의 공정이 작동했음은 말할 나위 없다.

혼성 공정은 개념 통합망(conceptual integration network)에서 벌어진다. 두 입력항과 각 입력 공간이 공통적으로 대응되는 일반 공간(generic space), 그리고 혼성항 등, 네 개의 마음 공간이 개념 통합망을 구성하는 최소 구성 인자이다. 대체로 개념 통합망은 입력 공간 여럿과 혼성 공간 다수로 구성된다. 개념 통합 과정에는 두 입력 공간 사이의 조응(matching)을 통한 공간횡단 사상(cross-space mapping)이 이루어진다. 물론 입력항의 모든 요소와 관계들이 다 혼성항에 투사되는 것은 아니다. 이러한 선택적 투사를 통해 입력항으로부터 직접 복제되지 않은 혼성 공간에서 창발적 구조가 발생할 수 있는 것이다. 혼성항은 입력항에서 복제되지 않은 구조를 품을 수도 있기 때문에 수정(modification)과 정립(entrenchment) 공정이 더 진행될 수 있다. 이로써 혼성은 상상력을 구축하여 사건을 통합하는(event integration) 기본 수단이 되며, 개념 통합망은 여러 목적에 광대역으로 적용된다.[33]

이러한 혼성은 단일-시야(single-scope network)에 그치지 않고 이중-시야(double-scope)는 물론 다중-시야(multi-scope)에 걸쳐 중층적이고 복합적인 망을 구성하면서 인간의 창의성에 동력을 제공한다.[34] 공간횡단 사상과 혼성항에 대한 선택적 투사, 혼성항에서의 창발적 구조의 발전이라는 개념 통합의 원리는 구조적이기도 하고 역동적이기도 하다. 그 원리는 구성적 원리(constitutive principle)이다. 축구가 여러 규칙에 의해 한정되어 경기가 진행되는데 그 경기를 관람하는 내내 그 규칙들이 보이지 않게 작용하는 것처럼, 저 구성적 원리는 개념 통합에 광범위하게 작용하는 일종의 규약처럼 그 양상을 한정하여 혼성항이 구성될 수 있도록 작용한다. 그런데 축구 경기가 일정한 규칙에 따라 진행되면서도 단순한 방향이나 일정한 조합만 따르지 않고 상황 조건에 따라 복합적인 구성 양상으로 벌어지는 것과 마찬가지로, 혼성의 범위나 양태를 제한하는 구성적 원리 못지않게 창발적 지배 원리가 작용하여 혼성의 양상이 다면적으로 펼쳐진다. 축구 경기 거개가 규칙을 넘어선 풍성한 양상으로 진행되는 것처럼, 개념 통합의 전개 양상은 구성적 원리를 뛰어넘는다.[35]

개념 통합의 구성적 원리와 창발적 지배 원리를 염두에 두고 보면, '인간급'의 혼성을 획득하기 위해서는 통합망의 요소와 구조의 상상적 변형이 필요하다.[36] 이는 혼재된 것을 응축하고, 전체를 통찰하는 힘을 얻으며, 결정적 관계들을 강화하는 한편, 요체를 전하는 모종의 이야기(a story)를 제안하며, 다자(Many)에서 단자(One)로 나아가는 하위 목표를 낳는다.[37] 이렇듯 다양한 현상을 응축하여 개념으로 통합함으로써 새로운 혼성항을 짓는 인간급 인지 수행은 구조를 넘어선 창발 구조를 창안함으로써 미적인 차원의 혼성 공간을 창출하는 힘을 방증한다.

기실 미적 체험에 관여된 뇌 구조는 비인간종의 뇌와 다를 바 없다.[38] 그러나 이는 신경 외적인 사회·문화적 틀(framing)에 좌우된다는 데 유의해야 한다. 이를테면 미적 인지는, 뇌·신경의 구조나 공정에가 아니라, 문화적 차원의 활동·축적·반응·적용 등에 관여된다는 점에 주목해야 하는 것이다. 인간이라고 해서, 새로운 언어 능력을 뒷받침하는, 전례없이 새로운 신경 자원(resource)을 사용하는 것은 아니다. 언어 공정의 비정형적 요구에 대응하기 위해 신경 체계를 새롭게 조합하여 활용할 뿐인데, 사회적 과정에 관여된 숱한 지원 체제(supporting system)의 도움을 통해 신경 체계를 새로이 조합하는 것이다.[39] 상징적 현학 증후군(symbolic savant syndrome)이라 할 만큼, 인간은 하나의 감각적·인지적 가치라도 물리적 범위를 넘어선 드넓은 시야의 대상과 사건에 적용하여 의미를 짓지 않고서는 못 배긴다.[40]

일상적인 일이라도 특별한 의미 부여를 통해 새로운 시야로 이끌어 들이는 문학적 책략 또한 저러한 인간 특유의 증후군에 맞닿아 있다. 같은 문학거리를 굳이 다른 방식으로 다루어 의사소통에 부치는 태도 또한 그러하다. 삶의 일을 굳이 문학 텍스트로써 전하려 하고, 매한가지일 남의 감정에 관심하고 그들의 경험이나 생각 따위를 듣고 즐기려 하는 것부터가 워낙 심상치 않다. 삶의 여러 영역에서 펼쳐진 일을 서로 견주어 가며 담론하는 것은 물론 전혀 이질적인 영역을 이리저리 오가며 서로 다른 경험과 감정을 뒤섞어 새로 이야기를 짓고 노래하는 것은 필시 인지적 혼성 원리에 부응한다. 문학에 관여된 요소가 제재 층위에 머무르지 않고 구성 층위의 요소들로 확산되는가 하면, 문학적 전략에 해당하는 담론 층위의 요소들에까지 나아가며 구조에 국한되지 않는 것이 바로 창발적 개념 통합을 위한 인간적 수행의 단면을 여실히 입증한다. 인간 고유의 '마음-공간'에 인간 고유의 '문학 공간'이 자리잡고 있다고 해도 좋은 것이다.

문학은 단연코 정태적 문학거리에 국한된 '대상'이 아니다. 이는 문학거리를 가공하여 구성의 단서로 삼고 조리 있게 구성하고 감각의 결을 입혀 지은 텍스트를 소통에 부쳐 반응을 유도함으로써 인간의 인지 수행을 활성화하는 혼성 활동에 관여되는 '개념'이다. 범상한 일이든 범상치 않은 일이든, 심지어 일어나지도 않은 일이든, 문학 회로의 입력항에 대입될 때에는 혼성항에 투사되어 의미를 산출할 가능성을 지닌 인지소와 같은 역할을 하는 기능 단위가 되는 것이다. 아무리 지시적인 관계가 확증된 대상이라도 기호적 표지로 환산될지언정 지시 대상으로서는 아무런 역할을 하지 못한다. 그 의미는 문학 공간의 혼성 공정을 통해 구성되며, 그 과정에서 창발적 의미 여하에 따라 미적 가치와 인지 가능성의 정도가 결정된다. 단일한 공정으로 그 의미가 결정되는 경우에서부터, 다중 시야의 개념 통합망을 거쳐 혼성항에 투사되면서 의미의 여지가 역동적으로 열리는 경우까지, 인지 공정에 따른 문학의 가치에 대한 평가의 지평이 형성되는 것이다.

그 평가의 척도를 확증하는 것이 문학의 인지 공정에 대한 연구의 귀결이겠지만 실제 그 가능성이 크지 않아 보인다. 그 척도 자체가 일종의 개념적 통합에 준하는 혼성항이기 때문이다. 대신 문학적 인지 공정이 일반적인 정보 처리 인지 공정과 다른, 그 특유의 척도가 구성될 수 있는 요소와 조건 등을 추론하여 통합된 개념항들을 정리할 가능성은 유효하다. 문학의 구조에 관여된 층위의 영역과 문학 텍스트 세부에서 구성되는 미적 영역 사이에서 문학적 거래의 가치를 두고 벌어지는 역동적인 경연에 주목한 논의의 장이 요청되는 것이다.

문학적 소통과 문화적 인지

문학의 미적 자질에 관여된 영역을 탐색하기 위해서는 감성에 관여된 요소들에 주목할 필요가 다분하다. 문학적 이해는 감성적 요소가 많이 개입하여 이루어진다는 일반적 견해에 비추어 보아도 그러하지만, 문학적 담론을 교류하는 과정 자체가 이미 감성이 활성화될 조건이라고 할 수 있어서 그러하다. 더욱이 아름다움에 관한 느낌이나 생각은 감성의 작용이 활성화되는 인지 과정일 것이다. 문학적 혼성에서 감성에 바탕을 둔 인지 공정이 활발히 작동할 것을 점칠 수 있는 셈이다.

감성은 인지와 별개일 수 없다.[41] 이는 모든 지각, 기억, 저장된 하위구동명령(stored motor subroutine)의 처리를 요구하는 적합성의 부가 표지이다. 감성적 분위기는 인지 대상에 부가되어 우선적으로 돋보이는 표지(prioritizing marker)로서, 지각의 유형이나 범주, 행동 규범 등과 같은 정보 못지않게 중요한 인지 정보가 되기도 한다.[42] 미적 인지의 어떤 양상이 계통 발생적 전항(前項)을 갖는지, 또 어떤 양상들이 인간에게만 고유한 것인지 하는 문제는 감성에 관한 개념항의 틀에 포괄된다.[43] 미적 지각은 감성적 경험들을 재현하여 세련되게 조작한 것[44]에 상응할 터이므로, 상징적으로 변형된 감성들의 특수 영역으로서 미적 지각에 관여된 영역을 별도로 상정할 필요가 있다.[45] 이는 창발적 감성 상태(emergent emotional states)[46]와 연관된다.

미적 감각에 조응되는 감성은 혼성 인지와 감성적 경험의 창발적 협력 작용으로 설명할 수 있는데, 마음은 이들을 상징적으로 다시 재현하면서 형상을 바꾼다.[47] 전형(轉形)된 감성들은 인간의 사회적 행위를 조직하는 데 주요 인자가 된다.[48] 우리 인류는 가장 복잡한 감성계(realm of emotions)에서 살아가고 있는 것이다.[49] 우리는 감성적 경험을 내·외적으로 제어함으로써 생존 가능성을 마음대로 조정할 수 있기를 간절히 염원한다.[50] 예술이란 이러한 염원의 표현이다.[51] 감성이 예술을 숙주로 하여 혼성 인지의 중요한 국면에서 생장(生長)함으로써 미적 가치의 영역에 접근하는 중요한 단서가 마련된 셈이다.

상호 배타적인 일차적 감성들이 일반적 개념 공간을 거쳐 혼성 공간에 투사되어 새로운 상징 개념이 산출된다. 이는 상치되면서도 병렬적인 감성 상태들의 창발적 경험에 결부된 협력적 상징 개념이다.[52] 이러한 인지 공정을 거치며 감성의 대체나 변형이 발생하는데[53] 그 양상은 유희나 과학적 발견의 경우와 다른 면이 있다. 가령 농담이나 유머, 아이러니 등은 은밀하게 일어나는 병렬적 감성의 혼성에 의해 드러나며,[54] 과학적 발견의 경우에는 개념 도식의 병렬을 통해 개념적 혼성이 종합 명제로 확장되어 일체화된 도식으로 전화되면서 새로운 인지 공간이 창출된다. 예술 영역에서 다층적 혼성의 제일을 차지하는 '감성 축조술'은 유인 상술이나 해소가 아닌 긴장이다.[55] 그 영역에서의 병치는 요컨대 주관적 투사를 그럴싸하게 꾸며댄 '가장(make believe)' 상태[56]와 같은 것으로, 병치된 감성 도식들 간의 긴장 자체가 그들의 감성적 상태이면서 나아가 그 조합보다 더 진전된 고차원의 상태가 된다.[57] 이로써 최고 수준에 육박하는 비정형적이고 복합적이면서 역동적인 감성의 병치가 이루어지는 것이다.[58] 이러한 미의 인지 공정과 유희의 인지 공정 사이에 드러난 차이를 바탕으로, 예술적 수행 영역과 유희적 행동 영역 사이의 모호한 개념항들을 재정비할 여지가 조성된다.

미적 감성은 일반적으로 이해되는 감성들과 같이 취급해서 곤란한데, 이는 본질적으로 '감성들 간의 감성적 관계들'이기 때문이다.[59] 이는 그릇된 감성이 아닐[60] 뿐만 아니라, 창발적인 혼성 공간의 자질을 부각할 수 있는 단서로서 중요하다. 아름다움은 표현 공간과 지시 공간이라는 양대 마음 공간 사이의 긴장 관계 속에 자리하고 있는데, 그 긴장은 한 편이 다른 편을 종속시키는 일이 현상적으로 불가능하다는 점에서 비롯된다.[61]

아름다움을 구현하는 예술은 인간의 감성 소통을 위해 없어서 안 된다. 전쟁 기념식에서부터 사랑 고백에 이르기까지 공적으로나 사적으로나 모든 기념 예식과 의례에서 예술적 감성 소통이 긴요하게 활용된다.[62] 소통의 영역이나 소통의 목적이 다른 상황을 아우르는 감성의 횡단이 예술을 통한 인지 공정에서 이루어지는 현상이 흥미롭다. 인간의 사회·문화적 수행 영역에 편재한 미적 감성의 혼성은 마음 공간이 사회·문화적 층위에서 구성되어 인간 삶의 전역에 걸쳐 자장을 미치고 있다는 점을 확인시킨다.

예술은 인간 문화의 진전과 인지적 진화와 맥을 같이 하여 일어난 행위이다. 그 원천은 뇌의 가장 추상적인 통합 영역뿐만 아니라 예술가와 관중이 살고 있는 공동 영역에서 형성되는 마음의 공동체(mind community)를 포함한다. 이러한 원천 요소들의 상호작용이, 복잡한 문화-인지적 영역을 창출하며 그 영역이 다시금 예술에 반영된다.[63] 예술은 표현 영역을 담당하는 예술가만으로 이루어질 수 없으며 이를 이해하고 반응하는 관중들이 가세하여 소통 공정이 가동될 때에만 유효한 결실이 산출된다. 예술은 예술가의 감성과 수용자의 감성 사이의 접점을 짓는 약호수행이 필수적인 인지의 소산인 것이다. 따라서 '감성의 감성'을 소통하는 예술은 문화적 인지 수행의 정수라 할 만하다. 인간의 문화는 마음의 재현을 공유하는 데 기반하며 그 공유의 교점들이 신경망처럼 얽히고설켜 있다. 그만큼 문화는 그러한 인지 수행을 가능하게 하는 '사회적 뇌(social brain)'에 비견된다.[64] 이러한 문화를 통해 감성의 감성을 공유하도록 돕는 예술이란, 혼성을 통해 새로운 것을 창출하는 '인간급 인지' 수행의 정점에 있다 해도 좋은 것이다.

문학적 수행을 통한 소통에서도 미적 감성을 나누는 공정은 긴요하다. 메시지를 조금이라도 더 재미있고 감동적이게 전하려는 마음은 문학적 소통을 수월히 하여 수용자의 인지 활동을 활성화하려는 의중을 담는다. '마음이 맞아야' 하고 '마음에 들어야' 노래와 이야기를 즐기고 정서와 사연을 담은 노래와 이야기에 담긴 뜻을 새길 수 있는 바탕이 마련되는 법이다. 문학의 장은 마음을 나누는 장이라 해도 좋다. 아무리 좋은 문학거리라도 받아들일 마음의 자세가 갖추어지지 않은 터라면 아무런 효과도 낳지 못하며 아무런 의미도 산출하지 못한다. 문학이란 제재나 텍스트 자체로서 의미를 안고 있는 실체가 아니라 소통에 부쳐져 인지 공정을 거친 다음에 의미의 여지가 생기는 과정적 구성체라는 점을 재삼 되새겨야 한다. 그 의미의 망이 개념 통합망에 회부되어 혼성 공간에 준하는 문학의 공간을 창출할 수 있는지, 그 공간의 시야가 단일한지 다중적인지 여하를 판단할 수 있는 바탕은 의사소통에 부쳐진 연후라야 비로소 마련된다. 좋은 노래나 이야기라면 다중적 시야에서 개념들을 혼성하여 창발적 구조를 확대 재생산하는 편일 것이다.

감성의 작용이 이때 관건으로 부상한다. 혼성의 양상이 복잡다단할 경우에는 그만큼 상징화의 층위가 겹치고 겹치게 마련인데, 그것이 인지 공정에 회부되어 의미를 낳기 위해서는 수신자와 발신자 사이의 약호수행이 활성화되어야 한다. 그 관건이 문화적 공감대에 있으며 그 공감대의 형성 국면에서 감성의 교류가 거점을 이룬다.[65] 문화적 차원에서 이루어지는 감성의 작용을 통해 인지 공정이 역동적으로 활성화되고 이에 따라 문학 거래의 장이 활기를 띠며 그 장에서 구성되는 의미의 망이 촘촘해질 것이다. 이로써 문학을 통해 산출되는 미적 감성이 더욱 풍성해지는 긍정적 순환 구도가 형성된다. 문학의 인지 공정은 문화적 과정을 통해 감성이 교류되는 공정이 부가되면서 미적 가치를 창출하는 메커니즘에 더욱 밀착해 간다.

의미의 구축은 종의 진화와 같은 것이어서, 전 시대에 걸쳐 인간의 마음에 관여된 문화적 수행의 영역에서 작동되어 온 일관된 원리를 지니고 있다. 숱하게 이어지는 새로운 통합들이 개인의 내밀한 인지에서는 물론 문화 성원들 간의 교류에서 시도되고 개발되고 있으며, 이들 모두는 유효한 결실을 내고 있다. 이렇듯 모든 언어나 의례, 혁신들이 살아남는 가운데도, 개념 통합에서 성공과 실패를 좌우하는 것이 있으니 그것이 무엇인지 밝힐[66] 단서는 문화적 과정에 있다.

문화는 특정한 이중-시야적 통합망을 창출하여 언어나 수리 체계, 의례·성례, 예술 형식, 재현 체계, 기술 문명, 식사 예절, 게임, 돈, 성적 유희 등을 통해 진열한다.[67] 이른바 '문화적 진화'의 결과라고 해도 좋을 이러한 인지 공정의 분화와 정교화 과정이 문화적 분화와 확산에 수렴된다는 점은 분명하다. 물론 포코니에(G. Fauconnier)와 터너(M. Turner)의 진단처럼, 이러한 문화적 수행의 역량이 비단 인류의 진화적 결정론에 환원되는 것만은 아니다. 인지 공정의 정교화와 분화 과정이, 문화적 분화에 따른 응집된 인간 역량의 확산 과정에 수렴되는 것이 진화에 따른 인지 역량의 진보에 의한 것이라는 생각이 타당한 면이 있지만, 이러한 생각이 하나의 담론 영역을 형성한다는 데 수긍할지언정 그것이 공고한 이념으로 환산되는 것은 경계할 일이다. 담론적 경연의 규칙(rule)을 전제한 가운데라면, 그래서 문화의 서열을 세워 부당한 환원론에 치닫는 경향을 경계한다면, 혼성과 통합을 통해 개념과 이미지, 관념 등을 정교한 미적 인지의 구성으로 바꾸어 표현하고 그 결과를 해석하는 데서 작동하는 인지 공정이 더욱 복잡해지고 정교해져 온 과정을 문화적 과정에 수렴시켜 해석할 여지가 열린다.

문화는 결정적인 목적을 향해 진화하거나 발전하는 것만은 아니며 그리 진화한 형태가 유력한 것이라고만 전제할 수 없는 과정적이고 구성적인 현상이다. 문화적 과정을 통해 혼성 공간이 정교해지며 복잡해지는 것이 사실이지만, 이 자체가 인간의 인지적 진화의 결실이어서 우월한 소산이라고 전제하는 태도는 온당치 않다. 특히 문학적 거래에서 작동하는 문학적 인지 공정과 이에서 주축을 이루는 감성의 교류에 관여된 인지 공정에서 창발성과 정교성을 가늠하여 우열을 가름하는 것은 인간의 인지 수행에 내재한 자질에 비추어 볼 때 바람직하지도 않고 타당하지도 않다. 진화적 환원론이 아닌 다른 수렴항을 찾는 것이 '문학+인지' 산술에서 긴요할 것으로 보인다.

문학은 사람들 사이의 소통에 부쳐져 의미가 산출되어 그 면모가 드러나는 인지 현상이다. 문학적 수행은 관여된 성원들 간의 의사소통이 활발하고 수월하게 진행될 때 인간 삶에 최적의 가치를 제공할 수 있으며, 문학장에 동참한 이들은 그러한 소통을 활성화하기 위한 전략에 골몰한다. 문학 텍스트를 지어 전하는 입장에서도, 이를 수용하는 입장에서도, 사람들은 문학적 거래에서 최대 가치를 산출하기 위한 노력을 기울이는 것이다. 소통이 활성화되지 못하여 노력만큼 가치를 얻을 수 없을 때 문학적 거래는 중단되거나 무산될 수밖에 없다. 거래 당사자들 간에 약정된 규약이 중요하듯이 문학장에서 통용되는 약호의 확인이 중요하다. 문학적 인지 공정에 대한 이해가 문학의 조건과 변수로서 중요한 거점을 이루는 것은 이 맥락에서다.

사람들은 문학을 통해 미적인 영역에 어느 정도 접근하려고 도모한다. 단순히 벌어진 인간사의 실체나 전모를 알기 위해서만 아니라 같은 느낌이나 유사한 경험, 또는 서로 흡사한 생각이라도 더 흥미롭고 감동적인 텍스트를 얻기 바라서이다. 늘 같은 텍스트가 아니라 차원 다른 담론 방식을 요구하는 것은 수순이다. 문학장은 문학거리의 정보를 거래하는 데 그치는 것이 아니라 그 요체를 이루는 정서나 사연의 파장이 인간의 마음에 미치는 영향 등에 초점을 맞추어 다채롭게 지은 텍스트들을 거래함으로써 인간사의 의미망을 드넓힌다. 삶의 대소사는 물론이거니와 내밀한 감정과 오롯한 사유의 철리(哲理)까지도 다 문학에 부쳐져 새로운 혼성 공간을 구성할 인자로 변환된다. 문학은 인간의 마음에 관여된 모든 것이 새로운 개념으로 통합될 수 있는 가능성을 엶으로써 인지적 창발 영역의 구심을 이루는 미적 가치를 창출하는 동력으로 빈번히 작용한다.

　미적 가치의 창출에 관여된 인지 공정이 문학적 소통의 장에서 작동할 때에는 문화적 과정에서 활성화되는 약호수행(coding)이 특히 관건이 된다. 문학은 개인의 내밀한 인지에 국한되지 않고 대화적 상황에서 소통을 활성화하는 공정이 필요 조건인데 이는 문화적 차원으로 확장된 인지 구조에 상응하는 약호 체계를 활발히 채용하고 새로운 약호 구조를 산출하는 데 맞닿아 있다. 개인의 경험이나 감정, 생각 등이 개인 차원의 인지 회로에만 회부되지 않고, 문학적 거래를 통해 문화의 장에 이관되어 공유된 가치를 창출하는 국면에 부쳐질 때, 이는 문화적 인지 공정에 상응하는 마음 공간의 혼성 영역을 구성하는 인자가 되는 것이다. 문학은 의사소통의 활성화가 관건이며, 의사소통은 인지 공정의 활성화를 부르며, 인지 공정은 문화적 차원의 창발적 수행을 낳고, 그 소산이 다시 문학의 재료가 되면서 새로운 인지 공정의 주기에 회부되는 긍정적 순환이 이루어진다. 문학적 소통의 인지 공정이 문화적 과정과의 역학 관계 속에서 인간 삶의 영역을 진전시키는 중요한 계기라는 데 재삼 주목할 때, 문학에 더해진 조건과 변수에 대한 이해의 새로운 혼성 영역이 창발적으로 구성될 수 있는 여지가 열린다.

°주

1   Paul B. Armstrong, *How Literature Plays with the Brain; The Neuroscience of Reading and Art*, Jones Hopkins UP., 2013, pp. 62~63 참조.

2   위의 책, 72쪽 참조.

3   Edmund S. Higgins & Mark S. George, 김범생 역, 『신경·정신의학의 뇌과학』, 군자출판사, 2013, 217쪽.

4   위의 책, 218쪽.

5   이런 면에서 서사는 인지와 감성의 공통 공정이 조율된 현상이라 할 수 있다. 이를테면 인지감성(cogmotion)이나 사회적 인지(social cognition) 등과 같은 인지와 감성의 융합(hybrid) 개념에 관한 논의에서 서사 현상이 중요한 단서가 된다고 할 것이다. Suzanne Keen, *Empathy and the Novel*, Oxford UP., 2007, p. 27 참조.

6   Peter Stockwell, *Cognitive Poetics; an introduction*, Routledge, 2002, pp. 171~172.

7   위의 책, 171쪽.

8   위의 책, 151, 155쪽 참조.

9   위의 책, 152쪽.

10 은유의 자질은 삶에 편재하는 방편(*metaphor we live by*)이라는 제안은 문학적 소통에서 쓰이는 은유에서 문화에 관여된 약호가 관건이라는 점과 연관된다.

11 George Lakoff, 'The Neuroscience of Form in Art', Mark Turner (ed.), *The Artful Mind*, Oxford UP., 2006, p. 154.

12 위의 글, 155쪽.

13 Terrence Deacon, 'The Aesthetic Faculty', *The Artful Mind*, *ibid*, p. 32.

14 위의 글, 33쪽.

15 위의 글, 35~36쪽 참조.

16 위의 글, 36쪽.

17 위의 글, 같은 쪽 참조.

18 위의 글, 같은 쪽.

19 위의 글, 같은 쪽.

20 위의 글, 같은 쪽.

21 레이코프(Lakoff), 앞의 글, 167쪽.

22 위의 글, 154쪽 참조.

23 위의 글, 같은 쪽 참조.

24 위의 글, 164쪽.

25 위의 글, 같은 쪽 참조.

26 위의 글, 161쪽.

27 위의 글, 162쪽.

28 Lawrence M. Zbikowski, 'The Cognitive Tango', *The Artful Mind*, *ibid*, p. 117 참조.

29 위의 글, 128쪽 참조.

30 Gilles Fauconnier & Mark Turner, *The Way We Think*, Basic Books, 2002, p. 29.

31 위의 책, 42쪽.

32 위의 책, 42~44쪽 참조.

33 위의 책, 49쪽 참조.

34 위의 책, 209쪽 참조.

35 위의 책, 309~311쪽 참조.

36 위의 책, 312쪽.

37 위의 책, 같은 쪽.

38 디컨(Daecon), 앞의 글, 28쪽.

39 위의 글, 28~29쪽 참조.

40 위의 글, 30쪽.

41 위의 글, 37쪽.

42 위의 글, 같은 쪽.

43 위의 글, 같은 쪽.

44 위의 글, 38쪽.

45 위의 글, 같은 쪽 참조.

46 위의 글, 같은 쪽.

47 위의 글, 39쪽 참조.

48 위의 글, 같은 쪽.

49 위의 글, 같은 쪽.

50 위의 글, 40쪽.

51 위의 글, 같은 쪽.

52 위의 글, 44쪽 참조.

53 위의 글, 46쪽 참조.

54 위의 글, 47쪽 참조.

55 위의 글, 48쪽.

56 위의 글, 같은 쪽.

57 위의 글, 같은 쪽.

58 위의 글, 같은 쪽 참조.

59 위의 글, 51쪽.

60 위의 글, 같은 쪽.

61 Per Aage Brandt, 'Form and Meaning in Art', *The Artful Mind*, *ibid*, p. 182.

62 위의 글, 181쪽.

63 Merlin Donald, 'Art and Cognitive Evolution', *The Artful Mind*, *ibid*, p. 3.

64   위의 글, 14쪽 참조.

65   문화적 소통과 인지에 적용되는 문화 대본(cultural script)은 대체로 감성 대본 (emotional script)을 포괄한다는 점을 돌이킬 필요가 있다. Anna Wierzbicka, *Emotions across Languages and Cultures*, Cambridge UP., 1999, p. 240 참조.

66   포코니에·터너(Fauconnier & Turner), 앞의 책, 309~310쪽.

67   위의 책, 389쪽.

문학은 대화적 상황을 전제로 발신자의 전언에 대한 수신자의 이해·반응 회로에 부쳐지는 의사소통 수행의 한 방식이다. 발신자와 수신자의 상호작용을 거치는 과정에서 표현과 반응의 회로가 활성화되면서 의미 정보가 구성된다. 그 의미 정보에는 발화 표층의 정보뿐만 아니라 발화되지 않은 가운데 의사소통의 효과를 자아내는 비발화적 화행(nonverbal speech acts) 정보가 포괄된다. 발화 이면의 정보 가운데는 감성의 작용에 관여된 요소의 작동이 관건인 경우가 많다. 가령 문학 텍스트에서 얻은 감동이나 재미는 물론이거니와 희로애락에 관여된 정서적 반응이 문학적 피드백 과정에서 부상하는 감성 인자들이다.

감성의 구성적 단서

감성은 구성적 개념의 일종이다. 현상을 초월하여 존재하는 실체(substance)나 현상의 본체로서 내재한 실재(real)에 관여된 존재 개념처럼 자명하게 주어진 것이 아니라, 자극과 반응의 인지 과정에서 빚어지는 모종의 신체적 작용을 통해 지각되는 마음의 현상인 것이다. 짐짓 존재론적 관심에서 벗어나 사상(事象)의 과정(process)에 대한 관심으로 전향하여 세계의 구성적 양상에 주목하자면 이성적 활동에서 파생된 분석적 방법 못지않게 감성에 관한 방법적 개념을 모색하는 일이 중요해진다. 감성에 관여된 작용이 세계를 이해하는 중심에 있을 수는 없지만 지각 작용의 여러 구심에서 작동하는 것은 사실이다. 감성에 관한 담론은 이성 중심의 세계관을 해체하여 인간의 의식·무의식 작용에 관한 한 여러 구심적 활동을 이해하는 데 요구되는 전제적 담론일 것이다. 이전에 인간 활동의 중심에 상정될 수 없었던 예술 영역의 수행과 이에 관련된 요소들을 논의의 초점으로 삼을 수 있는 것은 감성에 관한 담론이 활성화될 수 있는 정황과 직결된다.

이때 감성이 붙박이로 지어진(built-in) 것이 아니라 기저의 부분들로부터 구성된 것[1]이라는 데 유념해야 한다. 감성은 보편적인 것이 아니며 문화적 조건에 따라 변이되는 양태다.[2] 뇌가 감성의 경험을 구성한다.[3] 감성은 뇌의 특정 부위에 지문(fingerprint)처럼 주어진 것이 아니므로,[4] 하나의 대상[것]에 국한되기보다 여러 경우들을 아우르는 범주로 전제되어야 하는데 이 '감성 범주'가 놀라우리만치 다양하다[5]는 점을 염두에 두어야 한다. 따라서 감성은 그 구성과 작용에 관여된 기제와 공정에 대한 이해가 관건이다. 담론의 진전 과정에서 생성되는 감성의 언설들이 의사소통 공정에 부쳐져 처리되는 국면에 대한 이해가 요구되는 문학적 감성의 경우가 특히 그러하다.

감성은 대상에 대한 느낌과 이에 대한 경험의 축적 양태인 감정과, 감정이 발현되는 내재적 마음 상태에 상응하는 정서의 발현 상태라고도 할 수 있는데, 가령 문학적 수행에 관여된 현상을 일으키는 동력이 감성에서 발전한다. 이러한 생각의 단서를 통해 '감성 공정(affection processing)'에 관여된 방법적 개념을 얻을 수 있는 여지가 크다. 이를테면 레이코프가 제안한 인지소 가설의 개념을 변환하여 '문학적 인지소'와 감성 공정의 요소를 대응시켜 진전된 개념 계열을 제안할 수 있다. 요컨대 문학거리에 의미 있는 형상을 부여하는 데 적용되는 이미지 도식(image schema), 구성적 진전에 동력으로 작용하는 행동역학 도식(motor-dynamic schema), 텍스트의 의미망을 짓는 분기점에서 적용될 위상 도식(phase schema) 등을 추론하여 문학적 인지 공정을 해석하는 데 쓰일 방법적 개념의 계열을 수립할 수 있다.[6]

이러한 문학적 인지소의 분석은 특히, 시상이나 서사의 전개에서 일정한 방향에 해당하는 단일한 선(line)을 바탕으로 구조화된 결구보다는, 여러 정서와 사연의 축이 얽히고설킨 구성이나 여러 편의 문학거리의 편린들이 단속을 거듭하는 구성에 기반을 둔 텍스트를 이해하는 것이 긴요하다는 점을 돌이킨다. 문면에 드러난 의미보다 행간에 배인 감동이나 재미와 같은 '감성 인자'가 풍성한 텍스트의 인지 공정을 활성화하는 회로의 양태를 탐색할 방편에 대한 모색을 심화할 여지가 큰 것이다. 감성과 인지에 관한 논의를 혼성한 '감성+인지' 항에 대한 방법적 개념들을 찾아 제안하려는 시도가 새로운 것은 아니지만, 문학을 대입하여 창발적 논항을 도출해 봄 직하다.

감성의 문학적 표층과 문화적 도식

문학은 지각과 서술의 과정을 거치면서 소통을 부르는 구성적 담론의 한 양태다. 따라서 문학적 공정을 거쳐 표출되는 감성은 즉자적인 양상으로 직서된 표현체이기보다 담론의 진전에 따라 효과를 내고 영향을 끼치는 담론적 구성체이기 십상이다. 감성 인자가 드러난 언어적 표층이라도 일차원의 감각적 소여로 주어지기보다는 마음에 일정한 상을 떠올리게 하는 이미지 형태로 드러남으로써 담론적 진전을 통해 의사소통 공정에 회부된다. 수용하는 편에서는 최적의 감성적 교류를 위해 표층의 감성 인자를 독자가 공감할 수 있도록 도울 공통의 이미지 도식이 작동할 여지가 생긴다. 그 공통된 이미지 도식은 대체로 문화적 약호(code)의 공분모를 전제로 한다. 정서와 사연을 나누는 감성적 담론의 결을 훌륭하게 구현한 것으로 정평이 난 『혼불』과 같은 텍스트에서, 문학적 담론 표층에서 감지되는 감성 인자들이 문화적 차원의 약호 수행을 빈번하게 요구하는 모델을 얻을 수 있다. 이를 살펴 문학적 감성과 인지 공정의 산술을 푸는 해법적 도해를 얻어 보자.[7]

우선 『혼불』[8]의 구심을 이루는 이미지 도식인 '혼불'에 관한 언술을 둘러싼 감성 인자를 살펴보자.

> 그날 밤, 인월댁은 종가의 지붕 위로 훌렁 떠오르는 푸른 불덩어리를 보았다. 안채 쪽에서 솟아오른 그 불덩어리는 보름달만큼 크고 투명하였다. 그러나 달보다 더 투명하고 시리어 섬뜩하도록 푸른 빛이 가슴을 철렁하게 했다.
> 청암부인의 혼(魂)불이었다.
> 어두운 반공중에 우뚝한 용마루 근처에서 그 혼불은 잠시 멈칫하더니 이윽고 혀를 차듯 한 번 출렁하고는, 검푸른 대밭을 넘어 너훌너훌 들판 쪽으로 날아갔다.
> 서늘하게 눈부신 불덩어리가 날아가는 모습을 향하여 인월댁은 하늘을 우러르며 두 손을 모은다.
> 삭막한 겨울의 밤하늘이 에이게 푸르다. (3-107)

'혼불'의 감성 인자는 '푸른 불덩어리'가 부르는 감각을 통해 그 기저가 지어진다. '불'이라는 표지라면 으레 붉은 빛을 떠올리기 십상이지만 이 불덩이의 빛은 푸르다고 한정되기에 역설적인 감각을 전하는 듯도 하다. 그렇지만 불꽃의 색온도로 따지자면 푸른색 쪽이 더 뜨거운 편이라는 과학적 사실을 떠올리고 보면 혼불이 전하는 감각이 역설이 아니라는 점을 이해할 수 있다. 사람의 가장 뜨거운 기운을 담은 혼이 불이 되어 떠오른다는 심상이 지어짐으로써 혼불의 이미지가 죽음에 대한 성원들의 감성 인자를 수렴할 계열체를 이루어 문화적 인지 도식으로 변환될 여지가 생긴다.

인간의 생명력이 환기하는 열정의 뜨거운 기운에 관한 개념이 인간 생명의 원형질인 영혼에 관한 개념에 사상되어 '혼은 불이다.' 도식이 지어지며, 죽음의 징후를 예시(豫示)하는 '혼불'이라는 표상적 개념이 파생된다. 그 빛은 고온의 감각을 환기하는 푸른 빛을 띤다는 상념에 이어지거나 죽음이 환기하는 서늘한 기운이나 파리한 색감에 관여된 심상에 이어져 '푸른 불덩이 혼불'이라는 개념적 지표가 세워질 수 있는 것이다. 이 지표를 거점으로 혼불에 관여된 감성적 소여가 공유되어 벌어지는 문화적 수행의 장이 열린다. 이를테면 청암부인의 혼불을 목도한 인월댁이 '하늘을 우러르며 두 손을 모은다'는 것은 그가 혼불에 관한 개념 도식을 통해 사태를 수용하고 있다는 점을 시사한다. 청암부인 댁 지붕 위로 떠오른 푸른 불덩이를 청암부인의 혼불이라고 인지한 면에서 그러하고, 그 불덩이의 형상에 대응시킨 감각적 이미지의 양상이 혼불의 감각적 국면들에 근사한 것이라는 면에서 그러하다.

이렇듯 혼불에 대한 인지 도식의 근간을 이루는 개념과 이미지는 '청암부인의 혼불'에 국한되면서 '달'에 관여된 이미지들로써 한정되어 특별한 감각적 소여가 부여된다. 달 가운데도 보름달의 이미지에 사상(寫像)되어 '청암부인의 혼불은 크고 투명하다.' 도식이 적용되는 것이다. 청암부인의 캐릭터를 인지적 단서로 채용하는 경우라면 그의 인품이나 권위, 또는 평판 등을 고려할 때 사람들이 그의 혼불을 목전에 두고 떠올렸을 법한 여러 감성의 국면들이 마음에 투사되어 크고 투명하다는 식의 감각적 형상 도식을 적용하였다할 것이다. 특히 투명함의 양상만큼은 달보다 더하다는 식으로 심화된 감각을 대입함으로써 더없이 맑고 순수한 혼불의 주인에 대한 강한 신망과 존경심을 표하는 거점으로 삼는 듯하다. 그러한 존재의 죽음이라니, 이를 예시하는 혼불은 투명한 푸른 빛만큼이나 '시리고 섬뜩한' 감각을 전하는 매체로 전이되어 죽음이 부르는 감성의 바탕을 들춘다. 청암부인의 죽음이 닥쳐오고 있음을 염려하는 인월댁의 마음에 전해진 가슴 철렁한 두려움과 비통함, 그리고 청암부인의 부재 상황이 부를 삭막함과 에일 정도의 아픔이, 혼불을 둘러싼 이미지 도식의 중층적 계열에 회부된 죽음에 대한 감성 공정의 진전을 통해 드러나 전해지는 것이다. 서사적 공정에 부쳐진 감성의 발현과 감성의 교류는 즉자적인 감정 표출과 즉각적인 동조로 이루어지는 것이 아님을 확인할 수 있는 셈이다.

'혼불'은 무엇보다 죽음에 대한 개념에 맞닿아 있다. 청암부인의 혼불이라면 청암부인의 죽음의 징후인 만큼 그의 죽음에 관한 언설에 직결되어야 의미가 발생할 수 있다. 죽음에 대한 개념이나 이미지가 혼불에 대한 인지도식을 의미심장하게 하는 단서임은 말할 나위 없다. 청암부인의 혼불에 관한 언설에 앞선 문맥을 보자.

　　무겁게 감은 청암부인의 왼쪽 눈귀에 찐득한 눈물이 배어났다. 그것은 댓진 같은 진액(津液)이었다. 차마 흘러내리지도 못한 채 눈 언저리에 엉기어 있기만 하는 그 눈물은, 무슨 응어리 같기도 하였다. (3-107)

죽음은 슬픔에 관여된 감성적 인지 도식을 우선 부른다. 슬픔은 눈물과 이미지 도식의 양항으로 성립하기 제일 좋다. 위에서 청암부인의 눈물은 죽음을 눈앞에 둔 이의 슬픔을 응축한 표상에 가깝다. 청상(靑孀)의 처지에서 종가를 일으키고 마을을 일으키는 과업을 짊어지며 켜켜이 쌓였을 삶의 회한이 응어리처럼 응축된 슬픔이 '찐득한 눈물'의 이미지 계열을 통해 전해진다. 눈물로라도 속시원히 흘려 씻어 버리지 못한 응어리진 삶의 회한이 교감의 여지를 짓는다. 이 대목에 바로 이어 청암부인의 혼불에 관한 언설들이 이어짐으로써 앞서 보았던 청암부인 혼불 시퀀스에서 이루어지는 감성 공정의 동력이 발생한다고 해도 좋을 것이다.

회한에 찬 삶에 종지부를 찍고 그 혼이나마 홀렁 떠올라 창공으로 자유로이 비상하리라는 개념 도식은 죽음에 관여된 여러 감성 국면 가운데서도 극한의 슬픔을 삭여 긍정적인 지향으로 돌리려는 감성 공정의 구심이다. 이는 죽음에 직면한 당사자는 물론 그 죽음의 슬픔을 함께하고 그 넋을 위로하려고 애쓰는 이들 모두에게 유효한 문화적 약호로 적용된다. '혼불'의 인지 도식을 구심으로 진전된 '청암부인의 혼불'에 관한 서사 시퀀스의 표층에서 감지되는 감성 인자를 해석하기 위해서 문화적 감성에 관한 개념을 꼭 염두에 두어야 한다. 성원들 사이에서 이루어지는 감성의 교호(交互)는 문화적 차원의 감성 코드를 공분모로 이루어질 수 있는 것이다.

『혼불』에서는 이러한 국면으로 진전되는 감성 공정이 활발히 작동한다. 감각이나 감정의 단면을 일차원의 점묘(點描)로 제시하는 데 그치지 않고, 인물 간 교감의 프로세서가 활발히 작동하는 가운데 서사의 진전을 이끌어가는 동력원을 이루게 한다. 여러 계열에 산포한 감성 인자들을 조합하여 새로운 감성의 차원을 지어 새로운 국면의 서사적 진전을 이루게도 한다. 감각이나 감정을 직서하기보다는 이를 주고받는 이들 사이에서 벌어지는 사태와 수행적 상황에서 점차 드러나는 정서적 공동항을 구심으로 감성의 구성 양상을 추산할 척도를 상정할 수 있다. 인물 간의 정서적 대립 상황에서 섬세한 감성의 결(texture)을 읽을 때 의미의 여지를 더 얻을 수 있다. 눈에 띄는 사건의 진전만이 아니라 저층에서 작동하는 감성 공정을 통해 서사를 진전시키는 데 이 소설 특유의 서사적 행동역학 도식(motor-dynamic schema)이 있다고 해도 좋다.

문학적 교감의 문화적 행동역학 도식

초야를 맞는 신부가 느낄 법한 긴장감과 압박감이 드러나는 언술의 밀도가 높은 다음 대목을 보자.

> 신부 효원(曉源)은 캄캄한 어둠 속에 홀로 우두커니 앉아 있다. 마치 만들어 깎아 놓은 사람 같다. 숨소리조차 들리지 않는다. 허리를 곧추세운 채, 버스럭 소리도 내지 않고 그렇게 앉아 있는 것이다.
>
> 그러나 방안이 아주 어두운 것은 아니어서, 신방 앞마당 귀퉁이에 밝혀둔 장명등의 불빛이 희미하게 창호를 비추며 방안으로 스며들어 그네의 모습을 어렴풋이 드러내 주고 있었다.
>
> 그네는 마음을 진정시키려고 애쓰며 숨을 깊이 들이마신다. 들이마신 숨을 다시 내쉰다. 어금니가 맞물리면서 가슴이 막힌다. 그러면서 한삼 속의 주먹이 후두루루 떨리고 가슴 밑바닥에서 한기가 솟는다. 한기가 솟아오른다기보다는 몸 속의 기운이 차게 식으며 빠져 나간다고 하는 편이 옳을는지도 몰랐다.
>
> 그 막막함이 마음을 짓누른다. (1-40)

미동조차 조심스러운 신부의 처지와 심회가 '캄캄한 어둠'을 배경으로 '만들어 깎아 놓은' 듯한 형체에 대한 언술에 투사되어 이미지 연관을 짓는다. 숨죽인 신부의 처지만큼이나 숨막히는 긴장감이 언술 표층에 배어 그 감각이 독자의 감관에 영향을 미친다. 이러한 발화 외적 영향(illocutionary affection)을 통해 조성되는 감성의 자장은 신부 효원의 마음을 이해하고 교감을 활성화할 수 있는 서사장(narrative fields)을 넓힌다. 숨막히는 긴장감에서 가슴이 막히고 한기가 솟는 듯한 고통으로, 나아가 몸의 기운이 식어 빠져나가는 듯한 극한의 느낌으로 이어지는 감성의 진전을 따라, 아픔을 나눌 요량을 하게 될지 모를 만큼 교감(交感)이 활성화되는 장이 형성된다. 막막함에 짓눌린 인물의 마음과 독자의 마음이 이어져 공감대가 형성되기 수월하게 된 터이다. 다음과 같이 효원의 마음을 투사하는 이미지 매체에 대한 서술이 이어져서 더욱 그러하다.

> 그 막막함이 마음을 짓누른다. 짓눌리는 것은 마음만이 아니었다. 몇몇 겹으로 싸고 감으며 갑옷처럼 입고 앉은 옷의 압박과 무게로, 숨을 들이쉬고 내쉬는 것조차도 쉽지 않은 것이다.
> 그네는 다리속곳, 속속곳, 단속곳, 고쟁이를 입고, 그 위에 또 너른바지를 입었는데, 너른바지 위에 대슘치마를 입었다. (1-41)

마음을 담는 수용체(container)인 몸을 짓누르는 '옷'이 효원의 막막한 심회를 표상하는 이미지 매체이다. '몇몇 겹', '싸다', '감다', '갑옷' 등으로 이미지의 계열이 구성된 신부의 성장(盛裝)은, 표층의 화려한 감각과 달리 옷을 차려 입은 이를 단단히 압박하여 고통을 안기는 억압의 매체일 수밖에 없다는, 이면적 의미를 안은 도식이 적용되어 문맥에 던져진다. 성장의 압박을 체감하는 당사자의 감각과 심회를 초점화함으로써 종부의 지위가 부여된 신부의 감성을 이해할 때 적용할 인지 도식을 구하는 거점항이 구성되는 것이다. 신부가 차려 입은 옷에 대해 세밀하게 서술한 부분에서 찾을 수 있는 여러 구심을 통해 이러한 인지 도식의 의미 계열을 정립할 단서들을 모을 수 있다. 이로써 다음과 같이 효원의 마음을 드러내는 언술을 통해, 진전되는 감성 공정을 해석할 맥락을 얻게 된다.

온몸의 감각은 이미 제 것이 아니었다.

금방이라도 몸의 마디마디를 죄고 있는 띠들이 터져 나갈 것만 같다.

그렇지만 효원은 꼼짝도 하지 않고 기어이 견디어 내고 있다. 그대로 앉아서 죽어 버리기라도 할 태세다. 그네는 파랗게 질린 채 떨고 있었다. 그만큼 분한 심정에 사무쳤던 것이다.

손가락 하나도 움직이지 않으리라.

<u>내 이 자리에서 칵 고꾸라져 죽으리라. 네가 나를 어찌 보고…….</u>

이미 새벽을 맞이하는 대숲의 바람 소리가 술렁이며 어둠을 털어내고 있는데도 효원은 그러고 앉아 있었다.

그네는 어금니를 지그시 맞물면서 눈을 감는다.

입술이 활처럼 휘인다.

대숲에서 일고 있는 새파란 바람 소리가 가슴에 성성하다.

대나무 잎사귀들이 칼날같이 일어선다. (…중략…)

<u>네가 나를 어찌 알고……나를.</u>

그 생각이 다시 한번 가슴속에서 부뚜질하며 치밀어 오른다.

(…중략…)

아아.

그네는 아직도 잠들어 있는 신랑을 바라본 순간 그나마 지탱하고 있던 마음의 밑바닥이 흙더미처럼 무너져 내리는 것을 느꼈다.

가슴이 퍼엉 뚫리면서 그 한가운데로 음습한 바람이 지나가는 것도 역력히 느껴진다. 뚫린 자리는 동굴처럼 어둡고 깊었다.

<u>아아……저런 것을 믿고…….</u> (1-44~46, 인용자 밑줄)

제 몸의 감각마저 제 것으로 온전히 갖지 못한다는 감성의 발현은 더 이상 감내할 수 없는 극한의 고통을 대변하는 이미지 계열을 생성한다. 이런 정황은 죽음에 얽힌 감성을 촉발하면서도 기어이 견디어 내겠다는 의지를 발동한다. 그 의지가 발동하여야 사무치는 분함을 느낄 여지가 상대적으로 생기는 아이러니 회로가 개재한다. 죽음에 이를 만한 아픔을 느끼는 가운데 분함을 치밀어 올리려 의식의 표층에 떠오른 감성은 그 마음의 다른 편에 강한 의지를 세워 다그친다. 신랑에 대한 분노를 거듭 방백(傍白)하는 가운데 절망적 상황에 결코 내몰리지 않으려는 의지를 담은 방백 또한 표하고 있는 것이다. 감성 인자들이 한데 뭉친 양태를 응시할 때에는 볼 수 없지만, 이들을 분할하고 확산시켜 수렴되는 감성의 구심들을 이해함으로써 텍스트 결(texture)의 섬세한 질감을 분별하여 느낄 여지가 생긴 셈이다.

이러한 감성의 분할과 확산을 통해서 감성의 디테일을 인지할 수 있게 되는 것은 문화적 인지 도식의 적용을 전제로 할 때 가능하다. 이를테면 위처럼 서사가 진전되는 과정에 끼워진 다음과 같은 삽화를 통해 가부장 문화의 담론적 실천의 양태를 이해할 수 있게 되어 있다. 『혼불』특유의 서사 진전 공정이다.

> "인제 조금만 참어라. 신랑이 시원허게 풀어 줄 게다. 그 손이 약손이
> 지. 넘의 손은 다아 소용없는 것이다."
> 재종조모가 농담을 던지자 방안의 부인들은 손으로 입을 가리며 웃었
> 다. 그 웃음에서 은근한 비밀이 번져났다. (1-43)

신랑의 손에 달린 신부의 삶이 이 대목을 이해하는 데 적용되어야 하는 개념 도식이다. 신부의 성장을 돕는 과정에서 으레 나올 법한 농담이라고는

하지만 담론의 상투형인 만큼 가부장 이념이 일상의 담론에 틈입한 현황을 여실히 보이는 경우라 할 수 있다. 비밀처럼 은근히 번져 난다는 저 담론적 징후야말로 가부장 문화의 개념 도식이 적용되지 않고서는 이해할 수 없는, 혼례에 얽힌 감성의 전역에 담론적 실천이 편재하리라는 추산을 가능하게 한다. 효원의 운과 명은 이제 신랑 강모의 손아귀에 잡혀진 꼴이 되었다는 얘기라서, 저 장면을 떠올린 효원의 심회가 자아내는 감성의 공감대가 문화적 차원의 인지 도식에 결부되어 형성된다는 점을 상기하게 된다. 그런데 신랑의 손길을 얻지 못한 효원은 마음을 고쳐먹고 태도를 달리한다.

> 효원은 무엇을 결심한 듯이 허리를 젖힌다.
> 그리고 한삼을 걷어 올린 손을 뒤로 돌려 활옷의 대대를 풀었다.
> 툭, 소리가 나며 대대가 스스로 미끄러진다.
> 차근차근 겉옷부터 벗는 그네의 손은 침착하다.
> 벗은 옷은 한 가지씩 가지런히 개켜서 웃목의 병풍 앞에 포개 놓은 뒤 버선을 벗는다. 그것은 쉽게 벗겨지지 않는다.
> 겉버선이나 속버선이나, 기름종이를 발뒤꿈치에 대고 수모가 있는 힘을 다하여 신겨 놓은 것이라, 처음 신었을 때는 일어설 수조차도 없었다. 칼날을 밟은 것 같은 아픔 때문이었다. (…중략…)
> 효원은 그 이야기를 생각하며 드디어 버선을 벗어냈다.
> 콧등에 땀이 돋아나고 힘이 빠졌다.
> 갑자기 속박에서 풀린 발이 얼얼했다.
> 두 손으로 발을 감싸며 주무른 뒤, 그네는 다시 새 버선을 챙긴다.
> 초록 저고리와 붉은 치마로 갈아입으려는 것이다.
> 그리고, 큰비녀를 뽑더니 머리를 풀어 내린다.
> 숱이 많고 칠흑 같은 머리채다.

그네는 잠시 그러고 앉아만 있다.

네가 나를 어찌 알고……나를.

그 생각이 다시 한번 가슴속에서 부뚜질하며 치밀어 오른다.

(1-44~46)

효원이 스스로 옷을 벗기로 마음먹은 것이다. 그리 먹은 마음을 실행에 옮기면서도 고통스런 느낌과 분한 마음을 상기하는 한편 자신에게 압박감과 분함을 안긴 상대를 향한 분노의 방백을 되풀이하여 상황적 연속성을 환기한다. 이는 서사 표층만으로는 별스럽지 않은 수순처럼 읽힐 수 있지만, 감성의 자장이 미치는 해석의 여지를 넓혀 보자면, 기성의 완고한 가부장 문화의 인지 도식에 대한 감성적 반란의 표지로 읽을 수 있다. 감성의 자장이 바뀐 데 따라 인지 도식을 바꿔 적용해야 하는 서사적 상황이 구현된 만큼 효원의 캐릭터를 달리 이해해야 할 변환 회로의 분기점이 생성된 셈이다. 인물의 감성 공정이 서사 진전의 정향에 영향을 끼친 것이다.

이렇듯 인물의 심회가 개념과 이미지를 통해 대상화됨으로써 감성 인자들이 가시권에 제시되어 이해와 교감의 장이 생성되고 이를 통해 서사적 소통이 활성화되는 여지가 더해진다. 아울러 그 인물과의 관계에 놓인 상대 인물의 심회에 상대화됨으로써 서사 진전의 동력 또한 생긴다. 효원에게 수모를 안긴 신랑 강모의 마음에 비친 감성 인자들이 견주어짐으로써 갈등이 증폭되는 계기가 형성되는 것이다.

『혼불』 서사의 최초 단서는 효원과 강모의 혼례 이야기이다. 이어지는 이야기의 거개는 이들이 치르는 초야에 둘 사이에서 오간 미묘한 감성의 대립상인데, 둘 사이에 빚어진 갈등이 확산되면서 서사가 진전되는 형국이 펼쳐진다. 이를테면 감성의 대결 구도가 갈등의 구심이 되어 서사의 진전을 가능하게 하는 추진력을 발전하는 것이다. 초야에 효원을 마주한 강모의 마음을 들여다 보자.

　　신랑 강모(康模)는 미동도 하지 않고 그림처럼 앉아 있기만 한다.
　　얼마 동안이나 지금 이렇게 마주앉아 있는 것일까.
　　(크다······.)
　　강모는 다만 아까부터 까닭을 알 수 없는 심정에 짓눌리어 몇 번이고 이 말을 삼키는 것이었다.
　　눈이 부시게 찬연한 오색 구슬로 덮인 화관이며 다홍의 활옷, 그 활옷에 수놓여진 길상(吉祥)의 문양들이 커다란 소매의 푸르고 붉고 노란 색동과 더불어 오직 마음을 어지럽게 할 뿐, 곱다든지 어여쁘다는 생각은 들지 않았다.
　　그러기는커녕 아까 이 신방(新房)에 들었을 때 불빛 아래 앉아 있는 그네를 본 순간, 그 눈부시게 현란하여 울긋불긋 빛나는 색깔들이 덜컥하는 소리를 내며 가슴에 부딪혀 왔었다.
　　겁이 났다.
　　섬뜩 무서운 마음이 들었다.
　　그 섬뜩함의 찬 기운이 몸의 낮은 곳으로 스며들면서, 자기도 모르게······어찌할꼬······, 싶은 심정에 사로잡히고 말았던 것이다. (1-30~31)

　　강모는 강모대로 겁에 짓눌린 느낌에 노심초사하고 있는 모양새다. 오색찬연한 신부의 성장에 대한 느낌이 그 표층의 화려함에 어지러운 마음을 금할 길 없다는 식이어서, 그 눈부신 성장이 부정적인 감각을 환기하는 계기로 수용될 뿐이다. 이는 신부 효원에 대한 부정적인 인상으로 이어진다. 아니 효원에게서 느낀 섬뜩한 두려움이 눈부신 화려함에 주눅든 느낌을 갖게 했을

지도 모른다. 효원과의 혼인 자체에 대한 거부감이 이러한 감성의 지경을 조장했다고 하는 것이 최적의 이해일 수도 있다. 여하튼 초야를 맞아 모종의 압박감과 두려움을 느끼는 것은 효원에게만 아니라 강모에게도 부과된 복잡한 마음을 헤아리는 데 적용되는 감성적 인지 도식의 단서이다. 여기서야 까닭을 모른다 했지만 강모에게 저러한 감성 작용이 인 까닭은 무엇인지 궁금해지는 것은, 효원과 강모의 부부 관계가 시작되는 상황에서 인 감성 작용의 공분모가 성립되는 맥락에 주목하면서부터이다.

> "이제 너는 한 여자의 주인이 되었으니 부디 어른으로서 갖추어야 할
> 풍모를 잊지 말고, 말씨부터도 점잖게 대하여라. 명심해라."
> 하던 어머니 율촌댁(栗村宅)의 모습이 눈앞에 보인다. (1-34)

강모에게 부과된 압박감과 공포에 가까운 불안감은 종가를 이끌어 가야 하는 종손이라는 문화적 조건에 부쳐질 때 그 감성의 결이 온전히 이해될 수 있는 맥락이 생성된다. 강모 또한 효원과 마찬가지로 가부장 문화의 완고한 이념과 교조에 옭죄인 채 압박감과 두려움에 강박당한 형세인 것이다. 좀더 본질적이지만 추상적인지라 금세 인지할 수 있는 것이 아닌 만큼, 효원은 효원대로 강모는 강모대로 감성 작용의 이유를, 마주한 상대편의 탓으로 우선은 투사하고 있는 것이다. 그러나 둘에게 부과된 심리적 억압의 문제 상황이 '가와 가문'의 이념에 얽힌 문화적 인지 도식에서 비롯하였음을 행간에서 어렵지 않게 읽어 낼 수 있다. 그들의 감성을 이해하고 측은지심을 표하며 공감대를 형성할 수 있는 여지도 문화적 차원에서 구성된 인지 도식을 공유하는 독자들에게 열려 있는 것이다.

다만 강모가 효원의 모습에 대한 거부감에 뒤집어씌운 감성의 투사 작용

에는 또 하나의 원인이 개재하고 있어서 효원의 경우와 다른 공정이 작동하고 있음을 놓쳐서는 안 된다. 바로 강모가 강실이를 마음에 둔 터라 효원을 마음으로 받아들일 여지를 두지 않아 혼인 자체를 거부하는 마음이 컸다는 점을 감성 공정의 조건 변수로 상정해야 하는 것이다. 강모가 품은 강실이에 대한 정이 뚜렷한 파문의 징조이기 때문에 더욱 그러하다. 초야를 맞은 신부에게 소박에 가까울 정도의 수모를 안기고서는 제 마음만 배려한 채 꿈에 투사하여 드러난 감성의 면면을 좇아 보면, 복잡다단하게 얽힌 심회를 수긍하지 못할 것은 없지만, 사단을 내도 단단히 낼 것이라 추산하게 되는 측면이 강하다.

그리고 바로 뒤미처 강실(康實)이의, 돌아서려다 말고 고개를 갸웃 하며 이쪽을 보고 있는 뒷모습이 보인다. 비칠 듯 말 듯 분홍이 도는 귀를 스치며 등뒤로 땋아 내린 검은 머리 끝에는 제비부리 댕기가 나붓이 물려 있다.

붉은 댕기가 바람도 없는데 팔락 나부끼는 것 같다.

수줍은 귀밑의 목 언저리에는 부드러운 몇 오라기의 머리털이 비단 실낱처럼 그대로 보인다. 그 실낱 같은 머리털은 햇빛 오라기인가.

둥글고 이쁜 어깨가 손에 잡힐 듯하다.

강모는 터지려는 한숨을 눌렀다.

그리고 몸을 일으켰다.

그러나 다음 순간, 그는 가슴이 크게 내려앉고 말았다.

신부의 뒤편 병풍에 드리워진 시커먼 그림자를 보았던 것이다.

그것은 엄청나게 커다랗고 무서웠다. (1-34)

신부를 인지하는 감성 도식의 단서가 '시커먼 그림자'에 국한된 데 반해,

강실에 대한 감성 도식의 단서는 '분홍이 도는 귀'와 '검은 머리', '붉은 댕기', '비단 실낱 같은 머리털', '햇빛 오라기', '둥글고 이쁜 어깨' 등으로 다채롭다. 신부에 대한 감성이 피상으로 환언되었다면 강실에 대한 감성은 구상적 이미지에 사상된 섬세한 정서적 반응의 결정(結晶)처럼 제시된다. 인지적 초점화 대상도 강실의 경우 몸의 세세한 부위에 대한 감성적 소여인 데 비해, 신부 효원의 경우는 그림자에 대한 즉자적 감각에 국한되었다. 꿈을 꾸었다지만 강실을 부르는 절절한 마음이 여러 국면에서 감성 작용의 결실로 제시되면서 강실을 향한 강모의 애정이 인상적인 디테일을 이룬다. 꿈에 투사된 양상의 감성 작용이 상당한 진전을 이룬 뒤에 기술된 다음 대목은, 강실에 대한 강모의 감성 공정이 정점을 이루는 데이자 서사적 전기가 이루어지는 부분이다.

> 햇살은 강실이의 검은 머릿단에 푸르게 미끄러진다.
> 그 머리 위에는 눈부신 자운영(紫雲英) 화관이 씌워져 있었다.
> 진분홍과 흰색이 봉울봉울 어우러진 자운영 화관은 햇무리마냥 휘황하고도 아련하게 강실이의 머리를 두르고 있는 것이다.
> 그 햇무리가 광채를 뿜으며 강모의 눈을 아프게 쏘았다.
> 찔리는 것 같은 통증이었다.
> 그것은 초례청의 신부가 쓰고 있던 오색 찬란한 화관과 뒤범벅이 되어 강모의 가슴팍으로 쏟아진다.
> 햇살이 무서운 속도로 쏟아지며 무너진다.
> ……강실아아.
> 가슴 속살에 자운영 꽃잎이 톱날처럼 박힌다.
> ……아아. (1-48)

강모에게 '해'는 원체 무겁다는 감각을 안기는 대상으로 설정되어 있다.

강실을 떠올릴 때 상기된 자운영 화관이 햇무리와 같다고 한 만큼, 휘황하지만 무겁게 자신을 압박하는 이중성을 띠게 된다. 게다가 살을 쏘아 치명적인 아픔을 안기는 해처럼 톱날 같은 꽃잎을 쏘아 가슴에 꽂아서 톱날에 베이는 아픔을 안기는 만큼, 강실을 바라는 강모의 마음은 애정의 크기만큼이나 중압감과 고통에 짓눌렸다는 점이 고지된다. 그 감성의 아이러니가 빚어진 연유는 금세 알려진다.

……아아.

강모는 가슴을 오그린다.

톱날에 베인 자리에서 피가 빠짓이 배어난다.

그러나 그 아픔은 어깻죽지에서 오는 것이었다.

누군가 강모의 어깨를 장작으로 후려쳤다.

한번만이 아니라 정신없이 내리치는 그 매는, 그것도 한 사람이 아니라 뭇사람이 한꺼번에 때리는 몰매였다.

강모는 앞으로 고꾸라졌다.

덕석에 말어라.

쉬어 갈라진 그 목소리는 오류골 숙부의 것이 분명하다.

이놈, 이 인륜 도덕이 무언지도 모르는 천하에 못된 노옴.

짐승 같은 놈. 네 이노오옴.

가문에 먹칠을 하고 상피(相避)붙은 네 놈이, 그래 사람이란 말이냐. 사람의 가죽을 쓰고 네가 이놈, 감히 어디서.

햇살처럼 몰매가 쏟아진다.

비명도 없이 강모는 매를 맞는다.

돌팔매가 날아온다.

찢어지고 깨진 강모의 피투성이가 된 몸을 누가 뒤에서 순식간에 덕석으로 덮으며 두르르 말아 버린다.

허억.

강모는 숨이 막혀, 두 손으로 덕석을 밀어내며 벌떡 일어나 앉았다.
꿈에서 깬 그는 비로소 긴 숨을 내뿜었다. (1-50~51)

꿈에 투사되어 극화된 강모의 잠재 의식으로 미루어, 그는 그대로 신부를 배려할 너른 마음을 열기 어려운 상황에 처할 수밖에 없었구나 하고 그 사정을 헤아려 이해할 만하다. 가와 가문의 이념과 규율에 봉쇄당한 저층의 욕망과 정서의 면면이 응축되어 투사된 감성의 시나리오를 통해 강모의 처지를 수긍할 만한 여지가 생기기도 한다. 강모의 감성을 섬세하게 읽지 않고서는 그 캐릭터를 잘못 예단할 수 있으니 주의해야 하는 것이다.

이처럼 소설의 주인공 격인 두 인물 사이에 갈등의 자장이 형성되는 단서를 두 인물의 감성에 관여된 미시적 문맥을 살펴 찾을 수 있는데, 그만큼 서사의 진전을 추동하는 동력이 감성 공정에서 발생한다는 점을 확인할 수 있다. 강모와 효원의 감성적 상호작용의 면면을 분할하고 그 의미를 파생시킨 개념·이미지 도식을 서사 전역에 확산시켜 계열체를 구성하는 일이 긴요해진 셈이다. 뒤에 위기에 처한 강실이를 도와 공동체에 큰 파장을 일으킬 문제 상황을 해결하는 데 효원이 적극 나서기까지, 효원과 강실의 관계 개선 국면에 오가는 미묘한 감성의 재편 양상에 주목하게 되는 것도 마찬가지 맥락이다. 효원과 강모, 강모와 강실, 강실과 효원 등, 세 축에서 얽히고설킨 미묘한 갈등 구도를 서사 전역을 움직이는 역학 도식으로 삼을 수 있는데 여러 서사적 구심에서 작동하는 감성 공정이 서사 진전의 동력을 발전한다. 이는 비단 이들 주동 인물의 경우에만 국한되지 않고 주변적 인물들에 관한 이야기가 전개될 때에도 공히 적용된다.

문화적 감성의 문학적 위상 도식

감성은 단말의 세포에 비견되는 실체적 단편으로 주어지는 대상이 아니다. 이는 발현되어 수용되기까지 분할과 확산의 공정을 거치면서 모종의 영향을 부르는 구성적 현상이다. 특히 서사적 공정에 산입된 감성 인자는 여러 역학적 회로를 거치면서 그 효과나 의미 자질에 변화가 생길 가능성에 노출된다. 감성 인자를 서사적 차원들로 재구성하여 가공 변주하는 서사적 감성 프로세서를 통해 산입되고 산출되는 공정에서 표상적 의미 자질의 변용 국면이 일어난다. 이러한 변용의 결과로 그려지는 『혼불』에 특화된 감성의 문화적 위상 도식을 발견할 수 있다.

이를테면 앞서 살핀 대로 효원이 초야를 치르지 못한 채 감정을 추스르는 과정에서 겪는 감성의 진폭을 초점화한 국면은 여성에게 혼인이 어떤 의미와 가치로 인지되는지에 관한 서사 공정의 단서인데, 이는 문화적으로 조건 지워진 의미망에 대한 이해를 그 전제로서 소환한다. 강모를 압박하는 감성의 그물망은 가와 가문에 얽힌 가부장 문화의 이념 도식에 대한 이해와 사회적 금기에 접변된 문화적 수행의 허용 범위에 대한 이해에 결부된 의미 조건에서 직조된다. 그러므로 감성 공정에 부쳐진 서사 내적 감성이 독자의 공감을 부를 수 있도록 하는 전발화적(perlocutionary) 담론 효과는 문화적 인지 도식의 서사적 위상 전이를 요구한다.

이 맥락에서 청암부인의 혼불에 관여된 표상의 작용 양상에 대해서 더 살펴 보자.

'혼불'은 죽음에 관한 문화적 표상으로 상정되어 망자의 넋을 위무(慰撫)하는 수행의 거점에서 활용되는 이미지 도식이다. 그런데 이에 관한 담론이 오가는 사이에 형성되는 감성의 의미망에서는, 망자를 잃은 슬픔을 극복하고 죽음의 기운이 지은 비상한 혼돈 상황에서 벗어나 일상의 질서를 회복하려는 마음이 역동하는 의례적 이미지 도식으로 적용되기 일쑤다. 비가시적 개념인 '혼'을 가시적 형상으로 변환한 '혼불'이라면 이를 두고 상호작용할 수 있는 상대로 전제할 수 있다. 그러니 망자의 혼이 전이된 혼불이 하늘 저편으로 자유로이 날아간다는 개념 도식을 적용할 수 있게 되며, 그 혼불을 상대로 명복을 비는 마음을 전할 수 있게 되는 것이다. 청암부인의 혼불을 목도한 인월댁이 '침음'하는 장면에서 교감이 활성화될 수 있는 여지는 이렇듯 '혼'과 '혼불' 사이에서 인지 도식의 위상이 전이한 결과로 지어진다.

> 인월댁은 마당에 서서 지붕을 향하여 침음(沈吟)하였다.
> (……아짐……인제……가시는가요……부디 부디 모든 일은 다아 잊어 버리시고……평안히 가십시다……뒤돌아보지 말고 가십시다. 한 많은 한세상……바늘 같은 몸에다가 황소 같은 짐을 지고……일어나다 쓰러지고……일어나다 쓰러지고……이 서러운 세상, 못 잊힐 게 무엇이라고 가던 발걸음을 돌리시겄소. 훨훨 벗어 버리고……입은 옷도, 무거운 육신도 다아 벗어 버리고……부디 좋은 데로 가십시다……아짐, 인제 후제……저승에서 다시 만나거든……눈물 많이 흘리노라고 걸음마다 발이 젖던 이승 이야기도, 옛이야기마냥 나누십시다……이렇게 먼저 가시니……후제, 제가 저승에 가거든……마중이라도 어디만큼 나와 주실라는가요……그러면 저승이라도 그렇게 낯설고 적막하지는 않을란지요.)
> 그네는 홀로 혼불을 우러르며, 마음속으로 하직의 소매를 들어올린다. 그네의 들어올린 소매자락 너머로는 허공이 아득한데, 인월댁의 젖은 넋도 두웅 따라서 떠오른다. (3-108~109)

기실 혼불은 그 실체를 확인할 수 없다. 혼불을 보았다는 사람은 있지만 증언에 국한될 뿐 그 실체를 증명한 경우는 없으며 개념 형상인 혼불의 실체를 애초부터 증명할 방법도 증명할 까닭도 없다. 통상 혼불에 대한 증언도 사후에 발설되거나 은밀히 제시되는 터라 그 사실 관계를 입증할 맥락조차 수립할 수 없다. 혼불은 담론을 통해 구성되는 개념 형상이지 진위를 따질 실체 형상이 아닌 것이다.

그런데 혼불의 실체가 입증된 바는 없지만 혼불을 둘러싸고 벌어지는 담론은 숱하다. 물론 그 담론은 '혼불'이라는 개념을 공유한 문화적 성원들 사이에서만 유효하게 구성될 수 있다. 따라서 인월댁의 침음에서 발산되는 감성의 자장을 통해 교감이 활성화되기 위한 전제는 혼불의 개념 도식을 공분모로 죽음에 대한 감성 공정을 구동할 수 있는 수용의 회로를 여는 것이다. 자신의 넋이 망자의 넋을 따라서라도 망자에 대한 깊은 마음을 전하려는 마음이 교감의 장을 활성화하는 바탕을 이루는데 혼불 도식이 그 회로를 여는 스위치 역할을 한다고 해도 좋다.

같은 시각 청암부인의 혼불을 목도한 또 한 인물인 효원의 경우는 이에서 한걸음 더 나아간 형국이다.

무심코 마당으로 내려서던 그네에게 가슴속이 시릴 만큼 투명한 빛으로 쏟아지는 청암부인의 마지막 넋에, 효원은 아찔한 어지럼증을 느꼈다.

할머님.

그네는 무망간에 큰방 쪽으로 눈길을 돌린다. 부인이 누워 있는 큰방에서는 희미한 불빛이 번져 나오고 있었다. 순간 효원은, 이미 넋이 빠져나가 버린 저 방안에서 아직도 저렇게 불빛이 번지고 있는 것이 이상하게도 사무쳐 왔다.

저기 저 방안에 남아 있는 불빛은, 다만 등잔의 불빛이 아니라, 이제

막 육신을 벗고 허공으로 떠오른 부인의 혼불 그림자가, 저다지도 눈물겹
게 어려 있는 것이려니 싶어지는 것이었다. (3-110~111)

이야기가 진전되는 와중에 '시릴 만큼 투명한 빛'이라는 혼불의 이미지는
자명한 도식으로 수긍되어 자동화된 감성을 부르기에 이르렀다. 그런데 효원
에게 인지된 혼불은 또 다른 감각이 입혀져 혼불에 관한 감성의 계열을 재편
한다. '아찔한 어지럼증'으로 기술된 감각과 느낌의 조합은 인월댁의 경우와
다른 감성 공정을 예시한다.

아찔한 감각과 어지럼증의 느낌은 무망의 상태를 유발하여 부지불식간에
청암부인이 누운 방으로 눈길을 돌리게 한다. 그 방에서 번져 나온 불빛에
주목한 것은 제 의지와 무관한 것이라는 점이, 무망의 어지러운 상태에서
그리한 것이라는 데서 부연된 터다. 그 불빛이 '이상하게도 사무쳐 왔다'는
것은, 청암부인의 혼불을 무심코 본 효원의 감성이, 가늠할 수 없는 어떤
작용에 이끌리고 있다는 점을 방증한다. 청암부인의 죽음이 드리운 슬픔을
체감한 효원에게 방안에 번진 희미한 불빛은 '혼불 그림자'로 인지되는 한편,
사무치는 슬픔에 청암부인의 죽음을 용인하지 않으려는 마음이 그 불빛, 곧
혼불 그림자에 투사되는 것이다. 이를 구심으로 혼불을 바라는 효원의 감성
공정에 새로운 회로가 추가된다.

"나 아직 여기 있다. 아가, 이 방은 빈 방이 아니다. 나는 오래오래
여기 있을 것이니라."
창호지의 불빛은 그렇게 나직이 말하고 있었다. 청암부인의 목소리는
효원의 살 속으로 배어든다. 목소리는 불빛을 머금은 채 그네의 살을
푸르게 물들인다. 그네의 몸에서 인광(燐光)이 돋는다. 저절로 투명하게

비늘을 일으키는 불꽃이 그네의 전신을 휩싸며 타오른다. 그것은 물결처럼 굽이를 치는 눈물이었다. (3-109)

창호지에 비친 불빛은 그저 무정한 대상물에 불과한 것이 아니라 교감과 소통의 상대로 그 위상이 전이되기에 이른다. 청암부인의 넋이 아직 서린 혼불 그림자로 인지된 터라 그러하다. 혼불 그림자는 청암부인의 목소리로 효원에게 말을 건다. 그 이르는 말이 효원에게 체화된 듯 혼불의 색감이 그네의 살에 물든다. 혼불의 빛이 물든 몸에서 파르스레한 빛의 불꽃이 발한다. 그리고 그 불꽃은 이내 눈물로 전형된다. 시조모의 죽음을 목전에 둔 이의 슬픔이 눈물로 발현되는 것이야 상사이지만 이처럼 다차원에 걸친 감성의 전형(轉形) 공정을 거친 뒤에 굽이치듯 역동하는 눈물에 투사된 슬픔이라면 사무치는 아픔을 교감하게 하는 자장을 짓기에 손색없다. 그래서 바로 이어지는 독백의 의미가 더욱 심장해지며 그 마음에 공감대가 이루어지기 수월해진다고 할 수 있다.

(할머님 가신 한 생애를, 내 또 그대로 살게 될 것이다. 정처없이 떠나가 버린 그 사람은 언제나 돌아올는지 아무도 알 수 없는 일. 내 홀로 내 뼈를 일으키리라, 하시던 할머님. 그 뼈를 다 태우시고 이렇게 한 점 푸른 불꽃으로 떠올라 이승을 하직하시면서……나한테 점화하고 가시는 것을.)

청암부인의 혼불 그림자가 몸에 사무쳤다고 느낀 만큼 효원이 청암부인과 한몸을 이루듯 그의 생애와 동등한 삶의 궤적을 이어가려는 의지를 다지는 마음이 미더운 문맥을 얻어 의미가 다져진다. 종부로서 삶의 자리를 이어가게 될 효원의 삶에 대한 열정과 의지를 청암부인의 혼불이 촉발한 것이다. 이 독백을 전기로 효원은 혼불 그림자를 피동적으로 수용하는 데 그치지 않고 아예 청암부인의 혼불을 제 몸에 한껏 흡인하려는 의지를 발동하여 수행에 나선다.

> 효원은 언제까지나 마당에 선 채로 빈 하늘을 우러른다.
> 저 총총한 별들의 그 어떤 별빛이, 금방이라도 가던 걸음을 멈추고는 뒤돌아보며
> "아가."
> 하고 그네를 불러 줄 것인가.
> 효원은 사라지는 불꼬리를 놓치지 않으려고 온몸을 조이며 숨을 죽인다. 마치 흡월정(吸月精)을 하던 때와도 같은 무서운 정성으로 그네는 청암부인의 혼불을 빨아들인다. 한번 들이마신 그 기운이 행여 새어 나갈까 하여 그네는 죽은 듯이 고요히 숨을 참는다.
> 드디어 그네의 온몸에, 실핏줄의 끄트머리에까지 청암부인의 넋이 파도 물마루보다 아찔하고 아득한 기운으로 차 오르며, 그네는 숨이 가빠져, 그만 둥실 허공으로 떠오르고 만다.
> 이제 그네는 청암부인을 낳을 것이었다. (3-111)

하늘을 우러르며 적극적으로 혼불을 따라잡으려는 의지는 몸의 온 감각을 기울이고 온 마음을 다해야 하는 감성의 동력을 요하는 일이다. 달의 기운을 빨아들이는 흡월정을 하고서는 기진맥진하던 일을 이에 비하겠는가 싶을 만치 흡혼정(吸魂精)에 쏟아야 하는 정성은 무서울 정도라 하였다. 온몸의 단말에까지 혼의 기운을 채움으로써 효원과 청암부인의 일체감은 극에 이른다. 효원이 청암부인의 위상을 대체하리라는 예단이 섣부른 판단이 아님은 혼불

에 관한 인지 도식을 구심으로 진전되어 온 감성 공정에서 구성된 감성의 문화적 약호로써 입증된 터다. 청암부인의 위상이 전이된 '효원'이라는 위상이 구축할 인지 도식은 서사의 진전이 수렴될 지향에 변화가 있을 것이라는 인지적 예시(豫示)의 회로를 구동하게 추인한다.

> 이제 그네는 청암부인을 낳을 것이었다.
> 그리고, 내일 아침 날이 채 새기도 전에 온 마을과 문중, 그리고 거멍굴에도 이 소문은 번질 것이었다.
> 소문이 은밀하게 차 오르고 있는 한밤중의 허리가 검푸르게 휘어진다.
>
> (3-111)

효원이 청암부인의 위상에 설 것이라는 저 은밀한 소문이 거멍굴에까지 퍼지리라는 언설은 요컨대 청암부인의 위상을 이은 효원이 주역을 맡아 진전될 새로운 서사의 지향을 추산하게 하는 서사적 조건 변수(parameter) 같은 것이다. 과연 청암부인의 죽음을 전기로 거멍굴 천민들의 전복적 수행이 서사적 사건의 중요한 표층을 이룬다. '변동천하'가 그 이정표이다.

청암부인의 죽음을 전기로 춘복의 '변동천하' 회로가 열리고 이를 근간의 개념 도식으로 한 의미의 계열체를 이룰 사건들이 기획되고 실행에 옮겨지기 시작한다. 무부 만동이의 투장에 관련된 일련의 사건이 촉발하여 표면화된 반상의 대립이, 춘복이 강실에게서 제 자식을 얻으려는 야심을 실행에 옮겨 성공함으로써 극심한 혼돈 지경에 접어든 구도로 진전되는데, 변동천하 도식을 구심으로 확산된 갈등이 서사의 동력이 되는 결과가 빚어진다. 이러한 와중에서 효원이 문제 상황의 해소를 위해 적극적으로 나서는 수행의 동력이 점차 커지는 가운데 '효원'이 주제어로 쓰인 "그 온몸에 눈물이 차 오른다."

문장을 마지막으로 미완의 서사는 그 진전이 일단락된다.

끝이 맺어진 것이 아닌 터라 서사의 지향을 온전히 해석할 수는 없지만, 효원에게 부여된 서사적 위상 도식을 단서로 진전될 서사의 양태를 추산할 수는 있을 것이다. 그렇지만 사건을 중심으로 그 끝을 예단하는 것은 바람직하지 않을 뿐만 아니라 위험하기까지 하므로 그리하지 않는 편이 온당하다. 다만 춘복의 변동천하 담론을 구심으로 강태와 강모 사이에서 오가는 현실 의식과 역사 의식에 관한 담론, 역사적 격동의 표지에 덧입혀진 어둠의 이미지와 표상적 위상에 관한 담론 등을 통해 구성할 수 있는 『혼불』의 세계관과 담론 전략의 궤도를 이해할 때 '혼불'에 관여된 감성 인자의 위상 전이 도식을 단서 삼을 수 있을 것이다. 『혼불』은 사건의 면면이 시간 구조나 인과 관계를 바탕으로 재편된 구성에 종속되지 않는 서사체다. 광역의 역사와 문화장에서 채용한 이야깃거리를 바탕으로 사상과 철리는 물론 감성의 섬세한 역학에 부쳐진 다양한 변이형이 산출되는 인지 도식의 계열을 창출하는 데 그 서사적 가치의 원심이 있다. 이를 통해 문화 성원들의 감성의 분할과 확산에 기여하는 담론적 영향을 극화한 서사적 자질을 발산한다.

『혼불』에서 '청암부인의 혼불'은 이에 관여된 감성적 인지 도식이 서사 공정에 부쳐져 의미의 여지를 키워 서사의 진전을 추동하는 동력이 되는 데서 가장 중요한 바탕을 이룬다. 효원과 강모의 혼례에 얽힌 이야기에서도 그러한 바탕이 이루어진다. 초야를 맞이한 효원의 화려한 옷차림새의 이면에 배인 고통과 함께 구성되는 감성의 의미망과, 이와 대척점에 구성되는 강모의 심리적 억압과 가와 가문의 표상에 결부된 감성의 의미망 사이의 대립 구도로 촉발되는 구심적 갈등 구도는 문화적 차원에서 공유되는 감성의 인지 도식을 요한다. 이러한 인지 도식의 의미망에 포착된 강실과 춘복의 얽히고 설킨 인연과 감성의 다층적 의미 공정 또한 문화적 차원에서 구성되는 감성의 분할과 확산을 통한 서사의 진전에 동력이 된다. 격동의 시대 역사적 변화의 도저한 움직임과 일제의 강제 점령으로 억압과 수탈이 자행되던 고통의 시대에, 삶의 자리를 지키며 대응하는 이들에게 부과된 과업은 짓누르는 어둠의 이미지에 사상되어 표상적 의미의 위상이 지어진다. 새로운 세계의 질서를 예비하는 카오스와도 같은 과도기의 혼란 상황이 『혼불』의 서사가 구현되는 거점 배경이면서도 그 과도적 이행의 경계에 선 이들의 감성에 관여된 다차원의 인지 도식을 구심으로 문화적 해법을 구하는 『혼불』 특유의 공정이 작동할 수 있는 것이다. 이러한 문학 담론적 성과를 모델로 문학 일반의 감성 회로와 인지 공정에 관한 다양한 논의의 지평을 열 수 있을 것으로 기대해도 좋을 것이다.

문학은 인지적 체험의 매체이자 의사소통 기제로서 인간 수행의 장에 부쳐진다. 문학적 소통의 과정에는 문면화된 발화는 물론 그 저변에서 작동하는 비발화적 화행 요소의 구동력이 제법 심장하다. 특히 감성 국면에 접변된 화행 상황에 관여된 담론적 동력이 문학의 진전에 크게 작용할 수 있다는 데 유념할 여지가 크다. 문학적 감성의 인지소를 분석하는 것은 문학의 인지 공정에 대한 이해의 주요 구심을 이룬다. 문학적 담론의 의미 여지를 확장하는 방편으로 인지적 감성 공정을 상정할 수 있는 것이다.

표현과 이해의 양항 간에 벌어지는 문학적 거래 과정에서 특히 이해 편에 선 인지 공정에 감성 기제가 작용하여 산출되는 의미의 여지에 주목하는 것이 관건이다. 겉에 드러나지 않지만 실제 화행 상황에 근사한 국면에서 비발화적 감성의 교류를 추론함으로써 문학 텍스트의 의미 여지를 더할 방편을 얻을 수 있다. 감성의 인지적 작용 과정에 작동하는 회로의 모형을 세워 감성 국면에서 찾을 수 있는 문학 텍스트의 의미와 가치를 비평할 수 있는 가능성을 타진할 방법적 개념의 계열체를 구성할 수 있다. 특히 문화적 차원의 의미 요소가 심대하게 채용되어 구현된 『혼불』처럼 의미의 여지가 큰 텍스트를 상대로 방법적 타당성을 확증할 수 있는 바탕을 공고히 할 수 있을 것이다. 문학적 감성의 변성 국면에 대해서도 살핌으로써, 감성 작용을 통한 비발화적·전발화적 화행 기제의 구동이 문학적 담론의 진행을 활성화하는 양상을 다면적으로 살필 수 있는 지평을 확장해 봄 직하다.

감성은 단지 개인적이고 주관적인 지각의 방식에 국한될 수 없다. 감성에 관한 경험이 인지 도식으로 환산되는 전이 공정이 진전되어야 감성에 관여된 인지 현상이 구성될 수 있다. 감성은 간단한 감정 층위의 것이 아니라 이성이나 오성의 수행 방식을 포괄하는 어떠한 인지 작용에 상응하는 것으로 위상이 전이되는 것이다. 문학적 감성의 위상 전이를 통한 정서적 처치의 프로세싱이 활성화될 여지가 이러한 국면에서 열린다.

°주

1   Lisa Feldman Barrett, *How Emotions Are Made: The Secret Life of the Brain*, Houghton Mifflin Harcourt, 2017, Kindle Edition, loc. 94.
2   위의 책, 같은 위치.
3   위의 책, loc. 120.
4   위의 책, 같은 위치 참조.
5   위의 책, locs. 426, 411 참조.
6   George Lakoff, 'The Neuroscience of Form in Art', Mark Turner (ed.), *The Artful Mind*, Oxford UP., 2006, pp. 161~162 참조.
7   다른 장에서 문학에 부가된 조건 변항에 비해 감성에 관여된 문학적 공정은 텍스트를 통한 해석적 상호작용의 과정에 대해 살펴야 하는 면이 크다. 텍스트 해석의 과정을 이 장 논의의 주안점으로 삼는 이유이다.
8   최명희, 『혼불』, 한길사, 1996. 이하 인용할 때 끝에 권-쪽 숫자만 부기함.

°플러스 **창의**

사람들은 어떻게 새로운 것을 지어낼 수 있는가? 인간의 창의성은 어떻게 발전하는가? 상위 범주인 인지적 수행에 관한 물음에서 출발하겠지만, 문학적 수행의 지향과 관련하여 단서가 될 물음이면서 문학의 역할과 필요성에 관련된 궁극의 관심사가 이에 맞닿아 있음 직하다. 문학은 어떻게 인지적 창의에 관여되는가.

인간의 창의적 수행은 여러 경로를 통해 발전되고 진전을 거듭해 왔다. 그 최초의 동인이나 무한한 창의 역량의 원천이 무엇인지는 밝히기 어려울 정도로 진전의 스케일이 커진 상황이다. 개개인의 남다른 수행 역량과 수행의 결과를 두고 창의적이라고 표지를 붙이는 것이 적어도 어색하며 실은 어불성설인 점도 염두에 둘 만하다. 창의적 수행은 사회·문화적 공유 영역에서 발전하고 진전되어 온 것이다. 사회·문화의 공역에서 이루어지는 창의라야 온전히 인간 수행의 결실로 수용될 수 있는 까닭이다. 그만큼 그 벼리를 밝히는 것은 어려울 뿐만 아니라 실은 무의미하다.

창발적(emergent) 수행이 창의적(creative) 수행과 일치하는 것은 아니다. 창발이 창의에 필요하지만 둘이 곧 등식 관계에 있거나 선후 관계에 있는 것은 아니다. 창발적인 것이라고 해서 짐짓 일순간에 급작스레 이루어지는 것도 아니다. 물의 온도가 100℃에 가까워지다가 평행 상태에 접어든 후 기화 현상이 벌어지는 것이지 기화점인 100℃로 금세 진전되는 것은 아니다. 일종의 변증법적 양질 전환의 법칙에 근사하게 이루어지는 현상이 창발이다. 창발적 수행이 창의적 수행으로 이어지는 경우가 많고 그 자양이 되는 것은 사실이지만 모든 경우 다 그러한 것은 아니다. 창의적 수행은 좀더 지난한 축적과 공유의 과정을 요하는 점진적 공정을 거쳐 이룩된다. 그만큼 창의는 충실한 문화적 상호작용의 경로를 요한다. 관건은 의사소통과 공유와 공동 수행의 가능성에 던져진다. 문학적 수행이 그 주요 방편일 수 있는 것은 이 맥락에서 가능성이 생긴다.

문학적 수행은 창의적 수행의 중요한 거점이자 그 결과로 얻어지는 토대이다. 이 토대에서 창의적 수행의 근간이 더욱 튼튼해질 수 있다. 무성한 창의적 수행의 결실로 문학적 수행의 수확이 풍성해질 수 있다. 문학적 수행은 창의적 수행과, 또한 창의적 수행은 문학적 수행과 해석학적 순환에 회부되는 셈이다.

창의 공정의 해석학적 순환

해석학적 순환(hermeneutischer Zirkel)은 단순히 해석의 무한 루프 구조를 의미하지 않는다. 이는 '선이해, 이해, 지평 확장'을 최전방 표제로 하여, 가령 '체험, 이해, 체험 확장' 식으로 하위항을 대입할 수 있는, 실존의 이해와 세계 기획에 대한 개념적 단서로 제안된 것이다. 모든 이해는 선이해 (Vorverständnis)에서만 비롯한다. 삶의 세계에서 획득한 지식이나 정보, 지혜에서 현상이나 텍스트를 이해할 방편을 얻을 수 있다. 선이해를 바탕으로 이해를 도모할 때 실존은 기존의 이해 지평을 확장할 수 있는 의미와 가치를 모색하면서, 제자리에 머무르지 않는다. 온당한 이해는 곧 지평 확장으로 이어지게 마련이다. 그 결과 새로운 삶의 여지가 생기며 이는 곧 새로운 선이해, 곧 새로운 세계 이해의 방편으로 쓰이며 문화의 목록에 오른다. 이러한 순환 회로가 반복되면서 삶의 진전이 이루어진다는 것이 해석학적 순환의 긍정적 거점이다. 이렇듯 삶의 진전에 기여하는 이해와 지평 확장의 원리가 창의적 수행의 원리에 바로 인용될 수 있는 것이다.

'해석학적 순환'이란 '선이해 ― 해석 ― 지평 확장'으로 진전되고 확장된 지평이 선이해의 거점이 되어 다시금 해석과 지평 확장의 공정이 이어지는 '해석'에 관여된 선순환(善循環) 회로에 대한 술어이다. 이러한 해석학적 순환은 판에 박힌 일상적 경험(routine)과 신기한 새로운 경험(novelty)에 관한 뇌과학적 단서로써 설명되면서[1] 철학적 사변에서 파생된 개념적 도식으로서만 유효한 것은 아니라는 점이 입증되기도 하였다. 일종의 과학적 가설이 제시되고 실험을 통해 입증되어 이론으로서의 위상이 주어지는 것과 비근하게 '해석학적 순환'이 개념적 술어로서뿐만 아니라 인간의 인지에 관여된 중요한 구심으로서 위상을 얻게 된 형국이다. 해석학적 순환의 공정은 사람들이 일상적 경험을 할 때 뇌신경이 구동되는 공정과 상통하는 면이 있다는 것이다.[2] 경험을 가공하는 인지 공정이 뇌신경을 중추로 이루어지는 것은 말할 나위 없다. 이를테면 지각과 학습에 관여된 일련의 신경 작용에서 구심을 이루는 뇌의 개념적 예비화[3]는 이에 관여된 중요한 단서이다.

지각 작용을 통해 수용된 '일화 경험'은 학습을 통해 뇌의 해마 영역 등에 '저장'되고 저장된 정보를 회상하여 '일화 기억 회상'이 일어난다.[4] 이 과정에서 개념적 예비화가 선행되는 것인데, 모든 기억된 정보는 인지 도식(cognitive schema) 형태로 인출되어 일화 기억 회상에 부쳐지는 것이다. 이때 뇌에 저장되는 기억은 세세하고 구체적 면면(detail, 디테일) 모두가 아니라 일종의 구조화된 형, 혹은 이미지, 혹은 개념 도식으로 환산된 태인 것이다. 뇌신경의 작용에 회부되는 천문학적 수량의 인지 데이터를 순식간에 처리하는 인지 공정이 가능하기 위해서는 계열화된 도식 체계에 데이터 낱낱이 수렴되는 과정이 필히 요구된다. 해석학적 선이해에 상응하는 일련의 개념항들이 이를테면 이러한 인지 도식의 계열 체계에 대응되는 셈이다. 일화 기억 회상에 관여된 일련의 뇌신경 작용이 일상과 창의를 담당하는 대뇌피질의 상호작용을 일으키는 기본적 동인이 되는데, 해석학적 순환의 원리와 사상되는 국면이 있다는 가설이 수립될 수 있는 것이다.[5]

이미 경험한 바를 바탕으로 새로이 체험한 바를 이해하고 새로운 이해를 바탕으로 체험의 여지를 확산하는 식으로 해석학적 순환에 부쳐지는 인간 수행에 관여된 뇌 과학적 단서 또한 이 맥락에서 부각될 만하다. 신경계의 심신 표지(somatic marker)는 몸의 기관을 통해 수용된 '체험 데이터'를 뉴런의 전달을 통해 뇌의 시상하부에 이송하여 운동 반응에 관여된 기억의 소자를 세포에 심어 기억에 이관한다.[6] 이 기억된 체험의 정보가 체험의 인지 도식 형태로 뇌의 기억 장소에 남아 있다가 유사한 계열의 체험 상황에서 인지적 최적화를 위해 동원된다. 익숙한 체험은, 계열상 층위(level, 레벨, 수준)가 등가이지만 새로운 의미망에 연결된 경우라도 유능하게 대응할 수 있도록 하는 한편, 새로운 의미와 가치를 인지하는 데 적용된다. 우리의 뇌는 얻고자 하는 목적에 적절하게 설정한 시간 틀에 상응하는 동안 적확하게 판단할 수 있다.[7] 이러한 능력은 순수 이성[추론·계산 능력] 이상의 것을 요하는데[8] 이성이 감성과 대립되는 것이어야만 하는 것은 아니다.[9] 이성적 수행만이 뇌 활동의 전역일 수 없으며 감성에 관여된 수행이 그보다 열등하다는 증거는 찾을 수 없다. 되려 인지 공정의 중핵 공정(core process)에 해당하는 뇌신경의 활동은 이성과 감성의 층위를 나눌 수도 없을 뿐더러 어느 한편에 대해서만 우월한 능력을 발전하는 수준 높은 기능이라고 단언할 수 없다. 심신은 이분법적으로 환원할 수 없는 개념과 같은 것으로 이에 관여된 체험을 일으키는 몸의 기관을 통해서만 현상으로 드러날 수 있다.

심신 기관을 통해 진전되는 인지의 체화된 공정은 '체험 — 이해 — 체험의 확산'으로 진전되는 해석학적 순환에 결부된 의미심장한 결실을 낳으며, 인간의 창의적 수행의 원동력으로 작용하는 것이다. 특히 습관적 행위나 관습을 통해 학습되어 자동화된 행위로써 체험한 바는, 선이해의 작용으로 순환되는 인지 활동에서 창의적 수행이 일상적 수행과 변별되는 점이 크지 않을 수 있음을 뇌 과학적으로 조심스레 증명하는 것일 수 있다. 그 반대의 산술 방향에서도 둘의 격차는 크지 않을 것이다. 제아무리 창의적인 수행이라도 일상적인 수행의 조건에서 벌일 수 있으며 그 조건 변수 없이는 삶의 장의 인지 범위 내에 수용될 수 없을 터, 일상과 창의의 격차를 애초에 크게 전제하고서 이해할 수 있는 현상의 여지는 극히 제한된 영역에 머무를 공산이 크다. 이러한 선이해의 작용으로 이루어진 해석학적 순환 공정이 뇌신경 구동의 공정과 근사하다는 데 주목하여야 하는 것이다.

물론 창의성(creativity)은 사람들 개개인의 머리 안에서 이루어지는 개인 차원의 현상이 아니라, 개개인의 생각과 사회·문화적 맥락 사이의 상호작용 안에서 이루어지는 시스템 차원의 현상이다.[10] 창의적 수행이 기성의 경험이나 생각, 감성 등에 대한 새로운 해석을 통해 인지적 진전을 이룰 때 가능해지는 것은 이와도 궤를 같이한다. 기성의 영역(existing domain)을 변형하여 새로운 영역을 짓는 것[11]이 창의적 수행의 방식인데, 명시적이건 묵시적이건 간에 기성 영역의 합의가 없이는 영역의 변형이 가능하지 않다[12]는 데 유념해야 하는 것이다.

사람들은 아무리 창의적인 수행을 하더라도 기성의 정보와 지식 등을 전제로 하지 않을 수 없다. 문화적 적층을 통해 부여된 선이해 정보를 바탕으로 인지적 진전을 이룰 수 있는 거점을 세울 수 있는 법이다. 경험이나 학습을 통해 얻은 지적 정보를 전제하지 않는 한 어떠한 인지적 진전도 이룰 수 없는 것이다. 진전된 인지 수행에서 새로운 경험과 식견이 파생되고 이를 통해 인지적 창발이 가능해지는 것이다. 물론 새로 구성된 인지 수행의 결실은 더 진전된 창의를 위한 선이해의 바탕을 이룬다. 인지적 창의의 공정이 해석학적 순환 공정에 사상되는 것이다. 창의적 수행에 역행하는 상대항처럼 여겨질 법한 개인의 습관이나 공동체의 관습과 같은 기성의 메커니즘 없이는 인지적 창의가 성립할 수 없는 셈이다. 창의는 개인적 역량의 발산 편보다, 공동의 경험과 예지의 집산을 통해 진전되는 인지적 적층 편에서 더 큰 동력을 얻는다.

　기실 습관이나 관습 등에 얽힌 선이해의 작용이 창의의 더 큰 바탕을 이룬다는 점이 어불성설처럼 여겨지는 면이 있는데 이 자체가 창의에 관여된 일반적인 생각의 도식을 비친다. 창의적 수행이라면 기성의 경험이나 생각, 감성 등 인간적 수행의 전역에 걸쳐 오롯이 새로운 결실을 산출하는 수행이라고 자명하게 여겨지는 것이다. 그렇지만 인간의 마음(human minds)이 숱한 새로운 정보를 얻기 위해서 선행 지식을 상당히 요구하며, 그러한 진전된 발견들을 통해 선행 지식은 특정 정보 영역들에 대한 새로운 기대 형태를 얻게 된다는 점이 실험을 통해 입증된 바 있다.[13] 선이해는 기성의 것을 단순히 반복적으로 수용하여 해석의 자명한 순환 회로를 돌리는 데 적용되고 그치는 것이 아니다. 선이해의 바탕에서 새로이 창안된 진전된 방식의 인지적 수행이 가능해진다는 데서 인간의 발달과 성장의 동력이 발전하는 국면에도 주목을 요한다.

인간 발달의 구심을 이루는 인지적 진전을 가능하게 하는 방법적 거점인 기억과 학습의 결과, 그리고 이를 응용하여 삶의 전역에 적용한 바를 활용하여 삶의 지평을 확장하면서 새로운 영역을 기획하는 과정이 곧 해석학적 순환에 조응된다. 선이해에서 형성된 개념 도식은 인지적 창의를 위한 전제이다. 인간의 마음은 대상과 사태의 표상을 개념에 사상함으로써 지어지는 이미지를 통해 구성된다.[14] 마음의 보편적 징표(token)인 이미지[15]에 대상과 사태를 사상하는 것은 엄청난 양의 인지 더미를 삽시간에 처리하여 인지 회로가 온전히 구동될 수 있게 하는 핵심 공정이다. 개념이나 의미로 지어진 관념 층위로 인지 더미를 변환하여 얻은 인지 도식을 바탕으로 삶의 장에 응용하는 인지적 수행 과정의 수순이 전개된다.

이러한 과정은 문학적 창의의 과정에 비견된다. 인간은 태생적으로 이야기꾼[16]이라는 발상은 의미심장하다. 사물이나 사태가 어떻게 시작되었는지 이해함으로써 생각의 진전을 이루려고 모색하는 것은 세계를 이해하는 거점이다. 인간 수행에 관여된 전역에 걸쳐 그 연원에서부터 진전되어 현황에 이어지는 과정에 대한 관심은 삶의 과정에 대한 관심에 직결된다. 삶의 장에서 빚어지는 대소사에 대한 경험이나 생각, 느낌 등을 돌이켜 기억에 회부하고 기억의 연속성을 위해 서사적 변환을 모색하는 것은 '인간급' 문화의 방식을 이룩할 수 있도록 하는 동력이다. 다사다난한 삶의 면면을 이야기로 나누어 갈등의 매듭을 풀고 문제 상황을 해소할 수 있는 계기를 얻어 삶의 진전된 지평을 모색하는 인간적 소통의 거점이 서사적 공정을 통해 이룩되는 경우가 다반사이다. 창의적 수행은 개인의 능력만으로 이룰 수 없으며 사회적 관계망에서 공유되고 공인되었을 때에 비로소 완수될 수 있다는 점을 재삼 떠올려도 좋다. 이야기를 짓고 이야기를 나누며 이야기로써 해법을 모색하는 서사의 전략이 창의 공정의 구심 회로에서 작동한다는 점 또한 돌이켜 볼 일이다.

이렇듯 삶의 과정에서 적용되는 서사적 공정이 온전히 작동하기 위해서는 방대한 경험을 정돈하여 계열화함으로써 인지적 순발력을 극화할 수 있도록 돕는 인지 도식의 계발이 관건이다. 인지 도식은 관습적으로 전승되어 검증된 인지 회로를 안정적으로 구동할 수 있도록 하는 것도 중요하지만, 때로 기성의 인지 회로에 산입될 수 없는 변수와 같은 인지 도식의 창안은 인지적 창발을 이루는 단서로 적용될 가능성에 열려 있을 때가 있어 문화적 층위에서 유효한 값을 산출할 수 있다. 기존의 안정된 회로에 산입되는 창의적 도식이 적절하게 작동할 수 있기 위해서는 문화적 층위에서 수용될 수 있을 만한 유효한 코드 체계를 공유하는 것이 관건이다. 선이해가 창의의 전제적 요건일 수밖에 없는 것이다. 창의적 수행의 결과라도 일정한 문화적 과정의 경과를 통해 기성화될 수밖에 없는 것 또한 해석학적 순환에 부쳐지는 창의 공정의 수순이다. 전광석화와 같은 인지적 창발이 창의적 수행으로 이어져 체계적 계열에 이관되기까지 사회·문화적 시스템의 기반을 요하는 정황을 수긍하여야 온당하다. 성원들 사이에서 창의적 수행의 표본으로 인증되어 문화장에서 두루 적용되고 그 효력이 검증된 경우에 창의적 수행의 지속 가능성이 입증될 수 있다는 점을 염두에 두어야 하는 것이다. 개인적 창발이 곧 창의적 수행으로 이어지는 것은 아니다. 일상의 경험을 공유하되 낯선 차원들로써 재구성하여 다른 의미망에 부치는 데 유용한 서사적 수행이 이 공정에서 중요한 동력원이 된다.

문학은 남다른 경험이나 생각, 느낌 등을 나누어 소통함으로써 성원들 사이의 인증을 얻는 방식을 통해 구동된다. 개인적이고 단발적인 창발이 성원들 사이에서 공인되어 시스템상의 창의적 수행으로 계열화되는 과정은 문학 공정을 통해 수월하게 진전된다. 문학은 무엇보다 최적화된 공유와 축적의 방식이다. 노래와 이야기로 나누고 노래와 이야기로 수렴하여 구성되는 문화적 과정에서 창의가 빛을 발할 수 있다. 문학적 수행은 창의적 수행의 거점이며 창의적 수행은 문학적 수행에 부쳐져야 온전히 구성될 수 있는 인지적 현상이다.

창의적 인지와 은유 회로

습관이나 관습 등에 얽힌 선이해의 작용은 인간의 기본적 인지 활동의 근간을 이루는 중요한 작용이다. 익숙한 경험이나 정보의 도움 없이 일상적 과업은 물론 기본적인 생활에 필요한 활동을 수행할 수는 없다. 몸에 익숙한 경험과 정보는 시행착오를 최소화하여 삶의 경험치를 극대화함으로써 최적의 삶을 도모하는 데 반드시 필요한 인지 수행의 재료이자 인지적 결실이며 다시금 인지적 동인이 된다.

그런 가운데 인간은 습관이나 관습에 기반한 안정된 삶에 안주하지 않고 더 나은 삶의 여지를 추구한다. 인지의 영역을 확장하려 도모하는 데서 인간 특유의 인지적 급수와 자질이 확산된다. 삶의 지평을 확장하려는 과정에서 인지 능력의 진전이 이루어질 뿐만 아니라, 특별한 인지 능력을 진전시키려고 도모하는 모색 자체로서 인간의 인지 능력이 창발하는 동력원이 놓일 저변이 확보된다. 새로운 이해를 도모하여 선이해의 지평에 변화의 동인을 가함으로써 인지의 영역을 확장하는 과정에서 인간의 창의적 역량이 진전되는 것은 말할 나위 없다.

새로운 해석의 모색은 창의적 인지 수행의 바탕을 이룬다. 이를테면 같은 현상이나 대상에 대해서라도 주어진 방식이나 의미의 범위에 국한하지 않은 새로운 방향으로 이해의 방법을 혁신하고 새로운 의미 관계를 바탕으로 의미의 혁신을 이루는 식으로 인지적 창의에 나선다. 이때 서로 다른 영역이나 범주의 것을 이끌어 혁신적인 의미 관계를 맺게 하는 수행이 인지적 창의의 주요 방편으로 동원된다. 그 구심에서 '은유'가 발전한다.

기성의 개념은 같은 범주나 영역 내에서는 제아무리 다른 개념으로 환산하려 해도 기본적인 영역의 한계 내에서 의미와 가치가 결정될 수밖에 없다. 그래서 개념의 범주와 영역을 넘어서서 서로 다른 영역과 범주를 가로질러 의미 관계를 맺어 주는[cross-domain mapping] 식으로 창발적 사유를 도모하여 개념의 혁신을 이룰 방편을 창안할 수 있는 것이다. 은유는 서로 다른 영역이나 범주의 개념을 같은 층위와 수위에서 사상하여 전혀 새로운 의미의 망을 짜는 의미 창출의 방식이다. 특히 서사에서 은유가 쓰이는 양상이 그러하다. 서사적 은유에 대한 얘기로 범위를 좁혀 보자.

서사적 공정에 채용된 은유의 방식은 이야기의 단편적 컷(cut)이나 시퀀스(sequence) 단위에서 구성되는 의미에 국한되지 않고 서사 전반의 진전에 작용함으로써 의미망의 경위를 이룰 때 인지 공정에 온전히 편입되어 작동하면서 그 자질이 선연해진다. 잘 조탁한 단말의 표현으로만 서사적 은유가 드러나지 않는 것이다. 서사가 원체 대화적 정황을 바탕으로 한 거래에 부쳐짐으로써만 성립할 수 있는 구성적 현상이라는 점을 재삼 떠올려도 좋다. 서사를 매개로 벌어지는 텍스트 발신자와 수용자 간의 서사적 거래가 활성화될 때 상이한 영역 간의 사상 또한 활성화된다. 이러한 서사적 거래 과정에서 진전을 거듭하는 영역횡단 사상(cross-domain mapping)으로써 새로운 개념을 창의하는 개념 모형은 넓은 문화적 국면에서 진행되는 창의적 인지 공정을 방증한다.[17] 서사적 수행을 통해 경험이나 생각, 정서 등을 공유하는 과정에서 인지적 혼성(blend)이 빚어지며 이를 통해 문화적 층위에서 시스템화된 창의적 인지의 계열이 구성될 수 있는 여지가 열리는 것이다. 문화적 공유의 장을 통해 구성되는 서사적 변이형들이 마음-공간의 창발적 구조(emergent structure of mind-space)[18]에 관여된 창의적 인지 공정을 진전시킨다. 그 진전의 구심적 분기점에서 작용하는 동력 모듈이 서사적 공정에 인입된 은유 회로이다. 시스템 급으로 위상이 비약한 창발적 구조의 전이 경로에서 은유적 사상 회로가 연결책 역할을 한다고 해도 좋다.

문화장에서 취사한 삶의 여러 국면에 포진한 이야깃거리를 서사적 거래에 부치기 위해 서사 구성의 여러 면과 층위에 산입하는데 이를 위해서는 새로운 의미망에 이관할 해석이 요구된다. 이때부터 이미 해석학적 순환의 바탕이 조성되어 선이해와 창발적 의미 산출 사이의 역학이 작동하기 시작한다. 삶의 경험적 소여를 '서사적 낯설게하기' 회로에 투사하는 서사적 재편을 통해 새로운 의미를 산출할 여지가 생긴다. 그 여지에서 발전할 수 있는 인지적 창발과 이를 시스템상 인증 회로에 산입할 수 있는 경로가 생성될 수 있는 것이다. 이러한 공정의 수순에서 서사적 거래에 회부된 은유적 사상의 값을 도출할 수 있는 산술식이 세워진다. 서사적 공정은 문화적 차원들로써 이루어진 개연성 큰 의미 함수들의 조성을 통해 진전된다. 그 함수들 가운데 기지(既知)의 항들의 단사(單射)적 관계만으로 환원될 수 없는 개념적 사상의 난항이 빚어질 수 있으며, 이 난항에서 은유적 개념 사상의 원리를 적용하여 연산함으로써 값을 구할 수 있는 창발적 구조가 생긴다. 학습과 기억에서 얻은 선이해의 인지 도식만으로 환산할 수 없는 새로운 산술식을 풀 길은 기성의 개념을 새로운 차원들의 구조에 대입하여 낯선 공리를 세우는 데서 찾을 수 있다.

기본적으로 선이해의 정보를 바탕으로, 장차 벌어질 일이나 미지의 정보를 예측할 수 있을 때 인지적 수행은 최적화된다. 이러한 인지적 예시(豫示) 공정은 사람들이 기억과 학습을 통해 신장한 지적 역량과, 해석의 방법적 경험을 바탕으로 이루는 서사적 소통의 과정과, 이에 최적화된 기제

(mechanism)를 통해 진행된다. 그런 가운데 인지적 긴장을 조성하여 새로운 인지 도식을 창출하려는 모색을 통해 인지적 창의의 바탕이 마련될 수 있다. 전언(message)을 두고 발신 편과 수신 편 사이의 치열한 수 싸움이 벌어져 긴장이 조성되는 서사적 거래에서 활용되는 설정 도구는, 텍스트 상에 명시된 예시 표지로서 인지적 선행 공정에 회부되는 가장 명징한 지표일 것이다. 이러한 지표를 구심으로 확산되는 인지적 선행 예시의 효력이 서사 문맥의 긴장을 조성하는 행동역학 도식(motor-dynamic schema)의 동력원인데, 그 도식의 거점 요소들에 은유의 회로가 편입될 때 이를 활용한 서사적 인지 공정이 최적화된다. 선이해의 도식을 산입하여 새로운 의미와 가치를 산출하는 공정에 은유 회로가 필히 대입되어야 하는 것이다.

특히 문화장에서의 체험과 이해를 바탕으로 구성된 문화 정보를 서사적으로 변용하는 과정에서는, 서로 다른 문화 영역에 산포한 콘텐츠들을 집산하여 새로운 의미 연관 속에 융해하는 영역횡단 사상이 활성화되게 마련이다. 이 과정에서 빚어지는 문화 콘텐츠의 서사적 위상 전이 국면들과 이를 활성화하는 은유적 사상의 함수들이 관건이다. 문화장에서 오가는 담론을 집산하여 그 의미와 가치 국면을 재편하는 서사적 은유의 영역횡단 사상을 통해 개개인의 창발적 활동이 문화 수준에서 서사적 창의의 결실로 공인되는 역학 구도가 성립한다. 상이한 영역의 대상이나 개념 등을 조응시켜 경험과 사유의 영역을 확장하는 은유적 수행이 인간의 창의적 인지를 촉발하고 이를 통해 문화적 진전의 지평을 확장하는 선순환의 공정이 서사 수행의 원형질을 이룬다고 해도 좋다. 인간의 마음에 관여된 현상과 활동의 국면이 이를 통해 질적 차원의 도약을 예비하는 것도 상사다. 인간 현존재(Dasein)가 실존적 한계에 직면하고서는 세계를 해석하고 개념의 영역을 가로지르는 인지적 사상(寫像)을 통해 새로운 의미와 가치의 지평을 열어젖히고자 하는 모색을 실로 이을 수 있다. 서사를 통해 이루는 인지적 창의는 은유로써 마음 공간의 확장을 꾀하여 삶의 바탕인 문화장을 드넓히고 넓어진 문화장을 경험의 새 지평으로 환류하려는 실존적 모의를 수렴하는 점이다. 이 수렴의 지점에서 인지적 창의 공정이 다시금 시작되는 것이다.

그러므로 서사를 이해하는 인지 활동은 삶의 경험을 새로 구성하여, 낯설지만 새로운 차원들에 투사된 신생의 가치와 의미망의 세계를 이해하는 방식을 공유하거나 마음의 공감대를 형성할 때 그 효력이 최적화된다. 단발적이거나 즉자적인 감정(emotion)이 아니라 느낌(feeling)을 교류하는 교감의 과정에서 영향을 주고받으며 구성되는 감성(affection)[19]의 회로가, 삶에 편재한 문화적 은유를 통해 서사적 수행의 인지적 국면을 실현하는 주요 모듈이 된다. 인지적 창의에 관여된 서사 공정의 표지를 탐색하기 위해서 문화적 수행에 관여된 단서를 찾는 편이 일견 적절한 것은, 이야기를 통해 삶의 경험을 공유하고 정서를 교감하며 생각을 나누는 문화적 과정이 서사적 소통에 관한 이해의 주요 구심을 이루기 때문이다. 은유에 관여된 인지 공정이 문화적 약호(code)를 거점으로 작동된다는 면에서, 서사적 수행을 통한 의사소통의 경로에서 작용하는 은유에 관여된 인지 도식을 문화장에서 탐색할 수 있는 길을 예측할 수 있는 것이다. 인지적 창발이 단발에 그치지 않고 문화적으로 공인되어 시스템 차원의 창의적 계열에 편입되는 위상 변이의 국면과, 은유적 개념 사상이 약호 체계 내에서 그 의미의 개연성이 인증되어 새로운 의미 계열을 형성하는 국면이 서로 조응된다.

레이코프(G. Lakoff) 등이 입증한 바를 참조하지 않더라도 은유가 삶의 방편으로서 일상적 담론의 장에 편재해 있는 점은 경험 범위 내에서 수월하게 확인된다. 따라서 서사 텍스트에서 보이는 은유라고 해서 문학 고유의 독립적 수사 양식의 체계라고 유난스럽게 취급할 이유는 없다. 다만 창발적 사유를 돕는 서사적 은유를 안출한 텍스트들은 문화적 수행의 여러 영역을 횡단하는 서사의 가치를 명증하기에, 일상적 은유의 방식이나 효력만으로 그 텍스트성을 환산하기에는 수월찮은 면면이 보인다. 특히 서사적 수행 과정에서 구성되는 은유적 사상을 통한 인지적 창의 도식의 계열에 주목하지 않을 수 없는 것이다. 이러한 서사적 은유의 공정에 내재한 해석학적 순환의 긍정적 위상을 밝히 보이기에 합당한 이유를 저러한 계열을 이룰 텍스트들을 해석하여 찾을 수 있는 것이다. 이는 곧 서사가 문화적 진전의 동력이면서 문화적 소여의 여러 양상에 놓인 역학 구도를 이해하는 지평을 확장하는 거점이라는 명제를 제기할 수 있는 근거가 되는 것이어서, 인지적 창의와 서사적 공정의 함수를 가늠하는 데 상당히 중요한 방법적 단서가 된다고 할 것이다.

　일상의 심상한 경험이나 현상이라도 해석에 따라 새로운 의미와 가치를 부여할 수 있는데 이는 표현 층위의 수행을 통해서만 구현될 수 있다. 남다른 경험이나 이색적인 대상과 현상의 감각이라도 사유의 여과를 거친 뒤에 표현되지 않고서는 의미나 가치를 발할 수 없다. 경험과 감정, 생각 등 모든 인간적 수행은 표현됨으로써 텍스트로 되돌려질 때에야 해석이 가능한 양태로서 수용 가능성이 생기며 이때 비로소 진전된 삶의 계기로서 유효한 값을 획득하게 된다. 표현과 해석의 선순환 공정을 통해, 개인의 경험이라도 구성원들의 경험 영역에 던져짐으로써 공적 영역에 편입될 여지가 생기고 문화적 차원의 산술 조건이 성립할 수 있다. 개인에서 시스템으로 이관이 요구되는 창의적 인지 공정이 이에 비견된다. 남다른 해석을 통해 경험의 의미를 다른 조건들에 부쳐 재구성하고 타의 경험에 견주어 자기 경험의 확장을 꾀하는 식의 문화적 수행이 창의의 바탕을 이룬다. 문화적 층위의 계열화 공정은 진전된 삶의 지평을 여는 방편인데 기성의 조건들과 다른 조건 맥락에서 열리는 삶의 새로운 지평을 열기 위한 창발적 구조의 창출이 요구된다. 서사적 거래는 그러한 요구에 부응한 문화적 수행 중 으뜸인데 은유적 개념 사상을 통한 새로운 인지 도식의 계열화가 그 구심을 이룬다.

같은 이야기라도 다 같은 이야기가 아니다. 수차례 했던 얘기이지만, 같은 경험을 취하여 얻은 이야기의 제재라도 구성하기 나름으로 사뭇 다른 양태의 서사로 변환될 수 있으며, 흡사한 구성을 지었더라도 표현하기 나름으로 사뭇 다른 문체를 입혀 효과가 다른 텍스트가 파생될 수 있다. 서사의 가치는 참신한 경험이나 남다른 감각, 혹은 번뜩이는 주제 의식에서보다는 구성이나 문체의 창발적 양태에서 파급된다. 서사적 은유가 창의적 서사 공정의 거점 전략으로 쓰이는 것은 이와 연관된다. 서사에 대입된 은유의 양상은 일상적 담화에 편재한 개념 은유나 시적 담화에 특화된 수사적 은유와 다른 공정을 통해 빚어진다. 서사적 은유는, 삶의 경험과 사유를 해석하여 의미망을 편성하고 이를 표현한 텍스트를 통해 삶의 장에 환류하여 문화적 적층의 계기를 이룸으로써, 세계의 지평을 확장하고 진전된 삶의 영역을 지으려는 창의적 인지 공정에 채용될 때 그 의의가 가장 크다. 삶에 편재한 일상적 은유라도 관습적으로 자동화된 경우라면 이를 서사의 과정에 부쳐 새로운 의미의 여지를 지을 수 있다. 단말의 감각적 반응이나 감성의 낯선 국면을 돌이키는 데 그치지 않도록 담론 층위에서 의미망을 밀도 있게 구성하여 담론적 효력의 자장을 신장하는 과정이 관건이다. 서사적 은유는 개인 층위의 창발적 발상을 문화 층위의 시스템에 이관하여 창의적 인지 도식으로서의 위상으로 진전하게 하는 거점 기제이다.

은유는 인지적 개념 도식의 역변적 투사라 할 수 있는데, 이는 뇌신경 구동의 공정과 상통하는 면이 있다. 은유적 인지에 비견되는 경험은 불화의 경험(experiences of dissonance)[20]이다. 사람들이 경험하는 긴장과 두려움의 효과는 익숙하지 않은 사태에 직면했을 때의 반응이다. 이는 불화의 경험이 은유적 사상의 동력이 되는 것이라는 얘기다. 조화롭지 못한 영역의 것이 한데 어우러지게 조작하여 얻어지는 불화의 경험은 인지적 혼성 체계(blending system)에 편입될 수 있는데, 인간의 인지적 창발의 동인이 이 시스템에서 주로 발생한다. 뇌의 근간을 이루는 필수 요건(imperative)인 안정성에 대한 요구와 불안정한 상태에 노출될 가능성(openness)[21]이 은유의 역설적 동력이라는 얘기다.

그렇다면 은유는 기본적으로 뇌의 안정성을 무너뜨릴 때 발생하며 상대적으로 은유적 창의는 뇌신경 회로의 안정된 기반을 뒤흔드는 계기인 것이다. 뇌신경의 인지 활동을 통해 구성되는 인지적 공간의 개념적 단서들과 이들을 조합하고 배열하여 의미 선상에 투사하여 이룩하는 서사 공간의 양상이 이와 연관된다. 뇌신경에 회부된 서사 공간의 불확정적 위상이 은유를 구성하는 공정에서 파생되는 인지적 창의를 이룩하는 도식의 단층에 관여되어 있는 것이다.

인지적 불확정 공간의 서사적 시멘트

인지적 창발을 계기로 진전되는 창의는 원천적으로 뇌신경 작용의 안정성을 해침으로써 이루어진다. 창의적 인지 수행이 진전되는 동안 뇌는 불확정적인 상태가 되는 것이다. 인간 수행의 여러 국면에서 불확정적 표지들이 발산되는 것은 일견 창의적 진전의 과정을 반증하는 것일 수 있다. 정신적 장애의 상태와 창의적 수행의 상태에서 뇌신경의 반응 양상은 신체 물리적으로 차이가 없다는 점이 이 맥락에서 시사적이다. 뇌신경의 불안정한 저변, 환언하여 뇌신경의 불확정적 공간은 창의적 신경 작용이 벌어지는 자리인 것이다. 뇌의 불확정적 공간을 채우는 과정에서 창의적 수행의 양태가 지어진다.

뇌신경은 상향식(bottom-up)과 하향식(top-down)의 인지 수행을 기본적 수행 원리로 하여 구동된다. 감각 기관과 운동 기관을 통해 얻은 인지 데이터는 각 감각 신경과 운동 신경의 작용을 통해 뇌에 전달되어 적절한 인지 반응이 예비된다. 이 과정에서 단말의 데이터는 처음의 날것 그대로인 형태로 낱낱이 분석되는 것이 아니라 모듈(module) 형태로 구조화 또는 도식화된 바가 인지 회로에 대입된다. 이때 뇌에 구조화된 도식이 형성되어 있지 않으면 데이터 처리 과정에서 지연이나 혼선이 발생할 수밖에 없다. 이러한 상황을 모면하기 위해 뇌에서는 기존의 데이터 처리에 동원되었고 데이터를 수집하여 구조화한 도식 모듈들을 소환하여 최적의 처리 경로를 조합하는 회로를 구동한다. 때로는 선제적 대응을 위해, 기대되는 잠정적 결과치를 산출할 데이터 연산에 소용되는 도식을 재구하여 지은 인지 회로를 적용한다. 물론 이 자체가, 기존의 경험과 축적된 도식 계열들을 가로질러 취한 바를 사상하여 세울 수 있는 만큼, 경험과 인지 체계의 한계 내에서 이루어질 수밖에 없다. 다만 이 과정에서 인지적 창발의 여지가 커지는 것이고 이러한 수행이 성공리에 마무리된 연후에는, 그리 얻은 인지의 소여가 새로운 도식 모듈로 뇌에 자리잡게 되면서, 인지적 창의의 시스템적 계기를 이룰 수 있는 것이다.

인지 회로의 상향식 경로와 하향식 경로는 대개 별개로 마련되어 평행적인 것이 아니라 같은 경로에서 진행된다. 다른 경로에서 진행되더라도 여러 지점에서 교차되거나 회로들이 관계망으로 연결되어 상호작용하는 양상을 띤다. 가령 모호한 형상이나 글자를 변별하여 이해할 줄 아는 것은 상향적 인지 회로와 하향적 인지 회로의 상호 공정을 통해 이루어진 결과이다. 부분들이 형성되는 맥락으로 제공된 기대(expectation)가 이해의 여지를 제공하는 식[22]으로, 단말에서 수용된 데이터에 대한 순차적 처리 공정만으로 이룰 수 없는 해석을 위해 중앙처리장치(CPU)의 기능에 상응하는 하향적 처리 공정이 구동되는 것이다. 뇌의 상향·하향 공정이 선조적(linear, 리니어)이지 않고 다차원의 공간적 공정인 것은 분명하다. 뉴런(neuron, 신경 단위)들의 군집(population)은 메시지들을 전(全) 방향에 지속적으로 보내는데, 전체 그룹이 일치된 접점에 융합(convergence)될 때까지 서로 간에 단편적 데이터를 흘려 처리될 수 있도록 한다.[23] 신호를 이리저리 주고받는, 서로 다른 부위의 서로 다른 뉴런들 사이의 호혜적 접속(connection)에 의해 패턴들이 지어진다. 글씨를 휘갈겨 써서 형태 모호한 어절이나 문장을 보고서 그 의미를 파악하는 경우를 생각해 보면 뇌신경의 정보 처리 공정이 선조적이고 순차적인 상향 방식으로 이루어지지는 않는다는 점을 재삼 알 수 있다. 뉴런들의 상호작용을 통한 인지 수행의 공간적 자질이 뇌 신경망의 확장과 강화를 도와 인지적 창의에 기여하는 것이다.

뇌 신경망에서 상향 경로와 하향 경로 사이에서 벌어지는 상호작용(interplay)과 양방향 교신(back-forth signaling)이 활성화되어 있음은 여러 이미징(imaging) 실험을 통해 입증된 사실이다. 단말의 기관과 뇌의 중핵(core, 코어) 기관 사이에 이루어지는 교신 속에서 인지 현상이 발생하는 것 또한 주지의 사실이다. 이러한 상호적 인지 공정이 선조적인 회로에서만 이루어지는 것이 아님은 물론 순환적 회로에서만 이루어지는 것도 아니라는 점이 최근 뇌 과학에서 실험적으로 예증되기 시작하면서, 뇌 신경망의 구동이 소용돌이치듯하는 형국의 공간 횡단적 양상으로 이루어지는 경우들이 보고되고 있다.[24] 이러한 뇌의 활동이 이루어질 때 인지적 창발이 이루어진다는 점이 동일선상에서 보고되고 있다.[25] 그렇다면 상대적으로 뇌 신경망의 여러 영역을 가로지르며 뇌신경을 활성화시키는 인지적 자극이 선연한 텍스트를 인지에 부칠 경우 창의적 역량을 더할 여지를 열 수 있다는 생각에 이르게 된다. 의미가 확정되지 않은 텍스트, 가치의 영역이 경계 모호한 텍스트, 선조적 논리 추론에 부쳐질 수 없는 감성 텍스트 등을 인지 수행의 자료로 산입할 경우 인지적 창발을 유발할 가능성이 증폭될 것이기 때문이다.

　텍스트에서 문면상 기술되지 않은 함의는 독서 경험 과정에서 구성하는 가상의 차원에 해당한다.[26] 완결되지 않은 시지각 정보에 대해 뇌에서 그 정보의 틈새를 메움으로써 해석을 완결 짓기 위한 공정을 구동하는 시각 시스템과 흡사하게,[27] 문학 텍스트처럼 불확정적인 텍스트를 읽는 데 동원되는 뇌신경 시스템의 구동 양상은 공간 횡단형에 상응할 것이 분명하다. 이를테면 서사적 시멘트(narrative cement)로써 '단층을 메우는 독서' 공정을 통해 마음의 공간이 창출되는 국면도 예상할 수 있다. 문학에, 서사에 공간 형식이 투영되기 시작한 근대 문학의 시기가 인간의 인지적 창의가 한 정점에 달하던 근대 과학의 시기와 궤를 함께했음을 새삼 떠올려도 좋을 것이다. 불확정적 공간의 자질, 해석학적 순환의 공정이 낳은 서사 공간의 위상 전이 국면이, 뇌신경의 전역을 가로지르며 구성되는 인지 공간, 나아가 마음 공간의 창출 국면에 맞닿는다는 생각의 여지를 개시할 수 있는 것이다. 오늘날 다양한 경로를 통해 다채로운 텍스트-결(texture)로 제시되는 서사 텍스트들에서 그러한 정황은 더욱 선연하다.

　모든 서사는 현재적이다. 의사소통에 부쳐지지 않은 서사는 중요한 대화적 자질이 소거된 형태이므로 서사로서 명맥이 유지될 수 없다. 따라서 서사는 '현재적 정황'을 전제로서만 성립할 수 있는 현상이다. 현재가 잠정적이고 유보적인 상태로 무엇인가를 보존하는[retentional horizon][28] 분절적 개념에 상응하는 만큼 서사도 잠정적이고 유보적인 양태일 수밖에 없다. 과거는 늘 미끄러져 버리기 때문에[29] 현재라는 분절적 기준을 설정하고서 잠정적으로 고정된 모의 형태의 텍스트에 가두고서야 인지에 부쳐질 수 있는 것이다.

그래서 서사는 객관적 실체가 아니라 시간적 구성체이다. 그런데 시간은 선이 아니라 지향성들의 네트워크[30]이므로 서사가 선조적이고 순차적인 공정에 부쳐질 수 있는 것은 아니다. '지금'은 온전한 지금이 아니어서, 뇌의 처리 공정 자체가 순간적일지언정 차원 없는, 즉 시간의 점유 없는 지각 처리가 불가능한 것도 사실이다.[31] 뇌는 기본적으로 비동시성에 바탕을 두고 인지 더미들을 처리한다.[32] 그래서 서사적 시간 변조(anachrony)는 단순히 서사의 형식적 요건에 국한된 개념이 아니라 서사가 인지 현상으로 드러날 수 있게 하는 핵심 동인이라 할 수 있다. 이렇듯 비동시성을 기반 자질로 하는 서사 텍스트를 읽어서 이해하는 인지 공정의 전역은 공간적 처리 공정에 회부될 수밖에 없다.

텍스트를 읽는 일은 솜씨 좋은 복사 행위[33]와도 같다. 습관(habit)에 따라 읽는 재미나 몰입 양상에서 차이가 있을 수밖에 없다. 텍스트에 얼마나 익숙한지에 따라서 이해의 정도가 정해지게 마련인데, 익숙하다는 것은 경험 범위 내에 있는 정보를 복사해서 이해의 바탕에 붙이는 행위[cut & paste]에 비견된다고 할 수 있는 것이다. 그러므로 읽기에 관여된 인지 수행에는 기억 공정의 가동이 필수적이다. 기억은 특정 콘텐츠의 환기뿐만 아니라 지속적인 패턴들을 형성하고 과거 삶의 경험과 문학적 경험에 바탕을 두고서 불확정적인 부분을 채우는 것이다.[34] 기억 공정 자체로서 읽기 공정의 상당 부분을 점유하고 있는 셈이다. 기억의 적용 양상에 따라 같은 텍스트에서 다른 의미를 발견할 수 있는 여지들 또한 이 맥락에서 열린다고 할 수 있다.

그런데 진중하게 읽기 시작한 텍스트는 대체로 의미심장한 영향을 끼쳐 정보의 범위와 이해의 수준을 확장할 수 있는 경우이다. 따라서 독서는 그 자체로서 인지 역량의 창발을 유발할 가능성을 안는다. 그 가능성이 늘 적중되는 것은 아니겠지만, 독서가 지속되는 경우에는 진폭이 크든 작든 간에 대부분 인지적 창의에 기여하는 수가 많다. '안정된 뇌는 읽을 수 없다.'[35]는 전언이 무릎을 치게 한다. 이를 돌려 말하여, '읽는 과정에서 뇌는 불안정한 상태에 접어든다'고 해도 좋을 것이다.

텍스트의 의미를 찾아가는 독서 과정에서 뇌신경의 네트워크가 활성화될 것은 뻔하다. 하나의 지향점에 의미가 집중된다고 해도 그러하지만, 의미의 여지들이 산포되어 있거나 의미가 심층에 있거나 표층의 의미와 다른 의미의 여지를 안고 있는 경우라면 더욱, 뇌신경의 작동 양상은 네트워크의 여러 분기점들을 오가며 의미의 계열을 조합하고 다른 계열의 의미소들을 사상하는 식으로 공간화될 것이다.[36] 어디에도 인지적 중심이 있을 수 없으니, 탈중심화된 뇌(decentered brain)[37]라야 읽는 과정이나 읽은 뒤에 해석의 가능성을 열 수 있는 법이다. 탈중심화된 뇌를 지니고 있어서 우리는 독자로서 움직이는 가운데 문학의 장난기 가득한 쾌활함(playfulness)을 만끽할 수 있다.[38] 문학 영역이 아니라도 독서는 놀이의 일종이다. 하물며 서사 텍스트의 독서야 말할 바 있겠는가.

서사적 인지 공정은 놀이를 통해 뇌 신경망이 활기를 띠는 것과 흡사한 효과를 낸다. 선조적 정보 처리의 공정이 아니라 다기적이고 다층적인 정보들이 의미의 생산에 동원된다. 처음부터 필요한 정보의 범주가 정해진 바는 없다. 어떠한 정보 영역에 있는 요소라도 이 공정에서 인출될 가능성에 노출되어 있다. 오히려 전혀 무관한 듯 보이는 정보 영역에 있는 요소들이 인출되어 인지 회로에 산입될 때에는 인지적 창발의 가능성을 높이는 뜻밖의 효력을 낼 수 있다고 할 것이나 반드시 그렇지도 않은 것은 인지 공정에서 작동하는 뇌신경이 일정한 방향으로 구동 방식이 정해져 있지 않기 때문이다. 어쩌면 창발이나 창의에 관여된 개념 도식 자체부터도 불확정적인 개념망에 던져질 수 있을지 모른다. 따라서 어떠한 경우에도 그 결과치를 단언하거나 심지어 추산하는 것도 무색한 일이 될 수 있다는 데 유념해야 한다.

창의는 기존의 개념을 수용하는 데서 시발한다. 수용은 변용과 진전의 계기를 이룬다. 진전을 이룬 새로운 개념의 계열에서 새로운 의미와 가치가 지어질 계기가 이루어지고 이로써 새로운 수행의 여지가 열림으로써 창의의 바탕이 형성된다. 기성의 개념을 바탕으로 새로운 의미의 여지를 짓는 것이 창의적 수행의 단면이라면 이러한 면이 해석학적 순환의 회로를 곧 적용해도 좋은 수렴점에 이어지는 것이다. 삶의 경험이 적층되면서 구성된 문화적 인지 도식을 통해 접근할 수 있는 여러 선이해의 바탕이 인지적 수행을 가능하게 하는데, 이러한 공정에서 인지의 진전이 가능해지는 법이다. 창의적 인지 수행은 해석학적 순환의 주요 수렴점인 셈이다.

해석의 여지가 곧 인지적 창의의 바탕이다. 자명하게 주어진 의미를 확인하고 논리적 구조식에 대입하여 산출되는 고정치를 확인하는 것만으로는 어떠한 식의 창의적 진전을 이룰 수 없다. 인지적 불확정 영역에 상응하는 해석의 가능성이 생길 때 창의의 동력이 발전한다. 물론 새로운 의미나 가치는 다시금 선이해에 관여된 경험적 정보로 이행하며 그 선이해의 바탕에서 또한 해석의 여지를 여는 인간급 인지 수행의 역학이 가동되는 것이다.

이처럼 해석학적 순환으로 수렴되는 창의에 관여된 인지 공정이 문학적 수행에 관여된 인지 공정의 요건과 맞물리는 거점을 서사적 수행을 구심으로 살핀 바가 위와 같다. 서사가 인지적 불확정 영역을 채우는 인지적 시멘트 역할을 하는 것이 새삼스럽지는 않은 것이, 문학 텍스트의 해석을 둘러싸고 제안되었던 해석학적 혜안이 낯설지 않은 까닭이다. 오늘날 뇌신경에 관여된 과학적 성과가, 기존에 철학적 제안에 국한된 것으로 치부되었던 방법적 개념과 가설을 입증하고 있음을 확인한 것이 새로울 따름이다. 해석학에 관여된 개념 계열이 해석의 여지가 열린 모호한 의미와 주관적 이해의 오류 등에 관한 비과학적 관념에 그치는 것이 아니라는 점만큼은 선연해진 터다. 무엇보다 해석의 불확정성에 관한 방법적 개념이 뇌신경의 인지 공정의 불확정성에 밀착된 것이라는 전언이 의미심장하다.

인지에 관여된 마음 공간이 문학의 불확정적 공간 자질을 명변한다. 고정된 의미나 가치의 제한된 영역에서 벗어나 새로운 인지의 영역을 기획하는 인간적 수행의 전략적 거점이라 할 수 있는 문학적 수행이 인지적 창의의 동력임을 재삼 확인할 수 있다. 개인 수준의 인지적 창발이 시스템 수준의 창의적 인지 도식의 계열로 진전될 수 있는 바탕이 문학적 수행의 장을 통해 형성되었다는 점 또한 주목거리다.

인간급 창의는 어디에서 오는가, 이 물음처럼 창의의 연원 자체를 밝히는 것은 중요한 일이 아니며 그러한 일은 가능하지 않을 것이 분명하다. 대신 인지적 창의가 문학을 통해 진전되는 과정에 대한 물음으로 지적 호기심의 초점을 옮기는 편이 온당하다. 인지적 창의는 어떠한 공정으로 이루어지는가, 혹은 어떠한 양상으로 삶의 장에 의미와 가치를 전하는가.

°주

1   Paul B. Armstrong, *How Literature Plays with the Brain*, Johns Hopkins UP., 2013, p. 72.
2   위의 책, 82쪽 참조.
3   Bernard J. Baars and Nicle M. Gage, 강봉균 역, 『인지, 뇌, 의식』, 교보문고, 2010, 258쪽.
4   위의 책, 252쪽.
5   암스트롱(Armstrong), 앞의 책, 72~73쪽 참조.
6   위의 책, 76쪽 참조.

7   위의 책, 같은 쪽.

8   위의 책, 같은 쪽.

9   위의 책, 77쪽.

10 Mihaly Csikszentmihalyi, *Creativity: Flow and the Psychology of Discovery and Invention*, HarperCollins e-books(Kindle Edition), 2007, p. 23.

11 위의 책, 28쪽 참조.

12 위의 책, 같은 쪽.

13 Pascal Boyer, *Minds Make Societies: How Cognition Explains the World Humans Create*, Yale University Press(Kindle Edition), 2018, loc. 1196-1198.

14 Antonio Damasio, *The Strange Order of Things: Life, Feeling, and the Making of Cultures*, Knopf Doubleday Publishing Group(Kindle Edition), 2018, p. 89.

15 위의 책, 같은 쪽.

16 위의 책, 7쪽.

17 Lawrence M. Zbikowski, 'The Cognitive Tango', Mark Turner (ed.), *The Artful Mind*, Oxford UP., 2006, p. 128 참조.

18 Gilles Fauconnier & Mark Turner, *The Way We Think*, Basic Books, 2002, p. 29.

19 다마시오(Damasio), 앞의 책, 241~242쪽 참조.

20 암스트롱(Armstrong), 앞의 책, 87쪽.

21 위의 책, 88~89쪽.

22 위의 책, 79쪽.

23 위의 책, 79~80쪽 참조.

24 William R. Uttal, *Mind and Brain*, The MIT Press, 2011, pp. 378~379 참조.

25 암스트롱(Armstrong), 앞의 책, 79~81쪽 참조.

26 위의 책, 84쪽.

27 위의 책, 같은 쪽 참조.

28 위의 책, 96쪽.

29 위의 책, 93쪽.

30 위의 책, 95쪽.

31 위의 책, 100~101쪽 참조.

32 위의 책, 102쪽.

33 위의 책, 112쪽.

34 위의 책, 116쪽 참조.

35 위의 책, 130쪽.

36 유탈(Uttal), 앞의 책, 371쪽 참조.

37 암스트롱(Armstrong), 앞의 책, 91쪽(4장의 제목 '독서의 시간성과 탈중심화된 뇌').

38 위의 책, 130쪽 참조.

사실을 이야기할 때에는 상대방의 확신(belief)을 부르는 것이 중요한 관건이다. 이에 비해 허구를 지어 이야기할 때에는 상대방이 그럴싸하다고 믿게끔 가장하는(make-believe) 책략이 긴요하다. 기정 사실을 전하여 확신을 주기 위해서는 이미 발생하여 주어진 사실 관계를 증명할 근거를 확인시키면 되기에 이야기의 회로가 의외로 단순한 구조를 띤다. 이에 비해, 있지도 않은 일을 있는 것처럼 꾸미거나 엄연한 사실을 왜곡하거나 미지의 세계를 꾸며내 이야기할 때에는 그럴싸한 배경이나 인물을 설정하고 사건의 인과를 정교하게 짜야 하므로 이야기의 회로가 복잡해진다. 사실을 이야기할 때라도 재미나 교훈과 같은 가외의 효과를 낳으려면, 확신을 위한 서사의 목적에만 수렴되지 않을 이야기의 선들이 부가될 것이므로, 사서(史書)처럼 사실의 기록이 목적인 텍스트에서 채용하는 담론의 회로보다 복잡한 짜임새를 띠게 마련이다. 이런 맥락에서, 허구적 서사에서 사실을 확증하는 데 적용되는 표지(標識)에 관심할 여지가 커진다.

가령, 허구는 어떻게 창출되는가, 또는 허구의 실재 효과의 회로는 어떠한가, 사실은 어떻게 허구적 서사의 회로에 편입되는가 등에 관한 물음에 주목할 필요가 있다. 이렇듯 이야기의 역학적 기제에 대한 관심이 필요한 것은 이야기가 제재(파불라, fabula) 층위 그대로 전달될 수는 없기 때문이다. 곧 사실 그대로 이야기하는 데 따르는 여러 난항을 염두에 두어야 하기 때문이다. 서사에 대해 논급할 때 사건 제시의 원리와 방식을 우선 분석하는 것은 이러한 맥락에서다.

이때 서사적 소통의 관건은 서사 회로의 오른편인 수용에 관한 항이다. 서사 내적 수용자 층에 해당하는 수화자(narratee)나 내포 독자는 물론 서사 외적 수용자 층인 실제 독자의 이해에 관여된 기제를 해석할 논의항들을 계발할 여지가 이에 따라 제기된다. 특히 사건의 재현이나 인과적 이야기의 제시와 무연하게 전개되는 서사의 양태를 온전히 논급하기 위해서는, 실체처럼 주어지는 서사의 제재나 구성에 관한 논의보다, 소통에 관여된 담론 층위에 대한 분석이 긴요하다. 매체가 다변화되고 문학적 소통의 장이 분화된 디지털 네트워크 환경에서 서사의 다면적인 양태와 다층적인 국면에 확산되어 있는 의미망을 촘촘히 해석하기 위해서 해석의 거점과 방법의 다변화가 절실한 것이다. 특히 사실의 재현과 허구적 모의의 경계가 모호한 서사 담론의 기제가 관건인 서사 텍스트들에 직면하여, 이야기를 제시하는 방식의 차원에 대한 원론적 성찰과 방법적 개념의 재구성이 요구된다.

이야기 제시 차원의 역학

사건이 벌어지는 동안 실시간으로 이야기하기는 불가능하다. 이야기하는 행위 자체가 사건 상황에 개입하는 까닭부터, 사건을 이루는 행위 및 담화의 정황과 실상을 이야기하는 데 소요되는 과정을 사건의 추이와 온전히 일치시키기 곤란한 까닭에 이르기까지, 실시간 서사가 불가능한 이유는 수다하다.

서사 시간의 불일치(anachrony)를 전제하지 않고서는 서사적 의사소통의 회로를 설명할 수 없다.

서사는 기본적으로 이미 일어난 일을 사후에 이야기함으로써 이루어진다. '사후제시(analepsis)'는 이야기 제시의 기본 원리를 설명하는 술어이다. 현재형이나 진행형을 표시하는 시제를 동원하여 대화 상황이나 장면을 제시하는 것은 실시간 효과를 얻기 위한 모의(simulation)이지 그 자체가 명실공히 실시간 서사일 수는 없다. 사건의 앞날을 예견하여 '사전제시(prolepsis)'하는 것 또한, 이야기 전반의 구성과 서술의 관계에 비추어 볼 때 사건 전개의 이해를 돕는 장치로서나 구성의 묘를 살리기 위한 기법으로서 적용된 것이어서, 서술의 역학 면에서 사후제시나 다름없다.

이러한 사건 제시 방식에 따라 이야기의 신빙성이 조율될 수 있다. 이를테면 아직 일어나지 않은 일을 사전에 이야기하는 경우가 많아질수록 이야기의 미더움은 떨어질 것이다. 이미 벌어진 사실이라 전제된 이야기일수록 믿을 만한 이야기로 수용되며, 이를 눈앞에서 벌어지는 양 장면을 극화하듯 이야기할 경우 실감이 더해질 것이다. 과거가 확증된 역사와 사실의 영역이라면 미래는 미지와 가상의 영역인 만큼, 사후제시가 서사의 사실성을 드러내는 방식으로 더 적합한 반면 사전제시는 서사의 허구성을 드러내는 방식으로 더 적합하다고 할 수 있다. 물론 어느 경우이건 간에 이야기의 인과적 구성 원리에 대응된 제시 방식이다.

실시간 서사(real-time narrative)는 원칙적으로 가능하지 않으며, 그러한 가능성을 상정할 경우 사건의 인과적 구성을 통해 완결된 이야기를 전하려는 서사적 지향점이 와해될 수밖에 없다. 사건의 전개를 매개하는 제시 방식을 통해 이야기의 인과적 효과를 내기 위해서는 사건의 확정된 구성을 전제로 해야 하는 것이다. 그렇지만 서사를 의사소통의 맥락에 두고 보자면 표현과 수용의 회로에 관여된 담론의 역학이 관건이며 이에 따라 서사는 어느 양태이든간에 공간 형식[1]을 띠게 된다. 그렇다면 그러한 서사적 의사소통의 대리자들(agents) 사이의 역학 관계에서 구성된 공간 내에서 제시되는 이야기만이 유효한 효과를 발휘할 수 있으며, 이야기는 서사 공간 내에서 실재성이 부여되는 구성체로 이해된다. 이야깃거리인 파불라 층위에서 실제 세계와의 외적 정합성을 바탕으로 사실과 허구의 관계를 재구하여 신빙성이나 사실성 여하를 판단하기보다는, 구성과 담론 층위로 회부된 서사적 의사소통 회로를 통해 부여되는 개연성에 주목하여야 한다. 사건의 제시 방식과 구성 원리에 관여된 개념항은 비단 서사의 구조적 형식을 분석하는 데만 소용되는 것은 아니며, 서사의 발생과 존립 여하를 해석하는 데 소용되는 구심적 단서로서 유효하다. 따라서 사건 제시의 담론 방식과 관련하여 모종의 다른 층위를 상정해야 할 필요가 생기는 것이다.

주네트(Gérard Genette)가 논급한 이래 사건 제시의 양항으로 인정되어 온 서사적 시간 배열과 관련된 사전·사후 제시는 이제 전통적이고 상식적인 개념으로서 서사 구조 분석의 주요 거점으로 공인되어 있다. 서사를 시간의 재구성 맥락에서 층위를 대별하고 사건이 전개된 시간과 서술에 소요되는 시간 사이의 불일치에서 비롯된 회상(回想)과 예시(豫示)라는 변별적 서사 양상을 중립적 술어인 '제시(lepsis)'의 두 국면에 대응시킨 것은 탁견이다. 사건의 시간을 거슬러 재구하여 사후에 제시하는 방식[아나렙시스, analepsis]이 기본적으로 사건의 국면을 이미 일어난 사실로 전제하고서 서술하는 데 비해, 전개될 사건을 미리 알려 이야기의 전개를 가늠하는 단서로서 사전에 제시하는 방식[프로렙시스, prolepsis]은 사건의 허구적 국면을 서술하는 데 유효하다.

그런데 사건의 전개에 직접 관여되지 않은 서술이 개입하는 양상이 현대 소설에서 종종 발견되어 이목을 집중시킨다. 기정 사실로 전제된 이야기를 기술하는 데 소용되는 것도 아니며 가상의 이야기를 기술하는 수를 적용하는 것도 아닌 제시 양상이 분석의 난항을 조성하는 것이다. 이렇듯 사건 전개에 관여되지 않으면서도 이야기의 층에 관여되어 서사를 이어가게 하는 서사 제시의 국면을 논급하기 위해 '메타제시(metalepsis)' 개념을 도입할 필요가 생긴다. 사실과 허구를 동시에 매개하거나 사실이나 허구 어느 쪽으로도 환원되지 않는 서술의 양태를 온전히 해석하기 위해서도 메타제시 차원의 분석이 요구된다. 이를 통해 서사 소통의 역학에 관여된 자질로 거론되는 몰입(immersion)과 상호작용(interactivity)에서 파생되는 서사적 가상실재에 관한 이해의 단서를 얻을 여지가 생긴다는 점은 누차 언급한 바다.

라이언(Marie-Laure Ryan)에 따르면, 서사는 기본적으로 스택(stack, 퇴적·더미) 구조로 이루어진다. 마지막 입력된 정보가 먼저 출력되는(LIFO; last input first output) 스택 구조는 이야기에 이야기가 더해지면서 지속되는 서사의 증편(proliferation) 가능성과 연관된다.[2] 처음 입력된 정보가 먼저 출력되는 큐(queue, 대기열)나 버퍼(buffer, 완충역) 구조로는 이야기의 지속을 유지하기 힘들며 증편을 기대하기 어렵다. 작가와 독자의 소통이 이루어지는 실제 세계 층위에다, 서술자와 가상 세계의 수화자(narratee) 사이의 소통이 이루어지는 최초 단계의 허구 층위가 더해지면서 이야기가 발생하여 하나의 서사 스택이 구성된다.[3] 하나의 서사가 또 하나의 서사를 산출할 때 서사 스택 하나가 더 추가되는 식으로 서사는 증편될 잠재성을 안고 있다. 대개 액자-구성(framing)이나 삽화(embedding) 등이 이러한 과정과 관련하여 잘 알려진 사례이다.[4]

기본적으로 서사적 스택 구조는 실제 세계(actual world)와 허구 세계(fictional world) 사이의 경계를 상정하여 이루어진다. 두 층위 사이의 경계는 두 양상을 띨 수 있는데, 발화내적(illocutionary) 경계와 존재론적(ontological) 경계가 그

둘이다. 첫 번째 유형은 텍스트 내부의 이야기-화자가 이야기를 사실처럼 전하는 경우에 발생하는데, 이를테면 새로 등장한 인물이 장면의 정황을 설명할 때 이런 경계가 발생한다. 이 경우 화자의 변화를 알리는 경계 표지가 제시되지만 재현된 세계는 여전히 동일하다. 이에 비해 두 번째 유형은 사건이 허구로 이야기될 때 발생하는데, 이 경우 서술하는 목소리가 변화할 뿐만 아니라 서사 세계의 영역 또한 변화되면서 실제 세계와 허구 세계 사이의 본원적 경계가 발생한다. 이러한 존재론적 경계에 직면한 독자는, 새로 진행되는 이야기 세계를 이전 이야기 층위의 연장으로 보지 않고서, 새로운 허구 세계에다 구심을 다시 잡고 또 다른 기억매체(scratch)로부터 새로운 마음의 이미지(심상, mental image)를 짓기 시작한다.[5]

어떠한 경계 양상이든 스택 구조에 기반한 서사는 경계로 구분된 층위 간의 이동이 인접된 층위 간의 연속적 이동일 때라야 지속될 수 있다. 가령, 이례적으로 거대한 서사 스택에 해당하는 『아라비안 나이트』에서, 세헤라자데가 술탄 왕에게 이야기를 시작하는 첫 번째 허구 층위에서 연속적으로 전개되는 세헤라자데의 이야기를 통해 '바그다드의 세 여인'의 세계라는 두 번째 허구 층위가 인출되는 식이다. 두 번째 층위의 이야기 내에서 세 여인은 각자 자신의 사연을 이야기하는데, 독자들은 세 번째 허구 층위인 아미나의 이야기에서 한 청년이 같은 일을 수행하고서 그 청년이 이야기를 마칠 때에 서사가 아미나의 이야기로 복귀할 것이라 기대한다. 그리고 다시금 주 서사인 '바그다드의 세 여인'으로, 그리고 종내는 세헤라자데와 술탄의 이야기로 복귀할 것을 기대한다. 이때 다른 이야기를 보류한 채, 청년의 이야기에서 세헤라자데 이야기로 급히 뛰쳐나온다면 서사적 종결법을 위반하여 독자의 기대를 배반하는 경우가 된다.[6] 이로써 서사의 스택 구조가 와해되어 이야기의 지속적인 소통이 유지될 수 없는 상황이 펼쳐질 것이다. 서사의 연속적인 전개에 대한 기대에 부응하려면 스택 구조가 유지되어야 하는 것이다.

그렇지만 특히 근래의 문학이 위반(transgression)을 통해 성장하는 정황을 고려하고 보면, 엄격한 경계나 고정된 절차가 관건인 스택은 위반 행위의 매력적 표적이다.[7] 이때 메타제시는 서사가 스택 구조에 도전하는 데 작용하는 연산(operation)에 상응한다.[8] 전통적 서사에서는 서사의 요소들이 순차적 공정을 통해 작동한다. 또한 실제 세계와 각 서사 세계의 층위들 간 이동이 인접된 영역을 오가는 식으로 순차적 회로 내에서 이루어질 때라야 유효한 값을 내는 이야기들이 퇴적된 더미(스택)가 산출될 수 있다. 그런데 이러한 순차적 시간성 원리를 위반하는 소설을 두고서라면 스택 구조를 지탱하는 제시 방식만을 따질 수는 없다. 이를테면 '공간 형식'에 조응된 서사에 대해서는, 스택 구조가 아닌 큐잉(queueing)이나 버퍼링(buffering)에 근사한 서사적 정보의 대기열을 전제로 한, 병렬적 공간 구성의 원리[9]를 적용하여야 타당한 해석의 단서를 얻을 수 있을 것이다. 서사의 시간적·인과적 구성을 해체한 공간 형식의 구성이 현대 소설의 관건으로 부상한 맥락을 고려하여, 메타제시에 대한 논의의 효력이 발휘될 여지는 크다. 메타제시(메타-렙시스)는 어원대로 번역하자면 일종의 움켜쥐는 손짓으로서, 위의 것을 아래로 끌어 내리거나 아래의 것을 위로 끌어올리는 등, 층위들을 가로지르고 경계를 무화하는 행위에 상응[10]하니 더욱 그러하다.

가상실재 공간의 서사적 모의

메타제시는 하위 층위에서 비롯되었거나 하위 층위를 전하지만 스택의 최상위 층위로 튀어 오르지 않는 목소리를 통해 현 층위의 표현을 가로채는[11] 경우에 적용된다. 가령 인물의 발화를 직접 인용한 듯하면서도 인물의 목소리를 거치지 않고 인물에 관련되었을 것으로 추정되는 작가 격의 인물 형상에 의해 발화되는 경우처럼 말이다.[12] 이러한 메타제시는 허구 세계와 실제 세계 사이의 창문을 열어주지만 잠시 동안에 국한된다.[13] 하나의 장면이나 이야기 연쇄(시퀀스) 내내 유지되지 않고 몇 문장 지나지 않아 둘 사이의 연결 통로는 폐쇄되며, 서사 문법의 위반이 일시적이고 강도가 약한 탓에 서사 세계의 기본 구조를 위협할 정도는 아니다. 서사 스택들 사이의 층위는 여전히 변별되어 위계가 유지되는 것이다.[14]

그런데 포스트모던 성향 서사의 관건으로 거론되는 메타제시의 유형은 층위들 간의 통로를 열어젖혀, '실제 대 상상' 내지 '일상적 정신 세계 대 꿈이나 환각의 세계'와 같이 철저히 분리된 두 세계 사이를 연결한다.[15] 그래서 이야기의 주인공과 '이야기 속 이야기'의 주인공 사이의 착종 관계를 빚거나, 작가와 인물들이 같은 공간에서 만나고 상호작용하는 상황을 연출하는 등, 허구 세계와 실제 세계 사이의 경계가 해체되는 형국을 빚는다.[16] 이는 서사의 시간적 지속 또는 연속적 구성의 회로를 위반하는 형국에 상응한다. 말하자면 서사의 공간적 구성 원리에 근사한 결정체에 대응된 회로를 논급해야 하는 상황이다.

일반적인 서사의 진행 공정에 비추어 보면, 이야기의 층위가 단계 별로 심층으로 가라앉다가 서서히 본래의 표층으로 떠오르는 형국을 띠게 마련이며, 독자의 기대 지평은 이를 기반으로 조성된다. 소위 '생뚱맞은' 이야기의 양상을 피하는 방향으로 서사가 진전되는 회로가 구성되어야 한다. 나중에 인입된 정보가 다음 단계의 처음에 드러나서 쓰이는 서사의 스택 구조는 일반적이며 전통적인 서사의 구성 원리에 가장 잘 부합하여 그 자체로서 별반 흠잡을 데 없다. 그렇지만 이야기의 전개 양상이 그렇듯 일정한 이야기의 선형적 진행(story-line)을 따라 단선적으로 지속되며 펼쳐지는 것만은 아니어서 모든 서사에 적용되지는 않는다는 데 유의해야 한다.

가령 이야기가 순환되는 양상, 이야기의 끝이 새로운 이야기의 시작처럼 되는 경우, 그래서 이야기가 뜻밖에도 기묘한 순환에 휩쓸리는 상황을 상정할 수 있다. 말하자면 실제 세계에서 비롯한 이야기이면서도 이야기의 층위가 전이되는 과정을 거쳐 몇 단계 심층으로 전개되어 구현된 허구 세계가 대뜸 실제 세계 층위에 이어지는 경우를 상정할 수 있는 것이다. 이는 마치 뱀이 제 꼬리를 문 형상처럼 펼쳐지는 '이상한 고리(strange loop)' 현상이 문학적으로 구현된 경우라 할 만하다.[17] 이러한 이상한 고리는, 위계적 체계의 층위를 통해 상향이나 하향으로 움직임으로써, 우리가 뜻밖에도 출발점 바로 뒤에서 스스로를 발견할 때마다 발생한다.[18] 서사 스택이 자기 방향으로 선회함으로써 최상 층위가 최저 기저 층위로 돌연 뒤바뀌는 현상이 연출되는 것이다. 자기지시적(self-referential) 서사에 관여된 메타제시는 이러한 이상한 고리 현상의 명징한 표지이다.[19]

'모든 크레타 섬 사람은 거짓말쟁이다.'라는 역설처럼, 동시에 참도 되고 거짓도 될 수 있는 명제가 도출될 때 담화의 체제는 모순에 빠진다. 그 역설의 메타제시적 차원은 '이 문장은 거짓이다.'로 응축되듯이 발화가 자기지시적이라는 사실에 귀결된다.[20] 통상 "이 문장은 거짓이다: '지구는 평평하다.'"처럼, 뱀[이 문장은 거짓이다.]이 다른 뱀[지구가 평평하다.]을 문 것으로 제시되어야 의미 관계가 난항에 빠지지 않는다. 가상의 특정 화자[앞의 뱀]가 일반적으로 진술된 명제[뒤의 뱀]를 물고 있는 식으로 담론이 진행되는 것이 일반적인 것이다. 그렇지만 자기지시적 발화에서는 뱀이 제 꼬리를 물고 있는 형국으로 같은 말이 진술(언급된 바)과 용례(쓰인 바)로 동시에 쓰이는 식이다.[21] 이를 메타제시로 전제하지 않으면 논리적 난항에서 비롯한 발화의 불안정성이 지속될 수밖에 없다.

이러한 메타제시는 수학적·과학적 담론에서 원칙적으로 허용될 수 없는 만큼 객관적이고 사실적인 담론을 제시하기에 적합하지 않다. 가령 "나는 공리가 아니다."를 공리로 받아들이지 않을 경우 증명 불가능한 진리치를 가지므로 체제가 불완전한 상태가 되며, 받아들일 경우 체제는 모순에 빠지게 된다. 메타제시는 수학이나 과학에서 요구하는 전체성에 대한 야심을 속에서부터 파괴하는 암종과도 같다[22]는 얘기가 과언은 아닌 셈이다. 물론 과학적 혹은 수학적 담론이 객관적으로 확정된 원리만을 지지하는 것은 아니니, 메타제시적 혼입 양상에 대해 부정하는 견해만 과학적으로 유효한 것은 아니다. 세계가 결정되어 있고 이를 담론이 재현한다고 전제하는 객관주의적 이상에 기댈 것인지, 아니면 담론이 세계를 재현하는 데 국한되지 않고 세계를 결정하는 요소라고 전제하는 과학적 상대주의에 기댈 것인지 여하가 관건이다.[23] 메타제시적 혼입이 승인될 수 있는 여지는 수학·과학적 담론에서도 열려 있는 것이다. 관찰하는 행위의 과정 중에 '가능' 상태에서 '실제' 상태로 전이가 이루어진다는 불확정성의 원리를 염두에 두고 생각을 진전시켜 보자면, 세계와 심상이 동등한 관계로 연결되어 있으며 서로를 결정하고 있다는 생각에 이르게 되며[24] 이에 메타제시가 결부됨을 인정하게 된다. 이때 체제의 안정성에 관여된 이상이 해체될 수밖에 없다.

메타제시는 체제의 안정된 구조(system architecture) 층위를 무시하며 증식하여 체계의 혼돈을 유발하는 계기로 작동하게 마련이다. 일정한 방향의 질서나 공고하게 구축된 위계적 층위가 해체된 형국에서 예측되지 않은 환경에 대응된 역동적인 담론적 대상(오브제)이 창출되는 상황이 연출된다. 가능한 세계(possible world)와 실제 세계(actual world) 사이의 경계는 이로써 해체될 수밖에 없다. 실체로서 결정된 공고한 세계가 주어지지 않는다는 전제에서라면 이를 담론으로 재현하거나 예견하는 제시(사후 또는 사전제시) 양상이 성립할 수 없다. 실제성이나 개연성으로 환원할 수 없는 가상실재 세계(virtual-real world)는 메타제시를 통해서만 소환될 수 있다.

이렇듯 가상실재 세계를 매개하는 메타제시는 서사 담론의 양태를 시간의 축에 묶어 둘 수 없게끔 한다. 실체로서 주어진 사건을 전제로 할 때라야 서사 제시의 시간적 선후 관계를 따질 수 있으며, 이야기 전개의 시간적 인과성을 가늠할 지표점을 확정할 수 있다. 그런데 서사 스택의 체계적 배열에 의하지 않고 층위들 간의 경계를 해체하는 메타제시를 통해 구성되는, 이상한 고리에 상응하는 서사에서는 그러한 지표점이 허용되지 않기에 인과적 구성에 의한 시간성이 와해된다. 기저와 최상 층위 사이의 위계적 배열과 무연하게 돌발하듯 제시되는 서사적 병치(narrative juxtaposition)[25]는 사건의 개연성을 떨어뜨리는 요인으로 작용하면서 가상실재적 자질을 드높이는 계기이다. 이로써 시간의 전개와 계기적 관계를 통한 재구가 아니라 서사 내적 세계의 공간적 질서를 통해 기획되는 서사 공간이 창출되는 수순이 이어진다.

이러한 서사 공간은 외부 세계와 서사 세계 사이의 재현적 함수에 의해서 주어지기보다는 서사의 소통 회로를 통해 구성된다. 가령 독자가 이야기에 몰입하여 인물에게 감정과 의식을 이입한 상태에 이르면서 실제 세계와 허구 세계 사이의 경계가 무화되고 층위 간의 위계가 뒤엉킨 상황에서 서사 공간이 구성될 때 메타제시의 기제가 작동한다. 독자의 몰입 정도가 커지면서 실제 세계와 허구 세계 사이의 경계가 무너지기 시작하고, 정도에 따라서는, 독자가 처한 세계와 책에 펼쳐진 세계 사이의 위계를 상정하여 설정한 모형이 무산되는 정황이 포착된다. 이러한 '헝클어진 위계(tangled hierarchy)' 모형은 인물이 존재론적 영역들 사이를 오가는 상황을 설명하기에 적절한데[26] 이를 위해서는 가상과 실재의 영역 사이에 구성된 서사 공간에 관여된 메타제시를 상정할 수밖에 없다.

물론 언어를 통해 제시된 서사 세계에 실제 독자나 실제 작가가 직접 뛰어들 수는 없다. 그들이 대하는 실체라고는 서사가 쓰인 책장(冊張)들 뿐이다. 말하자면 서사 스택의 실제 세계의 토대는 서사 내적 세계와 분리된 채 보호되는 것이다. 그렇다면 존재론적 메타제시가 실재에 대응되는 틀거리와 호환되지 않는다고 할 수밖에 없다. 가령 일상생활 중에 소설 속 주인공인 엠마 보바리를 만날까 설레거나 허구 세계의 잔혹한 살인자를 마주칠까 두려워할 필요는 없다.[27] 존재론적 위반이 실제 세계의 토대 층위에 관련될 수는 없으며,[28] 실제 세계의 논리적·물리적 법칙을 잘 따르는 허구 세계 내에서라면 벌어지지 않는다.[29] 메타제시는 허구의 왕국을 가상적으로 가능한 우주에서도 가장 멀리 떨어진 세계로 확장하려는 기도를 그린다.[30]

따라서 메타제시가 중구난방으로 구조를 와해하고 체제를 파괴하는 데 급급한 소설가들의 상술 정도에 국한된다고 폄훼하는 주장은 부당하다.[31] 메타제시가 몇 가지 근본적인 논리적 구분을 부정한다고는 하지만, 이는 몇몇 대조적 유형을 불안정하게 하는 데 한정될 뿐, 허구 세계를 온통 카오스(무질서) 상태로 몰아넣는 것은 아니다.[32] 메타제시의 존재론적 위반이 실제 세계와 온전히 절연된 순전 허구 세계에서도 발생하지는 않기 때문이다. 이는 실제와 가상의 경계 이상의 것을 위협하는 것이어서, 어떠한 위계적 체제라도 그 앞에서 의기양양할 수 없다는 점을 알려줄 뿐이다.[33]

메타제시는 짐짓 사실이나 허구 어느 쪽으로도 환원할 수 없는 임계(臨界) 상황에 걸쳐서만 유효한 서사를 매개하여 담론적 효과를 낳는다. 사실적 지시성이나 허구적 배타성을 따져 실체적 친연 관계를 찾아 자명한 전제로 삼은 뒤 사실적 서사를 나중에 제시하거나 허구적 서사를 미리 제시하는 식이 아니라, 이야기가 진행되면서 서사적 의사소통이 비로소 이루어지고 담론적 효력이 발생되는 식이다. 아무리 사실에 근사한 사건이라도 이야기를 통해 맹랑하게 날조될 수 있고, 숫제 지어낸 허구적 사건이라도 이야기가 진행되는 동안 그럴싸한 사실로 뒤바뀌는 담론적 전도(顚倒) 가능성[34]이 열리는 것이다. 메타제시는 사전·사후 제시 어느 쪽으로도 환원할 수 없는 전도된 서사를 추동하는 기제이다.

메타제시를 통해 열리는 서사 세계가 담론 그 자체로서는 실체적 지시의 지표를 상정할 수 없지만 그 효과는 짐짓 실제로 드러나는 데 주목해야 한다. 이야기의 전개 가능성이나 개연성은 서사의 제재나 구성 차원에서뿐만 아니라 담론(discourse) 차원에서도 빚어진다는 점을 간과해서는 안 되는 것이다. '아니 땐 굴뚝에 연기날까?' 하는 속담이 서사적 공정에서는 무색해지기 십상이다. 애초에 있지도 않은 일을 지어 이야기한 것이 이야기가 진행되는 동안이나 여러 사람들 사이에서 회자(膾炙)되는 동안 사실로 돌변하여 이야기되는 수가 적잖다. 적어도 이야기의 소통이 이루어지는 동안만큼은 그 이야기의 사건이 실로 벌어진다는 전제가 유지된다. 사전이나 사후 제시가 아닌 메타제시는 서사 담론이 진행되는 과정에 드러나는 실시간 서사에 가까운 효력을 낸다고 할 수 있으며, 담론 차원에서 빚어지는 서사적 개연성의 표지라고 할 만하다.

이처럼 서사 담론의 진행에 관여된 메타제시를 통해 사실이나 허구 어느 한 편으로 편입되지 않을 가상실재적 서사 공간이 구성되는 것은 수순이다. 가상의 현실을 체험하게끔 고안된 기구(VR device)가 실제 세계에 대응되는 물리적 연장이 없으면서도 이용자들에게 실재적인 것으로 수용된다[35]는 점은 일부 제한적인 맥락에서 이와 연관된다. 가장(make-believe) 놀이나 대체 실재(alternative reality) 게임, 나아가 증강 실재(AR; augmented reality) 등에서 현실과 허구가 뒤섞여 그 경계를 가늠할 수 없거나 둘 사이를 나누는 일이 무의미한 상황이 실로 펼쳐진다.[36] 이를테면, 게임 속의 인물(캐릭터) 역할을 하는 유저(user, 이용자)가 게임에서 맡은 임무를 일상에서 수행하여 완수하도록 고안된 대체 실재 게임에서, 현실 세계와 게임 속 허구 세계 사이의 경계가 상당 부분 와해된 형국을 띤다. 이 경우 게임의 수행 과정을 따라 서사가 펼쳐지는 세계가 역동적으로 구성되기에 서사 공간은 가상실재의 자질을 일부 얻는다. 또한 스마트폰 애플리케이션(application, 응용 프로그램)에 적극 도입되고 있는 기술 도구인 증강 실재는, 예컨대 단말기의 카메라에 포착된 실제 세계의 지표점이 화면의 지도에 겹쳐지면서 해당 지역의 정보를 얻거나 가상의 상황을 모의(simulation)하는 식으로 운용되는데, 이 경우에도 단말기 속에 펼쳐진 가상 세계와 일상 세계가 뒤섞인 양상이 되면서 가상실재를 모사한 공간이 구성된다.

실체로서 주어진 세계가 담론을 규정하고 담론이 그 세계를 재현하는 과학적 객관주의의 이상이 실현되기는 쉽지 않다. 세계가 담론을 규정하는 데 비견되게 담론 또한 세계를 규정한다는 과학적 상대주의의 입론에 힘이 실리는 메타제시적 혼성 담론의 사례가 오히려 곧잘 드러난다.[37] '관찰자는 관찰 중인 현상에 늘 간섭한다.'는 언명을 '이야기의 서술자는 서술 중인 서사에 늘 간섭한다.'는 언명으로 환언해 봄 직하다. 서사를 고정불변의 실체로서 전제할 수 있다면 모르지만, 의사소통에 부쳐지지 않은 서사는 성립되지 않는 까닭에 담론 양태의 현상으로서만 드러날 수 있다는 엄연한 사실을 전제해야 한다. 그렇다면 서사는 담론이 구성되는 과정에 관여되는 메타제시의 여지에 늘 열려 있는 셈이다. 이는 실로 벌어졌거나 가상으로 꾸며 내어 실체로 전제된 사건의 제시가 아닌, 가상이면서 실재인 서사의 구성에 관여된 사건을 제시하는 것이다. 따라서 메타제시는, 실제 세계에 닻을 내린 몸의 작용을 통해 가상실재적 심상(mental image)을 체험하도록 돕는 가상 현실 기술(VR technology)과 흡사한 작용을 하여,[38] 가상실재적 서사 공간을 기획하는 기제의 단말을 이룬다.

라이언은 가상 현실 기술과 관련하여 이미지 전개의 네 단계를 구분하여 논급한 보드리야르(Jean Baudrillard)의 입론에 의지하여 서사적 가상실재의 의미망을 촘촘히 짠다. 기본적 실재를 반영하는 단계, 기본적 실재를 가리고 왜곡하는 단계, 기본적 실재의 부재를 가리는 단계, 그리고 어떠한 실재성과도 관계 없는 결과를 낳으며 순수한 모의형상(시뮬라크르)이 되는 단계[39]를 거치는 동안, 이미지가 참될 수 있다면 이는 거짓일 수도 있으며, 만약 거짓이라면 이는 사태의 외적 상태와 정합되지 않는 사실을 숨기는 것이고, 외부 지시 대상을 표현하지 않는다면 보이지 않는 지시 대상을 대체하게 되며, 종내는 재현적 스택의 층위들이 와해되어 우리는 시뮬라크라에 거주하게 된다[40]는 것이다. 가령 워쇼스키 자매가 연출한 영화 <매트릭스> 연작에서는 가상 세계와 실재 세계의 경계가 와해되어 두 세계가 착종될 뿐만 아니라 종내는 두 세계의 관계가 전도되어 새로운 구도가 형성되는 서사가 제시된다.[41] 짐짓 '거푸집(matrix)'에 가상과 실재 두 세계를 융해시켜 새로운 가상실재 공간을 빚은 셈이어서, 그 자체로서 가상실재적 서사 공간의 메타제시로서 기능한다고 할 수 있다. 과연 '우리는 상상 속에서 다른 세계들을 방문할 수 있지만, 우리 몸은 스택의 기저에 우리를 묶어 둘 뿐'[42]이라는 라이언의 결론에 수긍이 가는 것은, 서사가 진행되는 담론의 과정에서 구성되는 서사 공간이 가상과 실재 사이의 경계를 해체하고 두 세계를 융해시켜 얻을 수 있는 혼성적 구성체이자 상징적 기획의 의미체라는 한계 상황과도 연관된다.

사실 | 허구의 탈경계 이행

문학에 대해 생각할라치면 우선 전제하고 접근하겠지만, 특히 소설은 기본적으로 '허구'를 전역의 자질로 상정하여 성립하는 현상이다. 상대적으로 '사실'을 전역의 자질로 성립하는 현상이 역사이다. 그래서 사실과 허구의 대립적 관계를 바탕으로 상정되는 소설에 대한 개념 도식을 떠올릴 때면 역사와 소설의 관계에 대한 대립적 자질이 인지의 바탕을 이루기 십상이다. '플러스 역사' 장에서 살핀 바 있듯이, 둘 사이의 관계를 굳이 대립적인 자질로 구분하는 것이 온당한지 물을 수 있으며 이러한 물음을 통해 사실과 허구, 역사와 소설의 관여적 양상에 대한 논항들이 도출되는 것이 일반적이다. 그런데 그러한 논의의 여지가 빚어지는 바탕에, 즉 대립적 관계에 대해 의문을 표하는 생각의 바탕에 이미 대립 관계에 대한 인지 도식이 개재해 있다는 데 유의해야 한다. 저 유명한 '코끼리를 생각하지 마시오.'를 표제로 내 건 인지 도식의 아이러니 국면에 관한 은유를 떠올려도 좋다.

반드시 '역사+소설'이라는 항을 세우지 않더라도 소설에 대해 생각할 때에 허구를 관여적 자질로 두는 한편 역사 혹은 사실을 그 대립쌍으로 설정하여 생각을 진전시키는 현황에 주목하자는 것이다. 자신의 의중과 달리 소설을 떠올리거나 역사를 떠올릴 때에 의미적 대립쌍으로 역사나 소설의 관계를 설정할 수밖에 없는 것은 경험적으로나 관습적으로 형성된 인지 도식의 영향에 의한 것이라는 얘기다. 둘을 의미적 대립 관계에 두지 않으려는 입장을 취할 경우라도 인지 공정상 대립적 의미 자질을 의식하는 절차를 거치게 되는 것을 인지적 아이러니라고만 할 수는 없을 것이다. 대립쌍을 염두에 두고 의미 관계를 다투는 인지적 모듈화의 국면에서는 비근한 사례이기 때문이다.

역사와 소설의 관계는 각 항에 대응되는 계열적 개념이라 할 수 있는 '사실 | 허구' 대립쌍으로 환산하여 '역사+소설' 연산의 단서를 얻을 구체적인 문제 항으로 이관된다. 사실과 허구의 관계에 관한 구성상·담론상 논점 요소들에 대한 이해가 관건으로 부상하는 만큼, 각각에 대응될 요소들이 이루는 계열 체에 대한 탐색이 요구된다. 이어서 사실과 허구에 관한 개념 도식을 갖고 이 문제를 풀 길을 모색함 직하다. 물론 둘을 대립적 의미 관계에 관한 매개 변수(parameter) 삼아 기저에 두고 이해를 진전시키는 것은 수순이다. 이때 대립쌍을 이루는 양항을 절대적인 규준점으로 설정하여 어느 한편으로만 가치를 쏠리게 함으로써 양단의 항 가운데 하나를 중심으로 상정하는 것은, 바람직하지 않은 인지 공정에 접어드는 우를 범할 수 있다는 데 유의해야 한다. 일견 상식적인 일반 도식을 통해 문제항에 처음 접근한다고 하지만, 이에 관한 생각을 진전시키는 과정에서는 통상 운용하는 개념 대입의 방식을 따르는 것만은 아니라는 데 생각의 여지가 미친다는 점도 고려할 필요가 있다. 따라서 대립적 의미의 도식을 적용하여 시작한 생각이 소용돌이치듯 확산하면서 생각의 전역에 파장을 미치며 인지 활동에 관여하게 되는 것이다.

그렇다면 사실과 허구에 관한 개념 도식들이 적용되는 양상이 탐색의 주 안점이며, 개념 도식을 안출하고 적용하여 이해의 지평을 넓히는 긍정적 인 지 공정의 계발을 위해서는 이해의 맥락과 조건에 대응되는 다각의 인지 회로에 대한 고려가 필요하다. 가령, 과거를 기억하는 방식과 인지 회로의 작동 공정, 과거의 기억을 현재 삶의 경험치에 이어 조망함으로써 가치와 의미를 산출하려는 인지적 지향에 배일 개념 도식의 위상 전이 국면, 그 가치 와 의미를 해석하여 삶을 전망할 수 있는 바탕을 지으려는 선제적(선행적) 인지 전략 등을 추론할 수 있어야 한다. 탐색의 관건이 기억과 해석, 조망과 전망 등과 같은 구심적 인지 행위에 결부되어 있는 만큼, 논점이 사실과 허구의 양단에 걸친 중심의 결정에 있는 것이 아니라는 점을 염두에 두어야 한다. 사실과 허구의 관계는, 상식적인 의미 용례에 기반을 둔 사전적 의미를 전제로 대립적 변별항 양단에 두어 생각할 문제가 아니라, 개념의 통용 맥락과 조건 등에 따라 변별적 자질이 상대화될 수 있는 담론적 현상으로서 의미 함수와 개념 산술의 역학적 국면들에 주목하여 그 의미망을 구성할 문제인 것이다.

경험이 기억의 회로에 투사될 때에는 사실이라도 인지의 여과를 거치는 동안 본연의 사실이 온전히 유지될 수 없다. 사실은 확신(belief)에 부쳐질 뿐 사실 그대로가 온전히 기억에 환원되는 것은 불가능하다. 사실의 전역에 관해서라면 더욱 그러하다. 사실에 관한 한 어떠한 기억도, 혹은 어떠한 기록도 그 총체를 재현한 사실 자체일 수 없다. 그러므로 사실에 관여된 담론들의 자질은 사실에 근사한 효과를 최적화할 수 있도록 하는 인지 회로를 설계하는 데서 효력이 발생하기 쉽다. 확신의 인지 공정이 진전되어 최적의 힘을 발휘할 수 있도록 하는 것이, 사실에 부쳐지는 인지 활동의 관건인 것이다. '사실+허구' 산술에서 확신의 최댓값을 산출할 수 있도록 하는 인자들은 무엇이며 그 인자들이 어떠한 상수와 변수로 이루어지는지 등에 대해 관심해야 하는 것이다.

그렇지만 사실이 기억에 부쳐지고 기억이 서술에 부쳐지는 과정에서 확신만이 유일한 인지 공정으로 가동되는 것은 아니다. 확신할 수 있게 하는 확증의 효력이 제대로 미치지 않을 경우는 물론 사실이라도 모종의 효력을 증폭하기 위해 개연성을 더한 구성이 부가될 때, 이에 관해서는 다른 인지 공정을 설계해야 한다. 서사적 거래(narrative transaction)에 부쳐질 경우라면 더욱, 기억에 기댄 확신의 한계가 짙어질 수밖에 없는 터이다. 이럴 경우 개연성을 입히는 '가장(make-believe)'의 인지 회로를 적용하는 것이 효과적이다. 원체 허구적인 제재를 재료로 이야기를 구성하여 그럴싸한 효과를 낳기 위해서는 섬세한 가장의 기술이 필요한 것이다. 거짓일수록 참된 것처럼 꾸며 말해야 거짓말에 성공할 수 있는 법이다. 가장은 사실과 허구의 관계식에서 허구 편의 항을 빼는 식으로 산술이 이루어질 공산이 크다. 따라서 이러한 계열의 서사를 수용하는 편에서는 뺄셈을 역산하는 인지 회로의 구동을 고심할 여지가 크다.

허구적 구성일수록 사실에 근사한 효력을 내기 위한 담론적 설계가 긴요하다. 가상이지만 실재인 정황을 시뮬레이션하는 인지 회로가 요청되는 것이 궤를 같이 한다. 특히 사실과 허구의 경계를 선연히 획정하기 곤란한 경우에 직면할 때, 가상과 실재의 경계가 해체된 서사의 국면을 인지할 방법적 개념 도식을 고심해야 한다. 처음부터 사실과 허구의 양단이 설정되지 않은 구도에서 구성되고 서술된 서사의 양태를 인지적으로 수용할 도식의 계열을 수립할 여지가 생기는 것이다. 뇌에 저장되는 기억은 디테일 모두가 아니라 일종의 구조화된 형[43] 혹은 이미지 혹은 개념 도식 양태이다. 기본적으로 사실을 온전한 디테일로 재현할 수 없다는 인지적 한계를 과학적으로 인정하지 않을 수 없는 것이다.[44] 그렇다면 가상과 실재의 경계가 해체된 서사의 국면에 대한 인지가 '사실±허구' 연산의 중요한 거점으로 부상할 수 있을 것이다.

서사는 투사(projection)의 결과로 주어진다. 투사의 방향에 따라 이야기의 결(texture)이 각양을 띤다. 그 결이야 텍스트 개개마다 고유한 무늬겠지만 이를 일정한 지향에 수렴시켜 유형을 산정하지 못할 이유는 없다. 사실을 허구에 투사하는 식, 허구를 사실에 투사하는 식, 경계가 획정되지 않은 사실과 허구가 불확정적 경계를 둔 서로의 사이에서 서로가 불확정적으로 투사하는 식 등이다. 이와 다른 지향에 의거하여 다른 양상들을 상정할 수 있을 것이라는 전제하에, 여기에서는 위 세 양상을 전제로 이들에 관여된 인지 공정을 탐색한다.

사실의 사실적 재현과 확신 회로

이 이야기는 역사적 사실을 바탕으로 한 실화이다.

역사를 제재로 한 이야기를 전하는 텍스트에서 비근하게 앞세우는 단서가, 사실을 바탕으로 한다는 것이다. 이러한 텍스트를 보거나 읽는 수용자들로서는 사실 또는 역사라는 단서 표지에 인지 공정의 전역이 장악되게 마련이다. 사실이라 전제된 역사, 그 역사의 사실을 실로 재현하여 기술한 이야기, 이야기를 통해 알게 되는 역사, 이러한 인지적 수순이 실화에 관한 인지 도식을 짓고 이 도식을 안은 이들의 인지에 실화로 받아들여지게끔 하는 효력이 발전된다. 나아가 역사나 사실에 관한 이야기라면 마땅히 실화에 근사해야 한다는 식의 당위를 짓는 데 이어진다.

사실을 이야기할 때를 생각해 보자. 이야기의 제재 자체가 사실인 까닭에 이를 사실처럼 꾸밀 필요는 없지만 이야기로 지어 전하는 과정에서 상대방에게 '확신(belief)'을 심어 줄 수 있도록 하는 것이 관건이다. 누군가 사실을 이야기한다고 해서 누구나 다 자명하게 사실로 수용하지는 않는 법이며, 되려 사실일 경우 과연 사실인지 의구심을 표하며 사실 관계를 납득할 수 있도록 확증을 유도하는 데서 사실적인 이야기에 대한 반응의 방향이 형성된다. 그런데 독자나 시·청자가 사실이라고 인정하지 않는다손치더라도 최초의 제재가 사실에 기반을 둔 만큼 '이 이야기는 사실을 바탕으로 한 것'이라는 단서적 언표를 중심으로 조작된 확신의 인지 회로가 작동한 구동력이 막강하여 사실 관계를 입증하는 세세한 방증이 무색할 수 있다.

이렇듯 사실의 영역에 관여된 실제 세계(actual world)는 실로 있었다는 확증과 그 세계에서 벌어진 사건의 디테일이 실상으로 이루어졌다는 지시적 함수에 대한 입증을 통해 가시화된다. 일상적 현실은 물론 역사의 층위에서라면 더욱, 사실을 입증하고 확증하는 인지 공정이 활성화될 수밖에 없다. 그러므로 사실을 제시하는 방식은 천상 일이 벌어진 연후에 사태를 정리하여 디테일을 기술하는 식으로 진전될 수밖에 없다. 따라서 기억이나 기록의 편린을 정돈된 틀거리로 재구성하여 사실에 근사한 관념을 빚을 수 있게끔 서술하는 방법을 안출하여 적용할 필요가 있다. 확증에 성공한 텍스트라야 확신의 인지 공정을 수월하게 하여, 사실을 기술한 텍스트로서의 확고한 위상에 설 수 있을 것이다.

그렇지만 이는 이상적인 텍스트를 상정한 경우에 해당하므로, 대개는 확증과 확신의 상보적 인지 회로가 구동되어, 확증이 덜 된 경우라도 확신의 인지 공정에 부쳐질 수 있는 여지를 최적화하게 된다. 인지 공정상의 보정치가 텍스트마다 달리 설정될 수 있음은 말할 나위 없지만 그 정확한 수치의 연산을 의도하는 것은 당찮은 일이다. 그러므로 인지적 보정 회로의 구동이 필요한 정도를 추산하여 사실에 대한 근사치를 추정하는 요건들만 추론할 수 있을 것이다.

여하튼 사실의 기술을 지향한 '확신의 서사'에서 사실을 제재로 했느냐 혹은 실상을 정확히 반영했느냐 여부는 그 자체로 무의미한 동어반복에 불과한 즉문즉답일 뿐이다. 관건은 사실을 제재로 했다고 하지만 그 실상이 어느 정도 반영되었는지 여하와 함께 그 담론적 효력을 묻는 방향으로, 질문을 변증법적으로 진전시킬 필요가 있는 것이다. 사실과 기억의 역학적 관계들, 기억과 기억을 이야기한 텍스트 사이의 관여적 의미망, 확증과 확신의 상보적 인지 회로, 인지적 보정 회로의 구동 양상 등, 이와 연관된 문제항이 수다한 것이다. 요컨대 관건은 사후제시(analepsis)에 관여된 담론 수행의 국면에서 발생하는 여러 인지적 단서들에 대한 다각적 논의의 여지를 여는 데 있다.

이야기를 지어 담론에 부치는 방식 중 기본이 되는 사후제시는 기억의 바탕에서 취해진 이야깃거리를 구성하여 서술하는 방식인 까닭에 기본적으로 사실과 기억 사이의 편차를 보정하는 튜닝(tuning, 조정)을 거친 뒤에 사실에 대한 잠정적인 근사치를 얻을 수 있다. '서사적 확증' 모듈이 필요하며 이는 각 텍스트와 계열을 이루는 텍스트들 간에 공유될 여지가 있는 표준 모듈을 기저로 특정한 서사적 지향에 걸맞게 튜닝된 특수 모듈의 형태를 띨 수 있다. 표준과 특수 사이의 차이는 경우에 따라 격차가 크게 생길 수도 있을 것이다. 이를테면 기억할 대상 범위의 차이에 따른 격차나, 기억을 가공하여 재편할 때 적용될 서사적 과녁의 위치나 양상의 현격한 차이를 상정할 수 있다. 기억을 바탕으로 한다고 하지만 그 기억이 온전히 반영되지 않거나 심지어 기억을 부러 왜곡하여 지은 서사적 결과 등을 예상할 수도 있다. 그 모듈의 표준적 지표를 설정하는 것은 분석의 가설이나 전제적 공리에 따라 달라질 수 있다는 점도 미리 염두에 두어야 하는 만큼, 이와 관련된 논의의 항들이 여일한 준거적 표층에서 진행될 수 있는 것은 아니라는 점을 수긍해야 한다. 심지어 표준 모듈을 추산하는 일 자체가 종내 무의미한 국면에 봉착할 가능성마저 배제할 수 없다. 다만 거개의 이론적 표준의 준거를 마련하는 일은 가설을 세워 이에 부합할 만한 최적의 산술치를 바탕으로 잠정적인 안을 제안하는 구성적 과정이라는 전제에 기대어, 표준 모듈의 후보를 제안해 볼 만은 한 것이다. 그 가능성을 타진하는 실험적인 예시로 임철우의 「봄날」[45]을 들어 살펴보자.

오월, 그 마지막 날 새벽, 명부는 죽기 바로 전에 정말 상주의 집을 찾아갔었을까. 그리고 명부가 애타게 문을 두드리는 소리를 빤히 들으면서도 자신은 꼼짝 않고 이불 속에 누워 있었노라는 상주의 말은 과연 사실일까. (203)

「봄날」은 1980년 5·18 광주 민중 항쟁[46]을 배경으로 한 이야깃거리를 구성한 서사가 바탕을 이루는데, 위는 이 소설의 첫 부분이다. 역사적 사실을 배경으로 한 이야기의 모두(冒頭)가 이렇듯 '사실'에 대한 의문으로 시작하는 점이 이채롭다. 언표가 의문문 형태라도 그 저의는 5·18에 관한 사실을 전제로 하여 묻는 식이므로 이 대목의 담론 양식은 사실에 관여된 '확신'의 담론 패턴이라 할 수 있다. 이 이야기를 수용하는 과정에서 기본적으로 5·18의 역사에 관한 정보로 구성된 개념 도식을 인지적 정보의 최전선에 두어야 하는 것이다. 이러한 인지 공정은 이 소설에서 이야기할 내용이 그 역사적 사실을 실로 기술하고 있는지 여하와 무관하게 시발된다.

위에 인용한 대목에서 '과연 사실일까'라는 의문이 호기심과 긴장감을 부르는 것은 이러한 확신의 인지 공정이 구동될 때라야 성립할 수 있다. 저 의문의 관건은 사실인지 아닌지 결정하는 데 있는 것이 아니며, 사실이라는 확신을 전제로 이야기의 관전에 임하라는 서사적 지향을 알아차리는 데 있는 것이다. 이러한 지향에 동의하지 않을 경우 이 소설에 대한 인지 수행은 더 이상 진전될 필요가 없으며 그럴 수도 없다. 당해 역사에 관심하지 않을 경우에도 마찬가지 조건이 형성되므로 서사적 수용의 인지 공정이 더는 진전되지 않을 것이다.

상대적으로 이 대목을 거쳐서 읽기를 지속할 요량을 한 터라면 확신의 인지 도식에 일단 수긍한 것으로 판정된다. 이러할 경우 5·18에 관여된 역사의 사실적 정보와 함께 거기에서 연산된 '역사 의식'이 인지의 변수로 적용될 수 있다.

그 정보와 의식은 수용자의 처지와 조건 등에 따라 다양할 수밖에 없는 까닭에 이를 일정한 모듈의 구성 요소로 환산할 수는 없으므로 일반화하여 일정한 틀로 환산하려고 해서는 곤란하다. 대신 이 텍스트에서 어느 정도 요구하는 수준의 근사치는 추산해도 좋을 것이다. 이어지는 대목을 보자.

> 두두두두두…… 어디선가 솟구치는 물소리도 같고 물살에 휩쓸리는 돌자갈 소리 같기도 한 둔중한 금속성의 발사음이 끊임없이 들려 오고 있고 그것은 점차 가까이 다가오고 있는 중이다. (중략) 상주야아…… 상주야아…… 나야. 내가 왔어. 문 좀 열어 줘…… 상주야아아. 하지만 안에서는 아무런 기척도 귀에 잡히지 않는다. 두두두두두…… (중략) 두두두두두…… 소리는 훨씬 가까운 곳에서 들려 오고 있고, 끝끝내 열리지 않는 문 앞에서 명부는 허물어지듯 무릎을 꿇는다. 상주야. 살려 줘. (중략) 남빛 어둠 속으로 명부의 몸뚱이가 지워져 버린 후, 오래지 않아 그쪽으로부터 콩 튀기는 듯한 요란한 발사음이 터져나온다……. (204)

'나'의 '환상'을 틀로 떠오르는 '명부의 윤곽'에 관한 진술이 이어진 부분이다. 절체절명의 다급한 목소리와 함께 두드러지게 상기된 소리인 '두두두두두……'는 환상이라는 '나'의 의식에 강하게 자리잡은 듯하며 환상이라고 여기는 기억의 편린들 곳곳에서 환기되고 있다. '명부'가 그렇듯 쫓기는 가운데 자신의 집을 찾았는지에 대해서라야 사실인지 환상인지 모른다는 심산이지만, 총소리만큼은 '발사음'이라는 명징한 표지로 기억되고 환기되고 발화되고 있는 식이어서, 5·18의 역사적 사실에 관한 서사의 확증 표지로 채용되었다고 할 수 있다. 이 서사의 디테일에 채용된 이야깃거리 낱낱이 실제 벌어진 일인지 아닌지 여부와 무관하게 이 소설이 5·18의 역사를 제재 삼아 구성하고 담론한 결과라는 점이 이를 통해 전제되는 것이다. 이 소설을 두고 진전될 인지 공정에서는 5·18에 관여된 역사적 사실에 대한 확신을 바탕으로 한 문맥을 적용하여 그 의미망을 재구하는 식으로 이해의 방향과 방법이 짜여야 하는 것이 온당하다. 그래서 이어지는 다음 대목에서도, 상황을 부인 하려는 인물의 입장이 오히려 앞으로 진행될 이야기의 향배를 역으로 짐작하게 하는 것으로 받아들여질 여지가 조성된다.

> 설마…… 아니다. 그럴 리가 없다. 그 끔찍한 환상을 떨쳐내 버리려고 나는 머리를 흔들었다. 어쩌면 그것은 상주가 제 스스로 사로잡힌 착각에 불과할 뿐일지도 몰라. 그러나 조금 전의 의문은 또 어김없이 고개를 들었다. 그렇다면 도대체 상주는 왜 그런 터무니없는 얘기를 멋대로 조작해 놓고 스스로 그 착각 속에 빠져들어 버린 것일까. 하지만 그 해답은 나로서는 선뜻 단정하기가 어려웠다. 또 내가 손에 들고 있는 상주의 일기장 어디에서도 그 이유는 확연히 드러나 있지 않은 것 같았다. 하기 야 상주가 처음부터 계획적으로 발작을 일으킨 게 아닌 바에야 제 손으로 일일이 주석을 붙여 놓았을 리도 만무했지만……. (205)

이 소설의 스토리라인(storyline, 이야기선)은 '상주의 일기장'을 바탕으로 일련의 일들을 추적하는 '나'가 맞닥뜨리는 여러 상황들이 요체이다. 이 선을 따라 사건의 전모와 그 의미를 추적하는 인지적 과정이 진전된다. 이 과정의 기저에서 '확신'의 서사 제시 회로가 구동되어야 온당한 인지적 목표에 이를 수 있다. 이러한 구동의 결실로, '분수대'를 둘러싼 묘사의 디테일, 당시의 체험을 돌이키게 하여 기묘하게 대응되는 '가상' '훈련 실황'의 디테일, 그리고 이들에 대한 '나'의 상념들이 어우러져 지어지는 이 소설의 의미망이 나타난다. 인물이 겪는 문제의 구심이 5·18에 관여된 기억의 잔상이었음을 확인할 수 있는 맥락이 형성된 것이다.

기억의 잔상이 환기하는 역사적 시간의 아이러니 구조는 이 서사의 집요한 문제를 추진하는 동력이다. 사실의 확신을 가능하게 하는 중심에 있는 '기억'으로써 환기되는 역사의 면면들을 서사적 변환 공정에 부쳐 산출된 결과치들 가운데 긴요한 것이 기억의 잔상에 관한 항이다. 이는 곧 꿈과도 같이 기억되지 않은 기억의 자리에 각인된 상처, 외상(Trauma, 트라우마)에 관한 서사로 귀결된다. 꿈(Traum)을 어근으로 안출된 술어인 트라우마는 기억이 사람에게 미칠 수 있는 인지적 영향의 집요한 단면이다. 그래서 기억의 확신에 상응하는 서사적 제시에서 비근하게 채용되는 테마이다. 다음을 보자.

> "오빠가 뭐라고 한 줄 아세요? 무덤을 기어이 파봐야겠다는 거예요."
> "무덤을?"
> "그래요. 명부오빠의 무덤 말예요. 직접 눈으로 확인을 해보기 전엔 명부오빠가 죽었다는 말을 절대로 믿지 못하겠다는 거였어요."
> 아냐. 죽지 않았어. 그럴 리가 없어. 놈은 살아 있어. 이렇게 나를 쫓아다니며 괴롭히고 있는 녀석이 어떻게 죽었다는 거야. 놔요. 제발. 그놈의 무덤을 파서 이 두 눈으로 똑똑히 확인해 봐야겠다니까. 삽자루를 움켜쥔 채 고래고래 소리를 지르는 상주의 모습이 눈에 선했다.
> "그날 밤 오빠는 방에 걸린 거울을 주먹으로 깨어 부수고는 그처럼 무서운 짓을 저지르고 말았어요. 사람들이 방문을 부수고 들어가 보니 글쎄…… 오빠는 온통 피범벅이 된 채 웃고 있더라는 거였어요."
> 그 대목에서 상희는 기어코 눈물을 글썽이며 고개를 떨어뜨리고 마는 것이었다. (223)

비극적 역사의 현장을 체험한 이들에게 부과된 '외상'에 관한 개념 도식을 적용하여 이해할 대목의 단편이다. 저 인물들이 실존 인물인지 저들이 겪은 상처투성이의 역사가 실제 벌어졌는지 여부는 이 단편들의 연속체를 이해하는 데 소용되는 관건이 이미 아니다. 5·18의 역사적 사실은 이 서사에 적용된 인지 도식의 기저에서 일종의 공리처럼 작용하고 있는 까닭에, 그 위에 지어진 서사적 구성의 인자들 개개가 사실인지 여부는 이 확신의 서사에서 산술할 단항들이 아닌 것이다. 역사적 사건들로 빚어 제시된 단말의 항에서 실로 드러난 결과적 사실과, 그 비극적 역사의 영향으로 현실에서 확인되는 현상들이 확신의 서사 제시를 추인하기 때문이다. 역사적 사실의 기록이라도 현실에서는 기억(기록은 기억의 변형된 차원들로 이루어진 구성체임)으로써만 현현된 사실일 수 있다는 데 주목하자면, 기억이야말로 확신의 유력한 매체임을 인정할 수 있다. 그런데 저 비극적 역사의 현장에서 비극적 경험에 내몰렸던 이들의 기억이란, 떠올리기조차 몸서리쳐지는, 그래서 기억의 표층에 떠오르지 못하고 무의식에 잠재된 태일 수밖에 없을 터, '트라우마'는 아이러니하게도 역사적 사실을 확신하도록 하는 서사 제시의 중요한 수렴점이다. 그 역사적 사실에 대한 확신의 서사가 현실의 상황에 대응될 때 그 의미의 진폭이 커지게 마련이다. 그래서인지 5·18을 상기시키는 현실의 장면들과 상념들을 가로질러 서술한 다음 대목들이 유난히 눈에 띈다.

  으애애애⋯⋯앵.
  사이렌 소리가 들려 왔다. 맞은편 건물의 창문에 드리워져 있던 깃발이 이번에는 녹색으로 바뀌어지고 있었다. 한동안 정지했던 톱니바퀴가 다시 작동을 시작했다. 우리는 꽃가게를 나와 거리로 들어섰다. 지금껏 가상의 세계에서 가상의 전투를 치르고 살아 남은 시민들이 피곤한 얼굴들을 하고 현실 속으로 왁자지껄 떠들며 걸어들어오고 있었다. 조금 전만 해도 폐허처럼 음산하고 허허하기만 하던 거리는 순식간에 갖가지 소음과 움직임들로 파들파들 되살아나기 시작했다. 그것은 놀라운 도시의 부활이었다. 마침 우리가 기다리는 버스가 저만치서 뒤뚱거리며 다가오고 있었다. (222~223)

"아아, 그새 오월이구나."
문득 병기가 한껏 들이마신 바람을 토해 내며 소리쳤다.
"정말 그래요. 벌써 봄이에요, 참."
전혀 모르고 있었다는 투로 새삼스레 순임이가 되풀이했고, 나 역시 확인이라도 하듯 주위를 휘둘러보았다. 정말 어느새 또 오월이었다. 온 세상이 싱싱한 생명력과 기쁨으로 뿌듯하게 차오르는 계절. 하지만 언제부터인가 우리들은 그 아름다운 봄날의 정겨움과 따사로움, 그리고 그것들의 평범한 의미를 잃어버리고 말았다는 느낌이 들었다. 어쩌면 그것은 빼앗겼다고 해야 옳을지도 모를 일이었다. 생각해 보면 참으로 많은 것들이 우리로 하여금 예전의 그 친숙함을 잃어버리게 하고 전혀 생경한 의미와 느낌으로 변해 있었다. (224)

아스팔트에 남은 하찮은 얼룩, 굴뚝에서 무심히 오르는 연기, 공사장의 캐터필러와 헬리콥터, 확성기 소리, 거리를 달리는 트럭의 육중한 바퀴와 그 아찔한 중량감, 날카롭게 각이 진 물건들과 그것들의 모서리에서 완강하게 느껴지는 위기감, 벽돌 조각과 막다른 골목, 전쟁영화, 담벼락에 붙은 어수선한 벽보들…… 일상에서 마주치는 그런 모든 사물들이 이제는 어느덧 또 다른 의미와 냄새와 촉감과 빛깔과 소리를 지닌 채 그 어둡고 두려운 기억들을 문득문득 망각의 저편으로부터 불러내곤 하는 것이었다. 모르는 새에 그렇듯 우리는 조금씩 병들어 있었다. 그리고 어쩌면 우리는 그 음침한 기억들과 함께 일생을 살아갈 수밖에 없을 것이리라. (224~225)

외상을 야기한 과거의 경험이 기억을 통해 재현될 수 없는 정황을 고려하자면, 정작 사실에 근사한 것일수록 사실로 드러날 수 없는 모순이 빚어진다. 역사적 사건을 기록하여야 하는 확신의 서사 공정에서, 정작 사실을 최전선에서 직면한 이의 기억에 기댈 수 없는 상황에 직면하게 되는 것이다. 따라서 기억을 재현하여 진전될 사후제시의 전략은 외상의 경험을 역사적 사건의 전역에 관한 개념 도식에 대입하여 추산하는 식으로 짜이는 편이 수월하다. 이는 트라우마로 야기된 정신적 부적응(PTSD)의 치유를 위한 처방의 지향과 흡사하다. 위에서처럼 엿볼 수 있는 기억, 역사, 사건, 사실 등에 대응된 꿈과 허구의 역학 혹은 역설 구도는 확신에 관여된 허구적 서사에서 절찬리에 채용되는 제재와 구성 양상이다. 역사를 기억하는 서사적 방식, 역사를 기술하는 서사적 전략, 역사를 해체하여 현실의 문제항을 돌이키는 서사적 담론 등 세 층위에 걸치는, '오월의 외상'에 대한 디테일한 서사적 형상들과 서사적 진전, 그리고 이를 통해 마련되는 서사적 치유의 바탕이 「봄날」을 의사소통에 부쳐 의미심장한 효력을 낳는 동력원이다.

　사후제시의 긍정적인 의미항들을 연산하고 적극적인 가치항들을 추산함으로써, 소설이 기억하는 역사의 형상들을 통해 인지적 진전과 창발을 도모할 수 있을 것이다. 이러한 서사적 지향을 더 멀리 두고 서사적 인지 수행의 지평을 넓힐 여지도 키울 수 있다. 소설을 통해 기억을 돌이키는, 혹은 새로운 기억을 시추하여 새로운 의미를 창안하는 서사적 인지 공정의 재편을 기대해도 좋은 것이다. 이러한 기대치를 높여도 좋은 것은, 확신을 도모하는 서사 제시의 향배가 단순히 역사적 사실의 재현에 머무르지 않고 역사를 돌이켜 사실 이면의 가치를 측량하거나 사실 너머의 가치를 기획하는 인지 활동을 돕는 방식으로 그 기능을 확장할 여지를 안고 있다는 점을 알아차린 까닭이다.

확증을 전제로 한다고는 하지만 소설에서 역사, 역사적 사실, 사실 등을 다루는 방식은 확증 자체에 머무르거나 확증의 효력를 얻는 데 그치지 않는다. 소설이라는 서사 양식의 지향점에 근사한 담론적 효과를 낳기 위해서는 확증의 인지 활동에서 확산된 인지적 수행의 결실에 맞닿을 공정을 진전시킬 필요가 있는 것이다. 서사적 수행이 이야기의 제재 층위에서 완료되기는커녕 그 층위를 시발점으로 해서 구성 공정과 담론 공정에 부쳐지면서 역동적으로 진전된다는 점을 재삼 떠올리게도 된다. 다차원적으로 진전되는 서사 공정의 위상이 재삼 확인되는 셈이다. 소설의 변별 자질로서 거론되는 '허구'에 관여된 여러 매개 변수들을 검토해야 하는 수순에 접어들 수밖에 없는 것이다.

허구의 개연적 구성과 가장 회로

이 이야기는 허구이며 등장하는 인물의 이름이나 지명 등이 실제와 상관없는 가상의 것이다.

실제 벌어지지 않은 일을 숫제 지어내서 이야기할 때를 생각해 보자. 이야기의 제재 자체가 허구인 까닭에 이를 사실처럼 꾸며 상대방이 사실로 받아들이게끔 전하는 것이 가장 큰 관건이다. 제재 층위에서 허구로 지어진 만큼 사실보다 더 사실인 것처럼 꾸미는 전략이 필요한 것이다. 이야깃거리부터 그럴싸한 것으로 지어야 하며 거짓된 이야기를 사실인 양 이야기해야 하므로 구성의 개연성이 크게 더해져야 하고 이야기를 거래에 부칠 때에도 솜씨 좋게 상대를 휘두를 수 있는 꾀를 내야 할 것이다. 사실을 확신하게 하는 것보다 더 치밀하고 능란한 기법을 적용해야 하는 것이다. 이야기를 제시하는 방식에 대한 생각이 관심을 부르는 것은 이 맥락에서 더 긴요해진다. 일이 벌어지지 않았는데 이야기를 한다는 것 자체가 실은 성립할 수 없기 때문이다.

수차 언급한 대로 서사적 제시의 방식은 사후제시일 수밖에 없다. 일이 벌어진 다음이라야, 벌어진 사태를 두고서 이야기를 구성하여 담론에 부칠 수 있는 법이다. 그런데도 '사전제시(prolepsis)'를 개념적으로 상정하는 것은, 실제 벌어지지 않은 일에 대해 이야기할 경우에 대응하기 위해서이다. 물론 그런 경우라도 기본적으로 일이 벌어진 다음을 전제로만 이야기를 할 수 있으니 사전제시라도 실제 제시의 공정은 사후에 제시하는 식일 수밖에 없다. 요컨대 사전제시는 제시 공정의 실상에 대한 이름이 아니라 방법적 개념에 대한 이름이다. 허구적 이야깃거리를 전제로 구성과 담론의 양상을 이해해야 하는 정황을 조망하여 상정할 수 있는 개념적 술어인 것이다. 이러한 사전제시에 관여된 국면들은 '가능(한) 세계(possible world)'를 인지의 영역으로 편입시키는 중요한 계기이다.

가능 세계는 생각으로나 가능하지 실로 드러날 수 없는 영역이다. 그런데도 우리가 그 세계를 떠올리고 그 세계에 대해 말하여 이야기할 수 있는 것은 어째서이며 어떻게 그리할 수 있는가? 사전제시는 이 의문의 해법을 개념 층위에서 확증해 준다. 실상은 벌어지지 않은 허구라도 가상으로 벌여 놓고 이를 이야기할 수는 있는 것인데, 이를 사후제시에 대응시키면 모순항 밖에 생기지 않는다. 그래서 실상은 성립할 수 없으나 개념상 가능한 사전제시를 상정하여 논리적 난항을 모면할 수 있는 것이다. '사전제시'는 실상에 대한 지시적 술어가 아니라 현상에 대한 개념적 술어이다.

인간은 사전제시에 관여된 개념들로써 가능 세계를 창안하고 이를 전제로 새로운 서사의 여러 국면들을 창안해 왔다. 이를 바탕으로 현실에서 이룰 수 없는 꿈을 기술하거나 현실의 금기에 막혀 펴지 못한 열망을 표출할 길을 찾으며, 현실적 시공의 장벽 탓에 가닿지 못한 세계를 열어 젖히는 등, 존재의 자유로운 기획을 도모할 길을 찾을 수 있는 것이다. 사실이 아닌 세계를 역사와 현실의 장으로 이끄는 데 사전제시 서사의 전략적 거점과 그 효력의 수렴점이 있다. 신화에서는 물론 오늘날 다변화된 서사체에서 쉬이 볼 수 있는 숱한 판타지(fantasy)의 편린들을 두고서는, 사실과 허구의 관계에서 사실을 주축으로 상정하여 사실을 중심으로 가치의 위계를 편성하는 것이 얼마나 부당한가 하는 생각에마저 이를 수 있을 정도다. 사전제시 개념에 수렴되는 숱한 서사적 결실들을 온당히 수용할 수 있는 인지적 공정을 진전시키는 일이 요긴한 것은 이러한 정황에서다.

거짓말을 거짓말처럼 하면 거짓말이 될 수 없는 법이다. 거짓일수록 참인 것처럼 이야기해야 진짜 거짓을 짓는 데 성공할 수 있다. 부조리한 얘기처럼 들릴지 모르지만 이는 참으로 참된 얘기다. 참을 참으로 인지하는 공정에 비해 거짓을 참으로 인지하는 공정이 더 복잡다단하다. 제재 층위에서부터 허구인 이야기를 서사적 거래의 장에 부칠 때에는 그만큼 치밀한 구성과 유력한 담론 전략을 적용해야 한다. 사실과 허구의 관계를 견줄 때, 사실을 허구로 가공할 경우에만 유념하고 그 역의 경우는 염두에 두지 않는 수가 많은데, 이는 사실을 중심에 두는 개념 도식에 인지 전역이 장악된 탓일 것이다. 생각을 돌려 허구를 서사적 의사소통에 부쳐 최적의 담론적 효력을 거두기 위한 방편을 고심하는 것은, 인지적 개념 도식의 전향적 전환을 요하는 어려운 일이다. 그렇다고 해도 서사의 전역에 걸쳐 일어나는 현상이나 텍스트들을 상대로 온당하고 온전한 의미망을 얻기 위해서는 허구와 사실 사이에 가로놓인 역학 구도의 가능한 국면을 타진하여 의미와 가치의 가능성을 묻는 것이 온당하다. 특히 오늘날 서사 현상의 전역에서 보이는 판타지의 재소환 현상에 온전히 접근할 길을, 이와 같은 개념항에 대한 탐색을 단서로 찾을 수 있다. 이러한 현상의 지층을 시추하는 도구로 『고래』[47]를 시험 삼아 써 보자.

『고래』의 스토리라인은 '국밥집 노파'에서 '금복'과 '춘희'로 이어지는 여성 삼대록 형식을 띠는 기본 구성에 부쳐 역사적 격변기를 이야기하는 식으로 이루어진다. 그런데 이러한 표층과 달리 이면을 들추어 보면, 시간 순차적 경과나 인과 관계에 따른 사건의 발전적 양상과는 무연한 이야기 구성에 직면하게 된다. 요컨대 역사를 가장하였지만 정작 역사라는 실체를 정면으로 부정하는 이야기를 던져 놓은 전복적 구성이, 역사를 중심에 두는 사고 방식을 무색하게 한다. 역사에 관여된 개념 도식을 적용하여 읽어서는 안 되는 텍스트인 것이다.

『고래』에 쓰인 '역사'는, 소설에 채용된 역사가 '사실에 근사한' 서사로 변주된다는 기성의 상념에 반한다. 이 소설에서 '역사'는 사실적 제재에 상응하는 것이 아니며 제재라도 단편적 나열에 그친 이야깃거리로서 이를테면 역사의 형식을 빙자한 '참허구' 같은 것이라는 개념 도식의 바탕 위에 세워져 있다. 그 의미 양상도 일정한 의미를 산출하는 계기로 작용하지 아니하며 가십거리 수준에 국한되는 터라 허구적 설정을 되려 돋보이게 하는 국면을 띤다고 하는 편이 타당하다. 가령 역사적으로 중대한 테마인 '근대화' 과정에 대해 다음과 같이 서술하는 식이다.

> 근대의 물결은 여자들의 사생활에도 큰 변화를 가져와 이즈음에는 무명천을 빨아 쓰던 개짐에서 일회용 생리대로 바뀌어 있었던 것이다.
>
> (256)

일종의 미시사(micro-history) 기술의 방식을 연상시켜 제법 타당성 있는 역사적 기록처럼 보이는 언설이다. 그만큼 거시적 역사 기술의 결과보다 사실성이 더욱 돋보이는 듯한 인상을 주는 것도 사실이다. 그렇지만 이 문장에 적용된 문맥과 이 대목이 포함된 시퀀스의 국면 등 정황 조건을 고려하고 보면 그 격의 차이가 감지된다. 그럴싸해 보이면서도 일제 강점기와 전쟁, 군부 독재 시절 등과 같이 우리 역사의 과도기 또는 격랑의 시대에 벌어진 사건을 이야기한 것으로 설정된 터라 이 소설의 '서사적 역사'와 실제 역사 사이의 지시적 관계는 성립하지 않는 형국이다. 당최 역사적 사실에 근사한 개연성 있는 세계가 아니라 애초부터 허구로 일관된 세계를 제시한 것이다. 이를테면 실감이라는 환영(illusion)을 창출하여 그럴싸한 개연적 세계를 제시하는 데 관심한 것이 아니며, 현실에서 일탈하려는 꿈을 투사하여 조성한 판타지를 통해 '가능한 세계'를 제시하는 데 관심한 것이라 할 수 있다.

이러한 가능 세계의 구심인 '대극장'을 건축하는 일을 이야기한 대목들이 서사적 동력을 발전하면서 인지적 관심을 수렴한다. 다음을 보자.

> 오래전, 부둣가 도시에서 보았던 대왕고래의 거대한 이미지에 흠뻑 매료된 금복은 이십여 년이 흐른 뒤에도 그 황홀한 매력을 잊지 않았다. 금복의 주장에 따라 고래의 모양을 본따 설계가 이루어진 극장은 당시의 건축기술이 총동원된 첨단의 건축물이었다. (…중략…) 이즈음 금복에게 한 가지 커다란 변화가 생겼는데, 그것은 바로 아무 데서고 치마를 걷어 붙이고 건축업자가 됐든 목사가 됐든 공장의 인부가 됐든 가리지 않고 이불 속으로 끌어들여 마을 사람들의 입방아에 오르내렸던 바로 그 바람기가 사라졌다는 것이다. (256)

'첨단의 건축물'은 이 맥락만 따르자면 실제 건축된 대상이다. 그렇지만 그 모형에 상응하는 것이 실체 아닌 '이미지'이며 이 건축물 자체로서는 인물의 내밀한 욕망을 투사한 상징체로 제시되어 있다. 당시의 건축 기술이 총동원되었다고 하니 그럴싸해 보이는 반면 되려 과장이 심한 만큼 미덥지 못한 구석이 함께 배인 언설을 통해 제시된 터라 의구심만 증폭한다. 인지 회로에 모종의 장애가 발생할 우려가 생긴 셈이다. '대왕고래의 거대한 이미지'만 하더라도 인물의 기억에 기댄 대체 표상이니, 실상보다는 허상에 가까운 형상을 입은 채 제시되어 있다. 더욱이 저 거대한 극장을 세운 것을 계기로 인물의 과장된 바람기가 숫제 사라졌다고 하니 시쳇말로 '믿거나 말거나' 하는 수준의 이야기가 기술된 터다. 뒤이어 '금복'에게 호르몬의 변화가 생겨 '남성성'의 욕망이 새로 일어나서 이전의 욕망을 대신하게 되었다고 하니 그 허황함이 도를 지나친 형국도 감지된다. 이 인지적 간극을 어찌 처리해야 할지 의구심이 들 정도로 '대극장의 판타지'는 일반적인 서사적 인지 공정에 회부될 경우 무의미한 난항만 초래할 뿐이라 해도 과언이 아니다.

그런데 황당무계할 정도로 극한에 치달았다던 인물의 욕망을 단번에 채워 주는 공간의 표상, 그도 이미지로 환원된 공간의 설정이 그리 이질적으로 받아들여지지는 않을 수 있다. 이 소설의 서사적 설정과 지향에 익숙해진 뒤라면 그러한 것이다. 특히 죽음의 공포에 직결된 유년의 기억에서 벗어나고자 하는 안간힘이 저러한 과도한 욕망을 정점까지 치닫게 했다는 점을 들춘 대목을 접하게 된 터라 더욱 그러하다.

그날 이후, 소녀를 지배한 건 죽음에 대한 공포였다. 그리고 인생의 절대 목표는 바로 그 죽음으로부터 도망치는 거였다. 그녀가 좁은 산골마을을 떠난 것도, 부둣가 도시를 떠나 낙엽처럼 전국을 유랑했던 것도, 그리고 마침내 고래를 닮은 거대한 극장을 지은 것도, 모두가 어릴 때 겪은 엄마의 죽음과 무관하지 않았다. 그녀가 고래에게 매료된 것은 단지 그 크기 때문만은 아니었다. 언젠가 바닷가에서 물울 뿜는 푸른 고래를 만났을 때 그녀는 죽음을 이긴 영원한 생명의 이미지를 보았던 것이다.

이때부터 두려움 많았던 산골의 한 소녀는 끝없이 거대함에 매료되었으며, 큰 것을 빌려 작은 것을 이기려 했고, 빛나는 것을 통해 누추함을 극복하려 했으며, 광대한 바다에 뛰어듦으로써 답답한 산골마을을 잊고자 했다. 그리고 마침내 그녀가 바라던 궁극, 즉 스스로 남자가 됨으로써 여자를 넘어서고자 했던 것이다. (271)

궁극적으로 남자가 됨으로써 여자를 넘어서게 되고 이로써 자신의 욕망을 극한에서 채운다는 것은 곧 유년의 공포에서 벗어나는 데 상응하는 것으로 전제되었던 것이다. 이러한 전제는 기억이 낳은 기형적 욕망의 원흉이 된 유년의 트라우마가, 비극적 상황을 판타지에 투사함으로써, 해소 국면에 접어든다는 서사적 설정을 그럴싸하게 하는 한편, 이 서사에 투사된 가능 세계의 의미망을 되짚게 한다. 트라우마의 강력한 잠재력이, 기형적이지만 긍정적인 지향으로 폭발함으로써, 외상의 장악에 강하게 억압되었던 욕망을 적극적인 양태로 표출하여 존재를 자유로운 시공으로 기획하게 하는 서사적 치유의 '긍정 심리학'에 대한 가능성을 내보인 효과도 있다.

이러한 서사에 대한 인지 공정이 매우 역동적인 양상으로 선회하듯 진전될 것은 분명해 보인다. '죽음을 이긴 영원한 생명의 이미지'와 표상적 함수 관계로 설정된 '고래'를 통해 내세운 상징적 의미의 결실이 '거대한 극장'의 건축을 통해 환언됨으로써, 서사 공간을 통해 실존의 드넓은 지평을 기획할 수 있다는 해석이 가능해지는 것도 이 서사의 인지적 미덕이다. 욕망을 가둠으로써 존재의 자유로운 기획에 훼방을 놓는 제도적 폭압의 정점에서 작동하는 '여성(性)'을 해체하고 새로운 남성성을 입고자 하는 허황한 꿈조차 실현 가능한 세계를 제시한 것이 이채롭기도 하다. 진전되어 가는 여성성의 적극적 담론에 대한 새로운 도전처럼 비치는 면도 보이지만, 이는 표층에 제한된 모습일 뿐이다.

관건은 냉소 가득하게 펼쳐지는 서사적 담론의 전략을 인지 회로의 변수로 산입하는 것이다. 장대한 역사를 온통 지배한 '가부장적 질서'를 표면상 승인한 듯하지만 이면에서는 그 질서를 냉소함으로써, 가부장 체제를 승계하고 가부장적 문화를 축적한 역사적 연대기를 전복하려는 열망을 표현한 아이러니나 알레고리의 차원들을 대입하여 산술하고서야 온전한 해석의 결과치를 얻을 수 있다. 사실적 개연성이라고는 찾을 수 없는 엉뚱하고 부조리한 농언(弄言)들이 그럴싸한 계열에 배치되어 진전을 이루는 서사 담론의 양상만 하더라도, 단언으로써 폄훼할 수준에 그치지 않는다. '로고스 중심주의'가 떠받치는 가부장적 질서에 대해 조롱 섞인 이야기를 펼침으로써 전복적 담론을 국지적으로 배치하는 전략적 혜안을 엿볼 수 있는 여지가 다분하다고 할 수 있는 것이다. 물론 이야기의 인과성을 배제한 이야기 편린들을 나열한다고 그러한 전략이 무조건 적중한다고 고평하자는 것은 아니다. 플롯 개념에 사로잡힌 구성을 해체하여 새로 구성한 태를 잘 뽑낼 수 있을 만한 담론 양상에 주목하자는 얘기다.

『고래』특유의 담론 양상이 수렴되는 가치의 계열이 있다면 이는, 역사적 연대기를 가장한 허구적 구성과 허구의 서사 담론이, 이야기를 제시하는 방식에 관여된 서사에 관한 인지 도식의 창발을 도모한다는 점이다. 이는 이 소설이 장난스러운 만큼, 서사적 거래가 놀이나 경연의 장을 여는 데도 적극적이라는 생각에 방증을 더하는 것이기도 하여 의미심장한 단서로 보인다. 사실과 허구의 역학에 관여된 인지 공정에서 둘 사이의 관계는 단순히 더하기 연산에만 부쳐지는 것이 아니라 뺄셈에도 부쳐질 여지가 생겨 둘의 함수에 관여된 공리를 전제할 방안을 다시금 궁리해 봄 직하다.

가상·실재의 위상 전이와 모의 회로

이것은 이야기가 아니다.

이는 이를테면 '이것은 파이프가 아니다.'의 서사 버전이다. 부연하여 환언하자면 '이 이야기는 사실이 아니며 허구가 아니다.'가 된다. 이는 논리적 모순이거나 잘해야 역설이다. 그리고 보면 '모든 크레타섬 사람들은 거짓말쟁이다.'의 경우와 비견된다. 소위 거짓말쟁이 역설이 논리학의 오랜 난제였으니, 저 이야기의 역설은 서사론의 난제가 되는 것인가.

거짓말쟁이의 역설은 논리학의 난제일지는 모르지만, 이를 담론 층위의 언표로 두고 담론의 조건을 고려하여 이해하자면 난제 수준의 문제항이 아닐 수 있다. 문젯거리가 되는지조차 의구심이 들 수 있다. 왜냐하면 저 언표를 수행하는 이의 발화 행위 자체는 언표의 의미 대상일 수 없기 때문이다. 요컨대 이는 '메타 층위의 언술'이기 때문이다. 담론의 장에 부쳐질 때에 그 말의 발화자가 크레타섬 사람인지 여부는 진위 파악의 대상이 아니며 그의 담론적 수행은 언표 자체에 관여되기 전인 만큼 의미 요소에 포함되지 않는다. '메타 언어(meta-language)'를 개념 도식의 방법적 의미 계열에 올려야 하는 것이다. 실제 발화가 벌어지고 있는 시공에 거리를 두거나 그 시공과 위상이 다른 차원들로 구성된 별도의 조건들을 상정해야 하는 것이다.

서사적 메타제시(metalepsis)의 위상 또한 이와 마찬가지다. 서사가 언어 수행의 일환인 까닭에 서사 담론이 언어 일반의 담론에 관여된 개념 도식의 특수한 양상들로 이루어져 있을 것은 자명하다. 메타제시의 책략은 진전되고 있는 이야기에 대해 이야기하는 '이야기의 이야기'를 제시하는 식으로 적용되는 것이 거개다. 서사의 제재와 구성과 담론 사이의 경계가 해체되는 것은 물론 서사 담론과 서사 외적 담론의 경계가 해체되는 형국인 것이다. 그 과정에서 서사의 대상이 되는 세계와 서사를 수행하는 세계의 경계가 해체되는 국면이 이룩되는 터라 종내 사실과 허구, 가상과 실재 사이의 경계가 모호하거나 그 경계를 가로지르는 서사적 위상의 재편이 빚어진다. 서사의 가치를 수용하는 데 작용하는 인지 도식에서, 사실이냐 아니냐 허구냐 아니냐 하는 식으로 양단의 진위로써 가치를 판정하는 식을 대체하는 식이 요구되는 것은 수순이다. 가치의 척도에서 사실과 허구가 더는 시작점과 끝점으로 정해질 수 없게도 된 터다. 이차원의 척도인 눈금자가 아니라 삼차원 이상의 좌표를 구성하는 함수 요소들이 조합된 계열들을 측량할 수 있는 새로운 스케일 (scale, 척도)이 필요하다. 기억의 한계나 그 한계 내에 한정될 예견의 제한을 넘어설 수 있는 지표의 기획에 나서야 하는 것이다.

그 지표로서 가시권에 드는 개념이 가상실재 세계(virtual-real world)이다. 이는 단말 도구를 이용하여 실상에 근사한 대상이나 일을 가상적으로 체험하게 하는 소위 가상 현실(VR; virtual reality)과 구분할 필요가 있다. 가상 현실은 그 자체로서 허구적 설정이지만 현실에 근사한 상을 투사하여 제시함으로써 말 그대로 가상적인 실상을 체감하게 하는 것을 아우른다. 요컨대 이는 서사적 사전제시의 방식에 상응하는 개념 도식에 편입된다. 이와 달리 가상실재는 사실과 허구의 분별 자체부터 전제적 개념에서 소거되는 만큼, 실상에 근사한 체험이라거나 현실이 아니지만 현실 같은 형상이라거나 하는 것으로 환언될 수 없다. 대신 상황과 조건 맥락에 상응하는 근사치로써 가상과 실재 사이의 장력이 조율되는 구성적 개념이라 할 수 있다. '세계가 담론을 규정하는 데 비견되게 담론 또한 세계를 규정한다는 과학적 상대주의의 입론에 힘이 실리는 메타제시적 혼성 담론의 사례가 오히려 곧잘 드러난다.'[48]는 라이언의 통찰이 재삼 주목을 끄는 것은 이 맥락에도 관여된다. 관찰자는 관찰 중인 현상에 늘 간섭하므로 서술자는 이야기 진행 중인 서사 공정에 늘 간여하는 것이다. 서사는 의사소통에 부쳐지지 않고서는 성립할 수 없으므로 늘 담론을 통해서만 현상으로 드러날 수 있는데, 서사적 담론의 장에서 서술자는 서사 과정에 늘 가담한 채여야 한다는 점을 떠올리고 보면 그러하다. 담론 층위에서 진전되는 서사적 인지 공정에서 메타제시에 관한 개념 도식을 상수로 대입해야 하는 것은 논리적 전제라기보다 서사 현상이 성립할 수 있는 필요조건이다.

확신이나 가장의 인지 공정은 제재가 사실이든 허구든 간에 종내는 이야기의 내용이 사실이라고 수용하게 하는 데 거래의 목표가 설정된 서사적 인지 활동에 부쳐진다. 그런데 사실과 허구의 양단을 전제로 진전되는 이러한 서사의 양상과 달리, 처음부터 사실과 허구의 경계가 모호한 상황에서 비롯한 이야기의 출현에 직면할 수 있다는 데 유의해야 한다. 역사적 사실을 제재로 하면서도 이를 허구적 현실 상황에 투사하고 착종시켜 얻은 이야깃거리를 제재 삼아 지은 서사의 결실들이 실로 드러나고 있는 까닭이다. 이를테면 꿈과 현실의 경계가 모호한 상황을 실로 체험하는 정황이나, 공상 수준에 그친다고 하기에는 실현 가능성이 높아진 에스에프 서사(science fantasy)의 현황 등을 두고 보자면, 사실과 허구의 경계를 넘나들 수 없게 하는 벽으로 가로막힌 서사적 상황들만 설정할 수는 없는 것이다. 가상실재에 관여된 개념이 도입되어야 하는 셈인데, 서사는 이를 모의할 수 있는 최적의 기제 가운데 하나라는 점에 주목할 여지가 있는 것이다. 다시금 이승우의 『끝없이 두 갈래로 갈라지는 길』[49]을 읽고 이와 관련된 최적의 데이터 샘플을 구해 봄 직하다.

사람들은 믿지 않을 테지만, 왜냐하면 나도 믿지 않았으니까, 광화문 한복판에 땅굴이 있다는 것은 사실이다. (11)

이 문장은 이 소설의 각 장(章)마다 맨 처음에 반복·변주되어 제시된 언표이다. '사실'을 화제로 한 이 언표에서 대립되는 것은 사실과 믿음 개념이다. '땅굴'이 이 소설 전역에서 제재 요소로 쓰이고 있는 만큼 이 소설에서 다루는 서사 세계에 관한 전제적 개념 도식을 짓는 계기 또한 이 언표를 접할 때 지어진다. 그런데 사람들이 믿든지 말든지는 모르더라도 스스로 믿지 않는다면서 사실이라고 단언한 이 언표는 진위를 판정할 수 없는 구조의 문장으로 나타나 있다. 게다가 이에 관한 정보의 출처를 얘기한 부분에 직면하면서 그 사실 여부에 대한 관심은 인지의 초점에서 점점 멀어져 간다고 할 수 있다.

> 사람들은 믿지 않을 테지만, 왜냐하면 나도 믿지 않았으니까, 광화문 한복판에 땅굴이 있다는 것은 사실이다. (…중략…) 나는 그 이야기를 지난 8월 25일 밤에 김소령이라는 위인으로부터 들었다. '끝없이 두 갈래로 갈라지는 길'이라는 찻집에서였다. (11)

자신도 믿지 않는 이야기를 사실이라고 단언한 것은 맥 빠지게도 누군가의 전언을 근거로 하였다는 것이다. 그만큼 사실이라는 판정이 무색해지는 상황이 전제된 셈이다. 대신 곧이어 '끝없이 두 갈래로 갈라지는 길'이라는 표지가 인지적 전경에 부상한다. 이 소설의 제목 그대로인 만큼 메타 층위의 표지로 인지 회로에 산입된다. 이 또한 그 지시 대상이 실로 그곳에 있는지 여부와 무관하게 그곳에서 어떤 정황 가운데 광화문 땅굴에 관한 정보가 거론되고 이 서사의 단서 표지로 부상했는지 등에 관한 관심을 촉발함으로써, 이 서사 세계에서만큼은 자명한 사실적 지표를 부여받는다. 짐짓 사실과 가상의 경계가 모호해진 지경에 접어든 셈이다. 이런 가운데 다음과 같은 메타 층위의 진술에 인지적 초점이 모아지게 마련이다.

> 사실이지만 진실은 아니다. 몇 개의 사실이 포함되어 있지만, 그 몇
> 개의 사실들은 진실을 포섭하지 못한다. 때때로 우리는 진실을 감추기
> 위해 여러 개의 사실들을 늘어놓는다. 사실들을 나열함으로써 진실을
> 엄호하는 것이다. 그러나 진실은 다른 사실 속에 내장되어 있다. (15)

사실과 진실의 관계 설정에 관한 언술들이 이어지면서, 사실이 믿음을 환
언하여 지은 또 하나의 허구 같은 것일 수 있다는 점을 의식하게 한다. 진실
을 온전히 안을 수 없는 사실의 가치에 대해서 묻는 듯한 담론 패턴이 이
소설의 요소 요소에서 발견되기도 한다. 사실적 표층 이면에서 그 표층의
질서를 위태롭게 할지도 모를 유동체가 진실을 둘러싼 담론적 실천들
(discursive practices)로써 구성될 수 있다는 생각이, 사실에 관한 일반적 상념에
기댄 이념적 예단에 균열을 가할 수 있는 것이다. 되려 진실을 호도하여 모종
의 이념적 작화증(作話症)을 유발하는 사실의 담론적 실천에 도사린 저의를
들출 여지가 있음을 폭로하는 식이다. 편재해 있을 진실을 하나의 사실 체제
에 가두려는 음모 또한 메타 층위에서 진전되는 사실에 대한 담론의 구성을
통해 모습을 드러내게 하는 식도 나타난다.

이러한 서사의 개념 도식에 걸맞게도 이 소설은 사실을 반영하여 현실에
박진한 이야기를 전하는 서사가 아니라 이를테면 진실에 관여된 상들을 드러
내기 위해 서술된 서사를 지향한 듯하다. 그래서인지 현실에 은폐된 진실의
지하를 탐색하고 발견하여 조명하는 이야기가 거개를 이룬다. '광화문'과 '땅
굴'의 관계처럼 사실과 허구로 표지가 붙을 두 세계의 경계를 넘나드는 '취화
당'이라는 가상의 역사적 공간을 실상처럼 설정하는 것이 결정적인 담론 전

술이다. 역사적 기록의 외연을 취하지만 실제 사실 관계를 입증할 수 없는 곳이라는 점을 누누이 강조하는 언설들을 배치함으로써 사실과 허구 사이의 경계를 모호하게 하는 담론적 전략이 적중한 가상실재 공간이 설정된 것이다. 이 공간을 근거지로 하여 주인공들은 현실의 벽에 부딪혀 좌절되었던 꿈과 열망을 투사할 수 있게 된다. 현실 세계 바로 아래 가까이 있는 가상의 공간에서 현실의 한계를 되묻는 언설들이 메타제시의 효력을 증폭한다. 최초의 메타언어적 진술이 지속적으로 힘을 미치는 만큼, 메타제시로 구현되는 가상실재 공간의 의미망을 파악하는 일이 이 소설을 두고 진전될 인지 공정에서 중요한 거점이 될 것이라 예측하기 어렵지 않은 것이다.

"현실과는 다른 차원의 공간"(103)으로 대표되는 가상실재 공간의 자질에 대한 언설들이 포진하여 메타제시 표지의 계열을 이룬다. 소설 속 '취화당'은 꿈과 현실, 허구와 역사, 가상과 실상이 뒤섞인 양상으로 빚어진 태로서, 실제로는 실현될 수 없고 실현되어도 곤란한 현실적 열망이 투사된 공간은 실체를 지시할 수 없어야 되려 마땅하며 실상인지 가상인지 구분되지 않는 형상이어야 최적화된다는 점을 명변한다. 이렇듯 구성된 가상실재 공간에 관여된 개념 도식의 계열체를 통해 이 소설의 서사적 지향이 명징해지면서 이야기의 제재에 대한 인지적 초점을 옮기는 계기도 마련될 수 있는 것이다. 물론 그 지향이 단방향으로 정해져 있는 것이 아니며, 가상실재 세계의 구성 역학 자체가 그러한 것처럼, 여러 차원의 조합을 통해 지어질 가능성에 늘 노출되어 있다. 메타제시의 전략이 그러하다.

돌이켜 보건대 저 앞에서도 보았던 영화 <매트릭스> 연작은 사실과 허구가 착종된 세계에 대한 상상의 여지를 극단까지 밀어붙이며 사실과 허구에 관한 전복적 상념을 천연스레 던진다. 우리가 사는 현실 세계는 실상이 아니라 가상으로 지어진 세계로, 실제로 경험하는 세계의 고통스런 현실을 호도하기 위한 프로그램의 결과로 빚어진 허상들이 투사된 세계라는 것이다. 인간이 주체로서 기능하지 못하는 세계의 단면이 반드시 가상은 아닐 터, 이 영화에 담긴 세계관의 근간을 이루는 아이러니 구도는 그러함 직하다는 수긍을 자아낼 만하다. 무엇보다 가상실재와 실재 사이의 착종 관계에 대한 성찰을 바탕으로, 우리가 경험하는 세계와 개념으로 떠올려 지을 수 있는 세계 사이의 경계를 해체하여 전복적인 새 관계를 구성해야 하는 정황에 대한 알레고리로서 이 영화를 수용할 만한 것이다. '우리는 상상 속에서 다른 세계들을 방문할 수 있지만, 우리 몸은 스택의 기저에 우리를 묶어 둘 뿐이다.'[50] 라는 라이언의 전언이 이해의 맥락을 하나 더 얻은 셈이다.

문학적 거래의 장을 열어 사람들이 얻고자 하는 바는 백이면 백으로 제각각일 것이다. 같은 문학 텍스트에 대한 인지 방식 또한 가까이서 보면 각양이고 각색일 것이다. 그렇지만 다소 시야의 거리를 두고 포착할 수 있는 계열적 양상을 정리할 수는 있을 테며 이로써 문학적 수행에 적용되는 인지 도식과 이를 통해 진전되는 인지 공정의 위상 변이 국면을 가늠할 수 있을 것이다. 가령, 숱한 사실과 허구가 편재한 문화의 장에서 서사적 수행으로써 일정한 의미와 가치를 산출하고 소통하는 사람들의 인지적 목표에 대해 각양각색의 편린들 개개를 대상으로 삼아서는 해석상 무한 루프에 걸려 공전만 거듭할 공산이 크다. 대신 앞서 살핀 대로, 서사 제시의 세 양상에 대응되는 인지 공정의 개념 도식과 회로 모듈을 정돈하여 계열화함으로써 사실과 허구를 둘러싸고 펼쳐지는 인지 회로와 그 공정상 드러나는 위상들에 용이하게 접근할 수 있다. 다만, 사후제시, 사전제시, 메타제시 등 서사 제시의 양상 구분이 잠정적이듯 인지 공정의 계열 양상 또한 잠정적이겠지만, 가설 수준에 그친 이 생각을 거점으로 텍스트들을 상대한 실험적 분석·해석 작업을 통해 검증하고 반증하는 성과들이 더해질 전망을 세운다고 못할 일은 아닐 것이다.

　문학을 거래하는 데 쓰이는 담론의 양태들이 모습을 달리하며 투입되고 있다면 양상의 변화가 축적된 위상의 변이를 점치는 단계에 접어들지도 모른다. 문학 이론은 그렇다면 어떠한 단계에 와 있는가? 스스로 물어 도약을 예비해야 하지 않을까. 이미 문학장은 사실과 허구의 양단을 선택하라는 우문으로 정리할 수 있는 단계가 아닌 까닭이다. 문학이 더하는 삶의 너른 의미망과 가치의 위상 변이 국면에 대해 관심하는 것이 '문학 더하기'의 수렴점일 수 있음은 말할 나위 없다.

°주

1　Joseph Frank, "Spatial Form in Modern Literature", *Widening Gyre*, Rutgers UP., 1963, p. 10.
2　Marie-Laure Ryan, *Avatars of Story*, Minnesota UP., 2006, p. 204 참조.
3　위의 책, 같은 쪽.
4　위의 책, 같은 쪽 참조.
5　위의 책, 205쪽 참조.
6　위의 책, 205~206쪽 참조.
7　위의 책, 206쪽.
8　위의 책, 같은 쪽.
9　프랭크(Frank), 앞의 책, 15쪽 참조.
10　라이언(Ryan), 앞의 책, 206쪽.
11　위의 책, 같은 쪽.
12　위의 책, 206~207쪽 참조.
13　위의 책, 207쪽.
14　위의 책, 같은 쪽 참조.
15　위의 책, 같은 쪽.
16　위의 책, 208쪽 참조.
17　위의 책, 208~209쪽 참조.

18 위의 책, 209쪽.

19 위의 책, 210쪽 참조.

20 위의 책, 211쪽.

21 위의 책, 211~212쪽.

22 위의 책, 212쪽 참조.

23 위의 책, 같은 쪽 참조.

24 위의 책, 같은 쪽 참조.

25 이는 '공간 형식'의 주요 표지로 거론된다(프랭크(Frank), 앞의 책, 13~15쪽 참조).

26 라이언(Ryan), 앞의 책, 209쪽 참조.

27 위의 책, 같은 쪽 참조.

28 위의 책, 210쪽.

29 위의 책, 같은 쪽.

30 위의 책, 같은 쪽.

31 위의 책, 같은 쪽 참조.

32 위의 책, 같은 쪽.

33 위의 책, 210~211쪽 참조.

34 Patrick O'neill, *Fictions of Discourse*, Toronto UP., 1994, p. 6 참조.

35 라이언(Ryan), 앞의 책, 217쪽.

36 위의 책, 225~226쪽 참조.

37 위의 책, 214쪽 참조.

38 위의 책, 227쪽 참조.

39 위의 책, 같은 쪽.

40 위의 책, 228쪽.

41 위의 책, 228~229쪽 참조.

42 위의 책, 230쪽.

43 Paul B. Amstrong, *How Literature Plays with the Brain*, Johns Hopkis UP., 2013., p. 59 참조. Bernard J. Baars and Nicole M. Gage, 강봉균 역, 『인지, 뇌, 의식』, 교보문고, 2012, 299~300쪽 참조.

44 William R. Uttal, *Mind and Brain; A Critical Appraisal of Cognitive Neuroscience*, The MIT Press, 2011, pp. 367~369 참조.

45 임철우, 「봄날」, 『곡두 운동회 외』, 한국소설문학대계 83, 두산동아, 2009. 이하 인용할 때에는 인용문 뒤에 쪽수만 밝힘.

46 현재 공식적인 명칭은 '광주 민주화 운동'인데, 명칭을 선택하는 것 자체가 이에 대한 인지 도식의 선택에 관여된다. 이하 인지적 중성화(cognitive nutralization)를 위해 '5·18'이라 약칭하기로 한다.

47 천명관, 『고래』, 문학동네, 2004. 이하 인용할 때에는 인용문 뒤에 쪽수만 밝힘.

48 라이언(Ryan), 앞의 책, 214쪽.

49 이승우, 『끝없이 두 갈래로 갈라지는 길』, 창해, 2005. 이하 인용할 때에는 인용문 뒤에
    쪽수만 밝힘.
50 라이언(Ryan), 앞의 책, 203쪽.

°문학 더하기 문학_ 지평

　문학은 고정불변의 실체가 아니다. 문학은 그 본질이 자명하게 주어져 있지 않으며, 그 자체로서 독립적 영역에서 단독자로서의 지위를 확보하고 있을 수 없다. 문학이 필연적이거나 필수적인 어떤 것이어서 인간 삶의 전역에 걸쳐 힘을 발휘할 수 있는 것은 아니다. 문학은 지고한 정신 활동의 결정체로서의 절대적 가치를 지닐 수 없으며, 범접할 수 없는 고차원의 위상을 점하고서 인간 활동의 전모를 관장하고 제어하는 심급일 수 없다.

　문학은 조건 변수에 따라 구성되는 인간 수행의 한 현상이다. 삶의 필요에 따라 문학적 방식이 채용되고 문학적 텍스트가 산출되어 유통되는 과정에서 그 자질이 획득되는 구성적 산물이다. 삶의 환경과 제도나 규율과 같은 사회 문화적 구조가 변화하는 데 조응하여 문학의 역할이나 문학의 형태, 문학에 관여된 수행 양상은 물론 문학 장르의 변인이 생긴다. 이러한 변인에 따라 문학을 생산하고 소비하는 경로와 방향이 달리 구성되고 문학을 통해 생성되는 의미와 가치의 네트워크가 달리 진전될 여지가 지어진다. 사회와 문화의 변동 주기가 짧지 않고 역동적인 국면의 변모 양상이 자주 이어지는 것이 아닌 만큼 저러한 변화의 국면이 늘상 생기는 것은 아니지만, 문학의 위상을 조망하고 전망할 지평이 옮겨질 수 있는 가능성에 늘 대비해야 한다. 양적 변화의 진폭이 크지 않더라도 축적된 변화의 잠재력이 촉발될 때 빚어질 사회 문화의 질적 변화의 계기를 염두에 두고 보면, 문학의 급격한 위상 변이의 징후를 눈여겨보아야 하는 것이다.

오늘날과 같이 중심의 이념이 해체되어 가치의 재편이 삶의 전역에 걸쳐 진전되는, 이를테면 '포스트 시대'의 환경 변수에 노출된 문학은 그 자질 면이나 담론적 수행 국면에서 어떠한 가치의 계열을 구성할지, 문학의 긍정적 의미망을 더하기 위한 입장에서는 초미의 관심사다. 이성 중심의 세계관 하에서 맹위를 떨치던 '과학·사실·서구·남성' 등과 같은 '주류'를 이루는 이념항은, 주변으로 내몰린 상대적 가치를 폄훼한 채 이들에 대해 거론할 여지조차 봉쇄하면서, 그 입지를 누대에 걸쳐 완강하게 다져 왔다. 이러한 중심의 이념항이 이룬 완고한 개념 도식을 해체함으로써, 주변으로 흩어진 채 형해(形骸)만 남은 상대적 가치항들을 복원하고 그 개념의 계열을 재구성하여, 가치와 의미의 여러 구심을 지으려는 모색이 탈중심 전략의 거점이다. 일견 과학적이고 객관적인 방식의 영역에서 소외될 위기에 처한 문학이 사실과 현실에 관심하여 이를 박진하게 형상화하는 기법을 안출하고 적용하는 데 진력하거나 현실 세계의 문제를 비판하고 모종의 해결책을 제시하려는 주제 의식을 표출하는 경향성을 띤 것은, 문학이 중심의 주요 영역을 차지해야 한다는 절박한 탐심이 응축된 바탕에서 파생된 현상일 것이다. 소위 정신문화의 정수에 문학의 위상을 정립하려는 인문주의(humanism)의 바탕은 중심의 가치 자질과 문학의 가치 자질이 사뭇 상반된다는 판단에서 선수를 친 것이고 이 수가 절묘하게 적중한 묘수였던 셈이다. '문학 지상주의'는 애초에 문학이 모든 영역의 가치 위에 군림할 가치를 지녔다는, 다른 물질 영역의 가치로 감히 환산할 수 없다는 억견(臆見)을 합리적인 입론의 위상을 갖춘 것처럼 위장하기에 손색 없는 지칭이다. 문예 사조사를 들춰서 그 태생이 어떠하였는지 보자면 옹색하기도 하고 어찌 생각하면 절박하였던 '문학 예술' 영역의 생존 전략이 연민을 자아내는 것이 사실이다.

　가치의 중심을 상정하고 다른 가치를 주변화함으로써 그 여지를 인정하지 않으려는 중심의 이념을 해체하는 전략적 거점을 세울 때 유의할 점은, 주변에 내몰린 가치의 여지를 새로운 중심으로 끌어 올려서는 안 된다는 것이다. 혹은 기존에 중심을 이루던 가치의 계열을 전적으로 부정하여서도 안 된다는 것이다. '해체는 파괴가 아니다!' 거듭 레고 블록을 떠올려 보라. 블록으로 지은 집 같은 모형을 파괴할 때와 해체할 때의 수행 양상은 사뭇 다르다. 파괴할 요량이라면 강한 강제력으로 산산히 부수어야 하며 그 결과로 복원 불가한 쓰레기만 남는다. 이에 반해 해체할 요량이라면 블록 하나 하나를 뽑아서 한데 모아 본래 블록 더미를 얻게 되어 다시금 다른 모형을 조립할 수 있는 여지를 남기게 된다. 해체는 구성을 다시 하기 위한 예비 과정인 것이다. 중심에서 주변으로 내몰린 가치들의 복원 전략을 구성하는 것이 중심의 해체 다음에 이어질 수행의 수순이다. 또 다른 중심을 상정하는 우를 경계하면서, 여러 구심들을 구성하여 가치의 여러 국면들을 바로 세우는 방식을 모색하는 것이 중심 해체의 진전 과정이다. 중심이 해체된 시대는 여러 영역을 가로지르는 네트워크의 시대에 상응하는데, 오늘날 사회 문화적 환경의 변모 양상은 네트워크의 긍정적 방식이 잘 작동하는 현황으로 드러난다. 이러한 조건 변수에 대응하여 문학적 수행을 통해 지어지는 삶의 여러 구심들을 모색하는 일이 긴요해졌다고 할 만하다. 문학이 인간 삶의 긍정적 가치를 더하며 문학의 진전을 이루어 오게 한 문학의 자체 동력은 어떠한지 문득 궁금해지는 셈이다.

　문학에 문학을 더하면 어떠할까.

　우선 신화에 대한 얘기로 말문을 열어 보자. 신화는 문학의 벼리이자 문학의 원형이며 문학의 원천이다. 신화가 더하는 문학의 자질이나 의미망을 살피는 일은 문학의 바탕을 탐색하는 일에 상응한다.

신화는 말로 전해진 이야기가 본디 모습이다. 구전되던 신들의 이야기가 서사시의 형태로 구색을 갖추어 문학적 차원을 한층 더함으로써 전승의 중요한 전기를 이룬다. 오비디우스의 빼어난 시편들이 응집된 『변신(*Metamorphosis*)』이 소위 그리스·로마 신화의 한 정점을 이룬다. 향유층이 한정될 수밖에 없는 서사시의 형태는 좀더 쉽게 접근할 수 있고 즐거이 듣고 읽을 수 있는 형태의 이야기 양식으로 다시금 장르적 재편을 거친다. 문학의 대중적 저변을 확산하는 데는 일상적 산문 형태의 변환이 긴요한 법이다. 이러한 형태적 변환 과정에서 사람들 일반의 취향에 부응하고 이해의 난이도를 조정하여 접근의 장벽을 낮추는 방편으로 신화적 스케일의 서사가 좀더 세속화되는 공정을 거친다. 신화의 위의와 격조를 덜어내는 대신 시속(時俗)의 흥미 요소를 가미하는 식으로, 운문에서 산문으로 격을 낮춘 서사의 양태는 사람들의 욕망을 투사하는 이야기 편들로 재편된다. 이러한 서사적 재편은 대중적 확산을 부르는 한편 좀더 분방한 형식과 내용을 담을 수 있는 여지를 엶으로써 문학적 수행의 의미와 가치의 망을 새로이 직조할 지평을 확장하여 문학이 진전할 수 있는 동력을 더한다.

노래든 이야기든 전승된 양태의 문학적 진전은 문화적 전이성(轉移性)과 적층성(積層性)을 안는다. 여러 사람들의 경험과 감정과 생각이 어우러지고 공유되어 디테일이 가감되는 과정에서 때로는 원천의 주제가 다른 양상으로 전이되는 경우가 발생하게 마련이다. 물론 그 적층과 전이의 과정이 지난한 문화적 과정에 부쳐지지 일순간 일거에 뒤바뀌는 일은 찾아보기 어렵다. 사람들이 경험하고 느끼고 생각하면서 이어가는 삶의 방식을 그리 쉽게 바꾸려들지는 않는 법이다. 개개인의 일거수 일투족을 두고 보자면 또 모르지만 총체적 생활 양식의 구조적 국면에서 변동의 스케일을 크게 잡을 수는 없다.

변증법적 양질 전환의 법칙에 근사한 경우로 변화의 결정적 계기가 있을 때 그 양상이 급격하게 진전되는 양 비쳐지는 면은 있다. 총체적 국면에서 격변으로 보이는 면면이 삶의 지엽적인 장에 즉각 적용되어 체감되는 식은 아닐 수 있으며, 일상에 적용되는 기본적인 삶의 방식 면에서 큰 변화가 감지되는 것은 아닐 수 있는 것이다. 주도적인 삶의 방식에 변화가 있다고 해서 이전의 방식이나 주도적인 것 이외의 방식이 금세 사라지거나 모습을 바꾸지는 않는다는 점을 염두에 두는 것도 긴요하다. 문학의 장르적 변화 양상 또한 이러한 양상에 준한다.

신화와 문학의 경계와 이행의 국면이 문학 장르 변인의 영향을 받는 것은 수순이다. 신화 자체로서 문학의 한 장르에 해당하며 동시에 문학의 원천으로서 기능한다. 특히 실락원(*paradise lost*)의 주제는 문학적 모티프의 여러 차원을 점하는 소스이다. 낙원에서 추방당한 인간의 원죄가 인간적 고통과 갈등의 동인이 된다는 개념적 계열의 보편성이 주요 신화 편들에서 확인되는 바이다. 낙원을 상실한, 적확히 말하자면 낙원에서 쫓겨난 인간이 스스로 열어 가야 하는 세상의 서막은 노동과 출산의 고통을 짊어져야 하는 현실이었다. 이제는 꿈만 같은 이상 세계에서 이행하여 현실로 직면하게 된 세계는 어느 하나 호락호락하지 않다. 땅을 갈아 경작하는 노동으로써만 생존할 양식을 얻을 수 있는 것부터가 인간이 원죄로 부과받은 업의 원천이다. 무엇이든 애써 얻어야 하는 현실의 조건이 무한정의 욕망과 부딪침으로써 갈등의 계기가 된다. 최초의 살인 사건이 벌어지고 이로써 편이 나뉘며 힘의 위계가 지어져 갈등과 다툼의 소지가 폭증하게 되는 식으로, 인류의 고통스러운 실락원 역사의 서막이 열린다는 것이 유대의 창세 신화를 근간으로 하는 서양 문학의 단서이다. 물론 이러한 창세의 신화적 시나리오가 유대 민족의 신화에 국한되지 않고 보편적으로 확인되는 만큼 이러한 문학적 모티프가 신화와 문학의 함수를 연산할 때 대입할 수 있는 상수에 상응하는 것이 사실이다.

상대적으로 실락원의 고통을 짊어진 인간이 제 앞에 주어진 환경을 극복하고서 낙원에 상응하는 문명 세계를 열어 간 것은 신격에 도전하는 인간급 역량의 위대함을 과시하는 새로운 신화를 쓰게 하는 바탕을 이룬다. 잘 알려져 있듯이 유대의 창세 신화에서 인간의 원형인 아담과 이브가 에덴에서 추방당한 직접 원인은 금기인 '사과'를 몰래 따 먹은 죄 탓이다. 야훼 신이 이를 금기로 한 것은 그 사과가 선악을 분별하게 해 주는 소위 '선악과'이기 때문이다. 이를 먹은 남녀가 처음 한 일이 자신들의 치부를 가리는 행위였다는 것은 이전의 순진무구한 상태에서 벗어나 사리를 분별할 수 있는 능력인 이성을 갖추게 되었음을 가리키는 설정이다. 신이 자신의 형상 그대로 사람을 지었으나 자신만의 유일한 능력인 이성만큼은 부여하지 않았던 것이다. 이성은 곧 창조의 바탕이다. 짐짓 '문명 창조'의 신화는 신만의 능력인 '이성'마저 훔친 인간이 신격에 근사한 역량으로 카오스를 코스모스로 전환한 우주 창생의 신화와도 같은 문명 세계를 열어 젖힌 도정을 그럴싸하게 꾸며 이야기한 결실로 얻은 것이다. 신격에 귀속될 신화의 모티프를 문학에 채용함으로써 인간이 스스로 얻은 신격에 근사한 위상을 과시하는 '인간 신화'를 지은 셈이다.

문학은 문명 세계에서 쓰인 새로운 신화이다. 물론 인간 스스로 열고 급속히 확장해 진전시키는 문명 세계가 삶의 전역에 걸쳐 인간적 열망을 온전히 실현해 주는 것은 아니다. 되려 문명으로써 밝힌 세상의 그늘진 구석이 사람들을 문명의 낙원 이전의 카오스적 혼돈이나 문명의 낙원을 상실한 또 하나의 실락원 상태에 상응하는 문제 상황을 키운다. 이러한 고통의 현실에서 사람들이 떠올리는 신화적 판타지가 문학의 동력이 된다. 현실의 벽에 부딪히거나 그 벽과 부딪친 열망을 투사할 수 있는 길이 문학으로써 열린다. 저명한 종교학자 엘리아데(Mircea Eliade)가 역사적 위기 상황에서 사람들이 '영원 회귀(eternal return)'의 신화를 요구한다고 한 것은 적확한 진단이다. 문학에 투사된 신화의 모티프는 역사의 시대를 사는 이들이 신화에 접근할 수 있는 용이한 경로인 셈이다. 적어도 현실에서 출발한 문제 상황을 현실로 되돌리려는 근대 문학의 정언 명령이 내려지기 전까지는 문학이 신화의 자리를 대신하기라도 하듯 사람들의 열망을 투사하는 역을 가장 잘 담당해 왔던 것이다.

실락원의 이야기는 문학의 주요 모티프로 채용되어 왔다. 천상의 세계에서 죄를 짓고 그 죗값을 치르기 위해 인간 세계로 쫓겨난 이가 온갖 고역을 겪고서 자신의 죗값을 치른 후 원래의 자리로 회귀한다는 이야기가 그 모티프의 근간이다. 인간 세계에 적강(謫降)한 인물은 천상의 죄인이지만 지상에서는 영웅적 풍모를 드러내며 성장하는 인물형이다. 주인공으로 번역되는 용어가 히어로(hero)라는 점은 문학적 서사에서 주 인물의 역할과 그 수행의 위상이 신화적 영웅에 근사하다는 점과 직결된다. 문학은 신화의 변주 형태인데 이는 신화의 유형 간의 관계와 연관된다.

신화라고 하면 통상 우주 창생의 신화를 가리킨다. 절대적 신격이 태초의 어둠에 빛을 비춘다거나 혼돈에 생명의 힘을 가하여 피조물이 질서 정연한 섭리의 세계를 창조하는 시나리오가 골자를 이룬다. 이는 혼란스러운 상황에서 오는 불안과 고통을 없애고 안정된 세계로의 이행을 꿈꾸는 사람들의 여망을 기조로 한 투사체로서 기획된 것이 실상일 것이다. 창조된 세계의 안정된 영역에서 다른 피조물들을 다스리는 지위를 얻은 인간이, 그 질서의 안녕을 해치는 욕망을 발동하여 낙원을 잃게 됨으로써 혼돈의 상황에 처하게 되고, 혼돈의 어둠(chaos)을 밝혀 다시금 새로운 빛의 질서(cosmos)를 염원하게 되는 것은 수순이다. 이러한 열망을 영웅들의 수행에 투사하는 것이다. 이렇듯 새로운 세계의 질서를 세울 영웅의 행보는 안정된 나라를 세우는 건국의 주역을 앞세운 건국 신화의 양태를 안출하게 되는 거점이다. 난세가 영웅을 낳는다는 말은 영웅을 부르는 사람들의 투사(projection) 작용에 대한 이해를 수월히 해 준다. 삶의 위기 상황에서 난세를 쾌도난마하여 새로운 질서를 세우는 건국의 영웅을 부르는 것은 인간적 열망의 공역이다. 디테일이 다를지라도 세계 곳곳의 건국에 관한 서사에서 공통분모를 이루는 것이 바로 건국 영웅의 신화적 스케일이다. 상대적으로 영웅적 수행의 완성도를 가늠할 스케일이 나라를 세우는 일련의 과정을 측량하는 데 대응되어 있으며, 새로운 세계를 세우고 잘 다스리는 인물형을 창출하는 데 영웅 신화의 완결판이 이어진다고 해도 좋다.

그래서 신화적 모티프에서 역사적 모티프로 이행하는 문학적 과정의 진전이 그리 이채롭지는 않다. 역사의 스케일을 신화의 스케일로 가늠하는 것을 두고 사실을 허구로 치환하여 자칫 왜곡의 빌미가 된다고 흘겨볼 이유는 없다. 앞서 여러 장에서 얘기한 대로 사실과 허구의 경계는 시쳇말로 넘사벽이 아니라 서로의 영역을 오갈 수 있도록 설정된 문턱과도 같은 것이다. 실은 사실과 허구 사이의 경계를 가를 수 있는 자연적 기준 자체가 무색할 뿐, 현상을 이해하기 수월하도록 설정한 개념상 분절의 상대항으로서 유효한 값을 세울 수 있다. 적어도 역사의 모두(冒頭)가 신화에 상응하는 서사적 요소로 채워져 있는 것만큼은 엄연히 보편화된 경향이다. 물론 역사와 신화의 경계가 모호한 현황을 앞세워 특히 역사적 사실을 왜곡하는 이념적 책동과 그 저의에 도사린 음모마저 온당한 것으로 옹호하는 것은 곤란하며 그리 할 수는 없는 노릇이다. 신화와 역사의 경계를 해체하는 일은 그렇듯 단순한 이원적 환원 관계를 전제로 진전될 것이 아니다. 그 일은 사실과 허구의 양단을 설정하고 어느 편을 중심의 가치로 세움으로써 의미와 가치의 여러 가능성과 다양한 조합의 여지를 차단하는 음모에 저항하는 태도를 기조로 한다. 신화를 지어 삶의 방편으로 채용하려는 심산, 역사를 돌이켜 삶의 진전을 도모하는 전망 등이 어우러져, 삶의 바탕을 단단히 다지고 진전의 동력을 얻으려는 인간급 수행의 전략이 적중될 수 있는 개연성이 더해진다. 신화든 역사든 문학적 모티프로서 채용되어 온당하게 변주된 양태로 문화적 과정에 편입될 때에 최적의 가치가 산출되는 것이다. 이는 안정된 삶의 장소를 얻으려는 인간적 열망과 이 열망을 투사한 초판과도 같은 신화가 실제 역사적 도정에서 부딪칠 수밖에 없는 여러 난항들에 대한 해체적 대응을 가능하게 하는 원천으로 활용되면서 여러 이형들로 재편될 여지에 부쳐진다. 이로써 삶의 희망을 추동하는 긍정적 동력으로 작용하게 하는 문학의 가능성 내지 기능성을 증폭하는 거점이 의미심장하게 부상한다.

신들의 이야기인 신화와 인간의 이야기인 문학 사이의 경계와 이행 국면에서 펼쳐지는 인간 삶의 역학 구도에 대한 이해가 관건이다. 신격과 인격의 경연장과도 같은 신화의 텍스트 자질에 주목하고 보면, 신화의 주인공인 신의 형상은 원체 인간의 열망이 단적으로 투사된 형상이라는 점을 인정하게 된다. 신들의 행적을 보자면 초인적 캐릭터의 이중성을 엿볼 수 있다. 성스럽고 차원 높은 능력으로써 인간 세계를 컨트롤하는 위의를 보이는 반면, 인간의 내밀한 욕망이 극대화된 형태의 욕망을 발산하고 채우는 행위를 서슴지 않는다. 인간으로서 감히 범접할 수 없는 역량은 물론 감히 상상조차 할 수 없을 욕망의 하드코어를 발산한다. 성(聖) 속(俗) 양면에 걸쳐 가히 인간의 급을 넘어서는 것이다. 그래서 어찌 보면 신의 형상을 본따서 인간을 지었다는 신화의 벼리는 인간의 이상적 형상을 투사하여 신의 형상을 지었다고 돌려 해석해도 좋을 것이다. 우리에게 신화란 일상적 현실을 투사한 낭만과 이상이 구현된 세계를 만끽할 수 있게 하는 스펙타클 같은 것이다. 신격은 인격의 최적화된 형상으로서, 실제로는 구현될 수 없는 실체적 본질을 총합한 개념 양태로 주어진다. 영웅은 신화 속 신격이 역사화된 형상이며, 영웅을 경유하여 신격에 근사한 인간 형상의 이상적 위상에 육박할 수 있다. 그래서 신이나 영웅을 앞세워 제시되는 신화는 기본적으로 이념적이다.

신화는 이념적 표상을 근간으로 지어지고 유포된다. 신이든 영웅이든 그 주역들이 펼치는 장대하고 위대한 수행을 통해 세워진 신세계는 새로이 재편된 질서에 따라 제어되어야 하므로 이를 장악한 절대적 힘의 정립이 중심 테마다. 우주 창생이든 새로운 나라의 건설이든 창조의 결과는 그 주역에게 힘이 집중되는 기제의 창출을 정당한 것으로 추인한다. 모든 신화는 강력한 지배 이념의 정립으로 수렴되는 것이다. 그 신화가 담론적 실천에 부쳐질 때 사람들의 인지적 도식을 이루는 개념 계열을 획일화된 스케일로 통제함으로써 인지적 창발을 봉쇄하게 마련이다.

신화는 신격의 존재를 주역으로 한다. 신격이 인격에 사상될 때 영웅이 탄생한다. 영웅의 존재적 자질은 하향식(top-down) 지배 구조를 공고히 하는 집단적 이념의 환원주의를 옹호하는 담론을 양산하는 거점으로 활용된다. 난세를 평정하고 새로운 질서를 급속히 공고하게 하기 위해서 요구되는 톱다운의 의사 결정 방식이 신화의 담론 패턴에 채용되기 십상이다. 지배의 이념으로 환산되는 수순에 접어들 이러한 담론 패턴은 결정론적이고 묵시록적인 서사 구조로 귀결되는 숱한 변이형들로 위장하여, 사람들 사이에서 벌어지는 일상의 담론적 실천을 장악한다. 이러한 담론적 실천에 작용하는 이데올로기의 간계를 온전히 읽어서 담론의 경로를 역추적하여 저의를 간파하는 '비신화화'적 수행을 전제하지 않고서 그 표층적 제재의 채용에 국한된 문학의 원형은 톱다운의 신화적 담론 패턴을 고스란히 취한다. 신화를 통해 유포하려는 이념에 문학적 당의(糖衣)를 입혀 구미를 당김으로써 사람들을 교묘하게 매혹한다. 신화와 제휴한 문학의 원형은 신화의 자질을 온전히 해체하지 못한 형태의 한계를 드러내는 경우가 허다한 것이 사실이다.

신화의 해체 혹은 비신화화적 전략은 지배적 신화의 이념에 오염된 담론을 해체하는 데서 진전의 동력을 얻는다. 일상의 담론적 실천에 도사린 신화의 그늘을 걷어 내고, 일상을 장악한 하향식 이념의 저변들을 들추어 해체하여 다시금 구성할 수 있는 재료 상태로 복원해 두는 일이 긴요하다. 삶의 긍정적 의미와 가치의 네트워크를 구성함으로써 문화적 진전의 바탕을 얻을 수 있다는 점에서 비신화화의 전략은 다중의 방향에서 다차원의 조합을 통해 구성할 수 있다. 따라서 신화 그 자체는 문학적 낯설게하기의 표적이 되어 마땅하다. 사람들의 인지 도식을 부지불식간에 장악하고 있는 이념의 상투형을 들추어 해체함으로써만 인지적 창발을 이루고 문화적 과정의 진전을 이룰 수 있다. 신화는 문학적 전형(轉形)을 통해 새로운 의미와 가치를 파생시킴으로써만 사람들의 삶의 장에 의미심장한 결실을 돌려줄 수 있다. 신화는 비신화화 공정을 거침으로써 비로소 삶에 긍정적인 방식으로 수용될 여지가 열릴 수 있는 것이다.

신이나 영웅에 가탁하여 삶의 문제 상황을 해소하려고 도모하는 일이 실은 실현 불가능하다는 점을 의식하는 전제가 필요한데 이러한 근본적인 문제를 호도하고서 짐짓 현실의 한계를 넘어선 신세계에 대한 환상에 몰입하게 하는 것이 신화의 본색이다. 이념의 간계는 사람들로 하여금 무엇인가에 몰입하여 헤어나지 못하는 지경을 지음으로써 사람들이 다른 생각을 할 여지를 주지 않는 데서 효력을 발하기 시작한다. 신화의 담론적 실천은 신세계의 환상으로써 사람들을 매혹하고 그 환상에서 벗어나지 못하게 인지적 감금을 기도하는 데서 최적화된다. 그러므로 신화의 비신화화 전략의 구심은 몰입과 환상과 매혹의 담론 패턴을 들추어 이에 대응하는 대항 담론을 활성화하는 것이다. 거리두기, 환의 멸, 관조적 시선 등과 같이 문학적 낯설게하기의 방식을 유효적절하게 적용하면 좋을 것이다. 문학은 비신화화의 전술적 구심이다.

특히 디지털 네트워크 시대의 명암에 비추어 신화와 이념에 대한 통찰이 각별히 요구된다. 새삼스럽지만 신화의 시대와 무관할 듯한 첨단의 디지털 문명은 '다시, 우리에게 신화란?' 하는 식의 물음을 던진다. 오늘날 인간의 문명은 인간의 영역을 넘어선 신의 영역에 근사한 창조의 결실인 까닭이다. 새로운 신화의 동력과 그 원심에 대한 성찰의 전략들을 다각적인 산술항에 대입해야 할 텐데 그 해법의 주요 회로에 문학 모듈이 산입된다.

문학은 삶의 전역에 걸쳐 사상(事象)들을 조망하여 사람들에게 긍정적인 영향을 끼치는 의미와 가치를 발굴하고 달리 조명할 수 있는 담론 양식이다. 이런 맥락에서 하향식 이념의 유포에 기여하며 톱다운의 질서 유지에 복무하는 신화와, 신화를 주제적 원형으로 적용한 문학의 양태에 비해, 비루하고 세속적이지만 인간 본성에 해당하는 열망을 투영하여 지은 판타지 문학의 자질에 주목하게 된다. 신화의 스케일에 비해 그 가치를 잴 만한 척도조차 온전히 대응시키지 못할 정도로 폄훼되곤 하는 판타지에 대한 개념 계열을 정비할 여지가 있는 것이다. 인간의 원초적 욕망과 감성을 낮잡아 보는 시선 자체가 신화적 이념에 강요된 인지적 속박에서 비롯한다. 몸이 움직이는 욕망의 기제가 역동하는 다차원적 수행의 양상을 두고서, 경계를 나누고 위계를 세워 어떤 것은 중심에 세워 고평하고 어떤 것은 아예 그 가치를 측량조차 하지 않는 부당한 생각을 자명한 양 위장해서는 곤란하다. 성스러운 가치를 담았다는 신화든 시속의 비루하고 음습한 욕망을 싸질러 놓았다는 판타지든 비현실 혹은 초현실의 영역에서 벌이는 가상의 서사로써 이루어진 개념 계열이 바탕이라는 면에서 공유 영역이 크다. 성과 속을 나누는 개념 도식 자체가 성역을 중심에 둔 이분법적 사고 방식이어서 해체 대상으로 삼아야 할 것이다. 그 기준에서라도 신화에서 속된 요소를 보기 어렵지 않고 판타지에서도 신성의 요소를 찾을 수 있는 경우가 적지 않은 터라, 신화와 판타지의 경계를 서로 넘나들 수 없는 벽으로 가를 수는 없는 노릇이다. 다만 신화가 톱다운식 이념의 유포에 쓰인다면 판타지는 인간적 열망을 투사하는 보텀업 방식 담론의 구성과 소통에 쓰인다는 점에서 짐짓 변별되는 자질은 뚜렷한 편이다. 이 맥락에서, 기성의 질서에 균열을 가함으로써, 억압된 인간적 수행의 여지를 확장하여 긍정적 의미망을 구성하는 문학에서 판타지를 소환함으로써 낯설게하기의 최적화된 전략을 모색해 왔던 지난한 과정을 온당히 수긍할 길이 열린다. 문학은 이념적 억압 구조에 대항하는 담론의 장을 엶으로써 성원들의 분방한 의사소통을 활성화하는 기제로서 존립하고 진전할 수 있다. 문학을 통해 사람들은 삶의 여지를 확장할 수 있고 긍정적 가치를 확산할 수 있는 계기를 얻는다. 문학은 과연 인간 삶에 여러 가치를 더할 때 최적의 값을 내는데, 판타지를 문학에 더함으로써 그러한 값을 유효하게 산술할 개념 변수를 계열화할 수 있었다. 판타지는 '문학 더하기 문학'에 관여된 주요 변수인 것이다.

문학적 변주의 결과와 태생적으로 문학의 외연과 자질을 안은 벼리가 동일할 수는 없다. 신화는 문학적 변주의 대상으로 채용되는 까닭에 그 바탕의 자질과 개념 도식의 작동에서 자유로울 수 없다. 그로부터 벗어날 수 있는 길은 본원에 대한 조망과 해체의 길을 모색하는 전망에서 비롯할 수 있다. 판타지는 그 자체로서 일상과 사실 세계의 속박에서 벗어나려는 모색에서 비롯하는 문학적 낯설게하기의 방식과 방법적 개념을 통해 외연과 자질이 구성된 구성적 담론으로서 전말이 드러난다. 통상 문학의 원형을 신화에서 찾지만, 이는 주제의 원천이라는 위상에 초점을 맞춘 것이며 문학에 플러스 자질을 부여하는지 여하에 대한 분석적 판정은 전혀 반영되지 않은 생각이다. 이보다는 문학의 자질이나 기능, 의미와 가치 등에 관한 전역적 판정을 단서로 문학에 플러스 자질을 부여하는 판타지에서 문학의 원형에 근사한 경우가 비롯한 것이라 하는 편이 온당해 보인다. 판타지의 진전된 형태인 로망스 계열의 텍스트 양태가 문학의 진전 과정의 장대한 시기와 영역에 편재한다는 점이 재삼 이목을 끄는 것이 이러한 정황과 궤를 같이한다.

판타지가 더하는 문학적 위상에 관한 전망은 디지털 네트워크 시대 문학의 위상 변환과 공역이 크다. 첨단의 과학 문명과 비현실적·비과학적 판타지의 조합이 모순된 듯하거나 어불성설일 듯 여겨질 법하지만, 일견 오늘날의 눈부신 과학 문명은 사람들의 판타지 열망이 없이는 짐짓 꿈도 못 꿀 것이었다. 허무맹랑한 판타지를 실현하고자 하는 열망이 과학의 발전을 추동하는 동력이었던 셈이다. 특히 디지털 네트워크 기술을 바탕으로 한 오늘날 삶의 면면은 불과 한 세대 전만 해도 꿈 같은 일이었다. 가상이지만 실재하는 디지털 네트워크의 공간적 기획의 결실은, 판타지는 실현됨으로써 비로소 판타지일 수 있다는 아이러니를 반증한다고 할 수 있다. 인간의 현실적 제약과 장소적 장벽을 넘어설 수 있는 단서는 꿈이나 이상에 불과한 것으로 치부하지 않고 열망을 투사할 수 있는 '마음 공간'을 창출하는 데 있다. 투사 없이는 진전이 있을 수 없다. 무엇인가 허황한 상상을 가능하게 하는 마음이 과학 기술의 진전을 이끄는 계기였던 것은 인류의 문명사가 인증한 바이다. 진일보한 기술을 적용하여 더 나은 도구를 만들 수 있는 바탕은 창발적 설계이다. 환(幻)을 멸(滅)하는 현실에만 머무르지 않고 환(幻)의 상(想)을 기획할 수 있는 마음이 과학 기술의 진전을 촉발하고 기술의 적용 가능성을 극화한다. 정신과 문물이 별개로 대립하는 것이 아니다. 마음이 문명을 촉발하고 문명의 진전이 마음의 지평을 확장하는 선순환의 구도가 인간급의 문명 창조를 가속해 왔던 것이다. 오늘날 디지털 네트워크를 통해 구성된 가상실재는 가상이라서 허무맹랑한 것이거나 실재라서 공고히 주어진 선연한 실체에 국한된 것이 아니라, 가상이지만 실재하고 실재하지만 지시적 대상이 없는 마음에 구성된 공간에 상응한다. 문학은 이러한 가상실재의 미디어로서, 관련 기술이 있기 이전의 조건에서도 가상실재를 구성하는 마음 공간을 잘 매개해 왔다. 한 시대를 풍미한 이성적 인간을 넘어선 새로운 인간형에 관한 테제가 문학적 인간을 한 축으로 의미망을 구축해 갈 수 있을 것이라 전망해도 좋다. 근대적 인간형(humane)에 관여된 의미와 가치의 계열에서 진전된 탈인간형(post-humane)에 관한 개념적 계열의 제안이 이 맥락에서 의미심장하다. 문학 더하기 문학에 부쳐진 산술의 조건과 변수가 새로 생긴 셈이다.

인간을 넘어선 문학적 인간에 관한 의제에 관심을 돌이킬 시점이다. 인간을 닮으려는 경향의 포스트휴먼 기획과 인간에서 탈피하려는 포스트휴먼 기획의 이중성이 문학적 인간에 관한 의제를 둘러싼 논의의 여지를 풍성하게 한다. '인간을 벗은' 포스트휴먼 코스프레든 '인간을 입은' 포스트휴먼 코스프레든 간에, 사람들에게 던져진 문학에 덧붙은 조건과 변수를 통해 새로 풀어야 할 문제가 우리를 즐겁게 한다. 문학은 어느 조건에 부쳐져서나 주어진 상수를 낯설게하기 가능한 항에 대입시켜 왔다. 근대의 유토피아에서 묵시록적 디스토피아를 묵인하든, 새로운 미래에 대한 유토피아의 판타지를 새로 쓰든 간에, 인간의 한계를 넘어서고자 하는 기획은 문학적 인간을 움직이는 중요한 동인이 된다. 미래에 대한 낙관적 시선을 통해 인간의 한계를 넘어서려는 꿈을 투사하는 것이 허망한 공상으로 귀결될 수도 있지만, 문학적 설계와 구성을 거쳐 문학 특유의 텍스처를 구현하는 공정을 거치는 동안, 공상 수준에 그치지 않는 가상실재의 의미와 가치를 더한 전망으로 이어지게 마련이다. 미래에 대한 비관적 시선에서 비롯한 상상의 결과, 인간의 세계를 인간의 피조물인 기계들에 넘겨줄 수 있다는 우려를 표하는 음수값을 변수로 대입하는 경우를 이에 견주어 예상할 바는 아니다. 근대적 인간의 지표에서 벗어나려는 의중의 소산인 포스트휴먼의 기획이 기계적 결정에 대한 우려에 가로막혀서는 곤란하다. 되려 인간의 자유 의지에 대한 신뢰를 바탕으로 인간 고유의 수행적 자질과 인지적 자질을 진전시키는 정향에서 그 구도를 설계하는 것이 온당하다. 이성을 굳이 변별하여 특권을 부여하고 차원 위의 중심에 두어 일견 현실 속 사람들의 면면을 초극한 초인적 인간 형상을 '인간적'이라고 상정한 근대적 이념을 해체하는 데서 포스트휴먼의 단서를 조망해야 하는 것이다. 인간의 수행과 인지에 관여된 신경망의 작동 양태에 주목하고 보면 이성과 감성의 변별은 어불성설인지라 근대적 인간형 자체가 무색한 허구에 불과하다. 신경망의 작용으로써 이루어지는 수행과 인지의 전역에 걸쳐 확인되는 것은 몸으로 작동하는 사람의 움직임이다. 이러한 몸의 움직임으로 주안점을 옮기는 것이 휴먼에서 포스트휴먼으로 개념의 계열(paradigme, 패러다임)을 이동하는 주요 계기이다. 디지털 네트워크 조건에서 위상이 변환될 문학이 사람에게 더하는 개념 계열이 이와 궤를 같이한다.

'문학 더하기'는 삶에 긍정적 의미와 가치를 던지는 문학의 자질과 위상에 대한 생각을 정돈하는 인지적 창발에 관여된다. 이는 곧 문학의 가치에 대한 자기 성찰을 촉발하는 문제로서 던져지는 산술항이기도 하다. 사람들에게 음수의 해를 제시하는 문학적 산술에 던지는 비판의 온당한 바탕을 '문학 더하기'를 통해 얻을 수 있다. 사람들이 삶의 전역에서 양수의 해를 낼 수 있도록 돕는 일이야말로 문학이 모색해 왔고 여전히 모색하고 있으며 계속 모색해야 할 업이다. '문학 더하기, 더하기 문학'에 상응하는, 문학이 조건 변수로 더해진 중층적 함수가 '문학 더하기 문학'이다. 문학에 가치를 더하는 문학의 수행과 전망을 염두에 두고, 낯설게하기의 문학적 전략을 삶의 전역에 걸쳐 적용할 수 있도록 문학이 문학을 더한 산술식을 푸는 데 '적극' 힘써야 한다. 낯설게하기는 삶에 의미와 가치 변수를 더하는 문학적 더하기의 수행 전략이다.

문학의 부정적·소극적 술책을 경계하라! 삶의 기본적 가치에도 미치지 못한 채 암수(暗數)와 수사(修辭)로 위장한 문학의 음수들을 최소한 초기화하기 위해서라도 문학의 양수들을 배가하여 대입할 필요가 있다. 사람들에게 삶의 진전 동력을 제시하지 못하고서 되려 퇴행을 유발하는 숱한 문학의 네거티브들이 산포해 있는 까닭이다. 문학은 삶의 퇴행 기제가 아니라 삶의 진전 기제를 추진하는 동력원이어야 그 자질이 달성될 수 있는 법이다. 이 점을 고려하여 문학의 조건과 변수에 늘 주목하되, 조건 변수가 사람들의 삶의 진전을 도와서 긍정적 가치를 산출하는 담론의 장을 형성하는 문학의 상수를 능가하는 것이어서는 안 된다는 데 유의해야 한다. 문학은 긍정적·적극적 기제로서 문화적 과정에 기여해야 하기 때문이다. 문학이 더하는 삶의 진전 동력에 주목하라! 정언명법에 가까운 이 말이 '문학 더하기'의 잠정적 산술치이다.

°참고문헌

│국내서│

강남준 외,『디지털 시대의 사회적 소통, 매체, 그리고 문화적 실천』, 서울대언론정보연
　　구소, 2005.

김성곤,『탈구조주의의 이해』, 민음사, 1990.

김성곤,『포스트모던 시대의 작가들; 미로속의 언어』, 민음사, 1990.

김성기,『포스트모더니즘과 비판사회과학』, 문학과지성사, 1991.

김치수,『문학사회학을 위하여』, 문학과지성사, 1979.

김태환,『문학의 질서』, 문학과지성사, 2012.

김　현,『문학사회학』, 민음사, 1987.

노양진,『몸이 철학을 말하다』, 서광사, 2013.

박동숙·전경란,『디지털/미디어/문화』, 한나래, 2005.

박유희,『디지털 시대의 서사와 매체』, 동인, 2003.

송효섭,『문화기호학』, 민음사, 1997.

신미경,『프랑스 문학사회학』, 동문선, 2003.

유승호,『디지털 시대의 영상과 문화』, 미술문화, 2006.

유현주,『하이퍼 텍스트』, 연세대출판부, 2003.

이상섭,『문학 이론의 역사적 전개』, 연세대출판부, 2002.

이재선,『현대소설의 서사주제학』, 문학과지성사, 2007.

이정모,『인지과학』, 성균관대출판부, 2009.

임기대 외,『양방향 쌍방향의 문화』, 한양대출판부, 2004.

임지룡,『의미의 인지언어학적 탐색』, 한국문화사, 2009.

정명환 외,『20세기 이데올로기와 문학사상』, 서울대출판부, 1980.

최문규,『문학 이론과 현실 인식』, 문학동네, 2000.

최문규 외,『기억과 망각―문학과 문화학의 교차점』, 책세상, 2003.

최성민,『다매체 시대의 문학 이론과 비평』, 박이정, 2017.

홍성호,『문학사회학, 골드만과 그 이후』, 문학과지성사, 1995.

갤러거, 숀·자하비, 박인성 역, 『현상학적 마음』, 도서출판b, 2013.

루카치, 게오르그, 반성완 역, 『루카치 소설의 이론』, 심설당, 1998.

리쾨르, 폴, 박병수·남기영 공역, 『텍스트에서 행동으로』, 아카넷, 2002.

리쾨르, 폴, 양명수 역, 『해석의 갈등』, 아카넷, 2001.

바아스, B. J., 강봉균 역, 『인지, 뇌, 의식』, 교보문고, 2010.

벤야민, 발터, 박거용 역, 『문화유물론의 이론적 전개』, 현대미학사, 2005.

벤야민, 발터, 반성완 편역, 『발터 벤야민의 문예이론』, 민음사, 1981.

벤야민, 발터, 조형준 역, 『아케이드 프로젝트』, 새물결, 2005.

벤야민, 발터, 차봉희 편역, 『현대사회와 예술』, 문학과지성사, 2001.

앤더슨, 존 로버트, 이영애 역, 『인지심리학과 그 응용』, 이화여대출판부, 2011.

야우스, H. R., 장영태 역, 『도전으로서의 문학사』, 문학과지성사, 1986.

지마, 페터, 허창운 역, 『텍스트 사회학』, 민음사, 1991.

토로로프, 츠베탕, 최현무 역, 『바흐찐: 문학사회학과 대화이론』, 까치, 1987.

파센, 플로리안, 임호일 역, 『변증법적 문예학: 마르크스주의 문학이론과 문학사회학』, 지성의 샘, 1997.

페나, M. S., 임지룡·김동환 공역, 『은유와 영상도식』, 한국문화사, 2006.

푸코, 미셸, 문경자·신은영 공역, 『성의 역사2, 쾌락의 활용』, 나남, 1990.

푸코, 미셸, 이광래 역, 『말과 사물』, 민음사, 1987.

푸코, 미셸, 이규현 역, 『성의 역사1, 앎의 의지』, 나남, 1990.

푸코, 미셸, 이혜숙·이영목 공역, 『성의 역사3, 자기에의 배려』, 나남, 1990.

해리스, 마빈, 유명기 역, 『문화유물론: 문화과학의 정립을 위하여』, 민음사, 1996.

홀, 존, 최상규 역, 『문학사회학』, 혜진서관, 1987.

히긴스, E. S, 조지, M. S., 김범생 역, 『신경·정신의학의 뇌과학』, 군자출판사, 2013.

___ 저자의 논저

『혼불읽기 문화읽기』(한길사, 1999)

『혼불의 언어』(한길사, 2001)

『경계와 이행의 서사 공간』(서강대학교 출판부, 2011)

『서사+문화@혼불_α』(전남대학교 출판문화원, 2017)

『소설 FAQ』(전남대학교 출판문화원, 2019)

「서사의 디지털 자질과 서사 공간」(『한국언어문학』, 2008-12)

「가상실재적 서사 공간의 기획과 메타제시」(『시학과언어학』, 2012-2)

「문학+사회@디지털 문화장」(『현대문학이론연구』, 2015-3)

「감성의 서사 공정과 문화적 인지 도식」(『호남문화연구』, 2018-12)

「'역사±소설'의 인지 공정」(『비평문학』, 2019-12)

「서사적 창의의 인지 공정과 해석학적 순환」(『현대문학이론연구』, 2020-12)

「기억의 재응고화와 역사적 외상의 서사적 시멘트」(『호남학』, 2021-12)

「기호와 구조를 에워싼 문학적 개념 계열의 재구성」(『현대문학이론연구』, 2021-12)

| 국외서 |

Armstrong, Paul B., *How Literature Plays with the Brain; The Neuroscience of Reading and Art*, Jones Hopkins UP., 2013.

Attridge, Derek (ed.), *Post-Structuralism; and the question of history*, Cambridge UP., 1987.

Bachelard, Gaston, John R. Stilgoe(trans.), *The Poetics of Space*, Beacon, 1994.

Bakhtin, Mikhail, Helene Iswoisky (trans.), *Rablais and His World*, MIT, 1968.

Bal, Mieke, Christine van Boheemen (trans.), *Narratology*, Totonto UP., 1985.

Bal, Mieke (ed.), *Narrative Theory — Critical Concepts in Literary and Cultural Studies*, Vol.IV, Routledge, 2004.

Bechtel, William and Graham, George (ed.), *A Companion to Cognitive Science*, Blackwell Publishing, 1998.

Bermúdez, José Luis, *Cognitive Science: An Introduction to the Science of the Mind*, Cambridge University Press (Kindle edition), 2014.

Benjamin, Walter, Rolf Tiedemann (hrgb.) *Das Passagen-Werk*, Gesammelte Schriften V·1, Suhrkamp Verlag, 1989.

Bleicher, Josef, *Contemporary Hermeneutics*, RKP, 1983.

Bloom Harold, *A map of misreading*, Oxford Univ., 1975.

Bollnow, Otto Friedrich, *Studien zur Hermeneutik Band I, II*, München, 1982.

Bollnow, Otto Friedrich, *Die Lebensphilosophie*, Springer-Verlag, 1958.

Bruner, Jerome, *Acts of Meaning*, Harvard UP., 1990.

Bruner, Jerome, *Actual Minds, Possible Worlds*, Harvard UP., 1986.

Bruner, Jerome, *Making Stories*, Harvard UP., 2002.

Casey, Edward S., *The Fate of Place*, California UP., 1998.

Caruty, Cathy (ed.), *Trauma: Explorations in Memory*, Johns Hopkins UP., 1995.

Chatman, S., *Story and Discourse*, Cornell UP., 1978.

Comer, C., & Taggart, A., *Brain, Mind, and the Narrative Imagination*, Bloomsbury Publishing (Kindle edition), 2021.

Dehaene, Stanislas, *Consciousness and the Brain*, Penguin Books (Kindle edition), 2014.

Dear, Michael J. & Flusty, Steven (ed.), *The Space of Postmodernity*, Blackwell, 2002.

Dobie, Ann B., *Theory into Practice*, Wadsworth Publishing, 2014.

Dollimore, Jonathan & Sinfield, Alan (ed.), *Political Shakespeare; New Essays in Cultural Materialism*, Manchester University Press, 1985.

Eagleman, David, *The Brain: The Story of You*, Vintage (Kindle edition), 2015.

Eaglton, Terry, *After Theory*, Penguin, 2004.

Eaglton, Terry, *How to Read Literature*, Yale UP., 2013.

Eaglton, Terry, *Literary Theory*, Minnesota UP., 2008.

Fauconnier, Gilles & Turner, Mark, *The Way We Think*, Basic Books, 2002.

Feld, Steven & Basso, Keith H. (ed.), *Senses of Place*, SAR Press, 1996.

Fish, Stanley, *Is There a Text in This Class?; The Authority of Interpretive Communities*, Harvard UP., 1980.

Fiske, Susan T., *Social Cognition*, Sage Publications Ltd., (Kindle edition), 2020.

Frank, Joseph, *The Widening Gyre*, Rutgers UP., 1963.

Furst, Lilian R. (ed.), *Realism*, Longman, 1992.

Gavins, Joanna & Steen, Gerard (ed.), *Cognitive Poetics in Practice*, Routledge, 2003.

Geertz, Clifford, *The Interpretation of Cultures*, Basic Books Inc., 1973.

Genette, Gérard, Jane E. Lewin (trans.), *Narrative Discourse*, Cornell UP., 1980.

Goulimari, Pelagia, Literary Criticism and Theory: From Plato to Postcolonialism, Routledge, 2014.

Habermas, Jürgen, *Kultur und Kritik*, Frankfurt, 1977.

Habermas, Jürgen (Hrsg.), *Hermeneutik und Ideologiekritik*, Frankfurt, 1971.

Heidegger, Martin, *Sein und Zeit*, Zwölfte, unveränderte Auflage, Max Niemeyer Verlag, 1972.

Herman, David (ed.), *Narrative Theory and the Cognitive Sciences*, CSLI, 2003.

Herman, David, *Storytelling and the Sciences of Mind*, The MIT Press, 2013.

Hillebrand, Bruno, *Mensch und Raum im Roman*, Winkler-Verlag, 1971.

Hogan, Patrick Colm, *Cognitive Science, Literature, and the Arts*, Routledge, 2003.

Holland, Norman N., *Literature and the Brain*, The PsyArt Foundation, 2009.

Johnson, Mark, *The Meaning of the Body; Aesthetics of Human Understanding*, Chicago UP., 2007.

Keen, Suzanne, *Empathy and the Novel*, Oxford UP., 2007.

Kövecses, Zoltán, *Metaphor and Emotion*, Cambridge UP., 2000.

Kövecses, Zoltán, *Metaphor in Culture*, Cambridge UP., 2005.

Kövecses, Zoltán, *Metaphor*, Oxford UP., 2010.

Lakoff, George, *Women, Fire, and Dangerous Things*, Chicago UP., 1987.

Lakoff, George & Johnson, Mark, *Metaphors We Live By*, Chicago UP., 1980.

Lakoff, George & Johnson, Mark, *Philosophy in the Flesh*, Basic Books, 1999.

Lakoff, George & Turner, Mark, *More than Cool Reason*, Chicago UP., 1989.

Link, Jürgen & Link-Heer, Ursula, *Literatur-soziologisches Propädeutikum*, UTB799, W.Fink, 1980.

Low, Setha M. & Lawrence-Zuniga(ed.), *The Anthropology of Space and Place*, Blackwell, 2003.

Maclean, Marie, *Narrative as Performance*, Routledge, 1988.

Malmgren, Carl Darryl, *Fictional Space in the Modernist and Postmodernist American Novel*, Associated University Presses, 1985.

Madison, G. B., *The Hermeneutics of Postmodernity*, Indiana Univ., 1990.

Malpas, Jeff, *Heidegger's Topology: Being, Place, World*, The MIT Press, 2006.

Merleau-Ponty, Maurice, Colin Smith (trans.), *Phenomelology of Perception*, Humanities Press, 1962.

Merleau-Ponty, Maurice, Alden L. Fisher (trans.), *The Structure of Behavior*, Beacon, 1963.

Merleau-Ponty, Maurice, James M. Edie (ed.), *The Primacy of Perception*, Northwestern University Press, 1964.

O'neill, Patrick, *Fictions of Discourse: Reading Narrative Theory*, Toronto UP., 1994.

Parker, Robert Dale, *How to Interpret Literature, Critical Theory for Literary and Cultural Studies*, Oxford UP., 2014.

Rapaport, Herman, *The Literary Theory Toolkit: A Compendium of Concepts and Methods*, Wiely-Blackwell, 2011.

Resick, Patricia A., *Cognitive Processing Therapy for PTSD: A Comprehensive Manual*, The Guilford Press (Kindle edition), 2016.

Ricoeur, Paul, Emerson Buchanan (trans.), *The Symbolism of Evil*, Beacon, 1967.

Ricoeur, Paul, Robert Czerny (trans.) *The Rule of Metaphor*, Rouledge & Kegan Paul, 1978.

Ricoeur, Paul, J. B. Thompson (ed. & trans.), *Hermeneutics & the Human Sciences*, Cambridge University Press, 1982.

Rimmon-Kenan, Shlomith, *Narrative Fictions: Contemporary Poetics*, Methuen, 1983.

Rivkin, Julie, *Literary Theoy: An Anthology*, Blackwell, 2004.

Ryan, Marie-Laure, *Avatars of Story*, Minnesota UP., 2006.

Ryan, Marie-Laure, *Narrative as Virtual Reality*, Johns Hopkins UP., 2001.

Spolsky, Ellen, *Gaps in Nature; Literary Interpretation and the Modula Mind*, State University of New York Press, 1993.

Stevens, Anne H., *Literary Theory and Criticism*, Broadview Press, 2015.

Stockwell, Peter, *Cognitive Poetics; an introduction*, Routledge, 2002.

Sutherland, Sherman, Understanding Literary Theory, Sabino Falls Publishing, 2016.

Tuan, Yi-Fu, *Space and Place*, University of Minnesota Press, 1977.

Turner, Mark, *Literary Mind*, Oxford UP., 1998.

Turner, Mark, *The Origin of Ideas*, Oxford UP., 2014.

Turner, Mark (ed.), *The Artful Mind*, Oxford UP., 2006.

Said, Edward W., *Beginnings; Intention and Method*, Basic Books Inc., 1975.

Said, Edward W., *Orientalism*, Panthon Books, 1978.

Said, Edward W., *The World, the Text, and the Critic*, Harvard Univ., 1983.

Sell, Roger D., *Literary Pragmatics*, Routledge, 1991.

Turner, Victor, *The Ritual Process, Structure and Anti-Structure*, Aldine, 1977.

Turner, Victor, *Dramas, Fields and Metaphors, Symbolic Action in Human Society*, Cornell Univ., 1975.

Uttal, William R., *Mind and Brain*, The MIT Press, 2011.

Vallega, Alejandro A., *Heidegger and the Issue of Space: Thinking on Exilic Grounds*, The Pennsylvania State University Press, 2003(Amazon Kindle Edition, 2008).

Varela, Francisco J., *The Embodied Mind: Cognitive Science and Human Experience*, The MIT Press (Kindle edition), 2017.

Whitehead, Alfred North, *Process and Reality*, Harper & Brothers, 1960.

Wierzbicka, Anna, *Emotions across Languages and Cultures*, Cambridge UP., 1999.

Wilson, Scott, *Cultural Materialism*, Blackwell, 1995.

Zimmerman, Jeffrey, *Neuro-Narrative Therapy: New Possibilities for Emotion-Filled Conversations*, W. W. Norton & Company (Kindle edition), 2018.

___ 아마존 킨들 전자책(Amazon Kindle edition)_ 하이퍼 링크

Alexander, Eben, *Living in a Mindful Universe: A Neurosurgeon's Journey into the Heart of Consciousness*

Altes, Liesbeth Korthals, *Ethos and Narrative Interpretation: The Negotiation of Values in Fiction*

Baldick, Chris, *The Oxford Dictionary of Literary Terms (Oxford Quick Reference)*

Barrett, Lisa Feldman, *Handbook of Emotions, Fourth Edition*

Barrett, Lisa Feldman, *How Emotions Are Made: The Secret Life of the Brain*

Bermúdez, José Luis, *Cognitive Science: An Introduction to the Science of the Mind*

Boyer, Pascal, *Minds Make Societies: How Cognition Explains the World Humans Create*

Buchanan, Ian, *A Dictionary of Critical Theory (Oxford Quick Reference)*

Buonomano, Dean, *Your Brain Is a Time Machine: The Neuroscience and Physics of Time*

Burke, Michael, *Literary Reading, Cognition and Emotion: An Exploration of the Oceanic Mind*

Chandler, Daniel, *A Dictionary of Media and Communication (Oxford Quick Reference Online)*

Christian, Brian, *Algorithms to Live By: The Computer Science of Human Decisions*

Cotterell, Arthur, *A Dictionary of World Mythology (Oxford Quick Reference)*

Csikszentmihalyi, Mihaly, *Creativity: Flow and the Psychology of Discovery and Invention*

Dahlstrom, Daniel O., *The Heidegger Dictionary (Bloomsbury Philosophy Dictionaries)*

Damasio, Antonio, *Descartes' Error: Emotion, Reason, and the Human Brain*

Damasio, Antonio, *The Strange Order of Things: Life, Feeling, and the Making of Cultures*

David, J. Bodenhamer, *Deep Maps and Spatial Narratives (The Spatial Humanities)*

David, J. Bodenhamer, *The Spatial Humanities: GIS and the Future of Humanities Scholarship*

Dehaene, Stanislas, *Consciousness and the Brain: Deciphering How the Brain Codes Our Thoughts*

Dennett, Daniel C., *Brainstorms: Philosophical Essays on Mind and Psychology (The MIT Press)*

Dennett, Daniel C., *Consciousness Explained*

Dennett, Daniel C., *Elbow Room: The Varieties of Free Will Worth Wanting (A Bradford Book)*

Dennett, Daniel C., *From Bacteria to Bach and Back: The Evolution of Minds*

Eagleman, David, *The Brain: The Story of You*

Fiske, Susan T., *Social Cognition: From brains to culture*

Foresman, Galen A., *The Critical Thinking Toolkit*

Gaboury, John, *Jung Mathematically Modified: A Geometric Structural Link Between Mind and Matter*

Gazzaley, Adam, *The Distracted Mind: Ancient Brains in a High-Tech World (The MIT Press)*

Gorman, Jack M. *Neuroscience at the Intersection of Mind and Brain*

Herman, David, *Basic Elements of Narrative: What's the Story?*

Herman, David, *Narrative Theory: Core Concepts and Critical Debates*

Herman, David, *Routledge Encyclopedia of Narrative Theory*

Herman, David, *Storytelling and the Sciences of Mind*

Hyvärinen, Matti, *Narrative Theory, Literature, and New Media: Narrative Minds and Virtual Worlds*

Kuhn, Annette, *A Dictionary of Film Studies (Oxford Quick Reference)*

Mossner, Alexa Weik, *Affective Ecologies: Empathy, Emotion, and Environmental Narrative*

Nyhan, Julianne, *Computation and the Humanities: Towards an Oral History of Digital Humanities*

Pearl, Judea, *The Book of Why: The New Science of Cause and Effect*

Presti, David E., *Foundational Concepts in Neuroscience: A Brain-Mind Odyssey*

Rapaport, Herman, *The Literary Theory Toolkit: A Compendium of Concepts and Methods*

Resick, Patricia A., *Cognitive Processing Therapy for PTSD: A Comprehensive Manual*

Rovelli, Carlo, *Reality Is Not What It Seems: The Journey to Quantum Gravity*

Ryan, Marie-Laure, *Narrating Space / Spatializing Narrative: Where Narrative Theory and Geography Meet*

Ryan, Marie-Laure, *Narrative as Virtual Reality 2 (Parallax: Re-visions of Culture and Society)*

Ryan, Marie-Laure, *Storyworlds across Media: Toward a Media-Conscious Narratology (Frontiers of Narrative)*

Troscianko, Emily, *Kafka's Cognitive Realism (Routledge Studies in Rhetoric and Stylistics)*

Varela, Francisco J., *The Embodied Mind: Cognitive Science and Human Experience*

Wenk, Gary L., *The Brain: What Everyone Needs To Know*

Zimmerman, Jeffrey, *Neuro-Narrative Therapy: New Possibilities for Emotion-Filled Conversations*

Zunshine, Lisa, *Why We Read Fiction: Theory of Mind and the Novel (Theory and Interpretation of Narrative)*

___ 검색 URL(2023년 1월 기준)

https://www.amazon.com/kindle-dbs/storefront?storeType=browse&node=154606011

°찾아보기

에필로그

돌이켜보면 예 이르기까지 지난한 시간이었다. '문학 더하기'를 표제 삼은 이 책을 쓰는 동안에만 국한된 시간은 아니다. 문학을 공부하기로 마음 먹을 때는 다른 무엇도 범접할 수 없는 문학 고유의 영역이 있고 그 문학은 지고하고도 지순한 아름다움을 간직한 어떤 것이라고 여겼다. 그 철옹성을 정복하는 일은 철학을 하는 것보다도 인류학을 공부하는 것보다도 인생을 걸기에 좋다는 심산이었다. 문학의 절대치를 얻어 보리라, 안중에도 없던 문학을 업으로 삼으려 했을 때 그만한 지적 허영기를 부려 볼 만하지 않은가.

그런데 문학의 지층을 파헤쳐 심층에 들어갈수록 또는 문학의 심연에 가 닿으려 유영할수록, 겉보기에 손에 잡힐 듯하던 '문학'을 실상 찾을 수 없을지 모른다는 생각에 망연자실해지기 일쑤였다. 지고의 가치를 지닌 문학이 아니라도 그저 문학이 다른 어떤 것과 변별되는 이런 것이라는 단서만이라도 발견하면 그만으로 족하였을 것이다. 그런 단서를 애써 꾸며 확정하는 방법이 없지 않았지만 그만큼 문학의 실체는 조작적 개념에 의해서만 성립할 수 있는 잠정적인 것이어서 실체일 수 없는 당착에 빠질 수밖에 없음을 깨닫게 된다. 문학이 '별것'일 수 없다는 엄연한 사실을 수긍하기까지 당착을 거듭한 지적 편력을 고백한다.

문학이 조건과 변수에 따라 그 의미나 가치가 달리 구성된다는 점을 인정하기까지 꽤 오랜 시간이 걸렸다. 물론 문학의 절대치에 추종하던 그 시간이 허투루 쓰인 것은 아니리라. 능력이 미치지 못하고 인내심이 그만하지 못한 터라 그 값을 산술하지 못하였을 개연성이 여전한 것도 사실이다. 다만 그 편력 덕에, 문학에 더해져서 여러 방식의 산술이 가능하여 다양한 값을 낼 수 있는 조건과 변수에 뒤늦게나마 관심하게 된 것도 사실이라 다행한 일이다.

실체적 개념 대신 구성적 개념으로 대상과 현상을 해석하는 방법에 대한 관심에서, '문학 더하기'를 표제로 문학의 자질과 기능 등을 통찰하려는 의도가 촉발하였다. 문학 사회학, 문학적 리얼리즘, 문학의 문화적 역학, 서사 공간, 문학적 인지 공정 등, 산발적으로 진행했던 논의를 같은 구성적 개념 계열의 층위에 수렴시켜 진전을 꾀하고자 한 것이다.

이 책이 문학 이론의 계보를 조망하고 문학 연구(혹은 비평)의 방법적 개념 망을 전망하는 데 도움이 될 수 있으면 좋겠다. 이를테면 문학 이론이나 비평에 대한 이해를 심화하려는 이들이 참고서 삼아 볼 만할 것이며, 피터 베리의 『문학 이론 입문(*Beginning Theory*)』을 공부한 이라면 문학 이론에 관한 식견과 문제 의식을 심화하는 계기로 삼을 만할 것이다. 문학 외적 조건을 대입하여 문학 이론의 여러 국면을 통찰하는 계기를 제시하는 만큼, 문학에 대한 이론적 입론을 바탕으로 인문학의 문제항에 대한 이해로 나아가는 경로로 삼을 수도 있다. 이러한 이론적 관심을 부르는 계기로 활용될 수 있으면 좋겠다.

인문학은 물론 미디어와 커뮤니케이션을 다루는 사회 과학 영역, 문화를 다루는 인류학 분야, 인지를 다루는 심리학이나 의학, 뇌 과학 분야와의 학제적 연구에 대한 관심을 부르는 계기가 될 수 있으면 하는 바람도 있다. 최소한 이 책의 한계를 보완하기 위한 후속 작업이 좀더 진전된 학제적 연구 성과를 반영하는 것이 되도록 모색할 것이다.

탈인본주의적 비평의 준거로 활용할 수 있는 문학 이론의 현황과 전망에 대한 참고서이자 비평 담론의 발전소 역할을 이 책이 감당할 수 있을지는 모르겠다. 또한 비평의 장에 문학 이론을 소환하여야 하는 이유와 소환하는 방식에 대한 예시 역할을 하리라는 처음 기대에 미치는지도 확신이 들지는 않는다. 문학 이론의 계보에 대한 이해를 거점으로 최신의 문학 이론의 지평을 개괄함으로써 도약을 예비하는 발판 역할을 기대할 따름이다.

일을 하다 보니 아직 성긴 생각과 일천한 지식의 한계에서 벗어나지 못하여 논지를 최적화하지 못한 면면이 눈에 띈다. 텍스트 해석을 고루 더하고 문학이 더하는 실천적 가치를 더 궁리할 여지가 있는데, 이 책에 다 반영하지 못한 점은 못내 아쉽다. 텍스트 해석 연습을 겸한 워크북 형태의 책을 이어 내리라는 심산을 한 터이지만 썩 흡족하지는 않다. 이 책을 택하여 읽을 여러분의 마음도 그럴 것이라 생각하니 면목이 없다. 독자 여러분의 마음 너른 혜량을 구할 따름이다.

일견 난해한 인문 분야 학술서를 출판하기에 수월치 않은 조건들에 포위되어 있는 형국이 여실하다. 한국연구재단의 지원에 힘입어 저술 작업에 박차를 가할 수 있었다. 어려운 출판 환경 속에서도 선뜻 출판을 제안해 주신 도서출판 역락 대표님의 덕이 무엇보다 크다. 난삽한 초고를 근사한 책으로 거듭나게 해 주신 편집부 여러분께 감사 말씀 드린다.

평안하고 안정된 분위기에서 일할 수 있도록 늘 도움을 주시는 학과 교수님들께 감사한 마음을 평소 표하지 못했는데 이 기회를 빌려 전해 올린다. 그간 '문학 플러스' 수업 시간에 여러 생각의 여지를 더해 준 학생 여러분에게 특별한 고마움을 표한다.

일을 마쳐 가는 가운데 그저께, 큰 아이가 더없이 기쁜 소식을 전해 주었다. 대견하고 놀랍다. 자기 자리에서 최선을 다하며 소망을 키우는 작은 아이도 듬직하다. 아이들이 뜻하는 일 크게 이루길 바라는 마음은 부모로서 인지상정인 모양이다. 아버지로서의 의무를 다하지 못한 틈새를 대신 채워 준 아내에게 이 책을 헌정한다.

짐짓 이 책이야말로 독립적인 실체가 아니라 여러 조건과 변수가 더해진 환경에서 구성된 소산이다.

2023년 1월 19일 아침에 출판 원고를 매듭지으며
장일구 삼가